와일드카드 2

와일드카드

조지 R. R. 마틴 외 지음

김상훈 옮김

은행나무

1권 차례

편집자주 · 9

프롤로그 조지 R. R. 마틴 · 11

브로드웨이 상공 30분! 하워드 월드롭 · 25

슬리퍼 로저 젤라즈니 · 94

증인 월터 존 윌리엄스 · 169

실추의 의식 멀린다 M. 스노드그래스 · 258

막간 1 조지 R. R. 마틴 · 331

캡틴 캐소드와 비밀 에이스 마이클 캐서트 · 339

파워스 데이비드 D. 러빈 · 389

2권 차례

셸게임 조지 R. R. 마틴 · 7

막간 2 조지 R. R. 마틴 · 89

포추나토의 길고 어두운 밤 루이스 샤이너 · 92

변신 빅터 밀란 · 127

막간 3 조지 R. R. 마틴 · 178

땅속 깊은 곳에서 에드워드 브라이언트 & 리앤 C. 하퍼 · 187

막간 4 조지 R. R. 마틴 · 257

꼭두각시 스티븐 리 · 265

막간 5 조지 R. R. 마틴 · 333

고스트걸, 맨해튼을 습격하다 캐리 본 · 337

사냥꾼이 왔다 존 J. 밀러 · 394

에필로그: 제3세대 루이스 샤이너 · 433

부록 빅터 밀란 · 437

일러두기

* 본문의 각주는 모두 옮긴이의 것입니다.

셸게임

조지 R. R. 마틴

토머스 터드베리가 지난 9월 대학 기숙사에 들어오자마자 한 일은 케네디 대통령의 친필 서명 사진과, 제트보이를 1944년도 '올해의 인물'로 선정한 〈타임〉의 너덜너덜해진 표지를 벽에 붙이는 일이었다.

11월이 될 무렵 케네디 대통령 사진은 룸메이트인 로드니의 다트에 맞아 벌집처럼 구멍이 나 있었다. 로드는 기숙사 방에서 자기 침대가 있는 쪽을 남부 연합의 깃발과 10여 장의 〈플레이보이〉 포스터로 뒤덮어 놓았다. 로드는 유대인과 깜둥이와 조커와 케네디를 싫어했다. 톰도 별로 좋아하지 않았고, 가을 학기 내내 그를 상대로 못된 장난을 치며 즐거운 시간을 보냈다. 톰의 침대 전체에 면도 크림을 뿌린다거나, 침대 시트를 몰래 반으로 접어놓고, 안경을 숨겨놓고, 그의 책상 서랍에 개똥을 잔뜩 채워놓는 식으로 말이다.

케네디가 댈러스에서 암살당한 날, 톰은 눈물이 쏟아지려는 것을 가까스로 참으며 기숙사 방으로 돌아왔다. 로드가 선물을 하나 남겨둔 것이 보였다. 빨간 펜으로 케네디 사진에 낙서를 해놓았던 것이다. 대통령의 정수리 전체가 피를 뚝뚝 흘리고, 두 눈 위에는 빨갛게 조그만 x자가 그려져 있다. 혀도 옆으로 빼어 물고 있었다.

토머스 터드베리는 꼼짝도 않고 한참 동안 그 사진을 응시했다. 울지는 않았다. 여기서 울 생각은 추호도 없었다. 그는 슈트 케이스에 짐을 챙기기 시작했다.

1학년용 주차장은 캠퍼스를 반쯤 가로질러 간 곳에 있었다. 톰의 54년형 머큐리는 트렁크 열쇠가 부서져 있었기 때문에 짐은 뒷좌석에 던져놓았다. 11월의 차가운 공기 속에서 그는 차의 엔진이 따뜻해질 때까지 한참을 기다렸다. 그렇게 운전석에 앉아 있는 모습은 남의 눈에는 참으로 우스꽝스러워 보였을 것이다. 머리를 짧게 깎고 뿔테 안경을 낀, 키가 작고 뚱뚱한 청년이 당장이라도 토할 것 같은 기색으로 운전대에 고개를 푹 숙이고 있었으니까 말이다.

주차장에서 빠져나가다가 로드니의 올즈모빌 커틀러스 신차가 눈에 띄었다.

톰은 기어를 중립에 놓고 엔진을 공회전시키며 잠시 생각에 잠겼다. 주위를 둘러보니 아무도 없다. 모두들 기숙사에서 텔레비전 뉴스를 보고 있기 때문이다. 톰은 불안한 표정으로 입술을 핥다가 다시 올즈모빌을 보았다. 운전대를 잡은 손등의 뼈가 하얗게 변했다. 그는 전방을 노려보다가 미간에 주름을 잡았고, **꽉 쥐었다.**

가장 먼저 압력에 굴복한 올즈모빌의 문이 천천히 안쪽으로 우그러들었다. 전조등이 팍 하는 소리를 내며 하나씩 깨졌다. 차를 에워싼 크롬 장식이 쨍 하며 바닥에 떨어졌고, 뒤 창문이 느닷없이 박살 나며 사방으로 유리 파편을 튕겼다. 펜더가 구부러지다가 항의하듯이 끼이익 하는 소리를 내며 떨어져 나갔다. 뒷바퀴 양쪽이 동시에 터지고, 측면 패널들이 움푹 들어갔고, 엔진 후드가 그 뒤를 이었다. 앞 유리가 흔적도 남기지 않고 산산조각 났다. 크랭크 케이스가 납작해졌고, 연료탱크의 격벽이 우그러졌다. 윤활유와 휘발유와 변속기 오일이 차체 아래에 웅덩이처럼 고였다. 그 무렵 톰 터드베리는 한층 더 자신감을 느꼈고, 덕택에 일도 수월해졌다. 그는 눈에 보이지 않는 **강력한** 손이 올즈모빌을 움켜잡는 광경을 상상했고, 그것을 한층 더 세게 쥐었다. 유리 깨지는 소리와 금속이 날카롭게 우그러지는 소리가 주차장을 가득 채웠지만 들은 사람은 아무도 없었다. 그는 올즈모빌이 공 모양의 금속 덩어리가 될 때까지 체계적으로 우그러뜨렸다.

일을 마치자 그는 차의 기어를 넣었고, 대학과 로드니와 어린 시절을 영원히 뒤로하고 떠났다.

♣

어딘가에서 거인이 울고 있었다.

타키온은 잠에서 깼다. 혼란스러웠고, 속이 메슥거렸다. 숙취 탓에 엄청나게 큰 흐느낌 소리가 들릴 때마다 머리가 욱신거린다. 어두운 방 안 광경이 묘하게 낯설었다. 밤에 또 암살자들이 침입한 것일까? 우리 일족이 공격을 받고 있는 것일까? 아버지를 먼저 찾아내야 한다. 그는 현기증을 느끼며 억지로 일어섰다. 머리가 펑펑 돈다. 몸을 지탱하기 위해 벽에 손을 짚어야 했다.

방이 너무 좁다. 그가 살던 곳이 아니다. 모든 게 이상하다. 게다가 이 냄새는…… 그러자 기억이 돌아왔다. 차라리 암살자들이라면 좋았을 텐데.

또 고향 행성인 타키스의 꿈을 꾸고 있었다. 머리가 아팠고, 목은 바싹 말라 타는 듯하다. 어둠 속을 더듬어 전등을 켜는 쇠사슬을 찾아냈다. 홱 잡아당기자 전등이 마구 흔들리며 그림자들을 춤추게 만들었다. 울렁거리는 배 속을 다스리려고 눈을 꼭 감았다. 입안에서 고약한 맛이 났다. 머리카락은 떡이 지고 더러웠고, 입은 옷은 잔뜩 구겨져 있었다. 가장 끔찍한 것은 술병이 비어 있다는 사실이었다. 타키온은 절망한 듯이 주위를 둘러보았다. 바워리가에 자리 잡은 하숙집 '룸스'의 2층 쪽방이다. 혼란스럽게도 동네 전체도 바워리라고 불린다는 사실을 에인절 페이스한테 들은 기억이 있다. 그러나 그것도 옛날 얘기고, 이제 이 근방에는 다른 이름이 붙어 있다. 그는 창가로 가서 블라인드를 올렸다. 노란 가로등 빛이 방 안을 가득 채웠다. 도로 건너편에서 거인이 달을 향해 손을 뻗치고 있었다. 엉엉 울고 있는 것은 그것을 잡을 수 없기 때문이다.

거인의 이름이 타이니*인 것은 아마 인간 특유의 농담이리라. 똑바로 일어설 수만 있다면 타이니의 키는 4미터를 넘을 것이다. 주름이 없고 순진해 보이는 얼굴 위에 부드러운 검은 머리가 새집처럼 얹혀 있다. 타이니의 두 다리는 날씬하고 완벽하게 균형이 잡혀 있었다. 잔인한 농담은 바로 그 부분이었다. 날씬하고 완벽하게 균형 잡힌 다리를 가지고서 4미터나 되는 사내의 체중을 떠받치는 것은 불가능하기 때문이다. 타이니는 목제 휠체어에 앉아 있었다. 그는 견인식 트레일러트럭에서 떼어낸 닳아빠진 타이어 네 개를 단 이 거대한 기계식 휠체어를 타고 조커타운의 거리를 돌아다니곤 했다. 거인은 창가에 서 있는 타크**를 보고 알아들을 수 없는 소리를 질렀다. 마치 누군지 알아보기라도 한 것처

---

*   영어로 '조그맣다'라는 뜻.

**   타키온의 애칭.

럼. 타키온은 몸을 떨며 창가에서 돌아섰다. 조커타운의 흔한 밤 풍경이었다. 술이 필요했다.

방은 곰팡이와 토사물 냄새를 풍겼고, 지독하게 추웠다. 룸스는 옛날 그가 출입하던 호텔들보다 난방이 잘되어 있지 않았다. 갑자기 워싱턴 시내에 있는 메이플라워 호텔이 생각났다. 그와 블라이스가 거기서…… 아니, 그런 생각은 안 하는 편이 낫다. 도대체 지금 몇 시지? 충분히 느지막하다. 해는 이미 졌고, 조커타운이 되살아나는 것은 밤이므로.

바닥에 떨어져 있는 외투를 집어 들고 걸쳤다. 땟국이 흐르기는 하지만 여전히 멋지고 화려한 외투였다. 아름답기 그지없는 장밋빛 원단에 가두리 장식이 된 금색 견장이 달려 있고, 아래까지 길게 이어지는 단추들은 고리 모양의 금색 수술들로 채우게 되어 있다. 굿윌스토어*의 점원은 이것을 뮤지션용 외투라고 했다. 다 꺼져가는 매트리스 가장자리에 앉아 부츠를 신는다.

화장실은 복도 끝에 있었다. 변기 가장자리에 오줌이 튀기며 김이 피어오른다. 손이 너무 떨려서 오줌 줄기를 제대로 겨냥할 수도 없다. 그는 녹으로 불그스름해진 차가운 물을 얼굴에 끼얹었고 더러운 타월로 손을 닦았다.

밖으로 나온 타크는 '룸스'라고 쓰인 삐걱거리는 간판 아래에 잠시 멈춰 서서 타이니를 바라보았다. 부끄럽고 쓰디쓴 기분이었다. 게다가 너무 정신이 말짱하다. 그가 타이니에게 해줄 수 있는 일은 아무것도 없지만, 적어도 자기 자신의 말짱한 정신은 손봐줄 수 있다. 그는 흐느끼는 거인에게서 등을 돌리고 외투 호주머니에 깊숙이 양손을 찔러 넣은

---

*   사회적 기업 '굿윌(Goodwill)'의 중고 물품 판매점.

다음 바워리의 거리를 성큼성큼 걸어갔다.

골목으로 들어가자 조커들과 부랑자들이 갈색 종이 봉지에 든 술을 퀵커니 잣거니 하며 멍한 눈으로 지나가는 사람들을 바라보고 있었다. 술집과 전당포와 가면 가게에는 모두 손님이 들끓었다. '페이머스 바워리 와일드카드 다임 박물관'(여전히 10센트(dime)라는 표현을 쓰지만 현재 입장료는 25센트(quarter)로 올랐다)은 폐점 준비를 하고 있었다. 2년 전에, 특히 강렬한 죄책감에 휩싸였던 날, 그도 한번 들어가본 적이 있었다. 반 다스의 특히 기괴한 조커들에 덧붙여서 유리병에 든 포르말린 용액 안에 둥둥 떠 있는 '괴물 조커 아기들'의 표본을 스무 개 전시해놓고, '와일드카드 데이'에 관한 선정적이고 짧은 뉴스영화를 틀어주는 곳이었다. 밀랍으로 만든 입체 모형도 있었다. 제트보이에 포 에이스에 조커타운 난봉꾼에…… 타키온 자신의.

관광버스 한 대가 지나갔다. 창문에 바싹 갖다 댄 관광객들의 분홍색 얼굴. 동네 피자 가게의 네온사인 밑에서 검은 가죽 재킷에 고무 가면을 쓴 청년 네 명이 대놓고 적대적인 눈으로 타키온을 훑어보았다. 불안해진 타키온은 상대의 시선을 피하며 가장 가까운 곳에 있던 청년의 마음속으로 슬쩍 들어가보았다. **저 거들먹거리는 팬지* 새끼 좀 봐 보나 마나 물들인 머리겠지 악대에서 좆같은 드럼을 치기라도 하는 건가 하지만 기다려 쌍 오늘 밤에는 더 나은 놈을 찾는 편이 나아 맞아 패면 질퍽거리면서 으깨지는 놈을 말이야.** 타크는 혐오감을 느끼며 접촉을 끊고 서둘러 가던 길을 갔다. 신기할 것도 없지만 새로 유행하기 시작한 스포츠다. 바워리로 와서, 가면을 사서 얼굴을 가리고 조커를 하나 골라 두들겨 패

---

*   남성 동성애자를 가리키는 비속어.

는 것이다. 경찰은 그런 일 따위에는 신경을 쓰지 않는 듯했다.

조커들만 출연하는 쇼로 유명한 카오스 클럽은 평소처럼 고객으로 붐비고 있었다. 타키온이 그쪽으로 다가갔을 때 긴 잿빛 리무진이 클럽 앞 길모퉁이에서 멈춰 섰다. 풍성한 흰 털가죽으로 뒤덮인 몸 위에 검은 턱시도를 차려입은 도어맨이 꼬리로 차 문을 열고, 디너 재킷을 입은 뚱뚱한 사내가 내리는 것을 도와주었다. 함께 온 여자 동행은 풍만한 십대였다. 끈이 없는 이브닝가운과 진주 목걸이로 치장하고, 부풀린 금발을 높이 쌓아 올렸다.

한 블록 더 간 곳의 건물 현관 계단 위에서 뱀 여인이 손님을 끌고 있었다. 무지갯빛의 뱀 비늘이 번득인다. "무서워할 것 없어, 빨간 머리 아저씨." 그녀가 말했다. "속살은 다 똑같이 부드럽다고." 그는 고개를 가로저었다.

펜트하우스는 도로에 면한 거대한 전망 창들을 가진 기다란 건물 안에 자리 잡고 있었다. 그러나 전망 창은 이제 모두 안쪽에서만 밖을 내다볼 수 있는 편면 유리로 바뀌어 있었다. 도어맨인 랜들은 연미복을 입고 도미노 가면을 쓴 채로 현관문 앞에 서서 떨고 있었다. 랜들은 완벽하게 멀쩡한 인간처럼 보였다―호주머니에서 결코 오른손을 빼려고 하지 않는다는 점을 알아차릴 때까지는 말이다. "여어, 타키." 그는 큰 소리로 말했다. "루비에 관해서 어떻게 생각해?"

"글쎄. 어떤 여잔지 몰라." 타키온은 대꾸했다.

랜들은 얼굴을 찌푸렸다. "여자가 아니라 남자야. 오즈월드를 쏴 죽였어."

"오즈월드?" 타크는 당혹한 표정으로 되물었다. "무슨 오즈월드?"

"리 오즈월드. 케네디를 저격한 작자 말이야. 오늘 오후 TV에서, 잡혀가던 중에 총에 맞아 죽는 게 나왔어[*]."

"케네디가 죽었어?" 케네디는 타키온이 미국으로 되돌아올 수 있도록 해준 은인이었다. 타키온은 케네디 일족을 경애했다. 거의 타키스인을 방불케 하는 사람들이었다. 그러나 암살은 지도자의 삶의 일부다. "동생이 그 원수를 갚아줄 거야." 이렇게 말하고는 지구에서는 그런 식으로 일이 진행되지 않는다는 사실을 깨달았다. 게다가 그 루비라는 사내가 이미 케네디의 원수를 갚아준 것일지도 모른다. 아까 자다가 암살자 꿈을 꾼 것을 생각하니 묘한 기분이다.

"루비는 지금 감옥에 있어." 랜들이 말하고 있었다. "나라면 그 자식한테 잘했다고 훈장을 달아줬을 거야." 잠시 말을 멈추더니, "한 번 케네디하고 악수한 적이 있어"라고 덧붙인다. "닉슨 상대로 선거전을 펼치고 있었을 때 카오스 클럽에 연설을 하러 온 적이 있었어. 그 뒤에 떠나면서 거기 있던 사람들과 일일이 악수를 하더라고." 도어맨은 오른손을 호주머니에서 꺼냈다. 딱딱한 키틴질의 갑각으로 뒤덮인, 곤충을 연상케 하는 손이었고, 손바닥 한복판에는 퉁퉁 붓고 시력이 없는 눈들이 달려 있었다. "이런데도 멈칫하는 기색조차도 보이지 않더군." 랜들이 말했다. "씩 웃더니 잊지 말고 투표해줬으면 좋겠다고 말했어."

타키온은 랜들과 안면을 튼 지 벌써 1년이 되었지만 지금처럼 그의 손을 본 적은 한 번도 없었다. 그도 케네디가 한 것처럼 이 뒤틀린 집게발을 따뜻하게 마주 잡고 흔들고 싶었다. 그래서 외투 호주머니에 쑤셔

---

[*]　　오즈월드는 케네디 암살 이틀 뒤인 1963년 11월 24일 감옥으로 호송되던 중에 댈러스의 나이트클럽 경영자인 잭 루비에 의해 사살되어 수상쩍은 죽음을 맞았고, 그 광경은 TV에서 그대로 생중계되었다.

넣은 손을 슬쩍 빼려고 해보았지만 목까지 쓴물이 차오르는 통에 도저히 그럴 수가 없었다. 겨우 고개를 돌려 상대를 외면하고, "훌륭한 사내였지"라고 말하는 것이 고작이었다.

랜들은 다시 손을 호주머니에 숨기고 무뚝뚝하지는 않은 어조로 말했다. "들어가도 돼, 타키. 에인절페이스는 어떤 남자를 만나러 나갔지만, 데즈한테 닥터 자리를 남겨두라고 미리 귀뜸하고 갔어."

타키온은 고개를 끄덕이고 랜들이 열어준 문 안으로 들어갔다. 클럽 입구에서 휴대품 보관 카운터에 있는 젊은 여자에게 외투와 신발을 맡겼다. 날씬하고 아담한 몸집을 한 조커였는데, 깃털로 덮인 올빼미 가면을 쓰고 있어서 와일드카드 바이러스가 그녀의 얼굴에 어떤 짓을 했는지는 알 도리가 없었다. 안쪽 문을 밀고 들어간 타키온은 양말을 신은 발로 거울로 된 바닥 위를 걸을 때의 미끄러지는 듯한 익숙한 감촉을 맛보았다. 바닥을 내려다보자 또 한 명의 타키온이 발 사이로 그를 올려다보고 있었다. 비치볼만큼이나 추악하게 부풀어 오른 타키온의 얼굴.

거울 천장에 매달린 크리스털 샹들리에의 수없이 많은, 바늘 끝같이 미세한 광점들이 거울로 된 바닥과 벽과 벽감과 은도금이 된 술잔과 머그잔에 반사되며 반짝거린다. 웨이터들이 든 쟁반조차도 눈부시게 반짝거렸다. 거울 일부는 실제 모습을 정확하게 반사했지만, 다른 거울들은 펀하우스 특유의 왜곡된 상을 보여주고 있었다. 펀하우스 안에서 어깨 너머를 돌아볼 때 무엇을 보게 될지는 예측 불가능하다. 조커타운에서 조커와 정상인 손님들이 같은 비율로 몰려드는 클럽은 오직 이곳뿐이었다. 펀하우스에 온 정상인들은 일그러지고 기형적인 자신의 모습을 보고 킥킥거리며 조커 놀이를 할 수 있다. 그리고 조커는 운이 아주 좋다면 흘끗 스쳐 간 거울 안에서 자신의 원래 모습을 볼지도 모른다.

"부스석이 준비됐네, 닥터 타키온." 지배인인 데즈먼드가 말했다. 데즈는 혈색이 좋은 거구의 사내였다. 주름이 진 분홍색의 굵은 코끼리 코로 와인 리스트를 감싸고 있다. 그는 그것을 들어 올리더니 코 끄트머리에 대롱대롱 달린 손가락 중 하나로 따라오라는 시늉을 했다. "오늘 밤에도 평소처럼 코냑으로?"

"응." 타크는 대꾸했다. 팁을 줄 돈이 있으면 좋았을 텐데.

그날 밤 그는 언제나 그래왔듯이 블라이스에게 첫 번째 술잔을 바쳤다. 그러나 두 번째 술잔은 존 피츠제럴드 케네디를 위한 것이었다.

나머지는 자기 자신을 위해서 마셨다.

♠

후크로드가 끝나는 곳, 문 닫은 정제 공장과 수출입품 창고 사이를 지나서, 빨간색 유개화차들이 쓸쓸하게 방치된 철도 측선을 넘고, 고속도로의 입체교차로 밑을 통과한 다음, 잡초가 무성하고 쓰레기가 널린 공터와 거대한 대두유 탱크를 지난 곳에 톰의 은신처가 있었다. 도착할 무렵에는 거의 해가 져 있었고, 그가 탄 머큐리의 엔진도 불길하게 통통거리고 있었다. 그러나 조이가 알아서 고쳐줄 테니까 상관없다.

폐품 적치장은 뉴욕만의 기름지고 오염된 바다에 면해 있었다. 꼭대기에 세 줄의 날카로운 철조망을 친 3미터 높이의 철망 울타리 뒤에서 폐차장 개의 무리가 그의 차 곁을 따라오며 환영하듯이 요란하게 짖어댔다. 그러나 이 개들을 잘 모르는 사람이라면 공포로 움츠러들었을 것이다. 박살 나고 일그러지고 녹이 슨 자동차의 산과, 한없이 널린 고철의 들판과, 폐품과 쓰레기로 이루어진 언덕과 계곡이 석양빛을 받고 묘한 구릿빛으로 물들어 있었다. 마침내 톰은 넓은 대문 앞에 도달했다. 대문 한쪽의 금속 팻말에는 **관계자 외 출입 금지**라는 경고가 쓰여 있었다. 다른 쪽에는 **맹견 주의**라는 팻말이 달려 있다. 대문은 쇠사슬로 고정되고 잠겨 있었다.

톰은 차를 멈추고 경적을 울렸다.

철망 너머로 조이가 우리 집이라고 부르는, 방 네 개짜리 판잣집이 보였다. 파형 함석지붕 꼭대기에 노란 조명등이 딸린 거대한 간판이 설치되어 있었다. 간판에는 **디안젤리스 고철 및 자동차 부품점**이라고 쓰여 있었다. 20년 동안 햇볕과 비에 노출된 탓에 페인트는 빛이 바래고 군데군데 부풀어 있었다. 나무 간판 자체에도 금이 가 있었고, 조명등 하나도 전구가 나간 상태였다. 판잣집 옆에는 노란색의 고물 덤프트럭과 견인차, 조이의 자랑거리이자 기쁨의 원천인 1959년형의 새빨간 캐딜락 쿠페가 주차되어 있었다. 캐딜락에는 상어 지느러미를 연상시키는 테일 핀 장식이 달려 있었고, 마력을 올린 괴물 같은 특제 엔진의 상부가 엔진 뚜껑에 낸 네모난 구멍 위로 튀어나와 있었다.

톰은 율동적으로 경적을 울렸다. 어릴 적에 TV로 즐겨 보던 〈마이티 마우스〉의 주제가인 **지이이이금 그가아아아 구하러 왔노라아아아아아**의 박자에 맞춘, 그들만의 비밀 신호였다.

양손에 맥주병을 든 조이가 현관 밖으로 나오자 노란 사각형 빛이 폐차장 위에 길게 떨어졌다.

♦

　그와 조이는 전혀 닮은 곳이 없었다. 집안 내력도 달랐고, 서로 전혀 다른 세계에 살고 있었다. 그러나 그들은 초등학교 3학년 때 학교에서 펫쇼*가 열렸을 때부터 줄곧 절친한 친구 사이였다. 톰이 거북이는 날 수 없다는 사실을 깨닫고, 자신이 누구인지 또 무슨 일을 할 수 있는지를 깨달았던 바로 그날부터.

　톰은 스티비 브루더와 조시 존스에게 운동장에서 붙잡혔다. 그들은 톰의 거북이들을 가지고 캐치볼을 했다. 톰은 새빨갛게 상기된 얼굴로 엉엉 울면서 그들 사이를 황급히 왕복했지만 아무 소용도 없었다. 그런 장난에 싫증이 나자 그들은 벽에 그려진 펀치볼**용 사각형 과녁에 톰의 거북이들을 던졌다. 스티비의 저먼셰퍼드가 거북이 한 마리를 먹었다. 톰이 개를 움켜잡으려고 하자 스티비는 주먹을 휘둘렀고, 안경알과 입술이 깨진 톰을 운동장 바닥에 남겨두고 자리를 떴다.

　폐차장 조이가 아니었다면 그보다 더 지독한 꼴을 당할 수도 있었다. 더부룩한 검은 머리를 한 이 깡마른 소년은 같은 학년 아이들보다 두 살 위였지만 이미 두 번이나 낙제했고 글도 제대로 읽지 못했다. 집이 고물상이라서 조이에게서는 고약한 냄새가 난다고 모두들 수군거리곤 했다. 조이는 스티비 브루더만큼 몸집이 크지는 않았지만 그날, 그리고 다른 어떤 날에도 그런 것에는 전혀 개의치 않았다. 조이는 대뜸 스티비의 셔츠 등 부분을 움켜잡았고, 여기저기로 마구 끌고 다니다가 불

---

*　학생들이 각자 키우는 반려동물을 데려와서 학우들 앞에서 설명하는 수업.

**　소프트볼 경기의 일종.

알을 걷어찼다. 그런 다음 개도 걷어찼다. 가능하다면 조시 존스도 걷어 찼겠지만 조시는 이미 도망치고 있었다. 그러자 죽은 거북이 한 마리가 지면 위로 떠오르더니 운동장을 가로질러 조시의 살찌고 불그스름한 목덜미를 직격했다.

조이도 그것을 보았다. "어떻게 한 거야?" 그는 깜짝 놀란 얼굴로 물었다. 그 순간까지는 당사자인 톰조차도 거북이가 날 수 있었던 것은 **바로 자신** 때문이라는 사실을 모르고 있었다.

이것은 그들만의 비밀이 되었고, 그들 사이의 기묘한 우정을 굳건하게 하는 아교 역할을 했다. 톰은 조이의 숙제와 시험 준비를 도왔다. 조이는 놀이터와 학교 운동장에서 곧잘 벌어지는 폭력 사태로부터 톰을 지켜주는 수호자가 되었다. 톰은 조이에게 만화책의 대사를 읽어주었지만, 조이의 읽기 실력이 곧 일취월장한 덕에 더는 읽어줄 필요가 없어졌다. 반백의 희끗희끗한 머리와 튀어나온 배와 상냥한 마음의 소유자인 조이의 아버지 돔은 그런 아들을 무척이나 자랑스러워했다. 그는 모국어인 이탈리아어조차도 읽지 못했기 때문이다. 두 소년의 우정은 중학교와 고등학교 시절을 거쳐 조이가 학교를 중퇴할 때까지 굳건히 계속되었다. 여자애들한테 흥미가 생긴 뒤에도 지속되었고, 돔 디안젤리스가 죽고 톰이 가족과 함께 퍼스앰보이*로 이사 간다는 엄중한 사태도 견뎌냈다. 톰의 정체를 아는 사람은 여전히 조이 디안젤리스 단 한 사람뿐이었다.

조이는 목에 매단 병따개로 새 라인골드 맥주 뚜껑을 땄다. 흰 민소매 속셔츠 아래에 아버지와 똑같은 똥배가 생겨나고 있다. "TV 수리 같

---

*   뉴저지주 동부의 항구도시.

은 좆같은 일을 하기엔 네 머리가 아까워." 조이가 말했다.

"그것도 어엿한 직업이라고. 지난여름에 해봤으니 이젠 풀타임을 뛸 수 있어. 내 직업이 뭔지는 중요하지 않아. 중요한 건 나의…… 그 재능을 어떻게 쓰는가야."

"재능이라고?" 조이가 조롱했다.

"야, 이 멍청한 이태리 놈아, 무슨 뜻인지 알잖아." 톰은 안락의자 옆에 놓인 주황색 상자 위에 빈 맥주병을 내려놓고 말했다. 조이의 가구들 대부분은 호화로운 것과는 거리가 멀었다. 모두 고물 더미를 뒤져 찾아낸 것이기 때문이다. "제트보이가 죽는 순간에 뭐라고 했는지를 곰곰이 생각해봤어. 그의 말이 무슨 뜻인지 알아보려고 하다가, 아직 마치지 못한 일들이 있다는 뜻이라는 걸 깨달았던 거야. 염병할, 난 마치기는커녕 시작한 일조차도 **없어**. 옛날부터 내가 우리 나라를 위해 뭘 할 수 있을지* 알고 싶어 하던 거 기억나? 염병할, 그 질문에 대한 대답이 뭔지는 너도 알고 나도 알아."

조이는 의자 등받이에 등을 기대고 라인골드를 홀짝이며 고개를 설레설레 저었다. 그의 뒤쪽 벽은 돔이 10년 전에 아이들을 위해 만들어준 책장으로 뒤덮여 있었다. 아래쪽 선반은 남성 잡지로 가득 차 있었다. 나머지는 모두 코믹스였다. 두 사람의 코믹스 말이다. 〈슈퍼맨〉 〈배트맨〉 〈액션 코믹스〉 〈디텍티브〉, 그리고 조이가 독후감 숙제를 받아 올 때마다 요긴하게 썼던 〈그림으로 보는 고전〉에, 호러, 범죄물, 공중전을 다룬 코믹스, 그들의 보물인 〈제트보이 코믹스〉 시리즈의 거의 완전한

---

* "국가가 나를 위해 무엇을 해줄지를 묻지 말고, 내가 국가를 위해 무엇을 할 수 있을지를 물으라"라는 케네디의 유명한 연설 구절에 대한 언급이다.

세트가 있었다.

조이는 톰의 시선이 향한 곳을 알아차렸다. "그런 생각일랑 아예 하지도 마, 터즈*. 넌 좆같은 제트보이가 아니라고."

"아니지. 난 제트보이를 능가하거든. 난—"

"얼간이지."

"에이스야." 톰은 진지한 어조로 말했다. "포 에이스 같은."

"포 에이스라니, 두왑** 그룹 이름이던가?"

톰은 얼굴을 붉혔다. "이 멍청한 이태리 놈아, 포 에이스는 가수가 아니라—"

조이는 손을 홱 흔들어 친구의 말을 막았다. "그 작자들이 뭔지는 나도 잘 알아, 터즈. 그러니까 제발 내 말을 잘 들어. 그치들은 너와 마찬가지로 아무것도 모르는 얼간이들이었어. 결국엔 다들 감방에 가거나 총에 맞아 뒈지거나 하지 않았어? 이름이 뭐냐, 하여튼 그 치사한 배신자 새끼를 빼놓고 말이야." 그는 손가락으로 딱 하는 소리를 냈다. "맞아, 나중에 〈타잔〉에 출연한 그 작자 말이야."

"잭 브론." 톰이 말했다. 그는 예전에 포 에이스에 관한 기말 리포트를 쓴 적이 있었다. "틀림없이 초야에 묻혀 있는 다른 에이스들도 있을 거야. 나처럼 숨어 있는 거지. 하지만 난 이제 숨지 않아."

"그래서 〈베이온 타임스〉로 가서 모든 걸 까발리겠다, 이건가? 이 바보 천치야. 아예 가서 난 빨갱이라고 털어놓지 그래. 그럼 넌 조커타운으로 추방될 거고, 그치들은 네 아버지 집에 돌팔매질을 해서 창문이

* 터드베리의 애칭.
** 독특한 합창 스타일을 가진 흑인 음악의 한 장르.

란 창문은 모조리 깨놓을걸. 아니, 넌 워낙 멍청하니 아예 징집당할지도 모르겠다."

"아니." 톰은 대꾸했다. "이미 다 계획을 짜놓았어. 포 에이스는 공개적으로 활동한 탓에 너무 쉽게 표적이 되어버렸지만, 난 내가 누군지 또 어디 살고 있는지를 절대로 밝힐 생각이 없어." 그는 손에 든 맥주병으로 책장 쪽을 가리켜 보였다. "내 이름은 비밀로 할 거야. 코믹스의 영웅들처럼."

조이는 너털웃음을 터뜨렸다. "병신 새끼, 나름대로 좆나게 머리를 굴렸군. 그럼 몸에 딱 맞는 내복이라도 입고 설칠 작정이야?"

"빌어먹을." 톰이 말했다. 점점 화가 치민다. "입 닥쳐." 그러나 조이는 의자를 삐걱거리며 계속 웃을 뿐이었다. "자식이 입만 살아가지고." 톰은 이렇게 내뱉고 일어섰다. "그 뒤룩뒤룩한 엉덩이를 들고 나와. 내가 멍청한지 아닌지를 보여주지. 그렇게 자신이 있으면 밖으로 나와서 내가 하는 걸 보라고."

조이 디안젤리스는 일어섰다. "그런 좋은 구경거리를 놓칠 수야 없지."

집 밖으로 나간 톰은 조바심을 내며 조이가 오기를 기다렸다. 양쪽 발에 교대로 체중을 실으면서 차가운 11월의 밤공기 속으로 하얀 입김을 피워 올린다. 조이는 집 옆쪽으로 돌아가서 벽 가장자리에 있는 커다란 금속 상자의 스위치를 눌렀다. 높은 지주 위에 고정되어 있는 폐차장의 조명등들이 켜지며 눈부신 빛을 쏟아냈다. 주위로 모여든 개들은 킁킁거리며 냄새를 맡았고, 그들이 걷기 시작하자 따라왔다. 조이의 검은 가죽점퍼의 호주머니에서 맥주병이 삐죽 고개를 내밀고 있다.

그들이 있는 곳은 폐품과 고철과 부서진 차들이 발 디딜 틈도 없이 쌓여 있는 폐차장에 불과했지만, 오늘 밤에는 토미가 열 살이었을 무렵 못지않게 마술적인 느낌을 발산하고 있었다. 뉴욕만의 검푸른 해면을 내려다보는 고지 위에 고색창연한 흰색 패커드 한 대가 어슴푸레한 요새처럼 우뚝 서 있었다. 조이와 톰이 어렸을 때도 지금과 똑같았다. 패커드는 그들의 피난처이자 견고한 성채였고, 기병대 전초와 우주정거장과 성을 한곳에 합쳐놓은 듯한 장소였다. 그것은 달빛을 받고 하얗게 번득였고, 그 너머에서 해변으로 철썩거리며 몰려오는 바다는 온갖 가능성으로 가득 차 있는 것처럼 보인다. 폐차장에 짙게 드리워진 어둠과 그림자는 폐품과 금속 더미를 신비로운 검은 언덕으로 바꿔놓았다. 그것들 사이를 누비는 것은 미로와도 같은 잿빛 통로들이다. 톰은 친구를 이끌고 미로로 들어갔다. 성 지키기 놀이를 하며 고철로 된 검으로 조이와 칼싸움을 벌였던 커다란 폐품 더미 옆을 지나, 박살 난 장난감과 색유리 더미와 재활용 병뿐만 아니라 코믹스로 가득한 마분지 상자까지 발굴한 적이 있는 보물의 산을 통과한다.

두 사람은 줄을 지어 겹겹이 쌓여 있는 폐차들 사이로 걸어갔다. 포드, 쉐비*, 허드슨, 디소토, 접이식 엔진 후드가 박살 난 콜벳, 죽은 폭스바겐 비틀 무리, 과거에 직접 운반했던 승객들과 마찬가지로 완전히 죽어 있는 기품 있는 영구차가 눈에 들어온다. 톰은 이것들을 하나도 빠뜨리지 않고 주의 깊게 관찰하다가 마침내 걸음을 멈췄다. "저거야." 그는 내장을 모두 뜯어낸 낡은 스튜드베이커 호크의 잔해를 가리키며 말했다. 엔진도 없고 타이어도 모두 떼어낸 폐차였고, 깨진 앞 유리에는 거미줄처럼 자잘한 금이 나 있었다. 어둡지만 펜더와 측면 패널까지 녹으

* 쉐보레의 애칭.

로 온통 부식되어 있다는 것을 알 수 있었다. "저거 별 쓸모 없지?"

조이는 맥주 마개를 땄다. "다 네 거니까 마음대로 해."

톰은 깊게 숨을 들이켜고 그 차를 마주 보았다. 늘어뜨린 양손을 꼭 쥐고, 정신을 집중하고 차를 응시했다. 차가 조금 흔들리더니 프런트 그릴이 5센티쯤 불안정하게 떠올랐다.

"와." 조이는 조롱하듯이 말하며 주먹으로 톰의 어깨를 툭 쳤다. 그러자 스튜드베이커는 쾅 소리를 내며 지면에 떨어졌다. 범퍼가 떨어져 나갔다. "염병할, 놀라 자빠지겠구먼." 조이가 말했다.

"빌어먹을, 조용히 해. 방해하지 말라고." 톰이 말했다. "난 할 수 있어. 지금부터 그걸 보여줄 테니까 제발 그 좆같은 입을 잠깐만이라도 다물고 있으라고. 연습했다니까. 지금 내가 뭘 할 수 있는지 넌 상상도 못할걸."

"그래그래, 한마디도 안 할게." 조이는 씩 웃으며 약속했고, 맥주를 크게 한 모금 들이켰다.

톰은 스튜드베이커를 향해 다시 몸을 돌렸다. 모든 것을 머릿속에서 지우고, 조이나 개들이나 폐차장을 잊으려고 노력했다. 스튜드베이커가 그의 세계를 가득 채웠다. 공처럼 딴딴하게 뭉쳐 있는 위장을 향해 긴장을 풀라고 말하고, 몇 번 심호흡을 하며 주먹 쥔 손을 폈다. **자, 지금이야, 지금이라고, 편하게 해, 동요하지 말고 그냥 하면 돼, 이것보다 훨씬 더한 일도 해봤잖아, 이건 쉬워, 쉬운 일이라고.**

차가 천천히 떠오르기 시작했다. 녹슨 쇳가루를 비처럼 뿌리며 공중으로 올라간다. 톰은 차를 빙빙 돌리기 시작했다. 빠르게, 좀 더 빠르게. 이윽고 그는 승리감에 찬 미소를 지으며 15미터나 떨어진 곳으로 스튜드베이커를 내던졌다. 그것은 쉐비 폐차를 쌓아놓은 더미에 격돌했다. 쇳덩이들이 산사태가 일어난 것처럼 한꺼번에 무너져 내린다.

조이는 라인골드 맥주를 모두 들이켰다. "나쁘지 않군. 몇 년 전에는 내 몸을 울타리 위로 들어 올리는 일에도 힘겨워했으니."

"내 힘은 계속 강해지고 있어." 톰은 대꾸했다.

조이 디안젤리스는 고개를 끄덕이고 빈 맥주병을 옆으로 내던졌다. "좋아, 그럼 나를 상대하더라도 아무 문제가 없겠지?" 그는 양손으로 톰을 홱 밀쳤다.

톰은 비틀비틀 물러나며 얼굴을 찌푸렸다. "어이, 조이, 그만둬."

"그만두게 해봐." 조이는 이렇게 대꾸하고 더 세게 친구를 밀쳤다. 톰은 거의 넘어질 뻔했다.

"빌어먹을, 그만하라고. 그런 장난은 재미없어, 조이."

"재미없다고?" 조이는 씩 웃었다. "난 졸라 웃긴데. 하지만 어이, 너 나를 막을 수는 있는 거 맞지? 네 그 빌어먹을 능력을 써서 말이야." 그는 톰의 얼굴과 닿을 정도로 접근해서 가볍게 뺨을 때렸다. "날 막아봐, 에이스." 이렇게 말하고 더 세게 뺨을 때렸다. "어이, 제트보이, 날 막아보라고." 세 번째는 한층 더 셌다. "자, 슈퍼히어로, 도대체 뭘 기다리고 있는 거야?" 네 번째로 뺨을 맞았을 때는 날카로운 아픔을 느꼈고, 다섯 번째로 맞았을 때는 머리통이 반쯤 돌아갔다. 조이는 더 이상 미소 짓고 있지 않았다. 톰은 친구의 입에서 풍기는 맥주 냄새를 맡았다.

톰은 조이의 손을 움켜잡으려고 했지만 힘과 속도에서 상대가 되지 못했다. 조이는 톰의 손을 슬쩍 피하고 또다시 따귀를 올려붙였다. "권투 하고 싶어, 에이스? 아주 묵사발로 만들어줄게, 이 얼간이 새끼야." 그가 또 뺨을 때렸을 때는 머리통이 날아가는 줄 알았다. 솟구친 눈물로 눈이 따끔거렸다. "나를 막아보라고, 이 병신아." 조이는 고함을 질렀다.

그는 주먹을 쥐고 톰의 배를 힘껏 갈겼다. 톰은 몸이 푹 꺾였다. 숨을 쉴 수가 없다.

톰은 집중력을 되찾으려고 악전고투했다. 상대를 붙잡고 밀쳐내려고 했지만 또다시 초등학교 운동장으로 돌아간 것이나 마찬가지였다. 사방에서 퍼붓는 주먹세례를 막기 위해 양손을 들어 올리는 것이 고작이었지만 아무 소용도 없었다. 조이가 훨씬 더 강했기 때문이다. 그는 계속 고함을 지르며 톰을 두들겨 팼다. 톰은 아무 생각도 할 수 없었다. 집중 따위는 불가능했다. 두들겨 맞는 것만으로도 벅찼다. 그는 비틀거리며 계속 뒤로 물러났지만 조이는 끈질기게 따라붙었고, 주먹 쥔 손을 뒤로 빼는가 싶더니 톰의 입가에 강렬한 어퍼컷을 먹였다. 잇몸에 찌르는 듯한 통증을 느꼈다. 어느새 톰은 입안 가득 피 맛을 느끼며 지면에 큰대자로 뻗어 있었다.

조이는 우뚝 서서 톰을 내려다보고 있었다. "염병할, 입술을 찢어놓을 생각은 없었어." 그는 허리를 굽히고 톰의 손을 잡아 거칠게 일으켜 세웠다.

톰은 손등으로 입가를 훔쳤다. 셔츠 앞섶에도 피가 묻어 있었다. "이게 뭐야. 엉망진창이 됐잖아." 그는 넌더리를 내며 조이를 쏘아보았다. "그건 공평하지 못했어. 빌어먹을, 그렇게 두들겨 맞으면 난 아무것도 할 수 없다고."

"헛. 네가 정신을 집중하고 사팔눈을 뜨는 동안 악당 놈들이 너를 그냥 얌전하게 놓아두어야 한다, 이거야?" 조이는 톰의 등을 탁 쳤다. "그러다가는 강냉이가 몽땅 날아가버릴걸. 그것도 운이 좋을 경우의 얘기야. 그냥 널 쏴 죽일 공산이 더 크니까 말이야. 터즈, 넌 제트보이가 아냐." 그는 몸을 부르르 떨었다. "들어가자. 뭐가 이리 좆나 추운지."

♥

　따뜻한 어둠 속에서 눈을 떴지만 지난밤 폭음한 일에 관해서는 거의 기억이 나지 않았다. 그러나 타키온은 바로 그런 상태를 선호했다. 힘겹게 상체를 일으켜 앉았다. 그가 누워 있는 침대의 시트는 매끄럽고 관능적인 새틴이었다. 토사물의 악취 사이에서도 여전히 꽃향기 같은 희미한 향수 냄새를 맡을 수 있었다.

　그는 비틀거리면서도 이불을 밀쳐내고 커다란 4주식 침대 밖으로 발을 내렸다. 맨발바닥에 닿는 방바닥에는 카펫이 깔려 있었다. 그는 벌거숭이였다. 노출된 피부에 와 닿는 방 안 공기는 불편할 정도로 따뜻했다. 손을 뻗어 전등 스위치를 찾아냈다. 전등 불빛이 너무 눈부셔서 자기도 모르게 짧은 흐느낌이 새어 나왔다. 분홍색과 흰색 벽지로 장식되고 빅토리아풍 가구가 어수선하게 배치된 방이었다. 두꺼운 방음벽까지 갖추고 있다. 존 F. 케네디를 그린 유화가 벽난로 위에서 미소 짓고 있었다. 한쪽 구석에는 1미터 높이의 성모 석고상이 놓여 있었다.

　에인절페이스는 차갑게 식은 벽난로 앞에 놓인 분홍색 안락의자에 앉아 있었다. 졸린 눈을 깜박이며 그를 바라보고, 손등으로 입을 가리며 하품을 한다.

　구토감과 수치심이 몰려왔다. "또 당신 침대를 차지해버렸군."

　"괜찮아." 에인절페이스가 대답했다. 두 발을 조그만 발판 위에 얹고 있다. 언제나 특별히 패드를 덧댄 신발을 신고 다님에도 불구하고, 발바닥은 흉측할 정도로 검게 멍들고 퉁퉁 부어 있었다. 그 점만 제외하면 실로 사랑스러운 모습이었다. 풀어 헤친 긴 흑발은 허리까지 내려오고, 장밋빛으로 물든 피부는 따스한 생명력을 발하고 있는 것처럼 보였다. 두 눈은 검고 촉촉했다. 그러나 가장 인상적인 것, 타키온이 언제나 경탄을 금하지 못하는 부분은 바로 그 눈에 깃든 따스함이었다. 그리고 그는 자신이 그런 애정을 받을 가치가 없는 인물임을 통절하게 자각했다. 그가 그녀에게 저지른 죄, 인류 모두에게 저지른 죄를 에인절페이스라고 불리는 이 여인은 어떤 이유에서인지 용서했을 뿐만 아니라, 그런 그를 보듬어주기까지 했던 것이다.

타키온은 관자놀이에 손을 갖다 댔다. 전기톱으로 뒤통수가 잘려나가는 듯한 기분이다. "머리가," 그는 신음했다. "비싼 술을 파니까 적어도 수지나 독성 물질을 제거하고 내놓을 수도 있잖아. 내 고향 타키스에서는—"

"알아." 에인절페이스가 말했다. "타키스에서는 술에서 숙취 성분을 아예 없앴다고 했지. 이미 그 얘긴 해줬잖아."

타키온은 지친 표정으로 미소 지었다. 허벅지가 노출된 짧은 새틴 튜닉만 입고 있는 그녀는 믿기 힘들 정도로 청아해 보였다. 짙은 레드와 인색이 그녀의 흰 피부와 잘 어울린다. 그러나 그녀가 의자에서 일어났을 때 옆얼굴이 흘끗 보였다. 잤을 때 의자에 기댄 뺨 부분이 이미 멍들어 있었다. 뺨에 자줏빛 꽃이 핀 듯한 광경이다. "에인절……."

"아무렇지도 않아." 그녀는 옆머리를 앞으로 잡아당겨 얼굴의 멍을 감췄다. "옷이 너무 더러워서 맬한테 세탁해 오라고 했어. 그러니까 잠시 더 내 포로 노릇을 하고 있어야 해."

"얼마나 오래 자고 있었지?" 타키온은 물었다.

"하루 종일. 걱정 마. 술을 너무 많이 퍼마시고 다섯 달 동안이나 곯아떨어졌던 손님도 있었어." 그녀는 경대 앞에 앉아 전화 수화기를 들고 아침 식사를 주문했다. 그녀는 토스트와 홍차, 타키온을 위해서는 달걀과 베이컨, 브랜디를 넣은 진한 커피. 아스피린을 곁들여서.

"됐어." 그는 사양하려고 했다. "그렇게 많이 먹으면 토해버릴 게 뻔해."

"먹어야 해. 아무리 우주에서 왔다고 해도 코냑만 먹고 어떻게 살아."

"그래도……."

"술을 마시고 싶으면, 우선 먹어." 그녀는 무뚝뚝하게 말했다. "그런 조건이었잖아. 기억 안 나?"

조건. 그렇다. 그는 기억했다. 월세와 음식을 제공받을 뿐만 아니라 바에서 공짜 술을 마셔도 된다는 조건이었다. 그 사건의 기억을 씻어내기 위해 마실 수 있을 때까지. 그 대신 그가 할 일이라고는 음식을 먹고 그녀에게 이야기를 해주는 것이었다. 그녀는 그의 이야기를 듣는 것을 정말 좋아했다. 그는 그녀에게 일족의 일화를 얘기해주었고, 행성 타키스의 관습에 관해 강의했고, 역사와 전설과 로망스로 그녀의 머릿속을 가득 채웠다. 조커타운의 외잡함으로부터는 까마득하게 단절된, 무도회와 권모술수와 이국의 아름다움에 관한 이야기를 자아냈던 것이다.

이따금 가게 문을 닫은 뒤에는 그녀를 위해 춤을 출 때도 있었다. 그녀는 나이트클럽의 거울 바닥 위에서 타키스의 복잡하고 오래된 파반을 추는 그를 구경하며 격려했다. 두 사람 모두 와인을 너무 많이 마셨던 어느 날 밤에는 그를 설득해서 '혼례의 패턴'을 추게 한 적도 있었다. 타키스인이 혼례의 밤에 단 한 번 추는 관능적인 춤이다. 그녀가 그와 함께 춤을 춘 것은 그때가 유일했다. 그녀는 처음에는 주저하듯이, 나중에는 점점 더 빨리 그의 스텝을 따라 움직이면서 몸을 흔들고 빙빙 돌며 격렬하게 춤을 췄다. 맨발바닥의 피부가 벗겨지고 갈라져서 거울 타일

위에 피에 물든 발자국들이 점점이 남을 때까지. '혼례의 패턴'을 추는 커플은 마지막에는 무너지듯이 몸을 맞대고 환희에 찬 긴 포옹으로 끝을 맺는 법이었지만 그것은 타키스에서의 일이었다. 이곳에서 그 순간이 왔을 때 그녀는 패턴을 깨고 그에게서 몸을 뺐고, 그는 머나먼 곳에 고향을 두고 왔다는 사실을 다시 한번 실감해야 했던 것이다.

2년 전에 조커타운의 골목에서 벌거벗은 채로 정신을 잃고 쓰러져 있는 타키온을 발견한 것은 데즈먼드였다. 곯아떨어진 그의 옷을 누군가가 훔쳐 갔고, 본인은 섬망 상태에 빠져 고열에 시달리고 있었다. 데즈는 사람들을 불러 그를 펜트하우스로 데리고 갔다. 정신을 차리자 클럽의 내실에 있는 간이침대 위에서 맥주 통과 와인 선반에 에워싸인 채로 누워 있었다. "자기가 뭘 마시고 있었는지 알아?" 에인절페이스는 사람들이 사무실로 그를 데려가자 대뜸 물었다. 타키온은 몰랐다. 기억하는 것이라고는 너무나도 술이 간절해서 오장육부가 찢어지는 고통을 느꼈고, 골목에 있던 늙은 흑인이 친절하게도 자기가 마시던 것을 나눠주었다는 사실뿐이었다. "그건 스터노*라고 하는 거야." 에인절페이스가 가르쳐주었다. 그녀는 데즈에게 명해서 가게에서 가장 좋은 브랜디를 가져오게 했다. "술을 마시고 죽는 건 자유지만, 그래도 좀 고상한 방식으로 그러는 편이 낫지 않을까." 브랜디는 가늘고 따뜻하게 그의 가슴속으로 흘러내렸고, 손의 떨림을 멎게 했다. 브랜디 잔을 모두 비운 다음 타키온은 그녀에게 감사의 말을 쏟아냈다. 그러나 그가 손을 내밀자 그녀는 몸을 사렸다. 그는 이유를 물었다. "보여줄게." 그녀는 손을 내밀며

---

*   깡통에 든 휴대용 고체연료. 고의적으로 독성을 가미한 변성 에탄올을 쓰지만 부랑자 등이 술 대용으로 마시는 경우가 있다.

말했다. "살짝." 그의 입술이 그녀의 살갗을 아주 살짝 스쳤다. 손등이 아니라 손목 안쪽에 입술을 댄 것은 그녀의 맥박을, 그녀의 몸 안에 흐르는 생기를 느끼고 싶었기 때문이다. 그녀는 너무나도 사랑스러웠고, 친절했고, 그는 그런 그녀를 간절히 원했다.

다음 순간 그의 입술이 닿은 부분의 살갗이 자줏빛으로, 급기야는 검은색으로 바뀌는 것을 보고, 그는 참담한 낭패감에 사로잡혔다. **이 여자도 내 희생자였어.** 그는 생각했다.

그럼에도 불구하고 그들은 친구가 되었다. 물론 꿈속을 제외하면 연인은 되지 못했다. 그녀 몸의 모세혈관은 아주 작은 압력만으로도 파열되고, 그녀의 극단적으로 과민한 신경계는 가장 가벼운 접촉을 하는 것만으로도 극심한 고통을 불러일으키기 때문이다. 부드럽게 쓰다듬기만 해도 그녀의 살갗은 검푸르게 멍들고, 섹스를 하려고 했다가는 아마 사망할 것이다. 그러나 친구는 될 수 있었다. 그녀는 그가 줄 수 없는 것을 결코 요구하지 않았기 때문에, 그가 그녀를 실망시킬 우려는 애당초 없었다.

루스라는 이름의 곱사등이 흑인 여인이 아침 식사를 가지고 왔다. 머리카락 대신 푸르스름한 깃털이 달려 있다. "오늘 아침에 어떤 사내가 가지고 왔어요." 그녀는 음식을 차린 다음 이렇게 말하고 에인절페이스에게 갈색 포장지에 싸인 두껍고 네모난 꾸러미를 건넸다. 에인절페이스는 별말 없이 그것을 받아 들었다. 타키온은 브랜디를 섞은 커피를 마신 다음 접시에 듬뿍 담긴 베이컨과 달걀을 낭패한 표정으로 응시했다.

"그렇게 난감한 표정을 지을 필요는 없잖아." 에인절페이스가 말했다.

"네트워크의 우주선이 타키스를 방문했을 때, 우리 증조모님 아무라스가 리바르의 특사한테 뭐라고 대꾸했는지는 아직 얘기 안 했지?" 그는 운을 뗐다.

"안 했어. 얘기해봐. 난 당신 증조모님이 좋아."

"난 아냐. 난 생각만 해도 무섭거든." 타키온은 이렇게 대꾸하고, 이야기하기 시작했다.

♣

톰은 동이 트기 한참 전에 일어났다. 조이는 안쪽 방에서 코를 골며 자고 있었다. 낡아빠진 커피머신에 커피 주전자를 올려놓고 토머스사(社)의 잉글리시 머핀을 토스터에 집어넣었다. 커피가 내려지는 동안 소파 침대를 다시 소파 모양으로 접어놓았다. 구운 머핀에 버터와 딸기잼을 바른 다음 뭔가 읽을 것이 없는지 주위를 둘러보았다. 만화책들이 눈에 들어왔다.

이것들을 구출해낸 날의 일을 머리에 떠올렸다. 아버지에게 물려받은 〈제트보이〉 시리즈를 포함한 코믹스 대부분은 본디 그의 것이었다. 그는 코믹스를 정말로 사랑했다. 그러던 1954년의 어느 날, 학교에서 집으로 돌아와보니 모조리 사라져 있었다. 책장 하나와 두 개의 주황색 나무 상자에 들어 있던 재밌는 책들이 통째로 사라졌던 것이다. 어머니 말에 따르면 PTA*에서 나온 여자들이 코믹스가 아이들에게 얼마나 악영향을 끼치는지를 설명했다고 한다. 그들은 워섬 박사가 쓴 책을 보여

---

* 학부모회.

주면서 코믹스는 어린아이들을 비행 청소년이나 동성애자로 만드는 데다가 에이스나 조커를 영웅시하기까지 한다는 사실을 지적했다. 그래서 어머니는 그들이 톰의 컬렉션을 몽땅 수거해 가도록 내버려두었던 것이다. 톰은 고함을 지르며 분통을 터뜨렸지만, 아무 소용도 없었다.

PTA는 모든 학생들의 만화책을 수거해 갔고, 토요일에 운동장에서 태워버릴 예정이었다. 전국에서 같은 일이 일어나고 있었다. 코믹스, 적어도 공포와 범죄와 기괴한 힘을 가진 사람들에 관한 코믹스를 금지하는 법을 제정하자는 얘기까지 있었다.

워섬 박사와 PTA의 생각은 결국 옳았다. 금요일 밤에, 만화책 탓에 토미 터드베리와 조이 디안젤리스는 범죄자가 되었기 때문이다.

당시 톰은 아홉 살이었다. 조이는 열한 살이었지만, 일곱 살이었을 때부터 아버지의 트럭을 몰고 다녔다. 한밤중에 조이는 트럭을 슬쩍 몰고 나와서 몰래 집을 빠져나온 톰과 합류했다. 학교에 도착하자 조이는 쇠지렛대로 교실 창문을 억지로 열었다. 톰은 조이의 어깨를 디디고 어두운 교실 안을 들여다보았다. 정신력으로 자신의 컬렉션이 든 상자들을 움켜잡고 공중으로 들어 올린 다음 트럭의 짐칸까지 이동시켰다. 그런 다음 덤으로 네댓 개의 다른 상자들까지 끄집어냈다. PTA는 끝끝내 알아차리지 못했다. 태울 만화책은 잔뜩 있었기 때문이다. 돔 디안젤리스는 이 많은 만화책들이 도대체 어디서 왔는지 의아했을지도 모르지만, 결코 그 사실을 입 밖에 내지 않았다. 그러는 대신 그것들을 꽂아 넣을 책장을 만들어주었다. 그는 자기 아들이 글을 읽을 수 있다는 사실을 정말로 자랑스러워하고 있었다. 그날부터 이 만화책들은 톰과 조이 두 사람의 컬렉션이 되었다.

톰은 커피와 머핀을 주황색 나무 상자 위에 올려놓고 책장으로 가서 〈제트보이 코믹스〉 몇 권을 꺼내 왔다. 머핀을 먹으면서《공룡섬의 제트보이》《제트보이 대 제4제국》그리고 그가 가장 좋아하는 최종 편이자 진정한 걸작인《제트보이 대 외계인》을 읽었다. 최종 편의 표지를 펼치니 '브로드웨이 상공 30분'이라는 제목이 쓰여 있었다. 식은 커피를 마시며 두 번이나 읽었고, 최고의 명장면 몇 군데를 음미했다. 마지막 장에는 외계인의 그림이 실려 있었다. 흐느끼는 타키온의 모습이. 실제로 이런 일이 일어났는지 안 일어났는지는 모르겠다. 그는 만화책을 덮고 잉글리시 머핀을 마저 먹었다. 그러고는 오랫동안 곰곰이 생각에 잠겼다.

제트보이는 영웅이었다. 그렇다면 톰은? 아무것도 아니다. 약골에다 겁쟁이에 불과하다. 그가 지닌 와일드카드의 초능력 따위는 누구에게도 도움이 되지 않았다. 아무 쓸모도 없다. 그와 마찬가지로.

그는 의기소침한 기분으로 외투를 걸치고 밖으로 나갔다. 새벽의 폐차장은 황량하고 추악했다. 바람까지 차가웠다. 동쪽으로 몇백 미터쯤 간 곳에 있는 뉴욕만의 녹색 해면에는 파도가 일고 있었다. 톰은 폐차로 이루어진 작은 언덕 위에 있는 낡은 패커드로 기어 올라갔다. 삐걱거리는 문을 억지로 열고 들어간다. 좌석은 여기저기 찢어지고 썩은 내를 풍겼지만, 여기 있으면 적어도 바람은 피할 수 있다. 톰은 구부린 무릎을 대시보드에 갖다 댄 자세로 등을 젖히며 떠오르는 해를 바라보았다. 한참을 그렇게 꼼짝도 않고 앉아 있었다. 폐차장에 널린 휠 캡과 폐타이어들이 공중으로 떠오르더니 굉음을 울리며 바다 쪽으로 날아가서 뉴욕만의 거친 녹색 해면에 첨벙첨벙 떨어진다. 섬 위에 자리 잡은 자유의 여신상이 보였고, 북동쪽 맨해튼섬을 덮은 마천루들의 희미한 윤곽을 볼 수 있었다.

거의 7시 반이었다. 팔다리가 뻐근했다. 몇 개나 되는 휠 캡을 날려 보냈는지는 기억도 나지 않는다. 톰 터드베리가 기묘한 표정을 떠올리며 고쳐 앉은 것은 바로 그때의 일이었다. 공중에서 오르락내리락하던 아이스박스가 쾅 소리를 내며 지면에 떨어졌다. 손가락으로 머리카락을 훑은 그는 다시 아이스박스를 들어 올렸고, 20미터쯤 공중을 이동시켜 조이가 자고 있는 판잣집의 파형 지붕 위에 정통으로 떨어뜨렸다. 타이어와 뒤틀린 자전거와 휠 캡 여섯 개와 조그맣고 빨간 손수레가 그 뒤를 이었다.

판잣집의 현관문이 쾅 소리를 내며 열렸고, 조이가 뛰쳐나왔다. 이 추운 날씨에도 사각팬티와 민소매 속셔츠 바람이었지만, 정말로 화난 표정을 하고 있었다. 톰은 친구의 맨발을 홱 잡아당겼다. 조이는 세차게 엉덩방아를 찧고 욕설을 내뱉었다.

톰은 조이의 몸을 움켜잡고 거꾸로 들어 올렸다. "터드베리, 이 새끼, 너 어디 있어?" 조이가 고함을 질렀다. "멍청한 자식, 그만두지 못하겠어? 당장 내려."

톰은 머릿속으로 두 개의 거대한 손을 상상하고 조이를 한 손에서 다른 손으로 던졌다. "내려가기만 하면 묵사발로 만들어놓겠어. 남은 평생 동안 빨대로 음식을 빨아 먹게 만들 거야." 조이가 위협했다.

손잡이는 몇십 년이나 쓰이지 않은 탓에 뻑뻑했지만, 톰은 마침내 패커드의 창문을 내리는 데 성공했다. 그는 고개를 내밀고 말했다. "어이, 얘들아, 어이, 어이, 어이." 그는 껄껄거리며 새된 소리로 말했다.

조이는 높이 4미터의 공중에 대롱대롱 매달린 채로 주먹을 쥐어 보였다. "네 소중한 물건을 뽑아놓겠어, 좆같은 새끼." 그는 외쳤다. 톰은 조이의 사각팬티를 홱 벗겨내서 전신주에 걸어놓았다. "너 죽었어, 터드베리." 조이가 말했다.

톰은 깊이 숨을 들이쉬고 조이를 아주 살짝 지면에 내려주었다. 자, 이제 결정적인 순간이 왔다. 조이는 온갖 욕을 내뱉으며 그를 향해 달려왔다. 톰은 눈을 감고 양손을 운전대에 올려놓은 다음 **들어 올렸다.** 패커드가 꿈틀거렸다. 이마에 땀이 방울방울 맺혔다. 그는 바깥 세계를 차단하고 정신을 집중해서 10에서 뒤로 천천히 수를 세었다.

마침내 눈을 떴다. 조이의 주먹에 코를 직격당할 것을 반쯤 예상하고 있었지만, 패커드의 엔진 뚜껑에 내려앉은 갈매기밖에는 보이지 않았다. 금이 간 앞 유리 안을 들여다보려는 듯이 고개를 갸우뚱하고 있다. 공중에 떠 있다. 그는 날고 있었다.

톰은 창밖으로 고개를 내밀었다. 조이는 6미터 아래 지면에 서서, 양손을 허리에 갖다 대고 넌더리 난다는 표정으로 그를 쏘아보고 있었다. "자, 봐." 톰은 미소 지으며 아래를 향해 소리쳤다. "어젯밤 너 나한테 뭐라고 했더라?"

"개자식, 어디 하루 종일 그렇게 떠 있을 수 있는지 두고 보자." 조이가 말했다. 별 소용 없는 주먹을 쥐고 마구 흔들자 긴 앞머리가 눈을 가렸다. "아, 염병할. 그걸로 뭘 증명하겠다는 거야? 내가 총을 쥐고 있었다면 넌 지금쯤 죽은 목숨일 텐데."

"네가 총을 쥐고 있었다면 이렇게 창문에서 머리를 내밀지는 않았을 거야." 톰은 대꾸했다. "사실 창문은 아예 없는 편이 낫겠군." 그는 잠시 생각에 잠겼지만, 이렇게 공중에 뜬 채로 생각하기가 쉽지 않았다. 패커드는 무거웠기 때문이다. "내려가겠어, 조이. 어, 이제 좀 진정됐어?"

조이는 히죽 웃었다. "어서 내려와서 직접 알아보라고, 터즈."

"그럼 옆으로 비켜서 있어. 이 빌어먹을 물건에 깔리기라도 하면 어쩌려고 그래."

조이는 소름이 돋은 하반신을 드러낸 채로 휘적휘적 옆으로 이동했다. 톰은 바람 없는 날에 낙엽이 떨어지듯이 살짝 패커드를 착륙시켰다. 문을 반쯤 열었을 때 조이가 손을 뻗어 그의 어깨를 움켜잡고 일으켜 세웠고, 차 측면에 밀어붙인 다음 주먹을 들어 올렸다. "이 자식을 그냥—" 그는 이렇게 운을 뗐다가 고개를 설레설레 저으며 콧방귀를 뀌었고, 톰의 어깨를 툭 쳤다. "빌어먹을 빤쓰나 내놔, 에이스."

집 안으로 되돌아간 톰은 남은 커피를 다시 데웠다. "네가 만들어줘야 해." 그는 스크램블드에그와 햄을 만들고 잉글리시 머핀을 두 개 더 구우면서 말했다. 테키*를 쓰면 언제나 식욕이 왕성해진다. "넌 자동차 정비나 용접이나 그런 것들에는 빠삭하잖아. 배선은 내가 맡을게."

"배선?" 조이는 커피 김으로 손을 덥히며 말했다. "그런 좆같은 게 왜 필요한 건데?"

"탐조등이나 TV 카메라를 달아야 하거든. 총알이 들어올 수 있는 창문이 아예 없는 게 나아. 난 카메라를 싸게 구할 수 있는 데를 알고, 또 여기 폐차장에 오래된 TV가 잔뜩 있잖아. 내가 알아서 다 설치해놓을게." 그는 자리에 앉아 스크램블드에그를 게걸스럽게 먹었다. "확성기도 몇 개 있어야겠군. 방송 장비를 갖추는 거야. 발전기도 필요하겠고. 혹시 냉장고가 들어갈 자리는 있을지 몰라?"

"저 패커드는 괴물처럼 크잖아." 조이가 말했다. "좌석들을 떼어내면 냉장고 따위 세 개는 들어가겠다."

"패커드는 안 돼. 그보다 더 가벼운 차가 필요해. 창문은 폐차에서

---

*   텔레키네시스(염력)의 약칭.

차체 패널 같은 걸 뜯어내서 가리면 되겠고."

조이는 눈을 가린 머리카락을 걷어냈다. "좆같은 차체 패널 따윈 잊어버려. 진짜 장갑판이 있다고. 전쟁 때 쓰던 거야. 1946년에서 47년 사이에 해군기지에서 군함들을 잔뜩 폐선시켰는데, 우리 아버지가 그 고철을 쓰겠다고 응찰했거든. 그렇게 해서 무려 20톤이나 되는 빌어먹을 강철을 가져왔지. 진짜 돈 낭비였어—도대체 누가 전함 장갑판 따위를 사려고 하겠어? 지금도 저기 뒤뜰에 고스란히 쌓인 채로 녹슬어가고 있는 물건이 바로 그거야. 좆같은 16인치 함포로 쏘아야 관통될까 말까 하는 물건이지. 그러니까 터즈, 그걸 두르면 넌—염병할, 그러니까, 안전할 거야."

그러자마자 톰은 퍼뜩 깨달았다. "안전할 거야." 그는 큰 소리로 말했다. "등딱지(shell)* 안에 꼭꼭 숨은 거북이처럼!"

♠

이제 크리스마스까지 열흘밖에 안 남았다. 타크는 통유리에 면한 아늑한 부스석에 앉아 12월의 추위를 녹여줄 아이리시커피를 홀짝이며 편면 유리를 통해 바워리를 바라보고 있었다. 펀하우스의 개점 시각까지는 아직 한 시간 남았지만, 에인절페이스의 친구들을 위해 뒷문은 언제나 개방되어 있었다. 무대에서는 코스모스와 카오스를 자칭하는 두 명의 조커 저글러들이 볼링공을 주고받으며 연습하고 있었다. 코스모스는 가부좌를 틀고 1미터 높이의 공중에 떠 있었다. 눈이 없는 그의

---

* 'shell(셸)'은 영어로 '등딱지, 껍데기' 등의 뜻이 있다.

얼굴은 평화로웠다. 완전한 장님이었지만 결코 헛동작을 하거나 볼링 공을 떨어뜨리는 일이 없었다. 팔 여섯 개가 달린 파트너 카오스는 미친 사람처럼 무대 위를 뛰어다니고 있었다. 킥킥 웃고 시답잖은 농담을 늘 어놓으며, 두 팔로 불이 붙은 몽둥이들을 등 뒤에서 공중으로 던져대는 동시에, 남은 네 팔로는 코스모스와 볼링공을 주고받고 있다. 타크는 그런 그들을 흘끗 바라보았을 뿐이다. 제아무리 재능이 있다 해도 기형화한 인간들을 바라보면 가슴이 아팠기 때문이다.

바운서*인 맬이 부스석으로 슬쩍 들어왔다. "그거 얼마나 마셨어?" 맬은 오만상을 찌푸리고 아이리시커피를 쏘아보며 말했다. 그의 아랫입술에 달린 촉수들이 지렁이처럼 늘어났다가 수축하는 일을 반복했다. 거대하고 검푸른 기형적인 아래턱에 적대적인 경멸의 표정을 떠올리고 있다.

"그건 자네가 관여할 바가 아닌 것 같은데."

"정말이지 넌 아무 쓸모도 없는 작자로군. 안 그래?"

"쓸모가 있다고 주장한 적은 한 번도 없었어."

맬은 끙 하는 소리를 냈다. "넌 똥 덩어리만큼이나 무가치해. 도대체 에인절은 뭐가 필요해서 너처럼 계집애 같은 외계인 나부랭이가 우리 가게를 돌아다니면서 맘대로 술을 처먹게 놔두는지 모르겠군……."

"그럴 필요는 물론 없지. 나도 사양했지만 소용없더라고."

"도대체 남의 말에는 귀를 안 기울이니." 맬은 동의하고 주먹을 쥐었다. 아주 큰 주먹이었다. 와일드카드에 감염되기 전 그는 헤비급 세계 랭킹 8위의 권투선수였다. 그날이 온 뒤로는 3위까지 올라갔지만……

---

*   술집이나 클럽의 사복 경비원.

프로스포츠계에 와일드카드 금지령이 발동되면서 그의 꿈은 한순간에 물거품이 되고 말았다. 원래는 에이스들의 참가를 막음으로써 일반인들의 정상적인 경기를 유지하기 위한 고육책이었다고 하지만, 조커들은 초능력이 없으므로 괜찮다는 예외 조항 따위는 딸려 있지 않았다. 그런 맬도 이제는 나이를 먹어서 머리카락도 많이 빠지고 철회색으로 셌지만, 헤비급 챔피언이었던 플로이드 패터슨의 허리를 무릎 위에서 뚝 부러뜨리거나, 서니 리슨과 눈싸움을 해도 이길 수 있을 정도로 험상궂었다. "저걸 좀 보라고." 그는 창밖을 쏘아보며 역겹다는 뜻이 끙 하는 소리를 냈다. 타이니가 휠체어를 몰고 밖으로 나와 있었다. "저 자식은 도대체 저기서 뭘 하고 있는 거지? 이 근처엔 이제 얼씬도 하지 말라고 경고해뒀는데." 맬은 현관문 쪽으로 갔다.

"그냥 놔두면 안 돼?" 타키온이 그의 등에 대고 말했다. "무슨 해가 있는 것도 아니잖아."

"해가 없다고?" 맬은 벌컥 화를 냈다. "저 녀석이 저렇게 울면서 지랄을 하니까 빌어먹을 관광객들이 놀라 다 달아나잖아. 그럼 네가 공짜로 처먹는 술값은 누가 대줄 거라고 생각해?"

그러자 현관문이 열리더니 접은 외투를 팔에 걸친 데즈먼드가 들어와서 긴 코를 반쯤 들어 올렸다. "그냥 놔둬, 맬." 클럽 지배인은 지친 어조로 말했다. "자, 가서 자네 볼일 보라고." 맬은 불만스럽게 중얼거리며 자리를 떴다. 데즈먼드는 타키온의 부스석으로 와서 앉았다. "안녕하신가, 닥터."

타키온은 고개를 끄덕이고 커피를 모두 들이켰다. 잔 바닥에 고여 있던 위스키가 식도를 타고 흘러내리며 몸이 뜨뜻해진다. 어느새 그는 거울 처리가 된 탁자에 반사된 자기 얼굴을 응시하고 있었다. 황폐해지고 수척해진 **야비한** 얼굴, 벌겋게 충혈된 푸석푸석한 눈, 제멋대로 자라 헝클어지고 개기름이 낀 붉은 머리카락. 오랜 폭음으로 인해 일그러진 이목구비. 이건 그가 아니었다. 그일 리가 없다. 그는 말쑥하게 잘생긴, 기품 있는 사내였다. 그런데 이 얼굴은—

데즈먼드의 긴 코가 뱀처럼 스르르 늘어나더니 끝부분에 달린 손가락들이 타키온의 손목을 거칠게 움켜잡고 홱 당겼다. "지금까지 내가 하는 얘기를 전혀 안 듣고 있었군?" 데즈는 분노 탓에 다급해진 목소리로 낮게 말했다. 타크는 지금까지 데즈먼드가 그에게 말을 걸고 있었다는 사실을 흐릿하게나마 깨달았다. 그는 사죄의 말을 중얼중얼 늘어놓기 시작했다.

"그건 됐어." 데즈는 손목을 놓아주며 말했다. "잘 들어, 닥터. 난 당신 도움을 요청하고 있었어. 난 조커일지도 모르지만 무지하지는 않아. 난 당신에 관해 읽은 적이 있어. 그래서 당신한테는 모종의…… 능력이 있다는 걸 알아."

"아냐." 타크는 상대의 말을 가로막았다. "자네가 생각하는 그런 게 아냐."

"당신의 능력에 관해서는 상당히 자세히 기록되어 있어." 데즈가 말했다.

"난 그런……." 타크는 더듬거리다가 양손을 펼쳐 보였다. "그건 옛날 일이야. 난 그걸 잃었어. 그러니까 이제 쓰지를 못해." 그는 거울에 비친, 술에 찌든 자신의 얼굴을 내려다보았다. 할 수만 있다면 데즈의 눈을 똑바로 바라보고 설득하고 싶었지만, 조커의 기형적인 얼굴을 도저히 직시할 수가 없었다.

"쓸 생각이 없다는 얘기로군." 데즈는 자리에서 일어났다. "가게를 열기 전에 오면 안 취했을 때 얘기를 나눌 수 있을 거라고 생각했는데. 내 생각이 틀렸군. 방금 한 얘긴 모두 잊어버려."

"가능하다면 나도 자네를 돕고 싶지만—"타크는 운을 뗐다.

"나를 도와달라는 얘기가 아니었어."데즈는 날카롭게 내뱉었다.

상대가 떠나자 타키온은 은빛 크롬으로 장식된 긴 카운터 쪽으로 가서 코냑 한 병을 통째로 마시기 시작했다. 첫 번째 잔을 들이켜자 기분이 나아졌고, 두 번째 잔을 마시니 손의 떨림이 멎었다. 세 번째 잔을 마시면서 그는 흐느껴 울기 시작했다. 맬이 다가오더니 혐오스럽다는 듯이 그를 내려다보았다. "너처럼 지독한 울보는 본 적이 없어."그는 더러운 손수건을 타키온에게 거칠게 쥐여주고 가게 문을 열러 갔다.

◆

네 시간 반을 연속해서 공중에 떠 있는데 오른발 앞에 설치해놓은 경찰용 주파수 수신기가 직직거리며 화재 소식을 전했다. 엄밀하게 말하자면 **공중**이라기보다는 단지 지면에서 2미터 올라간 곳에서 떠다니고 있었을 뿐이지만 말이다. 하지만 그것만으로도 충분했다. 톰은 2미터든 20미터든 별 차이가 없다는 사실을 알아냈기 때문이다. 네 시간 반 동안이나 공중에 떠 있었는데도 전혀 피곤하지 않고, 오히려 **고양감**을 느끼기까지 했던 것이다.

지금 그는 버킷 시트에 단단히 안전벨트를 매고 앉아 있었다. 조이가 짜부라진 트라이엄프 TR-3에서 떼어내서 폭스바겐 한복판에 박아 넣은 낮은 회전축 위에 거치해준 것이다. 유일한 조명은 사방을 줄줄이 에워싼 각양각색의 텔레비전 화면들에서 나오는 푸르스름한 빛뿐이었다. 차 안은 카메라, 카메라 회전용 모터, 발전기, 환기장치, 음향 설비, 제어판, 예비 진공관들이 든 상자, 조그만 냉장고 따위로 가득 차 있었다. 좌석을 돌릴 공간조차도 거의 없을 지경이었다. 그러나 톰의 취향은 어느 쪽인가 하면 폐소공포증보다는 폐소애호증에 가까웠기 때문에 문제없었다. 오히려 여기 있으면 기분이 좋을 정도다. 조이는 내부를 완전히 들어낸 폭스바겐 비틀의 외곽 전체에 두꺼운 전함의 장갑을 이중으로 덧대놓았다. 웬만한 탱크는 명함도 못 내밀 정도로 안전했다. 조이가 2차 세계대전 중에 아버지인 돔이 독일군 장교에게서 노획한 루거 권총으로 몇 발 쏘아보았는데, 콩알처럼 튕겨내는 수준이었다. 어쩌다가 맞는 총알에 외부 카메라나 조명등이 깨질 가능성은 있지만, 장갑판을 두른 이런 셸 내부에 머무는 한 톰이 위험에 빠질 가능성은 전무했다. 안전한 게 아니라 숫제 **무적**이라고 해도 무방할 정도였다. 이렇게 든든한 상태라면 무슨 일이든 해낼 수 있을 것 같은 기분이었다.

완성된 장갑 셸의 중량은 패커드조차 능가했지만 아무 문제도 없었다. 네 시간 반 동안이나 단 한 번도 지면을 스치지 않고 소리 없이, 거의 힘들이지 않고 폐차장 안을 돌아다녔지만 톰은 힘든 기색조차도 없었기 때문이다.

수신기에서 화재 보고가 들려오자 그는 흥분이 등골을 타고 오르는 것을 의식했다. **바로 이거야!** 그는 생각했다. 조이가 올 때까지 기다리는 편이 낫겠지만, 지금 조이는 저녁에 먹을 (페퍼로니, 양파, 엑스트라 치즈) 피자를 사러 폼페이 피자에 가고 없었다. 여기서 시간 낭비를 할 수는 없다. 절호의 기회가 아닌가.

톰이 장갑 셸을 공중으로 2미터, 3미터, 4미터 부상시키자 차체 아랫부분에 둥글게 박혀 있는 탐조등들이 일그러진 금속과 고물의 산 위에 뚜렷한 그림자를 만들어냈다. 그는 불안한 눈으로 화면들을 훑으며 지면이 점점 멀어지는 것을 바라보았다. 고물 실베이니아 TV에서 가져온 브라운관의 영상이 천천히 위아래로 요동치기 시작했다. 톰은 조절 손잡이를 돌려 영상을 안정시켰다. 손바닥이 땀으로 축축했다. 5미터 높이까지 올라간 후 그는 해변에 닿을 때까지 장갑 셸을 천천히 전진시켰다. 눈앞에는 어둠이 펼쳐져 있었다. 너무 껌껌한 탓에 뉴욕은 보이지 않았지만, 계속 가면 도달할 수 있으리라는 사실을 알고 있었다. 조그만 흑백 화면들에 비치는 뉴욕만은 평소보다 더 어두워 보였다. 먹처럼 새까만 파도가 일렁이는, 끊임없이 계속되는 듯한 해면이 시야를 메운다. 도시의 불빛이 보일 때까지 이런 식으로 더듬듯이 나아가는 수밖에 없었다. 만약 바다 위에서 통제력을 잃고 추락한다면 예상했던 것보다 훨씬 빨리 제트보이와 JFK의 전철을 밟는 수밖에 없다. 설령 익사하기 전에 재빨리 해치를 열고 밖으로 탈출한다고 해도, 그는 헤엄을 치지 못하니 아무 소용도 없다.

하지만 난 추락할 생각은 **추호도 없어**. 그러다가 퍼뜩 깨달았다. 도대체 뭐가 무서워서 이렇게 주저하는 거지? 설마 또 추락할 리가 없잖아? 믿음을 가지자.

톰은 굳게 입을 다물고 정신을 집중해서 전진하는 일에만 전념했다. 셸은 매끄럽게 해면 위를 나아가기 시작했다. 아래쪽의 짜디짠 파도가 높게 일렁인다. 지금까지 수면을 밀어내본 적은 한 번도 없었는데, 지면 위로 떠오르는 것과는 느낌이 달랐다. 패닉에 사로잡힌 순간 장갑 셸이 흔들리며 1미터나 아래로 뚝 떨어졌지만, 가까스로 자제력을 되찾고 고도를 조정했다. 힘겹게 침착을 되찾고 장갑 셸을 위로 힘껏 밀어 올리며 상승했다. **높이**. 그는 생각했다. 높이 **날아가야** 해. 제트보이처럼, 블랙이글처럼, 좆같은 **에이스**답게 하늘을 날아가는 거야. 톰이 자신감을 되찾으면서 장갑 셸도 점점 더 빨라지며 뉴욕만 상공을 미끄러지듯이 가로지르기 시작했다. 이토록 엄청난 힘의 감각을 느낀 것은 난생처음이었다. 너무나도 기분이 좋고, 너무나도 **옳게** 느껴진다.

나침반도 제대로 작동했다. 10분도 채 지나지 않아 배터리 지구와 월스트리트의 불빛이 전방에 나타났다. 톰은 한층 더 고도를 올려 허드슨 강변을 따라 업타운 쪽으로 날아갔다. 제트보이의 영묘가 다가오다가 지나갔다. 10여 번은 족히 저 영묘 앞에 우뚝 서서, 건물 앞쪽에 세워진 거대한 금속상의 얼굴을 올려다본 적이 있다. 오늘 밤 밤하늘을 올려다보고 톰을 목격한다면 저 조각상은 무슨 생각을 할까.

뉴욕 시내 약도가 있었지만 오늘 밤에는 쓸 일이 없었다. 불길은 거의 2킬로미터 떨어진 곳에서도 뚜렷하게 보였기 때문이다. 화재 현장의 상공을 한 번 통과했을 때는 장갑 셸 안에서조차도 공중을 향해 날름거리는 열파를 느낄 수 있을 정도였다. 그는 신중하게 하강하기 시작했다. 환풍기가 윙윙거리며 돌아갔고, 카메라들은 그의 지시에 따라 회전했다. 하계는 혼돈과 불협화음의 지배를 받고 있었다. 사이렌 소리, 고함소리, 군중의 웅성거림, 바쁘게 움직이는 소방수들, 경찰의 저지선과 구급차, 불지옥을 향해 물을 쏘아대는 거대한 사다리 소방차들. 처음에는 보도 위로 15미터 올라간 곳에 떠 있는 그의 존재를 눈치챈 사람은 아무도 없었고, 탐조등으로 건물 벽을 이리저리 훑기 위해 좀 더 아래로 내려오고 나서야 사람들의 시선을 끌기 시작했다. 고개를 들고 위를 가리키는 모습이 보인다. 흥분한 나머지 머리가 핑핑 돌았다.

그러나 그런 감정을 곱씹을 여유는 거의 없었다. 다음 순간, 한 여자의 모습이 화면을 통해 시야 가장자리에 들어왔기 때문이다. 5층 창가에 갑자기 나타나서 허리를 구부리고 심하게 기침을 시작한 여자의 옷에는 이미 불이 붙어 있었다. 그가 미처 손을 쓰기도 전에 불길이 여자를 날름 훑었다. 그녀는 비명을 지르고 뛰어내렸다.

그는 그녀를 공중에서 받았다. 아무 생각도 망설임도 없었고, 그럴 능력이 있는지 고민하지도 않았다. 단지 **행동했을** 뿐이었다. 그녀의 몸을 공중에서 받아내서, 지면 위에 살짝 내려놓았던 것이다. 소방수들이 여자를 에워싸고 옷에 붙은 불을 끄고는 대기 중이던 구급차로 황급히 옮기는 것이 보였다. 그리고 이제, 톰은 **모두가** 그를 올려다보고 있다는 사실을 깨달았다. 둥근 불빛을 발하면서 밤하늘 높이 떠 있는 묘한 모양의 검은 물체를 말이다. 경찰 무선망이 직직거렸다. 그는 경찰이 비행접시가 나타났다고 보고하는 것을 듣고 씩 웃었다.

확성기를 든 경관이 경찰차 위로 올라가서 뭐라고 외치기 시작했지만 활활 타오르는 불길의 굉음 탓에 잘 들리지 않았다. 수신기를 끄고 귀를 기울여보니 착륙해서 누군지 또는 무엇인지 정체를 밝히라는 요구였다.

그 부분은 쉽다. 톰은 마이크를 켰다. "여기 터틀(Turtle)이 왔노라." 그는 말했다. 폭스바겐에는 타이어가 없었다. 그 자리에 부착된 것은 그들이 찾아낼 수 있었던 가장 큰 크기의 괴물 같은 스피커였다. 시판되는 것 중에서는 가장 큰 앰프로 작동하는 물건이다. 사상 최초로 터틀의 목소리가 지상에 울려 퍼졌다. 엄청나게 큰 "여기 터틀이 왔노라"라는 대답이 거리와 골목에 울려 퍼지며 반향했다. 마치 일그러진 천둥소리처럼 들렸지만, 왠지 그럴듯하지가 않았다. 톰은 음량을 한층 더 높이고 약간 더 굵은 목소리로 "여기 강대한 터틀이 왔노라"라고 당당하게 선언했다.

그런 다음 서쪽으로 한 블록 이동해서 검게 넘실거리는 오염된 허드슨강으로 갔고, 10미터 너비의 눈에 보이지 않는 거대한 두 손을 머릿속에 떠올렸다. 그것들을 강에 담그고 강물을 듬뿍 떠올린 다음 들어 올렸다. 강물을 가늘게 흘리며 왔던 곳으로 되돌아간다. 처음 퍼 온 강물을 불길에 쏟아붓자 구경꾼들 사이에서 간간이 환호성이 일었다.

♥

"메리 크리스마스." 괘종시계가 자정을 알리고 크리스마스이브를 맞아 엄청나게 몰려든 손님들이 환호하며 고함을 지르고 탁자를 치자, 타크는 술 취한 목소리로 말했다. 무대 위에서 험프리 보가트가 귀에 선 목소리로 재미도 없는 농담을 했다. 클럽 안의 모든 조명이 잠시 어두워졌다. 다시 불이 켜지자 보가트가 있던 자리에는 둥근 얼굴에 빨간 코를 지닌 통통한 사내가 서 있었다. "저건 누구야?" 타크는 왼쪽 자리에 앉아 있던 젊은 여자에게 물었다.

"W. C. 필즈예요." 그녀는 이렇게 속삭이고 그의 귓구멍에 혀를 집어넣었다. 오른쪽에 앉은 그녀의 쌍둥이 동생은 어느새 탁자 아래 그의 바지에 손을 집어넣고 그보다 한층 더 흥미로운 일을 하는 중이었다. 이 쌍둥이 자매는 에인절페이스가 그에게 준 크리스마스 선물이었다. "내 대역이라고 생각하면 돼." 그녀는 이렇게 말했지만, 물론 비교가 되지 않았다. 물론 둘 다 괜찮았다. 가슴이 풍만하고 쾌활한 데다가 수치심을 완전히 결여하고 있었다. 좀 단순하긴 했지만 말이다. 타키스의 섹스 장난감을 연상케 한다. 오른쪽에 앉아 있는 쪽은 와일드카드를 뽑았지만 침대에서도 고양이 마스크를 벗지 않기 때문에 어디가 이상한지는 알 수 없었다. 딱히 기형화한 부분이 눈에 띄지 않았기 때문에 발기한 그를 에워싼 달콤한 쾌락을 맛보는 데는 아무 지장도 없었다.

이 W. C. 필즈라는 사내가 누군지는 모르겠지만, 크리스마스와 어린아이들에 관한 신랄한 의견을 내놓자 관객들은 야유하며 그를 무대에서 쫓아냈다. 다음에 나온 마술사는 경탄할 만큼 많은 얼굴을 보여주었지만 농담에는 전혀 재능이 없었다. 타크는 개의치 않았다. 기분 전환거리는 얼마든지 있었기 때문이다.

"신문 보시죠, 닥터?" 신문팔이가 탁자 위로 〈헤럴드 트리뷴〉을 내밀었다. 손에는 두꺼운 손가락이 세 개 달려 있었고, 피부는 검푸르고 기름져 보였다. "크리스마스 뉴스가 몽땅 실려 있답니다." 그는 옆구리에 어설프게 낀 신문 뭉치를 추스르며 말했다. 씩 웃는 모양으로 벌어진 넓은 입의 양쪽 가장자리에서는 두 개의 만곡한 작은 엄니가 튀어나왔다. 납작한 중절모를 얹은 툭 튀어나온 거대한 머리통은 뻣뻣한 여러 개의 붉은 털 뭉치로 뒤덮여 있었다. '바다코끼리'라는 별명으로 불리는 주비라는 사내였다.

"됐어, 주비." 타크는 취객 특유의 점잔 뺀 목소리로 말했다. "하필 오늘 밤에 인간의 어리석음에 매몰되고 싶지는 않거든."

"아, 이것 좀 봐요." 오른쪽 쌍둥이가 말했다. "터틀이야!"

타키온은 잠시 황망해하며 주위를 둘러보았다. 도대체 펀하우스 안으로 그 거대한 장갑 셸이 어떻게 들어왔단 말인가. 그제야 여자가 신문기사 얘기를 하고 있다는 사실에 생각이 미쳤다.

"얘를 위해서 한 부 사는 게 나을걸요, 태키*." 왼쪽에 앉은 쌍둥이

---

*   타키온의 애칭.

48

가 킥킥거리며 말했다. "안 사주면 삐칠 테니까."

타키온은 한숨을 쉬었다. "살게. 하지만 부디 나 들으라고 농담 따위를 하진 말게나, 주비."

"실은 조커하고 폴란드인하고 아일랜드인이 무인도에 난파한 얘기를 새로 입수했는데, 사주신다니 입 닥치겠습니다." 주비는 흐늘흐늘한 미소를 띠며 말했다.

타키온은 동전을 찾으려고 바지 호주머니를 뒤졌지만, 잡히는 것이라고는 여자의 조그만 손밖에는 없었다. 주비가 윙크했다. "데즈한테서 받겠습니다." 타키온이 받아 든 신문을 탁자에 펼치자 클럽 안은 무대에 등장한 코스모스와 카오스를 향한 박수갈채로 들끓었다.

그리 선명하지 않은 터틀의 사진이 2단 기사와 함께 실려 있었다. 하늘을 나는 피클을 닮았군, 하고 타키온은 생각했다. 조그만 혹으로 뒤덮인 울퉁불퉁한 오이를 닮았다. 터틀이 할렘에서 아홉 살짜리 소년을 치어 죽인 뺑소니 운전자를 잡았다는 내용이었다. 가까스로 경찰이 도착했을 때 뺑소니차는 지상에서 5미터 넘는 공중에서 엔진이 켜진 채로 미친 듯이 바퀴를 돌리고 있었다고 한다. 옆에 실린 관련 기사는, 공군 대변인이 터틀의 장갑 셸이 시험적인 로봇식 비행 전차라는 소문을 공식 부인했다는 소식을 전하고 있었다.

"이젠 이런 기사보다 좀 더 중요한 것들을 보도해야 하는 거 아닌가." 타키온이 말했다. 터틀에 관한 요란한 소식은 이번 주에만 벌써 세 번째였다. 독자 의견란에도 사설에도 오로지 터틀, 터틀, 터틀 얘기뿐이었다. 텔레비전에서조차도 터틀에 관한 추측성 프로그램이 난무하고 있었다. 그는 누구인가? 그의 정체는 무엇일까? 어떻게 그런 능력을 발휘하는 것일까?

한 기자가 타키온의 의견을 물어본 적이 있었다. "텔레키네시스야." 타키온은 대꾸했다. "하나도 신기할 것이 없어. 거의 흔한 능력이라고 해도 좋을 정도야." 테키는 1946년에 와일드카드 바이러스에 노출된 희생자들 사이에서 가장 빈번하게 발현한 초능력이었다. 종이 집게나 연필 따위를 움직일 수 있는 환자를 족히 10여 명은 진찰했다. 자기 몸을 10분 연속해서 공중 부양할 수 있는 여자도 있었다. 얼 샌더슨의 비행 능력조차도 근본을 따지자면 텔레키네시스에 기인한 것이다. 타키온이 말하지 않은 부분은 터틀 수준의 엄청난 테키는 아예 선례가 없다는 점이었다. 물론 신문에 실린 기사 내용의 반은 부정확했지만 말이다.

"그치는 틀림없이 조커일 거야." 은회색 고양이 가면을 쓴 오른쪽 쌍둥이가 속삭였다. 그의 어깨에 몸을 기대고 터틀에 관한 기사를 읽고 있다.

"조커라고?" 타크는 반문했다.

"등딱지 안에 숨어 있잖아요. 정말 끔찍한 외모가 아닌 이상 그런 일을 할 필요가 어디 있어요?" 그녀의 손은 더는 그의 바지 안을 더듬고 있지 않았다. "그 신문, 가져도 돼요?"

타크는 그녀 쪽으로 신문을 밀었다. "사람들은 터틀에게 환호하고 있어." 날카로운 어조였다. "포 에이스에게 환호했던 것처럼."

"포 에이스라면 흑인 음악 그룹 아녜요?" 그녀는 머리기사로 주의를 돌리며 말했다.

"쟤는 기사 스크랩이 취미라서." 다른 쪽 쌍둥이가 말했다. "조커들은 모두 터틀이 자기들 같다고 생각하는 거 같아. 바보 같지 않아요? 보나 마나 공군에서 만든 비행접시 같은 기계일 게 뻔한데."

"기계가 아냐." 고양이 가면이 말했다. "여기 그렇게 쓰여 있잖아."

그녀는 빨갛게 칠한 긴 손톱으로 관련 기사를 가리켰다.

"얘는 신경 쓰지 마요." 왼쪽 쌍둥이는 이렇게 말하고 타키온에게 바싹 붙었고, 그의 목을 감싸며 한 손을 탁자 아래로 넣었다. "어, 왜 이래요? 다 죽었잖아."

"미안해." 타키온은 음울한 어조로 말했다. 코스모스와 카오스는 무대 위에서 도끼와 마체테*와 나이프를 던지고 받고 있었다. 폭포수처럼 쏟아져 내리는 반짝이는 날들이 주위의 거울에 무한하게 반사된다. 타키온은 고급 코냑을 앞에 놓고 좌우에 순종적이고 사랑스러운 젊은 여자들을 끼고 있었지만, 갑자기 그 자신도 뚜렷이 지목할 수 없는 이유로 인해 오늘 밤은 별로 좋은 밤이 아닐지도 모른다는 생각이 떠올랐다. 그는 거의 잔 가장자리까지 코냑을 가득 채우고 머리가 핑핑 돌 것 같은 알코올 증기를 가슴 깊이 들이마셨다. "메리 크리스마스." 그는 이렇게 중얼거렸지만, 딱히 누구를 향해 그런 것은 아니었다.

♣

맬의 화난 목소리를 듣고 의식이 돌아왔다. 타크는 거울로 된 탁자 윗면에서 힘겹게 고개를 들고 거울에 반사된 푸석푸석하고 붉은 얼굴을 향해 눈을 끔벅였다. 저글러들과 쌍둥이들과 관객들은 이미 돌아간 지 오래였다. 흘린 술에 얼굴을 박고 곯아떨어진 탓에 뺨이 끈적끈적했다. 쌍둥이들은 그를 격려하고 애무했으며 한 사람은 탁자 아래로 고개를 박기까지 했지만 아무 소용도 없었다. 그러자 에인절페이스가 탁

* 길고 폭이 넓은 벌채용 칼.

자 곁으로 와서 그들을 내보냈던 것을 기억한다. "이제 자, 태키." 그녀가 이렇게 말하자 맬이 와서 타키온을 침대로 떠메고 가야 할지 물었다. "오늘은 아냐. 무슨 날인지 알잖아. 그냥 여기서 술이 깰 때까지 자게 놔둬." 언제 잠들었는지는 기억이 나지 않았다.

머리가 폭발할 것 같은 느낌이었고, 맬의 고함 소리는 그런 사태를 개선하는 데 하등 도움이 되지 않았다. "네가 무슨 언질을 받고 왔든 난 좆만큼도 상관 안 해, 이 쓰레기 새끼. 절대로 못 만나." 맬이 외쳤다. 그보다 나직한 목소리가 어떤 대답을 했다. "그 좆같은 돈은 받게 될 거야. 하지만 너희들이 받는 건 그게 다야." 맬이 내뱉었다.

타크는 눈을 들었다. 거울에 반사된 어두운 모습들이 보였다. 희미한 새벽빛을 배경으로 서 있는 묘하게 일그러진 그림자들. 수백 개의 반사상들의 반사상들. 아름답고, 소름 끼치고, 셀 수 없이 많은, 그의 아이들, 그의 후계자들, 그의 죄가 빚어낸 존재들, 조커들로 이루어진 살아 있는 바다. 나직한 목소리가 또 뭐라고 말했다. "아, 내 조커 좆이나 빨아." 맬이 말했다. 지금은 뒤틀린 작대기에 호박 같은 머리통이 달려 있는 것처럼 보인다. 타크는 미소 지었다. 맬은 누군가를 거칠게 밀치고 뒤춤에 꽂아놓은 총으로 손을 뻗쳤다.

반사상들과 반사상들의 반사상들. 비쩍 마른 그림자와 부풀어 오른 그림자. 둥근 얼굴을 한 자들과 칼날처럼 얇은 자들. 흑과 백. 이것들이 한꺼번에 동시에 움직이며 클럽 안을 소음으로 가득 채웠다. 맬의 목쉰 고함 소리, 날카로운 총성. 타크는 본능적으로 숨을 곳을 찾아 아래로 뛰어들었고, 미끄러지면서 탁자 가장자리에 이마를 세게 부딪쳤다. 너무나도 고통스러운 나머지 눈물이 나려는 것을 억지로 참고 마룻바닥 위에서 몸을 둥글게 말고, 전 세계가 분해되며 날카로운 불협화음으로 수렴되는 동안 거울에 반사된 발들을 응시했다. 사방의 유리가 박살 나며 굴러떨어지는 소리. 산산조각 나서 은빛 칼날로 변한 거울의 파편들이 공기를 가른다. 코스모스와 카오스조차도 저 많은 것들을 모두 포착할 수는 없을 것이다. 검은 파편들이 반사상들을 침식하고, 일그러진 그림자 모양을 한 모든 것들을 베어 물고, 금이 간 거울 위에 피가 튀긴다.

시작되었을 때만큼이나 느닷없이 끝났다. 나직한 목소리가 뭐라고 말하자 발소리와 함께 밟힌 유리가 으스러지는 소리가 들렸다. 잠시 후 뒤쪽에서 뚜렷하지 않은 비명 소리가 들렸다. 술에 취한 타크는 공포에 질려 탁자 밑에 숨어 있었다. 손가락이 아프다. 내려다보니 거울 조각에 베여 피가 나고 있었다. 머리를 쥐어짜도 거울이 깨지면 재수가 없다는 인간의 멍청한 미신 생각이 떠올랐을 뿐이었다. 그는 이 끔찍한 악몽이 사라져주기를 기원하며 두 팔로 머리를 감쌌다.

다시 잠에서 깨자 경찰관이 그의 팔을 잡고 거칠게 흔들고 있었다.

♠

형사 하나가 맬이 죽었다면서 피가 고여 생긴 웅덩이와 엄청난 양의 깨진 유리 위에 쓰러져 있는 맬의 검시 사진을 보여주었다. 루스도 죽었고, 청소부 한 명도 죽었다. 후자는 단 한 번도 다른 사람을 해친 적이 없는, 머리가 둔한 외눈 인간이었다. 형사들은 신문 기사도 보여주었다. 「산타클로스 학살」이라는 기사였다. 세 명의 조커가 아침에 크리스마스트리 아래에 갔다가 죽음과 마주쳤다는 식이다.

파세티 씨도 사라졌다고 다른 형사가 말했다. 그 부분에 관해서 혹시 아는 거라도? 그녀도 사건과 연관이 있다고 생각하는가? 그녀는 주모자인가, 아니면 희생자인가? 그녀에 관해서 뭔가 할 얘기는 없는가? 타키온이 그런 사람은 전혀 모른다고 대답하자 형사들은 앤절라 파세티, 즉 그가 에인절페이스로 알고 있는 인물에 관한 질문을 하고 있다고 설명했다. 그녀는 사라졌고 맬은 총에 맞아 죽었지만, 타크를 가장 두려움에 떨게 했던 것은 다음 술을 어디서 얻어야 할지 모른다는 사실이었다.

경찰은 그를 나흘 동안 구류하고 질문 공세를 퍼부으며 지치지도 않고 같은 얘기를 되풀이했다. 타키온은 급기야 그들에게 고함을 지르고, 간청하고, 자기 권리를 주장하고, 변호사를 만나게 해달라고 하고, 술을 달라고 조르는 상황에 이르렀다. 그들이 접견을 허락한 변호사는 단 한 명이었다. 변호사가 불기소 상태에서 타키온을 계속 잡아둘 수는 없다는 점을 지적하자, 경찰은 그를 중요 참고인으로 지목하고 부랑죄에 공무집행방해죄를 뒤집어씌운 다음 다시 질문을 계속했다.

사흘째가 되자 손이 떨리며 대낮에도 환각을 보기 시작했다. 그나마 친절했던 형사는 협력하면 술 한 병을 주겠다고 약속했다. 그러나 무슨 대답을 해도 그 형사를 완전히 만족시키지는 못했기 때문에 결국 술은 얻지 못했다. 성질이 더러운 쪽의 형사는 진실을 털어놓지 않는다면 영원히 감방에 가둬놓겠다고 그를 위협했다. 그때 난 악몽을 꾸고 있다고 생각했습니다. 타크는 흐느끼며 대답했다. 난 술에 취해서 곯아떨어져 있었습니다. 아니, 직접 보지는 못했고 단지 반사된 모습, 그것도 수없이 많은 일그러진 것들을 보았을 뿐입니다. 얼마나 여럿 있었는지는 모릅니다. 무슨 일이었는지도 모릅니다. 아니, 그녀에게 적 따윈 없었습니다. 에인절페이스는 모든 사람의 사랑을 한 몸에 받고 있었습니다. 아니, 그녀가 맬을 죽였을 리가 없습니다. 그건 말도 안 됩니다. 맬은 그녀를 사랑했습니다. 그 사내들 중 한 명은 나직한 목소리를 내고 있었습니다. 아니, 어느 쪽이 그랬는지는 모릅니다. 아뇨, 그들이 뭐라고 했는지는 기억이 나지 않습니다. 아뇨, 그들이 조커인지 아니었는지도 모릅니다. 조커처럼 보였지만 거울은 사람 모습을 왜곡시키지 않습니까. 다는 아니라도 그중 일부를. 무슨 얘긴지 모르겠습니까? 아뇨, 용의자들을 세워놓고 찾아보라고 해도 나는 못 찾습니다. 정말로 뚜렷하게 본 게 아니니까요. 나는 탁자 밑에 숨어 있어야 했단 말입니다. 암살자가 왔다, 우리 아버지는 언제나 그렇게 말하곤 했죠. 그럴 경우 내가 무슨 일을 할 수 있단 말입니까.

그가 아는 사실을 모조리 털어놓았다는 사실을 알아차리자 경찰 측은 기소를 철회하고 그를 석방했다. 조커타운의 차가운 밤거리로.

◆

그는 홀로 몸을 떨며 바워리를 걸어갔다. 바다코끼리 주비는 헤스터가(街) 모퉁이의 신문 가판대에서 소리 높여 석간을 팔고 있었다. "자, 읽어보십쇼. 「터틀, 조커타운을 공포에 빠뜨리다」." 타키온은 멈춰 서서 멍한 눈으로 머리기사 제목을 읽었다. 「경찰, 터틀을 찾는 중」. 〈포스트〉에는 이렇게 나와 있었다. 〈월드텔레그램〉의 기사는 「터틀, 폭행죄로 기소」였다. 그렇다면 터틀에 대한 대중의 환호가 벌써 멎었단 말인가? 그는 기사 본문을 슬쩍 훑어보았다. 터틀이 지난 이틀 밤 동안 조커타운을 돌아다니며 사람들을 30미터 높이의 공중까지 들어 올리고 힐문했고, 대답이 마음에 들지 않으면 그대로 땅에 떨어뜨리겠다고 위협했다는 내용이었다. 경찰이 어젯밤에 체포하려고 하자 터틀은 순찰차 두 대를 채텀스퀘어에 있는 술집인 프리커스의 지붕 위에 올려놓았다고 한다.

「터틀을 제지하라」라고 〈월드텔레그램〉의 사설은 주장하고 있었다.

"괜찮으세요, 닥?" 바다코끼리가 물었다.

"안 괜찮아." 타키온은 이렇게 대꾸하고 신문을 내려놓았다. 어차피 신문 살 돈도 없다.

펀하우스의 현관은 경찰이 설치한 장애물로 가로막혀 있었다. 문도 통자물쇠로 잠겨 있었고, '당분간 휴업'이라는 팻말이 붙어 있었다. 술 생각이 간절했지만 그가 입은 밴드 리더의 외투 호주머니는 텅 비어 있었다. 데즈와 랜들이 머리에 떠올랐지만, 그제야 그들이 어디 살고 있는지, 그들의 성이 뭔지 전혀 모른다는 사실을 깨달았을 뿐이었다.

터벅터벅 숙소로 걸어 돌아온 타키온은 피곤에 지친 몸을 끌고 계단을 올라갔다. 어두운 방으로 들어가자마자 방이 엄청나게 춥다는 사실을 퍼뜩 알아차렸다. 열린 창문에서 불어오는, 살을 에는 듯한 바람이 오줌과 곰팡이와 술의 익숙한 악취를 몰아내고 있다. 나갈 때 열어놓고 갔던 것일까? 당혹감을 느끼며 한 걸음 들어서자마자 문 뒤에서 누군가가 나와서 그를 움켜잡았다.

너무나도 빨리 일어난 일이기에 반응할 시간 여유조차 없었다. 강철 같은 팔이 그의 기도를 압박하며 솟구치려는 비명을 억눌렀다. 침입자의 손이 그의 오른팔을 뒤로 세게 꺾었다. 숨이 컥 막혔고, 팔은 당장이라도 부러질 것 같았다. 다음 순간에는 등을 홱 떠밀려 열린 창문을 향해 비틀비틀 움직이고 있었다. 그를 부여잡은 손의 힘이 워낙 세서 힘없이 몸부림치는 것이 고작이었다. 창턱에 배를 정통으로 부딪치면서 마지막 남아 있던 숨이 빠져나갔다. 다음 순간 그는 침입자의 강철 같은 포옹에 사로잡힌 채로 2층에서 거꾸로 곤두박질치고 있었다. 그들은 아래의 보도로 함께 추락했다.

그들은 시멘트 보도에서 1.5미터도 안 떨어진 공중에 경련하듯이 정지했다. 워낙 느닷없이 그랬기 때문에 등 뒤의 사내도 끙 하는 소리를 냈을 정도였다.

타키온은 지면에 격돌하기 직전 눈을 감고 있었다. 그는 몸이 다시 위로 부양하는 것을 느끼고 눈을 떴다. 가로등이 발하는 노란 후광 위에서 훨씬 더 밝은 빛들이 둥글게 반짝이고 있었다. 겨울 밤하늘의 별빛을 가로막은 시꺼먼 물체가 발하는 빛이었다.

목을 부여잡은 팔의 힘이 조금 약해진 덕분에 그는 가까스로 신음 소리를 낼 수 있었다. "넌," 그들이 장갑 셸 주위를 돌아 그 위에 슬쩍 내려앉자 타키온은 쉰 소리로 말했다. 얼음처럼 차가운 차체에서 발산되는 냉기가 타키온의 바지를 그대로 뚫고 들어왔다. 터틀이 밤하늘로 수직 상승하기 시작하자 타키온을 붙들고 있던 사내가 손을 놓았다. 타키온은 부르르 떨며 차가운 밤공기를 들이마셨고, 몸을 굴려 지퍼를 올린 가죽점퍼와 검은 덩거리 셔츠*를 입고 고무로 된 녹색 개구리 가면을 쓴 사내를 마주 보았다. "누구……?" 타키온은 헐떡였다.

"'강대한 터틀'의 못돼 처먹은 조수로 알아둬." 개구리 가면을 쓴 사내가 말했다. 묘하게 쾌활한 어조로.

"타키온 박사님이시죠?" 조커타운의 거리 높은 곳까지 상승한 장갑 셸의 확성기가 우렁찬 소리를 발했다. "무척 뵙고 싶었습니다. 소싯적에 박사님 얘기를 읽었을 때부터 줄곧."

"음량을 줄여줘." 타키온은 힘없이 속삭였다.

"아, 물론입니다. 이 정도면 될까요?" 음량이 뚝 떨어졌다. "여긴 워

* 거친 무명천으로 만든 작업용 셔츠.

낙 시끄러운 데다가 이런 장갑판을 두르고 있어서 제 목소리가 얼마나 큰지 자각 못 하는 경우가 종종 있어서요. 놀라게 했다면 죄송합니다만, 만나자마자 거절당할 위험을 무릅쓸 여유가 없었습니다. 함께 와주셔야 했으니까요."

타키온은 동요한 탓에 그 자리에 못 박힌 채로 몸을 떨었다. "뭘 원하지?" 그는 지친 목소리로 말했다.

"박사님의 도움이 필요합니다." 터틀은 선언했다. 그들은 여전히 상승 중이었다. 맨해튼의 불빛이 그들 주위를 에워쌌고, 북쪽 방향에 엠파이어스테이트 빌딩과 크라이슬러 빌딩의 뾰족한 첨탑이 솟아 있는 것이 보였다. 그들은 이 두 건물보다 더 높이 올라와 있었다. 차갑고 세찬 바람이 불고 있다. 타키온은 행여나 떨어질세라 장갑 셸에 바싹 달라붙었다.

"날 내버려둬. 내겐 자네들을 도울 힘이 없어. 그 누구도 도와줄 능력이 안 돼."

"염병할, 이 자식 울고 있잖아." 개구리 가면을 쓴 사내가 말했다.

"이해 못 하시는군요." 터틀이 말했다. 장갑 셸은 소리 없이 안정적으로 서쪽을 향해 움직이기 시작했다. 이렇게 하늘을 나는 것은 경이롭고 섬뜩한 느낌이었다. "꼭 도와주셔야 합니다. 혼자서 해보려고 했지만 전혀 진척이 없어서. 하지만 박사님 능력을 쓴다면 틀림없이 성공할 겁니다."

타키온은 자기 연민에 푹 빠졌다. 너무 춥고, 너무 피곤하고, 너무 끔찍해서 제대로 대답할 수 있는 상태가 아니었다. "술이 필요해."

"이런 씨팔." 개구리 가면이 말했다. "덤보* 말이 맞았어. 이 자식은 얼어죽을 술고래에 불과해."

58

"이해를 못 해서 그래." 터틀이 말했다. "일단 상황을 설명하면 알아줄 거야. 닥터 타키온, 당신 친구인 에인절페이스 얘길 하고 있는 겁니다."

너무나도 술이 마시고 싶어서 속이 아릴 지경이었다. "나한테 잘해 줬지." 그는 그녀 침대의 새틴 시트에 배어 있던 달콤한 향수 냄새를 떠올리며 말했다. 유리 바닥에 남겨진 피의 족적. "하지만 난 아무 일도 할 수 없어. 아는 건 경찰한테 모두 말했다고."

"겁쟁이 새끼." 개구리 가면이 말했다.

"어렸을 때 〈제트보이 코믹스〉에서 박사님 얘길 읽었죠." 터틀이 말했다. "〈브로드웨이 상공 30분〉. 기억납니까? 당신은 아인슈타인만큼이나 머리가 좋은 거 아니었습니까? 난 내 힘만으로 당신 친구인 에인절페이스를 구출할 수 있을지도 모르지만, 그러기 위해서는 우선 박사님의 힘이 필요하단 말입니다."

"그건 더는 하지 않아. 할 수가 없다고. 내가 알던, 사랑하던 여자가 하나 있었는데, 딱 한 순간만 그녀의 마음을 조종한 적이 있어. 그럴 만한 정당한 이유가 있어서였지. 적어도 그때는 정당하다고 생각했어. 하지만 그 행동은 그녀를…… 파괴해버렸어. 다시는 그러지 못해."

"흑흑." 개구리 가면이 경멸을 담아 말했다. "그냥 내던져버리자, 터틀. 이 자식은 오줌 한 통의 가치도 없어." 그는 가죽점퍼 호주머니에서 무엇인가를 꺼냈다. 타키온은 그것이 병맥주임을 깨닫고 깜짝 놀랐다.

"제발." 사내가 목에 건 병따개로 맥주 뚜껑을 따자 타키온은 말했다. "한 모금만 마시게 해줘." 그는 맥주 맛을 싫어했지만 뭔가를 마실

---

*   디즈니 애니메이션에 등장하는 코끼리 주인공. 여기서는 코끼리 코를 가진 데즈먼드를 가리킨다.

필요가 있었다. 술이라면 뭐든 좋다. 이미 며칠째 한 방울도 못 마셨다. "제발 한 모금만."

"좆 까." 개구리 가면이 말했다.

"타키온." 터틀이 말했다. "능력을 쓰면 빼앗을 수 있잖습니까."

"아니, 그건 불가능해." 타키온이 말하자 사내는 녹색 고무 입술에 맥주병을 갖다 댔다. "불가능해." 타키온은 되풀이했다. 사내는 계속 맥주를 마셨다. "못 한다고." 맥주가 꾸르륵거리며 목젖을 넘어가는 소리까지 들렸다. "제발, 조금만 줘."

사내는 맥주병을 아래로 내리고 생각에 잠긴 듯이 흔들었다. "한 모금밖에 안 남았군." 그는 말했다.

"제발." 타키온은 떨리는 손을 내밀었다.

"싫어." 개구리 가면은 대꾸하고 병을 천천히 기울이기 시작했다. "그렇게까지 목이 마르다면 내 마음을 조종하면 되는 거 아닌가? 이 좆 같은 맥주병을 너한테 **억지로** 건네게 하면 되잖아." 그는 맥주병을 조금 더 기울였다. "해보라고. 할 수 있으면."

타키온은 병에 남아 있던 액체가 장갑판 위로 떨어지더니 허공으로 흘러내리는 광경을 속절없이 바라보았다.

"염병할." 개구리 가면이 말했다. "정말로 맛이 갔군그래." 그는 호주머니에서 다른 맥주병을 꺼내 건넸다. 타키온은 양손으로 그것을 받아 들었다. 맥주는 차갑고 신맛이 났지만, 그 어떤 미주(美酒)도 이만큼 달콤했던 적이 없었다. 그는 단 한 번 길게 들이켜는 것만으로 병을 비웠다.

"뭔가 쌈박한 아이디어 더 없어?" 개구리 가면이 터틀에게 물었다.

전방에는 허드슨강의 검은 수면이 펼쳐져 있었다. 서쪽 멀리 뉴저지의 불빛이 보인다. 그들은 내려가고 있었다. 허드슨강을 내려다보는 고지대 위에 강철과 유리와 대리석으로 만들어진 넓고 웅대한 건축물이 보였다. 타키온은 갑자기 그것이 무엇인지를 깨달았다. 한 번도 직접 발을 들여놓은 적은 없지만, 제트보이의 영묘임이 확실하다. "어디로 가는 거지?" 타키온은 물었다.

"어떤 사내를 만나서 구출 작전에 관해 의논해야 합니다." 터틀이 대꾸했다.

♥

제트보이의 영묘는 한 블록을 모두 점령하고 있었다. 그가 조종하던 비행기의 잔해가 우박처럼 쏟아진 바로 그 장소다. 희미한 인광에 물든 채로 따뜻하고 어두운 장갑 셸 내부에 앉아 있는 톰의 TV 화면도 그곳을 보여주고 있었다. 모터가 웅웅거리며 카메라들이 회전한다. 위를 향해 말려 올라간 영묘 양쪽의 날개는 마치 건물 전체가 하늘로 날아오르려고 하는 듯한 인상을 준다. 좁고 길쭉한 창문들을 통해 천장에 매달린 JB-1의 실물대 복제품을 흘끗 볼 수 있었다. 새빨갛게 도색된 제트기의 동체가 숨겨진 조명을 받고 환하게 번득인다. 영묘의 현관문 위에는 죽은 영웅의 마지막 말이 조각되어 있었다. 검은 이탈리아산 대리석에 글자를 하나씩 음각하고 그 자리에 스테인리스강을 채워 넣었다. 장갑 셸의 백열한 탐조등이 반짝이는 비문을 훑는다.

난 아직 못 죽어,
난 아직 〈졸슨 스토리〉도 못 봤다고

톰은 강철 셸을 건물 앞으로 하강시켜서 계단을 올라가면 나오는 대리석 광장 위에 정지한 상태로 떠다녔다. 바로 옆에서는 6미터 높이의 강철제 제트보이 동상이 주먹을 들어 올린 자세로 웨스트사이드 고속도로와 그 너머의 허드슨강을 부감하고 있다. 이 조각상의 재료가 된 금속은 추락한 비행기들에서 나온 것임을 톰은 알고 있었다. 조각상의 얼굴도 아버지의 얼굴보다 더 익숙할 정도다.

그들이 만나러 온 사내가 조각상 밑동의 그늘진 곳에서 나왔다. 땅딸막한 그림자. 두꺼운 외투의 호주머니에 깊숙이 손을 찔러 넣고 있다. 톰은 탐조등으로 그를 비췄고, 더 잘 보려고 카메라를 회전시켰다. 조커는 옷을 잘 차려입은 통통한 사내였다. 외투에는 모피 깃이 달려 있고 머리에 페도라를 푹 눌러쓰고 있다. 코가 있을 얼굴 한복판에는 코끼리 코가 달려 있었다. 코끝에 달린 조막만 한 손에 따뜻해 보이는 조그만 가죽 장갑을 끼고 있다.

닥터 타키온은 장갑 셸 꼭대기에서 아래로 내려오려다가 발을 헛디디고 대리석 바닥에 엉덩방아를 찧었다. 톰은 조이의 웃음소리를 들었다. 조이는 아래로 뛰어내린 다음 타키온을 일으켜주었다.

조커는 외계인을 흘끗 내려다보았다. "여기 오라고 설득하는 데는 성공했나 보군. 이렇게 놀라울 수가."

"졸라 설득력이 있었거든." 조이가 말했다.

"데즈." 타키온은 곤혹스러운 목소리로 말했다. "여기서 뭘 하고 있는 거야? 여기 이 사람들하고 아는 사이야?"

코끼리 얼굴을 한 조커의 코가 꿈틀거렸다. "응. 이틀 전부터 아는 사이라고 해야겠지. 이 친구들 쪽에서 만나러 왔어. 늦은 시각이었지만 강대한 터틀 본인이 전화를 걸어왔는데 호기심을 안 느낄 수야 없지. 저 친구는 도와주겠다는 제안을 했고, 나도 그걸 수락했어. 자네가 어디 사는지까지 알려줬지."

타키온은 헝클어지고 더러운 머리카락을 손으로 빗었다. "맬 일은 안됐어. 에인절페이스는 어떻게 됐는지 알아? 내게 얼마나 중요한 사람인지 자네도 잘 알잖나."

"몇 달러 몇 센트의 가치를 갖고 있는지까지 정확히 알고 있지."

타키온은 아연실색하며 입을 벌렸다. 상처 입은 표정이었다. 톰은 연민의 정을 느꼈다. "자네한테 가려고 했지만 어디 사는지 몰랐어." 타키온이 말했다.

조이는 웃음을 터뜨렸다. "전화번호부에도 나와 있어, 이 얼간아. 제이비어 데즈먼드라는 이름이 흔한 줄 아나." 그는 장갑 셸을 올려다보았다. "여기 이 조커 친구도 못 찾아내는 판에 무슨 재주로 에인절페이스를 찾아낸다는 거야?"

데즈먼드는 고개를 끄덕였다. "날카로운 지적이로군. 이래봤자 아무 소용도 없어. 저 친구를 보라고!" 그는 긴 코로 타키온을 가리켰다. "저런 작자가 무슨 쓸모가 있단 말인가? 이건 시간 낭비야."

"당신 제안대로 해봤잖아." 톰이 대꾸했다. "그런 식으로는 전혀 진전이 없어. 아무도 입을 열지 않았으니까 말이야. 하지만 타키온은 우리가 필요로 하는 정보를 손에 넣을 수 있어."

"도무지 무슨 얘긴지 모르겠군." 타키온이 끼어들었다.

조이는 넌더리 난다는 듯이 콧방귀를 뀌었고, 어딘가에서 또 꺼내온 맥주 뚜껑을 땄다.

"무슨 일이 일어나고 있는 거지?" 타키온이 물었다.

"당신이 코냑하고 싸구려 계집 이외의 것에 조금이라도 주의를 기울였다면 이미 알고 있었을 거야." 데즈는 얼음장 같은 목소리로 대꾸했다.

"우리한테 한 얘기를 해주라고." 톰이 명령했다. 일단 상황을 파악하면 타키온은 반드시 도우려고 할 것이다. 당연히.

데즈는 깊은 한숨을 쉬었다. "에인절페이스는 헤로인중독이었어. 통증이 극심했다는 거 알잖아. 당신도 가끔은 눈치채지 않았어, 닥터? 매일을 견딜 수 있게 해준 건 오직 그 마약을 썼기 때문이야. 그게 없었더라면 통증 때문에 미쳐버렸을 거야. 게다가 보통 마약중독자와는 달랐어. 보통 사람이라면 즉사했을 엄청난 양의 순수한 헤로인을 복용할 필요가 있었거든. 그래도 통증 완화에는 최소한의 효과밖에 끼치지 못하는 걸 봤잖아. 조커 특유의 기이한 신진대사라고나 할까. 닥터 타키온, 헤로인이 얼마나 비싼지는 알아? 아, 됐어. 모르는 모양이로군. 에인절페이스는 펀하우스를 운영하면서 꽤 많은 돈을 벌었지만 그것만으로는 결코 충분하지 않았어. 마약을 공급한 쪽에서는 외상으로 줬고, 그 액수가 지불 능력을 훌쩍 넘겼을 때 요구했어…… 일종의 약속어음을. 크리스마스 선물이라고나 할까. 에인절페이스에겐 선택의 여지가 없었지. 안 줬으면 공급이 끊겼을 테니까. 말도 안 되는 낙관론자였기 때문에 그만한 돈을 모을 수 있을 거라고 생각했지. 하지만 결국 실패했어. 크리스마스 날 아침에 공급자 쪽에서 징수를 하러 왔어. 놈들이 에인절페이스를 데려가려는 걸 맬은 좌시할 생각이 없었지. 상대방은 물러서지 않았고."

타키온은 눈부신 탐조등 빛을 받으며 눈을 가늘게 뜨고 있었다. 그의 모습이 또 상하로 흔들리기 시작했다. "왜 그녀는 나한테 그 얘길 안 한 거지?"

"부담을 주고 싶지 않았던 것 같아, 닥터. 술을 처먹고 자기 연민에 빠지는 당신 취미에 재를 뿌릴 수도 있으니까 말이야."

"경찰한테는 얘기했어?"

"경찰? 아, 했어. 뉴욕 시경한테. 조커가 폭행당하거나 살해당했을 때는 묘하게 관심을 보이지 않다가도, 관광객이 돈을 털리면 눈에 불을 켜고 수사에 나서는 작자들이지. 겁도 없이 조커타운 밖에서 살려고 하는 조커를 주기적으로 체포하고 괴롭히고 폭행하는 작자들이기도 하고. 조커 여성을 강간하는 건 범죄라기보다는 악취미에 가깝다고 발언한 경찰 간부와 의논해보는 안도 있겠군." 데즈는 콧방귀를 뀌었다. "닥터 타키온, 에인절페이스가 어디서 마약을 샀다고 생각해? 설마 길거리의 밀매인이 그녀가 필요로 하는 양의 순수한 헤로인을 입수할 수 있었다고 생각하는 건 아니겠지? 그녀에게 마약을 공급한 건 바로 경찰이었어. 더 정확하게 말하자면, 조커타운을 담당하는 마약단속반의 주임. 아, 시경 전체가 그런 일에 관여했을 가능성이 적다는 건 나도 인정해. 강력반 쪽은 정상적인 수사를 진행하고 있을지도 모르고. 우리가 배니스터를 살인범으로 지목한다면 경찰이 뭐라고 할 거라고 생각해? 같은 경찰 동료를 체포한다? 내가 하는 증언을 믿고? 아니면 다른 어떤 조커의 증언을 믿고?"

"그 약속어음대로 하면 되잖아." 타키온은 불쑥 말했다. "돈을 주든 펜트하우스를 주든, 아니면 그 작자가 원하는 걸 주라고."

"그 약속어음 말인데," 데즈먼드는 지친 어조로 말했다. "저당 잡힌 건 펜트하우스가 아냐."

"그게 뭐든 간에, 그냥 주라고!"

"그자가 원하는 것, 에인절페이스가 줄 수 있었던 유일한 건 바로 그녀 자신이었어. 그녀의 아름다움과 그녀의 고통 말이야. 귀를 기울이는 법을 안다면 당신도 이미 거리에 쫙 퍼진 소문을 들었을 거야. 시내 어딘가에서 아주 특별한 신년 파티가 있을 예정이야. 초청받은 사람만 참석해서 유일무이한 스릴을 맛볼 수 있는 아주 비싼 파티지. 배니스터가 먼저 그녀를 취할 거야. 오래전부터 그러고 싶어 했거든. 하지만 다른 손님들한테도 차례가 돌아올 거라는군. 조커타운식의 환대라고나 할까."

타키온은 말을 잇지 못하고 입을 뻐끔거렸다. **"경찰이?"** 그는 가까스로 말했다. 데즈먼드가 톰과 조이에게 같은 얘기를 털어놓았을 때 톰이 받았던 것 못지않게 충격을 받은 기색이었다.

"놈들이 우리를 좋아하기라도 한다고 생각했어, 닥터? 놈들에게 우린 기형의 **병든** 존재라고. 조커타운은 지옥, 막다른 골목이고, 조커타운 경찰은 이 시에서도 가장 잔인하고 가장 부패한 데다가 가장 무능한 작자들로 이루어져 있어. 편하우스에서 누군가 고의로 그런 사건을 일으킨 것 같지는 않지만 이미 엎질러진 물이고, 에인절페이스는 너무 많은 걸 알고 있어. 조커 년은 어차피 살려둘 수가 없으니까 그 전에 맛이라도 봐야겠다는 거지."

톰 터드베리는 마이크 쪽으로 몸을 기울였다. "나라면 구출할 수 있어. 그 새끼들은 강대한 터틀 앞에서는 상대도 안 될 테니까 말이야. 하지만 내 힘으로는 그녀를 **찾을** 수가 없어."

데즈가 말했다. "에인절페이스에겐 친구가 많아. 하지만 다른 사람의 마음을 읽거나 하고 싶지 않은 일을 억지로 시킬 수 있는 능력을 가진 인물은 당신 말고는 없어."

"난 그럴 능력이 없어." 타키온이 항의했다. 그들을 피하기 위해 슬금슬금 안으로 쪼그라드는 듯한 느낌이었다. 한순간 톰은 이 조그만 사내가 도망치려 한다고 생각했다. "자네들은 이해 못 해."

"뭐 이런 계집애 같은 놈이 다 있어." 조이가 커다란 목소리로 말했다.

화면을 통해 타키온이 무너지는 광경을 본 톰 터드베리의 인내심이 마침내 다했다. "시도했다가 실패한다면 어쩔 수 없지. 하지만 시도조차도 안 한다면 역시 실패밖에는 없어. 그게 무슨 차이가 있어? 제트보이도 실패했지만 적어도 시도는 했어. 제트보이는 에이스도 아니고, 빌어먹을 타키스인도 아니었고, 단지 제트기를 탄 보통 사람에 불과했지만, 적어도 최선을 다했어."

"나도 돕고 싶어. 하지만⋯⋯ 단지 **그럴 수가 없는** 걸 어떻게 해."

데즈는 혐오감을 못 이겨 큰 소리로 콧방귀를 뀌었다. 조이는 어깨를 으쓱했다.

강철 셸 안에서 톰은 망연자실한 표정으로 앉아 있었다. 타키온은 도울 생각이 없었다. 설마 이런 상황이 오리라고는 생각하지 않았는데. 조이가 경고했고, 데즈먼드도 경고했지만, 타키온에게 부탁하자고 고집을 부린 사람은 톰이었다. 이 사람은 그 고명한 닥터 타키온이 아니던가. 당연히 도와줄 거라고 확신했다. 무슨 개인적인 문제로 고통받고 있는 것인지도 모르지만, 일단 상황이 얼마나 엄중한지를 설명하고, 그들이 얼마나 절실하게 그를 필요로 하고 있는지를 알린다면―무조건 도와줄 거라고 생각했다. 하지만 본인은 지금 그들의 간절한 청을 거절하고 있었다. 그들의 마지막 희망이었던 존재가.

톰은 음량 조절 스위치를 최대한으로 올렸다. "이 개 같은 새끼." 그의 외침이 광장 전체에 울려 퍼졌다. 타키온은 움찔하며 물러났다. "아무짝에도 쓸모없는 좆같은 조그만 겁쟁이 외계인 새끼!" 타키온은 비틀거리며 뒷걸음질 치면서 계단을 내려가기 시작했지만 터틀은 공중에 뜬 채로 상대를 따라가며 확성기를 통해 절규했다. "모두 거짓말이었다는 거지? 코믹스에 나온 얘기도, 신문에 실린 얘기도 모두 멍청한 거짓말이었어. 난 지금까지 줄곧 얻어맞고 좆같은 겁쟁이 새끼라는 욕을 먹으면서 살아왔지만 진짜 겁쟁이 새끼는 바로 너였던 거야, 이 개자식. 이 더러운 울보 새끼. 아예 시도조차도 해볼 생각이 없다, 이거지. 누가 어떻게 되든 상관없고, 네 친구인 에인절페이스가 어떻게 되든, 케네디나 제트보이가 어떻게 되든 상관 안 한다, 그런 좆같은 초능력이 있든 없든, 손가락 끝까딱할 생각이 없다, 이거로군. 이 쓰레기 새끼. 넌 리 오즈월드나 잭 브론보다 더 나쁜 새끼야." 타키온은 양손으로 귀를 막고 비틀거리며 계단을 내려갔다. 뭔가 알아들을 수 없는 소리로 외치고 있었지만 톰은 아예 듣고 있지 않았다. 분노가 극에 달한 탓에 폭주 상태였다. 그의 힘이 채찍처럼 엄습하자 외계인의 얼굴이 옆으로 홱 돌아가며 빨간 자국이 생겨났다. "이 좆같은 새끼!" 톰이 절규했다. "껍데기 안에 숨어 있는 놈은 바로 너야." 눈에 보이지 않는 주먹이 타키온을 맹타했다. 그는 빙그르 돌다가 3분의 1 남은 계단을 굴러떨어졌고, 허우적거리며 일어서려고 했지만 다시 얻어맞고 쓰러져서 보도 위로 거꾸로 나가떨어졌다. "더러운 새끼!" 터틀이 포효했다. "그래, 당장 꺼져, 이 쌍놈의 새끼야. 안 그러면 강물에 던져버릴 테니까! 빨리 도망쳐, 이 겁쟁이 새끼. 이 강대한 터틀 님이 정말로 분통을 터뜨리기 전에! 달려, 빌어먹을! 껍데기 안에 숨어 있는 놈은 바로 너야! 껍데기 안에 숨어 있는 놈은 바로 너라고!"

그는 도망쳤다. 가로등에서 가로등으로 무작정 달려가다가 마침내 어둠 속으로 녹아들었다. 톰 터드베리는 상대가 장갑 셸의 텔레비전 화면에서 사라지는 광경을 보며 구토감과 패배감이 몰려오는 것을 자각했다. 머리가 욱신거린다. 맥주나 아스피린이 필요하다. 혹은 그 양쪽이. 경찰차의 사이렌 소리가 들리자 그는 조이와 데즈먼드를 집어 들어 장갑 셸 꼭대기에 올려놓고 탐조등을 모두 끄고는 밤하늘을 향해 일직선으로 상승했다. 높이, 더 높이, 어둠과 추위와 정적이 지배하는 공간으로.

♣

그날 밤 타키온은 저주받은 자의 잠에 취해서 열병에 걸린 사내처럼 몸부림치며 비명을 올렸고, 흐느꼈고, 악몽에서 깨어났다가 다시 악몽에 빠져드는 일을 반복했다. 꿈속에서 그는 고향 행성인 타키스로 돌아가서, 그가 증오하는 사촌 형제 자브가 새로운 섹스 장난감을 자랑하는 것을 보았다. 자브가 꺼내 온 것은 블라이스였고, 그는 타키온 앞에서 그녀를 강간했다. 타키온은 아무 일도 하지 못하고 무력하게 그것을 바라보고 있어야 했다. 그녀는 그의 몸 아래에서 몸부림치다가 입과 귀와 질에서 피를 내뿜었다. 그녀가 조커로 변신하기 시작했다. 변신을 거듭하면서 한층 더 소름 끼치는 기형으로 변해간다. 그러나 자브는 이에도 아랑곳 않고, 절규하며 버둥거리면서 변신을 계속하는 그녀를 강간했다. 그러나 나중에 피에 물든 시체 위에서 몸을 일으킨 사내의 얼굴은 사촌의 얼굴이 아니라 황폐해지고 수척해진 타키온 자신의 **야비한** 얼굴이었다. 벌겋게 충혈된 푸석푸석한 눈, 제멋대로 자라 헝클어지고 개기름이 낀 붉은 머리카락, 오랜 폭음 또는 펀하우스의 거울로 인해 일그러진 이목구비.

창밖에서 타이니가 흐느끼는 끔찍한 소리를 듣고 깬 것은 정오 무렵의 일이었다. 도저히 참기 힘들었다. 모든 것이 참기 힘들었다. 비틀거리며 창가로 가서 창문을 열어젖히고 거인을 향해 조용히 하라고, 멈추라고, 혼자 있게 해달라고, 제발 마음의 평안을 달라고 절규했다. 그러나 타이니는 계속 울부짖었고, 고통이 너무나도 심했고, 죄책감이 너무 심했고, 수치심이 너무 심했고, 왜 나를 그냥 놓아두지 않는 거야, 더 이상 견딜 수가 없어, 안 돼, 입 닥쳐, 입 닥쳐, **제발 입 닥쳐**, 그러다가 갑자기 타크는 절규하고 마음을 뻗어서 타이니의 머릿속을 뚫고 들어가 입을 닥치게 했다.

우레와도 같은 침묵.

♠

가장 가까운 공중전화 부스는 한 블록 떨어진 과자 가게에 있었다. 전화번호부는 기물 파손자들에 의해 갈가리 찢겨 있었다. 안내 서비스에 걸어보니 제이비어 데즈먼드는 조금만 걸어가면 되는 곳에 있는 크리스티가에 산다는 사실을 알아냈다. 데즈먼드의 아파트는 1층에 가면 을 파는 가게가 있는, 엘리베이터가 없는 4층짜리 건물이었다. 4층까지 올라갔을 때 타키온은 헐떡이고 있었다.

다섯 번 두드린 뒤에야 문이 열렸다. "당신이었군." 데즈가 말했다.

"터틀 말인데." 타크가 말했다. 목이 바싹 말랐다. "어젯밤 뭐든 알아 낸 거라도?"

"없어." 데즈먼드는 대꾸했다. 코가 꿈틀거린다. "전혀 진전이 없었어. 놈들도 이젠 익숙해져서 터틀이 정말로 자기를 떨어뜨리지 않을 거라는 걸 알아. 할 테면 해보라는 식이지. 이젠 실제로 누군가를 죽여 보이지 않는다면, 더 이상 할 수 있는 일이 없어."

"누구한테 물어봐야 하는지 알려줘." 타크가 말했다.

"자네가?"

타크는 조커의 눈을 똑바로 바라보지 못하고 그냥 고개를 끄덕였다.

"외투를 입고 올게." 데즈는 이렇게 대꾸하고 잠시 후 추위에 대비해 두꺼운 옷을 입고 나왔다. 모피 모자와 닳아빠진 베이지색 레인코트를 들고 있었다. "머리를 이 모자 안에 쑤셔 넣고, 그 정신 나간 외투는 여기 두고 가. 누가 알아보면 안 되잖아." 타크는 그 말에 따랐다. 밖으로 나가는 길에 데즈는 가면 가게에 들러 마지막 분장 도구를 손에 넣었다.

"닭?" 데즈가 가면을 건네자 타크는 되물었다. 샛노란 깃털에 길게 튀어나온 주황색 부리와 축 늘어진 빨간 볏이 달려 있다.

"보자마자 자네한테 딱 맞을 거라고 생각했지. 그걸로 얼굴을 가리라고."

채텀스퀘어로 가보니 프리커스의 지붕에 올라탄 순찰차들을 내리기 위한 대형 기중기 차량이 들어오고 있었다. 클럽은 열려 있었다. 문지기는 체모가 전혀 없고 날카로운 송곳니가 튀어나온 2미터 장신의 조커였다. 그들이 입구의 차양 아래에서 흐느적거리고 있는, 여섯 개의 유방을 가진 댄서의 네온색 허벅지 아래를 지나가려고 하자 문지기가 데즈의 팔을 움켜잡았다. "조커는 못 들어가." 그는 퉁명스럽게 말했다. "꺼져, 코쟁이."

이자의 내부로 마음을 뻗쳐야 해. 타키온은 생각했다. 블라이스와의 그 일이 있기 전에는 본능적으로 할 수 있었던 일이었다. 그러나 지금은 주저하는 마음이 앞섰다. 그리고 주저한 시점에서 이미 패한 것이나 마찬가지였다.

데즈는 뒷주머니에 손을 넣어 지갑을 꺼내더니 50달러짜리 지폐를 꺼냈다. "자넨 저 기중기가 경찰차들을 아래로 내리는 걸 보고 있었어.

그래서 내가 지나가는 걸 못 봤지."

"아, 그래." 문지기가 말했다. 날카로운 발톱이 달린 손이 지폐를 슬쩍 숨겼다. "정말이지 볼만한 물건이지, 저 기중기는."

"때때로 돈은 가장 강력한 힘으로 작용하기 마련이지." 데즈는 동굴처럼 어둑어둑하고 넓은 건물 안으로 들어가며 말했다. 몇 안 되는 낮 손님들이 무료로 제공되는 점심을 먹으며, 철조망을 친 긴 주로(走路)에서 빙빙 돌며 걸어 나오는 스트리퍼를 구경하고 있었다. 스트리퍼는 온몸이 비단결처럼 부드러운 잿빛 털로 뒤덮여 있었고, 털을 민 곳은 젖가슴이 유일했다. 데즈먼드는 반대편 벽가의 부스석들을 훑어보더니 타크의 팔뚝을 잡고 피코트* 차림의 사내가 큰 맥주잔을 쥐고 앉아 있는 어둑어둑한 구석 자리로 데려갔다. "조커 주제에 여기 들어올 수 있었어?" 그들이 다가가자 사내는 뚱한 목소리로 말했다. 얼굴이 얽은 음침한 인상의 사내였다.

타크는 그의 마음속으로 들어갔다. **씨팔 이건 또 뭐야 이 코끼리 새끼는 펀하우스에서 왔잖아 다른 놈은 누구지 하여튼 빌어먹을 조커 새끼들이 간덩이가 부어가지고.**

"배니스터는 에인절페이스를 어디 가뒀지?" 데즈가 물었다.

"에인절페이스라면 펀하우스에 있는 그년 말이로군? 배니스터가 누군지 난 몰라. 지금 장난쳐? 당장 꺼져, 이 조커 새끼. 너하고 놀아줄 틈은 없어." 사내의 사념 속에서 이미지들이 굴러 나왔다. 타크는 거울이 박살 나고 은빛 칼날이 공중을 가르고 맬이 상대를 거칠게 밀치며 자기 총으로 손을 뻗다가 총에 맞은 순간 부르르 떨며 빙글 도는 것을 보

---

*   선원들의 방한용 코트.

았고, 배니스터가 나직한 목소리로 루스를 죽이라고 부하들에게 명하는 것을 들었고, 그녀가 갇힌 허드슨강 가의 창고 건물을 보았고, 움켜잡힌 탓에 검푸른 멍투성이가 된 그녀의 팔을 보았고, 눈앞의 사내가 가진 두려움, 조커에 대한 두려움을 느꼈고, 발각될 것을 두려워하는 것을 느꼈고, 배니스터에 대한 두려움, **그들**에 대한 두려움을 느꼈다. 타크는 손을 뻗어 데즈먼드의 팔을 움켜잡았다.

데즈는 몸을 돌리려고 했다. "어이, 거기 멈춰." 얼굴이 얽은 사내가 말했다. 그는 부스석에서 나오며 경찰 배지를 흘끗 보였다. "비밀 마약 조사관이야. 그리고 너, 그런 맛이 간 질문을 하는 걸 보니, 보나 마나 약을 하고 있었던 게 틀림없군." 데즈는 사내에게 몸을 수색당하는 동안 꼼짝도 않고 서 있었다. "엇, 이건 또 뭘까." 사내는 데즈먼드의 호주머니에서 흰 가루가 든 봉지를 꺼내며 말했다. "이게 뭔지 알아? 괴물 새끼, 널 체포한다."

"그건 내 것이 아닌데." 데즈먼드는 침착한 어조로 말했다.

"헛소리 작작 해." 사내가 말했다. 그리고 그의 마음속에서는 이런 생각이 잇달아 떠오르고 있었다. **정당한 공권력 행사에 저항하다가 일어난 사소한 사고였어 내가 뭘 할 수 있었겠어 응? 조커 놈들이야 지랄을 하겠지만 좆같은 조커 말에 누가 귀를 기울이겠나 하지만 다른 놈은 어떻게 할까?** 이러면서 그는 타키온을 흘끗 보았다. **맙소사 저 닭 대가리 새끼 몸 떠는 것 좀 봐 정말로 약을 하고 있는지도 몰라 그럼 딱이겠군.**

타키온은 몸을 떨면서 결정적 순간이 왔음을 깨달았다.

그럴 수 있을지 자신이 없었다. 타이니를 상대로 무턱대고 본능적으로 무작정 능력을 썼을 때와는 달리 지금은 완전히 술이 깨어 있었고, 지금 자기가 무엇을 하려는지도 알고 있었다. 예전에는 자기 손을 움직이는 것만큼이나 쉬웠는데. 하지만 지금 문제의 손들은 덜덜 떨리고 있었고, 피가 묻어 있지 않은가. 피는 그의 마음에도 묻어 있었다……. 그와 접촉한 블라이스의 마음이 펀하우스의 거울들처럼 산산조각 났을 때의 느낌이 떠올랐다. 영원에 가까운 끔찍한 순간이 흐르는 동안, 아무 일도 일어나지 않았다. 매캐한 두려움이 목까지 차올랐고, 낯익은 패배감이 입을 가득 채웠다.

그러자 얼굴이 얽은 사내가 멍청한 웃음을 떠올리더니 등을 젖혔고, 탁자 위에 머리통을 떨구고 어린애처럼 쿨쿨 자기 시작했다.

데즈는 놀란 기색도 없이 말했다. "당신이야?"

타키온은 고개를 끄덕였다.

"몸을 떨고 있군. 괜찮아, 닥터?"

"괜찮은 것 같아." 타키온은 대꾸했다. 경찰관은 시끄럽게 코를 골기 시작했다. "괜찮다는 생각이 들어. 몇십 년 만에." 그는 조커의 얼굴을 바라보고, 기형적인 코 뒤에 존재하는 사내를 처음으로 보았다. "에인절이 어디 있는지 알아냈어." 두 사람은 출구 쪽을 향해 갔다. 우리 안에 있는, 수염이 나고 거대한 젖가슴을 가진 양성인이 유혹적으로 허리를 움직인다. "빨리 가야 해."

"한 시간이면 스무 명은 모을 수 있어."

"안 돼." 타키온은 말했다. "에인절이 갇혀 있는 장소는 조커타운이 아냐."

데즈는 문에 손을 댄 채로 멈춰 섰다. "그랬군. 조커타운 밖으로 나가면 조커나 가면을 쓴 사내들은 상당히 눈에 띌 거다, 이거로군?"

"바로 그거야." 타크는 대꾸했지만, 다른 두려움, 조커들이 겁도 없이 경찰에 반항할 경우 받을 보복에 대한 두려움에 관해서는 굳이 입 밖에 내지 않았다. 설령 배니스터와 그 졸개들만큼이나 부패했다고는 해도 경찰은 경찰 아닌가. 어차피 잃을 것이 없는 타크는 기꺼이 그런 위험을 무릅쓸 작정이었지만, 조커들에게까지 해가 가게 할 수는 없다. "터틀한테 연락할 수 있어?" 그가 물었다.

"직접 데려가줄게. 언제 갈까?"

"지금 당장." 한두 시간 뒤면 곯아떨어진 저 경찰관은 잠에서 깨어날 것이고, 그러자마자 두목인 배니스터에게 갈 것이다. 그리고 뭐라고 보고할까? 데즈와 닭 가면을 쓴 사내가 민감한 질문을 하고 돌아다니는 걸 보고 체포하려고 했는데, 갑자기 참을 수 없는 졸음이 쏟아졌다? 그걸 인정할 용기가 있을까? 인정한다면, 배니스터는 그걸 어떻게 해석할까? 에인절페이스를 다른 곳으로 옮기려고 할까? 아니면 그 자리에서 죽이려고 할까? 그런 위험을 방관할 수는 없다.

프리커스의 어둑어둑한 실내에서 나오자 기중기가 두 번째 경찰차를 보도 위에 내려놓은 참이었다. 찬바람이 불어왔지만, 닭 깃으로 된 가면 뒤에서 닥터 타키온은 땀을 흘리기 시작했다.

◆

톰 터드베리는 누군가가 그의 장갑 셸을 마구 두들기는 희미한 소리를 듣고 잠에서 깼다.

낡아빠진 담요를 밀쳐내고 상체를 일으켜 앉으려다가 천장에 머리를 쾅 부딪쳤다. "어, 염병할." 그는 어둠 속에서 욕설을 내뱉고 머리 위를 더듬다가 앞쪽 천장의 실내등을 찾아내서 켰다. 장갑판을 두드리는 **쿵쿵쿵** 하는 소리가 계속 울리며 차내에 반향한다. 톰은 한순간 패닉에 빠졌다. **경찰이로군. 나를 찾아내서 여기서 끌어낸 다음 기소할 작정인 거야.** 머리가 욱신거린다. 차내는 춥고 답답했다. 난방과 환기팬과 카메라들을 차례로 켰다. 텔레비전 화면들이 되살아났다.

맑고 차가운 12월의 외부 풍경. 눈부신 햇살이 때 묻은 벽돌 하나하나를 눈이 아플 정도로 뚜렷하게 부각시키고 있다. 조이는 열차 편으로 베이온으로 돌아갔지만 톰은 그대로 남았다. 시간이 없었기 때문에 달리 선택의 여지가 없었다. 데즈가 안전한 은신처를 제공해주었다. 조커 타운 깊숙한 곳에 자리 잡은, 폐허 같은 5층짜리 공동주택들로 빙 둘러싸인 안뜰이었다. 그곳에 깔린 자갈길은 시궁창 냄새를 짙게 풍겼지만 거리로부터 완전히 차단되어 있었다. 새벽이 오기 직전에 여기 착륙했을 때 건물의 어두운 창문들 몇 개에 불이 들어오며 커튼 뒤에서 조심스럽게 밖을 내다보는 시선들을 느꼈다. 경계하는 듯한, 두려움에 가득 찬, 완전히 인간적이라고 할 수 없는 얼굴들이 언뜻 보이더니 금세 사라졌다. 마치 안뜰에 출현한 물체는 자기들이 상관할 바가 아니라는 듯이.

톰은 하품을 하며 좌석 위로 기어 올라가서 카메라들을 회전시켜 소음의 원천을 찾아냈다. 데즈가 팔짱을 끼고 지하실로 통하는 문 앞에 서 있었다. 닥터 타키온은 빗자루를 가지고 셸을 마구 두들기고 있다.

톰은 깜짝 놀라 마이크 스위치를 켰다. "당신이었어?"

타키온은 움찔했다. "제발 그 소리 좀."

톰은 음량을 낮췄다. "미안해. 얼굴을 보고 놀라서 그랬어. 설마 다시 보리라고는 생각 못 했거든. 그러니까 어젯밤 그 일이 있은 뒤로는 말이야. 몸 어디가 상하거나 하진 않았지? 일부러 그러려고 한 게 아니라, 단지 난—"

"이해하네. 하지만 지금은 비난이나 사과를 주고받을 때가 아냐."

브라운관에 찍힌 데즈의 모습이 계속 위아래로 흔들리기 시작했다. 빌어먹을 상하 조정 장치 같으니라고. "어디 가둬놨는지 알아냈네." 뒤집힌 조커가 말했다. "그러니까, 여기 있는 닥터 타키온이 소문대로 사람 마음을 읽을 수 있는 게 사실이라면 말이야."

"어디야?" 톰은 말했다. 데즈가 계속 뒤집히고, 뒤집히고, 뒤집힌다.

"허드슨강 가의 창고야." 타키온이 대꾸했다. "잔교 어귀에 있어. 정확한 주소는 모르지만 사념 속에 있는 걸 뚜렷하게 봤어. 보면 알아볼 수 있을 거야."

"잘했어!" 톰은 환호했다. 상하 조정 시도를 포기한 그가 화면을 주먹으로 갈기자마자 영상이 안정되었다. "그럼 가서 무찔러야지. 자, 가자고." 그러자 타키온의 얼굴에 떠오른 표정을 보고 톰은 아연실색했다. "설마 함께 가지 않겠다는 건 아니겠지?"

타키온은 마른침을 삼켰다. "갈 거야." 이렇게 말하며 손에 든 가면을 쓴다.

천만다행이로군. 톰은 생각했다. 한순간 혼자 가야 하나, 하는 생각을 했던 것이다. "다들 올라타."

외계인은 깊은 체념의 한숨을 쉬더니 장갑 셸 꼭대기로 기어 올라왔다. 부츠 창이 장갑판을 긁는 소리. 톰은 팔걸이를 꽉 잡고 위를 향해 정신을 집중했다. 장갑 셸은 비눗방울처럼 가볍게 떠올랐다. 고양감이 몰려온다. 난 바로 이런 일을 하기 위해서 태어났어. 톰은 생각했다. 제트보이도 틀림없이 이렇게 느꼈을걸.

조이는 장갑 셸에 괴물처럼 거대한 경적을 설치해놓았다. 톰은 은신처의 옥상 위로 상승하면서 엄청난 음량으로 지이이이금 내가아아아 구하러 왔노라아아아아 하는 〈마이티 마우스〉의 구호에 맞춰 경적을 울림으로써 비둘기 떼와 몇몇 부랑자와 타키온을 화들짝 놀라게 했다.

"이보다는 좀 다소곳하게 행동하는 쪽이 현명할 듯하네만." 타키온이 에둘러 말했다.

톰은 웃음을 터뜨렸다. "……미치겠네. 난 지금 외우주에서 온, 핑키리* 같은 요란한 옷을 입기 좋아하는 외계인을 등에 태우고 날아가고 있잖아. 근데 나더러 다소곳하게 행동하라니." 그는 또 웃음을 터뜨렸다. 조커타운의 거리가 아래에 펼쳐지기 시작했다.

♥

그들은 강가에 면한, 미로 같은 골목을 통해 최종 접근을 시도했다. 그들이 멈춘 곳은 갱단 멤버들이나 젊은 연인들의 이름을 휘갈겨 쓴 낙서로 뒤덮인 벽돌 벽으로 가로막힌 막다른 골목이었다. 벽을 넘자 창고 뒤쪽의 적하 구역이 나왔다. 짧은 가죽 재킷을 입은 사내가 하역장 끄트머리에 앉아 있었다. 터틀이 부유하며 들어오자 사내는 벌떡 일어섰다. 본인은 단지 벌떡 일어설 작정이었겠지만 실제로는 3미터쯤 더 높이 떠올랐다. 사내는 입을 열어 비명을 지르려고 했지만 타크 쪽이 더 빨랐다. 사내는 공중에서 얌전히 곯아떨어졌다. 터틀은 근처 지붕 위에 사내를 숨겨놓았다.

부둣가에 면한 네 개의 널찍한 적하 구역은 각각 쇠사슬과 자물쇠로 단단히 잠겨 있었다. 파형 강판으로 된 문들을 폭넓게 가로지르는 갈색 줄무늬들은 녹이 슨 자국이다. **무단 침입자는 처벌받음**이라는 경고문

---

*   미국의 코미디언, TV 진행자.

이 옆에 난 좁은 문에 찍혀 있었다.

타크는 장갑 셸 아래로 뛰어내려 발끝으로 가볍게 착지했다. "내가 먼저 가겠어." 그가 터틀에게 말했다. "1분 기다렸다가 뒤따라오게."

"1분." 스피커에서 흘러나온 목소리가 말했다. "알았어."

타크는 부츠를 벗고 문을 빼꼼 연 다음 보라색 양말을 신은 발을 움직여 창고 안으로 슬쩍 들어갔다. 옛날 타키스에서 배운 적이 있는 은밀 행동법을 최대한 머리에 떠올려보며 흐르는 듯이 우아한 동작으로 움직인다. 창고 안에는 절단기를 거친 후 가느다란 철사로 단단히 비끄러 맨 거대한 폐지 뭉치들이 5미터에서 10미터 높이까지 잔뜩 쌓여 있다. 타키온은 폐지 뭉치들 사이의 구불구불한 통로를 살금살금 지나 사람 목소리가 들리는 곳을 향해 갔다. 거대한 노란색 지게차가 앞길을 가로막고 있었다. 그는 바닥에 납작하게 엎드린 다음 지게차 밑으로 기어들어갔고, 거대한 타이어 뒤에서 주위를 살그머니 둘러보았다.

세어보니 모두 다섯 명이었다. 두 사람은 접이식 의자에 앉아서 표지를 뜯어낸 페이퍼백* 더미를 탁자 삼아 카드놀이를 하고 있었다. 보기 흉할 정도로 살이 찐 사내 하나는 반대편 벽에 설치된 거대한 서류절단기를 조정하고 있었다. 나머지 두 명은 흰 가루가 든 봉지들이 가지런히 놓인 긴 탁자를 앞에 두고 서 있었다. 그중 플란넬 셔츠 차림의 키가 큰 사내는 조그만 저울로 무엇인가를 재어보고 있었다. 비싼 레인코트 차림에 머리가 벗어진 호리호리한 사내는 곁에서 그 작업을 감독하고 있는 듯했다. 한 손에 담배를 든 채 매끄럽고 나직한 목소리로 뭐라고 말하고 있다. 정확히 뭐라고 말하는지는 알아듣기 힘들었다. 에인절

---

*   반품된 페이퍼백을 폐지 처리할 경우, 표지를 따로 뜯어서 출판사로 반송한다.

페이스의 모습은 어디에도 보이지 않았다.

그는 배니스터의 시궁창 같은 마음속으로 들어가서 그녀를 보았다. 절단기와 포장기 사이에 있었다. 여기서는 지게차 본체에 가려 보이지 않는 곳이지만, 그녀는 그곳에 있었다. 콘크리트 바닥에 던져놓은 더러운 매트리스 위에 누워 있다. 발목에 채운 수갑에 쏠린 부분의 피부가 벗겨지고 통통 부어 있다.

♣

"하마가 58, 하마가 59, 하마가 60." 톰은 수를 세었다.

적하 구역은 충분히 넓었다. 염력으로 꽉 쥐자 자물쇠가 산산조각 나며 녹과 뒤틀린 금속으로 변했다. 쇠사슬이 철컥거리며 바닥에 떨어지고, 문이 덜그럭거리며 위로 올라가면서 녹슨 홈이 항의하듯이 끼이익 하는 소리를 냈다. 톰은 장갑 셸을 전진시키며 모든 탐조등을 켰다. 창고 안으로 들어가니 산더미처럼 쌓인 폐지 더미들이 그의 진로를 가로막고 있었다. 그것들 사이를 누비고 지나갈 만한 공간이 없었기 때문에 그는 그것들을 힘으로 밀어냈다. 그러나 폐지 더미들이 무너지기 시작한 순간 그 위로 날아갈 수 있었다는 사실을 퍼뜩 깨달았다. 그는 천장으로 상승했다.

♠

"뭐야, 씨팔." 적하용 문이 끼익거리며 열리자 카드놀이를 하던 사내 하나가 말했다.

다음 순간 사내들은 일제히 움직이기 시작했다. 카드놀이를 하던 두 사내는 벌떡 일어섰고, 한 명이 총을 꺼내 들었다. 플란넬 셔츠 차림의 사내가 저울에서 고개를 들었다. 뚱뚱한 사내는 서류 절단기에서 몸을 돌리고 뭐라고 외쳤지만, 무슨 소리를 했는지는 알아들을 수가 없었다. 반대편 벽에 쌓인 폐지 뭉치들이 우르르 굴러떨어지며 다른 뭉치들까지 쓰러뜨렸다. 창고 전체에서 연쇄 작용이 일어나기 시작했다.

배니스터는 단 한 순간도 주저하지 않고 에인절페이스 쪽으로 갔다. 타크는 배니스터의 마음을 포착하고, 리볼버 권총을 뽑아 들며 발을 디디려던 그의 동작을 멈추게 했다.

그때 지게차 뒤에 쌓여 있던 10여 개의 폐지 뭉치가 한꺼번에 쏟아져 내렸다. 지게차가 아주 조금 움직이며 거대한 검정색 타이어로 타키온의 왼손을 뭉갰다. 그는 충격과 고통에 못 이겨 비명을 올렸고, 배니스터를 놓쳤다.

◆

아래쪽에서 두 사내가 톰을 향해 총을 쏘고 있다. 처음 총소리를 들었을 때는 너무 놀라 극히 짧은 순간 집중력을 잃은 탓에 장갑 셸이 1미터 넘게 아래로 뚝 떨어졌다. 가까스로 다시 떠오르자마자 총알이 여러 발 날아왔지만 장갑판에 가로막혀 아무 해도 끼치지 못하고 창고 여기저기로 팅팅거리며 튕겨 나갔다. 톰은 미소 지었다. "강대한 터틀 님 등장!" 그는 마구 굴러떨어지는 폐지 뭉치들 사이에 둥둥 뜬 채로 음량을 최대로 올려 선언했다. "너희들 이제 좆 됐거든? 당장 항복해, 이 악당 새끼들아."

가장 가까이에 있던 악당은 항복하지 않고 다시 발포했다. 톰의 TV 화면 하나가 검게 변했다. "이런 쌍." 톰은 마이크를 끄는 것을 잊고 무심코 말했고, 사이코키네시스로 대뜸 사내의 팔을 움켜잡고 총을 먼 곳으로 던져버렸다. 저렇게 비명을 지르는 걸 보니 아무래도 어깨가 빠진 것 같군. 염병할. 앞으로는 조심해야지. 다른 사내는 굴러떨어진 폐지 뭉치를 뛰어넘어 도망치기 시작했다. 톰은 공중으로 껑충 뛰어오른 사내를 잡아 천장으로 그대로 밀어 올린 후 서까래에 걸어놓았다. 화면에서 화면으로 빠르게 훑어보았지만, 한 화면은 검게 변했고 그 옆의 화면까지 또 상하로 요동치기 시작했기 때문에 그쪽 상황은 아예 확인할 도리가 없었다. 고칠 시간의 여유도 없었다. 플란넬 셔츠를 입은 어떤 사내가 여행 가방에 봉지를 담고 있는 광경이 화면에 찍혔다. 시야 가장자리에서 톰은 뚱뚱한 사내가 지게차에 올라타는 것을 보았다…….

♥

타이어에 손이 깔린 타키온은 지독한 고통에 못 이겨 몸부림치면서도 억지로 비명을 참았다. 배니스터—배니스터가 에인절페이스를 해치기 전에 막아야 한다. 그는 이를 북북 갈며 의지력으로 고통을 쫓으려고 시도했다. 고통을 공처럼 둥글게 뭉쳐 옛날에 배운 대로 밖으로 내보내는 것이다. 그러나 쉽지 않았다. 하도 오래전에 받은 훈련이라서 제대로 집중할 수가 없었기 때문이다. 그는 왼손의 박살 난 뼈들을 느꼈다. 시야는 눈물로 흐릿해져 있었다. 다음 순간 모터 도는 소리가 들리더니 지게차가 갑자기 앞으로 튀어 나갔다. 타이어가 그대로 그의 팔을 밟고 머리통을 향해 다가온다. 거대하고 검은 바퀴가 죽음의 검은 벽처럼 그를 향해 굴러오다가…… 정수리에서 3센티미터도 떨어져 있지 않은 곳을 통과해서 공중으로 떠올랐다.

♣

창고 안을 휙 날아간 지게차는 강대한 터틀이 한 번 슬쩍 밀치는 것만으로도 반대편 벽으로 날아가서 처박혔다. 뚱뚱한 사내는 공중에서 아래로 뛰어내렸고, 표지가 뜯겨 나간 페이퍼백 더미 위로 추락했다. 톰은 그제야 지게차가 있던 자리에 쓰러져 있는 타키온의 모습을 보았다. 묘하게 구부러진 손을 부여잡고 있었고, 얼굴에 쓴 닭 가면은 더러워지고 짓이겨진 상태였다. 톰이 빤히 바라보는 동안 타키온은 비틀거리며 일어섰다. 뭔가 외치고 있다. 타키온은 제대로 몸을 가누지도 못하면서 허우적거리며 달려가기 시작했다. 도대체 저 작자는 뭘 보고 저리 급하게 달려가는 것일까?

톰은 오만상을 찌푸리고 손등으로 고장 난 TV 화면을 후려갈겼다. 그러자 수직 흔들림이 갑자기 멎었다. 한순간 또렷한 이미지가 화면에 잡혔다. 레인코트 차림의 사내가 매트리스에 누워 있는 여자 위로 몸을 구부리고 서 있었다. 정말로 예쁜 여자였다. 사내가 리볼버 권총을 여자의 이마에 갖다 대자 여자의 얼굴에 묘한 미소가 떠올랐다. 거의 체념하고 받아들이는 듯한 느낌이었다.

♠

타키온은 비틀거리며 절단기 주위를 돌았다. 발목은 고무처럼 흐늘

거리고, 어디를 보아도 흐릿한 빨간색뿐이며, 발을 디딜 때마다 박살 난 손뼈들이 살을 찌른다. 찾았다. 배니스터가 권총 총구를 그녀의 이마에 슬쩍 갖다 대고 있다. 총구에 닿은 피부는 총알이 박히기도 전에 이미 거무스름해지고 있었다. 눈물과 공포와 아지랑이 같은 고통 속에서 그는 배니스터의 마음으로 손을 뻗쳤고, 움켜잡았다······. 배니스터가 방아쇠를 당긴 바로 그 순간에. 손아귀의 권총이 반동으로 젖혀진 순간 그는 두 쌍의 귀로 총성을 들었다.

"안 **돼애애애애애애애애애애**!" 그는 절규했다. 눈을 감고 무릎을 푹 꿇는다. 배니스터로 하여금 권총을 내던지게 했지만, 지금 와서 무슨 소용이 있단 말인가. 아무 소용도 없다. 너무 늦었다. 이번에도 너무 늦게 왔다. **실패했어**. 또. 에인절페이스, 블라이스, 여동생, 그 밖에 그가 사랑한 모든 사람들은 이제 없다. 그는 몸을 푹 꺾고 바닥에 쓰러졌다. 산산조각 난 거울 조각들의 이미지가 그의 마음을 가득 채웠다. 어둠이 깔리기 전에 그가 마지막으로 느낀 것은 피와 고통 속에서 미친 듯이 난무하는 '혼례의 패턴'이었다.

◆

병실의 톡 쏘는 소독약 냄새 속에서 눈을 떴다. 뒤통수에 닿는, 풀을 먹여 빳빳한 베갯잇의 느낌. 눈을 떴다. "데즈." 그는 힘없이 말하고 상체를 일으켜 앉으려고 했지만 왠지 몸이 말을 듣지 않았다. 주위의 세계는 흐릿하고 초점이 맞지 않았다.

"양팔이 견인 장치에 묶여 있어, 닥터." 데즈가 말했다. "오른쪽 팔은 두 군데가 골절됐고, 왼손은 그보다 더 상태가 안 좋거든."

"미안해." 타키온은 말했다. 울고 싶었지만 눈물이 말라붙어버렸다. "정말로 미안해. 노력은 했지만 난…… 정말 미안해…… 내가—"

"**태키.**" 나직하고 허스키한 목소리가 말했다.

그녀였다. 환자용 가운 차림. 검은 머리카락이 쓴웃음을 에워싸고 있다. 앞머리를 내리고 있었지만 소름 끼치게 거무죽죽한 이마의 멍을 완전히 감추지는 못했고, 눈가의 피부는 시뻘겋게 까져 있었다. 한순간 그는 자기가 죽었거나 미쳤거나 꿈을 꾸고 있는 것이라고 생각했다. "괜찮아, 태키. 난 괜찮아. 여기 이렇게 있잖아."

그는 멍하게 그녀를 올려다보았다. "당신은 죽었어." 그는 힘없이 말했다. "내가 너무 늦었어. 총소리를 듣자마자 그자의 마음을 움켜잡았지만 이미 때가 늦어 있었어. 손에 쥔 권총이 반동으로 꿈틀거리는 걸 느꼈다고."

"누가 획 잡아당기는 걸 못 느꼈어?" 그녀가 물었다.

"잡아당겨?"

"기껏해야 5센티미터 정도였지만 말이야. 총을 쏜 바로 그 순간에. 아슬아슬했지. 화약이 터지면서 심한 화상을 입긴 했지만 총알은 내 머리에서 30센티미터 떨어진 매트리스에 박혔어."

"터틀이 그랬군." 타키온은 쉰 목소리로 말했다.

그녀는 고개를 끄덕였다. "배니스터가 방아쇠를 당기는 순간 총구를 옆으로 밀쳐냈던 거야. 그리고 당신은 그 개자식이 또 쏘기 전에 리볼버를 내던지게 했고."

"놈들은 일망타진됐어." 데즈가 말했다. "두어 명이 혼란을 틈타 도망치긴 했지만, 터틀은 배니스터를 포함해서 세 놈을 경찰에 넘겼다네. 10킬로그램의 순수한 헤로인이 든 슈트 케이스는 덤이었지. 알고 보니 그 창고는 마피아 소유더군."

"마피아?" 타키온이 말했다.

"갱단일세, 닥터 타키온." 데즈가 설명했다. "범죄 조직."

"창고에서 잡힌 작자 하나가 자기가 살려고 이미 공범자들에게 불리한 증언을 했어." 에인절페이스가 말했다. "법정에서 모조리 털어놓을 거야. 뇌물, 마약 거래, 펀하우스에서 저지른 살인까지 포함해서."

"덕택에 조커타운 경찰도 좀 나아질지 몰라." 데즈가 덧붙였다.

타키온에게 몰려온 감정은 단순한 안도감을 초월한 것이었다. 이들에게 감사하며 이들을 위해 목 놓아 울고 싶었지만, 눈물도 말도 나오지 않았다. 힘은 없었지만 행복했다. "나도 이번엔 실패하지 않았군." 가까스로 이렇게 말했다.

"실패 안 했어." 에인절페이스는 이렇게 말하고 데즈를 쳐다보았다. "밖에서 잠깐 기다려줄래요?" 병실에 둘만 남자, 그녀는 침대 가장자리에 앉았다. "당신한테 보여줄 게 하나 있어. 오래전에 진작 보여줬으면 좋았을 텐데." 그녀는 그의 눈앞에 그것을 들어 보였다. 금제 로켓 펜던트였다. "열어봐."

한 손으로 로켓 뚜껑을 여는 것은 쉽지 않았지만 어찌어찌 성공했다. 로켓 안에는 침대에 누워 있는 노파를 찍은, 작고 동그란 사진이 들어 있었다. 해골처럼 바싹 오그라든 팔다리는 작대기에 얼룩덜룩한 누더기를 걸쳐놓은 듯했고, 노파의 얼굴은 끔찍하게 일그러져 있었다. "이 여자는 어디가 잘못된 거야?" 타키온은 어떤 대답이 돌아올지 두려워하며 물었다. 또 한 명의 조커로군. 그는 생각했다. 그가 저지른 죄에 의해 생겨난 또 하나의 희생자다.

에인절페이스는 일그러진 노파의 사진을 내려다보고 한숨을 쉬더니 딱 소리를 내며 로켓 뚜껑을 닫았다. "네 살 때 리틀이털리*의 거리에 나와 놀던 중에 말굽에 얼굴을 밟히고 마차 바퀴에 치여서 등골이 으스러졌어. 그 사건이 일어난 건, 아, 1886년이었지. 전신이 마비됐지만 소녀는 살았어. 그걸 살아 있다고 할 수 있다면 얘기지만. 그 어린 소녀는 남은 60년을 침대에서 꼼짝도 못 하고 누운 채로 지내야 했어. 줄곧 먹여주고, 씻겨주고, 책을 읽어준 수녀님들을 제외하면 다른 사람과의 교류는 전혀 없었지. 가끔 죽고 싶다는 생각밖에는 안 들 때도 있었어. 아름다운 여자로 살아가면서 사랑을 받고, 선망의 대상이 되고, 춤을 추고, 느낄 수 있는 삶을 몽상할 때도 있었지. 아, 정말로 느끼고 싶었어." 그녀는 미소 지었다. "태키, 오래전에 난 당신한테 감사했어야 했는데. 하지만 그 사진을 남한테 보여주는 건 쉽지 않았어. 하지만 난 당신에게 감사하고 있는 데다가 이젠 두 배나 더 많은 빚을 졌어. 펀하우스에서 당신 술값은 영원히 공짜야."

타키온은 그녀를 바라보았다. "술은 됐어. 끊을 거야. 이젠 과거 일이야." 이 말이 사실임을 알고 있었다. 상상을 초월하는 끔찍한 고통을 견디며 살아가는 이런 여성 앞에서, 도대체 무슨 구실을 대고 자기 인생과 재능을 그런 식으로 허비할 수 있단 말인가? "에인절페이스." 그는 느닷없이 말했다. "난 당신을 위해 헤로인보다 더 나은 걸 만들어줄 수 있어. 난 생화학자였거든……. 아니, **지금도** 생화학자야. 내 고향인 타키스에서는 다양한 약물을 쓰는데, 통각 신경을 차단하는 진통제 같은 걸 합성할 수 있을 거야. 내가 몇 가지 테스트를 하게 해준다면, 당신의 신진대사에 특화된 걸 만들어낼 수 있을지도 몰라. 물론 실험실이 있어야

* 맨해튼 남부의 이탈리아 이민자 밀집 지역.

하지만 말이야. 초기 설비비는 비싸게 먹히겠지만, 약물 자체를 합성하는 데는 거의 돈이 들지 않아."

"돈이 들어올 데가 있어." 그녀가 말했다. "펜트하우스를 데즈한테 팔 예정이거든. 하지만 당신이 얘기한 그런 일은 불법이잖아."

"법 따위는 개나 주라고 해." 타키온은 큰 소리로 말했다. "당신만 입을 다물고 있으면 나도 발설하지 않을 거야." 그는 처음에는 떠듬떠듬, 나중에는 폭포수처럼 말을 쏟아냈다. 장래 계획, 꿈, 희망, 그가 코냑과 스터노에 빠져 상실한 모든 것들에 관해서. 에인절페이스는 깜짝 놀란 얼굴로 그를 보더니 미소 지었다. 병원에서 투여해준 진통제의 효력이 마침내 스러지기 시작하고 다시 팔이 욱신거리기 시작하자, 닥터 타키온은 예전에 받은 훈련을 기억해내고 고통을 몸 밖으로 몰아냈다. 왠지 지금까지 그를 괴롭혀오던 죄책감과 비탄의 일부도 고통과 함께 빠져나간 듯했다. 생기에 찬 예전의 자기 자신을 되찾은 듯한 느낌이었다.

♥

신문 머리기사에는 「터틀, 타키온, 헤로인 밀매 조직 일망타진」이라고 나와 있었다. 톰이 오려낸 기사를 스크랩북에 풀로 붙이고 있을 때 조이가 맥주를 들고 돌아왔다. "기자 녀석들이 '강대한'이라는 형용사를 빼먹었군." 조이는 톰의 팔꿈치 옆에 맥주병을 내려놓으며 촌평했다.

"적어도 내 이름이 먼저 나왔잖아." 톰은 손가락에 묻은 끈적거리는 흰 풀을 닦아내고 스크랩북을 옆으로 밀어놓았다. 그 아래에 있는 것은 톰이 서투른 솜씨로 그린 새로운 장갑 셸의 설계 도면이었다. "자, 그놈의 LP 플레이어는 도대체 어디 설치하면 좋을까?"

막간 2

1966년 9월 1일 자 〈뉴욕타임스〉에서 발췌

와일드카드 데이에 조커타운 클리닉 개원 예정

타키스 행성의 와일드카드 바이러스 치료를 목적으로 하는 연구 병원이 민간 자본에 의해 설립될 것이라는 사실이 바이러스 개발에 일조했던 외계인 의사 닥터 타키온에 의해 어제 발표되었다. 닥터 타키온은 이스트강을 조망하는 사우스가(街)에 위치한 이 새로운 병원의 원장으로 취임한다.

이 병원은 고(故) 블라이스 스탠호프 밴 렌셀러 부인을 기념하기 위해 '블라이스 밴 렌셀러 기념병원'이라는 이름으로 불릴 예정이다. 밴 렌셀러 부인은 1947년에서 1950년 사이에 '민주주의를 지키는 이능자들'의 일원으로 활약했고, 1953년에 위티어 요양병원에서 사망했다. 그녀는 '브레인 트러스트'라는 별명으로 더 잘 알려져 있었다.

밴 렌셀러 기념병원은 9월 15일, 맨해튼 상공에서 와일드카드 바이러스가 살포되었던 날로부터 정확히 20년이 되는 날에 일반에게 문호를 개방한다. 196개 병상의 수용 능력을 갖춘 이 병원은 응급진료와 외래환자의 심리치료도 행할 예정이다. "우리는 인근 주민들과 뉴욕 시민들을 위해 봉사할 것입니다." 닥터 타키온은 오후에 제트보이의 영묘 건물 계단에서 열린 기자회견에서 밝혔다. "하지만 우리 병원의 가장 중요한 치료 대상은 너무나도 오랫동안 제대로 치료받지 못하고 방치되었던 조커들입니다. 기존의 의료 체계하에서 조커 환자들은 유일무이한 방식의, 긴급을 요하는 치료가 필요한 경우에도 거의 치료를 받지 못했습니다. 와일드카드가 무려 20년 전에 등장했다는 사실을 감안하면, 이 바이러스에 대한 의료계의 의도적이며 계속적인 무지는 범죄적이며 도저히 용납될 수 없는 것입니다." 닥터 타키온은 밴 렌셀러 기념병원이 전 세계적인 와일드카드 연구의 중심지로 우뚝 서서, 이른바 '트럼프 바이러스'라고 불리는 와일드카드 치료제를 완성하기 위한 첨병이 되어주기를 희망했다.

밴 렌셀러 기념병원은 1874년에 건조된 역사적인 강변 건물을 이용하고 있다. 이 건물은 1888년에서 1913년까지는 '뱃사람의 안식처'로 불리던 호텔이었고, 1913년에서 1942년까지는 '불량소녀들을 위한 성심원'이었으며, 그 후로는 염가의 숙박 시설로 쓰이고 있었다.

닥터 타키온은 병원 건물의 구입 및 내부 개조 비용은 조지 C. 스탠호프 씨가 주관하는 보스턴의 스탠호프 재단의 기부금으로 충당되었다고 밝혔다. 스탠호프 씨는 밴 렌셀러 부인의 아버지다. "블라이스가 지금도 살아 있다면, 그 무엇보다도 닥터 타키온과 함께 일하는 것을 원했을 것이라고 확신합니다." 스탠호프 씨는 이렇게 말했다.

병원의 초기 운영비용은 진료비와 개인 기부에 의존할 예정이지만, 닥터 타키온은 최근 워싱턴을 방문해서 휴버트 H. 험프리 부통령*과

---

*   미국의 제38대 부통령.

협의를 하고 왔다는 사실을 인정했다. 부통령 측근 소식통들에 의하면 당국은 '상원 에이스 자원 근로 위원회', 약칭 SCARE를 통해 운영비용의 일부를 보조할 것을 고려 중이라고 한다.

기자회견장에 운집한 500명의 군중—이들 다수가 와일드카드 바이러스의 명백한 희생자였다—은 닥터 타키온의 발표에 대해 열렬한 박수갈채를 보냈다.

포추나토의 길고 어두운 밤

루이스 샤이너

살아 있었을 때는 정말로 아름다웠는데. 단지 이런 생각밖에는 떠오르지 않았다.

"고인이 누군지 알아볼 수 있겠나." 검시 담당자가 말했다.

"내가 아는 여자가 맞아." 포추나토가 말했다.

"이름이?"

"에리카 네일러. 에리카의 카는 K를 써."

"주소는?"

"파크애비뉴 16번지."

사내는 나직하게 휘파람을 불었다. "고급이로군. 가족은?"

"몰라. 미니애폴리스 출신이라고 했어."

"그렇군. 다들 미니애폴리스 출신이라고 하지. 거기 무슨 매춘부 양성소 같은 거라도 있나 생각될 정도야."

포추나토는 여자의 목에 난 길고 끔찍한 상처에서 눈을 떼고 검시 담당자가 그의 눈을 볼 수 있도록 고개를 들었다. "매춘부가 아니었어." 그가 말했다.

"알았어." 사내는 이렇게 말하면서도 흠칫하며 뒤로 한 걸음 물러났고, 손에 쥔 클립보드를 내려다보았다. "직업란에는 '모델'이라고 써놓을게."

모델이 아냐. 게이샤야. 포추나토는 생각했다. 그녀는 그의 게이샤 중 한 명이었다. 똑똑하고 쾌활하고 아름다운 데다가 요리 실력이 뛰어났고, 마사지 전문가였고, 무면허 심리상담가였고, 침대에서는 분방하고 관능적이었다.

최근 1년 동안 그런 식으로 가지런하게 썰린 그의 여자는 이번으로 세 번째였다.

♣

시체안치소를 나서면서 그는 자신의 몰골이 얼마나 기괴해 보이는지를 자각하고 있었다. 193센티미터의 장신에 메테드린* 중독자처럼 비쩍 말랐고, 몸을 수그리기라도 하면 가슴이 숫제 등에 묻힐 지경이었다. 건물 밖에서는 르노어가 그를 기다리고 있었다. 마침내 해가 났는데도 검은 인조 모피 재킷 안에서 움츠리고 있다. 르노어는 포추나토를 보자마자 택시 안에 밀어 넣고 택시 기사에게 그녀의 집인 웨스트 19번지로 가라고 지시했다.

포추나토는 창밖을 보았다. 자수 장식이 된 데님을 입은 긴 머리의 젊은 여자들, 가게 진열창에 전시된 사이키델릭 포스터, 보도를 뒤덮은 형형색색의 분필 낙서를 응시한다. '사랑의 여름'** 에서 겨울을 두 번

---

*   마약의 일종인 메타암페타민의 상표명.
**   1967년 봄에 미국을 중심으로 일어난 히피 운동.

난 지금, 부활절이 다가오고 있었다. 그러나 봄 생각을 해보려고 해도 시체안치소의 차가운 타일 바닥이 떠오를 뿐이었다.

르노어가 그의 손을 꼭 쥐었다. 포추나토는 좌석에 등을 기대고 눈을 감았다.

르노어는 신인이었다. 볼펜 윌리라는 이름의 브루클린 뚜쟁이에게서 포추나토의 게이샤 중 한 명이 구출해 온 젊은 여자이고, 포추나토는 그녀의 '위약금'으로 윌리에게 5천 달러를 지불했다. 만약 윌리가 포추나토의 제안에 응하지 않았다면, 포추나토가 살인 청부업자에게 5천 달러를 지불해서 윌리를 제거했으리라는 사실은 업계의 상식이었다. 현 시세로 인간의 목숨은 5천 달러였기 때문이다.

윌리는 감비오네 일가를 위해 일하고 있었고, 포추나토는 이미 여러 번 그들과 알력을 빚은 적이 있었다. 포추나토가 흑인이라는 사실—적어도 반은 흑인의 피가 흐르고 있다—과, 그 누구의 밑에도 들어가지 않고 홀로 이 사업을 하고 있다는 사실로 인해, 포추나토는 감비오네 일가의 보스 돈 카를로의 편집광적인 환상 세계 속에서 매우 특별한 위치를 점하고 있었다. 돈 카를로가 독립적인 흑인보다 더 증오하는 것은 조커들밖에는 없었다.

따라서 연쇄살인의 배후가 그 늙은 마피아 보스라고 해도 포추나토는 놀라지 않았겠지만, 포추나토의 사업을 통째로 손에 넣고 싶어서 안달하고 있는 돈 카를로가 여자들에게까지 손을 댔을 가능성은 거의 없었다.

르노어는 버지니아의 산악지대에 있는 깡촌 출신이었다. 노인들이 여전히 엘리자베스 왕조식의 구닥다리 영어를 쓰는 곳이다. 윌리 밑에서 일한 것은 한 달이 채 되지 않았기 때문에 타고난 미모도 아직 마모

되지는 않았다. 르노어는 허리까지 내려오는 암적색 머리카락에 네온처럼 반짝이는 녹색 눈, 거의 앙증맞은 느낌을 주는 작은 입의 소유자였다. 검은 옷밖에는 입지 않았고, 자기는 마녀라고 믿고 있었다.

포추나토는 르노어를 오디션하면서, 서늘하고 세련된 외모와는 너무나도 대조적인 자유분방함, 육욕에 완전하게 몰입하는 태도에 깊은 인상을 받았다. 그래서 그녀를 받아들여 훈련하기로 결정했다. 훈련은 이제 3주째를 맞이하고 있었는데, 드물게 손님을 받을 때를 제외하면 재능 있는 콜걸에서 게이샤 견습생으로 변신하는 일에만 전념하고 있었다. 게이샤가 되려면 적어도 2년은 걸리는 것이 보통이었다.

르노어는 그를 이끌고 층계를 올라갔다. 자기 아파트 문의 자물쇠에 열쇠를 꽂더니 잠시 머뭇거린다. "어, 집 안을 봐도 너무 이상하게 생각하지 않았으면 좋겠어."

아파트 안으로 들어간 르노어가 거실 안을 돌아다니며 여기저기에 놓인 양초에 불을 붙이는 동안 그는 현관에 서서 기다렸다. 창문들은 두꺼운 커튼으로 가려져 있었고, 가전제품은 전화기를 제외하면 눈에 띄지 않았다─TV도, 시계도, 토스터조차도 없었다. 아무것도 없는 삭막한 거실의 딱딱한 나무 마루 한복판에는 그녀가 직접 그려놓은, 원으로 둘러싸인 펜타그램*이 있었다. 코를 간질이는 향과 사향의 관능적인 향기에는 화공약품을 연상시키는 희미한 유향 내음이 섞여 있었다.

포추나토는 현관문을 잠그고 그녀를 따라 침실로 들어갔다. 아파트 전체가 성적인 분위기로 가득 차 있었다. 레드와인 빛깔의 두꺼운 융단은 걷기조차 힘들 정도로 푹신했다. 천개가 딸린 침대는 붉은 벨벳 천

---

*   오각형 별.

장막이 드리워져 있는 데다가 너무 높아서 올라가기 위한 계단이 딸려 있을 정도였다.

르노어는 침실용 작은 탁자 위에서 대마초 궐련을 찾아내서 불을 붙인 다음 포추나토에게 건넸다. "금방 올게." 그녀는 이렇게 말하고 침실에서 나갔다.

포추나토는 옷을 벗고 침대에 누워 양손을 뒤통수에 대고 팔베개를 했다. 입가에 대롱대롱 매달려 있던 대마초 궐련의 연기를 허파 깊숙이 빨아들이고, 구부리고 있던 발끝이 곧게 펴지는 광경을 응시한다. 짙은 파란색의 침실 천장에는 인광을 발하는 황녹색 페인트로 밤하늘의 별자리들이 그려져 있었다. 황도 12궁이라고 해야 하나. 지금 마법과 점성학과 구루들은 매우 힙했다. 그리니치빌리지에서 유행하는 파티에서 만나는 사람들은 언제나 서로의 별자리를 물어보고 카르마에 관한 얘기를 하곤 한다. 포추나토 본인의 경우, 물병자리의 시대에 올 변화가 어쩌고 하는 소리는 희망적 관측에 불과했다. 닉슨은 여전히 백악관에 죽치고 앉아 있고, 젊은이들은 동남아시아로 끌려가 총알받이가 되고 있으며, 그가 하루라도 '깜둥이'라는 멸칭을 듣지 않는 날도 없지 않은가. 그러나 포추나토의 고객들 중에서 바로 이런 장소를 좋아하는 사람들은 많다.

나이프를 좋아하는 그 사이코 탓에 폐업하지 않는다면 말이지만.

르노어가 알몸으로 침대로 올라와서 그의 곁에 무릎을 꿇었다. "정말로 피부가 아름다워." 그녀가 손가락 끝으로 그의 가슴을 훑자 소름이 돋았다. "이런 색깔은 본 적도 없어." 그가 아무런 대답도 하지 않자 그녀가 말했다. "당신 어머니는 일본인이라고 들었어."

"그리고 우리 아버지는 할렘의 뚜쟁이였지."

"보기에도 정말 상태가 안 좋은 것 같아, 당신."

"난 그 애들을 사랑했어. 난 너희들 모두를 사랑해. 내게 너희들은 돈이나 가족…… 그 밖의 어떤 것보다 훨씬 더 중요한 존재야."

"그래서?"

그 이상은 할 말이 없었다고 생각했지만 갑자기 입에서 말이 쏟아져 나왔다. "난 정말로…… 지독하게 무력해진 느낌이야. 어떤 변태 살인마 새끼가 우리 애들을 죽이고 다니는데 난 아무 일도 할 수 없잖아."

"그럴지도." 르노어가 말했다. "안 그럴지도 모르지만." 그녀는 손가락으로 그의 음모(陰毛)를 휘감았다. "섹스는 힘이야, 포추나토. 우주에서 가장 강력한 힘이지. 절대로 그 점을 잊으면 안 돼."

르노어는 그의 페니스를 입에 넣고 마치 캔디를 먹듯이 부드럽게 핥았다. 그 즉시 페니스가 딱딱해지면서 이마에 땀이 솟구쳤다. 침을 묻힌 손가락 끝으로 대마초의 불을 끄고 방바닥에 떨어뜨렸다. 얼음처럼 매끄러운 침대 시트 위에서 발꿈치가 미끄러지고, 르노어의 향수 내음이 콧속을 가득 채웠다. 죽은 에리카 생각이 떠올랐다. 그러자 르노어를 상대로 오랫동안 강렬하게 섹스를 하고 싶다는 욕구가 솟구쳤다.

"안 돼." 르노어는 젖가슴에서 그의 손을 떼어내며 말했다. "당신은 나를 거리에서 구출해서, 당신이 아는 걸 가르쳐줬어. 그러니까 이번엔 내 차례야."

르노어는 위에서 짓누르듯이 그를 덮쳤다. 그의 양팔을 머리 위로 올리게 하고, 검게 칠한 손톱으로 갈비뼈 위의 부드러운 살갗을 길게 훑었다. 그런 다음 위에서 움직이며 입술과 젖가슴과 머리카락 끄트머리로 그의 몸을 훑었다. 그의 살갗은 뜨거워질 대로 뜨거워졌다. 어둠 속에서 살갗이 빛을 내지는 않을까 생각될 정도였다. 마침내 그녀는 다리를 벌리고 그의 몸 위에 올라탔고, 그를 자기 내부로 받아들였다.

그녀 안으로 들어가자 마약의 도취감을 닮은 쾌락이 솟구쳤다. 그가 허리를 펌프질하듯이 움직이자 그녀는 체중을 양팔에 실은 채로 더 깊숙이 몸을 갖다 댔다. 긴 머리카락이 폭포수처럼 아래로 드리워진다. 이윽고 르노어는 천천히 눈을 들고 그를 응시했다.

"난 **샤크티**야." 르노어가 말했다. "나는 여신이고, 나는 힘이야." 그녀는 이렇게 말하며 미소 지었다. 이것은 정신 나간 소리로 들리지 않았고, 오히려 그녀에 대한 그의 욕망을 한층 더 부풀어 오르게 만드는 효과를 가져왔다. 곧 그녀는 짧고 헐떡이는 신음을 발하며 절정에 도달했고, 몸을 부들부들 떨며 고개를 뒤로 젖히고 격렬하게 허리를 움직였다. 포추나토는 그녀 위로 올라가서 끝내려고 했지만 그녀는 상상하지도 못했을 정도의 괴력을 발휘해서 그의 어깨를 꽉 움켜잡고 못 움직이게 했다. 그가 저항을 멈추고 긴장을 풀자, 또다시 견디기 힘들 정도로 완만한 애무가 시작되었다.

그의 눈앞이 시뻘겋게 변하고 더 이상 참을 수 없을 정도가 되기 전에 그녀는 두 번 더 절정에 달했다. 그러나 그녀도 그런 그의 상태를 감지하고 그가 알아차리기도 전에 재빨리 몸을 떼더니 그의 다리 사이로 손을 넣어 손가락 하나로 페니스의 뿌리 부분을 강하게 압박했다. 이미 사정을 멈출 수 없었던 그는 침대에서 엉덩이가 완전히 위로 떠오를 정도로 강렬한 오르가슴에 사로잡혔다. 그녀가 왼손으로 그의 가슴을 누른 채로 오른손으로는 압박을 계속했기 때문에, 몰려나온 정액은 페니스에서 분출되지 못하고 다시 그의 체내로 되돌아갔다.

이 여자는 나를 죽였어. 포효하는 액체의 불이 다시 사타구니로 되돌아가서, 불길처럼 척수를 타고 오르더니 마치 신관에 점화한 것처럼 터지는 것을 느끼며 그는 생각했다.

"쿤달리니." 그녀는 속삭였다. 얼굴은 땀에 젖어 있었고, 의연한 느낌이었다. "힘을 느껴봐."

불꽃은 순식간에 그의 등골을 타고 올라 그의 뇌 안에서 폭발했다.

♠

마침내 눈을 떴다. 시간이 영사기 스프로켓의 톱니에서 빠져나왔는지 모든 것이 서로 관련이 없는 프레임 개개의 집합으로 보였다. 르노어는 양팔로 그를 껴안고 있었다. 그녀의 눈에서 눈물이 솟구치더니 그의 가슴을 따라 흘렀다.

"난 둥둥 떠 있었어." 그제야 소리를 내서 말을 할 수 있다는 사실을 깨닫고 그는 말했다. "저기 천장 근처에서."

"난 당신이 죽은 줄 알았어." 르노어가 말했다.

"우리 두 사람을 볼 수 있었어. 모든 것이 빛으로 만들어진 것처럼 보였어. 이 방은 새하얗고, 무한하게 펼쳐지는 것처럼 보였어. 모든 곳이 선과 파문투성이였어." 마치 코카인을 과다 섭취했을 때의 느낌 같기도 하다. 손가락을 전기가 흐르는 소켓에 쑤셔 넣었을 때 같기도 하고. "나한테 무슨 짓을 한 거야?"

"탄트라 요가. 그걸 하면…… 뭐라고 해야 하나. 충전이 된다고 했어. 당신처럼 강하게 반응하는 사람은 처음이었지만." 그녀는 고개를 돌려 그의 얼굴을 보았다. "정말로 밖으로 나왔어? 육체를 떠나서?"

"그런 것 같군." 르노어의 머리카락에서 그녀가 쓰는 페퍼민트 샴푸 내음을 맡을 수 있었다. 양손으로 그녀의 얼굴을 잡고 입을 맞춘다. 그녀의 입안은 부드럽고 축축했다. 그녀의 혀가 날름거리며 그의 이를 핥는다. 그의 페니스는 여전히 다이아몬드처럼 딱딱했고, 그는 그녀와 섹스를 하고 싶다는 갈망에 사로잡혀 몸을 떨기 시작했다.

그녀 위로 올라가자 그녀는 뜨거운 내부로 그를 안내했다. "포추나토." 그녀가 속삭였다. 입술은 움직이면 그에게 스칠 정도로 여전히 가까운 곳에 있었다. "여기서 끝내면 지는 거야. 그런다면 완전히 힘이 빠져서 움직일 수도 없게 돼."

"베이비, 뭐래도 난 상관 안 해. 내가 이렇게 누군가를 원한 건 난생처음이야." 포추나토는 그녀를 볼 수 있도록 팔뚝을 괴어 상체를 일으키고 미친 듯이 허리를 움직였다. 전신의 신경이 살아 있는 듯한 느낌이었고, 그것을 통해 힘이 솟구치는 것을 느낄 수 있었다. 이윽고 그 힘은 뒤로 천천히 물러나며 몸 한복판의 어딘가에 쌓이기 시작했다. 지금 당장이라도 밖으로 터져 나올 듯한 느낌이다. 그를 완전히 쥐어짬으로써, 약해지고 무력해지고 완전히 탈진해버릴 때까지…….

포추나토는 그녀에게서 몸을 떼고 침대 끄트머리까지 몸을 굴린 다음 양 무릎을 껴안고 허리를 꺾었다. "하느님 맙소사!" 그는 절규했다. "난 도대체 어떻게 된 거지?"

◆

르노어는 계속 그와 함께 있고 싶어 했지만, 그럼에도 그는 그녀를 게이샤 교실로 보냈다. 그녀가 돌아올 때까지 여기서 기다리겠다는 약속과 함께.

르노어가 없는 아파트 안은 엄청나게 크고 텅 빈 느낌이었다. 문득 에리카를 죽인 살인마가 여전히 자유롭게 돌아다니는 거리로 홀로 나간 르노어의 모습을 떠올리고 그는 오싹했다.

아냐. 그는 되뇌었다. 지금은 아니다. 또 일어날 리가 없다. 이렇게 빨리는.

르노어의 벽장에서 화려한 동양풍 가운을 찾아내서 입은 다음, 귀에는 들리지 않는 신경계의 웅웅거리는 듯한 진동에 맞춰 아파트 안을 왔다 갔다 했다. 그러다가 거실의 책장 앞에 멈춰 섰다.

그녀는 그것을 **쿤달리니**라고 불렀다. 들어본 적이 있는 단어였고, 《각성하는 뱀》이라는 책을 보자 기억이 되살아났다. 그는 그 책을 꺼내서 읽기 시작했다.

타타르의 땅 어딘가에 있는 '울티마 툴레의 위대한 백색 교단'에 관해 읽었다. 잃어버린 《디잔의 책》과 좌도(左道)를 의미하는 **바마 카라.** 인류는 가장 부패하고 혼란된 말세를 뜻하는 **칼리 유가**를 맞이했다. "무슨 일이든 네가 원하는 일을 하라. 그런다면 여신은 기뻐할 것이므로." **샤크티. 라사**라고 불리는 정액은 힘의 액체이며, 신의 씨앗인 **요드**이다. 죽은 자를 소생시키는 소도미*. 변신 능력자, 아스트랄체(體), 자살을 유발하는, 외부에서 이식된 강박관념. 파라켈수스, 알리스터 크롤리, 메흐메트 카라코즈, L. 론 허버드.

포추나토의 집중력은 완전무결했다. 책에 나온 모든 단어와 도표를 흡수하고, 빠르게 책장을 넘기며 앞뒤의 내용을 비교하면서 도판을 훑어보았다. 마침내 독서를 마친 그는 르노어가 현관을 나선 지 불과 23분밖에 지나지 않았다는 사실을 깨달았다.

---

*   비역. 구약성서에 등장하는 성적으로 타락한 도시 소돔에서 유래했다.

가슴에서 느끼는 전율의 정체는 공포였다.

♥

한밤중에 손을 뻗어 르노어의 뺨을 만지자 손가락이 젖었다. "깨어 있었어?" 그가 물었다.

르노어는 몸을 돌리더니 그에게 몸을 바싹 밀착시켰다. 그녀의 따스한 피부는 고가의 위스키처럼 정신이 번쩍 들게 만드는 것과 동시에 진정시키는 효과가 있었다. 손가락으로 그녀의 머리카락을 빗질하듯이 쓰다듬고 향기로운 목덜미에 입을 맞춘다. "왜 울어?" 그가 물었다.

"멍청하게 느껴져서."

"뭐가?"

"난 정말로 믿고 있어. 크롤리가 말하는 매직(Magick). 위대한 역사(役事)를." 그녀는 매직이라는 단어를 **메이직**이라고 발음했고, 크롤리를 **크로울리**라고 발음했다. "요가도 배웠고, 카발라하고 타로하고 에노크 마법 체계도 배웠어. 단식을 하고 '태어나지 않은 자의 의식'을 치르고 아브라멜린 마법도 공부했어. 하지만 아무 일도 일어나지 않았어."

"뭘 하려고 그랬던 건데?"

"나도 모르겠어. 계시를, **사마디***를 원했던 건지도. 사내 놈이 장발이라고 트집을 잡아 두들겨 패는 그 빌어먹을 버지니아의 고속버스 정류소 같은 곳에서 빠져나오고 싶었던 건지도 몰라. 난 나 자신에게서 벗어나고 싶었어. 오늘 오후 당신에게 일어났던 것과 같은 일을 경험하고

---

*   삼매경.

싶었어. 그리고 당신은 그걸 얻었으면서도 원하지도 않잖아."

"밤에 네 책들을 몇 권 읽었어." 포추나토는 이렇게 말했지만, 실제로 그가 독파한 책은 몇십 권에 달했다. 책장에 꽂혀 있던 책의 거의 절반에 해당한다. "무슨 일이 일어나고 있는지는 모르겠지만, 그건 마법이 아니었다고 생각해. 그 크롤리라는 작자의 마법은 아냐. 네가 나한테 한 일이 뭔가를 각성시킨 건 사실이지만, 그건 이미 내 안에 있던 거라고 생각해."

"그 포자 같은 걸 얘기하는 거지? 와일드카드 바이러스라고 하는?" 이 말을 입 밖에 내자마자 르노어가 무의식중에 긴장하는 것을 알 수 있었다.

"그것밖에는 달리 생각나는 게 없어."

"그럼 닥터 어쩌고 하는 사람한테 가봐. 진찰해줄 거야. 당신이 원한다면 원상 복구해줄지도 몰라."

"그건 아냐." 포추나토는 말했다. "이해 못 하는 것 같군. 그 책들을 읽었을 때 난 거기서 언급된 힘들을 모두 느낄 수 있었어. 이를테면 네가 하이다이빙 선수인데, 책에서 새롭고 복잡한 다이빙 기술에 관해 읽었다고 상상해봐. 직접 해본 적은 한 번도 없지만, 연습을 하면 너도 할 수 있다고 생각할 거야. 넌 내가 이걸 원하지 않는다고 했고, 그건 사실일지도 몰라. 적어도 처음에는 원하지 않았으니까. 하지만 지금은 생각이 바뀌었어." 일본의 춘화첩에 실린, 거대한 성기와 터무니없는 체위를 묘사한 춘화들 사이에서 그의 눈을 끈 그림이 하나 있었다. 비축한 정액의 힘으로 이마가 부풀어 오른 탄트라 마법사가 손가락을 꼬아 힘을 나타내는 **무드라스***를 맺고 있는 광경이었다. 그는 눈알이 타는 듯한 느낌이 올 때까지 그 그림을 응시했다. "지금은 그걸 원해." 그는 말했다.

♣

　"자네가 와일드카드를 뽑았다는 점에는 의심의 여지가 없네." 자그마한 사내가 말했다. "내가 보기엔 에이스야."

　포추나토는 딱히 백인을 싫어하는 것은 아니었지만, 백인의 쓸데없는 슬랭만은 견디지 못했다. "부탁이니 평이한 영어로 말해주시겠습니까?"

　"자네의 유전자는 타키스 행성의 바이러스에 의해 다시 편집되었어. 바이러스가 자네의 중추신경계에 잠복하고 있었던 건 명백해. 아마 척수 내부에 휴면 상태로 잠복하고 있었던 것 같은데, 섹스 시에 그게 활성화될 정도로 큰 자극을 받았던 거야."

　"그럼 이제는 어떻게 되는 겁니까?"

　"내가 보기에 자네에겐 두 가지 선택지가 있네." 작은 사내는 포추나토 앞에 있는 진료용 탁자 위에 슬쩍 앉더니 빨간 장발을 귀 뒤로 넘겼다. 록밴드에서 연주를 한다거나 레코드 가게에서 점원으로 일할 것 같은 용모였다. 도저히 의사로 보이지는 않았다. "바이러스의 효과를 역전시키는 치료를 해볼 수는 있네. 성공한다는 보장은 없지만 말이야─내 성공률은 35퍼센트에 불과하거든. 오히려 예전보다 더 안 좋아지는 경우도 종종 있고."

　"치료를 안 받는다면?"

　"치료를 안 받고 그냥 지금 상태로 살아가는 선택도 있어. 그런 선택을 한 사람은 자네 말고도 많아. 난 자네를 같은 상황에 처한 사람들과

---

*　　인(印).

연결해줄 수도 있네.”

“정말로? 그럼 ‘강대한 터틀’처럼 살아가라는 겁니까? 하늘을 날아다니면서 짜부라진 차 안에서 사람들을 구조한다든지? 그럴 것 같진 않군요.”

“자네 능력을 어디 사용하는지는 자네에게 달렸어.”

“‘능력’이라니, 내게 어떤 종류의 능력이 있다는 겁니까?”

“아직은 확언할 수 없어. 지금도 각성 중인 것처럼 보이거든. 자네의 EEG[*]는 강력한 텔레키네시스의 존재를 시사하고 있네. 자네를 찍은 키를리안 사진[**]은 극히 강력한 아스트랄체를 보여주고 있는데, 자넨 그걸 자유자재로 조작할 수 있을 공산이 커.”

“바꿔 말해서, 마법과도 같은 능력이 생겼다는 얘기군요.”

“아니, 엄밀하게는 아냐. 하지만 와일드카드가 특이한 건 바로 그런 부분이야. 그걸 의식적으로 통제하려면 아주 특수한 메커니즘이 필요한 경우가 가끔 있거든. 자네가 능력을 발휘하기 위해서 그 탄트라 의식이 필요하다고 해도 난 놀라지 않을 걸세.”

포추나토는 의자에서 일어나 둥글게 말아 바지 앞주머니에 넣어둔 돈뭉치에서 100달러 지폐를 한 장 꺼내서 내밀었다. “진료소 운영비로 써주십쇼.” 그는 말했다.

작은 사내는 한참 동안 돈을 바라보다가, 그것을 건네받아서 서전트 페퍼 코스튬과 비슷한 윗옷 안에 쑤셔 넣었다. “고맙네.” 마치 고통을

---

[*]   뇌전도.

[**]   피사체에 고주파를 가했을 때 발생하는 플라즈마 방전 현상을 찍은 사진. 피사체가 생물체일 경우는 종종 유사과학적인 해석과 결부된다.

감내하고 억지로 쥐어짠 듯한 말투였다. "내가 한 말을 잊지 말게. 문제가 있으면 언제든 오라고."

포추나토는 고개를 끄덕이고 밖으로 나와 조커타운의 괴물들을 바라보았다.

♠

제트보이가 맨해턴 상공에서 장렬하게 산화했을 당시 포추나토는 여섯 살이었고, 자기도 언제 그 바이러스에 감염될지 모른다는 두려움을 간직한 채로 성장했다. 새로운 세계가 시작되었던 그날 죽은 1만 명의 희생자의 기억은 너무나도 강했고, 그의 아버지도 그중 한 명이었기 때문이다. 그는 침대에 누운 아버지의 피부가 마치 열상을 입은 것처럼 쩍쩍 갈라지다가 다시 낫는 과정을 수없이 되풀이하는 광경을 생생하게 기억하고 있었다. 1, 2분밖에는 걸리지 않는 이런 끔찍한 고통이 마침내 끝난 것은, 아버지의 심장이 갈라지면서 솟구쳐 나온 피로 할렘에 있던 아파트 내부가 시뻘겋게 물들었을 때의 일이었다. 공동묘지에서 2분짜리 장례식과 합장을 위해 관 속에 누워 있을 때조차도, 아버지의 시체는 계속 찢어졌다가 낫는 일을 되풀이하고 있었다.

이 기억은 포추나토의 뇌리에서 결코 사라지지 않았지만, 이윽고 다른 기억들이 이것을 옆으로 밀어냈다. 자신에게는 아무 일도 일어나지 않으리라는 확신이 점점 강해졌기 때문이다. 바이러스에 걸리지 않은 사람들의 삶은 예전과 마찬가지로 계속되었다.

자기 앞가림은 자기가 해야 한다는 사실은 일찌감치 깨닫고 있었다. 미국 여자들에 대해 어머니가 불평하는 소리를 듣고 그는 매춘부들을 색기(色妓)인 게이샤로 특화시킨다는 아이디어를 떠올렸다. 열네 살이 되었을 때 그는 고등학교에서 만난 깜짝 놀랄 정도로 아름다운 푸에르토리코 출신의 소녀를 집으로 데려와서 어머니에게 훈련을 받도록 했다. 그게 시작이었다.

조커타운을 정처 없이 배회하다가 고개를 든 그는 어느새 밤이 되었다는 사실을 깨달았다. 잿빛과 파스텔색 건물들이 있던 곳에서 네온 사인이 반짝였고, 거리를 돌아다니는 사람들의 복장도 페이즐리와 표범 무늬의 옷으로 바뀌어 있었다. 바로 앞쪽에서 무개 트럭을 세워놓고 시위를 하고 있는 군중이 보였다. 트럭 짐칸에는 드럼과 앰프와 전기기타 따위가 실려 있었고, 두 줄의 굵은 연장 전선이 카오스 클럽의 열린 문으로 이어져 있는 것이 보였다.

지금 이 임시 무대에는 빨간 곱슬머리를 길게 기른 여자 한 명밖에는 없었다. 어쿠스틱 기타를 들고 있다. 그녀 뒤에는 S.N.C.C.*라고 쓰인 현수막이 걸려 있었다. 포추나토는 이것이 무엇의 약자인지 짐작도 할 수 없었다. 여자는 청중들과 함께 포크송 비슷한 노래를 부르고 있었다. 기타 반주 없이 후렴구를 두 번 합창한 후 그녀는 허리를 굽혀 절했다. 청중이 박수갈채를 보내자 그녀는 트럭 뒤쪽에서 아래로 내려왔다.

르노어처럼 단정한 미모의 소유자는 아니었다. 코가 좀 큰 편이고, 피부 상태도 그리 좋아 보이지 않았다. 급진주의자의 제복이라 할 수 있는 청바지와 작업용 셔츠도 전혀 어울리지 않았다. 그러나 그녀는 포추나토가 보고 싶지 않아도 도저히 안 볼 수가 없는 에너지의 아우라를 두르고 있었다.

---

* 　전국 학생 조정 위원회(Student National Coordinating Committee)의 약자.

여자는 포추나토의 약점이기도 했다. 여자들이 쏘는 전조등 불빛을 받고 얼어붙은 사슴이라고나 할까. 지금처럼 의기소침한 상태에서도 멈춰 서서 그녀를 바라보지 않는 것은 불가능했다. 그러자 그녀는 어느새 그의 곁에 와서 동전 몇 개가 들어 있는 커피 깡통을 흔들어 보이고 있었다.

"어이, 아저씨, 기부할 생각 없어?"

"오늘은 없어." 포추나토는 대답했다. "난 정치와는 인연이 없어서."

"아저씨는 흑인이고 닉슨이 대통령인데, 정치에 인연이 없다고? 브라더, 깜짝 놀랄 만한 뉴스를 알려줄게."

"이게 모두 흑인하고 관련이 있다는 거야?" 군중 사이에 흑인은 단한 명도 보이지 않았다.

"아냐. 조커에 관한 시위야. 엇, 방금 한 말이 무슨 민감한 데를 건드리거나 한 거야?" 포추나토가 아무 말도 하지 않자 그녀는 개의치 않고 말을 이었다. "베트남에 파병된 조커들의 기대여명이 얼마인지 알아? 두 달도 안 돼. 미국의 조커 인구 비율을 베트남에 있는 조커 비율로 나누면 어떻게 되는지 알아? 베트남에는 조커가 100배는 더 많다는 결과가 나와. 무려 **100배**나!"

"오케이. 알았어. 그래서 내가 어떻게 해줬으면 좋겠어?"

"기부를 해줘. 그 돈으로 변호사를 선임해서 그걸 멈추게 할 거야. 그건 FBI의 소행이야. FBI하고 SCARE. 매카시가 다시 돌아온 것이나 마찬가지라고. 놈들은 조커들 모두의 목록을 갖고 있고, 의도적으로 그들을 징병하고 있어. 걸을 수 있고 총을 들 수만 있다면, 제대로 된 신체검사조차도 하지 않고 그대로 사이공으로 보내고 있어. 그건 대량 학살이야. 순전하고, 의심의 여지가 없는."

"응. 알았어." 포추나토는 20달러 지폐를 꺼내 깡통 안에 넣었다.

"내가 원하는 게 뭔지 알아?" 얼마짜리 지폐인지 확인도 하지 않는다. "그 얼어죽을 에이스들이 동료들을 위해 뭐든 행동에 나서는 걸 보고 싶어. 무슨 얘긴지 알지? '사이클론'이든 뭐든 그런 잘난 놈들이 나선다면 정부의 기록 파일을 지워버리는 건 식은 죽 먹기잖아? 하지만 놈들은 아무 일도 하지 않았어. 아무 일도. 신문 머리기사에 실리는 종류의 위업을 달성하느라고 바빴거든."

그녀는 이렇게 말하고 자리를 뜨려다가 깡통 안을 들여다보았다. "어, 고마워, 아저씨. 우리 편이었군. 자, 여기 우리 전단이 있어. 더 도와주고 싶으면 연락해."

"응." 포추나토는 말했다. "이름이 뭐야?"

"C.C.라고 해. C.C. 라이더."

"저기 쓰여 있는 C.C.?" 포추나토는 현수막을 가리키며 물었다.

C.C.는 고개를 가로저었다. "재밌는 아저씨네." 그녀는 다시 한번 미소 짓더니 군중 속으로 사라졌다.

그는 전단을 접어 호주머니에 쑤셔 넣은 후 바워리를 벗어났다. 조커들에 관한 화제가 만발한 탓에 정신이 산만했다. 바로 앞길에서 조금 간 곳에 거울로 벽을 두른 펀하우스라는 클럽이 보였다. 클럽의 소유자인 데즈먼드라는 사내는 사람 코 대신 코끼리 코가 달린 사내였다. 그도 포추나토의 고객 중 한 사람이었는데, 포추나토가 제공하는 여자들보다 피부가 더 좋거나, 머리가 더 검거나, 얼굴이 더 예쁜 게이샤를 찾아달라고 조르는 버릇이 있었다. 지금 같은 때 그 작자와 얼굴을 마주치고 싶은 생각은 추호도 없었다.

옆길로 들어서니 가면을 쓴 사람은 거의 없었다. 위아래가 뒤집힌 얼굴이나 멜론만 한 머리들로부터 도전적인 시선이 되돌아왔다. 다 새로운 형제자매들이야. 그는 속으로 되뇌었다. 에이스 한 명당 열 명은 족히 되는 조커들이 존재했다. 운이 좋은 작자들이 망토를 걸치고 시답잖은 전문 용어로 대화하고 하늘을 날며 서로와 싸우는 동안, 이들은 이렇게 골목길에서 숨어 다녀야 한다. 에이스들은 신문 머리기사를 장식하고 토크쇼에 출연하지만, 괴물들과 불구자들은 조커타운에 있다. C.C.가 한 얘기가 사실이라면, 조커타운과 베트남의 밀림에.

그러나 포추나토가 가고 싶은 유일한 장소는 르노어의 아파트였다. 그곳에서 그녀와 사랑을 나누고 싶었다. 그리고 이번에는 끝까지 제대로 할 작정이었다. 그럼으로써 그가 약해진다고 해도 상관없다. 그냥 예전의 삶으로 돌아가는 것에 불과하므로.

문제는 늦든 빠르든 살인마가 다시 준동할 것이라는 점이었다. 베트남은 지구를 반은 돌아간 곳에 있지만, 살인마는 이 도시에 있지 않은가. 바로 이 블록 안에 도사리고 있을 수도 있다.

걸음을 멈추고 고개를 든 그는 자신이 무의식중에 에리카의 시체가 발견된 골목에 와 있다는 사실을 깨달았다.

C.C.가 한 얘기에 관해 생각해보았다. 자기 능력을 써서 자기편을 지키라는 얘기 말이다.

르노어가 그를 육체 밖으로 튕겨 나오게 했을 때 그는 일찍이 한 번도 본 적이 없는 것들을 보았다. 뭐라고 불러야 하는지도 알 수 없는 에너지의 소용돌이와 패턴을 말이다. 다시 몸 밖으로 빠져나올 수 있다면 경찰이 미처 알아차리지 못한 무언가를 볼 수 있을지도 모른다.

길고 더러운 코트 차림의 술에 전 부랑자가 그를 바라보았다. 다음 순간에야 부랑자가 사냥개인 바셋하운드처럼 기다랗게 축 늘어진 귀와 검고 축축한 코를 가지고 있다는 사실을 퍼뜩 깨달았다. 포추나토는 부랑자를 무시했고, 눈을 질끈 감은 채로 유체 이탈을 했을 때의 느낌을 다시 떠올려보려고 했다.

사고력만으로 달에 도달하려고 시도하는 것과 별반 다르지 않았다. 성공시키려면 르노어가 필요했지만 이곳까지 그녀를 데려오는 것은 두려웠다. 그녀의 아파트에서 유체 이탈을 한 다음에, 다시 여기로 날아서 돌아오면 어떨까? 그렇게 오랫동안 그런 상태를 유지할 수 있을까? 만약 그런다면 그의 육체에는 어떤 일이 일어날까?

대답할 수 없는 의문이 너무 많았다. 그는 공중전화로 그녀에게 전화를 걸어 그와 만날 곳을 알렸다.

"혹시 총 갖고 있어?" 그가 물었다.

"응. 그…… 일이 일어난 뒤로는 줄곧."

"가지고 와."

"포추나토? 뭔가 문제가 생긴 거야?"

"아직은 아냐." 그가 대답했다.

◆

르노어와 함께 다시 그 골목으로 돌아가자 사람들이 잔뜩 모여 있었다. 헐렁한 바지에 찢어지고 땟국에 전 플란넬 셔츠, 말라붙은 윤활유 색깔의 재킷 ─ 이들 모두가 구세군에서 지급한 듯한 헌 옷 차림이었다. 키가 작은 어떤 노파는 밀랍 인형 전시관의 밀랍 인형이 녹기 시작한 듯한 몰골을 하고 있었다. 그녀 오른쪽에 보이는 십대 소년은 쓰레기통들이 늘어선 받침대 옆에 서서 몸을 떨고 있었고, 받침대도 함께 진동하고 있었다. 진동이 일정한 높이에 달하면 쓰레기통들은 서로 부딪치며 발작을 일으킨 심벌즈 주자처럼 시끄러운 소리를 냈고, 그러면 노파는 잔뜩 화난 표정으로 몸을 돌리고 그것들을 걷어차곤 했다. 다른 사람들의 기형적인 몸은 그보다는 눈에 덜 띄었다. 포추나토는 손가락 끝에 흡판이 달린 남자라든지, 경화된 피부가 융기된 탓에 각진 얼굴이 되어버린 소녀를 보았다.

르노어는 포추나토의 팔을 꼭 잡았다. "이제 어떻게 할 거야?" 그녀가 속삭였다.

포추나토는 르노어에게 입을 맞췄다. 그 광경을 본 기괴한 군중들이 킥킥 웃기 시작하자 그녀는 몸을 빼려고 했지만 포추나토는 놓아주지 않았고, 혀로 르노어의 입술을 열고 등 아랫부분을 양손으로 애무했다. 마침내 르노어의 숨도 거칠어졌고, 그는 자신의 척수 뿌리 부근에서 힘이 꿈틀거리는 것을 느꼈다. 입술을 르노어의 어깨로 가져가자 르노어의 긴 손톱이 목을 찌른다. 문득 고개를 들자 개를 닮은 인간과 정면으로 눈이 마주쳤다. 포추나토는 눈과 목소리로 힘이 흘러드는 것을 느끼고 조용하게 말했다. "여길 떠나."

개 인간은 몸을 돌리고 골목 밖으로 걸어 나갔다. 한 번에 한 명씩 모든 사람을 떠나보낸 다음 그는 "지금이야"라고 말하고 그녀의 손을 잡아 자기 바지 속으로 유도했다. "예전에 했던 걸 내게 다시 해줘." 그는 그녀의 스웨터 아래로 손을 넣고 천천히 젖가슴을 더듬었다. 르노어는 오른손으로 그의 페니스를 쥐고, 왼손을 그의 허리에 둘렀다. 그러면서 그녀가 건넨 스미스앤드웨슨 32구경 리볼버의 무게는 위안이 되었다. 몸이 뜨거워지기 시작하자 그는 눈을 감고, 등 뒤의 벽돌 벽에 등을 기댔다. 몇 초 후 그는 절정 직전에 도달했고, 그의 아스트랄체는 느슨하게 줄을 잡은 풍선처럼 위아래로 까닥거렸다.

다음 순간, 그는 마치 움직이는 자동차에서 옆으로 뛰쳐나가듯이 육체를 벗어났다.

♥

건물의 벽돌 하나하나가, 땅바닥에 널려 있는 사탕 포장지 한 장 한 장이 뚜렷하게 반짝였다. 정신을 집중하자 차들이 부르릉거리는 소리가 느려지고 낮아지더니 거의 들리지 않을 정도가 되었다.

에리카가 발견된 곳은 골목 깊숙한 곳에 있는 건물의 현관 앞이었다. 절단된 팔다리들은 그녀의 무릎 위에 장작처럼 쌓여 있었고, 머리통은 반쯤 절단된 목에 간신히 붙어 있는 상태였다. 포추나토는 문간의 콘크리트 바닥 깊숙한 곳의 분자들 사이에서 그녀가 흘린 피가 아직도 남아 있는 것을 보았다. 아직도 그녀 생(生)의 에센스로 희미한 빛을 발하고 있다. 목제 문틀은 아직도 그녀 향수의 잔향과 엷은 금발 한 오라기를 품고 있었다.

바리톤으로 중얼거리는 듯한 거리의 소음이 너무나도 낮은 진동수까지 떨어진 탓에 포추나토는 개개의 파장의 정점이 자기 몸을 통과하는 것을 느낄 수 있었다. 이제 그는 에리카의 몸이 문간의 콘크리트 층층대에 남긴 자국을 볼 수 있었고, 그녀의 신발이 밟은 아스팔트에 극히 희미하게 남겨진 자국을 볼 수 있었다. 그리고 그 옆에는 그녀를 죽인 살인자의 발자국이 남아 있었다.

그 발자국은 거리에서 에리카의 시체를 향해 갔다가 다시 거리로 되돌아갔고, 차도의 경계에서 자동차 한 대가 남긴 흔적과 만나고 있었다. 어떤 종류의 자동차인지는 전혀 알 수 없었지만, 바퀴의 타이어 흔적은 볼 수 있었다. 마치 타이어가 탈 정도로 급하게 계속 달려간 듯한, 짙고 검고 우툴두툴한 자국이었다.

포추나토는 한순간 멈춰 서서 르노어의 품 안에서 얼어붙은 것처럼 꼼짝 않는 자신의 육체를 되돌아보았다. 그런 다음 차도에 깔린 자동차가 남긴 흔적이 그를 끌어당기도록 내버려두었다. 세컨드애비뉴를 가로지른 후, 남하해서 들랜시가(街)로 왔다. 그는 점점 힘이 빠지는 것을 자각했다. 시야가 흐릿해지고, 시내의 소음이 청각 가장자리를 뒤흔들기 시작한다. 그는 한층 더 정신을 집중하고, 물리적 육체에 남아 있는 마지막 힘까지 쥐어짰다.

자동차는 바워리에서 북쪽을 향했고, 잿빛의 낡아빠진 창고 앞에서 멈춰 서고 있었다. 보도로 돌진한 포추나토는 차에서 나온 발자국이 창고 건물의 현관으로 이어지는 것을 보았다.

그것을 따라 창고 위층으로 올라갔다. 마치 그에게 연결된 거대한 고무줄을 한도까지 잡아당긴 느낌이었다. 한 단씩 오를 때마다 힘이 한 줌씩 더 빠져나갔다. 마침내 발자국이 로프트*의 현관 안으로 사라지는 것을 목격한 순간, 그는 완전히 힘이 소진된 것을 자각했다.

자동차들의 소음이 주위에서 다시 원래 속도로 소용돌이치는 것과 동시에 그는 왔던 길을 따라 불가항력적으로 끌려갔고, 자기 육체 안으로 되돌아왔다. 마치 격렬한 섹스를 마쳤을 때처럼 황홀하지만 완전히 소진된 상태로, 수면으로 내리꽂히는 다이버처럼. 그는 르노어가 갑자기 무거워진 그의 몸을 지탱하느라고 비틀거리는 것을 느꼈고, 곧 의식

---

*   예전의 공장 등을 개조한 아파트.

114

을 잃었다.

♣

"안 돼." 그녀는 이렇게 말하고 침대 반대편으로 몸을 굴렸다. "못 하겠어."

눈 밑에 거무죽죽한 다크서클이 생긴 르노어는 피로로 축 늘어져 있었다. 포추나토는 그녀가 어떻게 그를 택시에 태워서 아파트로 데려온 후 층계를 오르게 했는지 궁금했다.

"무슨 뜻인지 모르겠어." 그가 말했다.

"당신은 에너지를 축적한 다음에 섹스로 그걸 소비해. 무슨 소린지 모르겠어? 그건 성력(性力), **샤크티**라고 불리는 거야. 하지만 탄트라 마법의 경우 당신은 그 에너지를 다시 자기 몸으로 재흡수해. 당신의 에너지뿐만 아니라, 뭐든 내가 당신에게 주는 에너지까지 말이야."

"그렇다면 네가 절정에 달할 경우 넌 이 **샤크티**를 잃는다는 얘기로군."

"맞아."

"그리고 넌 내게 네가 가진 걸 모두 줬고."

"맞아, 아저씨. 난 완전히 진이 빠졌어."

포추나토는 전화기로 손을 뻗쳤다.

"뭐 하려고?"

"난 살인마가 어디 있는지 알아." 그는 다이얼을 돌리며 말했다. "그놈을 잡을 힘을 너한테서 얻을 수 없다면, 누군가 다른 사람한테서라도 얻어야 해." 이런 식으로 말하고 싶지는 않았지만, 너무 피곤해서 그도 그런 데까지 신경을 쓸 여유가 없었다. 피로뿐만 아니었다. 그의 뇌는 그의 힘에 관한 지식으로 웅웅거리며 진동하고 있었다. 포추나토는 그것이 그를 바꾸고, 주도권을 잡기 시작한 것을 느꼈다.

전화가 연결되자 미란다가 전화를 받았다. 포추나토는 손으로 송화구를 가린 다음 르노어에게 몸을 돌렸다. "도와줄 수 있어?"

르노어는 눈을 감았다. 입가에 거의 미소처럼 보이는 것이 떠올랐다. "창녀가 질투 같은 걸 하면 안 되겠지."

"창녀가 아니라 게이샤." 포추나토는 말했다.

"알았어." 르노어가 말했다. "어떻게 하면 되는지 내가 가르칠게."

♠

각자 코카인을 한 줄씩 흡입하고 강력한 베트남산 대마를 피웠다. 르노어는 이것들은 서로 파장을 맞추는 데 도움이 될 뿐이라고 보장했다. 장신에 풍성한 흑발을 가진 미란다—포추나토의 여자들 중에서도 잠자리에 가장 능숙한—가 천천히 옷을 벗었다. 가터벨트와 스타킹과 검은 브래지어가 드러난다. 브래지어는 너무나도 얇아서 거무스름한 유륜이 그대로 비쳐 보였다.

40분 후, 르노어는 정신을 잃고 침대 발치에 길게 엎어졌다. 침대 가장자리 너머로 머리를 떨구고 마치 십자형을 받는 사람처럼 두 팔을 활짝 펼친 미란다는 눈을 질끈 감았다. "이게 끝이야." 그녀는 속삭였다. "이번 절정으로 끝이야. 앞으론 아예 절정을 못 느낄지도 모를 정도야."

포추나토는 무릎을 꿇고 일어났다. 전신이 땀으로 번들거린다. 살갗 아래에서 발산되는 황금색 광채를 본 듯했다. 르노어의 경대 거울에 비친 자기 모습을 보았을 때, 머리가 내부에 축적된 힘으로 부풀어 오르기 시작한 것을 확인하고도 그는 당황하기는커녕 놀라지도 않았다.

준비가 되었다.

◆

택시는 들랜시가에서 두 블록 떨어진 곳에 그를 내려주었다. 만약의 경우에 대비해서 르노어의 32구경 권총을 바지 뒤춤에 꽂아 넣고 검은 리넨 재킷 자락으로 가렸다. 그러나 가급적 권총을 쓰지 않고 맨손으로 해결할 작정이었다. 일이 어떻게 돌아가든 간에, 경찰이 살인마를 다시 거리에 다시 풀어줄 수 있도록 살려둘 생각은 추호도 없었다.

눈이 약간 풀려 있었고, 양손도 마구 떨리는 통에 호주머니에 꽂아두어야 했다. 이유는 알 수 없지만 두려움은 전혀 느끼지 않았다. 그의 어머니가 훈련한 여자들과 잠자리를 가지기 시작했던 열다섯 살 시절로 되돌아온 느낌이었다. 당시는 어머니에게 무슨 말을 들을지, 무슨 일을 당할지 두려워서 몇 달 동안이나 할까 말까 고민했지만, 일단 저질러버린 뒤에는 아예 신경을 껐던 것을 기억한다.

지금도 그때와 마찬가지였다. 그는 무모했고, 섹스의 어두운 향기와 뜨겁고 축축한 압력으로 가득 차 있었으며, 현실 세계에서 거의 유리된 상태로 움직이고 있었다. 난 그 살인마와 맞서 싸울 거야. 그는 마음속으로 이렇게 말했지만, 이것들은 단어를 나열한 것에 불과했다. 오장육부 깊은 곳에서는 이것이 자기 여자들을 지키기 위한 행동임을 알고 있었다. 그것이 유일하게 중요한 일이다.

포추나토는 로프트로 이어지는 계단을 올라갔다. 자정을 넘긴 시각이었지만, 전축에서 롤링스톤스의 '거리에서 싸우는 사내'가 쿵쾅거리며 강철 현관문 너머로 흘러나왔다. 그는 양쪽 주먹 언저리로 현관문을 쾅쾅 두들겼다.

마른침을 억지로 삼키자 목 안이 차갑게 얼어붙었다.

문이 열렸다.

문간 뒤에 서 있는 인물은 17~18세 정도로 보이는, 창백하고 말랐지만 근육질인 청년이었다. 긴 금발에, 서투른 화장으로 감춘, 턱 가장자리를 뒤덮은 여드름을 제외하면 아름답다고 해도 무방한 이목구비를 가지고 있었다. 검은 물방울무늬가 있는 노란 셔츠에 빛바랜 데님 나팔바지 차림이었다.

"용건이 뭐야?" 이윽고 청년이 물었다.

"너와 얘기하고 싶어." 포추나토는 대답했다. 입안이 바싹 말랐고, 두 눈은 여전히 약간 풀려 있는 상태였다.

"무슨 얘기?"

"에리카 네일러 얘기."

청년은 아무런 반응도 보이지 않았다. "들어본 적이 없어."

"들어본 적이 있을걸."

"너 경찰이야?" 포추나토는 대답하지 않았다. "그럼 꺼져."

청년은 문을 닫으려고 했다. 포추나토는 골목에서 조커들을 쫓아냈을 때의 일을 떠올렸다. "닫지 마." 그는 청년의 무색에 가까운 두 눈을 뚫어지게 들여다보며 말했다. "들어가게 해줘."

청년은 망연자실한 표정이 되어 주저했지만, 굴복하지 않았다. 포추나토가 어깨로 세차게 문을 밀치고 들어가자 청년은 안으로 밀려나 엉덩방아를 찧었다.

실내는 어두웠고, 귀청을 찢을 듯한 음악이 울려 퍼지고 있었다. 포추나토는 천장의 조명등 스위치를 찾아내서 켰고, 눈앞에 펼쳐진 광경이 뇌리에 새겨지자마자 무의식중에 뒷걸음질 쳤다.

르노어의 아파트를 도착적으로 뒤튼 듯한 광경이었다. 힙하고 섹시한 패션으로서의 오컬티즘은 모조리 고문과 살인과 강간으로 대체되어 있었다. 르노어의 아파트와 마찬가지로 방바닥에는 다섯 개의 꼭짓점을 가진 펜타그램이 그려져 있었지만, 뭔가 날카로운 것으로 황급히 나무 상판 위를 그어서 그린 것처럼 조잡한 데다가 피가 잔뜩 튀어 있었다. 벨벳 천과 양초와 이국적인 목재로 만들어진 침상 따위는 없었고, 그 대신 방구석에 잿빛 줄무늬 매트리스 하나와 더러운 옷가지 더미가 있을 뿐이었다. 벽에는 스테이플건으로 박아 넣은 10여 장의 폴라로이드 사진이 전시되어 있었다.

그는 무엇을 발견하게 될지 이미 알고 있었지만 그대로 벽까지 걸어갔다. 그는 나체 상태에서 사지를 절단당한 열네 명의 여성들 중에서 세 명을 알아보았다. 가장 최근에 찍은 듯한 우측 하단 사진의 여성은 에리카였다.

귀청을 찢을 듯한 음악 탓에 제대로 생각을 할 수 없었다. 전축을 찾으려고 주위를 둘러보다가, 금발 청년이 부들거리는 다리로 억지로 일어나서 현관 쪽으로 비틀비틀 도망치는 것을 보았다. "멈춰!" 포추나토는 외쳤지만, 시선을 마주치고 있지 않은 탓에 아무 효과도 없었다.

분노하고 공황 상태에 빠진 포추나토는 무작정 돌진했고, 청년의 허리를 움켜잡고 노출된 석고보드 벽을 향해 내동댕이쳤다.

다음 순간, 포추나토는 무릎과 손톱과 이로 그를 무작정 공격하며 길길이 날뛰는 미친 짐승으로 돌변한 청년과 씨름하고 있었다. 다음 순간 포추나토는 본능적으로 몸을 홱 떼어냈다. 그러자마자 눈앞에서 거대한 잭나이프의, 면도날처럼 날카로운 칼날이 번득이며 그의 재킷과 셔츠와 피부를 그었다. 칼날이 그의 피로 붉게 물들었다.

난 여기서 죽는 건가. 포추나토는 생각했다. 권총은 바지 뒤춤에 꽂아놓은 탓에 뽑으려고 해도 너무 시간이 걸렸다. 칼날이 되돌아와서 그의 몸을 더 깊이 베기 전에. 죽이기 전에.

그는 칼을 보았다. 자기가 무슨 일을 하고 있는지 깨닫기도 전에 그는 그것을 뚫어지게 바라보며 정신을 집중하고 있었다. 르노어의 아파트에서 책들을 읽었을 때처럼, 조커타운 골목에서 조커들을 쫓아냈을 때처럼.

그러자 시간이 느려졌다.

이제는 칼날에 묻은 그의 피뿐만이 아니라 다른 사람들의 피까지 볼 수 있었다. 에리카, 그리고 사진에 찍힌 다른 모든 여자들의 피를. 물로 씻어냈지만 칼날을 이루는 금속은 여전히 그것을 기억하고 있었던 것이다.

그는 금발 광인에게서 뒷걸음질 쳤다. 걸쭉해진 공기를 마치 꿈속에서 움직이는 것처럼 느리게 헤치고 움직여야 했지만, 그래도 청년이나 그가 휘두르는 잭나이프보다는 빠르게 움직이고 있었다. 손을 뒤로 돌려 권총 손잡이의 매끄러운 촉감을 느꼈다. 롤링스톤스의 노래가 느려지며 장송곡처럼 변할 무렵, 그는 권총을 뽑아서 청년을 겨눴고, 상대의 푸른 눈이 커지는 것을 보았다.

죽이면 안 돼. 갑자기 이런 생각이 떠올랐다. 적어도 이유를 알아낼 때까지는. 그는 총을 돌려 청년의 오른쪽 어깨를 겨냥했고, 방아쇠를 당겼다.

총성은 포추나토의 손아귀 안의 진동으로 시작되었고, 로켓처럼 가속하다가 굉음으로 바뀌었고, 짧은 천둥소리처럼 울려 퍼졌다. 그러자 다시 시간이 평소처럼 흐르기 시작했다. 청년의 몸이 총을 맞은 충격으로 홱 젖혀졌지만 눈빛은 무표정했다. 청년은 쓸모없어진 오른손의 잭나이프를 왼손으로 바꿔 쥔 다음 다시 앞으로 돌진했다.

빙의됐어. 포추나토는 공포에 사로잡혔고, 청년의 심장을 직통으로 쏘았다.

♥

비틀거리며 뒤로 물러난 포추나토는 셔츠를 위로 걷었다. 가슴에 난 길고 옅은 상처의 출혈은 이미 멎었고, 꿰맬 필요조차도 없어 보였다. 복도에 면한 문을 쾅 닫고 방을 가로질러 가서는 전축의 전기 플러그를 발로 차서 빼냈다. 그런 다음, 질식할 것 같은 정적 속에서 몸을 돌려 죽은 청년을 돌아본다.

힘이 그의 내부에서 물결치고 솟구치고 있었다. 포추나토는 죽은 청년의 손에서 여자들이 흘린 피를 보았고, 방바닥에 그려놓은 조잡한 펜타그램으로 이어지는 핏자국을 보았고, 청년이 서 있던 장소로 이어지는 발자국을 보았고, 여자들이 죽은 장소의 거무스름한 자취들을 보았다. 그리고 마치 누군가가 남겼다가 일부러 지운 것처럼 보이는 희미한 흔적들을 보았다.

펜타그램 안쪽에는 힘의 선들의 잔재가 여전히 남아 있었다. 마치 사막을 가로지르는 고속도로 위에서 어른거리는 열파처럼. 포추나토는 주먹을 꽉 쥐었고, 식은땀이 가슴을 흘러내리는 것을 느꼈다. 여기서 **도**

대체 무슨 일이 일어났던 걸까? 이 청년은 어떤 식으로든 악마를 소환하기라도 했단 말인가? 아니면 이 청년의 광기는 훨씬 더 사악하고 거대하며, 변덕스러운 연쇄살인 따위와는 비교도 할 수 없을 정도로 소름 끼치는 어떤 음모의 도구에 불과했던 것일까?

본인에게서 대답을 들을 수도 있었겠지만, 그는 이미 죽었다.

포추나토는 문으로 가서 문손잡이를 쥐었다. 눈을 감고 차가운 금속에 이마를 기댔다. 생각해. 그는 되뇌었다.

권총에 묻은 지문을 지우고 시체 옆에 던져놓았다. 경찰은 이걸 보면 알아서 결론을 내줄 것이다. 폴라로이드 사진들만으로도 생각할 거리는 충분할 테니까.

포추나토는 방에서 나가려고 몸을 돌렸지만, 이번에도 역시 발이 떨어지지 않았다.

내겐 힘이 있어. 그는 되뇌었다. 그럴 힘이 있다는 걸 알면서도, 그걸 쓰는 걸 거부하고 그냥 여기서 나갈 작정이야?

얼굴과 팔에서 식은땀이 줄줄 흘러내렸다.

그의 힘은 **요드, 라사** 즉 정액 안에 있었다. 아직 완전히 통제할 수도 없을 정도로 엄청난 힘이다. 죽은 자를 되살릴 수 있을 정도로.

아냐. 그는 생각했다. 도저히 그럴 수 없어. 그런 생각을 떠올리는 것만으로도 욕지기가 치밀어 올라서가 아니라, 그 행위가 그를 변화시키리라는 사실을 알고 있기 때문이었다. 그 선을 넘으면 다시는 돌아올 수 없고, 더 이상 완전히 인간이라고는 할 수 없는 존재가 된다.

그러나 그는 힘에 의해 이미 변하지 않았는가. 그 힘이 없는 사람이 결코 이해할 수 없는 것들을 이미 여럿 보지 않았는가. 어떤 종류의 힘이든 결국은 부패하기 마련이라는 얘기가 있지만, 이제는 그런 주장이 얼마나 순진한 것이었는지 알 수 있었다. 힘은 각성시키고, 힘은 변화시킨다.

포추나토는 시체의 허리띠를 끌렀고, 나팔바지의 지퍼를 내리고 벗겨냈다. 배설물의 악취에 포추나토는 오만상을 찌푸렸다. 청바지를 방구석에 던져놓고 죽은 청년을 엎어놓았다.

도저히 못 하겠어. 포추나토는 생각했다. 그러나 그는 이미 발기한 상태였다. 죽은 청년의 다리 사이에 무릎을 꿇는 그의 뺨 위로 눈물이 굴러떨어졌다.

♣

포추나토는 거의 즉시 절정에 달했다. 상상했던 것 이상으로 힘이 빠져 쇠약해진 상태였다. 엉금엉금 기어가며 바지를 치켜올렸다. 강렬한 구토감과 탈력감이 엄습했다.

죽은 청년이 꿈틀거리기 시작했다.

포추나토는 벽까지 가서 억지로 일어섰다. 머리가 핑핑 돌고, 쑤시듯이 욱신거렸다. 그는 방바닥에 뭔가 떨어져 있는 것을 깨달았다. 죽은 청년의 바지에서 굴러떨어진 듯했다. 집어 들고 보니 18세기의 1센트 동전이었다. 마치 갓 주조된 것처럼 흠집 하나 없었고, 로프트의, 눈이 아플 정도로 강한 조명 아래에서도 불그스름하게 보일 정도로 깨끗했다. 혹시 나중에 무슨 단서가 될 경우를 대비해서 호주머니에 집어넣었다.

"나를 봐." 포추나토는 죽은 청년을 향해 말했다.

죽은 청년의 손이 방바닥을 긁으며 피에 물든 나무 조각들을 파냈다. 바닥에 손을 딛고 무릎을 폈고, 휘청거리면서 가까스로 일어섰다.

몸을 돌려 텅 빈 눈으로 포추나토를 응시한다.

소름 끼치는 눈이었다. 죽음은 무(無)라는 말이 있지만, 단 몇 초 바라보는 것만으로도 견디기 힘들었다.

"내게 알려줘." 포추나토는 말했다. 더 이상 분노하고 있지는 않았지만, 분노의 기억을 연료 삼아 말을 이어간다. "빌어먹을 흰둥이 새끼, 말을 해보라고. 이게 다 뭘 의미하는지 말이야. 왜 그랬는지 이유를 말해."

죽은 청년은 포추나토를 응시했다. 한순간 눈이 번득인 듯한 인상을 받았다. 다음 순간 죽은 청년이 말했다. "티아마트." 작은 속삭임이었지만, 뚜렷하게 알아들을 수 있었다. 죽은 청년이 미소 지었다. 그는 양손을 자기 목에 갖다 대더니 피를 튀기며 목의 피부를 파헤쳤고, 포추나토가 보는 앞에서 찢어발겼다.

♠

르노어는 자고 있었다. 포추나토는 입고 있던 옷을 쓰레기통에 던져놓고 온수가 끊길 때까지 30분 동안 샤워기 밑에서 물을 맞고 있었다. 그런 다음 르노어의 거실을 밝히는 양초 옆에서 책을 읽었다.

크롤리의 마법에 포함된 수메르 요소를 다룬 문서에서 티아마트라는 이름을 찾아냈다. 뱀, 리바이어던, 크툴루. 괴물, 사악함.

그의 이해를 거부하는 무엇인가와 연결된 단 하나의 촉수를 찾아낸 것에 불과하다는 점에는 의심의 여지가 없었다.

이윽고 그는 잠들었다.

♦

르노어가 슈트케이스의 걸쇠를 닫는 소리에 잠에서 깼다.

"이해 못 하겠어?" 그녀는 설명하려고 했다. "난 뭐랄까―벽의 전기 콘센트가 된 느낌이야. 당신은 집에 오면 거기 플러그를 꽂아 재충전하고. 계속 그런 식으로 살 수는 없는 일이잖아? 당신은 내가 줄곧 원했던 것을 손에 넣었어. 진짜 마법을 실행할 수 있는 진짜 힘을. 게다가 당신은 순전히 운이 좋아서 그걸 얻었어. 그걸 원하지도 않으면서 말이야. 그리고 내가 지금까지 그토록 공들여 연구하고 연습했던 일은 좆도 아닌 게 되어버렸어. 단지 그 얼어죽을 외계 바이러스에 감염되지 않았다는 이유 하나만으로."

"널 사랑해." 포추나토는 말했다. "가지 마."

르노어는 책을 모두 주겠다고 했고, 그가 원한다면 이 아파트를 계속 써도 좋다고 했다. 그러면서 꼭 편지를 보내겠다고 했지만, 마법 따위를 쓰지 않아도 그녀가 거짓말을 하고 있다는 것쯤은 알 수 있었다.

그런 다음 그녀는 떠났다.

♥

그는 이틀 내내 잠을 잤다. 사흘째 되는 날 미란다가 그를 발견했고, 그가 무슨 일이 일어났는지를 얘기할 수 있을 정도로 기력을 회복할 때까지 그와 사랑을 나눴다.

"그 살인마가 죽었다면 됐어." 미란다가 말했다. "나머지가 어떻든 난 상관 안 해."

그날 밤 미란다가 손님을 받기 위해 아파트를 떠나자 그는 한 시간 넘게 꼼짝하지 않고 거실에 앉아 있었다. 머지않은 장래에, 죽은 청년의 로프트에서 목격했던 흔적들을 남긴, 예의 존재를 찾아 나서야 한다는 사실을 그는 알고 있었다. 설령 그런 생각을 하는 것만으로도 온몸이 마비될 정도로 지독한 혐오감을 느낀다고 해도 말이다.

잠시 후 그는 크롤리의 《매직》을 집어 들고 5장을 펼쳤다. "늦든 빠르든 간에, 온화하고 자연스러운 성장 뒤에는 암울함이 찾아온다— '영혼의 어두운 밤'이, 마법이라는 역사(役事)에 대해 끝없는 권태와 혐오가." 그러나 크롤리는 이런 경험을 한 후에는 "새롭고 더 우월한 상태가 찾아오는데, 이것은 오로지 죽음의 과정에 의해 가능해진다"고 쓰고 있었다.

포추나토는 책을 덮었다. 크롤리는 진실을 알고 있지만, 그는 이미 오래전에 죽었다. 마치 황량한 바위 행성에 홀로 남겨진 최후의 인간이 된 기분이다.

그러나 그는 최후의 인간은 아니었다. 그는 뭔가 새로운 인류, 인류를 능가하는 존재가 될 잠재력을 가진 최초의 인간들 중 하나였다.

시위 현장에서 만난 C.C.라는 여자가 생각났다. 그녀는 동료들을 위해 마땅히 뭐든 해야 한다고 했다. 베트남으로 끌려가서 열파와 끔찍한 습기 속에서 죽어가고 있는 몇백 몇천 명의 조커들을 구하려면 그는 어떤 대가를 지불해야 할까? 그리 큰 대가가 아니다. 전혀 크지 않다.

그녀가 건넨 전단은 재킷 호주머니에 들어 있었다. 포추나토는 느린 동작으로, 점점 강해지는 확신을 곱씹으며, 전단에 나온 전화번호를 돌렸다.

변신

빅터 밀란

11월의 밤바람이 바지 자락을 펄럭였고, 트리피드*의 덩굴손처럼 그의 다리를 콕콕 쏜다. 그는 대학 캠퍼스에서 그리 멀지 않은 작은 클럽 안으로 비집고 들어가려는 참이었다. 어두컴컴한 실내는 붉고 파란 조명과 소음으로 상처처럼 욱신거렸다. 3년 전 MIT에 입학하기 위해 고향을 떠나왔을 때 어머니가 챙겨준 폭신폭신한 주황색과 초록색의 격자무늬 외투를 좁은 어깨 위에 죽은 난쟁이처럼 매단 채로, 문간에 멈춰 선다. **쫄지 마, 마크.** 그는 속으로 되뇌었다. **이건 다 과학을 위한 일이야.**

무대에서 밴드가 제퍼슨 에어플레인의 '만물의 영장'의 연주에 돌입해서 곡들을 바닥에 패대기치는 동안, 마크는 손에 찻잔—적어도 클럽에서 콜라나 커피를 주문하는 것이 얼마나 힙하지 못한 행동인지는 알고 있었다—을 쥐고, 본능적으로 어두운 구석을 찾아 기어 들어갔다.

그것 말고는 몇 주 동안이나 클럽 문화에 관해 연구했음에도 불구하고 별로 아는 것이 없었다. 일단 복장부터가 문제다. 지금처럼 발목

---

* 영국 SF 작가 존 윈덤의 소설 《트리피드의 날》(1951)에 등장하는, 세 다리로 걷는 식인 식물.

이 드러난 바지에 돛처럼 사시사철 옆구리가 부풀어 있는 파스텔색 폴리에스터 셔츠 차림으로는 사복 마약 수사관으로 오인받을 위험조차도 있지 않을까. 시절은 바야흐로 우드스톡 페스티벌*이 끝난 직후의 가을이었고, 같은 해에 고든 리디는 마약단속국(DEA)을 발족시킴으로써 베트남전쟁으로부터 대중의 눈을 돌릴 수 있는 이슈를 닉슨에게 제공해준 상태였다. 그러나 버클리와 샌프란시스코는 힙한 대학 도시이므로 괜찮을지도 모르겠다. 주민들이 마크 같은 공돌이를 못 알아볼 리가 없으므로.

이런 클럽들이 으레 그렇듯이 '글래스 어니언'에는 별도의 댄스플로어가 없었다. 춤을 추고 싶으면 탁자들 사이에서 어스름한 진홍색과 남색 조명을 받으며 흐느적거리든가, 조그만 무대 앞의 빈 공간에 몰려들어 구슬 장식을 짤랑거리고 벅스킨 장식 술을 휘날리고 이따금 둔한 광택을 발하는 인디언 주얼리를 번득이며 몸을 흔드는 수밖에 없다. 마크는 그런 사람들을 최대한 피해 가려고 했지만, 평소의 그가 어디로 가는 것은 아니라서 지나치며 안 부딪친 사람이 없을 정도였고, 그가 지나간 자리에는 그를 쏘아보는 눈들과, 기어 들어갈 듯한 어조의 "죄송합니다"라는 말이 배가 지나간 자취처럼 남았다. 커다란 귀를 벌겋게 물들인 마크의 눈에 마침내 목표로 하던 곳이 들어왔다. AT&T의 케이블 스풀로 만든 삐걱거리는 작은 탁자와 찌그러진 접이식 금속 의자 한 개가 있는 곳이었고, 탁자에 올려놓은 빈 피넛버터병 안에는 불이 꺼진 양

---

*   1969년 8월 15일에서 18일까지 미국 뉴욕주 북부의 우드스톡 근교에서 열린 전설적인 록페스티벌. 30만 명 이상이 참가했고, 마약과 사이키델릭 문화로 대표되는 히피 문화의 상징이 되었다.

초 하나가 세워져 있었다. 그리고 그는 그 앞에서 또 누군가와 쾅 부딪
쳤다.

그러자마자 거대한 뿔테 안경이 그의 콧등 아래로 미끄러져 내려가
서 어둠 속으로 사라져버렸고, 몸의 균형을 잃은 그는 방금 부딪친 사람
을 양손으로 움켜잡았다. 찻잔이 바닥에 부딪치며 굴러갔다. "아, 이런.
아, 미안합니다. 죄송합니다⋯⋯." 이런 말들이 부서진 자동판매기에서
사탕 껌이 굴러떨어지듯이 입에서 흘러나온다.

넘어지지 않으려고 비쩍 마른 두 손으로 필사적으로 부여잡은 상대
방의 몸이 어딘가 푹신하다는 사실을 깨닫는다. 클럽을 자욱하게 채운
독기에서 떨어져 나온 사향과 광곽향(廣藿香) 내음이 코를 타고 그의 감
각중추를 직격했다. 그는 스스로를 저주했다. **부딪친 사람이 하필 아름다**
운 여자라니. 얼굴은 못 봤지만, 적어도 향수 **냄새**는 그런 느낌이다.

그러자 그녀도 마크의 팔을 툭툭 치며 미안하다고 중얼거렸다. 무릎
을 꿇고 클럽 바닥에서 찻잔과 안경을 함께 찾기 시작한 두 사람 주위를
사람들이 춤을 추며 빙빙 돈다. 그러다가 또 상대방과 머리를 쾅 부딪치
고 흠칫 놀라 미안하다고 중얼거리며 몸을 빼려고 했을 때, 황급히 바닥
을 더듬던 마크의 손가락에 안경이 닿았다. 놀랍게도 멀쩡했다. 다시 안
경을 끼고 눈을 깜박였고, 얼굴에서 10센티도 떨어지지 않은 곳에 있는
킴벌리 앤 코데인의 얼굴을 빤히 바라보고 있다는 사실을 깨닫는다.

킴벌리 앤 코데인. 그렇다, 마크가 꿈에도 그리던 여성이었다. 어린
마크는 에이프런 원피스 차림으로 세발자전거를 타고 그들이 살던 남
캘리포니아의 한적한 교외 주택가를 지나가던 다섯 살배기 소녀를 본
순간부터 짝사랑에 빠졌다. 마크는 홀마크사의 축하 카드에 나올 듯한
소녀의 완벽한 모습에 매료된 나머지, 손에 쥐고 있던 라즈베리 콘에서

아이스크림 덩어리가 떨어져 뜨거운 보도 위에서 종언을 맞았다는 사실을 아예 알아채지도 못했다. 소녀는 마크 따위는 안중에도 없다는 듯이 앙증맞은 코를 앞으로 내밀고 페달을 밟았고, 샌들을 신고 있던 마크의 발가락을 자전거 바퀴로 밟고 지나갔다. 그날 이래, 마크의 마음속에는 오직 그녀밖에는 없었다.

희망과 절망이 파도처럼 솟구치며 그의 내면을 강타했다. 허리를 펴고 일어섰지만, 혀가 굳어서 말이 나오지 않는다. 그러자 그녀가 소리를 질렀다. "마크! 마크 메도스! 맙소사! 이게 얼마 만이야!" 그러고는 그를 껴안는다.

마크는 멍청이처럼 눈을 끔벅이며 우뚝 서 있었다. 친척이 아닌 여자가 그를 껴안은 것은 난생처음이었다. 그는 경련하듯이 마른침을 삼켰다. **이러다가 발기라도 하면 어떻게 하지?** 그는 뒤늦게나마 그녀의 등을 힘없이 툭툭 치는 시늉을 했다.

그녀는 몸을 떼고 쭉 뻗은 손으로 그의 양어깨를 잡았다. "어디 우리 동생 얼굴 좀 보자. 세상에, 하나도 안 바뀌었네."

마크는 몸을 움찔했다. 이제 놀림을 당할 차례다. 비쩍 마른 데다가 둔하고, 짧게 자른 머리에, 사춘기가 끝난 지 한참 되었건만 여전히 여드름이 나 있는 홀쭉한 얼굴, 그리고 가장 최근에 자각한 가장 끔찍한 결점―사회의 최신 유행을 흉내 내기는커녕 제대로 포착조차도 하지 못하는 무능력함―을 조소당할 때가 온 것이다. 고등학교 시절 킴벌리 앤은 무관심한 지인에서 그를 가장 많이 괴롭히는 학우로 진화했다. 정확하게 말하자면, 그녀가 잇달아 사귀었던, 불필요할 정도로 발달한 이두박근을 가진 우람한 남자 친구들에게 그렇게 하라고 부추겼던 것이다.

그러나 정신을 차리고 보니 그녀는 구석 탁자로 그를 이끌고 있었다. "어이, 마크, 저기로 가서 좋았던 시절 얘기를 하자."

이것은 그가 지금까지 살아온 인생의 4분의 3에 달하는 기간에 걸쳐 그토록 갈구했지만 결코 손에 넣지 못했던 기회였다. 무대 위의 밴드가 비틀스의 '블랙버드'를 거칠게 연주하는 동안, 그는 사랑하는 절세미녀와 얼굴을 맞대고 있었다―그러나 막상 그런 상황을 맞이하자 아무 생각도 머리에 떠오르지 않았다.

그러나 킴벌리 앤은 오래간만에 그에게 자기 얘기를 하는 것만으로도 충분히 기쁜 듯했다. 그리운 렉스퍼드 터그웰 고등학교를 졸업한 이후 그녀가 겪은 변화에 관해. 위티어대학에서 그녀가 만난 자유분방한 친구들, 그리고 그들의 자극적인 삶이 어떻게 그녀를 각성시켰는지에 대해. 졸업까지 한 학기를 남기고 대학을 중퇴해서 히피 운동의 빛나는 메카인 이곳 베이에어리어*로 온 일에 관해서. 그 이래 어떻게 줄곧 자기 발견을 하고 있는지에 대해서.

아마 그는 변하지 않았을지도 모르지만, 킴벌리가 변했다는 점에는 의심의 여지가 없었다. 흑발의 스트레이트 포니테일, 주름치마, 파스텔색 립스틱과 매니큐어는 이미 과거의 것이 되었고, 스튜어디스풍의 완벽하게 단정한 외모를 한, 전도유망한 뱅크오브아메리카 중역의 외동딸의 모습은 눈을 씻고도 찾아볼 수 없었다. 어깨 밑으로까지 자란 킴벌리의 머리카락은 오노 요코풍의, 구름처럼 부풀어 오르고 헝클어진 갈기 같은 장발이었다. 주름 장식이 달린 페전트블라우스는 버섯과 행성들이 자수되어 있었다. 홀치기염색을 한 헐렁한 치마를 보고 마크는 디즈니랜드의 불꽃놀이를 떠올리지 않을 수가 없었다. 아까 밟았기 때문

---

*   샌프란시스코의 만안 지역.

에 그녀가 맨발이라는 사실을 알고 있었다. 그녀는 그가 지금까지 했던 상상을 완전히 초월할 정도로 아름다웠다.

그리고 겨울 하늘을 연상시키는 저 파르스름한 눈. 과거에는 그토록 자주 그를 얼어붙게 만들었던 그 눈이 지금은 그를 향해 따스하게 빛나고 있기에 똑바로 바라보기가 힘들 정도였다. 이것이야말로 천국이었지만, 왠지 믿을 수가 없었다. 마크는 마크였기 때문에, 의문을 품지 않을 수가 없었던 것이다.

"킴벌리―"그가 말하기 시작했다.

그녀는 두 손가락을 들어 올렸다. "어이, 거기서 멈춰, 친구. 난 부르주아 시절의 이름을 과거에 두고 왔어. 이젠 선플라워라고 불러줘."

그는 머리와 목젓을 어색하게 끄덕였다. "알았어―선플라워."

"그건 그렇고, 여긴 왜 왔어?"

"실험이었어."

킴벌리는 갑자기 경계하는 듯한 태도로 젤리 용기풍 와인 잔 너머로 그를 훑어보았다.

"얼마 전에 MIT에서 학부 과정을 마쳤어." 그는 황급히 설명했다. "지금은 UC버클리*에서 생화학 박사학위를 따려고 공부하는 중이고."

"그거하고 지금 여기 와 있는 거하고 무슨 관계가 있는데?"

"흠, 실은 DNA가 유전 정보를 정확히 어떻게 부호화하는지를 연구하고 있는 중이야. 거기에 관한 논문도 좀 쓰고 그랬지." 사실 MIT 교수들은 그를 아인슈타인에 비교하기까지 했지만, 마크가 자기 입으로 그 얘기를 할 가능성은 전무했다. "하지만 이번 여름에는 좀 더 흥미로운

---

*   캘리포니아 주립대학 버클리 캠퍼스.

주제를 찾아냈어. 마음의 화학이라고나 할까."

그녀의 파란 눈에는 이해의 빛이 전무했다.

"환각, 향정신약물의 영향 따위에 관한 거야. 관련 문헌도 모조리 읽었어―티모시 리어리라든지, 허브 앨퍼트, 솔로몬 컬렉션 따위를 말이야. 그건 정말로 나를―이럴 때 뭐라고 하더라? 나를 뽕 가게 했다고나 할까." 그는 앞으로 몸을 기울이고, 무의식중에 가슴 포켓에 꽂혀 있는 플라스틱 뚜껑이 달린 사인펜을 잡아당겼다. 흥분한 나머지 케이블 스풀로 만든 탁자에 잔뜩 침이 튀긴 것도 모르고 있었다. "이건 정말로 중요하고 필수적인 연구 분야야. 이 연구는 인류에게 정말로 중요한 질문들―이를테면 우리가 누구이고, 어떻게 탄생했고, 왜 탄생했는지를 알려줄 단서가 되어줄 수 있다고 생각해."

킴벌리는 반은 찌푸리고 반은 미소 짓는 듯한 표정으로 그를 보았다. "아직도 영 이해가 안 되는데."

"내가 연구하고 싶은 분야의 학문적인 맥락을 정립하기 위해서 현지조사를 하고 있다는 뜻이야. 드러그컬처―어, 카운터컬처에 관해서 말이야. 환각 물질이 사람들의 세계관에 어떤 영향을 끼치는지 감을 잡고 싶어."

마크는 자기 입술을 핥았다. "정말이지 흥미로운 분야야. 존재하는지조차 몰랐던 세계가 있으니―바로 **여기** 말이야." 입가를 씰룩하며, 담배 연기로 자욱한 글래스 어니언 내부를 턱으로 가리킨다. "하지만 난 뭐랄까, 거기 접촉할 수가 없었어. 그레이트풀 데드의 레코드를 모두 사서 듣기까지 했지만 여전히 외부인이라는 느낌을 받는 거야. 난―난 이 히피적인 것의 일부가 되고 싶다는 생각까지 하고 있는데도."

"히피?" 킴벌리는 귀족적인 콧방귀를 뀌었다. "마크, 너 도대체 어디서 살다 온 거야? 지금은 1969년이라고. 히피 운동은 2년 전에 이미 죽었어." 그녀는 고개를 설레설레 저었다. "네가 연구하려는 마약들 중 하나라도 실제로 써본 적이 있어?"

그는 얼굴을 붉혔다. "아니. 난…… 뭐랄까―아직 그 단계로 돌입할 준비는 아직 안 됐어."

"불쌍한 마크. 넌 너무 고지식해서 탈이야. 하지만 존스 씨*, 지금 뭐가 일어나고 있는지를 당신에게 알린다는 건 나한테 딱 맞는 일인 것 같군요."

이 은어는 짧게 깎은 그의 머리 위를 그냥 스쳐 지나갔지만, 마크의 얼굴이 퍼뜩 밝아졌다. 코든 광대뼈든 할 것 없이 기쁜 기색이 역력한 기색으로, 말을 연상시키는 이를 드러내며 씩 웃는다. "그럼 날 도와줄 수 있어?" 그는 자기도 모르게 덥석 그녀의 손을 잡았다가, 마치 자국이 남는 것이 두려운 듯이 화들짝 뗐다. "여기저기로 안내해줄 거야?"

킴벌리는 고개를 끄덕였다.

"정말 고마워!" 그는 찻잔을 들어 올리고 윗니에 딸각 갖다 댔다가, 그제야 잔이 빈 것을 알아차리고 내려놓았다. "사실 왜 이러는지 궁금했어―그러니까, 뭐랄까, 넌 내게 이런 식으로 말을 건 적이 단 한 번도 없었잖아."

그녀가 양손으로 그의 손을 잡자 그는 심장이 멎을 듯한 기분이 되었다. "아아, 마크." 그녀는 애정이 느껴질 정도의 어조로 말했다. "넌 언제나 그렇게 분석하지 않고는 못 배기는 성격이었지. 내가 이러는 건 눈을 뜨고 진실을 봤기 때문이야. 난 모든 것에 나름대로의 아름다움이 깃

---

* 마약중독자를 의미하는 은어.

들어 있다는 걸 깨달았어. 사람들을 억압하는 돼지 같은 경찰 놈들을 제외하면 말이야. 그리고 난 너를 봤어. 고지식한 건 여전하지만, 넌 아직 너 자신을 팔아먹지 않았어. 난 알아. 네 아우라를 읽었거든. 넌 여전히 옛날부터 내가 알던 마크야."

머리가 고장 난 회전목마처럼 핑핑 돈다. 시니컬한 그의 왼쪽 뇌는 그녀가 향수에 시달리고 있다는 가설을 내놓았다. 그는 그녀의 어린 시절의 일부이자, 그녀가 아마도 너무 완벽하게 버리고 온 과거의 일부이기 때문이라는 식이다. 그러나 마크는 그런 생각을 일축했다. 그녀는 천하무적에, 그 누구도 범접할 수 없는 킴벌리 앤이기 때문이다. 따라서 언제든 그가 얼뜨기 사기꾼이라는 사실을 간파해도 하등 이상할 것이 없었다.

그러나 그녀는 그러지 않았다. 그들은 밤새도록 얘기를 나눴다―아니, 정확하게 말하자면 얘기한 사람은 그녀였고, 그는 듣기만 했다. 마크는 여전히 이런 행운이 자신을 찾아온 것을 믿을 수가 없었다. 오랫동안 쉬지도 않고 연주했던 밴드가 겨우 휴식을 취하자 누군가가 전축으로 데스티니의 새 앨범의 A면을 틀었다. 첫 번째 곡인 '게슈탈트'가 돌이킬 수 없을 정도로 뇌리를 태운다. 마크의 세계에서 가장 아름다운 여인의 얼굴 위에서 어둠과 색색 가지 불빛이 어른거리고, 그 배후에서는 톰 매리언 더글러스의 허스키한 바리톤이 사랑과 죽음과 혼란, 태곳적 장로(長老) 신들과 암시하지 않는 편이 나은 운명들에 대해 노래하고 있었다. 그날 밤 그것은 마크를 변화시켰다. 그러나 본인은 아직 그 사실을 깨닫지 못했다.

다시 무대에 오른 밴드의 빈약한 세트가 중반에 접어들었을 무렵 킴벌리는 느닷없이 벌떡 일어나서 마크의 손을 잡았다. 마크는 경이로운 경험들로 거의 포화 상태에 빠져 있었기에 딱히 기뻐하지도, 놀라지도 않았다. "연주가 너무 지루해졌어. 쟤네들은 자기들이 뭘 하는지도 모르는 것 같아. 우리 집에 가서 와인을 좀 마시고, 그보다 더 기분이 좋은 걸 하면 어때?" 빨간 끈으로 묶는 육중한 등산화를 신으면서 그를 바라보는 그녀의 도전적인 시선에서 마크는 옛 시절의 얼음장을 연상시키는 오만함의 편린을 보았다. "그런 일을 하기엔 너무 고지식한가?"

약솜이 혓바닥 위에 자리 잡기라도 한 것처럼 혀가 움직이지 않는다. "어, 그건 좀—아니, 기꺼이 그러겠어."

"좋았어. 너도 아직은 희망이 있구나."

마크는 얼떨떨한 상태로 그녀를 따라 클럽에서 나왔고, 창문에 샌퀜틴 교도소 못지않게 육중한 쇠창살이 박혀 있는 주류 판매점으로 갔다. 머리가 벗어지고 창백한 얼굴을 한 가게 주인은 못마땅한 시선을 감추려고 하지도 않고 그들에게 리플* 한 병을 팔았다. 마크는 성경험이 없었다. 물론 나름대로 몽상하기는 했다. 차이나타운 외곽에 있는 그의 아파트에 있는, 낡아서 무너질 것 같은 침대 아래에 쌓인 과학 논문들 사이에는 책장들이 들러붙어버린 〈플레이보이〉들이 처박혀 있었다. 그러나 그 어떤 성적 환상에 빠져 있을 때도 눈부신 광채를 발하는 존재인 킴벌리 앤과 섹스하는 상상은 감히 할 생각조차도 하지 못했다. 그런데 지금 그는—마치 무중력인 것처럼 둥둥 뜬 상태로 걷고 있었다. 거리를 지나가면서 선플라워가 기괴한 조커들과 부랑자들과 인사를 나누는 광경도 거의 눈에 들어오지 않았다.

삐걱거리는 뒷계단을 올라가면서, 선플라워가 이렇게 말했을 때도

---

*   와인에 알콜과 인공 향료 등을 첨가한 값싼 술.

거의 듣고 있지 않았다. "……우리 애인 아저씨를 소개해줄게. 너도 좋아할 거야. 정말이지 근사한 사람이거든."

다음 순간 그녀의 말은 납 망치처럼 그의 뇌리를 강타했다. 마크는 휘청거렸다. 킴벌리는 웃음을 터뜨리며 그의 팔을 붙들었다. "불쌍한 마크. 고지식해도 너무 고지식해. 자, 가자고. 거의 다 왔어."

이렇게 해서 마크는, 부엌 대신 달랑 핫플레이트 하나에 화장실 수도꼭지가 줄줄 새는 방 하나짜리 싸구려 아파트로 왔다. 한쪽 벽에는 콘크리트 블록들로 괴어놓은, 과거에는 문으로 쓰던 널빤지 위에 마드라스 체크무늬 침대보를 덮은 폐품 매트리스가 놓여 있었다. 신격화된 체 게바라의 거대한 포스터 아래에서 책상다리를 하고 침대보 위에 앉아 있는 사람이 선플라워의 애인인 필립이리라. 격정적인 검은 눈. 떡 벌어진 가슴을 덮은 검은 티셔츠에는 시뻘건 주먹과 **우엘가**(Huelga)*라는 글자가 인쇄되어 있다. 옷걸이형 안테나가 달린, 낡아서 건들거리는 조그만 휴대용 TV로 시위 영상을 보는 중이었다.

"바로 저거야." 마크와 선플라워가 들어왔을 때 필립은 이렇게 말했다. "'리저드킹(Lizard King)'은 생각이 제대로 박힌 친구로군. 터틀처럼 '유진을 위해 말끔해지자'**는 식으로 체제 내부에서의 개혁을 주장하는 범생 에이스들은 그걸 아예 이해 못 해. 우리의 투쟁 대상이 파시스트 미국이라는 걸. 뭐야, 이 새끼는?"

---

*　　스페인어로 '파업'을 의미한다.

**　　1968년 미국 민주당 대선 후보 경쟁에서, 베트남전쟁 종식을 주장하는 후보인 유진 매카시 상원의원을 지지하는 반전파 대학생들이 선거 지원 운동에 나섰을 때의 비공식 슬로건. 가호 방문 시 좋은 인상을 주기 위해 당시 유행하던 히피풍의 장발과 수염을 깎고 말끔해지자는 뜻이다.

선플라워는 방구석으로 필립을 데려가서 다급하게 속삭였다—마크는 경찰의 스파이 따위가 아니라 정말로, 정말로 오래된 고향 친구이니까 나를 곤란하게 하지 마, 이 멍청한 인간아, 대략 이런 얘기였다. 필립은 그제야 마지못해 마크와 악수를 나눴다. 마크는 목을 빼고 필립의 어깨 너머로 TV를 보았다. 인터뷰를 하는 중인 수염을 기른 사내의 얼굴이 어쩐지 낯이 익었기 때문이다.

"저게 누구야?"

필립은 한쪽 입가를 치켜올렸다. "누구긴 누구야, 톰 더글러스지. 데스티니의 리드싱어, 리저드킹을 몰라?" 필립은 마크의 짧게 깎은 스포츠머리에서 페니로퍼를 신은 발까지 훑어보았다. "아, 넌 아예 들어본 적도 없을지도 모르겠네."

마크는 눈을 깜박였고, 아무 말도 하지 않았다. 물론 데스티니와 더글러스에 관해서는 잘 알고 있었다. 연구를 위해 얼마 전에 신작 앨범인 〈블랙 선데이〉를 사기까지 했다. 앨범 커버는 아무 장식도 없는 적갈색 바탕에 거대한 검은색 태양이 떠 있는 그림이었다. 그러나 멋쩍어서 그런 얘기까지 할 용기가 나지 않았다.

선플라워의 눈에 먼 곳을 바라보는 듯한 표정이 떠올랐다. "오늘 시위에 참가한 그를 봤어야 했어. 돼지 같은 경찰 놈들을 위압하는 그 모습은 리저드킹 그 자체였는데, 정말이지 끝내줬어."

대충 인사가 끝나자 선플라워와 필립은 유리와 고무관으로 만들어진 장치를 꺼내서 대통 안에 대마를 꾹꾹 채워 넣은 다음 불을 붙였다. 선플라워 본인이 마크에게 직접 대마를 권했다면 그는 기꺼이 받아들였을 것이다. 그러나 지금은 또 낯선 이방인이 된 것 같은 느낌에 점점 시달리고 있었다. 마치 자기 살갗이 몸에 잘 맞지 않는 듯한 느낌이어서, 결국 거절했다. 마크가 〈데일리 워커스〉가 쌓여 있는 방구석에 구부정한 자세로 앉아 있는 동안 집주인들은 침대 위에 앉아 대마를 피웠다. 땅딸막하고 격정적인 필립은 마크의 머리가 띵해질 때까지 '무장투쟁의 필요성'에 관해 주절주절 설교했고, 마약뿐만 아니라 술도 하지 않는 마크는 구역질이 날 정도로 달콤한 와인 한 병을 혼자서 다 들이켰다. 킴벌리는 급기야 애인에게 바싹 다가붙어 몸을 더듬기 시작했고, 이 광경에 크게 동요한 마크는 결국 우물거리며 적당한 구실을 대고 비틀거리며 도망치듯이 아파트에서 나와 어찌어찌 귀가할 수 있었다. 자기 자신의 우중충한 아파트의 창문에 새벽빛이 흐물흐물 비쳐오기 시작했을 때, 마크는 금이 간 변기에 리플 한 병의 내용물을 모조리 쏟아냈다. 변기를 깨끗하게 비울 때까지 무려 열다섯 번이나 물을 흘려보내야 했다.

선플라워 —과거에는 킴벌리 앤 코데인이라는 이름으로 알려진— 에 대한 마크의 구애는 이렇게 시작되었다.

♣

"난 너를 원해……." 가사가 바람을 타고 흘러온다. 오만하고 암시적인 노랫소리는 녹은 호박(琥珀)처럼 뜨거우며 위스키 같은 도취의 칼날을 숨기고 있었다. 신년 축하 파티의 뿔피리처럼 삑삑거리는 조그만 일제 트랜지스터라디오의 스피커를 통해서도 말이다. 보이테크 그라보프스키는 우람한 상체를 감싼 윈드브레이커를 한층 더 단단히 여미고 노래를 듣지 않으려고 노력했다.

크레인이 좀비 공룡처럼 고개를 들더니 그를 향해 강철 도리 하나를 흔들었다. 그는 크레인 기사에게 잠수 시에 하는 것 같은 과장된 동작을 해 보였다. "너를 갖고 싶어⋯⋯." 노랫소리가 끈질기게 졸랐다. 한순간 짜증이 치밀어 올랐다. "**1966년에서 불어온 폭풍, '데스티니'의 첫 번째 히트곡이었습니다.**" 아나운서가 십대를 연상케 하는, 직업적으로 젊은 목소리로 읊었다. 하여튼 미국인들이란. 보이테크는 생각했다. 1966년이 무슨 고대사라도 된단 말인가.

"그 거지 같은 부기우기 노래 좀 꺼." 누군가가 불평했다.

"좆 까." 라디오의 소유주가 말했다. 키가 2미터에 달하는 이 스무 살 청년은 베트남의 격전지인 케산에서 싸우다가 여섯 달 전에 제대하고 귀국한 해병대원이었다. 다툼은 일어나지 않았다.

그라보프스키도 라디오를 꺼줬으면 좋겠다고 생각했지만, 사람들 앞에 나서는 것을 좋아하지 않았다. 동료들은 유능한 일꾼이자, 금요일 밤의 술 내기에서는 가장 강한 사내조차도 능가하는 그를 그럭저럭 용인하고 있었다. 그러나 그는 남과 어울리는 성격은 아니었다.

아래로 내려온 도리를 제자리에 고정하기 위해 인부들이 일제히 몰려오고, 만에서 불어온 차가운 강풍이 윈드브레이커의 얇은 나일론과 나이를 먹은 피부를 후벼 파는 것을 느끼며, 그는 자신이 여기 와 있는 것이 얼마나 기묘한 일인지 생각했다. 바르샤바의 부유한 가정의 둘째 아들로 태어난 그는 몸집이 작은 데다 약골이었고, 공부를 좋아했다. 장래에는 의사나 교수가 될 예정이었다. 반쯤 질투가 섞인 존경의 대상이었던 그의 형 클리멘트는 대담무쌍한 성격에 기병의 검은 콧수염을 기른 거구의 청년이었고, 사관학교로 진학해서 영웅이 될 예정이었다.

그러나 독일군이 침공한 뒤에 클리멘트는 카틴 숲으로 끌려가서 뒤통수에 적군(赤軍)의 총탄을 맞고 죽었고[*], 여동생인 카차는 독일 국방군의 야전 위안소에 성노예로 끌려간 후 행방불명이 되었다. 어머니는 마지막 바르샤바 폭격 때 죽었다. 소련군이 나치스가 귀찮은 일을 처리해줄 때까지 비스와강에 죽치고 있는 동안에 말이다. 정부 직원으로 일하던 아버지는 전쟁에서 가까스로 살아남았지만, 몇 달 후 루블린 괴뢰정부의 숙청 목록에 올라 장남처럼 뒤통수에 총탄을 맞고 죽었다.

대학 진학의 꿈이 영원히 박살 난 젊은 보이테크는 6년 반 동안 숲속에 몸을 숨기고 파르티잔으로서 싸우다가 도망치는 신세가 되었고, 살아남는 것을 유일한 목표로 정하고 먼 외국으로 망명해서 지금에 이르렀다.

"난 너를 원해……." 반복되는 가사가 그의 신경을 긁기 시작했다. 모차르트와 멘델스존을 듣고 자란 그는 견디기 힘들었다. 그리고 가사에 담긴 메시지는…… 이것은 사랑에 관한 노래가 아니라 순수한 육욕에 관한 노래였고, 발정하라고 대놓고 유혹하는 노래였다.

그에게 사랑은 그 이상의 것이었다─순간적으로 서늘한 습기가 그의 시야를 훑는가 싶더니 바람의 차가운 손에 의해 씻겨나간다. 그는 파르티잔의 일원이자 그의 애인이었던 안나와의 결혼식을 떠올렸다. 슈투카**의 폭격으로 초토화된 마을 교회의 잔해 속에서 결혼식을 올린 후, 사제가 너덜너덜한 카속을 추켜올리고 기적적으로 멀쩡했던 오르간으로 바흐의 '토카타와 푸가'를 연주해줬던 일. 그러는 동안 영양실조에 걸린 소녀 한 명은 그 옆에 쭈그리고 앉아 풀무로 바람을 넣어주고

---

*   1939년에 나치 독일과 불가침조약을 맺고 폴란드를 분할 점령한 소련은 억류된 폴란드군 포로와 민간인들 중 2만 명 이상을 비밀리에 처형한 후 카틴 숲에 암매장하고 나치 독일의 소행으로 위장했다.

**   나치스 공군의 급강하 폭격기 융커스 Ju-87의 별명.

있었다. 다음 날에는 그들 모두가 파시스트를 상대로 매복 작전에 참가했지만, 그날 밤, 그날 밤에는……

다른 강철 도리가 올라온다. 안나는 협력적인 영국 요원들의 도움으로 1945년 6월에 그보다 먼저 미국으로 밀출국했다. 그때는 이미 그의 아이를 잉태하고 있었다. 그는 가능한 한 오랫동안 남아 싸우는 쪽을 택했고, 나중에 그녀를 따라 미국으로 왔다.

그리고 지금은 그가 거의 애인처럼 사랑하는 나라에 거주하고 있었다. 그에게 남은 것은 그뿐이었기 때문이다. 23년 전 미국에 온 이래 그는 그가 사랑하던 여성과 그녀가 낳았을 것이 틀림없는 아이의 자취조차도 찾지 못했다. 성모마리아의 이름으로 맹세컨대, 그들을 찾으려는 그의 노력이 모자라서가 아니었다.

"난 너를 워어어어어언해……"

그는 눈을 질끈 감았다. 저 진부한 가사를 한 번 더 견뎌야 한다면……

"……나와 함께 죽어줘."

곡은 점점 작아지다가 울부짖는 듯한 섬뜩한 소리로 끝났다. 한순간 그는 미동도 않고 우뚝 서 있었다. 마치 강풍이 셔츠에 스며든 그의 땀을 얼려버리기라도 한 듯이. 설탕처럼 달콤하기만 한 한심한 노래라고 생각했던 것이 실제로는 엄청나게 더—더 사악한 것이었다. 이 노래를 부른 가수, 고뇌하는 젊음의 대변인으로서 각광을 받고 있는 인물은 사랑—혹은 육욕—조차도 **토텐탄츠**[*]로, 죽음의 의식으로 타락시키고

---

*   독일어로 '죽음의 춤'을 의미하며, 프란츠 리스트가 작곡한 관현악곡의 제목이기도 하다.

있었다.

강철 도리가 수직 기둥과 부딪치며 깨진 종처럼 울렸다. 그라보프스키는 몸을 떨었고, 크레인 기사에게 멈추라는 시늉을 했다. 그와 동시에 그는 귀에 정신을 집중했고, 아나운서가 톰 더글러스라고 말하는 것을 들었다.

이 이름은 기억해둘 필요가 있다.

♠

마크는 선플라워의 행동이 애정에서 우러나온 것이기를 희망했다. 이틀 후 마크는 후원자와의 미팅을 마치고 나오다가 선플라워에게 붙들렸고, 공원에 가서 함께 산책을 했다. 그녀는 마크가 나이트클럽이나 심야의 자유 토론회, 피플스파크*에서 벌어지는 항의 시위, 콘서트 따위에 동행하는 것을 허락했다. 언제나 친구로서, 피보호자로서, 소꿉친구로서 말이다. 아무래도 마크를 고지식한 삶에서 탈출시키기 위한 개인적인 성전(聖戰)쯤으로 여기고 있는 듯했지만, 유감스럽게도 그녀의 그 잘난 애인의 지위로 격상시켜주기 위한 것은 아니었다.

그래도 마크는 희망의 끈을 놓지 않았다. 그 떡 벌어진 필립을 두 번다시 만나지 않았기 때문이다. 사실, 그는 선플라워의 남자 친구들을 한 번 이상 만난 적이 없었다. 그들 모두가 격정적이고, 열정적이고, 재기

---

* 1960년대 말에 버클리대학의 소유지를 점거한 히피들에 의해 만들어진 공원. 1969년 5월 15일에 발생한 경찰에 의한 유혈시위 진압의 무대이며, 훗날 시민 공원이 되었다.

가 넘쳤다. (그리고 그 사실을 끊임없이 그에게 주지시키려고 했다.) 뭔가에 열중하고 있었다. 그리고 우람한 근육을 가지고 있었다. 적어도 이 부분에서는 킴벌리의 취향은 바뀌지 않은 듯했다. 그 사실에 마크는 곧잘 크게 절망하곤 했지만, 비쩍 마른 그의 가슴 깊숙한 곳에서는 그녀가 언젠가는 안정이라는 반석의 필요성을 깨닫고, 마치 바닷새가 육지를 찾듯이 그에게 오리라는 아련한 희망을 품고 있었다.

그럼에도 불구하고, 마크는 여전히 한 번도, 단 한 번도, 그와 그가 동경하는 세계—선플라워가 체현하고 살고 있는 세계—사이에 가로 놓인 거대한 간극을 뛰어넘지 못했다.

마크가 그해 겨울을 무사히 넘길 수 있었던 것은 희망과 어머니가 보내준 초콜릿 칩 오트밀 쿠키 덕이었다.

그리고 음악 덕이었다. 마크는 미치 밀러*와 함께 노래를 부르는 가정에서 자랐으며, 로런스 웰크**는 음악계의 JFK에 해당하는 위인으로 간주되었다. 로큰롤 따위로 부모님의 집 공기를 더럽히는 일은 결코 허용되지 않았다. 마크는 연구실과 개인적인 몽상 밖에 있는 모든 것에 대해 무지했고, 로큰롤 역시 예외가 아니었다. 비틀스에 의한 브리티시 인베이전이 시작되었다는 것도 전혀 몰랐고, 믹 재거가 와이트섬의 콘서트에서 늑대로 변신했다가 체포되었다는 것도 몰랐으며, '사랑의 여름'에 대해서도, 애시드록이 폭발적인 인기를 끌고 있다는 사실도 몰랐다.

그리고 지금은 이 모든 것들이 한꺼번에 그를 엄습했다. 롤링스톤스, 비틀스. 제퍼슨 에어플레인. 그레이트풀 데드. 스피릿에 크림에 애니

---

*   미국의 음악가, 프로듀서. 〈미치와 함께 노래하기〉라는 TV 프로그램으로 유명했다.
**   미국의 음악가, TV 진행자.

멀스. 그리고 재니스 조플린, 지미 헨드릭스, 토머스 매리언 더글러스*로 이루어진 성(聖)삼위일체.

그중에서도 으뜸은 톰 더글러스였다. 그의 음악은 고대의 폐허처럼 음울한 몽상으로 가득 차 있었고, 어둡고 불길하고 감춰져 있었다. 마크의 진짜 취향은 이미 역사가 되어버린 시절의 마마스앤드파파스의 얌전한 사운드였지만, 더글러스가 쓴 곡의 감촉—어두운 유머, 그보다 더 어둡고 음침한 곡절—에 매료되었다. 그 음악에 내포된 니체적인 분노에 대해서는 혐오감을 느꼈지만 말이다. 아마 더글러스가 마크 메도스가 되지 못했던 모든 것을 체화한 존재였기 때문인지도 모른다. 유명하고 활력에 차 있으며 대담하고 최첨단을 달리며 여자들이 저항할 수 없을 정도로 매력적인 인물. 그리고 에이스이기도 했다.

에이스와 '운동(Movement)'. 그들은 다양한 방식으로 대중 의식의 주류를 강타했고, 꿰뚫었다. 공군 장교인 마크 아버지의 선도로 북베트남 상공에서 벌어진 공중전에 돌입한 중무장한 군용기들의 편대처럼. 로큰롤계의 에이스 수는 전체 인구의 어떤 부분보다도 많았다. 그리고 그들의 힘은 미묘함과는 거리가 멀었다. 휘황찬란한 빛들을 투영할 수 있는 에이스가 있는가 하면, 악기도 없이 화려한 선율을 연주할 수 있는 능력을 가진 에이스도 있었다. 그러나 대다수는 환각을 보여주거나 직접적인 감정 조작을 통해 청중과 심리 게임을 벌였다. 리저드킹이라고 불리는 톰 더글러스는 이런 환각 체험의 최고봉을 차지하고 있었다.

* 작중 인물인 더글러스의 모델은 그룹 '도어스'의 짐 모리슨이다.

◆

봄이 왔다. 마크의 지도교수는 결과를 내라고 그를 압박하고 있었다. 마크는 자괴감에 사로잡혔다. 섭사리 결단을 내리지 못하는 우유부단한 성격 탓인지, 남자답지 못한 탓인지는 모르겠지만 마약의 세계에 직접 투신하지 않는 이상은 연구 자체를 계속할 수가 없었던 것이다. 마치 소싯적에 보았던, 합성수지제의 투명하고 조그만 각빙(角氷) 내부에 보존된 파리—부모님이 왜 이런 물건을 가지고 있었는지는 모르겠다—라도 된 듯한 기분이었다.

4월이 오자 마크는 현실 세계가 아닌 소우주 내부에 틀어박혔다. 벽지가 다 뜯겨 나간 자기 방 안의, 종이처럼 얇은 현실감 속으로 말이다. 데스티니의 레코드는 모두 가지고 있었지만, 이제는 틀어볼 생각도 나지 않았다. 그레이트풀 데드도, 롤링스톤스도, 순교자 지미*의 레코드들조차도 마찬가지였다. 이것들 모두가 그에 대한 비웃음이었고, 그가 직면할 수 없는 도전이었기에.

초콜릿 쿠키를 먹고 탄산음료를 마시는 것으로 식사를 대신했고, 자기 방에서 나오는 것은 오로지 그리운 어린 시절 이래의 악습인 코믹스에 입수할 때로 한정되었다. 인류가 와일드카드를 뽑기 전인 순수의 시대에 등장한 우화였던 〈슈퍼맨〉이나 〈배트맨〉 따위의 오래된 고전뿐만 아니라, 그 뒤를 이은 현대의 후계자들도 닥치는 대로 사서 읽었다. 후자는 개척 시대를 무대로 한 싸구려 서부활극 소설과 마찬가지로 실존 인물인 에이스들이 가상의 모험을 펼치는 내용이었다. 마크는 중독

---

*   지미 헨드릭스는 1970년에 27세의 나이로 사망했다.

자 특유의 열정적인 태도로 코믹스를 탐독했다. 코믹스는 그를 내부로부터 갉아먹기 시작한 동경심을 대리만족시켜주었기 때문이다.

초인적인 힘 따위의 특수한 능력을 동경하는 것은 아니었다. 카운터컬처의 불가사의한 세계의 일원이 되고 싶다는 갈망도 아니었고, 그로 하여금 땀투성이가 된 채로 수없는 밤을 지새우게 만들었던, 과거에 킴벌리 앤 코데인이라고 불리던 여성의 유연한 노브라의 육체에 대한 욕망도 아니었다. 마크 메도스가 세상 그 어떤 것보다 더 갈망하고 있는 것은 **효율적인 성격**이었기 때문이다. 무엇인가를 실행하고 달성함으로써 이름을 떨칠 수 있는 능력을 원했다. 좋은 일이든 나쁜 일이든 상관없었다.

4월 말의 어느 날 저녁, 마크의 은둔 생활은 아파트 문을 노크하는 소리와 함께 박살이 났다. 그는 아예 바꿔 씌운 기억조차도 없는 시트로 감싸인 얇은 매트리스 위에 누워서 코시 코믹스의 〈터틀〉 통권 92호에 긴 코를 틀어박고 만화 읽기에 몰두하고 있었다. 노크 소리를 들었을 때 마크가 처음 보인 반응은 두려움이었고, 이것은 곧 은둔처에 침입하려는 사람에 대한 분노로 바뀌었다. 바깥세상은 그에게는 너무 부담스럽고, 그런 고로 그냥 내버려두는 편이 낫겠다는 결론을 내렸기 때문에 이렇게 조용히 살고 있지 않는가. 그런데 왜 바깥세상은 그를 내버려두지 않는 것일까?

또다시 명령하는 듯한 노크 소리가 방 안에 울려 퍼지며 얇은 베니어판으로 만들어진 문을 위협했다. 마크는 한숨을 쉬었다.

"무슨 용건이야?" 불평하는 듯한 어조를 담아 대꾸했다.

"그냥 열어주면 안 돼? 아니면 못돼 처먹은 네 집주인이 문이라고 부르는 종잇장 같은 이 물건을 내 손으로 부수고 들어갈까?"

한순간 마크는 그냥 침대에 누워 있었다. 잠시 후 그는 침대 옆의 얼룩진 나무 바닥에 만화책을 내려놓았다. 거무죽죽하고 다 늘어난 양말을 신은 발을 움직여 터벅터벅 문간으로 갔다.

그녀는 허리에 양손을 갖다 대고 서 있었다. 또 다른 7월 4일 치마와 빛바랜 분홍색 블라우스 차림에, 베이에어리어의 초봄 추위에 대한 대비책인지, 등에 '농장 노동자 조합'의 검은 독수리가 스텐실로 인쇄되고 왼쪽 가슴에는 평화의 표지 배지를 꿰매어놓은 리바이스의 데님 재킷을 걸치고 있었다. 그녀는 방 안으로 성큼성큼 들어오더니 뒤로 문을 쾅 닫았다.

"어휴, 이 쓰레기장 좀 봐." 킴벌리는 주위의 벽을 내려쳐 도막 낼 듯이 치켜든 손을 수평으로 획 움직였다. "사람이 어떻게 이런 곳에서 살 수 있어? 가공 처리한 당분을 먹고 살면서—" 이러면서 그녀는 반쯤 먹은 쿠키가 담긴 접시와 지난주에도 이미 김이 빠져 있었던 갈색 소다수가 담긴 유리잔을 턱으로 가리켜 보였다. "—저런 권위주의 돼지의 헛소리로 자기 마음을 가득 채우고—" 아까처럼 내려치는 듯한 손짓으로 방바닥에 쌓여 있는 구깃구깃한 〈터틀〉 만화책들을 가리킨다. 그녀는 고개를 설레설레 흔들었다. "마크, 넌 자기 자신을 잡아먹고 있는 거나 마찬가지야. 친구들, 너를 사랑하는 사람들로부터 스스로를 고립시키는 방법으로 말이야. 이런 짓은 이제 그만둬."

마크는 단지 멍하니 문간에 서 있었을 뿐이었다. 마치 어머니—아니, 아버지—라도 된 것처럼 그를 야단치고 있었지만, 이토록 아름다운 킴벌리를 본 적이 없었다. 이윽고 그의 비쩍 마른 몸이 소리굽쇠처럼 떨리기 시작했다. 방금 그녀가 그를 사랑한다고 말했다는 사실을 뒤늦게 깨달았기 때문이다. 물론 그가 동경하고 갈구하던 종류의 사랑은 아니었다. 그러나 이런저런 감정을 고를 여유 따위는 없었다.

"마크, 이제 껍질을 뚫고 나올 때야. 이런 어머니 자궁 같은 방을 박차고 나와야 해. 〈살아 있는 시체들의 밤〉에 나오는 좀비처럼 변하기 전에 말이야."

"집에서 해야 할 일이 있어."

그녀는 한쪽 눈썹을 치켜올리더니 부츠 끝으로 〈터틀〉 92호를 툭 건드렸다.

"우리와 함께 가자."

"어디로?" 마크는 눈을 깜짝였다. "누구하고?"

"소식 못 들었어?" 그녀는 고개를 설레설레 흔들었다. "물론 못 들었겠군. 무슨 수도승이라도 되는 것처럼 이 방에 틀어박혀 나오지를 않았으니. 데스티니가 다시 돌아왔어. 오늘 밤 필모어*에서 콘서트가 열려. 아빠가 용돈을 보내줬어. 그래서 너하고 나하고 피터하고 가려고 티켓을 샀어. 그러니까 옷 입어. 몇 시간이나 줄을 서지 않으려면 지금 당장 출발해야 해. 그리고 부탁인데, 제발 그런 꼰대 같은 옷은 입지 마."

피터는 서퍼 같아 보였지만, 마치 자기가 카를 마르크스라도 된다는 듯이 말하고 행동했다. 킴벌리 앤의 예전 남자 친구를 떠올리게 하는 겉모습이 마크는 불편했다. 그녀를 너무 열렬하게 쳐다보았다는 이유로 마크의 코피를 터뜨린 고등학교 풋볼 팀 주장 말이다. 낡아빠진 트위

*　　1912년에 건립된 샌프란시스코의 음악 공연장.

드재킷과 단벌 청바지 차림으로 옥외에 서서, 축축한 공기와 남이 내뿜는 담배 연기를 맡으며, 마크는 선플라워의 남자 친구들 모두에게서 이미 들어본 '역사적 발전 과정'에 대한 피터의 장광설을 듣고 있었다. 마크가 충분히 열렬하게 동의하지 않는 것처럼 보이면 (그 많은 선언들이 도대체 뭔지 제대로 이해한 적은 한 번도 없었기에 마크는 딱히 의견을 낼 수가 없었다) 피터는 얼음처럼 차갑고 푸른 북구계의 눈으로 노려보며 "널 파괴해버릴 거야"라고 으르렁거리곤 했다.

마크는 나중이 되어서야 이 말이 수염을 기른 마르크스 할배를 그대로 표절한 것이라는 사실을 알았다. 그리고 지금 이 말은 그에게 공연장 밖의 피곤한 보도 위에서 그냥 녹아버리고 싶다는 충동을 불러일으켰다. 곁에 선 선플라워가 방금 무슨 상이라도 탄 것처럼 활짝 웃으며 그와 피터를 흐뭇하게 바라보고 있다는 사실도 전혀 도움이 되지 않았다.

다행히도 피터는 공연장 입구에서 관객들이 혹시 술을 가지고 들어가지 않는지 몸수색을 하고 있는 경찰관들을 상대로 고래고래 소리를 지르며 논쟁을 벌이기 시작했기에 마크는 그의 분노에서 벗어날 수 있었다. 마크는 조금 켕기기는 했지만 경찰관들이 야경봉으로 피터의 금발 머리를 내리치고 감방에 처넣어주었으면 좋겠다고 상상했다.

그러나 데스티니는 밴드 역사상 가장 파란만장했던 순회공연을 마무리 지으려는 참이었다. 리드싱어인 톰 더글러스의 술과 향정신성 약물 소비량은 그의 에이스 능력만큼이나 전설적이었고, 공연이 시작될 때는 예외 없이 만취 상태로 등장하는 것으로 악명이 높았다. 리저드킹이라고 불리는 더글러스는 광란의 화신이었다. 지난주에 뉴헤이븐*에

---

*   코네티컷주의 도시.

서 있었던 공연은 폭동으로 비화했고, 예일대학의 유서 깊은 캠퍼스와 도시의 반을 박살 냈다. 오늘 밤 공연장 입구를 지키는 경찰관들은 어설프기는 했지만 몰려든 관객들을 가급적 자극하지 않으려는 기색이 역력했다. 몸수색은 최선의 방법이라고는 할 수 없었지만, 경찰뿐만 아니라 필모어의 운영진이, 톰 더글러스 탓에 어차피 흥분할 것이 뻔한 젊은 관객들이 필요 이상으로 흥분하는 것을 원하지 않는다는 점은 명백했다. 그래서 관객들은 입장 시에 철저한 수색을 받았지만, 그것은 매우 조심스럽게 이루어졌다. 피터와 그의 금발 머리가 박살 나는 일도 없었다.

마크의 첫 번째 데스티니 콘서트는 그가 상상했던 모든 것을 모두 충족시켰을 뿐만 아니라, 그것을 열 배 확대한 듯한 엄청난 경험을 선사했다. 더글러스는 평소와 마찬가지로 예정 시간보다 두 시간이나 늦게 무대에 올라온 데다가, 너무나도 맛이 간 탓에 제대로 서 있지도 못했고, 그를 숭배하는 팬들 속으로 당장이라도 고꾸라질 듯한 기색이었다. 그러나 데스티니의 나머지 세 멤버는 로큰롤계에서도 가장 뛰어난 연주자들이었고, 수많은 단점들을 벌충하고도 남는 출중한 실력을 가지고 있었다. 점진적이기는 했지만, 콘서트의 확실한 골격을 이루는 그들의 연주를 중심으로 더글러스의 횡설수설한 목소리와 어정쩡한 몸짓이 어딘가 마술적인 것으로 변화하기 시작했다. LSD처럼 몰아치는 이들의 음악은 마크가 갇혀 있던 합성수지 얼음을 녹였고, 급기야는 그의 피부에 도달해서 벌처럼 쏘았다.

노래가 끝나갈 무렵 마치 거대한 문이 닫히듯이 모든 조명이 꺼졌다. 어딘가에서 드럼의 느리고 육중한 연주가 시작되었다. 어둠 속에서 고뇌에 찬 기타의 흐느낌이 터져 나왔다. 파란 스포트라이트 한 줄기가 무대 한복판에서 홀로 마이크를 잡고 있는 더글러스 위로 쏟아져 내렸다. 가죽 바지가 뱀 가죽처럼 번들거린다. 그는 노래하기 시작했다. 처음에는 부드럽고 나직한 신음에 가까웠지만, 점점 음량이 커지며 절박해졌다. 명곡 '뱀의 시간'의 도입부였다. 그의 목소리가 느닷없이 절규로 바뀌더니 그의 주위에서 조명과 밴드가 바위 해안을 향해 폭풍우처럼 휘몰아치는 파도처럼 폭발했고, 밤의 까마득한 피안을 향한 여정이 시작되었다.

마침내 그가 리저드킹의 상(相)을 발현시키자, 그의 몸에서 용광로처럼 뜨거운 검은 아우라가 맥박 치듯이 쏟아져 나오며 청중들을 쓸고 지나갔다. 그 효과는 낯선 마약처럼 종잡을 수 없고 환각적이었다. 황홀감의 정점까지 치달은 사람들이 있는가 하면, 탈출 불가능한 절망감의 바닥까지 끌려 내려간 사람도 있었다. 가장 갈망하던 것을 본 사람들도 있었고, 지옥의 구멍을 들여다본 사람도 있었다.

그리고 이 심야의 광휘 한복판에 있는 톰 더글러스는 실물보다 더 커지는 것처럼 보였다. 넓적하고 그럭저럭 잘생긴 그의 얼굴은 이따금 깜박이며 거대한 킹코브라의 검고 위협적인 머리와 부풀어 오른 목으로 바뀌었고, 그가 노래를 부르는 동안 좌우를 향해 번득였다.

절규와 오르간과 기타 소리와 함께 곡이 절정에 달하자, 마크는 자신이 여원 뺨 위로 쏟아져 내리는 눈물을 감추려고도 하지 않고 우뚝 서 있다는 사실을 깨달았다. 한 손으로는 선플라워의 손을 꼭 쥐고, 다른 손으로는 모르는 사람의 손을 쥐고 있었다. 피터는 음울한 태도로 바닥에 앉아 있었다. 얼굴을 양손에 묻고, 퇴폐가 어쩌고 하는 말을 중얼거리고 있다.

♣

다음 날은 4월의 마지막 날이었다. 닉슨이 캄보디아를 침공했다. 그에 대한 반발이 전국의 대학 캠퍼스를 네이팜탄처럼 엄습했다.

마크는 만 너머의 골든게이트 공원에 결집한 분노한 군중들 사이에서 연설에 귀를 기울이고 있는 선플라워를 보았다. "난 못 하겠어." 마크는 귀청을 찢을 듯한 연설 소리 너머로 외쳤다. "난 그쪽으로 건너갈 수가 없어—나의 밖으로 나가지 못하는 거야."

"아아, **마크!**" 선플라워는 눈물이 맺힌 얼굴을 화난 듯이 흔들며 외쳤다. "넌 너무 이기적이야. 너무나도—**부르주아적**이라고." 그녀는 몸을 홱 돌려 구호를 외치고 있는 수많은 군중들 속으로 사라졌다.

그런 다음 사흘 동안은 선플라워를 보지 못했다.

마크는 선플라워를 찾아 분노한 군중들 사이를 배회했다. 닉슨과 전쟁을 맹비난하는 플래카드의 숲을 헤치고, 인동덩굴의 산울타리가 발하는 향기처럼 주위를 뒤덮은 마리화나 연기를 뚫고 그녀를 찾았다. 너무나도 고지식한 복장을 한 그를 적대적인 시선들이 맞이했다. 더 위험한 상황에 빠지지 않기 위해서, 첫날에도 10여 번은 황급하게 자리를 떠야 했다. 힘차게 맥동하는 듯한 주위의 군중에 합류하지 못하는 자신에 대한 절망감도 한층 더 깊어졌다.

주위의 공기는 혁명의 기운으로 가득 차 있었다. 마크는 그것이 마치 정전기처럼 축적되는 것을 느낄 수 있었다. 오존 냄새까지 맡을 수 있었다. 그렇게 느끼는 사람은 마크 혼자가 아니었다.

선플라워를 찾아낸 것은 5월 3일 자정이 되기 몇 분 전, 철야 시위를 하는 군중 속에서였다. 몇천 명의 시위자들에게 밟히고도 살아남은, 누렇게 변색한 작은 풀밭 위에서 책상다리를 하고 앉아서, 메가폰을 통해 확대된 항의 연설에 귀를 기울이며 한가하게 기타를 뜯고 있었다. "어디 가 있었어?" 마크는 얼마 전 내린 소나기 탓에 생겨난 진흙탕에 발목까지 빠지며 물었다.

선플라워는 단지 그를 보고 고개를 저었을 뿐이었다. 흥분한 마크가 그녀 곁에 주저앉자 철퍽하는 소리가 났다. "선플라워, 어디 가 있었던 거야? 너를 찾느라고 안 돌아다닌 데가 없을 정도야."

선플라워는 마침내 그에게 시선을 주더니 슬픈 듯이 고개를 설레설레 흔들었다. "난 민중과 함께 있었어, 마크. 내가 속한 곳에."

그러더니 갑자기 몸을 내밀고, 놀랄 정도로 강하게 그의 팔뚝을 휘어잡았다. "네가 속한 곳이기도 해, 마크. 넌 단지 너무나도―너무나도 이기적일 뿐이야. 마치 갑옷을 두르고 있다고나 할까. 넌 우리에게 정말로 많은 도움을 줄 수 있어―우리가 절실하게 도움을 필요로 하고 있을 지금, 때가 늦기 전에 압제자들과 싸워 이겨야 해. 그러니까 껍질을 부수고 나와, 마크. 너 자신을 해방하는 거야."

그는 선플라워의 눈가에서 눈물이 반짝이는 것을 보고 놀라움을 느꼈다. "나도 그러고 싶었어." 그는 솔직하게 말했다. "하지만…… 아무리 노력해도 안 되는 것 같아."

바다 쪽에서 시원하고 조금 축축한 바람이 불어오며 확성기에서 쏟아져 나오는 알아듣기 힘든 목소리를 이따금 날려 보냈다. 마크는 몸을 부르르 떨었다. "불쌍한 마크. 넌 너무 고지식해. 네가 그런 구속복을 벗어던지지 못하는 건 가정교육이나 학교 탓이야. 넌 그걸 찢고 빠져나와야 해." 그녀는 입술을 핥았다. "나도 널 도울 수 있다고 생각해."

그는 열심히 몸을 내밀었다. "어떻게?"

"넌 그 노래와 마찬가지로 벽을 무너뜨려야 해. 마음을 활짝 여는 거야."

선플라워는 자수가 된 데님 재킷의 호주머니를 잠시 뒤적거리더니 손바닥을 위로 하고 주먹을 쥔 손을 내밀었다. "선샤인." 그녀는 손을 펼쳤다. 손바닥 위에 있는 것은 별다른 특징이 없는 흰 알약이었다. "애시드*야."

마크는 알약을 응시했다. 오랫동안 멀찍이서만 연구했던 대상이 눈앞에 있었다. 탐색인 동시에 탐색의 목적인 물체가. 합법적으로 LSD를 입수하는 것은 매우 힘들었고, 암시장을 이용하는 행위에 대한 뿌리 깊은 저항감과, 그런 식으로 처음 구입을 시도하자마자 체포당해서 샌쿠엔틴 교도소로 보내질지도 모른다는 본능적인 두려움 탓에, 그는 심판의 날을 맞이하는 것을 지금까지 질질 끌어왔다. 힙한 동지애를 발휘해서 그에게 LSD를 제공한 사람들도 있었다. 그러나 그는 거리에서 팔리는 마약에 뭐가 들어 있을지 모른다는 이유로 언제나 거절했다. LSD가 대표하는 무수히 많은 가능성의 문 너머로 발을 딛는 것이 두려웠다는 것이 본심이었지만 말이다. 그러나 지금 그가 갈구하던 세계가 그의 주위에서 바다처럼 밀려들고 있었고, 그가 사랑하는 여자는 그에게 도전과 유혹 양쪽을 제시하고 있었으며, 문제의 LSD는 비를 맞고 천천히 녹고 있었다.

그는 손바닥 위의 알약을 움켜잡았다. 마치 손을 데는 것이 두려운 듯이 빠르면서도 조심스럽게. 진흙에 완전히 물든 탓에 실패한 홀치기 염색을 한 것처럼 보이는 검은 쫄바지의 뒷주머니에 쑤셔 넣었다. "선

---

*   LSD의 별칭.

플라워, 좀 더 생각해봐야겠어. 이런 걸 서두를 수는 없어." 더 이상 무슨 말이나 일을 해야 할지 확신이 없었던 그는 비쩍 마른 다리를 풀고 일어서려고 했다.

선플라워는 또다시 그의 팔을 부여잡았다. "안 돼. 나와 함께 여기 있어. 지금 집에 돌아가면 보나 마나 변기에 흘려보낼 게 뻔해." 그녀는 그를 잡아당겨 억지로 곁에 앉혔다. 이토록 가깝게 앉은 것은 처음이었다. 갑자기 그는 금발의 투사 같았던 그녀의 태도를 눈을 씻고도 찾아볼 수 없다는 사실을 통렬하게 자각했다.

"여기 있어. 민중과 함께. 내 곁에서." 선플라워는 그의 귀에 대고 허스키한 목소리로 속삭였다. 그녀의 숨결이 귓불을 속눈썹처럼 간질인다. "네가 뭘 얻을 수 있는지 생각해봐. 넌 특별해, 마크. 넌 정말로 **중요한** 일을 얼마든지 할 수 있어. 그러니까 오늘 밤은 나하고 지내."

그가 희망했던 것만큼 확실한 초대는 아니었지만, 마크는 다시 진흙땅에 앉아 춥지만 친밀한 밤을 지새웠다. 두 사람이 추위를 막는 데는 별다른 도움이 되지 않는 그녀의 재킷을 뒤집어쓴 채로 서로 어깨를 맞대고 몸을 웅크리고 있는 동안, 연설자들은 혁명─파시스트 미국과의 최종 대결을 할 시간이 왔다고 목청이 터져라 외쳤다.

어스름한 새벽이 오자 시위는 자가 분해되기 시작했다. 두 사람은 캠퍼스 근처에 있는, 밤샘 영업하는 조그만 커피하우스로 가서 유기농 농산물로 만든 아침을 먹었다. 마크는 맛을 느낄 여유도 없었지만, 선플라워는 심각한 어조로 그가 손을 뻗으면 닿는 곳에 있는 운명에 관해 설파했다. "너 자신의 틀을 깨고 **나오기**만 하면 돼, 마크." 그녀는 볕에 그은 작은 손을 뻗어 그의 길고 창백한 손을 꼭 잡았다. "작년 가을에 그 클럽에서 너와 마주쳤을 때 기뻤던 건 어쩌면 고향이 그리웠던 때문인지도 몰라. 별로 좋은 추억이 아니라고 해도 말이야. 그래서 고향 친구인 네가 반가웠던 거야."

사람이 아니라 옛 시절이 그리워서 그를 환영했다는 선플라워의 솔직한 고백을 듣고 놀란 마크는 무의식중에 시선을 떨구고 빠르게 눈을 깜박였다. "하지만 이젠 달라졌어, 마크." 마크는 이른 아침 정원을 거닐다가 인기척에 놀란 사슴처럼 주뼛거리며 다시 고개를 들었다. 조금이라도 위험한 기색을 감지하면, 언제든지 도망칠 준비를 하며. "난 너를 있는 그대로 이해하게 됐어. 너의 가능성에 대해서도. 그 스포츠머리하고 뿔테 안경하고 꼰대스러운 복장 뒤에 진짜 사람이 존재한다는 걸 깨달은 거야. 밖으로 나오고 싶다고 울부짖고 있는 사람이."

선플라워는 다른 손으로 그의 손을 덮고 살짝 쓰다듬었다. "난 네가 그 사람을 밖으로 내보내줬으면 좋겠어, 마크. 정말로 그 사람을 만나고 싶어. 그리고 이젠 너도 결심할 때가 왔어. 난 더 이상 기다릴 수가 없거든. 선택의 시간이 된 거야, 마크."

"그럼 넌—" 말을 하려다가 혀가 꼬였다. 피로로 멍해진 마크의 마음에 그녀는 우정 이상의 것을 약속하고 있는 것처럼 보이지만, 그와 동시에 그가 행동에 나서지 못한다면 우정조차도 끝날 것이라고 위협하고 있는 것이 아닌가 하는 생각이 떠올랐다.

선플라워와 함께 뒷계단에 면한 그녀의 아파트까지 걸어갔다. 외부 계단참에서 그녀는 갑자기 그의 목덜미를 부여잡더니 놀랄 정도로 격렬하게 그에게 입을 맞췄다. 그런 다음 건물 속으로 사라졌다. 눈을 깜박이고 있는 마크를 뒤에 남기고.

♠

"그 자식들이 마침내 그 조그만 빨갱이 새끼들한테 본때를 보여줬어. 제대로 보여준 거야. 아주 제대로."

건설 중인 마천루의 기부(基部) 옆에 서서 보온병에 든 뜨거운 홍차를 홀짝이면서, 보이테크 그라보프스키는 동료 인부들이 요즘은 어디든 널려 있는 트랜지스터라디오로 방금 들은 뉴스에 관해 논하는 소리에 귀를 기울였다. 주 방위군이 오하이오의 켄트 주립대학 캠퍼스에서 반전 시위대를 향해 발포해서, 학생들이 몇 명 죽었다는 뉴스였다.[*] 그라보프스키의 동료들은 당연한 조치라고 생각하고 있는 듯했다.

그라보프스키도 동감이었지만, 뉴스를 듣고 그가 느낀 감정은 고양감이 아닌 슬픔이었다.

나중에 아래 세상을 한눈에 내려다볼 수 있을 정도로 까마득하게 높은 들보 위를 걸으며, 그는 이 모든 일의 비극성에 관해 생각했다. 미국인 병사들은 지금 미국의 가치를 지키고, 공산주의자들의 침략으로부터 형제의 나라를 지키기 위해 싸우고 있는데 — 정작 미국에서는 같은 미국인들이 병사들에게 침을 뱉고 매도하고 있는 것이다. 그러면서 월맹 수괴인 호치민을 영웅으로, 미래의 해방자로 묘사하고 있었다.

그라보프스키는 그것이 거짓말이라는 사실을 알고 있었다. 직접 피를 본 그는 공산주의자들이 말하는 '해방'이라는 것이 무엇인지를 명명백백하게 알고 있었던 것이다. 공산주의자들이 영웅이라고 찬양받을

---

[*] 켄트 주립대학 발포 사건은 1970년 5월 4일에 일어났다. 시위 중이던 학생 네 명이 사망하고 아홉 명이 부상을 입었다.

때마다, 그의 마음 깊숙한 곳에서, 학살당한 그의 친구들과 가족들이 일제히 궐기하며 맹렬한 비난을 퍼붓는 것을 느낄 수 있을 정도였다.

그라보프스키는 시위대의 주장이나 신념뿐만 아니라, 시위 당사자들을 혐오했다. 특권을 당연한 권리로 알고 자라난 이 어린애들은 중상층 출신이 절대 다수를 차지하고 있었고, 자기들에게 인류 역사에서 일찍이 유례를 볼 수 없을 정도로 안락하고 안전한 생활을 제공해준 바로 그 사회 체제에 대해 응석받이 특유의 떼쓰는 듯한 태도로 무작정 대들고 있었다. 그들은 "파시스트 미국이 자신의 어린 자식들을 잡아먹는다"라고 절규했지만, 그의 의견은 달랐다. 미국은 자신의 어린 자식들에게 잡아먹힐 위험에 처해 있었다.

젊은이들은 가짜 선지자에 의해 끔찍할 정도로 타락한 길로 이끌리고 있었다. 톰 더글러스 같은 작자에 의해 말이다. 그라보프스키는 지난 11월에 더글러스의 노래를 처음 듣고 너무나도 큰 충격을 받고 이 가수에 관한 기사를 샅샅이 찾아 읽어보았고, 더글러스가 1946년 9월에 살포된 외계인의 독물에 오염되어 짐승의 표가 찍힌 자들 중 하나라는 사실을 알아냈다. 당시 뉴욕만의 거버너스섬 앞바다에 계류된 난민 수송선의 선상에서 그라보프스키가 직접 목격했던, 이 새롭고 사악한 여명의 자식인 것이다. 요즘 젊은이들이 마치 독사처럼 고개를 들고 자기 부모뻘 되는 사람들을 공격하는 것도 하등 이상할 것이 없었다. 그들을 감언으로 호도하는 자들이야말로, 사탄의 소유물임을 알리는 각인이 찍힌 자들이기 때문이다.

"어이." 라디오를 듣고 있던 거구의 해병대 출신 동료가 외쳤다. "그 히피 새끼들이 모두 거리로 뛰쳐나와서, 시청의 창문을 깨고 성조기를 불태우고 있대!"

"개새끼들!"

"우리도 가봐야 해! 그 새끼들 지금 혁명을 일으키려는 게 뻔해."

젊은 퇴역 군인은 리바이스 재킷을 걸치고 짧게 깎은 머리에 강철 안전모를 썼다. "여기서 몇 블록 안 떨어져 있어. 너희들은 어떤지 모르겠지만, 난 가서 뭐든 할 거야." 선두에 선 그를 따라 동조자들도 공사용 승강기 쪽으로 일제히 몰려갔다.

그라보프스키는 이렇게 외치고 싶었다. 아냐, 기다려. 가지 마! 이런 일은 당국에 맡겨야 해 — 같은 형제끼리 싸우기 시작하면, 무질서의 힘이 승리하는 거나 마찬가지야. 이렇게 설교하고 싶었지만 입이 떨어지지 않았다.

왜냐하면 그도 다른 동료들과 마찬가지로 분노하고 있었기 때문이다. 공포도 느끼고 있었다. 다들 **혁명** 운운하고 있었지만, 그 결과물을 바로 곁에서 직접 목격한 적이 있는 사람은 그라보프스키 혼자였기 때문이다. 그는 격정에 못 이겨 혼신의 힘을 다해 옆에 있던 강철 도리를 움켜잡았다.

그러자 그의 손가락들이 마치 미국인들이 아이스크림이라고 부르는 부드럽고 끈적거리는 반죽에 박히는 것처럼 강철 도리 속에 박혔다.

그 자신에게도 짐승의 표가 찍혀 있었다.

◆

마크는 그날 남은 시간을 육욕과 희망과 두려움이 몽롱하게 뒤섞인 기묘한 정신 상태에 빠져 지냈다. 켄트 주립대학 뉴스는 미처 듣지 못했다. 그를 제외한 미국인들이 공포 또는 찬동을 표하는 동안, 그는 쿠키한 접시를 가지고 자기 아파트 방에 틀어박혀 밤을 지새웠다. 자기 연구 논문과 손때가 묻은 LSD 관련 서적들을 숙독하고, LSD 정제를 꺼내서 손가락으로 잡고 마치 부적처럼 빙빙 돌린다. 태양이 힘없이 하늘을 물 들일 무렵, 일시적인 과감함에 사로잡힌 그는 알약을 입에 털어 넣었다. 용기가 스러지기 전에 김 빠진 오렌지 소다를 한 모금 꿀꺽 들이켜 알약을 넘겼다.

책에서 읽은 바에 의하면 약효가 발휘되려면 보통 한 시간에서 한 시간 반쯤 걸린다고 했다. 때가 될 때까지, 이해를 추구하는 과정에서 축적한 솔로몬 컬렉션과 마블 코믹스와 〈잽〉 코믹스 따위를 훑어보며 시간을 보내려고 했다. 한 시간 후 도저히 견딜 수 없을 정도로 신경이 곤두서자 마크는 아파트에서 나왔다. 선플라워를 찾아내서 드디어 사내답게 결심을 했고, 운명의 첫 걸음을 디뎠다는 사실을 알려야 한다. 또 LSD가 효력을 발휘했을 때 혼자 있는 것은 너무 두렵다.

선플라워를 찾는 일은 언제나 산들바람에 휘날린 꽃잎을 찾는 행위나 마찬가지였지만, 마크는 그녀가 늦든 빠르든 UC버클리 쪽으로 끌릴 것이라는 사실을 알고 있었다. 버클리는 베이에어리어의 문화적 중심지로서 이미 오래전에 헤이트[*]를 대체했고, 그녀는 피플스파크 근처의 헤드숍[**]에서 드문드문 일하곤 했다. 그래서 1970년 5월 5일 아침 9시 반경에, 마크는 어슬렁거리며 그 공원으로 들어갔고―베트남전쟁 시대 전체를 통틀어서 가장 호쾌했던, 에이스끼리의 대결 속으로 그대로 뛰어들었다.

---

[*]   헤이트애시베리. 샌프란시스코에 위치한 60년대 히피 문화의 중심지.

[**]   1960년대에 유행한, 마약 및 카운터컬처 관련 물품을 파는 가게.

♥

짧지만 찬란했던 그 순간, 체제 측 세력과 반체제 세력을 막론하고, 모든 사람이 거리에서 투쟁할 시간이 왔다는 사실을 직감했다. 만약 혁명이 정말로 일어난다면, 그것은 켄트 주립대학에서의 학살 사건 직후에 사람들이 느낀 뜨거운 분노가 용솟음치고 있는 바로 **지금** 일어나야 했다. 베이에어리어의 급진적 지도자들은 그날 아침 피플스파크에서 초대형 시위를 주최하고 있었다―그리고 이들에 대처하기 위해서 베이에어리어 전역의 경찰들뿐만 아니라 주지사인 로널드 레이건 휘하의 주 방위군까지 동원되었다.

10시 15분 전까지 경찰은 공원에서 퇴거한 후, 캠퍼스 지구 주위에 소요 사태가 확산되는 것을 막기 위한 **비상 경계선**을 설치했다. 경계선 내부에 남아 있는 사람은 학생들과, 40미터 떨어진 곳에 멈춰 선 캔버스 천 덮개가 달린 몇 대의 군용 트럭 안에서 쏟아져 나온 주 방위군 병사들―모두 전투복을 입고 방독면을 쓰고 있었다―뿐이었다. 덜커덕거리고 삐걱이는 소리와 함께 M113 APC* 한 대가 디젤엔진의 묵직한 배기음을 발하며 나타났다. 장갑차는 무한궤도로 잔디를 씹어 먹듯이 갈아엎으며 다가왔고, 도열한 병사들 뒤에 멈춰 섰다. 대위 계급장을 단 장교가 50구경 중기관총이 거치된 선회 총탑 안에 결연하고 경직된 자세로 앉아 있는데, 머리에는 마치 1920년대의 크누트 로크니식 미식축구 헬멧처럼 보이는 물건을 쓰고 있었다.

학생들은 손끝에 떨어진 수은 방울처럼 녹색 경계선에서 일제히 후

---

* ㅤ병력 수송 장갑차.

퇴했다. 그들은 전쟁을 고향으로 끌고 오자는 구호를 곧잘 외치곤 했는데, 오하이오주의 켄트 주립대학에 있는 동료들과 마찬가지로 바야흐로 그 구호를 실현한 것처럼 보였다. 주 방위군은 시위대를 해산할 목적으로 정기적으로 소환되었지만, 상자 모양을 한 흉측한 APC의 등장은 뭔가 새로운 것, 아무리 세상 물정에 어두운 젊은이조차도 절대로 무시할 수 없는 위협을 상징했다. 운집한 시위대는 멈칫했고, 불안한 듯이 술렁이기 시작했다.

그때였다. 두 개의 전선 사이의 공간으로 검은 가죽옷을 입은 호리호리한 몸집의 인물이 걸어 들어간 것은. "우리는 우리 주장을 들려주기 위해 여기 왔어." 토머스 매리언 더글러스가 멀리까지 들리도록 높은 목소리로 말했다. "누가 뭐라고 하더라도, **반드시** 들려줄 거야."

그의 뒤쪽에서 운집한 군중이 단결하기 시작했다. 바로 눈앞에서 슈퍼스타가, 그것도 에이스가 그들과 함께 결연하게 압제자들에게 맞서고 있지 않은가. 총검으로 이루어진 울타리 뒤에 선 주 방위군 병사들은 방독면의 두꺼운 렌즈 뒤에서 불안한 듯이 눈을 깜박였다. 이들 대다수는 징집되어 베트남의 전쟁터로 끌려가는 것을 피하기 위해 주 방위군에 지원한, 그들과 맞서고 있는 시위대와 크게 다르지 않은 젊은이들이었다. 이들 다수가 데스티니의 레코드를 가지고 있었고, 자기 침실 벽에 오만한 얼굴로 아래를 내려다보는 리드싱어 더글러스의 포스터를 붙여놓고 있었다. 그런 식으로 **알고** 있는 얼굴을 향해 총검이나 소총 개머리판을 쓰는 것은 쉽지 않았다. 설령 레코드 재킷이나 〈라이프〉의 표지에서나 본 얼굴이라고 해도 말이다.

그러나 지휘관인 대위는 이들보다는 강건한 인물이었다. 그는 총탑 위에서 최루탄을 쏘라고 큰 소리로 명령했다. 최루탄 발사기들이 통통하는 소리를 내자, 여섯 발의 최루탄이 조그만 혜성처럼 호를 그리며 더글러스와 그에게 합류하기 위해 몰려오는 군중들 주위로 떨어졌다. 최루가스의 흰 연기가 자욱하게 소용돌이치며 더글러스를 시야에서 감췄다.

지름길을 택해 골목을 빠져나온 마크는 운 좋게도 경찰의 경계선에 걸리지 않았다. 골목을 벗어난 순간, 마크는 그가 숭배하는 바로 그 인물이 마치 중세의 화형식에 처해진 순교자처럼 소용돌이치는 연기에 휘말린 채로 우뚝 서 있는 광경을 목격했다. 마크는 발을 멈추고, 입을 멍하니 벌린 채로, 눈앞에서 벌어지고 있는 대치 국면을 바라보았다.

애시드가 그를 직격했다.

현실의 콜라겐이 녹아버린 듯한 느낌을 받았지만, 지금 눈앞에 펼쳐진 광경은 환각이라고 하기에는 너무나도 강렬했다. 아침의 세찬 바람이 불어오며 최루가스의 장막을 걷어내자, 두 주먹을 올려 들고 우뚝 버티고 선 사내의 모습이 드러났다. 적갈색 머리카락을 뒤로 넘긴 사내의 넙적한 얼굴이 깜박거리는가 싶더니, 검은 비늘을 번득이며 목을 부풀린 거대한 코브라의 머리로 변했다가 다시 사람 얼굴이 되는 일을 되풀이하기 시작했다. 사람들 한복판에서 리저드킹이 출현한 것을 본 주방위군 병사들은 흠칫하며 뒤로 물러났다.

리저드킹은 미끄러지듯 꿈틀거리며 앞으로 나아갔다. 병사들이 길을 비켰다. 그중 한 명이 그를 향해 소총에 착검한 총검을 불쑥 내민 것처럼 보였다. 그게 아니라면, 단지 동작이 굼뜬 탓이었는지도 모르겠다. 그러자 리저드킹의 손이 번득이며 소총을 쳐냈다. 귀찮아하고 경멸하는 듯한 동작이었지만 초인적으로 빨랐다. 소총이 날아갔고, 그것을 쥐고 있던 병사는 공포에 찬 외마디 비명을 지르며 뒤로 비틀비틀 물러났다. 무쇠 상자에 타고 있던 대위는 목이 쉬도록 명령을 외치며 와해되려고 하는 부하들의 결의를 어떻게든 수복해보려고 했다.

그러나 리저드킹의 상을 띤 더글러스는 그들을 향해 그의 정신 조작 능력을 쏟아부었다. 병사들의 시선이 방황하면서 절망적일 정도의 아름다움이나 정신을 마비시키는 공포의 환영을 좇기 시작했다. 리저드킹의 검은 아우라에 각자의 방식으로 반응하고 있는 것이다.

시위대는 구호를 외치고 고함을 지르며 위협하듯이 전진하고 있었다. 주 방위군의 대위는 그가 할 수 있었던 유일한 일을 했다―50구경 중기관총의 나비 모양을 한 방아쇠를 경련하듯이 한 번 눌렀던 것이다. 육중한 총성과 함께 예광탄들이 시위대 머리 위를 통과하자 유리창이 깨지고 폭스바겐 한 대가 화염에 휩싸였다.

한순간 전까지만 해도 승리감에 젖어 있던 군중은 절규하며 패닉에 빠졌다. 총성은 마크의 고막을 거대한 베개처럼 강타했고, 끝없이 계속되는 뒤틀린 복도를 따라 비틀거리며 뒷걸음질 치게 만들었다. 그러나 이런 광경 자체는 긴 터널 끝에 보이는 한 줄기 빛처럼 끈질기고 섬뜩하게 그의 눈앞에 남아 있었다. 기관총에서 짧게 소사된 총탄을 맞은 사람은 단 한 명도 없었지만, 시위자들은 마크와 마찬가지로 그들의 예언자인 마오쩌둥이 그들에게 각인하려고 했던 현실을 난생처음으로 마주했던 것이다. 모든 권력이 나오는 곳, 총구를 말이다.

톰 더글러스는 너무나도 가까운 곳에 서 있었던 탓에 중기관총의 총구 화염으로 눈썹이 그을렸을 정도였다. 한 트럭 분량의 스피커를 동원해도 대적할 수 없을 정도의 굉음에 직격당했음에도 불구하고, 그는 까딱하지도 않았다. 그러는 대신 그는 자기 자신의 포효를 발함으로써 주 방위군 병사들을 겁먹은 강아지들처럼 뿔뿔이 흩뜨렸다.

그는 엄청난 도약 한 번만으로 장갑차의 상부 장갑 위에 우뚝 섰다.

허리를 굽히고 중기관총의 총열을 움켜잡더니 위로 들어 올렸다. 육중한 브라우닝 중기관총이 뿌리째 뽑힌 묘목처럼 총탑에서 뜯겨져 나왔다. 더글러스는 양손으로 중기관총을 머리 위로 들어 올렸다. 어깨와 팔뚝이 한 번 경련하듯이 불끈하는가 싶더니 총열이 거의 둘로 접혔다. 기득권층과 그 전쟁 수행 기구에 대한 경멸감을 이런 식으로 보여준 그는 완전히 무너져 도주하기 시작한 병사들 쪽으로 고물이 된 중기관총을 내던졌고, 앞으로 몸을 굽혀 공포로 얼어붙은 대위의 군복 상의를 움켜잡고 총탑에서 끄집어냈다. 그는 힘없이 발버둥치는 대위를 몸 앞에서 그대로 들고 있었다.

그리고 다음 순간, 어느 이름 없는 에이스의 혼신의 힘이 실린 일격으로 뒤통수를 강타당해 쓰러졌다.

마크의 정신 줄이 끊겼다. 외마디 비명과 함께 그의 영혼은 소용돌이치는 암흑 속으로 사라졌다. 그의 육체는 뒤로 돌아 맹목적으로 달리기 시작했다.

♣

보이테크 그라보프스키는 검은 옷의 불길한 뱀을 닮은 인물이 APC 위로 뛰어 올라가더니 총대에서 기관총을 뜯어내는 것을 목격했고, 살기로 한 그의 선택이 옳았음을 알았다.

마천루 아래로 몸을 던져 스스로 목숨을 끊지 않았던 것은 독실한 가톨릭 신앙 덕이었다. 그는 공사 현장―인부들이 시위대에게 본때를 보여주겠다고 달려 나간 탓에 아무도 없었다―에서 빠져나와 비좁은 자기 아파트로 돌아왔고, 비참한 기분으로 밤샘 기도를 올렸다.

새벽이 되자 정말로 '빛'이 비쳤다. 그는 가슴이 뜨거워지는 것을 느끼며 에이스라는 그의 질병은 저주가 아니라 신이 보내주신 축복이라는 사실을 확신했다. 그를 받아준 새로운 고향은 어둠의 세력에 충성을 맹세한 자들이 주도하는 혁명으로 뒤집힐 위기에 처해 있다. 그는 몸을 씻고 옷을 갈아입은 다음, 평온한 마음으로 공원을 향해 갔다.

그리고 마치 여러 개의 머리를 가진 것처럼 보이는 짐승과 대치하고 있는 지금, 그는 자신이 그 가증스러운 톰 더글러스 본인과 마주 보고 있다는 사실을 깨달았다.

분노가 그의 내부에서 불길처럼 치솟았다. 에이스 변신 과정이 엄습했다. 헐렁한 옷이 찢어질 정도로 근육이 엄청난 크기까지 부풀어 올랐다. 머리에는 공사장 인부의 강철 안전모를 쓰고, 왼손에는 길이가 1미터 가까운 배관공용 렌치를 쥐고 있었다. 보통 인간들을 상대로 그의 괴력을 행사한다는 행위에 대한 끈질긴 의구심이 씻은 듯이 사라졌다. 지금 그의 앞에 있는 것은 싸울 가치가 있는 적이자 에이스였고, 배신자—지옥의 종복이었기 때문이다.

그는 앞으로 달려 나갔고, 뱀 머리를 한 검은 옷의 괴물이 장갑차 해치에서 차장을 끄집어내는 순간 장갑차 위로 뛰어올랐다. 시위에 참가한 학생들이 조심하라고 외쳤지만 더글러스는 듣지 못했다. '하드해트(Hardhat)'[*]는 강철 렌치를 들어 올려 북슬북슬한 머리인가 싶다가도 다음 순간에는 털이 없는 추악한 뱀 머리로 변하는 자의 뒤통수를 가격했다.

보통 인간이었다면 두개골이 박살 나거나 아예 머리통이 뜯겨져 나

---

[*]   '안전모'라는 뜻.

갔을 것이다. 그러나 더글러스의 모습이 계속 바뀌는 통에 강철 렌치는 더글러스의 머리통을 직격하는 대신 비스듬히 스쳤다. 더글러스는 꿈틀거리는 장교를 떨어뜨리고 장갑차 아래로 힘없이 떨어졌다. 그라보프스키가 내리친 렌치는 그대로 장갑차 상부를 때렸고, 알루미늄제 상부 장갑판을 은박지처럼 찌그러뜨렸다.

상대를 죽였다고 생각한 그라보프스키는 몸에서 힘이 빠져나가기 시작하는 것을 느꼈다. 이런 메타 상태를 유지하려면 강렬한 분노가 필요했지만, 그가 느낀 것은 수치심뿐이었다. 막다른 골목에 몰린 그는 몸을 돌려 군중을 마주 보고 목쉰, 거친 악센트의 영어로 "집으로 돌아가"라고 외쳤다. "집으로 돌아가. 다 끝났어. 더 이상 싸우면 안 돼. 지도자들의 지시에 따르고, 평화롭게 사는 거야."

군중은 양을 연상시키는 얼빠진 얼굴로 그를 응시했다. 아침 이슬이 최루가스를 빨아들이면서 잔디를 오염시키고 있었다. 잔류 최루가스로 이루어진 몇 줄기의 흰 연기가 마치 죽어가는 뱀처럼 지면 위에서 꿈틀거렸다. 그라보프스키의 뺨 위로 눈물이 흘러내렸다. **저들은 내 말을 들어줄 생각이 없는 걸까?**

운집한 군중 뒤쪽에서 한 청년이 외쳤다. "뒈져! **뒈지라고, 이 쌍놈의 파시스트 새끼야!**"

파시스트가 쏜 총탄이 아직도 몸에 박혀 있는 그가 버릇없이 자란, 오만 무례하고 무지한 어린 애송이에게서 이런 욕설을 듣다니—또다시 엄청난 분노가 솟구쳤고, 분노와 함께 비인간적인 괴력도 되돌아왔다.

그 청년은 운이 좋았다고 해야 할 것이다. 왜냐하면 바로 그때, 겨우 정신을 차린 톰 더글러스가 벌떡 일어나서 장갑차 위에 서 있는 하드해트의 두 발목을 움켜잡았고, 홱 잡아당겨 넘어뜨렸기 때문이다. 그라보프스키의 강철 안전모가 장갑판에 부딪치며 거대한 심벌즈를 세차게 마주친 것 같은 굉음이 울려 퍼졌다. 자신을 고꾸라뜨린 장본인 못지않은 분노에 사로잡힌 더글러스는 아래로 떨어지는 그라보프스키를 움켜잡고 장갑차 측면에 대고 패대기쳤고, 그가 가진 에이스 특유의 괴력을 구사해서 세차게 내려치기 시작했다.

그러나 그라보프스키도 초인적인 맷집의 소유자였다. 그는 두 사람의 몸 사이로 들어 올린 육중한 렌치로 더글러스를 홱 떠밀었다. 더글러스는 젖은 잔디 위에서 한 번 미끄러졌지만 뱀처럼 민첩하게 균형을 되찾았고, 다시 돌진해서 상대를 공격하려다가ㅡ흠칫하면서 발레 댄서처럼 발끝으로 일어나면서 상대가 양손으로 쥐고 휘두른 강철 렌치를 아슬아슬하게 피했다. 렌치 끄트머리는 더글러스의 복부에서 3센티도 떨어지지 않은 공간을 스치고 지나갔다.

더글러스는 그 즉시 호를 그린 강철 렌치의 치명적인 공격 범위 내부로 뛰어 들어갔고, 상대방을 부여잡더니 옆구리의 갈비뼈 아래를 주먹으로 휘갈겼다. 그라보프스키는 재빨리 한 걸음 물러나서 한쪽 손으로 더글러스의 가슴을 홱 밀쳤다. 더글러스가 비틀거리며 뒤로 물러나자 렌치는 이번에는 이마 한복판을 노리고 날아왔다. 더글러스가 이 공격을 피할 수 있었던 것은 순전히 초인적인 반사신경 덕이었다.

그러나 강철 렌치의 새 부리처럼 뾰족한 머리 부분이 더글러스의 이마를 스치고 지나갔다. 피가 폭포처럼 쏟아졌다. 더글러스는 황급히 뒷걸음질 치며 한 손으로는 눈에 들어간 피를 닦아내고 다른 손을 휘둘러 후속 공격을 막으려고 했다.

하드해트가 강철 렌치를 야구방망이처럼 휘둘러 더글러스의 오른쪽 겨드랑이를 강타하자 수류탄이 폭발하는 듯한 소리가 공원에 울려 퍼졌다. 더글러스가 쓰러졌다. 하드해트는 양발을 벌리고 쓰러진 더글러스 위에 버티고 섰고, 마치 도끼로 사형수의 목을 치려는 사형집행인처럼 머리 위로 천천히 렌치를 들어 올렸다. 그의 입가에서 피가 흘러나왔다. 전투의 광기에 완전히 사로잡힌 그는 죄책감이나 연민 따위와는 무관했고, 그의 마음속에는 바윗돌 위의 달팽이를 박살 내듯이 적수의 머리통을 당장 박살 내고 싶다는 갈망밖에는 없었다.

그러나 그가 피로 번들거리는 강철 렌치를 내려치려고 하는 순간, 배후에서 날아온 금빛 사슬이 렌치에 휘감기며 그의 동작을 원천봉쇄했다.

하드해트는 전사의 반사신경으로 번개처럼 팔의 힘을 빼고 갑자기 나타난 사슬이 당기는 쪽으로 렌치가 움직이도록 놓아두었다. 다음 순간 그는 느닷없이 지면을 향해 렌치를 홱 내렸고, 그와 동시에 몸을 돌림으로써 느슨해진 사슬에 강화된 육체의 체중을 그대로 실으려고 했다. 그러나 그가 움직인 순간 사슬이 물결치듯이 움직이며 느슨해지는 통에 렌치는 금속끼리 스치는 음악적인 소리를 내며 구속에서 완전히 벗어났다. 예상했던 저항이 사라진 탓에 하드해트의 몸은 관성에 이끌려 완전히 한 바퀴 돌았고, 비틀거리면서도 전진을 계속한 탓에 180도를 더 돌았다. 그리고 다음 순간, 그는 마구 밟혀 진창이 된 땅 위에서 5미터 떨어진 곳에 서 있는 적수를 정면으로 마주 보았다.

그곳에 서 있는 인물은 호리호리하고 키가 큰 청년이었다. 어깨까지 내려오는 긴 금발에, 평화의 상징이 투각된, 접시만 한 황금 메달이 달린 긴 사슬을 쥐고 있었다. 샌프란시스코만의 차가운 오전 공기에도 불구하고 입은 옷이라고는 청바지가 전부였다. 땅딸막하고 가무잡잡한 그라보프스키의 눈에는 나치스의 모병 포스터에서 튀어나온 듯한 아리

아인의 화신으로밖에는 보이지 않았다.

"넌 누구야?" 하드해트가 내뱉었다. 그런 다음에야 모국어인 폴란드어로 물었다는 사실을 깨닫고, 영어로 같은 질문을 되풀이했다.

청년은 마치 당혹한 듯한 기색으로 잠깐 얼굴을 찌푸리더니, 이내 씩 웃으며 "'래디컬(Radical)'*이라고 불러줘"라고 대답했다. "인민을 보호하려고 왔지."

"이 매국노 새끼!" 하드해트는 렌치를 휘두르며 앞으로 뛰쳐나갔다. 래디컬은 춤추는 듯한 동작으로 옆으로 피했다. 하드해트가 아무리 사납게 공격하더라도, 아무리 기만적인 동작을 쓰더라도, 새로 등장한 이 적수는 누가 보더라도 쉽게 몸을 피했다. 하드해트는 이 금빛 청년을 잡으려는 시도를 포기하고 다시 더글러스 쪽으로 몸을 돌렸다. 여전히 땅에 쓰러진 채로 신음하는 더글러스를 공격하려고 하는 순간 래디컬이 그 앞을 막아서더니 눈앞의 공중에 평화의 상징 메달로 8자 모양을 그렸고, 하드해트의 가장 맹렬한 공격조차도 눈부신 불꽃을 튕기며 날아오는 족족 막아냈다. 병사들과 학생들은 모두 이 엄청난 스펙터클에서 눈을 떼지 못하고 제자리에 얼어붙어 있었다.

그러나 하드해트의 공격이 메달 모양의 부적을 넘어서지 못함에도 불구하고 래디컬은 반격할 생각 또는 능력이 없는 것처럼 보였다. 이 사실을 감지한 하드해트는 뒤로 물러서서 위협하듯이 강철 렌치를 휘둘렀다. 다음 순간 래디컬은 마치 안개가 흐르는 듯한 동작으로 상대방에게 바싹 다가갔다. 하드해트가 왼쪽으로 원을 그리듯이 회전하자 래디컬도 보조를 맞춰 움직였다. 폴란드인 에이스는 장발의 적수를 여전히

---

* 정치적 급진주의자, 과격파를 의미한다.

쓰러져 있는 더글러스로부터 천천히 떼어놓고 있었다.

그러다가 갑자기 전광석화처럼 왼쪽으로 몸을 회전시켜 구경꾼들을 향해 몸을 날렸다. 래디컬만큼 빠르지는 않았지만 일반인들보다는 빨랐기 때문에, 그는 누군가가 반응하기도 전에 시위대 속으로 돌입했고, 머리통을 박살 내려고 강철 렌치를 들어 올렸다. 이 기습적인 움직임에 허를 찔린 래디컬은 바로 반응하지 못했다.

그러나 렌치는 마치 투명한 합성수지 덩어리 안에 갇힌 파리처럼 위로 올라간 상태에서 얼어붙었다. 공세를 취할 수밖에 없게 된 래디컬이 필사적으로 돌진해서 강철 헬멧의 뒤쪽 챙 아래에 노출된 나무둥치 같은 목덜미를 향해 평화의 상징 메달을 휘둘렀다. 메달은 도끼로 나무를 찍는 듯한 소리와 함께 목덜미를 강타했다. 리저드킹의 괴력에 비하면 약했고, 그라보프스키가 휘두르는 강철 렌치의 엄청난 타격력에는 비할 바가 못 되었지만, 적어도 하드해트의 얼을 빼놓고, 짓밟힌 잔디와 진흙과 구겨진 플래카드로 엉망이 된 지면에 얼굴을 박게 만들 정도로는 강했다.

래디컬은 옆구리 쪽에서 메달로 천천히 원을 그리며 우뚝 서서 하드해트를 내려다보았다. 잠시 후 더글러스가 잔뜩 찡그린 얼굴로 옆구리를 문지르며 다가왔다.

"이 자식 덕분에 갈비 몇 대에 금이 간 것 같아." 그는 귀에 익은 거친 바리톤 목소리로 말했다. "뭐야, 이건?"

그들의 눈앞에서 하드해트의 비인간적으로 각지고 우람한 몸이 점점 쪼그라들더니 급기야는 헐렁한 작업복 차림의, 머리가 벗어지기 시작한 땅딸막한 사내로 변했다. 사내는 진흙에 얼굴을 박고 마치 비탄에 빠진 것처럼 통곡하고 있었다. 더글러스는 갈기처럼 부스스한 머리를 설레설레 흔들고는 그를 구해준 사내를 마주 보았다. "난 톰 더글러스야. 죽을 뻔한 걸 구해줘서 고마워."

"천만에. 오히려 내가 더 고마워."

그러자 더글러스는 앞으로 걸어 나와 그보다 키가 큰 금발 청년을 포옹했다. 군중들 사이에서 환호성이 일었다. 주 방위군 병사들은 이미 장갑차를 남겨두고 후퇴하는 중이었다. 혁명은 오늘 일어나지 않을 듯하고, 아마 영원히 일어나지 않을지도 모르지만, 어쨌든 학생들이 구원받은 것은 사실이었다.

황급히 돌아가는 텔레비전 카메라들 앞에서 톰 더글러스는 래디컬이 전우임을 선언했고, 베이에어리어에서 일찍이 볼 수 없었을 정도로 성대한 축제를 열자고 외쳤다. 경찰이 아슬아슬한 경계선을 유지하고 주 방위군이 상처를 보듬는 동안, 몇천 명에 달하는 젊은이들이 공원으로 쏟아져 들어와서 승리한 영웅들을 찬양했다. 유기된 M113 장갑차는 즉흥 무대가 되었다. 공원 여기저기에 색색 가지 버섯이 피어나듯이 텐트가 세워졌다. 그날은 낮과 밤 내내 음악과 마약과 술이 강처럼 흘렀다.

이 모든 것 한복판에서 광채를 발하고 있던 것은 톰 더글러스와 그의 신비한 은인 래디컬, 그리고 그를 에워싸고 있는 아름답고 순종적인 미인들이었다. 그중에서도 특히 눈에 띈 인물은 선플라워라고 불리는, 호리호리한 체격에 보석을 박아 넣은 듯한 새파란 눈을 가진 흑발 여성이었는데, 마치 샴쌍둥이라도 된 것처럼 래디컬의 허리에서 떨어지려고 하지 않았다. 새로 등장한 에이스는 래디컬이라는 이름을 밝혔을 뿐이었다. 정체가 무엇인지, 또 어떻게 때맞춰 이곳에 나타날 수 있었는지를 물어도 제대로 대답하지 않았고, 단지 씩 웃으면서 수줍은 어조로 "내가 여기 온 건 나를 필요로 하는 사람들이 있었기 때문이야"라는 대답을 했을 뿐이었다. 다음 날 동이 트자 그는 점점 가라앉기 시작한 축제의 장에서 빠져나가서 모습을 감췄다.

그 이후 그는 두 번 다시 나타나지 않았다.

1971년 봄, 피플스파크 사건에서 비롯된 톰 더글러스에 대한 기소는 모두 기각되었다―이것은 SCARE의 의뢰를 받고 사건을 조사한 닥터 타키온의 권고에 의한 것이었다. 그와 동시에 데스티니의 새 앨범인 〈밤의 도시〉가 발매되었다. 그 직후에 더글러스는 은퇴를 발표함으로써 록계에 엄청난 충격을 주었다. 뮤지션으로서만이 아니라 에이스로서도 은퇴하겠다고 밝혔기 때문이다.

그런 연유로 그는 닥터 타키온이 개발한 실험적인 트럼프 치료약을 투여받았고, 치료가 성공한 운 좋은 30퍼센트의 한 명이 되었다. 이제 리저드킹은 영원히 사라졌고, 그 뒤에는 일반인 토머스 매리언 더글러스만이 남았다.

그리고 여섯 달 후에 사망했다. 더글러스의 약물 및 알코올 과다복용은 일반인의 상상을 초월하는 수준까지 도달해 있었고, 그런 상태에서도 죽지 않고 살아 있었던 것은 오로지 에이스의 초인적인 내성 덕이었기 때문이다. 일단 내성이 사라지자 그의 건강은 빠르게 악화되었다. 더글러스는 1971년 가을, 파리의 지저분한 호텔에서 폐렴으로 사망했다.

하드해트의 경우는―가벼운 뇌진탕으로 병원에 입원해서 보호관찰 중이었기 때문에 사건 다음 날 닥터 타키온과 접견한 기록이 남아 있다. 거기서 보이테크 그라보프스키는 자신이 적수들에게 패배한 것이 아니라고 주장했다. "필요한 것은 오직 사랑"이라는 말이야말로 그날 사람들이 얻었던 지혜라고 해야 할 것이다. 그리고 그를 굴복시킨 것은 바로 사랑이었다. 적어도 그는 그렇게 주장했다. 군중을 향해 몸을 던졌던 그 순간, 그는 25년 동안 애타게 찾아 헤매던 아내 안나의 얼굴을 마주 보고 있었기 때문이다.

정확히 말하자면 안나는 아니었다. 그는 눈물을 흘리며 술회했다. 두 가지 특징, 머리 색깔과 코 모양이 안나와는 달랐기 때문이다. 그리고 물론 안나가 지금 이십대 초의 여성일 리가 없었다.

그러나 그들의 딸이라면 가능했다. 그라보프스키는 마침내 한 번도 만난 적이 없는 자식의 얼굴을 보았다고 확신했다. 그의 맹목적인 분노가 그가 이 세상에서 가장 아끼는 존재를 파괴해버렸을지도 모른다는 끔찍한 사실을 자각한 순간, 그의 초인적인 힘은 순식간에 몸에서 빠져나갔다. 그런 연유로, 래디컬의 메달이 목덜미를 강타했던 순간 그는 완전한 힘을 발휘할 수 있는 에이스에서 일반인의 상태로 다시 되돌아가는 도중이었다.

이 고백에 감동한 닥터 타키온은 그라보프스키가 베이에어리어를 뒤져 딸을 찾는 것을 도왔다. 마음속으로는 결코 찾지 못할 것이라고 생각하고 있었지만 말이다. 그라보프스키가 딸을 보았다고 생각한 순간, 톰 더글러스는 회복하는 중이었고, 리저드킹의 힘도 여전히 작동하고 있었다. 그리고 그가 발산하는 검은 아우라가 사람들로 하여금 그들이 가장 보고 싶어 하는 것을 보게 한다는 것은 주지의 사실이었다. 타키온이 보기에 진상은 그랬다.

그래서 수색이 무위로 끝났을 때도 타키온은 전혀 놀라지 않았다. 아무리 그라보프스키의 기구한 운명을 동정했더라도, 현실적으로 그에게 많은 시간을 할애하는 것은 쉽지 않았다. 타키온은 3주 동안 그라보프스키와 SCARE의 조사관들을 도운 다음 다시 동부로 돌아 갔다. 두 달 후 그는 그라보프스키가 사라졌다는 소식을 들었다. 물론 가족을 찾으러 갔을 것이다. 그 이후 보이테크 그라보프스키나 하드해트의 소식이 들려오는 일은 없었다.

그리고 래디컬의 경우는……

1970년 5월 6일 이른 아침에, 마크 메도스는 비틀거리며 피플스파크로 들어가는 골목 밖으로 나왔다. 머릿속은 백색소음으로 가득 차 있었고, 몸에 걸친 것이라고는 달랑 청바지 한 벌뿐이었다. 그는 자신에게 무슨 일이 일어났는지 전혀 기억하지 못했고, 지금 어디에 와 있는지조차도 제대로 파악 못 하고 있었다. 정신을 차렸을 때는 어젯밤 축제에 참가했다가 아직도 남아 있는 사람들 사이에 있었다. 다들 피곤하고 퉁퉁 부은 눈을 하고 있었지만, 지난 24시간 동안 일어났던 환상적인 사건들에 관해 각성제 중독자들처럼 흥분한 어조로 얘기를 나누고 있었다. "정말이지 너도 거기 있었어야 했어." 그들은 마크에게 말했다. 그들이 어제 아침에 일어났던 일들을 설명해주자, 황당무계하고 지리멸렬한 기억의 기묘한 단편들이 부글거리며 마크의 마음 표면에 떠오르기 시작했다. 아마 그도 거기 **있었던** 것이 아닐까.

이것들은 마크 본인이 직접 경험한 사건들의 기억일까? 아니면 아직도 그의 몸에 남아 있는 LSD의 잔여 효과가, 10여 명의 목격자들에 의해 숨 가쁘고 생생하게 묘사된 사건에 맞춰서, 있지도 않은 이미지들을 투사하고 있는 것일까? 알 수 없었다. 마크가 아는 것이라고는 래디컬이 그의 가장 황당무계한 몽상인 영웅으로서의 마크 메도스를 체현한 존재라는 점이었다.

그리고 근처에 서 있던 선플라워 — 머리가 흐트러지고, 꿈꾸는 듯한 눈을 하고 있었다 — 가 대뜸 그에게 "아아, 마크, 난 정말로 **근사한** 남자를 만났어"라고 말했을 때, 그는 선플라워의 친구 이상의 존재가 되고 싶다는 실낱같은 희망이 **펑 하고** 터져버렸다는 사실을 알았다. 그가 정말로 래디컬이었다면 얘기는 달라지지만 말이다.

물론 마크는 이제 무엇을 해야 하는지 알고 있었다. 그는 선플라워를 스승 삼아 거리를 돌아다니면서 배웠던 것 이상의 일들을 무의식중에 터득하고 있었기 때문이다. 밤이 될 무렵 마크는 자기 아파트의 매트리스 위에서 쿠키와 만화책들에 둘러싸인 채로 책상다리를 하고 2주분의 생활비에 해당하는 양의 LSD를 손에 쥐고 있었다. 첫 번째 알약을 입에 털어 넣었을 때는 너무나도 고양되어 있었던 탓에 약효가 나기도 전에 날아올랐을 정도였다.

그리고 그가 한 일이라고는 날아오른 게 다였다. 래디컬로 변신하거나 하지는 않았다. 아무 일도 일어나지 않았다. 마크는 약을 먹고 단지…… **맛이 갔을** 뿐이었다.

그는 1주 동안 아파트에 틀어박혀 곰팡내가 나는 쿠키 조각으로 끼니를 이으며 마지막으로 복용한 약의 효과가 스러지자마자 더 많은 양의 LSD를 꿀떡꿀떡 삼키는 일을 계속했다. **아무 일도 일어나지 않았다.** 마침내 약을 더 구하려고 비틀거리며 아파트를 나섰을 때 마크의 윤곽은 이미 흐릿해져 있었다.

이렇게 해서 탐색이 시작되었다.

막간 3

「와일드카드 시크」에서 발췌

톰 울프

〈뉴욕〉, 1971년 6월 호

ㅇㅇㅇㅇㅇㅇㅇㅇㅇㅇㅇㅇ음. 정말 근사하다. 이 조그만 에그롤은 게살과 새웃살을 채워 넣은 것이다. 정말 맛있지만, 조금 기름기가 과하다는 생각도 든다. 에이스들은 장갑 손가락에 기름으로 얼룩이 지면 뭘로 지울까? 아마 전채로는 에그롤보다는 버섯에 소를 채워 익힌 것이나, 조그만 로크포르 치즈 조각에 잘게 부순 견과류 가루를 고루 묻힌 것을 선호할지도 모르겠다. '에이스 하이' 레스토랑의 제복을 입은, 키가 큰 웨이터들이 미소 지으며 지금 손님들에게 권하고 있는 은쟁반에는 바로 그것들이 담겨 있으니까 말이다……. 이런 의문에 대해 생각해보는 것이야말로, '와일드카드 시크'의 저녁 행사에 걸맞은 행위라고 할 수 있다. 예를 들어 저기 창가에서 셰프인 하이럼 워체스터 본인과 악수하고 있는 흑인을 보라. 검은 실크 셔츠와 검은 가죽 코트로 몸을 감싸고, 믿기 힘들 정도로 부풀어 오른 이마를 가진, 저 **위험해** 보이는 흑인 남성 말이다. 코코아색 피부에 아몬드 모양의 눈을 가진 이 남성을 따라 엘리베이터에서 내린 세 명의 여성은 미남 미녀로 가득한 이 방 안에서도 눈이 번쩍 뜨일 정도로 엄청난 미모의 소유자들이었다. 에이스, 누가 보아도 에이스임이 명백한 이 사내는 웨이터가 다가왔을 때 쟁반에서 게

살과 새웃살을 채운 조그만 에그롤을 집어 들고 슬쩍 입안에 털어 넣을까? 매끄러운 동작으로, 하이럼의 세련된 환영사를 단 한 구절도 놓치는 일 없이? 아니면 그는 소를 채운 버섯파일까…….

하이럼은 **훌륭한** 풍채를 가진 큰 몸집의 사내다. 188센티미터의 장신에 떡 벌어진 체구를 한 그는 조명만 흐릿하다면 오슨 웰스라고 해도 믿을 수 있을 정도다. 스페이드 모양의 검은 턱수염은 완벽하게 손질이 되어 있고, 미소를 지을 때면 새하얀 이가 드러난다. 게다가 하이럼은 자주 미소 짓는 사내였다. 따뜻하고 품위 있으며, 에이스를 만날 때마다 똑같이 짧고 힘찬 악수를 나누고, 똑같이 어깨를 툭 치고, 똑같이 친숙한 태도로 뭔가를 권하는 습관이 있다. 그리고 그는 방금 레스토랑에 도착한 릴리언, 펠리시아, 레니, 하트먼 시장, 제이슨, 존, 그리고 D.D.를 똑같은 방식으로 환대하는 중이다.

내 체중이 얼마나 나간다고 생각하나? 그는 쾌활한 어조로 그들에게 묻고, 맞혀보라고 도전한다. 140킬로. 160킬로. 180킬로. 그는 상대방의 추측을 듣고 껄껄 웃는다. 굵직한 웃음소리, 낭랑한 웃음소리다. 왜냐하면 엠파이어스테이트 빌딩 꼭대기에 자리 잡은 에이스 하이 한복판에, 빳빳하고 하얀 테이블보에는 크리스털과 은식기가 즐비한 그의 호화로운 레스토랑 한복판에, 그는 마치 체육관에서 볼 수 있는 커다란 체중계를 두었기 때문이다. 그의 몸무게가 정확하게 얼마 나가는지 보여주기 위해 말이다. 하이럼은 손님이 도전에 응할 때마다 민첩하게 체중계 위로 올라갔다가 내려온다. 체중계의 바늘은 언제나 15킬로그램을 가리켰다. 하이럼은 이런 사소한 농담을 하기를 좋아한다. 그러나 그를 이제는 과거의 별명인 '팻맨(Fatman)'이라고 부르면 안 된다. 하이럼은 카드 더미에서 이미 발을 뺀, 새로운 부류의 에이스이기 때문이다.

이 사내는 모든 요인들과 돈독한 관계를 유지하는 동시에 좋은 와인들을 모조리 숙지하고 있고, 한 치의 흐트러짐도 없이 턱시도를 차려입고 있으며, 뉴욕 시에서 가장 높고 가장 시크한 레스토랑을 소유하고 있기 때문이다.

정말이지 멋진 저녁이다! 사방을 둘러싼 테이블들 위에서 은식기들이 반짝이고, 전망대를 빙 두르고 있는 창문들이 떨리듯이 흔들리는 촛불 빛을 반사하는 덕분에, 마치 무한한 어둠 속에서 무수히 많은 별들이 반짝이고 있는 듯한 느낌이다. 그리고 바로 이런 순간이야말로 하이럼이 사랑해 마지않는 것이었다. 실내에서는 무수히 많은 별이 반짝이고, 실외에 펼쳐진 어둠 속에서도 무수히 많은 별들이 반짝인다. 이 별로 가득 찬 맨해튼의 마천루, 가장 높고 장엄한 탑 안에서 경이로운 유명 인사들이 천공을 노니듯이 돌아다닌다. 제이슨 로버즈, 존 라이언과 D.D. 라이언, 마이크 니콜스, 윌리 조 네이머스, 존 린지, 리처드 애버던, 우디 앨런, 에런 코플런드, 릴리언 헬먼, 스티븐 손드하임, 존 데이비드슨, 레너드 번스타인, 오토 프레민저, 줄리 벨라폰테, 바버라 월터스, 펜 부부, 그린 부부, 오닐 부부…… 그리고 이 와일드카드 시크의 계절에 등장한 에이스들.

여기 모인 사람들, 길쭉하고 얇은 샴페인 잔을 손에 든 채로, 황홀하게 매료되고 흠모하며 **흥분한** 사람들의 중심에는 그들의 주목을 한 몸에 받고 있는 작은 몸집의 사내가 있다. 크러시트벨벳 천의 턱시도, 그것도 모자라서 꼬리가 달린 **오렌지색**의 크러시트벨벳 턱시도에 주름 장식이 된 샛노란 셔츠를 받쳐 입고, 반짝이는 붉은 장발을 휘날리는 사내가. 티시안 브란트 트사라 세크 할리마 세크 라그나르 세크 오미안은 고향인 타키스 행성에서 그랬던 것처럼 자연스레 사람들을 끌어모으고 있다. 경이로운 유명 인사들 중 일부는 그를 프린스, 즉 대공으로 지칭했다. '프린스 티시안'이라고까지 부르는 사람들까지 있지만 티시안이라는 이름을 제대로 발음하는 경우는 드물다. 어차피 대다수는 지금도, 또 앞으로도 그 사내를 닥터 타키온이라고 부르는 쪽을 선호한다. 타키온 이 사내는 **진짜배기**다. 그는 다른 행성에서 온 진짜 프린스이며, 이런 인물이 현실로 존재한다는 **사실**―망명자이자 영웅이고, 미 육군에 의해 감금당했다가 HUAC에게 박해받고, 인간 수명의 두 배에 달하는 시간을 살아왔으며, 인간은 상상조차도 할 수 없는 광경들을 목격했고, 현재 조커타운의 비참한 주민들을 사심 없이 돌보고 있는―로 인해, 폭주하는 호르몬 같은 강렬한 흥분이 에이스 하이에 모인 손님들의 마음을 꿰뚫고 지나간다. 타키온 본인도 내심 흥분한 기색이다. 위험스러운 느낌을 주는 그 에이스, 포추나토라고 불리는 에이스가 대동하고 온 날씬한 동양인 여성에게서 라일락색 눈을 좀처럼 떼지 못하는 것으로 미루어 보건대.

"에이스를 직접 만나 보는 건 난생처음이에요." 노래 후렴구처럼 되풀이되는 문구들. "정말이지 처음입니다." 사람들이 느끼는 스릴은 에이스 하이 내부를 떨리듯이 훑고 지나가고, 급기야는 마천루의 86층 전체가 거기 맞춰 **진동한다**. 난생처음이에요, 당신 같은 사람은, 언제나 뵙고 싶었습니다, 난생처음이에요, 이런 문구들이 되풀이되는 동안, 위스콘신주 어딘가의 축축한 땅속에 묻힌 관 속의 조지프 매카시가 휘리릭하는 소리를 내며 핑핑 돌고, 그가 과거에 저지른 모든 악행이 되돌아오며 해충처럼 그를 엄습한다. 이들은 허식에 찬 할리우드 관계자도 아니고, 우중충한 정치가도 아니고, 빛바랜 왕년의 인기 작가도 아니고, 도와달라고 들러붙은 가련한 조커도 아니다. 이들은 **진짜 귀족**이다. 에이스, 사람들을 열광하게 하고, 매료하는 이 에이스들은 말이다.

정말 아름다운. 오로라. 브로드웨이의 주역을 꿰차고도 남을 길고 긴 다리를 드러낸 채로 하이럼의 바에 앉아 있는 아름다운 오로라. 그녀 주위에 모여든 사내들은 그녀가 무슨 농담을 할 때마다 일제히 웃음을 터뜨린다. 단박에 눈길을 사로잡는 그녀의 긴 머리카락―향긋한 내음을 풍기며 부드럽게 물결치는 저 적금색 머리카락을 하얗게 드러낸 어깨 위로 드리우고, 육감적인 입술을 뾰로통하게 내민 저 모습. 그녀가 웃을 때마다 그녀 주위에서는 북극광이 번득이고, 사내들은 그런 광경에 박수갈채를 보낸다. 오로라는 내년에 주연으로 영화 데뷔를 할 예정이다. 상대역은 로버트 레드포드이고, 감독은 마이크 니콜스다. 인기 스타를 동원한 메이저 영화사의 영화에 에이스가 출연하는 것은 이것으로 두 번째―아, **그 에이스**에 관해서는 언급하지 않는 편이 낫겠다. 이렇게 즐겁고 기분 좋은 밤을 굳이 그런 이름으로 잡칠 필요는 없으므로.

정말 경이로운. 이 에이스들의 **능력은.** 녹색으로 통일된 옷을 말쑥하게 차려입은 작은 체구의 사내가 도토리 한 개와 한 줌의 영양토를 호주머니에서 꺼내더니 바텐더에게서 빌린 브랜디 잔에 집어넣었고, 에이스 하이 한복판에 조그만 참나무를 자라게 만들었다. 가무잡잡한 피부에 날카로운 이목구비를 한 어떤 여자는 드레스코드를 무시한 청바지에 데님 셔츠 차림으로 에이스 하이에 도착했는데, 하이럼이 입장을 거절하려고 하자 갑자기 손뼉을 쳤다. 다음 순간, 그녀는 흑단처럼 번들거리는 칠흑의 금속으로 된 갑옷을 머리끝에서 발끝까지 두르고 있었다. 또 한 번 손뼉을 치자 어깨가 노출된 녹색 벨벳 이브닝 가운을 입고 있었다. 너무나도 잘 어울리는 그 모습에 포추나토조차도 퍼뜩 놀라며 다시 바라보았을 정도였다. 샴페인 통에 넣는 얼음이 떨어지자 건장하고 돌처럼 단단해 보이는 흑인 사내가 앞으로 걸어 나오더니 대뜸 돔페리 농병을 집어 들었고, 술병에 서리가 끼기 시작하자 소년 같은 미소를 떠올린다. "딱 알맞게 식혔습니다." 사내는 하이럼에게 술병을 건네며 말했다. "더 오래 쥐고 있었으면 완전히 얼어버렸을 테니까요." 하이럼은 웃으면서 사내를 치하하고는, 처음 뵙는 분이 아니냐며 넌지시 이름을 묻는다. 흑인 청년은 알 듯 모를 듯한 미소를 떠올리며 "크로이드"라고 말했을 뿐이었다.

정말 로맨틱하고, 정말 비극적인. 바 끄트머리에 앉아 있는 잿빛 가죽 옷 차림의 사내는 톰 더글러스처럼 보인다. 그렇지 않은가? 그렇다. 저건 리저드킹 본인이 맞다. 얼마 전 기소 중지 처분을 받았다는 얘기를 들었다. 누가 뭐라고 하든 더글러스의 **용기**와 신념은 칭찬받아 마땅하다. 그건 그렇고, 더글러스를 구하러 왔다는 그 래디컬이라는 인물은 그 뒤로 어떻게 된 것일까? 그러나 더글러스 본인은 상태가 아주 안 좋아 보인다. 피폐하고, 무엇인가에 씐 듯한 모습. 주위로 사람들이 몰려드는 것을 본 그의 눈이 번득이는가 싶더니, 거대한 검은 코브라의 환영이 그의 머리 위에서 번득인다. 오로라가 발하는 색색 가지 광채와 대조를 이루는 음울한 빛을 발하며. 침묵의 파도가 에이스 하이를 훑고 지나간 후, 사람들은 리저드킹을 더 이상 귀찮게 하지 않는다.

정말 멋들어지고, 정말 화려한. 사이클론은 어떻게 입장해야 하는지를 잘 알고 있는 듯하다. 바로 그런 이유에서 하이럼도 선셋 발코니를 이용하라고 강하게 권고했는지도 모른다. 여름밤의 찬란한 별들 아래에서 술잔을 기울인다든지 허드슨강 너머로 석양이 넘어갈 무렵의 장려한 경치를 만끽하려고 했다기보다는, 에이스들이 착륙할 장소를 제공할 필요가 있었던 것이다. 사이클론이 가장 먼저 그곳에 착륙한 것도 당연했다. 바람을 타고 날 수 있는데 엘리베이터를 탈 필요는 없지 않은가? 그리고 그의 옷차림은—푸르고 흰 점프수트를 입은 그의 모습은 너무나도 유연하고 너무나도 폼이 난다. 저 망토가 손목과 발목을 휘감고, 바람을 일으켜 하늘을 날 때 부풀어 오르는 모습도 정말 멋지다. 실내로 들어와서 하이럼과 악수를 나눈 사이클론이 비행사용 헬멧을 벗는다. 이 사내는 시대를 선도하는 패셔니스타다. 사이클론은 누가 뭐래도 전용 의상으로밖에 보이지 않는 복장을 하고 돌아다니기 시작한 첫 번째 에이스였다. 그러기 시작한 것은 후발 주자들이 등장하기 훨씬 전인 1965년이었고, 베트남에서 싸웠던 삭막한 2년 동안에도 저 옷을 입고 하늘을 날았다고 한다. 그러나 요즘에는 가면을 썼다고 해서 자기 정체를 감추는 페티시의 소유자가 되지는 않는다. 그렇지 않은가? 그런 시대는 이미 오래전에 끝났고, 이제 전 세계는 사이클론의 정체가 샌프란시스코에 사는 버넌 헨리 칼라일이라는 사실을 알고 있다. '공포'는 죽었고, 지금은 **모든** 사람이 에이스가 되고 싶어 하는 와일드카드 시크의 시대이기 때문이다. 사이클론은 파티에 참석하기 위해 먼 거리를 날아와야 했지만, 이런 행사에 서해안 에이스의 필두로 손꼽히는 인물이 참가하지 않는다면 섭섭했을 것이다. 그렇지 않은가?

사방팔방으로 무려 2킬로미터나 조망할 수 있는 마천루 꼭대기에서 스타들과 에이스들에 둘러싸여 보내는 멋진 밤에 이런 생각을 떠올리는 것은 금기일지도 모르지만—솔직히 말해서 이 모임이 완전무결하다고는 할 수 없지 않을까? 얼 샌더슨은 여전히 프랑스에 있었다. 하이럼이 보낸 초대장에 대해 짧지만 성실한 사죄의 답장을 보내오긴 했지만 말이다. 얼은 정말로 위대한 사내다. 엄청나게 부당한 취급을 받은, 정말로 위대한 사내다. 그리고 데이비드 하스틴, 행방이 묘연해진 그 특사의 모습 또한 보이지 않는다. 하이럼은 〈뉴욕타임스〉에 '데이비드, 이제 집으로 돌아오지 않을래?'라는 취지의 광고까지 실었지만 역시 그는 나타나지 않았다. 그리고 터틀, 우리의 그 강대한 터틀은 도대체 어디 있는 것일까? 오늘 밤, 와일드카드 시크의 영광이 절정에 달한 이 마술적인 밤에, 터틀이 그 껍질을 깨고 나와 하이럼과 악수를 나누고 자신의 이름을 전 세계에 선포하리라는 소문이 돌았지만, 아니, 그가 와 있는 것 같지는 않다. 설마…… 하느님 맙소사…… 설마 그 오래된 소문은 **사실**이고, 터틀의 정체는 조커인 것일까?

사이클론이 자신의 세 살배기 딸이 아무래도 바람을 자유자재로 다루는 그의 힘을 이어받은 듯하다고 하이럼에게 말하고 있다. 하이럼은 활짝 웃으며 사이클론의 손을 잡고 흔들었고, 딸 바보인 아버지에게 축하의 말을 건네며 딸을 위한 건배를 하자고 제안한다. 굵직하고 세련된 목소리로도 파티장의 소음을 뚫을 수는 없었는지, 하이럼은 작게 주먹을 쥐더니 중력파를 제어하는 그의 능력을 발휘함으로써 자기 체중을 15킬로그램보다 한층 더 가볍게 만든다. 천장으로 둥둥 떠오를 때까지 말이다. 거대한 아르데코풍의 샹들리에 옆에 떠오른 그를 보고 에이스하이 전체가 조용해진다. 그러자 하이럼은 손에 쥐고 있던 펌스컵 칵테일을 들어 올리고 건배를 제안한다. 레니 번스타인과 존 린지가 차세대 에이스가 될 어린 미스트럴 헬렌 칼라일에게 건배한다. 오닐 부부와 라이언 부부는 블랙이글과 특사와 고(故) 블라이스 스탠호프 밴 렌셀러에게 건배를 올린다. 릴리언 헬먼과 제이슨 로버즈와 브로드웨이 조는 터틀과 타키온에게 건배하고, 마지막에는 모든 사람이 우리 모두의 아버지인 제트보이에게 잔을 들어 건배한다.

그리고 이 모든 건배가 끝난 뒤에는 소리 높여 대의명분을 논할 시간이 왔다. 와일드카드 법안들은 여전히 법전에 남아 있는데, 이런 시대에, 오늘날까지도 그런 것들이 남아 있다는 것은 수치이고, 따라서 대책을 강구할 필요가 있다. 닥터 타키온은 조커타운에 있는 그의 병원 운영을 위해 외부의 도움이 필요하고, 현재 진행 중인 법정 투쟁을 위해서도 절실하게 도움을 필요로 하고 있다. 이 소송이 무려 1946년에 우리를 돕기 위해 이 먼 지구까지 왔던 그의 **우주선**을 불법 압수한 정부로부터 돌려받기 위한 것이라는 얘기를 들은 참석자 모두는 분노했고, 그를 돕기 위해서라면 **당연히** 돈이든 변호사든 영향력이든 아낌없이 제공하겠다고 맹세했다. 좌우에 아름다운 여성들을 거느린 타키온이 자기 우주선에 관해 얘기하기 시작한다. 그건 살아 있고, 지금쯤 고독감에 시달리고 있을 것이 틀림없어. 이렇게 말하며 그는 흐느끼기 시작한다. 그가 그 우주선의 이름이 **베이비**라고 실토한 대목에 이르러서는 여러 개의 콘택트렌즈 뒤에서 눈물이 솟구쳤고, 예술적이기까지 한 여러 쌍의 마스카라가 존재의 위기에 직면했다. 물론 베트남전의 조커 여단에 대해서도 뭔가 대책을 강구할 필요가 있다. 그건 대량학살과 거의 다르지 않고, 또……

바로 이때였다. 만찬을 시작할 준비가 되었음을 알리는 소리가 들려온 것은. 손님들이 삼삼오오 지정받은 자리로 가서 앉는다. 하이럼의 좌석 배치는 예술이었고, 그가 요리하는 미식 못지않게 정확하게 계량되고 음미된 것이었다. 모든 테이블에서 부와 지성과 재치와 미와 예술성과 유명세가 완벽한 균형을 이루고 있다고나 할까. 에이스도 물론, **당연히** 한 명씩 앉아 있었다. 안 그랬더라면 와일드카드 시크가 정점에 달했던 금년 금월 금시에 누군가는 왠지 사기를 당한 듯한 기분을 느끼며 레스토랑 문을 나설 것이 뻔했으므로……

땅속 깊은 곳에서

에드워드 브라이언트 · 리앤 C. 하퍼

　로즈메리 멀둔은 택시들을 요리조리 피해 센트럴파크 웨스트를 가로질렀다. 센트럴파크 안으로 들어가며, 오늘 오후는 힘든 시간이 되리라는 사실을 곱씹는다. 그녀는 늦은 오후에 보도로 쏟아져 나와 개를 산책시키는 군중 사이를 누비고 돌아다니면서 '배가본드(Bagabond)'의 모습을 찾아보려고 했다.

　뉴욕 시 사회복지국에서 인턴으로 일하는 로즈메리는 온갖 흥미로운 사례를 담당하고 있었다. 그러니까, 아무도 손을 대려고 하지 않는 사례들을 말이다. 오늘 오후 그녀가 떠맡은 배가본드라는 이름의 이 기이한 여성 부랑자는 그중에서도 가히 최악이라고 할 수 있었다. 배가본드는 적어도 60세는 되어 보였고, 지난 30년 동안 아예 몸을 씻지 않은 것처럼 악취를 풍겼다. 이것은 로즈메리가 아직도 익숙해지지 못하는 부분이었다. 그녀는 도저히 훌륭하다고는 할 수 없는 가문의 일원이었지만, 그래도 가족들은 매일 목욕을 하지 않는가. 아버지가 그러라고 명령했기 때문이다. 아버지의 말에는 아무도 거역하지 못했다.

　로즈메리가 사회의 쓰레기 취급을 받는 부랑자들에게 마음을 끌린 것은 바로 그들의 소외받은 삶 때문이었다. 과거나 가족들과 아직도 접점을 유지하고 있는 부랑자는 극소수였다. 로즈메리도 스스로의 이런 심리를 자각하고 있었지만, 이유가 무엇이든 간에 중요한 것은 결과라고 다짐하곤 했다. 그녀는 그들을 도울 수 있지 않은가.

배가본드는 참나무 몇 그루가 자라 있는 곳에 서 있었다. 그곳으로 다가가던 로즈메리에게는 배가본드가 몸짓을 섞어가며 나무와 말을 나누고 있는 것처럼 보였다. 로즈메리는 고개를 설레설레 흔들었고, 배가본드의 인적 사항이 기록된 서류철을 꺼내 들었다. 서류철은 매우 얇았다. 본명 불명, 나이 불명, 출생지 불명, 이력 불명. 거의 정보라고 할 만한 것이 없는 이 서류에 의하면 배가본드는 길거리에서 생활하고 있었다. 예전에 그녀를 담당했던 사회복지사는 이 여성 부랑자가 주립 정신병원에 빈자리를 만들기 위해 퇴원 조치를 받은 것이 아닌가 추측하고 있었다. 배가본드는 편집증 환자이지만, 아마 위험하지는 않을 거라고도 했다. 그러나 배가본드 본인이 정보 제공을 아예 거부한 탓에 이쪽에서 도우고 싶어도 도울 방법이 없었다. 로즈메리는 서류철을 다시 집어넣고 누더기를 몇 겹이나 껴입은 여성 부랑자에게 다가갔다.

"안녕하세요, 배가본드. 난 로즈메리라고 해요. 당신을 도우러 왔어요." 로즈메리의 첫 번째 시도는 실패로 끝났다. 배가본드는 고개를 돌려 프리스비*를 던지며 놀고 있는 두 아이들을 바라보았을 뿐이었다.

"안전하고 따뜻하고 청결한 장소에서 잠을 자고 싶지 않아요? 따뜻한 음식이 나오고, 말동무들도 있는 곳에서?" 로즈메리의 말에 유일하게 반응한 것은 동물원 밖에서 본 중에서는 가장 거대한 고양이였다. 고양이는 배가본드 곁에 바싹 붙어 있었고, 지금은 로즈메리를 빤히 올려

---

*   던지기 놀이를 할 때 쓰는 플라스틱 원반.

188

다보고 있었다.

"목욕도 할 수 있어요." 여성 부랑자의 머리카락은 지독하게 더러웠다. "하지만 그러기 전에 당신 이름을 알아야 해요." 거대한 검은 고양이가 배가본드를 쳐다보더니 이내 로즈메리를 노려보았다.

"그러니까 나하고 와서 얘기 좀 나누지 않을래요?" 고양이가 으르렁거리기 시작했다.

"자, 이리 와요……." 로즈메리가 배가본드에게 손을 내밀려고 한 순간 고양이가 펄쩍 뛰어올랐다. 로즈메리는 화들짝 놀라며 뒷걸음질을 치다가 아까 지면에 내려놓은 자기 핸드백에 발이 걸려 뒤로 넘어졌다. 로즈메리는 땅바닥에 등을 대고 누운 채로, 잔뜩 골이 난 고양이와 눈을 마주쳤다.

"우리 냥이 착하지. 그러니까 그냥 거기 앉아 있어." 로즈메리가 일어서려고 하자 검은 고양이 곁으로 그보다는 조금 작은 삼색 털 고양이가 다가왔다.

"알았어요. 나중에 다시 올게요." 로즈메리는 핸드백과 서류철을 움켜잡고 도망쳤다.

로즈메리의 아버지는 왜 자기 딸이 그가 '오물'이라고 부르는 도시의 빈민들을 일부러 상대하고 싶어 하는지를 이해하지 못했다. 오늘 밤 그녀는 부모님과 약혼자와 함께 또 억지로 시간을 보내야 한다. 지금 같은 시대에 부모가 정해준 사람과 결혼해야 한다니. 아버지의 뜻을 거스르고 결연하게 싫다고 말할 수 있다면 얼마나 좋을까. 그러나 그녀의 가족은 전통에 충실했다. 로즈메리와는 전혀 맞지 않았다.

로즈메리에게는 자기 아파트가 따로 있었고, 최근까지만 해도 C.C. 라이더라는 여자 친구와 함께 그곳에서 살고 있었다. C.C.는 진짜배기 히피였다. 로즈메리는 아버지와 C.C.가 결코 만나는 일이 없도록 하기 위해서 고생했다. 이 두 사람이 만날 경우 어떤 일이 벌어질지는 끔찍해서 상상도 하기 싫을 정도였기 때문이다. 따라서 로즈메리는 이 두 종류의 삶을 완전히 분리해놓을 필요가 있었다.

이런 생각을 하니 또다시 고뇌가 되살아났다. C.C.가 집을 나가버렸기 때문이다. 도시 속으로 사라졌다. 로즈메리는 C.C.가 걱정스러워 미칠 것 같았고, 자기 자신에 대해서도 미칠 것 같았다. 도시에서 실종된다는 것이 무엇을 의미하는지 잘 알고 있었기 때문이다.

공원 벤치에 힘없이 앉아 있던 로즈메리는 고개를 들었다. 사무실로 복귀한 다음, 컬럼비아대학으로 가서 수업을 들을 시간이다.

♠

"정말이지 멋진 밤이로구먼." 롬바르도 '럭키 러미' 루케세는 최고, 정말이지 최고의 기분이었다. 무려 2년 동안이나 사설 복권 사업이나 자릿세를 뜯어내는 시시콜콜한 업무에 매진한 결과, 그 공로를 인정받아 마침내 5대 마피아 가문의 일원으로 받아들여졌던 것이다. 마피아는 인재를 보는 눈이 있었고, 롬바르도는 뛰어난 인재였다. 세 명의 친구들과 함께 81번가를 따라 센트럴파크를 향해 걸어가면서, 그는 마치 하늘에라도 오른 느낌을 받았다.

지금은 약혼자인 마리아에게 경의를 표하기 위해 가는 중이었다. 마리아는 정말이지 우중충한 여자다! 그러나 이 우중충한 여자는 돈 카를로 감비오네의 외동딸이었으므로, 장래에 그에게 매우 귀중한 자산이 되어줄 공산이 컸다. 그러니까 오늘은 약간의 현금을 손에 넣은 다음 멋진 꽃이라도 사서, 이 우중충한 약혼녀에게 헌신적인 태도를 보여줄 필요가 있었다. 카네이션이라도 사 갈까.

"지하로 내려가서 뻥 좀 뜯어 올게." 러미가 말했다.

"같이 가 줄까?" 조이 '노-노즈' 만조네가 물었다.

"됐어. 지금 너 농담하냐? 다음 주 이후로 난 거금을 굴리게 될 거야. 그러니까 딱 한 번만 건수를 올리고 오겠어. 마지막 추억 만들기라고나 할까. 이따 보자고."

표면에 뜬 기름 탓에 무지갯빛으로 번득이는 물웅덩이 위를 철벅철 벅 걸으며, 러미는 81번가 지하철역 입구 계단을 밝히는 둥그런 조명등 을 향해 갔다. 오늘 밤에는 그 무엇도 나를 막을 수는 없다.

◆

정말이지 최악의 저녁이로군. 세라 자비스는 생각했다. 금년으로 예순여덟 살이 되는 그녀가 초대받아 간 곳이 설마 암웨이*의 설명회였 을 줄이야. 정말이지 황당했다. 몇 시간 뒤에야 동행한 친구와 함께 설 명회장에서 가까스로 빠져나올 수 있었는데, 물론 빠져나왔을 때는 당 연하다는 듯이 비가 주룩주룩 내리고 있었다. 당연히 택시도 눈에 띄지 않았다. 친구는 바로 옆 아파트에 살고 있으니 아무 문제도 없었지만, 세라의 집이 있는 워싱턴하이츠로 가려면 업타운 쪽으로 한참을 올라 가야 한다.

세라는 지하철을 정말 싫어했다. 지하역에서 풍기는 퀴퀴한 냄새를

---

* 　미국의 다단계 마케팅 회사.

맡기만 해도 구역질이 치밀어 오를 정도였다. 시내에 살면서도 시끄럽고 번잡한 구역은 질색이었고, 지하철은 가장 시끄럽고 번잡한 장소 중 하나였다. 그러나 오늘 밤은 모든 것이 쥐 죽은 듯이 조용했다. 승강장에 홀로 선 세라는 두꺼운 트위드재킷을 입었음에도 불구하고 부르르 몸을 떨었다.

승강장 너머로 보이는 터널을 들여다보던 중에 불빛이 보였다. 업타운 운행 AA 로컬*의 불빛일까. 뭔가 오고 있는 것은 확실하지만, 전동차치고는 속도가 너무 느리다. 세라는 고개를 돌리고 광고 포스터를 바라보았다. 그 훌륭한 대통령 닉슨 씨의 재선을 기원하는 포스터였다. 그 옆에 놓인 신문 자판기 속의 신문 1면에는 워싱턴의 한 호텔 겸 아파트에 도둑이 침입했다는 기사가 실려 있었다. 워터게이트? 건물 이름이 뭐 저렇게 괴상할까. 〈데일리 뉴스〉의 1면 기사는 이른바 '지하철 자경단원'으로 불리는 인물에 관한 것이었다. 경찰 당국은 지난주에 발생한 다섯 건의 살인사건의 범인으로 이 정체불명의 인물을 지목하고 있었다. 희생자들은 모두 마약상이나 그 밖의 범죄자들이었고, 이들 모두가 지하철 객차 안에서 살해당했다고 했다. 세라는 몸을 부르르 떨었다. 현재의 뉴욕은 그녀의 어린 시절의 뉴욕과는 전혀 다른 도시가 되어버렸다.

처음에 들려온 것은 누군가가 지하철 층계를 뚜벅뚜벅 내려와서 텅 빈 검표소를 지나오는 소리였다. 뒤이어 묘하게 귀에 거슬리는 단조로운 휘파람 소리가 들려오더니, 누군가가 지하철역으로 들어왔다. 세라는 두려움과 안도의 감정을 동시에 느꼈다. 좀 멋쩍긴 해도 홀로 승강장에 서 있는 것보다는 그래도 누가 곁에 서 있는 편이 낫다.

*   시내 노선 열차를 의미한다.

그러나 그녀의 이런 확신은 문제의 인물을 보자마자 흔들리기 시작했다. 검은색 가죽 재킷을 마음에 들어 했던 적은 한 번도 없었다. 특히 그것을 입은 인물이 이유도 없는데 실실 웃고 있는, 좀 느끼한 인상의 청년인 경우에는 말이다. 세라는 단호하게 등을 돌리고 철로 너머의 벽에 시선을 고정했다.

노파가 등을 돌리는 것을 본 럭키 러미는 상스러운 표정으로 히죽 웃었고, 혀끝으로 윗입술을 핥았다.

"어이, 할머니, 불 좀 빌려도 될까?"

"없어."

노파의 등을 향해 다가가며 러미는 한쪽 입가를 실룩였다. "에이, 그렇게 쌀쌀맞게 굴지 마."

러미는 세라가 지난겨울 받은 호신술 교습을 떠올리며 어깨 근육에 힘을 넣었다는 사실을 전혀 알아차리지 못했다.

"냉큼 그 핸드백을 내놓으라고—**으악!**" 러미가 비명을 올린 것은, 세라가 몸을 홱 돌리며 점잖지만 세련된 베이지색의 펌프스 굽으로 그의 발등을 콱 찍었기 때문이었다. 러미는 뒤로 홱 물러나며 그녀의 얼굴을 향해 주먹을 날렸다. 세라는 백스텝으로 그의 펀치를 피하려다가 뭔가 끈적한 것을 밟고 미끄러졌다. 러미는 히죽 웃고 세라에게 다가갔다.

AA 로컬이 역사로 접근하면서 터널 안에서 불어오는 바람이 그들을 스치고 지나갔다.

그와 동시에 10여 명의 승객들이 동시에 지하철 출입구로 몰려들었지만, 두 사람 모두 그 사실을 눈치채지 못했다. 이들 대다수는 영화 〈대부〉의 심야 상영을 보고 온 사람들이었고, 코폴라 감독이 현대사회의 범죄에서 마피아가 수행한 역할을 과대평가했는지 안 했는지의 여부에 대해 떠들썩한 논쟁을 이어가고 있었다.

영화 관객이 아닌 사람들 중에 직장에서 힘든 하루를 보내고 녹초가 되어 퇴근한 철도 직원이 한 명 있었다. 빨리 집에 가서 저녁을 먹고 싶은 마음뿐이었지만, 밖에서 사 먹고 들어갈지, 아니면 집에서 해 먹을지 마음을 정하지 못하고 있었다. 그가 이렇게 피곤한 것은 신문들이 또 그 살인사건을 들먹이기 시작했기 때문이다. 조커 공민권 운동을 둘러싼 소동만으로 언제까지나 1면을 장식할 수는 없는 일이다. 오늘 그는 통상적인 전동차 점검 업무에서 차출되었고, 무려 열여덟 시간 동안이나 하수도와 지하철 터널과 도관과 깊은 보수용 맨홀을 뒤지고 다녀야 했다. 그러나 악어 따위는 눈을 씻고 찾아봐도 없었다. 그는 선정적인 언론의 압력에 굴복한 그의 상사들을 향해 마음속으로 욕을 내뱉었고, 특히 조금 전에야 겨우 떨쳐낼 수 있었던 끈덕진 신문기자들을 향해 욕설을 퍼부었다.

철도 직원은 조금 뒤로 물러나서 토큰을 꺼내려고 호주머니를 뒤적이며 검표소 앞을 통과하는 군중을 피했다. 영화관에서 나온 사람들은 시끌벅적하게 잡담을 하며 그의 앞을 지나갔다.

핑음과, 브레이크를 거는 날카로운 쇳소리와 함께 AA 로컬이 터널에서 튀어나왔다.

승강장을 온갖 승객들이 바삐 오가기 시작했다. 러미는 이탈리아어로 욕설을 내뱉으며 상대의 멱살에서 손을 뗐고, 주위를 둘러보며 빠져나갈 구멍을 찾았다.

처음으로 들어온 두 커플은 눈앞에서 벌어지고 있는 장면을 빤히 쳐다보고 있었다. 그중 한 사내가 럭키 러미에게 접근했고, 다른 사내는 데이트 상대를 부여잡고 뒤로 물러나려고 했다.

AA 로컬의 문이 쉭 하고 열렸다. 야심한 시각이라서 승객이 거의 없었고, 내리는 사람도 없었다.

"하여간 철도 경찰은 필요할 땐 절대로 없다니까." 강도 피해자를 구하려고 다가온 사내가 구시렁거렸다. 한순간 러미의 뇌리에 이 귀찮은 작자에게 달려들어 한 방에 기절시키면 어떨까 하는 생각이 떠올랐다. 그러나 그러는 대신 그는 페인트 동작으로 상대를 견제한 후, 반은 절뚝거리고 반은 뛰는 듯한 동작으로 마지막 객차 안으로 도망쳤다. 문이 딱 닫히더니 전동차가 움직이기 시작했다. 아마 빛의 장난이겠지만, 객차 외벽을 뒤덮은 색색 가지 낙서가 움직이는 것처럼 보였다.

객차 안에서 럭키 러미는 웃음을 터뜨렸고, 멍든 곳을 문지르며 더러워진 옷을 추스르고 있는 세라를 향해 외설적인 손짓을 해 보였다. 우연히 세라를 구해준 모양새가 된 승객들이 세라에게 다가가는 것을 보고는 그들을 향해서도 같은 손짓을 날렸다.

다음 순간 러미의 얼굴이 공포와 경악으로 일그러졌다. 그는 객차 문을 난타하기 시작했다. AA 로컬이 어두운 터널로 돌입하기 직전, 러미를 막으려고 했던 사내의 눈에 마지막으로 비친 것은 마지막 객차의 뒷문을 안에서 마구 할퀴고 있는 러미의 모습이었다.

"뭐 저런 나쁜 놈이 다 있어!" 사내의 데이트 상대가 말했다. "혹시 지하에 산다는 조커였어?"

"아니." 사내의 친구가 말했다. "그냥 옛날부터 흔히 볼 수 있는 동네 양아치인 것 같아."

그러자마자 업타운행 터널 쪽에서 절규가 울려 퍼졌다. 모든 사람이 얼어붙었다. 점점 작아지는 전동차의 굉음 속에서, 그들은 러미의 절망에 가득 찬 단말마의 비명이 울려 퍼지는 것을 들었다. 전동차가 사라졌다. 그러나 절규는 전동차가 83번가를 지날 때까지 계속되었다.

별다른 부상을 입지 않은 세라와 나머지 구경꾼들이 그녀를 구하려고 한 영웅을 칭찬하는 동안 철도 직원은 다운타운행 터널 쪽으로 다가갔다. 승강장의 반대쪽 계단에서 또 다른 철도 직원이 내려오는 것이 보였다.

"어이!" 그 직원이 외쳤다. "'하수도 잭'! 잭 로비쇼. 자넨 잠도 안 자나?"

피로로 녹초가 된 직원은 이 말을 무시했고, 금속제 점검 문을 열더니 터널 안으로 들어갔다. 터널을 나아가면서 그는 옷을 벗기 시작했다. 만약 가까이서 관찰한 사람이 있었다면, 사내가 앞으로 몸을 수그리더니 어느새 터널의 축축한 바닥을 기어가는 광경을 목격했을 것이다. 날카롭고 삐뚤빼뚤한 이빨이 가득 자란 긴 주둥이와, 한 번 휘두르는 것만으로도 관찰자를 곤죽으로 만들어버릴 수 있는 강인한 꼬리를 좌우로 움직이면서 말이다. 그러나 철도 직원이었던 사내가 녹회색 비늘을 번득이며 어둠 속으로 사라지는 모습을 본 사람은 실제로는 아무도 없었다.

81번가 지하철역의 승강장에 모여 있는 구경꾼들은 러미의 처절한 단말마의 절규에 정신이 팔려 있었기 때문에, 반대쪽 터널에서 우르릉거리는 듯한 낮은 포효가 들려왔다는 사실을 깨달은 사람은 거의 없었다.

♥

마지막 수업이 끝난 후 로즈메리는 피곤한 몸을 이끌고 116번가에 있는 지하철역을 향해 터벅터벅 걸어갔다. 오늘 끝내야 할 일이 하나 더 남아 있다. 그녀는 약혼자를 만나기 위해 아버지의 아파트로 가는 중이었다. 결혼 따위에는 처음부터 별 관심이 없었다. 최근 들어서는 그 무엇에도 관심을 느끼지 못한다고 말하는 편이 더 정확하지만 말이다. 로즈메리는 그녀의 삶을 강타한 어떤 문제가 풀리기를 고대하며 하루하루를 타성적으로 살아가고 있었다.

품에 안고 있던 책들을 오른쪽 옆구리에 끼고, 왼손으로 핸드백을 뒤져 지하철 토큰을 꺼냈다. 검표소의 게이트를 지나려다가 잠깐 멈춰서서, 줄지어 지나가는 학생들을 위해 자리를 비켜준다. 그중 몇몇이 들고 있는 플래카드로 미루어 보건대, 반전시위를 방금 끝내고 온 듯했다. 로즈메리는 멀쩡한 정상인 학생들 몇몇이 조커 여단의 비공식적인 표어 '철수는 마지막에 ─ 전사(戰死)는 가장 먼저'가 쓰인 팻말을 들고 있는 것을 보았다.

C.C.도 언제나 그런 집회에 적극 참가했고, 좀 덜 요란한 집회에서는 자작곡을 부른 적도 몇 번 있었다. 포추나토라는 이름의 동료 활동가를 집에 데려온 적도 있었다. 포추나토가 조커 공민권 운동에 참여하고 있다는 점은 평가할 만했지만, 로즈메리는 게이샤든 게이샤가 아니든 간에 창녀들을 부리는 뚜쟁이를 자기 아파트에 들이는 것을 원하지 않았다. 로즈메리는 C.C.와는 거의 다툰 적이 없었지만, 이 경우는 예외에 해당했다. 결국 C.C.는 앞으로 손님을 저녁 식사에 초대할 때는 로즈메리와 좀 더 긴밀하게 사전 논의를 하겠다는 데 동의했다.

C.C. 라이더는 로즈메리를 활동에 끌어들이려고 줄기차게 시도했지만, 소수의 사람들을 직접 돕는 일은 집회에 참가해서 '기득권층'을 소리 높이 매도하는 행위 못지않게 유익한 일이라는 것이 로즈메리의 평소 소신이었다.

어쩌면 로즈메리가 하는 일 쪽이 훨씬 더 유익할지도 모른다. 그녀는 자신이 보수적인 가문 출신임을 자각하고 있었다. 룸메이트인 C.C. 덕분에 잊고 싶어도 결코 그 사실을 잊을 수 없었다.

로즈메리는 심호흡을 하고 지하철역을 오가는 인파 속으로 뛰어들었다. 늦은 오후 수업들은 모두 같은 시각에 끝났던 것이 틀림없다.

승강장 끄트머리로 가서 서 있을 수 있도록 일부러 느지막하게 사람들 뒤를 따라갔다. 지금은 다른 사람들과 부대끼고 싶지 않았다. 잠시 후 그녀는 터널에서 눅눅한 공기가 훅 끼쳐오는 것을 느끼고 축축한 스웨터 안에서 부르르 몸을 떨었다.

귀청을 찢을 듯한 굉음과 함께 음울한 느낌의 로컬 전동차가 그녀 앞을 지나갔다. 모든 객차 표면이 낙서투성이였지만, 마지막 객차는 한 층 더 기묘한 낙서로 뒤덮여 있었다. 로즈메리는 옛 가든시어터에서 관람했던 링링브라더스의 서커스에 등장하는 문신투성이 여자를 떠올렸다. 로즈메리는 열차 측면에 낙서를 하는 십대들의 심리에 대해 곧잘 의아함을 느끼곤 했는데, 휘갈겨놓은 낙서의 의미가 마음에 들지 않는 경우도 많았다. 뉴욕 시는 언제나 살기 좋은 곳은 아니었다.

절대 그 생각을 떠올리면 안 돼. 그러나 절로 떠오르는 것은 어쩔 수 없었다. 성 유다 병원의 중환자실에 혼수상태로 누워 있는 C.C.의 모습이 뇌리를 스친다. 반짝거리는 생명 유지 장치. C.C.에게는 따로 연락할 친척이 없었기 때문에, 간호사들이 붕대를 교환할 때조차도 로즈메리가 옆에서 보고 있었다. 그때 본 타박상 자국들―C.C.의 몸 전체를 뒤덮은 검고, 표독스러울 정도로 푸르뎅뎅한 반점들―이 떠오른다. 의사들은 젊은 C.C.가 도대체 몇 번이나 성폭행당했는지도 확인하지 못했다. 로즈메리는 그런 상황에 빠진 친구를 동정하고, 그녀에게 공감하고 싶었다. 그러나 그러지 못했다. 도대체 어디서부터 시작해야 할지조차 알 수 없었다. 로즈메리가 그나마 할 수 있었던 것이라고는 기다리고 희망을 가지는 일뿐이었다. 그러던 중 C.C.가 병원에서 사라졌다.

마지막 객차는 텅 빈 것처럼 보였다. 로즈메리는 그쪽을 향해 가면서 낙서들을 흘끗 보았고, 객차의 검은 벽에 쓰인 글자들을 무심코 훑어보다가 퍼뜩 놀라며 멈춰 섰다.

파슬리, 세이지, 로즈메리?
타임(Time)……·.*
다른 사람들을 위한 시간, 하지만 내게는 없는 시간.

"C.C.! 뭐야?" 비어 있는 마지막 객차에 주목한 그녀는 그쪽으로 몰린 다른 승객들을 무작정 밀쳐내고 객차 문까지 갔다. 닫혀 있다. 로즈메리는 책을 모두 떨어뜨리고 억지로 문을 열려고 했다. 손톱 하나가 부러졌다. 여전히 꿈쩍도 하지 않는다. 전동차가 천천히 역에서 떠나려고 하자 급기야는 주먹으로 문을 마구 두들기기 시작했다.

"가지 마!"

자기 이름을 목격한 후, C.C.가 쓴 또 다른 가사를 본 로즈메리의 눈에서 눈물이 솟구쳤다.

넌 마지막 운명과 싸울 수는 없어.

---

* 잉글랜드의 전통 민요 '스카버러 페어(Scarborough fair)'의 가사에서, 향신료인 "파슬리, 세이지, 로즈메리 그리고 타임(Parsley, Sage, Rosemary and Thyme)"이 열거되는 후렴구를 친구 이름인 로즈메리와, 향신료 타임과 발음이 같은 시간(time)에 빗대어 비틀었다.

하지만 복수는 해줄 수 있어.

로즈메리는 말없이 떠나가는 열차를 응시했다. 주먹 쥔 두 손을 내려다본다. 겉보기에는 강철처럼 보이는 전동차의 문은 부드럽고 푹신푹신했으며 따뜻했다. 혹시 누군가가 나에게 몰래 LSD라도 먹인 것일까? 순전한 우연의 일치였을까? C.C.는 지하에 살고 있는 것일까? 아니, 살아 있기라도 한 걸까?

다음 열차가 오기까지는 한참을 더 기다려야 했다.

♣

그는 거의 완전한 어둠 속에서 사냥을 하고 있었다.

배가 무척 고팠다. 결코 완전하게는 충족될 것 같지 않은 기아감. 그래서 그는 사냥을 하고 있었다.

어렴풋하게, 아주 희미하게, 지금과는 다른 시간과 장소가 떠올랐다. 그때 그는 지금과는 다른 사람 — 사람이 뭘까? — 이었고, 다른 존재였다.

주위를 둘러보았지만 거의 아무것도 보이지 않았다. 이런 깜깜한 어둠 속에서는, 특히 쓰레기가 가득한 이런 오수(汚水) 위에서는, 눈은 별 소용이 없었다. 그보다 중요한 것은 맛과 냄새였다. 맛과 냄새를 이루는 미세한 입자들은 먼 곳에 있는 존재들 — 끈기 있게 사냥해야 하는 먹잇감 — 의 위치를 그에게 알려주었고, 그의 기다란 주둥이 전방에 아무 의심도 하지 않고 웅크리고 있는 즉각적인 만족의 대상이 있다는 사실을 알려주었다.

진동도 느낄 수 있었다. 굵은 꼬리를 느리고 힘차게 좌우로 움직이며 물을 가를 때의 느낌, 머리 위의 도시로부터 몰려오는 강력하지만 먼 파도의 울림, 조그만 발을 움직여 어둠 속을 황급히 달려가는 먹잇감들의 미세한 움직임.

넙적하고 폭이 넓은 주둥이로 오수를 가르며 나아가자 노출된 콧구멍 좌우로 물결이 일었다. 투명한 막들이 튀어나온 두 눈을 눈꺼풀처럼 덮었다가 다시 위로 올라가는 일을 되풀이한다.

거대한 몸집—사냥을 하면서 가로지른 터널 일부는 몸에 꼭 끼는 탓에 통과하기 힘들었을 정도였다—을 가졌음에도 불구하고 그는 거의 소리를 내지 않았다. 오늘 밤 들리는 소리는 대부분 먹잇감들이 잡아먹히면서 내는 비명 소리였다.

전방에서 그를 기다리고 있는 진수성찬의 어렴풋한 징조를 처음으로 감지한 것은 그의 콧구멍이었지만, 곧 귀에서 들려온 소리로도 확인할 수 있었다. 거의 몸 전체를 가려주는 현재의 은신처에서 나가고 싶지는 않았지만, 음식이 있으면 그리로 가야 한다는 것쯤은 그도 알고 있었다. 한쪽 벽에서 다른 터널이 아가리를 벌렸다. 지극히 유연한 몸을 가지고 있었음에도 불구하고, 통로가 워낙 좁았던 탓에 무리하게 몸을 돌린 후에야 이 새로운 수로로 진입할 수 있었다. 터널 내부를 흐르는 물의 수위가 낮아지는가 싶더니 몸길이의 3분의 2도 채 나아가지 않은 지점에서 물 자체가 아예 사라져버렸다.

상관없었다. 다리를 쓰는 것만으로도 충분하고, 그럴 경우도 물속에서만큼이나 조용하게 움직일 수 있었다. 전방 어딘가에서 여전히 그를 기다리는 먹잇감 냄새가 풍겨온다. 가깝다. 더 가깝다. 아주 가깝다. 이제는 소리도 들을 수 있었다. 끽끽거리고, 찍찍거리고, 후다닥 달려가는, 털로 뒤덮인 몸이 석재를 스치는 소리.

그가 올 것이라고 예상하지는 못할 것이다. 이렇게 깊은 터널에 서식하는 포식자는 거의 없기 때문이다. 그는 순식간에 먹잇감들을 덮쳤다. 입에 물고 으스러뜨린 첫 번째 먹잇감이 내지른 단말마의 절규가 경고로 작용했다. 먹잇감들은 공황 상태에 빠져 뿔뿔이 흩어졌다. 도망칠 곳을 찾지 못해 막다른 곳에 몰린 경우를 제외하면 반격하는 먹잇감은 없었고, 모두 도망치기에 바빴다.

가장 오래 살아온 먹잇감들은 느닷없이 돌진해 온 괴물로부터 황급히 도망쳤고—벽돌로 막힌 터널 끝에서 오도 가도 못하는 신세가 되었다. 다른 먹잇감들은 괴물 주위로 후다닥 우회해서—그중 한 마리는 대담하게도 비늘로 덮인 괴물의 등을 뛰어넘기까지 했다—도망치려고 했지만, 채찍처럼 날아온 꼬리에 얻어맞고 딱딱한 벽에 격돌했다. 그의 입안으로 무작정 뛰어들었다가, 겁에 질린 나머지, 딱 맞물린 거대한 이빨을 미처 피하지도 못하고 최후를 맞은 먹잇감들까지 있었다.

고뇌에 찬 찍찍 소리가 한층 높아지는가 싶더니 점점 조용해졌다. 사방에서 맛난 피가 흘렀다. 먹잇감들의 고기와 털과 뼈로 배 속이 묵직해진 이 만족감. 여전히 살아 있는 몇 마리는 바닥을 기듯이 움직이며 이 학살의 장으로부터 최대한 멀어지려고 했다. 사냥꾼은 그 뒤를 따르려고 했지만, 그러기에는 배가 너무 부른 상태였다. 배가 불러서 추적을 계속하거나 더 이상 신경을 쓰는 일이 귀찮아졌다고나 할까. 그는 물가까지 갔다가 정지했다. 이제는 자고 싶었다.

그러기 전에 먼저 이 고요함을 깨기로 하자. 그에게는 그럴 권리가 있었다. 이곳은 그의 영토였기 때문이다. 이 지하의 **모든** 곳이 그의 영토였다. 그는 거대한 아가리를 벌리고 날카로운 포효를 발했다. 으르렁대는 듯한 그의 포효는 끝없이 계속되는 터널과 도관과 통로와 석조 복도들 너머로 한참 동안 메아리쳤다.

메아리 소리가 스러지자, 포식자는 잠들었다. 어차피 이곳에는 그 밖에 없었다.

♠

로즈메리는 로비에서 오늘 밤의 경비 근무를 서고 있는 알프레도에게 인사를 건넸다. 알프레도는 로즈메리를 들여보내주며 미소 지었고, 그녀가 안고 있는 책들을 보고는 고개를 설레설레 흔들었다.

"마리아 씨, 도와드릴까요."

"괜찮아, 알프레도. 나 혼자서도 충분히 들 수 있어."

"밤비나*였을 때 책보를 대신 들어준 걸 기억합니다. 나중에 어른이 되면 나하고 결혼하고 싶다고 했으면서. 이젠 마음이 바뀌었다, 이건가요?"

"미안해, 알프레도. 난 워낙 변덕이 심해서." 로즈메리는 미소 지으며 보라는 듯이 속눈썹을 깜박여 보였다. 농담을 하기는커녕 상냥한 태도를 유지하는 것조차도 힘들었다. 빨리 저녁 시간이, 오늘이 끝나면 좋겠다는 마음밖에는 없었다.

엘리베이터에 탄 사람은 그녀 혼자였기 때문에 잠시 벽에 머리를 기대고 쉬었다. 알프레도가 그녀의 책보를 들고 학교까지 갔던 일은 지금도 뚜렷하게 기억하고 있었다. 어린 시절에, 마피아 패밀리끼리의

---

* 이탈리아어로 '어린 여자아이'를 의미한다.

항쟁이 발발했을 무렵의 일이다. 이런 가족이 도대체 어디 있단 말인가.

엘리베이터 문이 열리자 펜트하우스 현관 앞을 지키고 있는 두 사내가 차려 자세를 취했다. 그녀가 다가오는 것을 보고 긴장을 풀었지만, 두 사람 모두 이상할 정도로 침통한 표정이었다.

"맥스, 무슨 일이 일어난 거야?" 로즈메리는 똑같은 검은 양복을 입은 두 사내 중 키가 큰 쪽에게 물었다.

맥스는 말없이 고개를 가로젓고 문을 열어주었다.

로즈메리는 검은 참나무 패널로 뒤덮인 위압적인 복도를 지나 서재로 갔다. 벽에 걸린 오래된 유화들은 음울한 분위기를 덜어주는 데는 전혀 도움이 되지 못했다.

서재 앞으로 가서 노크를 하려고 한 순간, 조각으로 장식된 육중한 문이 안을 향해 열렸다. 책상 위의 전등 빛을 등지고 서 있는 아버지의 실루엣이 눈에 들어온다.

그는 로즈메리의 양손을 꽉 쥐었다. "마리아. 놀라지 말거라. 롬바르도가 세상을 떠났다."

"어떻게 그런 일이?" 로즈메리는 아버지의 얼굴을 응시했다. 눈 밑이 거무스름해져 있었다. 턱 아래 살도 그녀가 기억하는 것보다 한층 더 아래로 처져 있었다.

아버지는 방 한쪽을 손짓했다. "저 젊은이들한테서 소식을 들었어."

프랭키, 조이, 그리고 리틀 레날도가 한데 서 있었다. 조이는 손에 든 모자를 글자 그대로 쥐어짜고 있었다.

"마리아, 돈 카를로한테 말씀드렸어. 럭키 러 — 그러니까, 롬바르도는 여기로 오는 중이었는데, 잠깐 지하철역에 들렀다가 그만……"

"껌을 사러 갔던 것 같아." 프랭키는 마치 이것이 무슨 중요한 정보라도 된다는 듯이 덧붙였다.

"응. 하여튼 간에 롬바르도는 다시 나오지 않았어. 우린 우연히 근처에 있다가 지하철역에서…… 무슨 사건이 발생했다는 얘길 들었고, 그래서 무슨 일인지 알아보려고 직접 가봤고, 결국 알아냈어."

"맞아. 무려 스무 조각으로 갈가리—"

"프랭키!"

"죄송합니다, 돈 카를로."

"오늘은 다들 가봐. 내일 아침 다시 보자고."

세 명의 청년은 고개를 끄덕였다. 서재를 나가면서, 각자 로즈메리 쪽을 보며 이마에 손을 갖다 댄다.

"마리아, 정말 유감스럽다." 아버지가 말했다.

"이해 못 하겠어요. 도대체 누가 그런 짓을?"

"마리아, 너도 롬바르도가 우리 패밀리에서 일하고 있었던 건 알지. 다른 자들도 물론 그걸 알고 있었어. 롬바르도가 곧 내 아들이 되리라는 것도. 내게 타격을 주고 싶었던 누군가의 소행인 것 같아." 돈 카를로의 목소리는 침울했다. "최근엔 그것 말고도 다른 사건들도 일어났어. 우리가 일생에 거쳐 이룩한 걸 빼앗고 싶어 하는 자들이 있는 거야." 그의 목소리가 또다시 가혹하게 변했다. "이번 일을 그냥 넘길 생각은 추호도 없다. 마리아, 약속하마!"

"마리아, 네가 좋아하는 맛있는 라자냐를 구워놓았단다. 그러니까 가서 뭐라도 조금 먹자꾸나." 어둠에 잠긴 서재 한구석에 앉아 있던 로즈메리의 어머니가 말했다. 그녀는 의자에서 일어나 딸의 허리에 팔을 둘렀고, 주방 쪽으로 이끌었다.

"엄마, 날 기다리느라고 저녁을 안 먹을 필요는 없었어."

"먹었어. 네가 늦을 것 같아서 네 몫을 남겨놓았을 뿐이야."

로즈메리는 어머니에게 말했다. "엄마, 난 그이를 사랑하지 않았어."

"쉬이이. 나도 알아." 그녀는 딸의 입술에 손을 갖다 대고 말했다. "하지만 시간이 흐르면 좋아하게 됐을 텐데. 서로 잘 어울렸잖아."

"엄마, 그런—" 로즈메리는 반박하려고 했지만, 서재 쪽에서 들려온 아버지의 목소리를 듣고 입을 다물었다.

"**멜란차네**[*], 그 깜둥이 놈들 짓이 틀림없어. 놈들이 아니면 지금 누가 우릴 공격하겠어? 할렘에서 지하 터널을 통해 오고 있는 게 틀림없어. 몇 년째 우리 구역을 넘보고 있었잖나. 특히 조커타운 같은 **수시나**[**]에 눈독을 들이고 있을 것이 뻔해. 조커들은 단독으로 우리와 맞서려고 할 리가 없지만, 깜둥이들이 조커들을 이용해서 양동 작전을 펼치고 있는 거라면 얘기가 달라지지."

잠시 침묵이 흐르더니 전화에서 누군가가 대답하는 소리가 작게 들려왔다. 어머니는 딸의 팔을 끌어당겼다.

돈 카를로가 말했다. "지금 당장 저지하지 않는다면 모든 패밀리가 위험에 처하게 될 거야. 놈들은 야만인이나 마찬가지라고."

또 침묵이 흘렀다.

"난 **절대** 사태를 과장하려는 게 아냐."

"마리아……." 어머니가 말했다.

---

[*]   이탈리아어로 채소인 '가지'를 의미하며, 이탈리아계 미국인들이 흑인을 부르는 멸칭이다.

[**]   이탈리아어로 '자두'를 뜻하며, '알짜배기, 노른자위'라는 뜻도 있다.

"그럼 내일 아침에 보자고." 돈 카를로가 말했다. "이른 시각에. 좋아."

"들었지, 마리아. 네 아버지가 알아서 잘해주실 거야." 어머니는 로즈메리를 데리고 반짝거리는 주방 기구들이 즐비한 황금빛 주방으로 들어갔다. 주방의 벽에는 이탈리아 격언들을 넣은 액자가 잔뜩 걸려 있었다. 로즈메리는 어머니에게 지하철역에서 C.C.를 보았다는 얘기를 하고 싶었지만, 지금 와서는 불가능하게 느껴졌다. 돌이켜 생각해보니, 말도 안 되는 상상이었던 것이 틀림없다. 지금은 단지 눈을 붙이고 싶다는 생각뿐이었다. 식욕은 느끼지 않았다. 오늘 밤에는 그 무엇도 목을 넘어갈 것 같지 않았다.

◆

여자 노숙인이 잠결에 몸을 뒤척이자 그녀 곁에 있던 두 마리의 커다란 고양이가 일어섰다. 수컷 쪽이 고개를 들더니 반려자인 암컷의 냄새를 킁킁 맡았다. 웅크린 주머니쥐를 배 위에 얹은 채로 자고 있는 여자를 남겨두고, 고양이 두 마리는 지하철 폐터널의 어둠 속으로 소리 없이 걸어 들어갔다. 방치된 86번가의 지하 횡단로를 지나 음식이 있는 곳을 향한다.

두 마리 역시 허기를 느끼고 있었지만, 지금은 여자 노숙인의 아침거리를 찾는 것이 급선무였다. 배수로를 거쳐 센트럴파크로 나간 다음, 단풍나무 아래를 지나 거리까지 간다. 〈뉴욕타임스〉의 배달 트럭이 신호등에 걸려 정지하자 검은 수고양이는 삼색 털 암고양이를 쳐다보며 주둥이로 트럭을 가리켰다. 트럭이 출발하려고 하자 그들은 트럭 짐칸으로 펄쩍 뛰어올라 자리를 잡고 앉았다. 검은 고양이는 생선 무더기의 이미지를 떠올린 후 삼색 털 고양이에게 보냈다. 도시의 건물들이 쌩쌩 지나가는 것을 바라보며 그들은 뚜렷한 생선 냄새가 풍겨올 때까지 기다렸다. 마침내 트럭이 속도를 늦춘 순간, 생선 냄새를 포착한 삼색 털이 조급하게 트럭 아래로 뛰어내렸다. 검은 고양이는 짜증스러운 듯이 야옹거리면서 삼색 고양이를 따라 골목으로 들어갔다. 그들은 기묘한 인간들의 냄새가 음식 냄새를 압도하는 것을 감지하고 멈춰 섰다. 골목 안쪽에는 정상적인 인간들의 조잡한 패러디처럼 보이는 조커들이 여럿 모여 있었다. 누더기를 걸친 조커들은 먹을 것을 찾아 쓰레기통을 뒤지는 중이었다.

문이 열리면서 어두운 골목 안으로 가느다란 빛이 쏟아져 내렸다. 고양이들은 쓰레기통을 뒤지고 있는 인간들보다 훨씬 몸집이 크고 좋은 옷을 입은 사내가 골목까지 상자들을 운반하는 것을 보았고, 거기서 음식 냄새를 맡았다.

"자, 이리 오게." 뚱뚱한 사내는 얼어붙은 듯이 서 있는 조커들에게 고뇌에 찬 나직한 목소리로 말했다. "여기 자네들이 먹을 음식을 가져 왔어."

골목 안의 얼어붙은 듯한 정적은 조커들이 달려와서 상자들을 마구 뜯어내기 시작하면서 끝났다. 그들은 좋은 음식을 손에 넣으려고 서로를 마구 밀치며 자리싸움을 했다.

"멈춰!" 이 혼란의 와중에서 키가 큰 조커가 외쳤다. "우린 인간이라고!"

조커들은 다툼을 멈추고 상자들 뒤로 물러났고, 뚱뚱한 사내가 나눠주는 음식 상자를 차례대로 얌전하게 받기 시작했다. 키가 큰 조커가 마지막이었다. 상자를 건네받으면서 그는 다시 입을 열었다. "'에이스 하이' 나리, 감사합니다."

어두운 골목 안에서 고양이들은 조커들의 식사를 관찰했다. 검은 수고양이는 삼색 털 반려자 쪽으로 몸을 돌리고 생선 뼈의 이미지를 전달했다. 그들은 다시 거리로 나왔다. 식스애비뉴에서 검은 고양이는 배가본드의 모습을 삼색 털에게 보냈다. 고양이들은 업타운 쪽을 향해 천천히 달려가다가 도로를 지나가던 청과물 트럭에 올라탔다. 한참을 달린 후 트럭은 중국 마켓으로 접근했고, 검은 고양이는 그곳에서 익숙한 냄새를 맡았다. 트럭이 속도를 줄이기 시작한 순간 고양이 두 마리는 아래로 뛰어내렸다. 가로등 불빛을 피해 어둠 속으로만 움직이며, 마침내 노천 시장이 있는 곳에 도달했다.

새벽이 되려면 아직 멀었다. 트럭 운전사들은 오늘 들어온 신선식품 상자를 짐칸 밖으로 운반하고 있었다. 검은 고양이는 갓 도살된 닭 냄새를 맡았고, 혀를 내밀어 윗입술을 핥았다. 그런 다음 그는 반려자를 향해 짧게 으르렁거렸다. 그러자 삼색 털은 토마토 매대 위로 뛰어 올라가서 진열된 토마토들을 발톱으로 마구 찢어발기기 시작했다.

가게 주인은 중국어로 고함을 질렀고, 손에 들고 있던 클립보드를 도둑고양이를 향해 던졌다. 빗나갔다. 트럭에서 짐을 내리던 사내들은 멈춰 서서 누가 보아도 미친 고양이를 응시했다.

"여긴 조커타운보다 더하군." 누군가가 중얼거렸다.

"뭔 괭이 새끼가 저렇게 커." 다른 사람이 말했다.

인간들의 시선이 토마토를 찢어발기고 있는 삼색 털 고양이에 못 박히자마자, 검은 고양이는 기다렸다는 듯이 트럭 짐칸으로 뛰어올라 생닭을 입에 물었다. 체중이 20킬로그램에 달하는 아주 큰 고양이인 덕에 닭을 물어 올리는 일쯤은 식은 죽 먹기였다. 검은 고양이는 트럭 뒷문을 펄쩍 뛰어넘어 골목의 어둠 속으로 돌진했다. 그와 동시에 삼색 털 고양이도 공중을 가르며 날아오는 빗자루를 피해 매대에서 껑충 뛰어내린 다음 검은 고양이 뒤를 쫓았다.

검은 고양이는 다음 블록을 반쯤 간 곳에서 삼색 털 고양이를 기다리고 있었다. 삼색 털이 합류하자 두 마리는 입을 맞춰 포효했다. 멋진 사냥이었다. 삼색 털은 검은 고양이가 이따금 보도의 연석 위로 생닭을 물고 올라가는 것을 옆에서 도우며, 여주인이 있는 센트럴파크를 향해 천천히 달려갔다.

동료 노숙인 하나가 그리 취하지 않은 상태에서 여주인을 '배가본드'라고 부른 적이 있었는데, 그 뒤로는 이것이 그녀의 이름이 되었다. 그녀의 친구인 도시의 들짐승들은 그녀를 이름으로 부르지는 않았고, 단지 그녀의 이미지를 떠올리는 식으로만 소통했다. 그것만으로도 충분했다. 배가본드 본인도 자기 본명은 이따금 떠올릴 뿐이었다.

배가본드는 집합주택의 대형 쓰레기통에서 찾아낸 질 좋은 녹색 외투를 바싹 여몄다. 주머니쥐가 떨어지지 않도록 주의하며 상체를 일으켜 앉는다. 그녀는 주머니쥐를 무릎 위에 올려놓고, 어깨 양쪽에 다람쥐를 한 마리씩 얹은 다음, 자랑스러운 표정을 하고 사냥감을 가져온 검은 고양이와 삼색 털 고양이에게 인사를 건넸다. 그녀와 조금이라도 접촉한 적 있는 극소수의 부랑자들이 보았다면 깜짝 놀랄 만큼 매끄러운 동작으로 손을 뻗어 두 마리의 들고양이 머리를 쓰다듬는다. 그러면서 그녀는 머릿속에서 이 두 마리가 식당 뒤쪽의 쓰레기통에서 이미 반쯤 먹은 특출 나게 앙상한 닭고기를 끌어내는 이미지를 떠올렸다.

검은 고양이는 자기 머리와 배가본드의 머릿속 양쪽에 떠오른 이 이미지를 지워버린 후 공중에 코를 들이밀며 나직하게 콧방귀를 뀌었다. 삼색 털은 마치 화가 난다는 듯이 그르렁거리며 야옹 하고 운 다음 여자를 향해 머리를 들이밀었다. 배가본드와 눈을 맞춘 삼색 털은 자신이 인식한 사냥 광경을 머릿속에서 재생해 보였다. 그 영상 속의 삼색 털은 몸집이 적어도 사자만 했고, 움직이는 나무줄기를 연상케 하는 굵은 인간 다리들에 둘러싸여 있었다. 그러던 중에 용감한 삼색 털은 먹잇감인 집채만 한 생닭을 찾아냈다. 용맹무쌍한 삼색 털은 날카로운 이빨을 드러내고 인간의 목을 향해 펄쩍 달려들었고…….

배가본드가 느닷없이 다른 곳에 주의를 돌리면서 이 영상은 씻은 듯이 사라졌다. 삼색 털은 시끄럽게 야옹거리며 항의하려고 했지만, 곧 검은 앞발이 삼색 털을 뒤집은 다음 꼼짝 못 하도록 눌렀다. 삼색 털은 입을 다물고 머리를 옆으로 돌려 여자 얼굴을 응시했다. 검은 고양이는 중대한 사건이 일어났음을 예감하며 잔뜩 긴장하고 있었다.

셋의 마음속에 동시에 이미지가 떠올랐다. 죽은 쥐들의 모습. 이 이미지는 배가본드의 분노로 즉시 지워졌다. 그녀는 다람쥐들을 털어내고 주머니쥐를 한쪽에 내려놓은 다음 일어섰다. 그러고는 대뜸 몸을 돌려 더 깊은 지하로 내려가는 측면 터널 중 하나를 향해 갔다. 소리 없이 그녀 옆을 스쳐 지나간 검은 고양이는 척후 역할을 맡기 위해 먼저 터널로 들어갔다. 삼색 털은 여자와 나란히 움직였다.

"뭔가가 내 쥐들을 잡아먹고 있어."

터널 안은 칠흑처럼 어두웠다. 조명이라고는 이따금 보이는, 발광 미생물이 발하는 희미한 빛이 전부였다. 배가본드는 고양이들처럼 밤눈이 밝지는 않았지만, 그 대신 그들의 눈을 쓸 수 있었다.

셋이 센트럴파크 지하 깊숙한 곳에 도달했을 때 검은 고양이가 묘한 냄새를 포착했다. 검은 고양이가 이 냄새와 결부시킬 수 있었던 유일한 이미지는 반은 뱀이고 반은 도마뱀인 변화하는 생물이었다.

100미터를 더 전진하자 그들은 쑥대밭이 된 쥐 둥우리와 마주쳤다. 살아남은 쥐는 단 한 마리도 없었다. 사체 일부는 반쯤 먹힌 상태였고, 모든 사체가 흉측하게 훼손되어 있었다.

배가본드와 반려 고양이들은 축축한 터널로 계속 나아갔다. 그러다가 발을 헛디뎌 통로 아래로 미끄러진 배가본드는 자신이 구역질 나는 오수 속에 허리까지 잠긴 채로 서 있다는 사실을 깨달았다. 완만한 흐름에 실려 둥둥 떠내려온 정체를 알 수 없는 덩어리들이 그녀의 다리에 부딪치며 지나간다. 그녀의 기분은 전혀 나아지지 않았다.

검은 고양이가 온몸의 털을 곤두세우며 몇 분 전에 보여줬던 것과 동일한 이미지를 투사했지만, 그 생물의 몸집은 아까보다 훨씬 더 크게 자라 있었다. 검은 고양이는 왔던 길로 당장 되돌아가자고 제안했다. 빨리. 조용히.

배가본드는 이 제안을 거부했고, 미끌미끌한 벽을 따라 옆걸음질을 치며 또 하나의 파괴된 쥐 둥우리에 도달했다. 일부 쥐들은 아직 살아 있었다. 그들이 보여준 단순화된 파괴자의 이미지는 어슴푸레한, 말도 안 되게 거대하고 추악한 뱀이었다. 배가본드는 치명상을 입은 쥐들의 뇌를 정지시킨 다음 전진을 재개했다.

통로에서 5미터를 더 나아간 지점에, 머리 위에 있는 센트럴파크의 배수구로 이어지는 작은 방이 있었다. 방의 입구는 터널 바닥에서 1미터 위에 위치해 있었다. 검은 고양이가 입구 앞에서 웅크리더니 근육을 팽팽하게 긴장시켰고, 귀를 뒤로 착 젖힌 채로 나직한 울음소리를 냈다. 두려워하고 있었다. 삼색 털은 개의치 않고 그대로 입구로 올라가려고 했지만, 검은 고양이는 앞발로 삼색 털을 밀쳐냈다. 큰 몸집의 검은 고양이는 배가본드를 돌아보며 떠올릴 수 있는 모든 부정적인 이미지를 그녀에게 보냈다.

여전히 분노에 사로잡힌 배가본드는 자기가 먼저 들어가겠다는 메시지를 보냈다. 깊이 숨을 들이쉬고 헐떡인 후, 방 안으로 기어 들어간다.

방은 6미터 높이의 천장 쇠창살을 통해 들어오는 햇빛을 받고 있었다. 우중충한 빛이 벌거숭이 사내의 몸을 비추고 있다. 배가본드 눈에는 삼십대로 보였고, 근육질이지만 우람할 정도는 아닌, 군살 하나 없는 몸을 하고 있었다. 배가본드는 사내가 자신이 지금까지 조우한 부랑자들만큼 피폐해 보이지는 않는다는 사실을 어렴풋하게 자각했다. 처음에는 사내가 죽었으며, 그 정체불명의 괴물에게 당한 또 한 명의 희생자라고 생각했다. 그러나 사내에게 정신을 집중하자, 그냥 자고 있다는 사실을 알 수 있었다.

고양이들은 그녀를 따라 방으로 올라왔다. 검은 고양이는 당혹스러운 듯이 으르렁댔다. 그가 감지한 뱀-도마뱀의 흔적이 이 방에서 끝났기 때문이다―사내가 누워 있는 바로 그 지점에서 말이다. 배가본드는 사내에게서 뭔가 이상한 점을 발견했다. 그녀가 다른 인간들의 마음을 읽으려고 시도하는 경우는 거의 없었다. 너무 힘들기 때문이다. 인간의 마음은 너무나도 복잡했다. 게다가 그들은 계략을 세우고, 음모를 꾸민다. 배가본드는 사내 곁에 천천히 무릎을 꿇고 손을 뻗었다.

사내는 눈을 떴고, 더러운 부랑자가 자신을 만지려는 걸 알고 움찔하며 몸을 사렸다.

"뭘 하려는 거야?"

그녀는 사내를 빤히 쳐다보았다.

사내는 자신이 벌거벗었다는 사실을 깨닫고 동굴 같은 터널로 이어지는 입구 쪽으로 가려다가 ― 위협하는 듯이 으르렁거리는 소리를 들었고, 몸을 홱 젖히며 일찍이 본 적이 없을 정도로 거대한 고양이의 앞발 공격을 가까스로 피했다. 사내는 자신이 마음 깊은 곳의 어둠 속으로 또다시 미끄러져 내려가는 것을 언뜻 자각했다. 다음 순간 사내는 주 터널로 내려가더니 모습을 감췄다.

고양이들은 의문에 찬 울음소리를 내질렀지만, 배가본드는 이들의 의문에 딱히 대답해줄 수가 없었다. 그 사내의 마음속에서 난 거의 느낄 수 있었어. 그녀는 생각했다. 거의…… 뭘 느꼈던 걸까? 그 감각은 이미 사라지고 없었다.

배가본드와 삼색 털 고양이와 검은 고양이는 한 시간 더 수색을 계속했지만, 더 이상 그 기묘한 냄새의 흔적을 찾지는 못했다. 터널 안에 괴물은 없었다.

♥

뜨내기 인부들, 남녀 노숙인들, 그리고 그 밖의 부랑자들의 아침은 가장 좋은 깡통들과 유리병들을 찾아낼 수 있는 새벽에 시작된다. 로즈메리 역시 이른 시각에 아버지의 펜트하우스에서 몰래 나왔다. 잠을 거의 못 잔 데다가, 아침부터 서재의 닫힌 문 뒤에서 어떤 일들이 벌어지고 있는지를 확신하고 있던 그녀 입장에서는 한시라도 빨리 떠나고 싶은 것이 당연했다. 마피아 두목들은 전쟁을 선포할 작정이었다.

나무와 덤불이 울창하게 자라고 벤치까지 있는 센트럴파크는 특정 노숙인들에게는 낙원과도 같은 장소였다. 맑게 갠 하늘 아래에서, 로즈메리는 직접 도우려고 점찍은 몇몇 노숙인들을 찾고 있었다. 돌다리 너머에 있는 두 번째 벤치에 앉아 있던 남루한 옷차림의 사내는 그녀를 보자마자 벤치 옆의 덤불에 술병을 숨기더니 벌떡 일어섰다. 사내는 국방색의 전투복 상의를 입고 있었다. 한쪽 어깨의 덜 해진 부분은 조커 여단의 '총알받이' 휘장이 박혀 있던 곳이다. 이렇게 업타운에 가까운 곳에서 그 휘장을 남에게 보이는 것은 신중한 행동이 아니라고 충고한 사회복지사는 다름 아닌 로즈메리였다.

"잘 있었어, 크롤러*?" 로즈메리가 말했다. 제대 군인 특유의, 볕에 그은 얼굴만으로는 나이를 가늠하기 힘들었지만 이십대 후반쯤 되었고, 크롤러라는 별명은 베트남에서 육군 병사로 복무하며 땅굴 탐색을 하다가 얻은 것이었다. 그 뒤에도 크롤러는 두 번이나 재입대했다. 그러다가 마침내 넌더리를 내고 군에서 제대했던 것이다.

"안녕, 로즈메리. 내가 쓸 새 고글은 가지고 왔어?" 크롤러는 임시로 만든 보안경을 쓰고 있었다. 14번가의 노점에서 파는 싸구려 선글라스의 렌즈 주위를 더러운 흰색 접착테이프로 밀봉한 물건이었다. 로즈메리는 렌즈 뒤에 있는 크롤러의 검고 터무니없이 큰 눈이 엄청나게 예민하다는 사실을 알고 있었다.

"예산을 신청해놓았어. 하지만 실제로 물건을 받기까진 좀 시간이 걸릴 거야. 관공서의 절차가 얼마나 번거로운지는 너도 군대에 있어봐서 잘 알잖아."

"쳇." 그러나 부랑자는 여전히 미소 띤 얼굴로 그녀와 함께 걷기 시작했다.

---

*   '기어 다니는 자'라는 뜻.

로즈메리는 잠시 주저하다가 말했다. "재향군인국에 신청해도 되는 건 알지? 거기 출두하면 알아서 잘 해줄 텐데."

"그런 개 같은 소리가 어딨어." 크롤러는 동요한 기색이 역력했다. "나 같은 인간이 거기 얼굴을 내밀면 다시는 못 나온다는 거 알면서."

로즈메리는 '말도 안 되는 소리'라고 대꾸하려다가 마음을 바꿨다. "크롤러, 혹시 지하에 관해서 뭐든 아는 게 있어? 지하철 터널이라든지 그런 거?"

"좀 알지. 그러니까, 나도 비바람을 피할 곳이 필요할 때가 있으니까 말이야. 하지만 이곳 지하는 전혀 마음이 편하지가 않아. 게다가 거기선 뭔가 섬뜩한 일들이 벌어지고 있어. 악어라든지 뭐 그런 얘긴 너도 들어봤지? 어쩌면 그런 건 모두 알코올중독자들의 망상일지도 모르지만, 내 눈으로 직접 확인하고 싶은 생각은 없어."

"찾고 있는 사람이 있어서 그래." 로즈메리가 대답했다.

크롤러는 그녀의 말을 듣고 있지 않았다. "지하로 들어가서 아예 **살고 있는** 건 정말로 맛이 간 작자들뿐이야." 이렇게 말한 다음, 뭔가 알아들을 수 없는 말을 중얼거린다. "……다운타운 이스트사이드 쪽은 더 심하다고 들었어 — 알잖아, 조커타운. 저기 저 할멈 말인데, **정말로** 깊은 곳에 살고 있지." 크롤러는 단풍나무 밑에 앉아 있는 노파를 가리켰다. 여기서 100미터는 족히 떨어져 있었지만, 로즈메리는 노파의 머리 위에 비둘기들이 앉아 있고, 다람쥐 한 마리가 어깨 위에 앉아 있는 것을 똑똑히 보았다. 로즈메리는 고개를 갸우뚱하고, 작은 체구의 크롤러를 돌아보았다.

"저건 배가본드잖아." 그녀는 말했다. "그런 걱정 안 해도 돼……." 로즈메리는 그제야 크롤러가 곁에 없다는 사실을 깨달았다. 그는, 운동

삼아 걸어서 출근 중인 좋은 옷차림의 비즈니스맨에게 구걸하는 중이었다. 로즈메리는 못마땅함과 체념이 뒤섞인 표정으로 머리를 절레절레 흔들었다.

로즈메리가 다시 배가본드 쪽을 보니 비둘기들과 다람쥐는 모습을 감춘 뒤였다. 로즈메리는 정신을 차리려고 세차게 고개를 흔들었다. 오늘 내 상상력은 정말로 혹사당하고 있는 것 같아. 그녀는 여성 노숙인을 향해 걸어가면서 생각했다. 저 노파는 또 한 명의 방황하는 영혼일 뿐이라고.

"안녕하세요, 배가본드."

지저분한 머리카락을 한 노파는 고개를 돌리고 공원 너머를 바라보았다.

"나 로즈메리예요. 예전에도 말을 나눈 적 있죠. 살기 좋은 곳을 찾아주겠다고 했는데, 기억나요?" 로즈메리는 배가본드를 마주 보고 말할 수 있도록 쭈그리고 앉았다.

예전에도 본 적이 있는 검은 고양이가 배가본드에게 다가오더니 몸을 비벼대기 시작했다. 노파는 고양이 머리를 쓰다듬고 알 수 없는 말을 중얼거렸다.

"부탁이니 나하고 얘기 좀 해요. 음식을 가져다주고 싶어요. 좋은 곳에서 살 수 있게 해줄게요." 로즈메리가 손을 내밀자 중지에 낀 반지가 햇살을 반사하며 반짝였다.

땅에 앉아 있던 노파는 구부린 무릎을 껴안고 자신만의 보물로 가득 찬 비닐 쓰레기봉투를 움켜잡았다. 그녀는 앞뒤로 몸을 움직이며 콧노래를 부르기 시작했다. 검은 고양이는 로즈메리 쪽을 돌아보았다. 그녀는 고양이의 살벌한 눈초리에 놀라 몸을 움찔했다.

"나중에 또 얘기해요. 다시 올게요." 로즈메리는 경직된 몸을 억지로 움직여 일어섰다. 굳은 표정이었다. 그녀는 한순간 좌절감에 못 이겨 울음을 터뜨리고 싶은 충동을 느꼈다. 난 단지 도와주고 싶을 뿐인데. 누군가를. 누구든. 뭐에 관해서든 조금이라도 좋은 기분을 느끼고 싶었다.

배가본드와 헤어진 로즈메리는 센트럴파크 웨스트에 있는 지하철역 입구로 되돌아가기 시작했다. 아버지의 전쟁 회의는 그녀를 두려움에 떨게 했다. 아버지의 직업을 좋아한 적은 단 한 번도 없었고, 지금까지 그녀의 삶은 탈출과 구원과 속죄를 찾기 위한 것이었다고 해도 과언이 아니었다. 아비가 지은 죄에 자식이 괴로워하는 꼴이다. 로즈메리는 평온함을 갈망했지만, 그것을 손에 넣기 일보 직전이라고 느낄 때마다 평온함은 번번이 그녀 손아귀를 벗어났다. C.C.는 마지막 기회였다. 그녀가 돕지 못하는 부랑자들 한 명 한 명도 마찬가지다. 로즈메리는 배가본드와 의사소통을 하려면 어떤 열쇠가 필요하다는 사실을 확신하고 있었다.

로즈메리는 망연자실한 상태로 지하철역 계단을 내려갔다. 검표소 앞에서 줄을 서서 기다리다가 토큰을 집어넣고, 두 번째 계단을 지나 승강장으로 내려간다. AA 로컬 전동차가 역내로 진입하면서 차가운 바람이 불어왔다. 로즈메리는 바닥에 떨군 시선을 들어 올릴 생각조차 하지 않고 경직된 동작으로 가장 가까운 객차를 향해 갔다.

객차 안으로 발을 들여놓으려던 순간, 그녀의 눈이 커졌다. 그녀의 뒤로 몰려든 인파에도 개의치 않고 화들짝 뒤로 물러서자, 진로를 가로막힌 몇몇 승객은 그녀를 쏘아보거나 작게 욕설을 내뱉었다. 저 마지막 객차. 그 객차의 측면에 처음 보는 C.C.의 노래 가사들이 피를 연상케 하는 새빨간 글씨로 휘갈겨져 있다. C.C.는 언제나 조울증적인 면이 있었고, 로즈메리는 C.C.가 쓴 가사나 노래만으로도 친구가 어떤 기분인지를 쉽게 파악할 수 있었다. 그리고 저 노래 가사를 쓴 C.C.는 로즈메리가 일찍이 경험했던 그 어떤 C.C.보다도 우울한 상태였다.

피와 뼈
날 집으로 데려다줘
내게 빚진 사람들은
거기 있는 사람들은
나와 함께 지옥으로 떨어질 거야
나와 함께 지옥으로 떨어질 거야

로즈메리는 다시 객차로 접근하면서, 거기 쓰인 글자들 일부가 몇 초 전만 해도 없었다는 사실을 확신하고 있었다.

로지, 로지, 귀여운 로지
여기를 떠나줘
내 얼굴을 잊어줘
울지 마
로지, 로지, 귀여운 로지

"난 널 꼭 찾아낼 거야, C.C.. 그리고 너를 구할 거야." 로즈메리는 다시 인파를 헤치고 객차로 돌진했다. 이제는 그 객차 전체가 C.C.의 노래 가사의 파편들로 뒤덮여 있다는 확신이 있었다. 예전에 본 기억이 없는 가사들은 새로 지은 것이 틀림없다. 그러자 객차는 또다시 그녀가 타는 것을 거부했다. 로즈메리는 격한 숨을 몰아쉬며 눈을 치켜뜨고 전동차가 터널로 들어가는 것을 바라보았다. 객차 측면이 갑자기 피눈물로 뒤덮이는 것을 목격하고, 격하게 헐떡인다.

"성모마리아님……." 엉뚱하게도 어렸을 때 배웠던 성인들 이야기가 떠올랐다. 한순간 세계의 종말이 온 것이 아닌가 생각했을 정도였다. 전쟁과 죽음, 조커들과 만연한 증오가 정말로 종말을 예시하고 있다면 말이다.

♣

시각은 정오였다.

미 공군의 B-52 폭격기들은 하노이와 하이퐁을 폭격하고 있었다. 꽝찌 지역*은 월맹군의 진격에 크게 동요하고 있었다. 워싱턴 D.C.에 있는 정치가들은 최근 있었던 모종의 도난 사건에 관해 점점 더 황급한 기색으로 여기저기에 전화를 걸어댔다. 일각에서는 이런 의문이 제기되었다. 도널드 세그레티**는 혹시 에이스일까?

맨해튼 미드타운은 차와 인파로 끔찍하게 붐볐다. 그랜드센트럴 역에서 로즈메리 멀둔은 그녀를 지하로 이끌어줄, 누더기를 입은 부랑자들을 찾아보고 있었다. 거기서 10여 블록쯤 더 올라간 곳의 지하에서, 잭 로비쇼는 평소에 쓰는 도구들을 잔뜩 실은, 보수 정비용의 조그만

---

*　　　베트남 중북부의 성(省).

**　　미국의 변호사로, 워터게이트 사건의 중심인물 중 하나.

전동카트를 몰고 영원한 어둠 속을 덜그럭거리며 나아갔고, 터널에서 터널로 옮겨 다니며 내부 선로의 안전을 확인했다. 그리고 배가본드는 86번가에 인접한 센트럴파크 호수 남쪽 기슭의 바로 아래를 지나가는, 방치된 지하 횡단로 안에서 고양이들과 그녀 삶의 활력인 다른 짐승들의 따스한 온기를 느끼며 잠과 각성의 경계에서 떠다니고 있었다.

정오. 맨해튼의 지하에서는 전쟁이 시작되고 있었다.

"돈 카를로 감비오네께서 예전에 했던 연설을 인용해보겠다." '인간 백정'이라는 별명을 가진 프레데리코 마첼라이오가 말했다. 엄혹한 표정으로 주위에 모인 카포*들과 병사들을 둘러본다. 이 거대한 방은 1930년대에는 미드타운의 전동차들을 수리하기 위한 지하 정비 시설로 기능했지만, 2차 세계대전이 시작되기 직전, 시의 교통국이 모든 정비 시설을 허드슨강 너머에 집약시킨다는 결정을 내렸을 때 폐쇄되고 봉인되었다. 감비오네 패밀리는 얼마 지나지 않아 이 빈 공간을 접수했고, 총기나 다른 밀수품을 보관하거나 화물을 옮기거나, 이따금 시체를 묻기 위한 목적으로 이용했다.

인간 백정이 목청을 높이자 지하실 전체에 그의 목소리가 반향했다. "전투에서 우리를 승리로 이끄는 건 딱 두 가지야. 규율과 충성."

리틀 레날도는 프랭키와 조이와 함께 한쪽에 서 있었다. "자동화기와 고폭탄은 말할 나위도 없겠고." 리틀 레날도가 히죽거리며 말했다.

조이와 프랭키는 눈빛을 교환했다. 프랭키는 어깨를 으쓱했다. 조이가 말했다. "하느님과 총과 영광을 믿으란 얘기로군."

리틀 레날도가 불쑥 끼어들었다. "따분해. 빨리 가서 누군가를 쏘고

---

*   마피아의 중하급 간부.

싶어.”

조이는 인간 백정도 들을 수 있도록 조금 큰 목소리로 질문했다. “거리의 쓰레기들을 청소하러 가는 겁니까? 공격해도 괜찮은 놈들이 누굽니까? 흑인들만? 아니면 조커들도?”

“어디 있는 누가 놈들과 동맹을 맺었는지는 아직 몰라.” 인간 백정이 대답했다. “흑인들뿐만이 아니라는 것까진 알지만 말이야. 우리 같은 백인들 중에서도 돈을 받고 그쪽과 협력하는 놈들이 있거든.”

리틀 레날도의 살벌한 미소가 한층 커졌다. “자유 사격 지대라는 얘기네, 그럼. 왕년에 갈고 닦은 실력을 좀 발휘해야겠구먼.” 그는 머리에 쓴 정글해트를 편하게 고쳐 썼다.

“염병할.” 조이가 말했다. “전쟁터에 간 적도 없는 주제에.”

리틀 레날도는 엄지를 척 들어 올렸다. “존 웨인 영화에서 봐서 다 알아.”

“그럼 보스도 허락하신 겁니까?” 조이가 재차 질문했다.

인간 백정은 엷고 냉혹한 미소를 떠올렸다. “누구든 방해하는 놈들은 그냥 쏴버려.”

마피아 집단은 척후대, 분대, 소대를 이루고 출발하기 시작했다. 병사들은 M-16 소총과 펌프액션식 샷건으로 무장하고 있었고, M-60 기관총도 가끔 눈에 띄었다. 이에 더해 그들은 수류탄, 유탄 발사기, 로켓 발사기, 최루가스, 권총, 나이프에 어떤 장애물이라도 날려버리기에 충분한 양의 C-4 플라스틱 폭탄 블록들을 지니고 있었다.

“어이, 조이.” 리틀 레날도가 말했다. “그걸로 뭘 쏠 작정이야?”

조이는 AK-47 소총에 탄창을 때려 넣었다. 이것은 감비오네 패밀리의 무기고에서 꺼내 온 것이 아니라 그가 전쟁터에서 직접 노획한 것이었다. 그는 반들반들하게 연마된 목제 개머리판에 손을 갖다 댔다.

"악어일지도 모르겠군."

"뭐?"

"신문도 안 읽어? 지하 터널 안에 거대한 악어가 살고 있다던데?"

리틀 레날도는 미심쩍은 눈으로 친구를 보더니 몸을 부르르 떨었다. "밀림에서 박박 기다가 온 조커들 따위 안 무서워. 하지만 이빨이 잔뜩 달린 거대 도마뱀과 마주치고 싶진 않군."

이번에는 조이가 히죽 웃을 차례였다.

"그런 괴물이 있다는 건 뻥이지?" 리틀 레날도가 말했다. "그냥 날 놀리려고 그러는 거 맞지?"

조이는 쾌활한 표정으로 엄지손가락을 척 들어 보였다.

♠

잭은 시간 감각을 완전히 잃은 상태였다. 그가 몰고 있는 보수 정비용 전동카트의 궤도를 본선에서 지선으로 변경한 후 오랜 시간이 흘렀다는 사실밖에는 기억나지 않았다. 뭔가 이상했다. 그는 좀 더 후미진 곳을 지나가는 선로들을 점검하려고 마음먹었다. 꼬리뼈 바로 위에, 마치 차가운 얼음을 갖다 댄 듯한 묘한 기분이 영 사라지지 않았기 때문이다.

전동차들이 지나는 소리가 들렸지만, 멀리 떨어진 곳이었다. 그가 이동 중인 터널은 차량 혼잡이 극심할 때나, 주 선로에서 화재나 그 밖의 문제가 발생했을 때만 쓰이는 우회로였다. 멀리서 마치 총성 같은 소리가 들려온다.

잭은 노래를 부르기 시작했다. 어린 시절 즐겨 들었던 자이데코*, 케이준 음악과 흑인 음악이 뒤섞인 블루스풍의 노래로 어둠 속을 가득 채운다. 빅 보퍼의 '샹틸리 레이스'와 클리프턴 셰니에의 '에-티트-피'**로 시동을 건 다음, 지미 뉴먼의 메들리와 슬림 하포의 '내 맘속에 내리는 비'로 넘어간다. 다시 선로를 변경해서 적어도 1년은 점검하지 않은 지선으로 정비 카트를 진입시킨 순간, 빨갛고 노란 불꽃이 터지면서 전 세계가 폭발했다. 어둠이 산산조각 나고, 압력파가 그의 고막을 강타했을 때, 그는 '라리코 송 파 살'의 첫 번째 구절을 부른 참이었다. 다음 순간 그와 정비 카트는 공중에서 핑핑 돌고 뒤틀리면서 각각 다른 방향으로 날아갔다.

터널의 반대편 벽까지 날아가 격돌한 잭이 내뱉을 수 있었던 말이라고는 "도대체 이게 무슨—"까지였고, 그 직후 그는 바닥에 풀썩 쓰러졌다. 뇌진탕과 섬광 탓에 정신이 아득해진 상태였다. 잭은 눈을 깜박였고 눈앞에서 연기가 소용돌이치고 있다는 사실을 깨달았다. 그리고 그 연기를 비추는 손전등의 불빛을 보았다.

어떤 목소리가 말했다. "하느님 맙소사, 레날도! 우리가 지금 무슨 탱크하고 맞서 싸우고 있는 줄 알아?"

다른 목소리가 대꾸했다. "이번 녀석은 죽이기 좀 아까웠어. 노래 솜씨가 아주 척 베리*** 뺨치더라고."

*   미국 루이지애나주 남서부 음악.

**   케이준 프랑스어로 '어이, 작은 소녀야'라는 뜻.

***   미국의 흑인 싱어송라이터, 기타리스트. 로큰롤의 창시자 중 한 사람으로 존경받는다.

"흐음." 세 번째 목소리가 말했다. "적어도 깜둥이인 건 틀림없을 테니까 괜찮아."

"레날도, 가서 확인해보고 와. 보나 마나 스팸 덩어리 같은 몰골이겠지만, 그래도 확인은 해야지."

"알았어, 조이."

조금씩 옅어지는 연기 속에서 회중전등 불빛이 까닥거리며 다가온다.

놈들 나 죽일 거야. 어린 시절 쓰던 사투리로 되돌아간 잭은 생각했다. 그런 생각을 해도 처음에는 아무 감정도 느끼지 않았지만, 곧 분노가 솟구치기 시작했다. 그는 이 감정이 그대로 그를 쓸고 지나가도록 놔두었다. 분노는 곧 열화와도 같은 격렬한 증오가 될 때까지 부풀어 올랐다. 아드레날린이 따끔거리며 신경 말단으로 고통을 운반한다. 잭은 과거에 **루-가루**[*] 같은 광기의 발단으로 간주했던 것이 자신을 엄습하는 것을 느꼈다.

"어이, 뭔가 보여! 네 왼쪽을 봐, 레날도."

레날도라고 불린 사내가 다가왔다. "응. 보여. 이제 완전히 숨통을 끊어놓겠어." 그는 소총을 들어 올리고 함께 쥐고 있던 회중전등의 불빛으로 그쪽을 겨냥했다.

이 행동은 잭을 완전히 광란 속으로 몰아넣었다. **이 못돼 처먹은 새끼!**

고통이, 환영할 만한 고통이 그를 고문했다. 그리고 그는…… **변신**했다.

뇌가 핑핑 돌았고, 마음이 끊임없이 안쪽으로 접혀 들어가며 원초

---

*   프랑스어로 '늑대 인간'을 의미한다.

의 파충류 수준까지 내려갔다. 몸 전체가 길쭉해지고 두꺼워지고 있었다. 턱이 앞으로 쑥 뻗어나갔고, 날카로운 이빨이 수없이 자라났다. 그는 이 새로운 몸의 완벽한 근육들을 느꼈고, 긴 꼬리의 균형을 가늠해보았다. 이 새로운 육체의 엄청난 힘을…… 완벽하게 느꼈다.

그런 다음 눈앞에 있는 먹잇감을, 위협을 보았다.

"아아, 하느님!" 리틀 레날도가 비명을 질렀다. M-16 소총의 방아쇠에 걸친 손가락에 힘이 들어갔다. 처음 연사한 예광탄들은 표적을 완전히 빗나갔다. 또다시 발포할 기회는 아예 주어지지 않았다.

이전에 잭이었던 괴물은 앞으로 돌진해서 아가리로 레날도의 허리를 꽉 물었고, 그대로 마구 뒤틀며 찢어발겼다. 레날도가 들고 있던 회중전등이 빙빙 돌며 바닥에 떨어졌고, 불이 나갔다.

다른 사내들도 소총을 난사하기 시작했다.

악어는 고함 소리를, 비명을 들었다. 공포의 냄새. 좋다. 자기 위치를 저렇게 알려주니 잡아 죽이기도 더 쉽다. 그는 입에 물고 있던 레날도의 시체를 떨어뜨리고 불빛들을 향해 갔다. 그가 발한 도전의 굵은 포효가 터널 안을 가득 채웠다.

"하느님! 조이! 도와줘!"

"가만있어. 네가 어디 있는지 모르겠어!"

통로는 좁았고, 건축재는 오래된 탓에 썩어가고 있었다. 똑같이 매력적인 두 개의 먹잇감 사이의 좁은 공간에서, 악어는 몸을 뒤틀어 방향을 바꿨다. 불빛이 여러 번 번쩍하며 몸이, 주로 꼬리 부분이 따끔따끔했다. 먹잇감이 올리는 비명 소리가 들렸다.

"조이, 이놈이 내 다리를 박살 냈어!"

또 불빛들이 번쩍거렸다. 폭발이 일어났다. 매캐한 연기가 콧구멍을 가득 채웠다. 천장에서 부스러진 석재들이 떨어졌다. 완전히 썩은 도리가 산산조각 났다. 약화된 시멘트 벽이 무너졌다. 바닥의 일부가 무너지면서 4미터나 되는 그의 육중하고 긴 몸이 경사면을 굴러떨어졌다. 연기와 분진이 소용돌이치고, 딱딱한 돌조각들이 머리 위에서 비 오듯 쏟아진다.

악어는 얇은 금속 해치에 격돌했다. 해치는 애당초 이런 식의 충돌을 견딜 수 있도록 만들어지지 않았다. 그는 캔버스 천처럼 쉽게 찢어진 알루미늄을 뚫고 개방된 수직 갱도 안으로 굴러떨어졌다. 6미터쯤 그렇게 낙하하다가 거미줄처럼 복잡한 목제 기둥들과 부딪쳤다. 한동안 머리 위에서 파편이 계속 쏟아졌다. 이윽고 위쪽과 아래쪽에서 정적이 흘렀다. 악어는 어둠 속에서 휴식을 취했다. 그러나 몸을 뻗으려고 해도, 아무 일도 일어나지 않았다. 그는 나무 기둥으로 이루어진 그물 안에 완전히 박혀 있었다. 기둥 하나는 그의 주둥이를 완전히 누른 채로 꼼짝달싹도 하지 않았다. 그래서 아가리를 열 수도 없었다.

포효해보려고 했지만, 실제로는 낮게 으르렁거리는 소리밖에는 낼 수 없었다. 눈을 깜박였지만 아무것도 보이지 않는다. 뒤늦게 찾아온 쇼크 증세 탓에 몸에서 힘이 빠져나가고 있었다.

여기서 죽고 싶지는 않았다. 죽더라도 물속에서 죽고 싶었다.

배가 고픈 채로 죽는 건 더 싫었다.

그는 기아감에 시달리고 있었다.

◆

배가본드는 아주 오랫동안 느끼지 못했던 감정을 느끼고 있었다.

동정심. 그것도 로즈메리 멀둔을 향한 동정심이었다. 사회복지사가 도와주고 싶어 한다는 사실은 알고 있었지만, 도움이 필요 없다는 사실을 어떻게 전해야 한단 말인가? 이런 감정에 당혹감을 느낀 배가본드는 또 다른 감정을 느꼈다. 그녀는 시중을 들어주고 얘기를 들어주는 친구들과 함께 있는 것만으로도 충분히 행복했다. 그 친구들이 아무리 인간과는 동떨어진 존재라고 해도 말이다.

잠을 잘 따뜻한 장소도 있었다. 센트럴파크의 지하에 있는 그녀의 거처는 증기 파이프 가까운 곳에 있었다. 배가본드는 오랜 시간을 들여 거리에서 손에 넣을 수 있었던 최고의 물건들로 집을 꾸며놓았다. 가구는 빨간색의 부서진 영화감독용 의자밖에는 없었지만, 방바닥은 누더기와 담요 따위를 잔뜩 깔아놓은 덕에 푹신했다. 한쪽 벽에는 초원의 사자들을 묘사한 벨벳 그림을 기대어놓았고, 반대편 벽가에는 표범 목각상이 놓여 있었다. 표범은 다리가 하나 떨어져 나가고 없었지만 이 방에서는 가장 영예로운 자리를 차지하고 있었다.

배가본드는 86번가의 버려진 지하 통로에 나른하게 누워서, 과거에 그녀였던 여성의 이름인 수잰 멜롯을 떠올렸다. 바로 그 순간, 그녀의 마음을 엄습한 고통의 감각이 사고의 흐름을 완전히 끊어놓았다. 그 비명에 담긴 고통이 너무나도 강렬했기에 곁에 있던 검은 고양이까지 고통스럽게 신음했을 정도였다. 고통의 물결이 후퇴하자 검은 고양이는 쥐들을 공격했던 괴물에게서 받은 것과 동일한 이미지를 배가본드에게 보냈다. 배가본드는 마음속에서 동의했다. 그녀 역시 완벽한 이미지를 형성할 수가 없었다. 괴물은 거대한 도마뱀처럼 보였지만, 어딘가 완전히 짐승이라고는 할 수 없는 부분이 있었다. 그리고 그것은 지금 크게 다친 상태였다.

배가본드는 한숨을 쉬고 일어섰다. "마음의 평화를 되찾기 위해서라도 직접 가서 확인해보는 수밖에 없겠어." 검은 고양이는 이 해법에 찬성하지 않았지만, 또 다른 고통의 파도가 몰려오자 하악 하는 소리를 내며 배가본드 왼쪽의 터널 안으로 뛰어 들어갔다. 삼색 털의 경우는 배가본드와 검은 고양이를 관통했던 고통의 감각의 가장자리만을 느낀 듯했다. 배가본드가 그 고통을 조금 재생해 보이자 삼색 털은 귀를 뒤로 젖히고 바닥에 바싹 엎드렸다. 검은 고양이의 이미지가 배가본드의 마음에 떠올랐고, 삼색 털은 동료를 쫓아 쏜살같이 터널로 뛰어 들어갔다. 배가본드는 삼색 털에게 자신을 기다리라고 말한 후, 나란히 서서 검은 고양이와 상처 입은 괴물 양쪽을 추적하기 시작했다.

마침내 그곳에 도달하기까지는 좀 시간이 걸렸다. 육안으로 직접 본 괴물은 사실 거대한 도마뱀과 크게 다르지 않은 존재였다. 미완성 상태인 터널 안에서 낙하한 목재 아래에 깔려 있었다. 검은 고양이는 몇 미터 떨어진 곳에서 웅크린 채로 이 기괴한 짐승을 응시하고 있었다.

배가본드는 꼼짝달싹도 못 하는 괴물을 바라보며 웃음을 터뜨렸다. "하수도에 악어가 산다는 소문은 사실이었어." 악어는 꼬리를 꿈틀거려 벽돌 몇 개를 터널 너머로 날려 보냈다. "하지만 악어가 너의 전부는 아냐. 안 그래?"

그녀와 고양이들의 힘만으로 악어를 풀어주는 것은 불가능했다. 배가본드는 무릎을 꿇고 악어를 누르고 있는 목재들을 확인하면서 친구들에게 도움을 요청했다. 손을 뻗어 악어 머리를 쓰다듬어주면서, 잇달아 투사한 이미지로 진정시켰다. 그녀는 악어가 의식을 잃었다가 깨는 것을 반복하는 것을 느꼈다.

동물들은 각기 다른 타이밍으로 도착했다. 배가본드가 각각의 짐승들에게 그 능력에 맞춰 일하라는 지시를 내리자 불안한 평화가 찾아왔다. 쥐들은 나무를 쏠았고, 두 마리의 들개는 근육을 썼고, 주머니쥐와 라쿤들은 작은 돌들을 치웠다. 검은 고양이와 삼색 털 고양이는 배가본드가 마음을 통해 변덕스러운 동물들을 통제하는 것을 곁에서 도왔다.

작은 돌조각들이 모두 치워지고 목재나 판자들이 옮겨지거나 쏠려서 절단된 후, 배가본드는 악어를 직접 꺼내는 작업에 착수했다. 그녀가 잡아당기면 악어도 안간힘을 쓰는 식으로 악전고투하다가, 마침내 감옥에서 빠져나오는 데 성공했다. 배가본드는 피로로 녹초가 된 명투성이 악어의 머리를 무릎 위에 얹고 있었다. 검은 고양이과 삼색 털은 도우러 와준 동물들에게 이제 가도 좋다는 명령을 전달했다.

두 고양이들은 배가본드가 악어의 턱 밑을 쓰다듬어 진정시키는 광경을 바라보았다. 그녀가 쓰다듬는 동안 악어의 주둥이와 꼬리가 점점 짧아지기 시작했다. 비늘로 뒤덮인 악어 거죽은 부드럽고 창백한 피부로 변했다. 뭉뚝한 다리들이 가늘어지며 팔과 다리로 변했다. 불과 몇 분 만에, 배가본드는 예전에 발견한 적이 있던 사내의 벌거벗은 명투성이 몸을 안고 있었다. 변신이 진행되는 중에 배가본드는 어떤 확실하지 않은 시점에서, 더 이상 이 괴물을 통제하거나 그 사고를 읽을 수 없게 되었다는 사실을 깨달았다. 인간과 짐승을 가르는 중요한 분기점을 모르고 그냥 지나쳐버린 듯하다.

배가본드는 사내를 바닥에 내려놓고 일어섰고, 터널 끝으로 걸어갔다. 삼색 털이 따라왔지만, 검은 고양이는 여전히 사내 곁에 앉아 있었다.

왜? 배가본드가 생각했다.

왜? 검은 고양이가 응수했다. 고양이의 눈으로 본, 방금 그녀가 끝낸 작업의 이미지가 그녀의 뇌리에서 다시 재생되었다.

삼색 털 고양이는 배가본드를 보았다가 고개를 돌려 검은 고양이를 보았다. 그들 사이의 대화에 초대받지 않은 탓에 영문을 모르겠다는 투였다.

악어. 배가본드는 설명했다. **인간을 구한 게 아냐.**

그녀의 마음속에서 악어가 인간으로 변했다.

"호기심은…….*" 배가본드는 이번 구출 작전이 시작된 이래 처음으로 소리 내어 말했다.

검은 고양이는 등을 바닥에 대고 누워 공중에 네발을 뻗친 검은 고양이의 이미지를 그녀에게 보냈다.

배가본드는 사내 곁에 다시 앉았다. 몇 분쯤 흐른 뒤에 그는 다시 움직이기 시작했고, 힘겹게 상체를 일으켜 앉았다. 천장에서 흘러 들어오는 희미한 빛 아래에서, 그는 배가본드가 어제 만났던 노파임을 알아보았다.

"무슨 일이 일어났어? 마구잡이로 총을 쏘아대는 미친놈들과 마주친 것까진 기억하는데, 그 뒤로는 기억이 확실하지 않아." 잭은 자꾸 둘로 보이는 노파에게 눈의 초점을 맞춰보려고 했다. "아무래도 난 뇌진탕을 일으킨 것 같아."

배가본드는 어깨를 으쓱했고, 사내 뒤에 잔뜩 쌓여 있는, 천장이 무너졌을 때 낙하한 목재 파편들을 가리켰다. 그쪽을 향해 억지로 눈의 초점을 맞춘 잭은 낙하지점 주위의 지면과 벽에 몇백 개나 되는 조그만 발자국들이 찍혀 있는 것을 보았다. 그리고 엄청난 파괴의 흔적 한복판에 기괴한 꼬리 자국이 하나 나 있는 것을 보았다.

---

*   '호기심은 고양이를 죽인다'라는 영어권 속담에 대한 암시이다.

"하느님 맙소사. 또 그랬다니." 잭은 배가본드를 돌아보았다. "여기 왔을 때, 당신은 뭘 봤어?"

그녀는 여전히 침묵을 지키며 그에게서 조금 몸을 돌렸다. 잭은 노파의 지저분한 머리카락 아래에 보이는 입술에 희미한 미소가 떠오른 것을 보았다. 미친 걸까?

"메르드*. 이제 난 어떻게 해야 하지?" 잭은 갑자기 그의 가슴을 밀친 한 쌍의 검은 발 탓에 뒤로 쓰러질 뻔했다. "어이, 조심해, 친구. 고향의 습지대를 떠난 이래, 너처럼 큰 괭이를 보는 건 처음이네." 검은 고양이는 묘하게 강한 눈빛으로 그를 뚫어지게 바라보았다. "앤 왜 이러는 거야?"

"당신이 어떻게 그럴 수 있었는지 알고 싶대." 노파의 목소리는 외모와는 딴판이었다. 젊은 목소리였고, 재미있어하는 기색까지 있었다. "조심해. 지금 당신은 소라진**을 잔뜩 먹고 깨어났을 때처럼 멍한 상태야." 잭이 일어서려고 하자 그녀가 팔을 잡고 부축해주었다.

잭이 일어서자 그녀가 말했다. "그런 차림으로는 멀리 못 갈걸." 그녀는 입고 있던 외투를 벗었다.

"몽 디외***. 고마워." 잭은 얼굴 피부가 달아오르는 것을 느끼며 그녀가 건넨 녹색 천 외투에 팔을 넣고 단단히 몸에 둘렀다. 외투는 목에서 무릎까지 가려주었지만, 팔 부분이 짧아서 팔꿈치부터는 그대로 노출된 상태였다.

---

*　　영어의 'shit(제기랄)'에 해당하는 프랑스어 욕설.

**　　신경안정제 상품명.

***　　프랑스어로 '하느님(맙소사)'이란 뜻이다.

"사는 데가 어디야?" 배가본드는 무표정하게 잭을 바라보며 말했다. 잭은 내심 그녀의 배려심이 고마웠다.

"다운타운. 시청역 근처의 브로드웨이 지하에 있어. 혹시 이 근처에 지하철이 지나가는 곳은 없을까?" 잭은 길을 잃는 것에 익숙하지 않았고, 그런 상황이 전혀 마음에 들지 않는다는 사실도 깨닫고 있었다.

배가본드는 대답하는 대신 터널 입구로 갔다. 오른쪽으로 방향을 바꿨을 때도 잭이 따라오는지를 확인하거나 하지는 않았다.

"네 주인 말인데, 살짝 이상한 사람인 것 같아. 모욕하려는 건 물론 아니지만." 잭은 검은 고양이에게 말했다. 배가본드를 따라가는 잭 옆에서 함께 걷고 있던 검은 고양이는 그를 올려다보았고, 콧방귀를 뀌더니 꼬리를 꿈틀했다.

"네가 그런 말을 할 자격이나 있냐, 뭐 이렇게 말하고 싶은 거야?"

잭은 배가본드와 걷는 속도를 맞추려고 했지만, 영 상태가 안 좋은 탓에 곧 뒤처졌다. 검은 고양이가 달려가서 그 사실을 알린 뒤에야 그녀는 되돌아왔고, 잭의 팔을 자기 어깨에 두르고 그가 걷는 것을 도왔다.

57번가 역이 가까워진 곳에서 마침내 낯익은 터널이 나타났다. 함께 승강장으로 올라가면서, 잭은 배가본드에게 일어난 변화를 깨닫고 놀라워했다. 여전히 그를 부축해주고 있었지만, 그녀는 마치 그에게 매달린 듯한 인상을 풍기고 있었던 것이다. 아까처럼 성큼성큼 걷는 대신 발을 질질 끌며 움직였고, 시선도 줄곧 바닥을 향하고 있었다. 승강장에 서 있던 승객들은 그들을 보자마자 황급히 물러났기 때문에, 사람들과 부대낄 염려는 없었다.

이윽고 승강장에 도착한 지하철의 마지막 객차는 특이할 정도로 선명한 낙서로 뒤덮여 있었다. 배가본드는 요란하게 장식된 이 객차로 잭을 이끌었다. 잭은 객차 측면에 휘갈겨진 낙서 중에서 그나마 뜻이 좀 통하는 것을 읽어보았다.

너도 특이해?
너도 불을 느꼈어?
넌 안에서 불타고 있어?
불길은 우리 모두를 집어삼키지만,
결코 죽도록 내버려두지 않아.
끝나지 않는, 영원한 불길.

잭은 낙서의 문장 일부가 자신이 바라보는 동안에 변했다고 느꼈지만, 보나 마나 뇌진탕의 후유증일 터였다. 배가본드는 객차 안으로 그를 끌어당겼다. 그러자마자 문이 닫힌 탓에, 미처 들어오지 못한 승객들이 벌컥 화를 내는 것이 보였다.

"역?" 배가본드의 말투는 정말이지 간결하군. 잭은 생각했다.

"시청역." 잭은 좌석 등받이에 뒤통수를 대고 축 늘어졌고, 전동차가 다운타운을 향해 출발하자 눈을 감았다. 자는 동안 더 편하게 쉴 수 있도록 좌석이 그의 몸에 맞춰 모양을 바꿨다는 사실은 전혀 모르고 있었다. 그들이 목적지인 시청역에 도착할 때까지 잭 일행을 태운 객차의 문이 단 한 번도 열리지 않았다는 사실도 아예 깨닫지 못했다.

고양이들은 딱히 지하철 여행을 즐기는 기색이 아니었다. 삼색 털은 겁에 질려 있었다. 귀를 뒤로 젖히고, 위로 치켜든 꼬리의 털을 온통 주뼛 세운 채로, 배가본드 옆에 딱 붙어서 떨어지려고 하지 않았다. 검은 고양이는 조심스럽게 객차 바닥을 눌러보고 있었다. 그는 반은 익숙하지만 반은 익숙하지 않은 촉감을 느꼈다. 사방에서 피어오르는 열기와 이 혼란스러운 냄새들은 도대체 뭘까.

배가본드는 어두운 객차 안에 주의를 기울였다. 예각적인 곳은 단 한 곳도 없었다. 시야 가장자리에서 흐릿한 객차 내부가 미묘하게 형태를 바꾼 것처럼 보였다. LSD를 먹어본 이래, 이렇게 묘한 느낌을 받아본 건 처음이야. 그녀는 생각했다. 고양이들과 잭 너머로 의식을 확장해본다. 그 직후에 잠깐 접촉한 존재가 **누구**인지는 알 수 없었다. 그러나 배가본드는 압도적인 안락함과 따스함을 느꼈고, 무엇인가가 그들을 에워싸고 보호해주고 있다는 확신을 느꼈다.

그녀는 조심스럽게 좌석에서 고쳐 앉은 다음 삼색 털을 쓰다듬었다.

♥

"여기야." 잭이 말했다.

그는 일행을 전철역으로 안내할 수 있을 정도로는 회복한 상태였다. 갈피를 잡기 힘들 정도로 많은 유지 보수용 벽장들을 지나, 현재는 쓰이지 않는 터널들로 이루어진 또 다른 미로를 나아간다. 잭은 그의 집으로 이어지는 통로 여기저기에 조명을 설치해놓았고, 지나가면서 필요할 때마다 켰다 끄는 식으로 앞길을 밝혔다. 마지막 문을 연 그는 옆으로 비켜서서 배가본드와 고양이들에게 먼저 들어가라고 손짓했다. 그들이 놀란 눈으로 긴 실내를 둘러보는 광경을 보고 잭은 자랑스러운 표정으로 미소 지었다.

"와우. 이럴 수가." 배가본드는 호화로운 가구들과 실내장식을 보고 움찔했다. 당장 그녀의 눈길을 끈 것은 붉은 벨벳 천과 갈큇발이 달린 긴 의자들이었다.

"**역시** 당신은 겉모습보다 훨씬 젊군. 나도 여길 처음에 봤을 때는 그렇게 반응했거든. 네모 선장의 선실이 떠오르더라고."

"〈해저 2만 리〉."

"응, 맞아. 당신도 그걸 봤군. 내가 읍내 영화관에서 제일 처음 봤던 영화 중 하나였지." 그들은 금빛 지주들과 그것들을 잇는 호화로운 벨벳 로프로 둘러싸인, 심홍색의 융단이 깔린 계단을 내려갔다. 고양이 두 마리가 그들 앞으로 달려갔다. 삼색 털이 마치 장애물 경주를 하듯이 빅토리아시대의 안락의자들을 잇달아 뛰어넘는다. 전등 빛을 보조하는 가스등의 깜박거리는 불길로 인해 공간 전체가 19세기적인 분위기를 풍겼다. 검은 고양이는 페르시아 융단 위를 총총걸음으로 달려가서 플랫폼 끝까지 간 뒤에 두 인간을 돌아보았다.

"이게 뭔지 알고 싶어 하고, 또 저 문 뒤에 뭐가 있는지 궁금해하고 있어." 배가본드는 잭을 부축한 채로 천천히 계단을 내려가며 말했다. "당신은 누워서 쉬어야 해."

"곧 그럴 거야. 여기가 바로 우리 집이고, 저 문 뒤에는 내 침실이 있지. 저쪽으로 가줄래……." 그들은 침실을 향해 가기 시작했다. "이건 뉴욕 시의 첫 번째 지하철 노선이고, 남북전쟁 직후에 앨프리드 비치라는 사내가 만든 거야. 딱 두 블록만 주행했지. 하지만 보스 트위드*는 이걸 마음에 들어 하지 않았고 결국 폐쇄해버렸다. 그런 다음 까맣게 잊었던 거지. 난 시의 교통국에서 일하기 시작하고 나서 조금 뒤에 우연히 이걸 발견했어 — 이 직업의 특권 중 하나라고나 할까. 어떻게 이렇게 보존 상

---

*   윌리엄 매기어 '보스' 트위드. 뉴욕 시의 부패 정치인.

태가 좋은지는 모르겠지만, 난 여기가 정말 마음에 들었어. 조금 청소하니 이렇게 깨끗해졌고." 그들은 방 끝에 도달했다. 잭은 화려하게 장식된 청동 문의 문고리를 돌리기 위해 손을 뻗었다. 그러자 중앙의 원이 활짝 열렸다. "이건 원래 압축공기식 기송관의 입구로 쓰였어."

"이럴 거라고는 생각도 못 했어." 배가본드는 터널 내부에 가구가 별로 없다는 사실을 알고 놀랐다. 송판을 써서 직접 만든 것으로 보이는 침대 하나에 역시 직접 만든 책장, 그리고 널빤지로 만든 수납장이 전부였다.

"이것들만으로도 충분히 아늑하거든. 〈포고〉 코믹스도 전권 모아놨다고." 잭은 이렇게 대답하며 천연덕스러운 얼굴로 배가본드를 보았다. 그녀는 웃음을 터뜨렸고, 자신이 웃었다는 사실에 놀란 듯했다.

"요오드 소독약은 어딨어?" 배가본드는 주위를 둘러보며 구급상자를 찾아보았다.

"그런 건 안 써. 저걸 좀 떼어내줄 수 있을까?" 잭은 천장의 거미줄을 가리켰다.

"농담이시겠죠."

"저건 세상에서 제일 좋은 습포제라고. 우리 할머니한테 배운 거야."

배가본드가 거미줄을 가지고 왔을 때 잭은 팬티를 갈아입고 손에 셔츠를 들고 있었다. 그녀는 잭에게 거미줄을 건넸고, 그가 몸에서 가장 심한 찰과상을 입은 부위들을 싸매는 것을 도왔다.

"그건 그렇고, 당신은 어떻게 이런 지하에서 살게 됐어?" 조금 찡그린 얼굴로 침대에 누워 있던 잭이 말했다. 배가본드는 침대 끄트머리에 조심스럽게 앉아 있었다.

"당신은 그 사회복지사들하고는 전혀 다르네." 배가본드는 문밖에서 술래잡기를 하고 있는 고양이들을 바라보며 말했다. 속을 떠보는 듯한 표정으로 그를 돌아본다. "그리고 쟤네들도 당신을 좋아하는 것 같고. 그치들은 한참 전에 나를 퇴원시켰고, 난 다시 시내로 돌아왔어. 달리 갈 곳이 없었지. 저기 검은 녀석을 만나서 말을 걸었더니 내게 대꾸를 하더라고. 다른 동물들하고도 대부분 그렇게 말을 나눌 수 있었어. 인간이 아닌 동물들에 한해서 말이야. 그래서 난 그렇게 살아. 난 인간이 필요하지 않고, 주위에 인간이 있는 것도 싫어. 인간은 내겐 언제나 불운밖에는 안 가져다줬거든. 당신이 다른 동물로 변신했을 때도, 나와 말을 나눌 수 있다는 거 알아? 밖에 나가면 사람들은 나를 배가본드라는 이름으로 불러. 다른 이름도 갖고 있기는 한데 지금은 거의 기억이 안 나."

"사람들은 나를 '하수도 잭'이라고 부르지." 배가본드의 담담한 고백과는 대조적으로 쓰디쓴 어조였다. 그가 발산한 감정을 포착한 배가본드의 뇌리에 비명 소리와, 눈부신 빛과, 공포와, 안식처가 되어주는 습지의 이미지가 떠올랐다.

"그 괴물도 당신과 함께 있었어. 도대체 당신 정체가 **뭐야**?" 배가본드는 혼란에 빠졌다. 인간과 동물이 합쳐진 이런 존재를 만나는 것은 난생처음이었고, 이런 상대와의 의사소통은 간헐적일 수밖에 없었기 때문이다.

"양쪽 모두야. 당신도 봤잖아."

"그걸 제어할 수 있어? 원할 때만 변신하는 식으로?"

"늑대 사나이 로런스 탤벗이 나오는 영화 본 적 있어? 난 통제력을 잃거나, 아니면 짐승 부분이 나를 통제하도록 놔둘 때만 변신해. 무슨 보름달의 저주 따위에 걸려 있지는 않아. 언제나 저주받은 상태라는 편이 더 정확하겠지. **루-가루**라는 건 내 고향에 전해오는 전설인데, 우리 케이준 사람들은 모두 그걸 믿어. 나도 어렸을 때는 그걸 믿었지. 그래서 누군가를 다치게 하지 않을지 염려되어서, 최대한 멀리 떨어진 곳까지 왔어. 뉴욕 시는 외국이나 마찬가지니까, 아무도 나를 알아보거나 귀찮게 구는 사람이 없을 거라고 생각했던 거야."

잭의 눈은 이제는 과거가 아닌 그녀를 향했다. "그런데 왜 그렇게 변장을 한 거야? 마흔다섯도 안 되어 보이는데."

"스물여섯이야." 그녀는 잭을 바라보며, 자신이 왜 그런 것을 중요하게 느꼈는지 의아해했다. "이런 모습을 하고 있으면 아주 귀찮게 구는 사람은 없거든."

잭은 열린 문을 통해 반대편 벽에 있는 지하철역의 시계를 흘끗 보았다. "배가 고프니 뭘 좀 먹어야겠어. 당신도 어때?"

♣

C.C.를 구출한다는 아이디어는 처음에는 멋지게 느껴졌지만 지금은 악몽으로 변해버렸다. 로즈메리는 몇몇 부랑자들의 뒤를 따라 그랜드센트럴 역 지하의 증기 터널 안으로 들어왔다. 처음에는 마주친 사람들 모두에게 C.C.를 아느냐고 물어보았다. 그러나 축축한 통로를 따라 더 깊숙한 지하까지 들어가자, 그곳에 사는 사람들은 그녀를 보고 황급히 도망쳤다. 조명이라고는 이따금 거리의 배수구 철창을 통해 비치는 햇살이나, 부랑자들이 피운 매캐한 모닥불에서 나오는 불빛이 전부였다. 피로와 두려움이 그녀를 잠식하고 있었다. 질척거리는 터널 바닥에 쓰러진 것도 한두 번이 아니었다.

더러운 부랑자가 낄낄거리며 손톱으로 그녀를 할퀴며 공격하는 끔찍한 순간도 있었다. 맞서 싸워서 격퇴하는 데 성공하긴 했지만, 핸드백을 잃어버렸다. 로즈메리는 완전히 방향감각을 상실했다. 이따금 총성과 폭발음인 듯한 소음까지 들려왔다. **여기가 바로 지옥일까.**

전방에서 두 개의 빛나는 광점이 어둠을 뚫고 그녀를 쏘아보았다. 그녀가 다가가자 광점들은 뒤로 후퇴했다. 번들거리는 녹색 빛들을 향해 그녀는 홀린 듯이 다가갔다.

광점들이 뚜렷하게 보이는 거리까지 접근한 로즈메리는 어둠 속에서 웅크리고 있는 고양이를 보았다. 고양이는 다시 몇 미터 뒤로 물러나며 으르렁거렸고, 앞으로 간 로즈메리는 고양이가 다친 동료를 지키고 있었다는 사실을 깨달았다. 가슴이 으깨지고, 다리 하나가 거의 잘려 나간 고양이는 죽어가고 있었다. 그것을 지키고 있던 고양이는 친구가 더 이상의 고통을 겪는 것을 좌시할 생각이 없는 듯했다. 낮게 우는 소리를 들은 로즈메리는 자신을 쏘아보는 고양이의 눈을 무시하고 다친 고양이 곁에 무릎을 꿇었다. 곧 손쓸 수 없는 치명상을 입었다는 것을 깨달았지만, 그녀는 고양이를 안았다. 고양이는 가르랑거리다가 컥컥거렸고, 죽었다.

그 광경을 본 첫 번째 고양이는 고개를 들어 구슬픈 포효를 발한 다음, 몸을 휙 돌려 어둠 속으로 달려갔다.

로즈메리는 죽은 고양이를 앞의 지면에 내려놓고 머리와 다리를 편한 자세로 받쳐준 뒤에 터널 바닥에 주저앉아 흐느껴 울기 시작했다. 영원히 그런 식으로 울고 있었던 듯한 기분이 든다. 이윽고 그녀는 일어섰고, 흐느낌 사이로 간간이 딸꾹질을 하면서 총성이 들려오는 방향을 향해 걷기 시작했다.

♠

　냉장고를 뒤져본 배가본드는 전력 회사가 왜 지하에서 전력을 훔쳐가는 것을 눈치채지 못했는지 알 것 같다는 생각이 들었다. 하지만 어떻게 이렇게 깊은 지하까지 냉장고를 운반할 수 있었던 것일까? 잭은 침실에서 자고 있었다. 배가본드는 고양이들과 함께 잭의 영역을 탐색했고, 이 탐색에는 그가 아까 잠근 문을 열고 탈출할 수 있는지를 확인하는 일도 포함되어 있었다.

　영역의 크기는 금세 파악할 수 있었다. 배가본드는 말총으로 짠 천을 댄 푹신푹신한 소파에 앉았다. 검은 고양이도 소파 위로 올라왔지만, 삼색 털은 의자를 이용해서 바닥에 발을 대지 않고 방을 가로지르는 장난을 계속했다. 배가본드는 골똘히 생각에 잠겼다. 이렇게 생각을 하면서 검은 고양이를 머릿속으로 초대하지 않은 것은 몇 년 만에 처음이었다. 배가본드는 잭의 생활 방식에 대해 외경심을 느끼고 있었다. 누더기를 쌓아 올린 임시 거처에서 다른 거처로 옮겨 다니는 자신의 생활이 갑자기 잘못된 것으로 느껴졌고, 예전에는 신경을 쓰지 않았던 노숙 생활의 불편함을 의식할 정도로 말이다.

　그녀와 잭은 아마 자기들은 에이스일지도 모른다는 얘기를 나눈 뒤였다. 전혀 기쁘지 않았다. 와일드카드 바이러스는 잭과 그녀의 삶을 완전히 망쳐놓았다. LSD와 바이러스의 콤비가 동물 세계에 대한 이질적인 지각으로 그녀의 마음을 가득 채워버리기 전의 순수한 어린 시절로는 이제는 결코 되돌아갈 수 없다. 적어도 그녀는 자신의 어린 시절이 비참했다고 생각하고 있었다. 가출한 것도 그 때문이었다. 그러나 자신이 늑대 인간 비슷한 존재이며 신의 저주를 받은 괴물이라고 믿으면서 성장한다는 것은 어떤 기분일까.

잭을 상대했을 때 왜 그녀는 그토록 개방적이었던 것일까? 이 도시에 사는 사람들 중에서 이제는 잭만큼 그녀에 대해 잘 아는 사람은 없었다. 그들이 서로를 닮았기 때문인지도 모른다. 두 사람 모두 다른 사람과 다르다는 것이 어떤 기분인지를 잘 알고 있었고, 다른 사람들을 닮아보려는 노력을 일찌감치 포기한 상태였다.

발톱으로 세게 긁힌 손등에서 피가 흐르자 그녀는 퍼뜩 현실 세계로 되돌아왔다. 검은 고양이와 눈을 마주친 그녀의 마음속으로 다른 존재들의 눈을 통해 전해진 끔찍한 이미지들이 흘러 들어온다. 기관총탄을 맞고 박살 난 쥐 둥우리, 고함을 지르는 사내들을 보고 겁에 질린 어미 주머니쥐, 달리는 어미 주머니쥐의 등에 매달려 있던 새끼들 중 하나가 바닥에 떨어져 죽는 광경, 도망치다가 총에 맞아 도륙당하는 고양이들, 새끼들을 지키려고 싸우던 어미 고양이, 그 새끼들은 수류탄 공격으로 몰살당하고, 어미는 다리 하나가 거의 날아가버리는 광경, 그 빌어먹을 사회복지사처럼 보이는 여자가 죽어가는 어미 고양이를 안고 있는 광경. 피―그녀의 유일한 친구들의 피가 강물처럼 흐르는 광경.

"새끼들까지. 어떻게 그런 짓을!" 배가본드는 벌떡 일어섰다. 와들와들 몸을 떨면서.

"무슨 일이야?" 배가본드가 외치는 소리를 듣고 잠에서 깬 잭이 침실 밖으로 나왔다. 아직 덜 깬 기색이었다.

"마구잡이로 죽이고 있어! 가서 그걸 막아야 해." 배가본드는 주먹을 꽉 쥐고 그에게 등을 돌렸다. 좌우에 고양이들을 대동하고 계단을 향해 간다.

"나도 갈 거야." 잭은 침실로 뛰어 들어가서 배가본드의 녹색 외투와 회중전등 두 개, 운동화 한 켤레를 가지고 나왔고, 배가본드를 따라 층계를 올라갔다.

운동화를 신느라고 시간을 잡아먹은 탓에 첫 번째 터널 교차점에 가서야 따라잡을 수 있었다.

"그쪽이 아냐." 잭은 오른쪽 터널로 들어가려는 3인조를 막았다. 그는 배가본드에게 외투를 내밀었고, 회중전등으로 다른 터널 안을 비췄다.

"우리가 왔던 길이 아니잖아." 패닉에 빠진 배가본드는 잭에 대한 신뢰를 거의 잊은 듯했다.

"거기로 가면 지하철이 나올 뿐이야. 공원으로 돌아가려면 더 빠른 방법이 있어. 궤도차가 있어. 나를 믿을 수 있지?" 잭은 배가본드가 고개를 끄덕일 때까지 기다렸다가, 왼쪽 터널로 천천히 달려가기 시작했다.

센트럴파크 인근의 지하에서 궤도차에서 내리자, 배가본드의 마음 속에 자리 잡은 대학살의 이미지가 점점 더 뚜렷해지기 시작했다. 터널의 다음 분기점에 도달하자, 잭은 고개를 들고 공기 냄새를 맡았다. "놈들의 정체가 무엇이든 간에, 군대 뺨치는 양의 화약을 쓰고 있군. 어떻게 할 생각이야?"

"일단 정체를 파악해야 어떻게 막아야 할지를 알 수 있어. 안 그래?" 배가본드는 내심 어떻게 해야 할지 감을 잡을 수 없었다.

"저렇게 총질을 해대는 걸 보니, 보나 마나 **메 자미**[*]일 게 뻔해. 하지만 놈들의 보스가 누구인지는 감이 잡히지 않는군."

삼색 털이 잭과 함께 걷고, 검은 고양이가 배가본드와 함께 걷는 이미지가 뇌리에 떠올랐다.

---

[*]   프랑스어로 '내 친구들'이라는 뜻으로, 조직폭력배를 가리키는 은어이다.

"근사해." 배가본드는 거대한 검은 고양이의 머리를 어루만졌다. "아주 좋은 생각이야."

"무슨 생각?"

"이 아이는 여기서 두 팀으로 갈라져서 사태를 파악하자고 했어. 당신과 내가 고양이를 한 마리씩 대동하고 있으면, 우리는 계속, 그러니까……."

"통신할 수 있다는 거로군. 알았어. 적어도 무슨 일인지 확인할 수는 있겠지." 잭은 생각에 잠긴 표정이었다. "전쟁 영화 보는 걸 좋아했지만, 지하에서는 영 전파가 잡히지 않아서. 자, 가자고, 상사." 삼색 털은 잭의 말을 듣자마자 앞으로 튀어나갔다. "**본 샹스***."

배가본드는 고개를 끄덕이고 다른 방향을 향해 갔다.

◆

동굴 탐험용 헬멧에 부착된 전등이 발하는 광선 정도로는 가늠할 수 없을 정도로 심원한 어둠 속에서, 돈 카를로 감비오네는 그의 영토인 황량한 지하 세계를 바라보았다.

부관 역할을 맡은 인간 백정이 거의 미안해하는 투로 말했다. "돈 카를로, 아무래도 우리 애들이 너무 열성적으로 임무를 수행했던 것 같습니다."

돈 카를로는 인간 백정의 회중전등 빛이 비춘 시체들을 내려다보았다. "이런 상황에서 과도한 열정을 발휘하는 건 결코 악덕이 아냐."

---

*   프랑스어로 '행운을 빈다'라는 뜻이다.

"놈들의 본부를 발견했습니다." 인간 백정이 말했다. "우리 애들이 찾아낸 지 아직 한 시간도 채 지나지 않았습니다." 그는 손가락으로 지도의 한 지점을 가리켰다. "86번가 근처의 센트럴파크 지하인데, 센트럴파크 호수에 가깝습니다. 사람이 살고 있는 것 같아서 연락을 드린 겁니다."

"잘했어." 돈 카를로는 부하에게 말했다. "우리 적들이 일으킨 섣부른 반란의 불길이 꺼지는 광경을 직접 보고 싶었거든. 놈들이 하필 지금 반란을 일으킨 이면에는 틀림없이 어떤 이유가 있을 거야." 돈 카를로의 목소리가 커졌다. 인간 백정은 보스를 응시했다.

"놈들의 머리를 가져와." 돈 카를로가 말했다. "스파이크에 박아서, 암스테르담애비뉴하고 110번가의 교차점에 세워두자고." 커다랗게 치뜬 그의 눈이 전등 빛을 받고 살벌하게 번득였다.

인간 백정은 돈 카를로의 손목을 살짝 잡았다. "**파드로네***, 일단은 저와 함께 업타운으로 가시죠. 부하들에게는 대기하라고 명해두었지만, 다들 워낙 흥분한 상태라서."

한순간 돈 카를로는 고개를 홱 돌리며 지저분한 콘크리트 바닥에 널린 시체들을 훑어보았다. 시체들이 걸친 누더기는 피에 젖어 있었다. "이런 비극이! 고통스럽고, 고통스러워……." 그는 발치에 있는 시체를 뚫어지게 내려다보았다. 비쩍 마른 팔다리를 부서진 꼭두각시처럼 활짝 펼친 이 시체는 백인이었다. 볕에 탄, 주름투성이의 얼굴에는 평온한 느낌 따위는 없었고, 오직 고통의 표정만이 너무나도 크고 검은 눈에 떠올라 있을 뿐이었다. 사내의 머리에서 흘러나온 피가 고여 생긴 피 웅덩

---

*   이탈리아어로 '주인, 고용주, 보스'를 의미한다.

이 속에 박살 난 채로 잠겨 있는 것은 임시방편으로 만든 보안경이었다. 돈 카를로는 반들반들한 부츠 끝으로 빛바랜 시체가 입은 빛바랜 전투복의 어깨 부분을 건드렸다. "이 녀석은 진짜 정글 조커였군……." 그는 말꼬리를 흐렸다.

돈 카를로는 고개를 돌려 시체를 외면했다. 허리를 똑바로 펴고, 그가 수행해야 하는 임무에 관한 거의 성스러운 지식으로부터 힘을 얻는다. 그는 인간 백정의 침착한 얼굴에 바싹 고개를 갖다 대고 말했다. "우리가 행하는 이런 일들은…… 정말로 슬프고, 슬픈 일일세. 하지만 우리가 사랑하는 생활 방식을 지키려면, 그 방식 자체를 공격하고, 때로는 아예 파괴해버려야 하는 경우도 있는 법이지."

♥

호기롭게 나서기는 했지만─**나는 왜 그 누더기를 걸친 여자에게 잘 보이고 싶어 하는 걸까?**─잭은 신중한 태도로 천천히 터널 안을 나아갔다. 센트럴파크까지 오랫동안 궤도차를 몰고 오는 동안 상처의 통증이 다시 심해졌고, 이제는 다리를 절뚝거리고 있었다. 소음이 들려올 때마다 그는 얼어붙었다. 삼색 털은 상당한 인내심을 발휘하며 척후 역할을 수행했다. 15미터쯤 미리 앞서갔다가, 안전한 것을 확인하면 다시 돌아오는 식이었다. 삼색 털과 대화할 수 없다는 사실이 지금처럼 안타까웠던 적은 없었다.

이제 소음은 착각이 아니었고, 점점 더 커지고 있었다. 간간이 알아들을 수 없는 고함 소리가 섞였다. 총소리나 폭음이 울릴 때마다 그는 화들짝 놀랐다. 누군가가 불빛을 볼 것이 두려워서 회중전등은 일찌감치 꺼둔 상태였다. 이제 삼색 털은 불과 몇 미터 앞을 나아가고 있었다. 잭은 불빛이 반사되는 것을 막으려고 얼굴에 진흙을 발랐다.

바로 앞에서 부츠 창이 콘크리트 바닥을 스치는 소리가 들렸다. 잭은 뒤로 물러나려다가 사냥꾼 한 명과 마주쳤다. 상대도 잭만큼이나 놀란 기색이었다.

"뭐야, 이거! 조이! 조이, 여기 한 놈이 있어!"

전등이 달린 딱딱한 안전모를 쓴 사내가 잭의 머리를 소총 개머리판으로 후려갈겼다.

"도대체 어디 있다는 거야, 슬라이?"

개머리판은 잭의 머리통을 스쳤을 뿐이었다. 그는 불빛으로부터 후다닥 도망치는 데 성공했지만, 무작정 뛰어 올라간 통로 끝은 막혀 있었다. 잭은 벽에 바싹 붙었다. 콘크리트나 흙처럼 뭔가 쓸모 있는 것으로 변신할 수 있으면 얼마나 좋을까. 이런 생각이 떠오르자마자 몸에 비늘이 돋고 있는 징후인 가려움을 느꼈다. 잭은 천천히 숨을 쉬며 스스로를 제어하는 방법으로 이 변화에 저항했다. 지금 변신한다는 것은 최악의 선택이다. 삼색 털은 어디 가 있는 걸까? 그는 생각했다. 그 녀석이 다치기라도 하면 배가본드는 틀림없이 나를 **죽일** 거야.

"틀림없이 근처에 있어, 조이. 달리 갈 곳이 없잖아." 마치 3센티도 떨어지지 않은 곳에서 들려온 듯이 뚜렷한 목소리였다.

"수류탄을 까놓고 그냥 가자고. 우린 놈들의 기지를 봉인하라는 명령을 받았잖아."

"어휴, 조이. 또 그놈의 명령 타령이군."

"슬라이, 정신 나간 소리 좀 그만해. 빨리 가자고."

금속이 바위에 부딪쳤다가 튕겨 나오는 소리가 들렸다. 수류탄이 번득인 순간 아드레날린이 그의 뇌를 깨끗하게 쓸어버렸다. 아직 의식이 있을 때 그의 뇌리에 마지막으로 떠오른 말은 **메르드**였다.

수류탄의 폭발음과 함께 바위들이 굴러떨어졌지만, 이 구역의 보강재는 다른 곳에 비해 수가 많지 않았다. 바위 천장은 무너지지 않았다.

"가서 확인해봐, 슬라이."

"알았어, 조이. 고마워." 슬라이는 리틀 레날도 못지않게 머리가 돌았다는 평가를 받고 있었다.

왜 하필 나냐고. 조이는 생각했다.

"**아무것도** 안 남아 있어. 누더기하고 신발 한 짝밖에는 없군. 오른발."

"그럼 됐으니 와. 아직 한참을 더 가면서 확인해봐야 해."

두 사람 모두 천장 근처의 벽에서 튀어나온 바위 위에 납작 웅크리고 있는 삼색 털 고양이를 보지는 못했다. 삼색 털은 아래로 뛰어내린 다음, 갈가리 찢기고 피에 물든 옷에 코를 들이밀었다. 삼색 털은 이 장면의 이미지를 배가본드에게 보낸 다음 그녀와 합류하기 위해 자리를 떴다.

♣

배가본드는 86번가 지하 통로의 반대편 벽가에 조용히 서 있었다. 품에 안은 삼색 털을 어루만지며 평소의 무해한 노파처럼 보이려고 최선을 다했다. 검은 고양이는 마피아들이 오고 있다고 미리 경고했지만, 그녀가 후퇴하기도 전에 그들은 그녀 뒤로 이미 와 있었다. 맞서 싸우기에는 너무 수가 많았기 때문에 그녀는 순순히 끌려왔다. 이제 그녀는 마피아들에 의해 엉망진창이 된 그녀의 은신처를 말없이 응시하고 있었다. 곁에서 그녀를 감시하고 있는 사내의 눈은 두목인 돈 카를로에게 못박혀 있었다.

"아무래도 도망친 것 같습니다." 인간 백정은 면목 없다는 듯이 말했다.

"반드시 잡아야 해." 돈 카를로가 말했다. 주위를 둘러보던 그의 시선이 싸구려 목제 액자에 끼워진 커다란 벨벳 그림 위에 멈췄다. 한쪽 모퉁이가 찢어진 그림에는 사자 무리가 초원에서 얼룩말 무리를 향해 몰래 다가가는 광경이 그려져 있었다. "놈들은 여기 **있었어**. 야만인 놈들."

"돈 카를로. 보스. 실은……." 이렇게 말한 사람은 조이였다.

"뭐야?"

"마리아가 왔습니다, 돈 카를로. 지하에서 헤매고 있는 걸 제가 발견했습니다." 조이는 로즈메리를 그녀의 아버지에게 데려왔다. 로즈메리는 아버지를 보지 않을 뿐만 아니라, 아예 주위에 신경을 쓰지 않는다는 인상을 주었다. 공허한 얼굴에는 거의 평온한 표정이 떠올라 있었다. 마치 지하 터널 어딘가에서 아직도 헤매고 있는 듯한, 온순한 봉제 인형을 연상시키는 모습.

돈 카를로는 아연실색한 표정으로 딸을 바라보다가 우려의 표정을 떠올렸다. "마리아, 내 딸아, 왜 그러는 거냐? 조이, 마리아에게 무슨 일이 일어난 거지?"

"저도 모르겠습니다. 저와 마주쳤을 때도 이랬습니다."

배가본드는 지저분한 머리카락 너머로 위를 올려다보았다. "로즈메리, 이런 일에까지 참견해야 했던 거야? 사회복지사들은…… 참견밖에는 모르는 건가." 배가본드는 나직하게 중얼거렸다. 곁에서 감시하던 사내는 그녀가 중얼거리는 소리를 듣고 고개를 돌렸지만, 고개를 절레절레 흔들더니 중대한 상황이 벌어지고 있는 곳 쪽으로 다시 주의를 돌렸다.

"조이, 이번 일이 끝날 때까지 마리아를 돌봐줘." 돈 카를로는 인간 백정을 돌아보았다. "저 노파는 뭔가를 알고 있나?"

"그걸 알아내려던 참이었습니다." 배가본드를 향해 걸어오는 인간 백정이 쥔 스틸레토*의 날이 빛을 반사하며 번득였다. 그는 도중에 퍼뜩 멈춰 서더니 귀를 기울였다.

터널 안에 있는 모든 사람이 귀를 기울이고 있었다. 처음에는 먼 곳을 지나는 전철 소리처럼 들렸던 소음이 너무나도 빨리, 너무나도 크게 변했던 것이다. 서쪽 터널에서 누군가가 고함을 치는가 싶더니, 급기야는 고통에 찬 비명이 울려 퍼졌고, 그와 동시에 어둠 속에서 지하철 객차 하나가 모습을 드러냈다. 절대로 전동차가 지나올 수 없는 곳에서, 전기를 공급하는 제3궤도조차 없는 결딴난 철로 위를 자기 힘으로 달려왔던 것이다. 객차는 유령처럼 희끄무레한 인광을 발하고 있었다. 노선 표지판에는 'CC 로컬'이라고 쓰여 있었다. 객차는 사람들 한복판으로 와서 멈췄다. 객차 측면의 요란한 낙서들은 너무나도 빨리 변화하는 탓에 제대로 읽는 것이 아예 불가능했다.

"C.C.!" 조이와 함께 한쪽에 서 있던 로즈메리는 그의 손을 뿌리치고 유령 객차를 향해 달려갔다. 두 손을 뻗는다. 마치 포옹하려는 듯이. 그러나 객차 표면에 손이 닿자 그녀는 움찔하며 물러났다. 곧 다시 한쪽

*   찌르기 전용의 가느다란 단검.

손을 뻗어 금속이 아닌 차체를 어루만진다. "C.C.?"

그녀가 손을 댄 지점에서 온갖 색채가 뻗어 나오더니 이내 사라졌다. 객차 전체가 검게 변하며 사람들의 시야에서 거의 사라져버렸다. 예전처럼 객차 측면에 글자들이 출현했다. C.C.가 직접 썼고, 오직 그녀의 절친인 로즈메리만이 들은 적이 있는 노래들의 가사가. 목격자들은 망연자실한 표정으로 우뚝 서 있을 뿐이었다.

넌 고통을 노래할 수 있어
넌 슬픔을 노래할 수 있어
하지만 그 무엇도 새로운 내일을 가져오거나
지나간 어제를 빼앗아 가지는 못해

객차 측면에 마치 투사된 듯한 이미지들이 잇달아 떠올랐다. 첫 번째 장면은 여자가 공격받는 장면, 지하철역에서 벌어진 성폭행 광경이었다. 그리고 병원 침대 곁에 로즈메리임을 충분히 알아볼 수 있는 여자가 서 있는 광경. 환자용 가운을 입은 누군가가 비상 통로를 지나가는 모습.

"C.C., 넌 저렇게 병원을 탈출했던 거로구나. 왜 도망쳤던 거야?" 로즈메리는 고개를 들고 마치 친구를 대하듯이 객차에게 말을 걸었다.

다음 장면은 다른 지하철역에서 벌어진 또 다른 공격을 보여주고 있었지만, 병원 가운을 입은 사람은 이번에는 목격자였다. 그녀는 그 공격을 저지하려다가 철로 위로 내동댕이쳐졌다. 고통과 분노의 색채들이 피어났다. 인적이 없는 승강장에 널린 쓰레기를 비롯해서 고정되어 있지 않은 모든 것들—자동판매기, 신문지, 죽은 쥐, 그 밖의 **모든 물체**

들—이 갑자기 블랙홀의 탐욕스러운 중심으로 빨려드는 것처럼 철로로 빨려 들어갔다. 그러자 여섯 대의 객차를 끄는 전동차가 날카로운 굉음과 함께 역으로 들어왔다. 갑자기 다른 객차가 뒷줄에 합류했다. 누군가를 공격하다가 도망친 사내가 새로 합류한 객차 안으로 뛰어 들어가자—장면 전체가 시뻘겋게 변했다. 마치 유령 열차 전체가 피를 뒤집어쓴 것처럼. 다른 지하철역들을 지나며, 또 시뻘건 장면들이 반복되었다. 가죽 재킷 차림의 또 다른 습격자가 나이 든 여성을 공격하는 광경.

"러미?" 로즈메리는 약혼자였던 사내가 강도질을 하다가 들키는 광경을 보고 흠칫 뒤로 물러났다. "**러미?**"

"롬바르도!" 사위가 될 예정이었던 사내가 객차로 들어가서 도륙당하는 광경을 목격한 돈 카를로의 얼굴은 격노한 나머지 납빛으로 변해 있었다. "조이, 마리아를 저…… 물건에게서 떼어놔. 리카르도, 로켓 발사기는 어딨지? 이제 네게 그걸 쏠 기회를 주마. 프레데리코, 저 할멈을 객차 옆으로 끌어다 놔. 한꺼번에 모조리 박살을 내주겠어. 지금 당장!"

로즈메리는 자신을 끌어내려고 하는 조이의 손을 뿌리치려고 몸부림쳤다. "하느님 맙소사." 조이는 중얼거렸지만, 딱히 로즈메리나 다른 사람을 향해 말한 것은 아니었다. "베트남 촌구석에서 실컷 봤던 걸 여기서 또 보다니. 맙소사." 배가본드는 삼색 털 고양이를 꼭 껴안고 조용히 객차 앞으로 끌려갔다.

리카르도는 로켓 발사기를 신중하게 겨냥했다. 배가본드는 허리를 폈다.

무게 20킬로그램에 달하는, 격분한 검은 고양이의 몸이 리카르도의 등에 격돌했다. 그가 앞으로 고꾸라지는 순간 발사관이 위를 향했고, 같은 순간 발사된 로켓은 천장을 향해 날아갔다. 로켓은 붉고 노란 불꽃을 사방으로 흩뿌리며 폭발했다.

로즈메리는 조이의 손을 뿌리치고 객차로 달려갔다.

터널 안으로 분수처럼 물이 쏟아지기 시작했다. 들쭉날쭉한 콘크리트 블록들이 이음매를 따라 분리되면서 더 많은 양의 물이 쏟아졌다.

"리카르도, 이 멍청한 새끼. 센트럴파크 호수 바닥에 구멍을 뚫어놨어!" 인간 백정 프레데리코가 외쳤지만, 그가 비난한 인물은 이제 현세의 이해관계와는 무관한 존재가 되어버린 뒤였다. 마피아 단원들은 혼란에 빠져 다른 터널들로 도망치기 시작했다.

"빨리 저 차에 타요! 당장!" 로즈메리는 배가본드를 움켜잡았다.

"마리아, 내가 구하러 갈 테니 그때까지만 견디고 있어." 돈 카를로는 외동딸을 구하러 가기 위해 허리까지 차오르는 물과 악전고투하는 중이었다.

"아빠, 난 C.C.하고 가겠어요."

"안 돼! 절대로 그러면 안 돼. 저건 저주받은 괴물이야." 돈 카를로는 딸에게 가려고 하다가 한쪽 다리가 꼼짝달싹도 하지 않는다는 사실을 깨달았다. 차가운 물에 양손을 처박고 다리를 빼려고 안간힘을 쓰다가, 엉겁결에 비늘로 덮인 피부를 움켜잡았다. 아래를 내려다보니 줄줄이 튀어나온 상아빛 이빨들이 눈에 들어왔다. 무자비한 파충류의 눈이 그를 똑바로 쳐다보고 있었다.

로즈메리는 일행 모두를 객차에 태웠다. 검은 고양이까지도. 객차는 서쪽 터널로 되돌아가기 시작했다.

"기다려. 잭이 저기 있어. 두고 가면 안 돼." 배가본드는 객차 문을 열려고 했다. 로즈메리는 배가본드의 양어깨를 움켜잡았다.

"잭이 누구예요?"

"내 친구."

"지금 돌아가는 건 불가능해요. 미안해요."

배가본드는 또다시 두 마리의 고양이 사이에 낀 채로 뒷좌석에 앉았고, 고지대로 이동 중인 객차 뒤에서 터널로 몰려 들어오는 물을 바라보았다.

♠

객차가 86번가 지하의 경사진 터널을 오르기 시작하자 그 뒤를 따라 올라온 검은 물이 플랜지가 달린 C.C.의 차륜들을 적시며 찰싹였다. 터널이 한층 더 높아지는 지점에 도달하자, 밀물처럼 몰려오던 물도 더 이상 따라오지 않았다. C.C.는 멈춰 섰고, 차체가 뒤로 굴러가려고 하자 브레이크를 걸고 정지했다.

승객들은 객차 후부의 연결 문으로 몰려갔고, 뒤쪽 어둠 속에 무엇이 남아 있는지를 확인해보려고 했다.

"C.C., 밖으로 나가게 해줘." 로즈메리가 말했다. "부탁이야."

객차는 순순히 한쪽 측면의 문을 쉭 하고 열어주었다. 두 명의 인간과 두 마리의 고양이로 이루어진 일행은 노반(路盤)으로 조심스럽게 내려가서 새로 생긴 호수 기슭에 섰다. 삼색 털은 킁킁거리며 물기슭의 냄새를 맡더니 몸을 돌렸다. 그녀는 하소연하는 듯한 콧소리를 내며 배가본드를 올려다보았다.

"기다려." 배가본드가 말했다. 한순간 낯선 미소가 그녀의 입가를 스치고 지나갔다.

로즈메리는 긴장하며 어둠 속을 들여다보려고 노력했다. 마지막으로 기억하는 것은 그녀에게 다가오려고 하는 아버지의 모습이었다. 그 다음에는 그의 얼굴과 눈이 떠올랐다. 그리고 그다음에는, 아무것도 없 었다.

"저기야." 배가본드가 담담한 어조로 말했다.

그들 모두가 눈을 크게 뜨고 무엇이 있는지를 보려고 했다. "아무것 도 안 보이는데요." 로즈메리가 말했다.

"저기야."

그러자 드디어 무엇인가가 보였다. 삽처럼 넙적한 주둥이가 V자형 의 파문을 남기며 수면을 가르고 있었다. 수면 위로 튀어나온, 갑옷 같 은 피부로 보호받는 한 쌍의 눈이 물기슭에 서 있는 일행을 훑어본다.

고양이들은 흥분한 기색으로 야옹거리기 시작했다. 삼색 털은 앞뒤 로 펄쩍펄쩍 뛰었고, 검은 쪽은 꼿꼿이 세운 꼬리를 가죽 채찍처럼 휘두 르고 있었다.

"저게 잭이야." 배가본드가 말했다.

◆

시간이 흐르면서 사태는 어느 정도 진정되었다. 물이 빠지고 부상 자들의 치료와 사망자들의 매장이 이루어진 후, 산전수전 다 겪은 뉴욕 시의 인부들은 노동조합의 기준에 맞춰 최선을 다해 복구 작업에 임했 다. 맨해튼은 곧 정상으로 되돌아왔다.

다시 바닥 공사를 한 센트럴파크 호수에도 물이 채워졌다. 그곳에 서 바다 괴물―정확하게 말하자면, 호수 괴물―을 목격했다는 소문이 끈질기게 나돌았지만, 그 진위가 실제로 확인된 경우는 없었다.

예순여덟 살의 세라 자비스는 현직 대통령인 닉슨의 유순한 가면 뒤에 어떤 민낯이 숨어 있는지를 마침내 깨달았고, 1972년의 대통령 선거에서는 조지 맥거번*에게 한 표를 던졌다.

조이 만조네의 운은 상승했다─그게 아니라면, 적어도 변화했다. 그는 코네티컷주로 이주해서 베트남전쟁에 관한 소설을 썼지만 안 팔렸고, 조직범죄에 관한 소설을 쓰니 팔렸다.

로사-마리아 감비오네는 법적 절차를 거쳐 로즈메리 멀둔이라는 이름으로 개명했다. 컬럼비아대학에서 사회복지학 학위를 이수한 뒤에는 닥터 타키온을 도와 C.C. 라이더의 치료를 진행하고 있다. 로스쿨에 입학한 지금은 가업을 인수할 것을 고려하는 중이다.

C.C. 라이더는 여전히 닥터 타키온이 조우한 가장 큰 난관 중 하나였지만, 그녀의 몸과 마음을 인간의 것으로 되돌리려는 시도에는 명백한 진척이 있었다. C.C.는 지금도 섬세하고 예리한 노래 가사를 계속 쓰고 있다. 그녀의 노래는 패티 스미스와 브루스 스프링스틴을 위시한 가수들에 의해 음반화되었다.

이따금, 특히 날씨가 안 좋을 때면, 배가본드와 검은 고양이와 삼색털 고양이는 앨프리드 비치가 만든 기송식 지하철 터널에 사는 잭 로비쇼의 집으로 거처를 옮기곤 한다. 이것은 관계자들 모두에게 만족스러운 방식이었지만, 약간의 변화가 필요했다. 잭은 더 이상 쥐들을 사냥하지 않으며, 빅토리아풍의 식당에서는 곧잘 이렇게 한탄하는 소리가 들려오곤 한다. "뭐야, 오늘 메뉴도 **또** 닭고기야?"

---

* 미국 민주당 소속의 정치인. 1972년 대선후보로 출마해서 베트남전 철군과 군축 등의 진보적 공약을 내세웠지만 공화당 후보인 리처드 닉슨에게 큰 표차로 패했다.

막간 4

「조커타운의 공포와 혐오」에서 발췌

헌터 S. 톰슨 박사

〈롤링스톤〉, 1974년 8월 23일 호

이제 조커타운에도 새벽이 오고 있다. 부두에 면한 '사우스 스트리트 인'의 내 방 창문 아래를 쓰레기 수거차들이 우르릉거리며 지나가는 소리가 들린다. 이곳은 쓰레기뿐만 아니라 그 밖의 모든 것들을 갖다 버리는 막장이자 미국의 똥구멍이며, 지난 1주 동안 뉴욕 시의 가장 더럽고 유독한 거리를 돌아다닌 나 역시 막장에 다다른 기분이다……. 고개를 들자 갈퀴처럼 날카로운 손톱이 달린 긴 손이 창턱을 잡고 쑥 턱걸이를 하듯이 위로 올라오더니 1분쯤 뒤에는 얼굴이 올라온다. 내가 있는 방은 6층에 있지만 이 스피드*에 중독된 미친놈은 아무렇지도 않은 듯이 벽을 타고 여기까지 올라왔다. 어쩌면 이 작자의 행동이 옳은 것인지도 모르겠다. 여긴 조커타운이고, 이곳의 삶은 빠르고 살벌하기 때문이다. 여기서 산다는 건 마약을 먹고 불쾌한 환각 체험에 빠진 채로 나치스의 죽음의 수용소 안을 헤매는 거나 다름없다. 그럴 경우 눈에 보이는 것들의 반도 이해하지 못하겠지만, 오줌을 지릴 정도로 소름이 끼치는 건 매한가지다.

---

* 　각성제의 통칭.

내 창문으로 들어온 괴물은 키가 무려 2미터에 달하는 악몽 같은 존재였다. 관절이 세 개나 달린, 키다리 아저씨 뺨치게 긴 팔은 지면에 닿을 정도로 늘어져 있는 탓에 견목(堅木)으로 된 마루에 긴 홈집을 남길 정도다. 드라큘라 백작 같은 창백한 얼굴에, 빨간 모자를 노리는 못된 늑대처럼 기다란 주둥이가 달렸다. 씩 웃으면 길이가 30센티는 되어 보이는 뾰족한 녹색 이빨이 드러난다. 심지어 이 새끼는 독액까지 뱉는다. 밤에 조커타운을 돌아다니기에는 안성맞춤인지도 모르겠다. "스피드 있어?" 창턱에서 방 안으로 내려오며 괴물이 말한다. 침실용 탁자 위에 놓인 테킬라 술병을 보더니 말도 안 되게 긴 팔을 뻗어 움켜잡고 크게 한 모금 들이켠다.

"내가 좆같은 뽕쟁이로 보여?" 나는 응수한다.

"그럼 내 걸 쓰는 수밖에 없겠군." 크로이드는 이렇게 말하더니 호주머니에서 검은 알약 한 줌을 꺼내어 네 알을 입에 털어 넣더니 또 내 호세 쿠에르보 골드를 들이켠다…….

……이런 광경을 머리에 떠올려보라. 조커카드를 뽑은 휴버트 험프리 부통령의 얼굴 한복판에 길고 거대한 코끼리 코가 자라난 광경을. 코가 있어야 할 장소에 굵고 흐늘흐늘한 핑크빛 지렁이가 매달려 덜렁거리는 광경을 떠올린다면, 딱 제이비어 데즈먼드의 얼굴이 된다. 제이비어의 머리카락은 드문드문하거나 아예 모두 빠졌고, 잿빛 눈은 그가 걸친 양복처럼 축 처져 있다. 10년 가까이 조커로 살아오면서 이제 피폐해진 상태임을 쉽게 알 수 있다. 현지 신문의 칼럼니스트들은 제이비어를 조커타운의 시장이자 조커들의 대변인이라고 부른다. 10년이라는 세월이 흐르는 동안 그와 그가 주최하는 '조커 반(反)명예훼손 동맹', 약칭 JADL이 이룩한 업적이라고는 고작 그 정도이다. 두어 개의 별 볼 일 없

는 직함에, 태머니파[*]가 가장 아끼는 애완 조커라는 지위, 거기에 그리니치빌리지에서 열리는 근사한 파티의 주최자가 에이스를 초청하지 못해서 곤란할 때 대타로 몇 번 초대받을 수 있는 특권 정도다.

제이비어 데즈먼드는 스리피스 정장으로도 모자라서 좆같은 모자를 코로 쥐고 연단에 서서 조커들끼리의 연대, 유권자 등록 캠페인, 조커타운에서의 조커 경찰 채용 따위 같은 낡아빠진 정치 구호를 외치며 자기가 뭔가 의미 있는 일을 하고 있다는 착각에 빠지곤 한다. 그 뒤의 축 늘어진 JADL 깃발 아래에 도열해 있는 위인들은 조커 중에서도 가장 비참한 축에 속하는 루저들이다. 만약 그들이 흑인이었다면 엉클 톰이라고 불리면 딱 어울렸겠지만 조커들은 아직 자기들에게 꼭 맞는 별명을 찾아내지 못했다…… 하지만 놈들이 쓰고 다니는 가면에 맹세하건대, 언젠가는 찾아낼 것이다. JADL의 충실한 지지자들은 다른 선량한 조커 놈들과 마찬가지로 요즘은 가면에 푹 빠져 있다. 스키 마스크나 눈가를 가리는 도미노 마스크뿐만이 아니다. 바워리나 크리스티가(街)를 따라 걷거나 타키온의 병원 앞을 잠시 거닐다 보면 LSD 중독자의 악몽에서 빠져나온 듯한 기괴한 가면들을 볼 수 있다. 깃털이 달린 새 대가리에, 해골바가지에, 가죽제 쥐 대가리에, 수도사의 두건에, 반짝거리는 스팽글 장식이 달린 가면에, 100달러나 하는 개인 맞춤 '패션 가면'까지 없는 게 없다. 가면은 이제 조커타운의 다채로운 풍경의 일부가 되었고, 아이다호주 보이시나 오클라호마주 머스코지나 미네소타주 덜루스 같은 촌에서 온 관광객들은 모두 기념품으로 플라스틱제 가면을 사고, 불쌍한 조커 병신들에 관한 엉터리 기사라도 써서 술값을 벌어보려

[*]   뉴욕 시의 민주당 정치 파벌.

는 주정뱅이 기자 놈들은 예외 없이 조커들이 쓰고 다니는 가면의 존재에 주목한다. 다들 화려한 가면만 뚫어지게 쳐다보는 통에, 그걸 쓴 조커들이 걸친, 낡아 해진 구세군표 양복이나 홈드레스 따위에는 눈길도 주지 않는다. 잘 보면 가면들이 얼마나 낡았는지조차도 눈치채지 못하고, 가죽 재킷에 리바이스 청바지를 입고 가면 따위는 쓰지 않는 젊은 조커들은 아예 안중에도 없다. "이게 내 얼굴이야." 어느 날 오후, 악취를 풍기는 조커타운의 포르노숍 앞에서 절구에 백 번은 빻은 듯한 얼굴을 한 젊은 조커 여자가 내게 한 말이다. "내트(nat)* 녀석들이 날 좋아하든 싫어하든 난 상관 안 해. 퀸스에서 온 돈 많은 쌍년이 내 얼굴을 보고 토하면 안 되니까 나더러 가면을 쓰고 다니라고? 좆 까라고 해."

제이비어 데즈먼드의 연설에 귀를 기울이는 청중의 3할 정도가 가면을 쓰고 있다. 아니, 그보다 더 적을지도 모른다. 제이비어가 박수를 기대하면서 연설을 멈추면 가면을 쓴 사람들이 짝짝 박수를 쳐주긴 하지만, 누가 봐도 열렬한 호응과는 거리가 멀다. 나머지 청중은 그냥 앉아서 귀를 기울일 뿐인데, 잘 보면 기형적인 몸 못지않게 섬뜩한 눈빛을 하고 있다는 것을 알 수 있다. 이들은 젊고, 상당수는 갱단 복장을 걸치고 데몬 프린스라든지 킬러 기크스라든지 위어울프 같은 그룹에 속해 있다. 이들과 좀 떨어진 곳에 서 있던 내가 타키온이 정말로 예고대로 등장할지 등장 안 할지 궁금해하고 있던 차에, 이들이 갑자기 야유를 하며 땅콩을 던지기 시작했다. 누가 시작했는지는 모르겠지만, 에이스들과 조커들과 내트들은 겉만 다를 뿐이지 속은 모두 다 똑같은 하느님

---

* '자연인(natural)'의 줄임말로, 여기에서는 와일드카드 바이러스에 감염되어 에이스나 조커가 된 사람이 아닌 일반인을 의미한다.

의 자식들이라는 고리타분한 선언을 하고 있던 데즈먼드가 갑자기 입을 다물었다. 내가 무슨 일인가 하고 고개를 돌린 순간, 야유가 터지며 소금을 뿌린 땅콩들이 껍질째로 날아오기 시작했고, 그것들이 데즈먼드의 머리와 가슴과 그 좆같은 코끼리 코에 맞아 튕겨 나오고, 모자에까지 들어가는 것이 보였다. 데즈먼드는 아연실색한 얼굴로 그냥 우뚝 서 있을 뿐이었다. 그는 무려 〈데일리 뉴스〉와 〈조커타운 크라이〉가 여기 모인 사람들의 대변인이라고 도장을 찍어준 인물인데, 어떻게 이런 일이 일어날 수 있는지 깜짝 놀란 기색이었다. 이 불쌍한 꼰대 등신은 무슨 일어나고 있는지 아직도 감을 못 잡고 있는 듯하다…….

      ……자정을 갓 넘긴 시각, 나는 프리커스 밖으로 나가 도랑에 대고 오줌을 깔기고 있다. 남자 화장실로 가느니 이쪽이 더 안전하고, 이런 야심한 시각에 조커타운을 순찰하는 기특한 경찰이 있을 가능성은 천문학적으로 적기 때문이다. 그러던 중 깨진 가로등 그늘에 서 있는 껑다리를 본 순간 월트 체임벌린*인가 하는 생각이 떠올랐다. 그러나 나를 향해 다가오는 모습을 보니 긴 팔과 날카로운 발톱과 튀어나온 주둥이가 달려 있다. 빛바랜 상아색 피부. 씨팔, 용건이 뭐냐고 내가 내뱉자 그는 혹시 헬스에인절스**에 관한 책을 쓰지 않았느냐고 내게 물었고, 반시간 후 우리는 브룸가(街)에 있는 24시간 영업 다이너의 부스석에 앉아 잡담을 하고 있었다. 웨이트리스가 그의 잔에 블랙커피를 몇 리터 단위로 부어준다. 긴 금발과 예쁜 다리를 가진 그녀의 분홍색 제복 가슴에는 **샐리**라는 이름표가 붙어 있었다. 미인이라고 직감하고 얼굴을 보았

---

*   미국의 농구선수, 코치.

**   캘리포니아에서 결성된 국제적 모터사이클 갱단 조직.

는데, 그 뒤로는 그녀가 다가올 때마다 나도 모르게 눈을 깔고 접시를 내려다본다는 사실을 깨닫는다. 역겹고 슬프고 열받는 일이다. 스나우트*는 자긴 결국 초등학교에서 산수를 모두 배우지 못했느니 어쩌고 하는 중이다. 내가 좆나게 끝내주는 크랭크** 한 줌이면 못 나을 병은 없다는 얘기를 하자 스나우트는 이를 드러내며 웃더니 최근 들어 진짜로 강력한 크랭크는 정말로 드물지만, 우연찮게도 자기는 어디서 그걸 구할 수 있는지를 안다고 말했다…….

……"우린 지금 **상처** 얘기를 하고 있어. 깊이 찔려서 피가 철철 나는 **상처** 얘기를 하고 있는 거라고. 좆같은 일회용 반창고 가지고서는 그걸 치료할 수 없지만, 데즈먼드가 그 코끼리 코로 감아서 내미는 건 바로 그거야. 좆같이 많은 일회용 반창고." 난쟁이는 '혁명적 마약 동지회'인지 뭔지 하는 방식의 좆같은 악수를 나눈 후 내게 이렇게 말했다. 이 녀석은 조커치고는 상당히 좋은 패를 뽑은 편이다. 와일드카드가 퍼지기 오래전부터 난쟁이는 존재했으니까 말이다. 그러나 본인은 여전히 그 사실에 잔뜩 화가 나 있었다.

"그놈의 코로 똑같은 모자를 10년이나 틀어쥐고 있지만, 그치가 하는 일이라곤 그걸로 내트 새끼들이 싸는 똥을 받는 게 전부야. 헛, 하지만 그런 건 이제 **끝났어**. 우린 내트들에게 요청을 하는 게 아니라, 명령하거든. 우리 JJS는 놈들에게 **명령**하고, 필요하다면 놈들의 진주처럼 귀여운 귓구멍에 그걸 처넣어줄 용의가 있어." JJS란 '공정사회를 위한 조커 연맹(Jokers for Just Society)'의 약자이며, 이 단체와 JADL과의 공통

---

*　　　'긴 주둥이'를 의미한다.

**　　각성제 메타암페타민을 뜻하는 은어.

점은 피라냐와, 치과 대기실에 있는 예쁜 수조 안에서 뒤뚱뒤뚱 헤엄치는, 눈이 튀어나온 희고 커다란 금붕어 사이만큼이나 희박하다. JJS는 타키온이나 지미 루스벨트*나 랠프 애버내시 목사** 같은 유력 인사들이 참가하는 이사회의 지원을 받지 않는다—사실 처음부터 이사회 따위는 존재하지 않고, JJS는 조커 문제에 관심을 가진 시민이라든지 우호적인 에이스들을 회원으로 받아들이지도 않는다. 데즈먼드 나리께서 만약 JJS의 회합에 참가한다면 코끼리 코가 달렸든 안 달렸든 간에 지독하게 불편해할 것이 틀림없다…….

……새벽 4시에도 그리니치빌리지를 조커타운에 비교할 수는 없다. 이것도 문제이긴 하지만, 더 큰 문제는 크로이드가 지독하게 센 크랭크를 처먹고 완전히 맛이 가서 돌아버린 상태라는 점이다. 내가 아는 한 그는 일주일 내내 아예 잠을 자지 않은 상태였다. 빌리지 어딘가에는 지금 우리가 찾아다니고 있는 사내가 있는데, 반은 흑인이고 전부가 에이스인 이 뚜쟁이 녀석은 뉴욕 시에서 가장 아름다운 창녀들을 거느리고 있는 걸로 명성을 떨치고 있지만 도무지 어디에 있는지를 알 수 없다. 게다가 크로이드는 주위의 거리가 계속 변화하고 있다고 계속 주절거리고 있다. 마치 거리가 살아 있고, 그를 배신해서 죽이기라도 한다는 얘긴가. 크로이드가 관절이 세 개 달린, 예의 키다리 아저씨 뺨치게 긴 다리로 성큼성큼 보도를 걸어가는 광경을 본 차들은 더 자세히 보려는 듯이 속도를 늦췄다가, 그가 그쪽을 바라보며 소리 없는 포효를 발하면 황급히 속도를 올려 도망치곤 한다. 문을 닫은 델리카트슨 앞에 갔을

---

*   제임스 루스벨트 2세. 미국의 군인, 정치인.
**   미국의 흑인 인권운동가, 침례교 목사.

때 크로이드는 우리가 뚜쟁이를 찾고 있는 중이라는 걸 까맣게 잊어버리고 목이 마르다고 말한다. 크로이드는 대뜸 날카로운 집게발로 강철 셔터를 부여잡고 끙 하는 소리를 내는가 싶더니 벽돌로 된 가게 앞면에서 셔터를 통째로 뜯어냈고, 그걸로 진열장을 박살 낸다……. 우리가 멕시코산 맥주를 반 박스쯤 비웠을 때 경찰차 사이렌 소리가 들려온다. 크로이드는 긴 주둥이를 벌리더니 출입문을 향해 침을 뱉었고, 그것에 맞은 유리가 그대로 녹기 시작했다. "놈들이 또 나를 쫓고 있어." 그는 파멸과 증오와 스피드 중독자 특유의 분노와 편집증으로 가득 찬 목소리로 말한다. "모두가 나서서 나를 쫓고 있는 거야." 그러더니 나를 보는데, 나는 그의 눈빛을 보는 것만으로도 위험천만한 상황에 빠졌음을 직감한다. "네가 놈들을 불렀군." 그가 말하자, 나는 그건 전혀 사실이 아니며 난 네가 정말 맘에 들고 나하고 가장 친한 친구들 몇 명은 조커이고 어쩌고 하면서 주절댔다. 그러던 중에 가게 앞에 빨갛고 파란 불빛들이 비쳐오자 그는 벌떡 일어나서 나를 움켜잡더니 **절규한다.** "이 병신 새끼가, 난 조커가 아냐. 난 빌어먹을 **에이스**라고." 그러고는 나를 진열창으로, 그러니까 판유리가 깨지지 않고 아직도 멀쩡하게 남아 있던 쪽을 향해 내던진다. 당연히 그 유리도 박살이 난다……. 내가 도로의 배수로 안에서 피를 흘리며 쓰러져 있을 때, 크로이드가 옆구리에 도스에퀴스 맥주 식스팩을 끼고 당당하게 밖으로 걸어 나온다. 그러자마자 짭새들이 쏜 총에 두 발쯤 맞았지만 껄껄 웃더니 벽을 타고 올라가기 시작한다……. 녀석이 갈퀴 같은 손톱으로 찍은 벽돌 벽에는 깊은 구멍들이 남았다. 지붕에 올라간 크로이드는 달을 향해 포효하더니 바지 지퍼를 내리고 우리 모두에게 오줌을 깔긴 다음 모습을 감춘다…….

꼭두각시

스티븐 리

앤드리아 휘트먼의 죽음은 전적으로 '퍼펫맨(Puppetman)'의 소행이었다. 퍼펫맨의 초능력이 없었다면, 지적 장애를 가진 열네 살의 소년이 연하의 이웃 소녀에 대해 느끼던 음울한 욕정이 백열한 분노로 변하며 폭발하는 일은 결코 일어나지 않았을 것이다. 로저 펠먼 본인의 능력만으로는 신시내티 시의 교외에 있는 성심여학교 뒤쪽에 있는 숲으로 앤드리아를 유인해서 공포에 질린 소녀의 옷을 마구 찢어대는 것은 절대로 불가능했다. 묘하게 딱딱해진 그 물건을 앤드리아에게 삽입한 후 탈력할 정도로 강렬한 방출감을 느끼는 일도 결코 없었을 것이다. 어린 소녀를 내려다보다가 그녀의 사타구니에서 검붉은 피가 조금씩 흐르는 것을 목격하고, 저항할 수 없는 지독한 혐오감에 사로잡힌 나머지 옆에 떨어져 있던 커다랗고 납작한 돌을 집어 들지도 않았을 것이다. 그 돌로 앤드리아의 금발 머리를 마구 짓찧어서 형체를 알아볼 수 없을 정도로 뭉개지고 박살 난 살과 뼈 덩어리로 바꿔놓는 일도 없었을 것이다. 벌거숭이 상태로 그녀의 피로 흠뻑 물든 채 집에 돌아오는 일도 없었을 것이다.

로저 펠먼은 이런 일들을 아예 하지 않았을 것이다. 퍼펫맨이 가련한 로저의 손상된 마음 한구석에 숨어 있다가, 거기서 찾아낸 감정들을 탐욕스럽게 흡수하고, 소년을 조종함으로써 그의 육체를 괴롭히던 사춘기의 열정을 증폭시키지 않았더라면 말이다. 로저의 마음은 약하고 순응적이었으며 밖을 향해 열려 있었다. 그 마음을 범한 퍼핏맨의 소행은 로저가 앤드리아에게 했던 짓 못지않게 잔악한 것이었다.

퍼핏맨은 열한 살이었다. 그리고 그는 앤드리아를 증오했다. 그를 배신하고 창피를 줬다는 이유로, 버릇없이 자란 아이 특유의 부조리하기 짝이 없는 증오에 사로잡혔던 것이다. 퍼핏맨이란 와일드카드 바이러스에 감염된 이 소년이 앤드리아에게 애정을 고백한다는 실수를 저질렀다가 차인 뒤에 자아낸 복수 판타지였다. 앤드리아에게 고백했을 때, 소년은 어른이 되면 우리 결혼하자고 말했는지도 모른다. 이 말을 들은 앤드리아의 눈은 동그래졌고, 그녀는 곧 킥킥거리며 소년에게서 도망쳤다. 그리고 바로 다음 날 학교에 간 소년을 맞이한 것은 비웃음으로 가득 찬 아이들의 속삭임이었다. 소년은 뺨이 새빨갛게 달아오르는 것을 자각하면서도, 앤드리아가 친구들에게 그 사실을 털어놓았다는 사실을 직감했다. 학교에 다니는 아이들 모두에게.

로저 펠먼이 앤드리아의 순결을 찢어발겼을 때 퍼핏맨도 희미하게나마 발정의 단초를 느꼈다. 로저가 절정을 맞이했을 때는 함께 몸을 떨었다. 로저가 흐느끼는 소녀의 얼굴을 돌로 쳤을 때, 뼈가 우두둑 부러지는 소리를 들었을 때, 퍼핏맨은 헐떡였다. 그는 전신을 꿰뚫고 지나가는 쾌감에 못 이긴 나머지 비틀거렸다.

살인 현장에서 400미터나 떨어진 곳에 있는, 자기 방 안에서 안전하게.

첫 번째 살인에 대한 소년 자신의 광적인 반응은 그를 두렵게 하는 동시에 매료했다. 그 일이 있은 이래 몇 달 동안은 능력을 제대로 발휘하지 못했다. 또 그런 황홀경에 빠졌다가 통제력을 아예 잃어버리는 것이 두려웠기 때문이다. 그러나 모든 종류의 금단의 행위가 그렇듯이 그도 결국은 충동을 이기지 못했다. 향후 5년 동안, 이런저런 이유로 다시 소년의 마음 표면으로 부상한 퍼핏맨은 일곱 번의 살인을 저지르게 된다.

그리고 소년은 퍼핏맨의 능력을 자신과는 완전히 분리된 별도의 존재로 간주했다. 바깥세상으로부터 은폐된 그는 꼭두각시들을 부리는 퍼핏맨이었다. 남의 눈에는 보이지 않는 손가락에 연결된 끈들로, 그 끈에 매달려 깡충거리는 추악한 꼭두각시 인형들을 조종하는.

테디, 지미*는 지지자 결집에 주력
하트먼, 잭슨**, 유달***은 단일화 추진

〈뉴욕 데일리 뉴스〉, 1976년 7월 14일

하트먼, 원내 투쟁을 선언하고
조커 인권 문제를 공론화

〈뉴욕타임스〉, 1976년 7월 14일

그레그 하트먼 상원의원은 엘리베이터에서 나와 에이스 하이의 로비로 들어왔다. 수행원들을 포함한 일행도 그의 뒤를 따라 레스토랑으

---

* 미국 민주당의 대선후보 경선에 입후보했던 에드워드 케네디와 지미 카터를 의미한다.
** 헨리 마틴 잭슨. 미국의 변호사, 민주당 소속 하원 및 상원의원.
*** 모리스 킹 '모' 유달. 미국의 변호사, 민주당 소속 하원의원.

로 들어왔다. 일행은 재무부 비밀 검찰국에서 파견된 경호원 두 명에, 보좌관인 존 워던과 에이미 소런슨, 그리고 엘리베이터를 타고 올라오는 사이에 이미 이름을 잊은 기자 네 명이었다. 이들 모두가 한꺼번에 엘리베이터를 탄 탓에 비좁은 것을 감수해야 했다. 검은 선글라스를 낀 경호원들은 이의를 제기했지만, 그레그가 모두 함께 탈 수 있다고 고집을 부렸던 것이다.

입구에서 하이럼 워체스터가 일행을 맞이했다. 하이럼 본인은 한번 보면 잊을 수 없는 외모의 소유자였다. 그는 엄청난 허리둘레를 자랑하지만 놀랄 정도로 경쾌하고 민첩하게 움직인다. 융단이 깔린 로비를 성큼성큼 가로질러 다가온 하이럼은 수염으로 뒤덮인 얼굴에 보일락 말락 한 미소를 떠올리며 손을 내밀어 악수를 청했다. 대머리가 레스토랑의 커다란 창문을 통해 쏟아져 들어온 석양빛을 반사하며 번들거린다. "의원님." 하이럼은 쾌활한 어조로 말했다. "다시 뵙게 되어서 반갑습니다."

"나도 반갑네, 하이럼." 그레그는 줄줄이 따라온 사람들을 턱으로 가리키며 멋쩍게 웃었다. "에이미하고는 이미 구면이겠고. 나머지 친구들은 자기 입으로 소개하도록 하는 편이 낫겠군. 앞으로도 나하고 절대로 안 떨어질 작정인 것 같으니까 말이야." 이 말에 기자들은 쿡쿡 웃었고, 경호원들조차도 보일락 말락 한 미소를 떠올렸다.

하이럼은 씩 웃었다. "의원님, 유감스럽지만 그건 대선후보 경선에 뛰어든 후보가 치러야 하는 대가라고 생각합니다. 하지만 평소와 마찬가지로 좋아 보이시는군요. 그 재킷의 재단도 완벽하고." 거구의 셰프는 한 걸음 뒤로 물러나더니 시선을 상하로 움직이며 음미하듯이 그레그를 훑어보았다. 그런 다음 머리를 가까이 갖다 대더니, 마치 무슨 모의라도 하는 듯이 낮게 깐 목소리로 말했다. "타키온 선생에게도 복장에 관해서 몇몇 충고를 해주시면 좋겠군요. 정말이지 의사 선생이 오늘 저녁에 입고 온 옷들은……." 하이럼은 밤색 눈을 굴리며 짐짓 오싹한 듯이 하늘을 우러러보다가 너털웃음을 터뜨렸다. "이렇게 계속 수다를 떨다간 날이 새겠습니다. 자, 자리가 준비됐으니 가시죠."

"내 손님들은 이미 도착한 걸로 알고 있네만."

이 말을 듣고 하이럼은 불쾌한 듯이 살짝 입가를 찡그렸다. "예. 여성분은 제 기준으로는 술을 너무 많이 드시기는 하지만 문제없습니다. 하지만 난쟁이의 경우에는 의원님의 부탁이 없었다면 진즉에 내쫓았을 겁니다. 딱히 무슨 **소동**을 일으켰다거나 한 건 아니지만, 우리 직원들을 대하는 태도가 너무나도 무례해서."

"최대한 얌전하게 있으라고 하겠네, 하이럼." 그레그는 엷은 금발을 손으로 추켜올리며 설레설레 고개를 흔들었다. 그레그 하트먼은 별 특징이 없는 수수한 용모를 가진 사내였다. 1970년대의 새로운 트렌드인 듯한 신세대 정치인들처럼 번듯하게 잘생기지도 않았고, 그렇다고 해서 펑퍼짐하고 구태의연한 기성 정치인들에 속한 것도 아니었다. 하이럼이 아는 그레그는 친절하고 꾸밈없는 사내였고, 유권자들을 진정으로 보살피고 그들이 직면한 문제를 풀려고 노력하는 성실한 정치인이었다. '상원 에이스 자원 근로 위원회', 약칭 SCARE의 위원장에 취임한 뒤에는 와일드카드 바이러스의 영향을 받은 모든 사람들을 진심으로 동정하고 있음을 몸소 증명해 보이기도 했다. 상원의원인 그의 주도하에, 과거에 와일드카드 바이러스에 감염된 사람들을 얽어매기 위해 제정되었던 다양한 금지법들이 완화되거나 삭제되거나 법적인 실효성을 잃었다. '이능자 능력 통제법'과 '특별징집법'은 여전히 법적으로는 유효했지만, 하트먼 상원의원은 휘하의 공직자들 모두에게 이 법들의 시행을 금했다. 하이럼은 대중과 조커들 사이의 민감한 관계를 다루는 그레그의 능숙한 솜씨에 곧잘 혀를 내두르곤 했다. 〈타임〉은 그레그가 펀하우스의 도어맨인 랜들─그의 손은 곤충의 집게발이었고, 손바닥 한복판에는 축축하고 추악한 눈알들이 모여 있었다─과 악수를 하는 사진을 곁들여 '조커타운의 친구'라는 부제의 기사를 싣기까지 했다. 하이럼의 관점에서 그레그는 보기 드문 '선인'이었고, 정치가로서도 극히 이례적으로 이타적인 인물이었다.

그레그는 한숨을 쉬었다. 하이럼은 상원의원의 선량한 얼굴 뒤에 깃들어 있는 깊은 피로감을 보았다. "전당대회는 어땠습니까, 의원님?" 하이럼은 물었다. "조커 인권 법안이 통과될 가능성은 어느 정도인가요?"

"최대한의 노력을 경주하고 있네." 그레그는 이렇게 대답하고 기자들을 흘끗 돌아보았다. 그들은 호기심을 감추려고 하지도 않고 그와 하이럼의 대화에 귀를 기울이고 있었다. "며칠 뒤에 원내 투표가 실시되면 결과를 알 수 있을 거야."

하이럼은 하트먼의 눈에서 체념을 읽었다. 단지 그것만으로도 충분했다─법안은 다른 것들과 마찬가지로 부결될 것이다. 하이럼은 말했다. "의원님, 이번 전당대회가 끝나면 다시 여기 들러주시기 바랍니다. 의원님만을 위한 특별 요리를 준비해놓겠습니다. 의원님의 노력을 높이 평가하는 사람들이 많다는 걸 보여드리기 위해서라도 꼭 그러고 싶습니다."

그레그는 하이럼의 등을 툭 쳤다. "조건이 하나 있네. 저기 구석의 부스석에서 먹게 해줘. 나 혼자서만." 이렇게 말한 후 상원의원은 껄껄 웃었고, 하이럼도 호응하듯이 씩 웃었다.

"걱정 마십시오. 자, 오늘 밤에는 레드와인에 넣고 끓인 소고기를 권해드리고 싶군요ー아주 섬세한 요리입니다. 아스파라거스는 극히 신선하고, 소스도 제가 직접 만들었습니다. 후식으로는 화이트 초콜릿 무스를 꼭 드십시오."

그들 뒤에서 엘리베이터 문이 열렸다. 경호원들은 거기서 나온 두 여자를 경계하듯이 바라보았다. 그레그는 여자들을 향해 고개를 끄덕이고 다시 하이럼과 악수를 나눴다. "자, 친구, 다른 손님들도 기다리고 있네. 이 정신 나간 상황이 모두 끝난 후에 연락해줘."

"역시 백악관 주방장이 필요하신가 보군요."

그레그는 껄껄 웃었다. "어이, 하이럼, 그건 카터나 케네디한테 물어봐야지. 난 이번 대선에선 다크호스 중 한 명일 뿐일세."

"그렇다면 미국은 최상의 후보를 놓친 겁니다." 하이럼은 이렇게 응수하고, 성큼성큼 주방으로 되돌아갔다.

에이스 하이는 엠파이어스테이트 빌딩 꼭대기의 전망대 전체를 차지하고 있었다. 널찍한 창문을 통해 손님들은 맨해튼섬 전체를 조망할 수 있었다. 맨해튼 항구 너머의 수평선에 닿은 석양이 발하는 빛이 엠파이어스테이트 빌딩의 황금빛 돔에 반사되며 식당 내부를 물들였다. 이울금색 노을빛 아래에서 닥터 타키온을 찾는 것은 어렵지 않았다. 타키온은 그레그가 처음 보는 여자와 함께 평소의 좌석에 앉아 있었다. 타키온을 보자마자 그레그는 복장에 관한 하이럼의 말이 옳았다는 것을 확인할 수 있었다. 타키온은 에메랄드그린색 새틴 깃이 달린 새빨간 디너 재킷 차림이었다. 옷소매와 어깨에 매달린 보라색 스팽글 장식이 과감한 패턴을 자아내고 있었다. 바지까지는 보이지 않아서 그나마 다행이었지만, 디너재킷 아래로 무지개 같은 광채를 발하는 주황색 밴드가 흘 끗 보였다. 그레그가 손을 흔들어 보이자 타키온도 고개를 끄덕였다.

"존, 손님들을 우리 좌석으로 안내해서 나 대신 소개시켜줘. 나도 곧 가겠네. 에이미, 함께 가주겠나?" 그레그는 탁자들 사이를 누비고 나아 갔다.

어깨까지 내려오는 타키온의 머리카락은 그의 디너재킷과 마찬가 지로 황당할 정도로 붉었다. 타키온은 그레그를 맞이하기 위해 일어나 면서 헝클어진 머리카락을 우아한 동작으로 추켜올렸다. "하트먼 상원 의원." 타키온이 말했다. "앤절라 파세티 양을 소개하겠네. 앤절라, 여기 이분은 그레그 하트먼 상원의원이고, 이 여자분은 보좌관인 에이미 소 런슨 씨야. 하트먼 상원의원은 우리 병원 운영 자금의 상당 부분을 지원 해주시는 분이기도 하지."

간단한 인사를 나눈 후 에이미는 자리를 떴다. 그레그는 타키온의 눈치 빠른 동행이 따로 지시를 받지 않고도 에이미와 함께 가는 것을 보 고 흡족한 기분을 느꼈다. 그레그는 두 여자가 몇 테이블 떨어진 곳까지 갈 때까지 기다렸다가 타키온을 돌아보았다. "닥터 타키온, 당신의 병 원에 스파이가 침투해 있다는 걸 확인했다는 걸 알리려고 왔습니다. 당 신의 의심이 옳았습니다."

타키온이 얼굴을 찡그리자 미간에 깊은 주름이 잡혔다. "KGB의 스 파이인가?"

"아마 그렇겠죠." 그레그는 대답했다. "하지만 정체를 안 이상은 비 교적 무해한 존재가 되었다고 보아도 좋을 겁니다."

"그래도 난 그자를 우리 병원에서 축출하고 싶네." 타키온은 정중하 지만 단호한 어조로 말했다. 그는 자기 얼굴 앞에서 손깍지를 꼈다. 그레그를 흘끗 바라보는 그의 라일락색 눈은 오래된 고통으로 가득 차 있었다. "미국 정부, 그리고 그 정부가 우리를 상대로 벌인 과거의 마녀사냥에는 넌더리가 나. 그런 일에는 이제 아예 관여하고 싶지 않네. 상원의원인 자네를 비난하는 건 물론 아니지만 말이야. 자네는 아주 좋은 협력자이고, 내게 큰 도움을 줬어. 하지만 난 우리 병원을 정치와는 완전히 분리하고 싶네. 난 조커들을 돕고 싶어. 내가 원하는 건 단지 그뿐이야."

그레그는 상대의 말에 고개를 끄덕일 수밖에 없었다. 더 이상 관여하고 싶지 않다는 바로 그 정부가 병원 운영비의 일부를 부담하고 있다는 사실을 타키온에게 지적하고 싶다는 충동을 억누른다. 다시 입을 연 그레그의 목소리는 동정심으로 가득 차 있었다. "닥터, 그건 나 자신의 희망이기도 합니다. 하지만 그 사내를 그냥 해고해버린다면, KGB는 몇 달 안에 새로운 스파이를 침투시킬 게 뻔합니다. 우리 정부와 함께 일하기 시작한 새로운 에이스가 한 명 있는데, 아무래도 그 친구와 의논해봐야겠군요."

"뭐든 하고 싶은 일을 하게나. 병원에 영향을 끼치지 않는 한, 난 자네가 무슨 방법을 쓰든 상관하지 않아."

"그러겠습니다." 그레그는 건너편에서 에이미와 앤절라가 다가오는 것을 보았다.

"톰 밀러를 만나러 왔나?" 타키온은 한쪽 눈썹을 추켜올리며 물었다. 그러면서 그레그의 테이블을 향해 고개를 까닥했다. 그곳에서는 존이 여전히 사람들을 소개시키는 중이었다.

"난쟁이 말입니까? 예. 그 친구는—"

"나도 그 친구를 아네. 최근 몇 달 동안 조커타운에서 발생한 죽음과 폭력의 상당 부분에 책임이 있는 인물이지. 아주 불쾌하고 위험한 사내야."

"바로 그런 이유에서 미리 못을 박아두려는 겁니다."

"행운을 비네." 타키온은 메마른 어조로 말했다.

JJS, 정당 강령 부결 시 폭동을 예고

〈뉴욕타임스〉, 1976년 7월 14일

손드라 팰린은 그레그 하트먼이 다가오는 것을 보고 복잡한 감정을 맛보았다. 오늘 밤 이런 난관을 겪으리라는 것을 알고 있었기에 이렇게 과음한 것인지도 모른다. 잇달아 들이켠 독주가 위 속에서 타오르는 듯한 기분이다. 톰 밀러—공정사회를 위한 조커 연맹(JJS) 내부에서는 '김리'*라고 불리는 쪽을 선호하는—가 옆자리에서 좀이 쑤시는 듯이 뒤척이는 것을 보고, 그녀는 떨리는 손을 그의 우람한 팔뚝 근육에 갖다 댔다.

"내 몸에서 그 좆같은 손을 떼." 난쟁이가 으르렁거렸다. "손드라, 네가 무슨 우리 할머니라도 되는 줄 알아?"

이런 상황만 아니었다면 이 말은 그녀의 마음에 그토록 큰 상처를 주지는 않았을 것이다. 무심코 자기 손을 내려다보는 수밖에 없었다. 바싹 마르고 검버섯이 핀 피부가 앙상한 뼈 위로 늘어져 있었고, 손가락 관절들은 관절염 탓에 부어 있었다. **그이는 나를 바라보고 마치 처음 만나는 사람을 대하듯이 미소를 떠올리겠지만, 난 그이에게 진실을 말할 수도 없**

---

*   톨킨의 《반지의 제왕》에 등장하는 난쟁이.

어. 눈물로 눈이 따끔거린다. 손등으로 거칠게 눈을 훔친 다음, 앞에 놓인 술잔의 술을 단번에 들이켰다. 글렌리벳*이 타는 듯한 감촉과 함께 식도를 타고 내려간다.

상원의원은 킴리와 그녀를 보고 활짝 웃었다. 그의 미소는 정치인의 직업적인 미소와는 선을 긋고 있었다—하트먼의 얼굴은 자연스럽고 솔직했으며, 누구에게든 신뢰감을 불러일으켰기 때문이다. "당장 달려오지 못해서 미안하네." 그는 말했다. "오늘 밤 초대에 동의해줘서 정말 고맙군. 미스터 톰 밀러가 맞지?" 그레그는 수염으로 뒤덮인 난쟁이의 얼굴을 보며 손을 내밀었다.

"아니. 난 워런 비티이고 이쪽은 신데렐라야." 밀러는 뚱한 목소리로 대꾸했다. 중서부의 비음 섞인 억양이었다. "손드라, 네 슬리퍼를 내밀라고." 난쟁이는 그레그의 악수 요청을 대놓고 무시하고는 적대적인 표정으로 고개를 까닥해 보였다.

손드라는 대다수 사람들은 이런 모욕을 그냥 무시했으리라는 사실을 알고 있었다. 그냥 손을 내리고, 처음부터 아예 내밀지도 않았다는 시늉을 하는 식으로 말이다. "미스터 비티라면 어젯밤 〈롤링스톤〉 파티에서 만났네만." 상원의원은 미소 지으며 말했다. 그가 내민 손은 주위 사람들의 주목의 대상이 되고 있었다. "게다가 난 그와 **악수**까지 나눴다네."

하트먼은 기다렸다. 침묵이 길어지자 밀러는 투덜거리는 듯한 소리를 냈다. 마침내 난쟁이는 어색한 동작으로 하트먼의 손을 잡았다. 손이 닿는 순간 손드라는 하트먼의 얼굴이 한순간 차갑게 변한 듯한 인상을

---

*　싱글몰트 위스키.

받았다. 마치 손끼리의 접촉이 약간의 고통을 불러일으킨 듯한 느낌이었다. 그는 이내 밀러의 손을 놓았다. 그러자 그의 평정심도 돌아왔다. "이렇게 만나게 되어서 반갑네." 하트먼은 말했다. 그의 목소리에 비꼬거나 하는 느낌은 전혀 없었고, 단지 진정한 따스함과 안도감이 깃들어 있을 뿐이었다.

손드라는 자신이 왜 이 사내를 사랑하게 되었는지를 이해했다. **그를 사랑하는 건 네가 아냐. 서큐버스야. 그레그가 알고 있는 여자는. 그에게 넌 정치적인 분란을 일으키고 있는 늙고 쪼그라든 노파에 불과해. 너와 서큐버스가 동일 인물이라는 사실을 그는 영원히 알아차리지 못할 거야. 네가 그를 계속 갖고 싶다면 말이야. 그레그의 눈엔 서큐버스가 그를 위해 자아낸 환상 밖에는 보이지 않아. 밀러는 우리가 앞으로도 계속 그래야 한다고 지시했고, 너도 밀러에게 복종할 거야. 안 그래?**

설령 그게 아무리 너를 고통스럽게 할지라도.

이번에는 그녀가 그레그와 악수를 나눌 차례였다. 서로의 손이 닿았을 때 그녀는 자기 손이 덜덜 떨리고 있다는 것을 깨달았다. 그레그의 입꼬리가 동정하는 듯이 조금 올라간 것을 보니 그 역시 그 사실을 눈치 챈 듯했다. 그러나 그레그의 회녹색 눈에 떠오른 표정은 그녀에 대한 호기심과 관심에 불과했고, 그 이상도 이하도 아니었다. 손드라는 또다시 음울한 기분에 사로잡혔다. **도대체 무슨 끔찍한 일들이 이 노파를 괴롭히고 있는지 궁금해하고 있군. 나의 내부에 어떤 추악함이 자리 잡고 있는지, 만에 하나 가까운 사이였다면 도대체 어떤 끔찍한 내면을 드러낼지 궁금해하고 있는 거야.**

그녀는 스카치를 한 잔 더 가져오라고 웨이터에게 손짓했다.

만찬이 계속되는 동안 그녀의 기분은 악화 일로를 걸었다. 대화 패턴은 천편일률적이었다. 하트먼이 어떤 화제를 입에 올리면 밀러는 당치도 않은 신랄함과 야유를 쏟아붓는 식으로 반응했고, 그 결과 어색해진 분위기를 다시 하트먼이 수습하는 식이었다. 손드라는 이들의 대화에 참여하지 않고 귀를 기울이기만 했다. 테이블 주위의 다른 손님들도 이들 사이의 긴장을 느낀 것이 틀림없었다. 주역인 두 사람이 무대를 독점하는 동안, 다른 사람들은 마치 대본이라도 있는 듯이 침묵하며 가뭄에 콩 나듯이 끼어드는 꼴이었다. 하이럼이 여러 번 테이블로 와서 배려해주었음에도 불구하고 요리에서는 마치 재를 씹는 듯한 맛이 났다. 손드라는 그레그를 바라보며 계속 술을 들이켰다. 후식으로 나온 무스를 치우고 진지한 대화가 본격적으로 시작되었을 무렵에는 이미 만취한 상태였다. 그녀는 머릿속에 낀 짙은 안개를 걷어내기 위해 세차게 고개를 흔들었다.

"……공개적인 행동에 나서지 않겠다는 자네들의 보장이 필요하네." 하트먼이 말하고 있었다.

"염병할." 밀러가 대답했다. 손드라는 그가 실제로 침을 뱉으리라고 확신했다. 김리의 불그스름한 수염 위로 노출된 얽고 창백한 뺨이 부풀어 오르고, 광적인 빛이 담긴 눈이 가늘어진다. 다음 순간 그는 주먹으로 테이블을 쾅 내리쳤다. 접시들이 시끄럽게 덜그럭거렸다. 좌석에 앉아 있던 경호원들이 긴장했고, 테이블 주위의 다른 손님들은 화들짝 놀라며 움찔했다. "당신 같은 정치가들이 하는 소리는 다 똑같아." 난쟁이는 으르렁거렸다. "JJS는 벌써 몇 년째 똑같은 개소리에 귀를 기울여야 했어. 순한 개처럼 바닥에 누워 배를 보여주면 잔반을 좀 주겠다, 이거지. 하트먼, 이젠 우리도 만찬에 참가할 때가 왔어. 조커들은 이제 개밥에는 **넌더리를** 내고 있다고."

하트먼의 목소리는 밀러와는 대조적으로 나직하고 이지적이었다. "미스터 밀러, 그리고 미즈 팰린, 그 지적에는 나도 동의합니다." 그레그는 손드라를 향해 고개를 끄덕여 보였다. 손드라는 단지 입가의 주름이 당기는 것을 느끼며 얼굴을 찡그리며 반응하는 수밖에 없었다. "미스터 밀러, 바로 그 이유에서 나는 우리 민주당의 대선 공약에 조커 인권 강령을 추가하라고 요구했던 걸세. 내가 그걸 성사시키기 위해서 마지막 유동 표까지 싹싹 끌어모으고 있는 것도 바로 그 때문이고." 그레그는 이렇게 말하며 양손을 펼쳐 보였다. 다른 사람이었다면 이 연설은 공허한 위선으로밖에는 들리지 않았을 것이다. 그러나 그레그의 목소리는 전당대회에 참가한 그가 견뎌야 했던 길고 힘든 시간들의 반향으로 가득 차 있었고, 이것은 그의 말에 진실성을 부여하고 있었다. "그리고 난 바로 그런 이유에서 자네 조직이 폭주하지 않도록 보듬어달라고 요청하고 있는 걸세. 중도파 의원들은 시위, 특히 폭력시위가 발생할 경우, 자네의 대의에 등을 돌릴 거야. 내가 자네에게 원하는 건 내게 기회를 줌으로써 **자네들 자신에게도** 기회를 주는 거야. 그러니까 제트보이의 영묘로 행진한다는 계획을 포기해줬으면 좋겠네. 자네들은 시위 허가를 받지 못했어. 시내에 이미 상당수의 시위대가 모여 있는 탓에 경찰은 잔뜩 신경이 곤두선 상태이고, 행진이 시작된다면 진압에 나설 게 틀림없어."

"그렇다면 경찰을 막아줘요." 손드라가 말했다. 스카치 탓에 혀가 꼬였다. 그녀는 또다시 세차게 고개를 흔들었다. "당신이 조커들을 돕고 싶어 한다는 걸 의심하는 사람은 없어요. 그러니까 경찰이 과잉 진압을 못 하도록 나서주세요."

하트먼은 얼굴을 찡그렸다. "그러고 싶어도 그럴 수가 없습니다. 이미 시장에게 그런 요청을 했지만, 요지부동이더군요. 그러니 행진을 강행한다면 충돌은 피할 수 없어요. 내 입장에서도 불법집회를 용인할 수는 없는 일이고."

"개처럼 드러누워서 배를 보여라, 이거로군." 밀러는 느린 어조로 말했다. 그러고는 고개를 뒤로 젖히고 포효했다. 식당에 있던 손님들이 그들을 흘끗흘끗 보기 시작했다. 타키온은 대놓고 화난 얼굴로 그들을 응시했고, 하이럼은 주방에서 걱정스러운 듯이 얼굴을 내밀었다. 경호원 하나가 일어서려고 하자 그레그는 손을 흔들어 앉으라는 시늉을 했다. "미스터 밀러, 부디 내 말을 들어줘. 난 자네와 솔직하게 현실에 관해 논하고 싶을 뿐이야. 지원 가능한 재원과 인력에는 한계가 있고, 그것들을 쥐락펴락하는 사람들을 적으로 돌린다면 결국 손해를 보는 건 자네들이 아닌가."

"당신이 말하는 그 좆같은 '현실'은 여기가 아니라 조커타운 거리에 있어. 그러니 직접 가서 그 똥통에 얼굴을 박아보고 나서 얘기하라고, 상원의원 나리. 거리를 방황하는 비참한 괴물들을, 바이러스에 감염되었을 때 죽었으면 차라리 행복했을 녀석들을 직접 가서 보란 말이야. 잘려 나간 사지로 보도를 기어 다니는 놈들, 눈이 먼 놈들, 머리가 두 개에 팔도 네 개씩이나 달린 놈들을. 말할 때마다 침을 질질 흘리는 놈들, 햇빛만 받으면 피부가 타버리기 때문에 어둠 속에 숨어 있어야 하는 놈들, 피부에 조금이라도 뭐가 닿으면 엄청난 고통을 겪어야 하는 놈들을." 잘 울리고 굵직한 밀러의 목소리가 한층 더 커졌다. 테이블 주위의 손님들은 밀러의 장광설에 아연실색한 기색을 감추지 못했다. 기자들은 수첩에 열심히 메모를 하고 있었다. 손드라 역시 밀러의 목소리에서 맥동하는 듯한 힘과 설득력을 느낄 수 있었다. 조커타운에서 밀러가 마구 야유를 퍼붓는 적대적인 군중 앞에 선 것을 본 적이 있었는데, 15분 뒤에는 그들 모두가 밀러의 말에 고개를 끄덕이며 홀린 듯이 귀를 기울이던 것을 기억한다. 그레그조차도 매료된 듯이 상체를 내밀고 있었다.

귀를 기울여요. 하지만 조심해요. 이 사람의 목소리는 먹잇감에게 최면을 거는 뱀이 내는 소리이고, 일단 거기에 사로잡히면 그대로 달려들 테니까.

"바로 그게 당신이 말하는 '현실'이야." 밀러는 고양이가 가르랑거리듯이 말했다. "당신의 그 빌어먹을 전당대회는 쇼에 불과해. 상원의원 나리, 여기서 하나 확실하게 해두겠는데," —밀러는 갑자기 고함을 지르기 시작했다— "우리 JJS는 그걸 항의하기 위해 거리로 **나갈 거야!**"

"미스터 밀러—" 그레그가 입을 열었다.

"**김리!**" 밀러가 외쳤다. 그러자마자 그의 목소리는 쉬었고, 거기 깃들어 있던 힘도 사라졌다. 마치 내부에 저장해둔 힘을 소진해버린 느낌이다. "**내 좆같은 이름은 김리라고!**" 밀러는 의자 위에서 벌떡 일어났다. 다른 사람이었다면 실로 우스꽝스럽게 보였겠지만, 웃는 사람은 아무도 없었다. "난 좆같은 **난쟁이**이지, 너희들의 빌어먹을 '**미스터**'가 아니라고!"

손드라가 밀러의 팔을 잡아당기자 그는 뿌리쳤다. "날 막으려고 하지 마. 내가 놈들을 얼마나 **증오**하는지를 보여주고 싶으니까."

"증오는 아무 쓸모도 없네." 그레그는 끈기 있게 말했다. "아무도 자네들을 증오하거나 하진 않아. 내가 조커들을 위해 얼마나 오랜 시간을 진력했는지 안다면, 에이미하고 존이 그런 나를 보좌하기 위해 얼마나 고생했는지를 알아준다면……."

"**넌 그걸 전혀 모른다고!**" 밀러는 절규했다. 그레그의 양복 상의에서 밀러의 침을 맞은 부분이 거무스름하게 변했다. 이제는 식당 안의 모든 사람들이 그들을 응시하고 있었다. 경호원들도 벌떡 일어났다. 그들이 개입하지 않은 것은 그레그가 손을 들어 오지 말라고 명령했기 때문이었다.

"내가 자네들의 적이 아니라 친구라는 걸 아직도 이해 못 하겠나?"

"상원의원 나리, 난 당신 같은 상판을 한 친구를 둔 적이 없어. 당신은 너무나도 정상적이거든. 조커들이 직면한 현실을 이해하고 싶다고? 그럼 내가 그걸 가르쳐주지. 연민의 대상이 된다는 게 어떤 기분인지를 말이야!"

누군가가 미처 반응하기도 전에 밀러는 몸을 수그렸고, 그러자마자 굵고 강한 다리 근육을 써서 상원의원을 향해 뛰어올랐다. 갈퀴처럼 구부린 손가락을 그레그의 얼굴을 향해 뻗는다. 그레그는 화들짝 뒤로 물러나며 양손으로 얼굴을 가리려고 했고, 손드라는 밀러에게 아무짝에도 쓸모없는 항의를 하려고 입을 열었다.

바로 그 순간, 난쟁이는 마치 공중에서 나타난 손바닥에 맞기라도 한 것처럼 식탁 위에 푹 엎어졌다. 식탁 중간이 구부러지는가 싶더니 난쟁이를 실은 채 그대로 박살이 났고, 유리잔과 자기 그릇들이 한꺼번에 바닥에 떨어졌다. 상처 입은 짐승처럼 가련하게 끽끽거리는 밀러를 향해, 격분한 나머지 얼굴이 시뻘겋게 변한 하이럼이 반쯤 달리듯이 다가왔다. 두 명의 경호원들은 양쪽에서 밀러의 팔을 잡고 일으키려고 했지만 난쟁이의 몸은 꿈쩍도 하지 않았다. "빌어먹을, 이 자식 뭐가 이렇게 **무거워**." 경호원이 중얼거렸다.

"당장 내 레스토랑에서 나가!" 하이럼이 벽력같은 고함을 내질렀다. 그는 경호원들 사이를 헤집고 나와서 난쟁이 앞에서 몸을 수그렸고, 난쟁이를 마치 깃털이라도 되는 것처럼 가볍게 집어 올렸다―김리는 얼굴 몇 군데에 생긴 찰과상에서 피를 흘리며, 입을 뻐금거리면서 공중에 둥둥 떠 있는 것처럼 보였다. **"다시는 내 레스토랑에 발을 들여놓지 마!"** 하이럼은 포효했고, 난쟁이의 망연자실한 눈 앞에서 통통한 손가락을 흔들어 보였다. 그런 다음 마치 풍선을 잡아당기듯이 출입문까지 난쟁이를 끌고 갔다. 그러면서 그가 계속 난쟁이를 힐난하는 소리가 들려왔다. "넌 우리 손님들을 모욕했고, 말도 안 될 정도로 야만적으로 행동했고, 오직 선의에서 널 돕고 싶어 하는 상원의원을 위협하기까지 했어⋯⋯." 꽥 닫힌 여닫이문을 뒤로한 하이럼의 목소리가 점점 작아졌다. 하트먼은 양복에서 깨진 자기 조각을 털어내고 경호원들을 향해 고개를 가로저었다. "그냥 가게 두게. 밀러에겐 폭발하고도 남을 충분한 이유가 있었어―자네들도 조커타운에 살아야 한다면 이해할 걸세."

그레그는 한숨을 쉬더니 난쟁이가 사라진 쪽을 망연자실하게 바라보고 있는 손드라를 향해 고개를 설레설레 저어 보였다. "미즈 팰린, 간절하게 부탁하고 싶습니다―만약 JJS나 밀러에 대해 조금이라도 통제력을 발휘할 수 있다면, 부디 그를 막아주세요. 아까 내가 한 말은 모두 진심이었습니다. 불법시위를 강행해봤자 상처를 입는 건 당신들의 대의밖에는 없어요. 정말로." 그레그는 화가 났다기보다는 슬픈 기색이었다. 그는 엉망진창이 된 테이블 주위를 바라보며 한숨을 쉬었다. "하이럼한테 미안하군. 잘해보겠다고 약속까지 했는데 이렇게 되다니."

대량의 알코올을 섭취한 탓에 손드라는 어지럼증에 시달리고 있었고, 반응도 늦었다. 그녀는 그레그에게 겨우 고개를 끄덕여 보였고, 그제야 모든 사람들이 그녀에게 주목하며 대답이 나오기를 기다리고 있다는 사실을 깨달았다. 그녀는 알았다는 듯이 허옇게 센 쪼글쪼글한 머리를 흔들었다. "노력해볼게요." 가까스로 이렇게 중얼거릴 수 있었다.

그런 다음, "실례합니다"라고 말하고 도망치듯이 밖으로 나왔다. 관절염에 걸린 무릎이 항의하듯이 삐걱였다.

그러면서도 자신의 굽은 등을 향한 그레그의 시선을 줄곧 느낄 수 있었다.

♥

오늘 밤 조커 인권 법안을 두고 원내 투표 대결

〈뉴욕타임스〉, 1976년 7월 15일

JJS, 영묘로 행진할 것을 결의

〈뉴욕 데일리 뉴스〉, 1976년 7월 15일

지난 이틀 동안 고기압은 뉴욕 시 상공에 녹초가 된 거대한 짐승처럼 죽치고 있었고, 초여름 평균보다 훨씬 덥고 찌는 듯한 날씨로 도시를 포위했다. 숨이 턱턱 막힐 정도의 열파는 스모그로 오염되어 있었다. 열기는 손드라가 연거푸 들이켜고 있는 잭다니엘처럼 다짜고짜 허파로 흘러 들어왔다─목을 태우는, 산미가 강한 액체 불처럼. 그녀는 화장대에 올려놓은 조그만 선풍기 앞에 서서 거울을 응시하고 있었다. 축 늘어진 얼굴은 종횡무진으로 피부를 뒤덮은 주름에 파묻혔고, 백발은 갈색 반점이 산재한 두피에서 배어 나온 땀으로 뭉쳐 있었다. 젖가슴은 텅 빈 주머니처럼 앙상한 흉곽 위에 찰싹 들러붙어 있다. 다 해진 실내복 앞은 칠칠치 못하게 열려 있었고, 그 사이로 보이는 갈비뼈들 위로 땀방울이 알알이 굴러떨어진다. 그녀는 거울에 비친 자기 모습을 혐오했다. 결국 절망감을 이기지 못하고 몸을 돌려 침실로 되돌아온다.

아파트 바깥의 어둠에 잠긴 피트가(街)에서 조커타운은 완전히 깨어나고 있었다. 창문 너머로 그들의 모습이 보였다. 김리가 언제나 큰 소리로 자랑하던 인재들이다. 피부가 끊임없이 빛을 발하는 탓에 너무나도 눈에 잘 띄는 램번트. 피부 위에 군집한 형형색색의 농포들이 터지는 광경이 마치 느리게 피어나는 꽃을 연상시키는 마리골드. 느리게 터지는 섬광 전구 빛을 받은 것처럼 어둠 속에서 나타났다가 사라지는 플리커. 이들 모두가 저녁의 조촐한 위안거리를 찾아 헤매고 있었다. 이 광경을 본 손드라는 우울한 기분이 되었다. 벽에 몸을 기대려다가 사진을 넣어 걸어놓은 싸구려 액자에 어깨가 부딪쳤다. 열두 살쯤 되어 보이는 소녀의 사진이었는데, 레이스 장식이 된 캐미솔의 한쪽 어깨끈이 아래로 흘러내린 탓에 사춘기의 봉긋한 젖가슴 윗부분이 드러나 있었다. 노골적으로 성적인 사진이었다—소녀의 표정에는 갈망하는 듯한 표정이 떠올라 있었고, 이목구비는 어딘가 늙은 손드라를 연상시켰다. 손드라는 손을 뻗어 액자 위치를 고치고 한숨을 쉬었다. 사진 뒤쪽의 페인트는 벽의 다른 부분에 비해 짙었고, 액자가 얼마나 오랫동안 그곳에 걸려 있었는지를 보여주고 있었다.

손드라는 잭다니엘을 또 한 모금 들이켰다.

20년이었다. 그리고 20년이라는 세월이 흐르는 동안, 손드라의 육체는 그보다 2.5배 더 빨리 나이를 먹었다. 사진 속의 소녀는 손드라였고, 1956년에 이 사진을 찍은 사람은 손드라의 아버지였다. 손드라는 사춘기의 성징이 나타나던 1년 전에 이미 아버지에게 강간당했다. 그녀가 태어난 것은 그로부터 5년 전인 1951년이었지만 말이다.

조심스럽게 그녀의 아파트 밖의 계단을 올라오던 발소리가 아파트 현관 앞에서 멈췄다. 손드라는 얼굴을 찡그렸다. **다시 창녀 짓을 해야 할 때가 온 건가. 난 널 저주해, 손드라. 밀러의 감언이설에 혹해서 이런 일을 맡은 건 너잖아. 이용 대상에 불과한 남자를 사랑해버린 것도 너고.** 손드라는 현관문 뒤에서도 사내의 기대에 찬 페로몬이 흘러 들어오며 피부가 따끔거리는 것을 느꼈다. 그녀 자신의 감정이 이런 현상을 증폭하고 있었다. 그녀는 자기 육체가 이런 자극에 공감하고 싶어 안달인 것을 자각했고, 억제력의 고삐를 늦췄다. 눈을 감는다.

적어도 그 느낌이라도 즐겨. 적어도 짧은 시간이나마 다시 젊어질 수 있다는 걸 기뻐해. 몸 안을 이동하는 빠른 변화들이 근육과 힘줄을 잡아당기며 새로운 형상으로 빚어내는 것을 느낄 수 있었다. 등골이 펴졌고, 분비된 기름기가 바싹 말라 있던 피부를 다시 윤택하고 매끄럽게 만들었다. 사타구니에서 성적인 열기가 욱신거리고, 젖가슴이 봉긋해진다. 목을 쓰다듬어보니 늘어나고 처지고 접혀 있던 목살이 다시 팽팽해져 있었다. 손드라는 어깨에 걸친 실내복을 아래로 떨어뜨렸다.

벌써 이렇게 되다니. 오늘 밤은 정말로 변신 속도가 빠르군. 그들의 연인 관계는 이제 여섯 달째를 맞이하고 있었다. 눈을 뜨면 거울에 무엇이 보일지 알고 있었다. 그렇다―날씬하고 젊은 육체, 사타구니의 섬세한 금빛 음모, 사진처럼 작고 단단한 젖가슴. 그녀의 연인의 심상에서 태어난 이 환영은 어리지만 무구하지는 않았다. **언제나 똑같아. 언제나 젊고, 언제나 흰 피부에 금발이지. 아마 과거에 알던 누군가의 이미지일지도. 앙상할 정도로 마른, 처녀 매춘부.** 손가락 끝으로 젖꼭지를 쓰다듬는다. 자극을 받은 젖꼭지가 발기하자 그녀는 헐떡였다. 이미 사타구니가 축축해진 상태였다.

그가 문을 두드렸다. 3층까지 올라오느라고 조금 가빠진 그의 숨소리가 들렸고, 그녀는 그 리듬이 자신의 것과 똑같다는 사실을 깨달았다. 그녀는 이미 그에게 몰입해 있었다. 현관문의 자물쇠를 열고 빗장을 풀었다. 복도에 그밖에 없다는 사실을 확인한 후 그가 그녀의 나신을 음미할 수 있도록 문을 활짝 열어젖힌다. 그는 가면을 쓰고 있었다─눈과 코를 감추는 파란 새틴 가면 아래의 엷은 입술이 위로 올라가며 미소 짓는다. 눈앞의 사내가 그레그라는 사실은 그녀의 육체가 보이는 반응만으로도 충분히 확인할 수 있었다. "그레그." 그녀는 말했다. 그녀가 변신한 소녀의 목소리로. "오늘 밤에는 못 올 것 같아서 걱정했어."

그는 아파트 안으로 슬쩍 들어와서 등 뒤에서 문을 닫았다. 아무 말도 하지 않고 대뜸 입을 맞췄고, 한참 동안 혀를 빨며 그녀의 옆구리를 애무했다. 잠시 후 그가 한숨을 쉬며 몸을 떼자, 그녀는 그의 가슴에 머리를 기댔다.

"빠져나오느라고 좀 힘들었지." 그레그는 속삭였다. "묵고 있는 호텔의 비상계단을 무슨 도둑놈이라도 되는 것처럼 몰래 내려왔어······ 이 가면을 쓰고······." 그는 웃었지만, 침울한 느낌이었다. "투표는 영원히 안 끝날 것처럼 느껴지더군. 하느님, 설마 내가 너를 버리기라도 할 거라고 생각했어?"

그녀는 이 말에 미소 짓고 작게 한 걸음 뒤로 물러났다. 양손으로 그의 손을 잡고 그것을 자신의 다리 사이로 이끌었고, 그의 손가락이 따스한 내부로 들어오자 한숨을 쉬었다. "당신이 오길 기다리고 있었어요, 내 사랑."

"서큐버스." 그가 나직하게 말하자, 그녀도 나직하게 웃었다. 어린아이가 킥킥거리듯이.

"침대로 와요." 그녀는 속삭였다.

쭈글쭈글한 매트리스 곁에 서서 그의 넥타이를 풀고 셔츠 단추를 끄른 후 그의 양쪽 유두를 살짝 깨물었다. 그런 다음 그의 몸 앞에 무릎을 꿇고 그의 구두끈을 풀었고, 양말을 벗긴 다음 허리띠를 풀고 바지를 내렸다. 발기한 페니스를 쓰다듬으면서 그를 올려다보며 미소 짓는다. 그레그는 눈을 감고 있었다. 한 번 핥자 그는 신음했다. 그레그가 가면을 벗으려고 하자 그녀는 제지했다. "아니, 그냥 쓰고 있어요." 그녀는 그레그의 마음을 읽고 말했다. "그쪽이 더 신비로워." 그녀는 다시 한번 그의 페니스를 앞뒤로 핥은 다음 그대로 입에 넣었다. 그가 헐떡이자 매트리스 위에 눕히고 동그랗게 모아 쥔 손으로 부드럽게 애무하며 발정시킨다. 그의 욕구가 가리키는 경로를 따라가며 그의 육욕으로 그녀 자신의 육욕을 증폭시키고, 나선을 그리며 상승하는 반짝이는 피드백 고리 안에서 몰아의 경지에 도달한다. 그는 낮게 으르렁거리는 듯한 소리를 내며 그녀를 자기 몸에서 떼어냈고, 그녀의 몸을 뒤집고 난폭하게 두 다리를 벌리게 했다. 그녀 안으로 들어와서, 찌르듯이 격렬하게 움직인다. 가면 뒤의 눈을 형형하게 번득이며, 그녀가 비명을 지를 때까지 엉덩이를 세게 움켜잡고. 그는 온화함과는 거리가 멀었다. 그의 흥분이 소용돌이처럼 그녀의 마음을 휘저어놓고, 극채색의 폭풍우처럼 소용돌이치며 숨이 턱 막히는 열기로 승화해서 두 사람 모두를 난타한다. 그녀는 그가 절정에 가까워지고 있다는 사실을 감지했고, 본능적으로 솟구쳐 올라오는 진홍색 충동에 몸을 맡기고, 그의 손톱이 그녀의 살을 피가 나도록 할퀴자 이를 악물고, 그가 격렬하게 박고 박고 또 박는 것을 느끼며…….

그는 신음했다.

그녀는 몸 안에서 그가 사정하는 것을 느끼고 계속 그의 아래에서 움직이다가, 다음 순간 그녀 자신의 절정을 맞이했다. 소용돌이가 스러지고, 색채가 빠져나가기 시작했다. 손드라는 그 기억에 매달렸고, 한동안 현재의 형상을 유지하기 위해 에너지를 비축했다.

그는 가면을 쓴 채로 그녀를 내려다보고 있었다. 그녀의 몸을 훑어보며 젖가슴 여기저기에 생긴 멍과, 손톱으로 긁혀 새빨갛게 부어오른 상처들을 바라본다. "미안해." 그는 말했다. "서큐버스, 정말로 미안해."

그녀는 그의 몸을 잡아당겨 침대에 함께 누웠고, 그가 원하는 대로 미소 지었고, 그가 원하는 대로 용서해주었다. 그러면서도 그의 내부에 흥분의 단초를 계속 남겨둠으로써 계속 서큐버스로 남아 있을 수 있는 에너지를 얻고 있었다. "괜찮아요." 그녀는 그를 안심시켰다. 고개를 숙여 그의 어깨와 목과 귀에 입을 맞춘다. "나를 아프게 할 작정이 아니었다는 거 알아요."

그녀는 그의 얼굴을 흘끗 보고는 그의 뒤통수로 손을 돌려, 가면 끈을 풀었다. 그레그는 화난 듯이 입을 벌리고 있었지만, 눈에는 미안해하는 듯한 빛이 깃들어 있었다. **그를 만져. 그 안의 불길을 느껴. 그를 위로해줘.**

창녀답게.

손드라는 바로 이 부분을 혐오했다. 그녀의 부모가 그녀의 몸을 뉴욕 시의 부자들 상대로 팔았던 시절을 떠올리게 했기 때문이다. 1956년에서 1964년 사이에, 그녀는 뉴욕 시의 가장 비싼 매춘부인 서큐버스로 명성을 떨쳤다. 그녀는 불과 다섯 살이었을 때 매춘을 시작했으며, 그녀가 와일드카드 더미에서 뽑은 에이스카드에 덤으로 조커카드가 하나 더 붙어 있었다는 사실을 알고 있는 사람은 아무도 없었다. 그렇다. 그들은 오직 서큐버스가 자기들의 환상을 구현한 대상으로 변신한다는 사실에만 집착했다. 그 환상이 남자든 여자든, 젊든 늙었든, 순종적이든

지배적이든 간에 말이다. 어떤 몸이나 형태로도 변신할 수 있는 그녀는 피그말리온*이 꿈꾼 궁극의 자위 상대나 마찬가지였다. 그녀는 그들에게 욕망의 용기(容器)를 제공했다. 서큐버스는 언제나 붕괴해서 손드라의 모습으로 되돌아갈 운명이고, 손드라의 육체는 너무나도 빨리 나이를 먹으며, 그런 손드라 본인은 서큐버스를 증오한다는 사실에 관해 알거나 고민하는 사람 따위는 없었던 것이다.

12년 전 부모의 마수로부터 탈출했을 때 그녀는 다시는 서큐버스를 쓰지 않겠다고 다짐했다―서큐버스는 달리 쾌락을 얻을 방법이 거의 없는 자들에게만 쾌락을 주는 존재였기 때문이다.

가증스러운 밀러. 나를 이런 일로 끌어들였고, 나를 이 그레그에게 보냈고, 내가 그레그를 필요 이상으로 좋아하게 되었다는 사실을 알아낸 그 난쟁이가 정말로 가증스럽다. 가장 가증스러운 것은 그레그를 피해 다닐 수밖에 없는 이런 몸을 내게 떠안긴 바이러스이지만 말이다. 하느님, 어제 에이스 하이에서의 만찬을 떠올리기만 해도…….

손드라는 하트먼이 그녀에게 보이는 애정이 진짜임을 알고 있었고, 도리어 그 사실이 끔찍했다. 그러나 그녀가 조커들을 위하는 마음 역시 진짜였고, JJS에 대한 헌신도 진짜였다. 정부의 내부 사정, 특히 SCARE의 내막을 알아내는 것은 극히 중요했다. 하트먼은, 오랫동안 은둔하며 살아오다가 마침내 모습을 드러내고 당국과 협력하기 시작한 '블랙섀도' '셰이커' '오디티' '하울러' 같은 에이스들에 대해 큰 영향력을 가지고 있었다. 그리고 JJS는 하트먼을 통해 정부의 지원금을 조커들에게 은밀한 방법으로 전달할 수 있었다. 손드라는 몇몇 정부 계약의 최저 입찰가를

---

* 그리스 신화의 조각가이며, 자기가 만든 여인의 조각상과 사랑에 빠졌다.

알아냈고, 그 정보를 조커가 소유하는 회사들로 몰래 유출할 수 있었다. 그러나 가장 중요한 것은 그녀가 하트먼을 통제함으로써, 밀러가 JJS를 그가 원하는 식의 과격 폭력 집단으로 변질시키는 것을 막을 수 있다는 점이었다. 상원의원이 서큐버스의 손바닥 위에서 놀아나는 동안은 김리의 야욕을 견제할 수 있다는 뜻이다. 적어도 그녀는 그렇게 희망하고 있었다. 그러나 에이스 하이에서 참담한 실패를 겪은 후에는 예전만큼 그것을 확신할 수가 없었다. 그날 저녁의 회합에서 김리가 보였던 음울하고 적대적인 태도는 그만큼 이례적이었다.

"내 사랑, 많이 피곤해 보여요." 그녀는 V자를 그리는 그레그의 엷은 색 머리카락 선을 손가락으로 훑으며 말했다.

"너 때문에 녹초가 됐거든." 그레그는 대답했다. 그의 입가에 다시 보일락 말락 한 미소가 떠오르는 것을 본 그녀는 그의 입술에 가볍게 스치듯이 키스했다.

"그냥 심란한 것 같아서 한 소리예요. 전당대회 때문에?" 그의 몸을 쓰다듬던 그녀의 손이 나이 탓에 물렁해지기 시작한 배 위로 가서 멈췄다. 그런 다음 양쪽 허벅지 안쪽을 문질러주며 서큐버스의 에너지로 그의 긴장을 풀어주고, 편안하게 해주려고 했다.

그레그는 언제나 긴장한 상태였고, 그의 마음속에는 그가 결코 개방하지 않는 벽이 하나 있었다. 그녀가 아는 에이스들 대다수에게는 그대로 돌파당할 것이 뻔한 약한 심리적 방벽이었지만 말이다. 그레그는 아마 그곳에 그런 벽이 존재한다는 사실조차도 모를 것이다. 본인 역시 약하게나마 와일드카드 바이러스에 감염되어 있다는 사실도.

그녀는 그의 정욕이 다시 솟구치려고 하는 것을 느꼈다.

"그리 즐거운 경험은 아니었지." 그레그는 그녀를 껴안으며 말했다. "중도파들이 모두 반대로 돌아선 상황에서, 그 강령이 투표에서 통과될 가능성은 처음부터 없었어―통과 시에는 보수적인 반대 여론이 급부상할 가능성을 다들 두려워하고 있거든. 만약 레이건이 포드를 물리치고 공화당 대선후보 자리를 꿰차기라도 한다면, 그 순간 우리의 모든 노력은 물거품이 돼. 카터하고 케네디도 강령 채택에 강경하게 반대했어―두 사람 모두 자기들이 확신하지 못하는 대의에 발을 잡혀서 꼼짝도 못 하는 상황에 빠지고 싶어 하진 않았거든. 민주당의 가장 유력한 대선후보들의 지지를 받지 못하는 그런 상황에서는 이미 게임은 끝난 거나 다름없었어." 그레그는 한숨을 쉬었다. "그건 접전이라고 할 수도 없었어, 서큐버스."

이 말을 들은 그녀는 철렁하며 마음에 살얼음이 끼는 듯한 느낌을 맛보았고, 서큐버스의 형상을 유지하기 위해 악전고투해야 했다. 강령이 부결되었다는 소식은 지금쯤 조커타운에 일파만파로 퍼져나가고 있을 것이다. 김리도 이미 알고 있을 것이고, 그 즉시 내일 행진을 시작할 준비에 착수했을 것이 틀림없다. "강령을 다시 제출할 수는 없나요?"

"당장은 무리야." 그레그는 그녀의 젖가슴을 쓰다듬었고, 검지로 젖꼭판 주위에 원을 그렸다. "서큐버스, 그런 상황에서 내가 얼마나 너를 보고 싶어 했는지 넌 상상도 못 할 거야. 정말로 길고 힘든 밤이었어." 그레그가 누운 채로 몸을 돌려 그녀를 마주 보자 그녀는 바싹 몸을 밀착시켰지만 마음속에서는 온갖 상념이 교차하고 있었다.

그렇게 깊은 생각에 빠져 있느라고 거의 못 들을 뻔했다. "……JJS가 고집을 꺾지 않는다면, 참혹한 사태가 벌어질 거야."

그녀는 그를 애무하던 손을 멈췄다.

"어떤 사태?" 그녀는 되물었다.

그러나 질문하는 것이 너무 늦었다. 이미 그의 육욕의 인력이 느껴졌기 때문이다. 그레그는 그녀의 손을 잡고 "느껴봐"라고 말했다. 그녀의 허벅지에 닿아 있는 딱딱한 페니스가 맥동했다. 또다시 그녀는 그의 내부로 침잠하기 시작했다. 저항해도 소용없었다. 집중력 따위는 증발해버린 지 오래였다. 그가 입을 맞추자 그녀의 입이 활활 불타올랐다. 그녀는 그의 몸을 타고 앉아 다시 한번 그녀의 안으로 유도했다. 자기 자신의 육체 내부에 갇힌 손드라는 서큐버스를 매도했다. **이 빌어먹을 년. 방금 그이는 JJS에 관해 말하려던 참이었어.**

그레그는 일이 끝난 후에는 피로 탓에 거의 말을 하지 않았다. 그녀 역시 서큐버스 형태가 붕괴하고 다시 노파로 되돌아오기 전에 아파트를 떠나도록 그레그를 설득하는 것이 고작이었다.

하트먼 상원의원, 시장의 강경 대응 표명에 우려 표시

〈뉴욕타임스〉, 1976년 7월 16일

전당대회에서 다크호스 급부상

〈뉴욕 데일리 뉴스〉, 1976년 7월 16일

"됐어, 빌어먹을! 당장 저기 가 있어. 제대로 걸을 수 없다면 가르강튀아의 수레에 타. 그 자식이 멍청하다는 건 알지만, 맹세컨대 좆같은 수레는 끌 수 있잖아."

김리는 녹이 슨 시보레 픽업트럭의 짐칸에서 짧은 팔을 미친 듯이 흔들며, 우왕좌왕하는 조커들에게 지시를 내리고 있었다. 고함을 지르느라고 얼굴이 시뻘겋게 상기되었고, 턱수염에서는 땀이 뚝뚝 떨어지고 있었다. 그들은 그랜드가에 인접한 루스벨트 공원에 모여 있었다. 구름 한 점 없는 맑은 하늘에서 햇살이 쨍쨍 내리쬐는 탓에 뉴욕 시 전체가 오븐에 들어간 것처럼 뜨겁게 달아오르고 있었다. 이른 아침의 기온은 이미 화씨 90도*에 육박했고, 낮이 되면 세 자리 수까지 올라가도 이상할 것이 없었다. 그늘을 제공해주는 가로수 몇 그루가 있긴 했지만 찌는 듯한 날씨 앞에서는 아무 소용도 없었다. 손드라는 숨 쉬는 것만으로도 벅찰 지경이었고, 픽업트럭과 김리를 향해 한 발짝씩 발을 내디딜 때마다 자신이 얼마나 노쇠했는지를 절절히 느꼈다. 여름용 무명 원피스의 겨드랑이 부분은 땀으로 검게 젖어 있었다.

"김리?" 이렇게 말한 그녀의 목소리는 열기에 금이 가고 갈라진 듯한 느낌이었다.

"그게 아냐, 등신아! 저기 마리골드 옆으로 가라고! 여어, 손드라. 행진을 시작할 수 있어? 넌 시위대 후방을 맡아줘. 제대로 못 걷는 놈들을 가르강튀아의 수레에 실어서 너한테 맡길게. 그걸 타고, 후방에서 앞에 있는 놈들한테 계속 행진하라고 지시하면 돼. 가르강튀아 녀석이 말도 안 되는 사고를 치지 않도록 감시할 필요도 있고. 어떤 길로 행진하는지는 알지? 그랜드가를 지나서 브로드웨이로 간 다음에, 풀턴에서 영묘로―"

"김리." 손드라는 끈질기게 말했다.

"**염병할**, 도대체 뭐야?" 밀러는 허리에 손을 갖다 댔다. 몸에 걸친 것이라고는 페이즐리 무늬의 반바지뿐인 탓에 적갈색의 곱슬곱슬한 털로 뒤덮인 우람한 가슴과 짧지만 힘이 센 팔다리를 그대로 드러내고 있었

---

*   섭씨 32도.

다. 낮고 굵직한 목소리는 천둥소리를 연상케 한다.

"경찰이 공원 입구에 모여서 바리케이드를 치고 있다는 얘길 들었어." 손드라는 비난하는 듯한 눈으로 밀러를 쏘아보았다. "공원 밖으로 나가는 것 자체가 힘들 거라고 이미 경고했잖아."

"그래. 알아. 좆같은 짭새 놈들을 깨부수고 나갈 거야."

"그러도록 놔두지 않을걸. 하트먼이 에이스 하이에서 뭐라고 했는지 기억해? 어젯밤 그이가 뭐라고 했는지도 얘기했지?" 노파는 다 해진 원피스 앞에서 앙상한 팔로 팔짱을 꼈다. "여기서 폭력 사태가 일어나면 JJS는 와해되어버릴 거야……."

"도대체 뭐가 문제야, 손드라? 좆을 빨다가 그 새끼의 좆같은 정책들까지 삼켜버렸어?" 밀러는 웃음을 터뜨리고 픽업트럭에서 바싹 마른 잔디로 뛰어내렸다. 그들이 와 있는 그랜드가 쪽 공원 입구는 200명에서 300명의 조커들로 발 디딜 틈이 없었다. 밀러는 자신을 쏘아보는 손드라를 향해 미간을 찌푸리고, 맨발로 땅을 후벼 팠다. "알았어." 이윽고 그는 말했다. "그게 그토록 걱정이라면, 내가 직접 가서 상황을 확인하고 올게."

육중한 철제 게이트로 가로막힌 공원 입구로 가니 경찰관들이 시위대가 행진하려는 방향에 목제 장애물을 설치하고 있는 광경이 눈에 들어왔다. 조커 몇 사람이 손드라와 밀러에게 다가왔다. "김리, 예정대로 가는 거야?" 그중 한 명이 물었다. 딱딱한 키틴질의 몸을 가진 이 남성 조커는 아예 옷을 입고 있지 않았고, 사지가 경직된 탓인지 휘청거리고 건들거리는 식으로밖에는 움직이지 못했다.

"조금 뒤에 알려줄게. 알았지, 피넛?" 김리는 이렇게 대답하고는 눈을 가늘게 뜨고 먼 곳을 바라보았다. 그들의 몸이 거리 위로 긴 그림자를 떨어뜨린다. "곤봉, 진압 장비, 최루가스, 물대포. 좆같은 물건들로 완전무장했군."

"바로 우리한테 쓰려는 거야, 김리." 피넛이 대답했다.

"우린 큰 피해를 입을 거야. 여럿이 다치고, 사망자가 나올 가능성까지 있어. 우리 사이에 곤봉 세례를 못 견딜 정도로 약한 사람들이 끼어 있다는 거 당신도 알잖아. 최루가스가 독이나 마찬가지인 경우도 있을 거고." 손드라가 끼어들었다.

"자기 발에 걸려 넘어져도 이상할 게 없는 놈들까지 있지." 김리는 커다란 목소리로 말했다. 그랜드가 쪽에 와 있는 몇몇 경찰관들이 그들을 손으로 가리키고 있었다. "혁명이 일신에 너무 위험하다는 생각을 네가 하게 된 건 언제부터야, 손드라?"

"목적을 달성하려면 우리 편을 다치게 하는 수밖에 없다는 생각을 당신이 하게 된 건 언제부터인데?"

김리는 한 손으로 볕을 가리며 그녀를 응시했다. "그걸 원하는 건 **내가** 아냐." 그는 느린 어조로 말했다. "우리가 이러는 건 우리가 공정하고 정의로운 대우를 받기 위해서야. 너도 네 입으로 그렇게 말했잖아."

손드라는 입가의 주름이 사라질 정도로 입을 꾹 다물었다. 백발 한 오라기를 뒤로 넘긴다. "그렇다고 해서 이런 수단을 써서까지 그걸 얻고 싶어 했던 적은 단 한 번도 없었어."

"하지만 우린 이미 그러고 있어." 김리는 깊게 숨을 들이마시더니 대기 중인 조커들을 향해 큰 소리로 명령했다. "좋아. 지금부터 다들 어떻게 하면 되는지 알지—무슨 일이 일어나더라도 계속 전진하고, 손수건을 물로 적시고, 영묘에 도달할 때까지는 대열을 유지해. 도움을 필요로 하는 동료가 있으면 도와주고. 좋아. 나가자!" 김리의 목소리에 또다시 힘이 깃들었다. 손드라도 그것을 감지했고, 다른 조커들에게 그것이 어떤 영향을 끼치는지를 보았다. 조커들은 갑자기 열의에 불타오른 듯이 고함을 지르며 김리에게 화답하고 있었다. 그녀조차도 김리의 목소리를 듣자 호흡이 빨라졌을 정도였다. 김리는 비웃음이 담긴 눈으로 손드라를 보며 고개를 갸우뚱 기울여 보였다. "함께 갈 거야? 아니면 누군가하고 떡을 치러 가야 하나?"

　"이건 잘못됐어." 손드라는 말했다. 그녀는 이내 한숨을 쉬었고, 원피스의 깃을 잡아당기며 그녀를 빤히 쳐다보고 있는 주위 사람들을 보았다. 그녀를 지지하는 사람은 없었다. 회의에서 이따금 그녀를 지지해 줬던 피넛도, 틴혼도, 조나나 캘빈이나 파일도, 이번에는 그녀를 지지하는 기색이 없었다. 지금 시위에 참가하지 않고 뒤에 남는다면, 앞으로 밀러를 견제할 방법이 아예 없어진다는 사실을 그녀는 알고 있었다. 공원 쪽으로 고개를 돌리고, 한데 모여 거칠게나마 대형을 이루고 있는 조커들을 바라본다. 그들의 얼굴 표정은 불안했지만, 그럼에도 불구하고 단호한 기색이 서려 있었다. 손드라는 어깨를 으쓱했다. "나도 갈게."

　"그래준다니 정말 **눈물나게** 고맙군." 김리는 늘어지는 말투로 대꾸했고, 경멸하듯이 콧방귀를 뀌었다.

조커 폭동에서 사망자 3명과 부상자 다수 발생

〈뉴욕타임스〉, 1976년 7월 17일

　진압은 깔끔하지도 않았고, 쉽지도 않았다. NYPD[*]의 시위 대책반

---

[*]　　뉴욕 시 경찰국.

은 **만에 하나** 조커들이 행진을 강행할 경우 일어날 수 있는 대부분의 사태에 대한 해결책을 수없이 메모해놓았지만, 현지에서 지휘를 맡은 간부들은 그런 식의 사전 계획은 실전에서는 아무 쓸모도 없다는 사실을 절감해야 했다.

루스벨트 공원 밖으로 쏟아져 나온 조커들은 그랜드가의 넓은 보도로 돌입했다. 이 행동 자체는 그리 큰 문제가 아니었다―경찰은 집회가 시작되었다는 소식이 들려오자마자 공원으로 이어지는 모든 길의 통행을 차단했기 때문이다. 장애물은 공원 입구에서 50미터도 채 떨어지지 않은 도로 위에 설치되어 있었다. 경찰은 조커들의 행진을 배후에서 조직한 인물들이 그것을 집단적인 항의 시위로 비화시키는 것을 사전에 저지하든가, 아니면 진압 장비로 완전무장한 제복 경찰관들에게 행진을 제지당한 조커들이 다시 공원으로 되돌아갔을 때 기마경찰대를 투입해서 강제해산하는 방안을 염두에 두고 있었다. 경찰관들은 언제든 쓸 수 있도록 곤봉을 손에 쥐고 있었지만, 그들 대부분은 그것을 실제로 쓸 일이 있으리라고는 생각하지 않았다―저들은 조커이지, 에이스가 아니지 않은가. 조커는 허약한 장애인에 불과했고, 바이러스로 인해 뒤틀리고 기형화한 하찮은 실패작에 불과했다.

조커들은 거리를 지나 경찰의 바리케이드까지 왔고, 대열 앞줄에서 대기하던 몇몇 경찰관들은 한심하다는 듯한 표정으로 대놓고 고개를 절레절레 흔들었다. 선두에 서서 조커들을 이끌고 있는 것은 난쟁이―JJS 활동가인 톰 밀러였다. 다른 조커들은 겉모습이 그토록 비참하지만 않았다면 웃음거리가 되었을 것이다. 조커타운의 쓰레기 더미가 반으로 갈라지며 그 내용물이 시내로 쏟아져 나온 듯한 광경이라고나 할까. 그들은 잘 알려진 조커타운의 주민, 이를테면 타키온이나 크리설리스 따위의 유명 인사가 아니었다. 그들은 어둠 속에서만 돌아다니며, 추악한 얼굴을 가면으로 감추고 조커타운 지구의 지저분한 거리 밖으로는 결코 나오지 않는 비참한 존재들이었던 것이다. 그들은 밀러에게 떠밀려 조커타운 밖으로 나왔고, 자기들의 소름 끼치는 삶 그 자체를 이용해서 전당대회를 개최 중인 민주당이 자기들의 대의를 지지해주기를 바라고 있었다.

이 행진을 사육제의 프리크쇼 관계자들이 보았다면 기뻐서 환호했을 것이다.

훗날 진압에 참가한 경찰관들은 그들 중에서 대치 상황이 폭동으로 발전하기를 원한 사람은 아무도 없었다고 술회했다. 그들은 최소의 물리력을 동원해서 시위대가 맨해튼 다운타운 밖으로 행진하지 못하도록 할 작정이었다. 경찰은 조커들의 첫 번째 줄이 바리케이드에 도달하자마자 재빨리 밀러를 체포하고, 남은 시위자들을 되돌려 보낼 작정이었다. 그것이 힘들 거라고 생각한 사람은 아무도 없었다.

지금 와서 보면, 어떻게 그렇게 멍청한 생각을 할 수 있었는지 황당할 따름이었다.

경찰이 펼쳐놓은 이동식 목책으로 이루어진 장애물로 접근한 행진 참가자들은 속도를 늦추고 장애물 뒤에 도열한 경찰과 대치했다. 잠시 동안은 아무 일도 일어나지 않는 것처럼 보였다. 조커들은 삐뚤빼뚤한 대열을 짓고 도로 한복판에서 말없이 서 있을 뿐이었다. 보도에 반사된 한낮의 열기에 그들의 얼굴이 땀으로 번들거렸다. 경찰들이 입은 제복도 땀으로 축축해져 있었다. 밀러는 마음을 정하지 못한 듯이 목책 너머를 노려보더니, 배후의 조커들에게 따라오라고 손짓했다. 밀러가 자기 손으로 목책을 밀쳐내자 동료들은 그 뒤를 따랐다.

경찰의 폭동 진압대는 정방형의 대형을 이루고 플라스틱 방패를 가지런히 맞댄 자세로 충격에 대비했다. 시위대가 몸으로 방패를 밀어붙이자 경찰은 방패를 앞으로 내밀며 반격에 나섰다. 시위대의 대열이 도리어 뒤로 밀려나며 흔들리기 시작했다. 뒤쪽에 있던 시위대는 무작정 앞으로 전진하며 경찰을 향해 가장 앞줄에 있던 조커들을 밀어댔다. 이 시점에서도 진압은 가능했을지도 모른다—최루가스를 발사했다면 조커들은 혼란에 빠져 상대적으로 안전한 공원 안으로 다시 도망쳤을 가능성이 있었으니까 말이다. 진압대의 지휘관이 고개를 끄덕이자 발사기를 소지한 경찰관 한 명이 한쪽 무릎을 꿇더니 최루가스탄을 발사했다.

누군가가 인파 사이에 끼어 비명을 올렸다. 다음 순간, 진압에 나선 경찰의 제1열이 마치 볼링 핀이 쓰러지듯이 한꺼번에 와해되었다. 마치 소형 회오리바람에 휘말리기라도 한 듯한 광경이었다. **"하느님 맙소사!"** 경찰관 한 명이 절규했다. "씨팔, 대체 어떤 새끼가……." 이제 경찰들은 곤봉을 꼬나잡았고, 조커들이 돌진해 오자 그것을 쓰기 시작했다. 그랜드가를 따라 늘어선 고층 건물들 사이로 낮은 포효와도 같은 소음이 일기 시작했다. 속박을 벗어던진 혼돈이 내는 소리였다. 공포에 질린 조커들은 맨주먹을 휘두르거나 손에 닿은 물체를 닥치는 대로 움켜잡고 반격에 나섰고, 경찰들도 혼신의 힘을 다해 곤봉을 휘두르기 시작했다. 조커로서는 드물게 통제력을 결여한 TK[*] 능력을 가진 어떤 조커가 피아구별 없이 무차별적으로 힘을 발휘하는 통에 경찰관이고 조커고 구경꾼이고 할 것 없이 거리에 쓰러져 신음하거나 건물에 격돌해 기절하는 사람들의 수가 계속 늘어났다. 공중에서 날아와 폭발한 최루탄들이 뿜

---

[*]   '텔레키네시스'를 가리킨다.

어대는 가스가 뿌연 안개처럼 주위를 뒤덮었고, 혼란을 가중시켰다. 거대한 몸에 황당할 정도로 조그만 머리를 가진 조커 가르강튀아는 자극적인 최루가스로 인해 일시적으로 시력을 잃고 신음했다. 다리가 불편한 조커 몇 명을 태운 나무 수레를 끌던 이 어린애 같은 거인은 광란 상태에 빠져 폭주하기 시작했고, 조커 승객들은 위태롭게 기운 수레 측면에 필사적으로 매달렸다. 가르강튀아는 어디로 도망쳐야 할지를 몰랐고, 그런데도 폭주를 시작한 것은 달리 할 수 있는 일이 없었기 때문이었다. 그러다가 다시 대열을 정비한 경찰들과 마주친 그는 자신을 때리는 곤봉들을 향해 무작정 주먹을 휘둘렀다. 사망자 한 명은 이 거대한 주먹의 어설픈 일격을 받고 나왔다.

한 시간 동안은 갈피를 잡을 수 없는 혼란스러운 전투가 공원 입구를 중심으로 한 몇 블록 안에서 이루어졌다. 부상자들은 거리에 쓰러진 채로 방치되었고, 사방에서 사이렌 소리가 울려 퍼졌다. 거리는 오후 중반께가 되어서야 그나마 정상에 가까운 상태로 돌아왔다. 행진 시도는 결국 저지되었지만, 그러기 위해 모든 관계자들은 큰 대가를 치러야 했다.

길고 무더운 밤이 시작되자, 조커타운을 순찰하는 경찰들은 순찰차를 향해 날아오는 돌과 쓰레기를 피해 다녀야 했다. 뒷길과 뒷골목을 유령처럼 배회하는 조커들의 모습이 언뜻언뜻 눈에 들어온다. 분노로 일그러진 얼굴로, 무력감과 좌절감으로 가득 찬 욕설을 내뱉는 모습. 후텁지근한 어둠 속에서 조커타운의 주민들은 공동주택의 비상구와 열린 창문들을 통해 빈 유리병과 화분과 쓰레기를 퍼부었다. 이것들을 맞은 순찰차의 지붕이 패고 전면 유리에 거미줄 같은 금이 쫙쫙 가도, 경찰관들은 현명하게도 창문을 올리고 문을 잠근 차 안에서 나오지 않았다. 몇몇 폐건물들에서 방화로 인한 화재가 발생했지만, 신고를 받고 출동한 소방관들은 인근 건물의 으슥한 곳으로부터의 공격에 속수무책으로 노출되었다.

연기가 피어오르고 열기로 에워싸인 조커타운에 아침이 왔다.

♣

퍼핏맨은 1962년에 뉴욕 시로 왔고, 조커타운에서 열반을 맛보았다. 그곳에는 그가 사랑해 마지않는 증오와 분노와 비탄이 횡행했고, 와일드카드 바이러스에 의해 왜곡되고 병든 마음들로 가득 차 있었으며, 은밀하게 조작하기 딱 좋은 어둡고 완숙한 정념들로 들끓고 있었다. 좁은 도로, 그늘진 골목, 기형적인 주민들이 바글거리는 다 무너져가는 건물들, 온갖 종류의 빙퉁그러지고 사악한 취향을 만족시켜주는 셀 수 없이 많은 술집과 클럽들. 조커타운은 퍼핏맨 같은 존재에게는 엄청난 잠재력을 내포한 곳이었고, 그는 처음에는 천천히, 뒤로 갈수록 빈번하게 잔치를 벌였다. 조커타운은 그의 소유물이었다. 퍼핏맨은 스스로를 이 지역을 쥐락펴락하는 어둠의 제왕으로 간주했다. 퍼핏맨은 꼭두각시들이 원하지 않는 일들을 본인들에게 강요하지는 못했다. 그의 힘이 그 정도로 강하지는 않았기 때문이다. 그가 힘을 발휘할 수 있는 것은 꼭두각시들의 마음에 이미 씨앗이 뿌려져 있는 경우로 한정되었다. 당사자가 폭력적인 경향이라든지 증오, 육욕 따위에 사로잡혀 있다면, 그는 정신적인 손을 뻗쳐 그 감정을 의도적으로 키우고 조장함으로써, 급기야는 그 욕구가 당사자의 모든 통제력을 박살 내고 솟구쳐 나오게 할 수 있었다. 그런 감정들은 예외 없이 선명하고 핏빛으로 물들어 있었다. 퍼핏맨은 그런 감정들을 흡수하는 중에도 직접 눈으로 볼 수 있었다. 자기 머릿속으로 받아들인 그것들이 천천히 성적 흥분에 가까운 열기를 띠기 시작하는 것을 느끼고, 그의 꼭두각시 인형이 누군가를 강간하거나 죽이거나 불구로 만드는 순간, 격렬한 빛을 발하며 오르가슴처럼 타오르는 불꽃을 맛보면서 말이다.

고통은 쾌락이었다. 권력은 쾌락이었다.

그리고 조커타운에서는 언제나 쾌락을 찾아낼 수 있었다.

하트먼, 경찰의 온건 대응을 호소
시장은 폭도들에 대한 강경 대응을 천명

〈뉴욕 데일리 뉴스〉, 1976년 7월 17일

존 워던이 하트먼이 묵고 있는 호텔 스위트룸의 사잇문을 열고 들어왔다. "의원님, 이 소식은 마음에 들지 않을 겁니다."

그레그는 양복 상의를 침대 헤드보드에 아무렇게나 걸쳐놓고 누워 있었다. 깍지 낀 양손을 뒤통수에 괸 채로, 그는 월터 크롱카이트*가 교착상태에 빠진 민주당 전당대회에 관해 보도하는 것을 듣고 있던 중이었다. 그레그는 보좌관에게 고개를 돌렸다. "무슨 일인데, 존?"

"에이미가 워싱턴 사무실에서 전화를 걸어왔습니다. 우린 의원님이 제안하신 대로 타키온의 병원에 잠입한 소련 스파이 문제를 블랙섀도에게 넘겼는데, 방금 그 스파이가 조커타운에서 발견되었답니다. 죽은 채로 가로등에 매달려 있었는데, 가슴에 핀으로 메모를 붙여놓았다고—아니, **완전히** 박아놓았다고 합니다. 아무 옷도 걸치지 않은 모습이

---

* 　　미국의 저널리스트, TV 캐스터.

었습니다. 메모에는 소련이 시행 중인 와일드카드 관련 계획을 묘사하고 있었고, 그들이 자기들만의 에이스를 얻을 목적으로 이른바 '지원자들'에게 바이러스를 어떻게 주입했는지를 설명하고, 또 조커가 나올 경우에는 그냥 죽이고 있다는 사실을 폭로했습니다. 그리고 그 불쌍한 녀석이 스파이라는 사실도 명기되어 있었다는군요. 그게 다입니다. 검시관은 조커들에게 폭행당했을 때 그는 거의 의식이 없는 상태였다고 추정하지만, 세 블록 떨어진 곳에서도 몸의 일부가 발견되었다는군요."

"하느님 맙소사." 그레그가 중얼거렸다. 그는 길게 숨을 내쉰 다음, 강령 불채택에 관해 언급하며 명백하게 교착상태에 빠진 카터와 케네디의 대선후보 경쟁에 관해 장황하게 논하는 크롱카이트의 교양 있는 목소리에 귀를 기울였다. "그 뒤로 블랙섀도와 연락한 사람은 없나?"

존은 어깨를 으쓱했고, 넥타이를 느슨하게 풀고 브룩스 브라더스의 와이셔츠 깃을 열었다. "아직은 없습니다. 본인 말로는 **자기가** 죽인 건 아니라는군요. 아시다시피 어떤 의미에서는 사실입니다."

"어이, 존." 그레그는 대꾸했다. "스파이를 결박한 뒤에 그런 메모를 붙여놓았을 때 자기가 뭘 하고 있는지 몰랐을 리가 없지 않나. 그 친구는 법 따위엔 신경 쓰지 않고 자기 식으로 일을 처리해도 된다고 믿는 에이스야. 연락을 취해서 내가 만나자고 한다고 전하게. 우리 방식대로 일할 수 없다면, 아예 일을 하면 안 돼—그만큼 위험한 인물이라는 뜻일세." 그레그는 한숨을 쉬더니 몸을 홱 돌려 침대 옆에 발을 내려놓았고, 목덜미를 문질렀다. "그것 말고 다른 소식은 없나? JJS는 어떻게 됐어? 밀러에게 연락은 취해봤나?"

존은 고개를 가로저었다. "아직 응답이 없습니다. 조커들이 오늘 또 행진을 개시한다는 소문이 돌고 있습니다—시청을 지나 똑같은 경로로 간다는군요. 정말로 실행에 옮길 정도로 멍청하지는 않기를 바랄 따름입니다."

"행진을 강행할 거야." 그레그는 예언했다. "그 친구는 언론의 각광을 받고 싶어서 안달하고 있어. 강한 권력을 가지고 있다고 믿고 싶은 거지. 그러니까 행진을 강행할 걸세."

상원의원은 일어서서 텔레비전 세트 앞에서 몸을 수그렸다. 크롱카이트의 말이 중간에 뚝 끊겼다. 그레그는 창밖을 내다보았다. 매리엇 에식스 하우스 호텔의 고층에 위치한 스위트룸에서는 마천루 사이로 녹음이 우거진 센트럴파크 일부가 내려다보였다. 시내의 대기는 정체 상태에서 꼼짝도 하지 않는 느낌이었고, 센트럴파크 끄트머리는 푸르스름한 스모그에 가려 보이지 않았다. 열기는 에어컨이 작동 중인 방 안에서도 느낄 수 있을 정도였다. 옥외로 나가면 무더울 것이다. 조커타운의 미로 안에서는 견딜 수 없을 정도로 푹푹 찔 것이고, 이미 예민해질 대로 예민해진 주민들의 신경은 폭발 직전일 것이 뻔하다.

"맞아, 그 친구라면 행진을 강행할 걸세." 그레그는 같은 말을 되풀이했지만, 워낙 나직하게 말했던 탓에 존의 귀에는 들리지 않았다. "조커타운으로 가야겠네." 그는 방 안을 돌아보며 말했다.

"전당대회는요?" 존이 물었다.

"앞으로 며칠은 아무 결론도 내지 못할 거야. 지금 그런 건 중요하지 않네. 경호원들을 부르게. 당장 출발하겠어."

조커들이여! 그대들이 얼마나 불공정한 카드를 받았는지 아는가!
　　　　—JJS 활동가들이 배포한 7월 18일 시위 전단지에서 발췌

김리는 눈부신 정오의 태양 아래에서 군중을 향해 열변을 토했다. 혼돈에 휩싸인 조커타운의 밤이 지나간 후, 시장은 뉴욕 시의 경찰관들에게 교대근무를 명하고 모든 휴가를 취소했다. 뉴욕 주지사는 주 방위군에게 경계 태세를 명했다. 순찰차들이 조커타운 주변을 포위하듯이 순회했고, 야간 통행 금지령이 발령되었다. JJS가 제트보이의 영묘를 향한 대규모 행진을 또다시 계획하고 있다는 소문은 조커타운에서는 이미 어젯밤에 파다하게 퍼졌고, 아침이 되자 루스벨트 공원은 이미 인파로 붐비고 있었다. 공원에서 조커들을 강제해산하려는 두 번의 시도가 폭력 행위와 다섯 명의 경찰 부상자를 남기고 실패하자 경찰은 더 이상 접근을 시도하지 않았다. JJS의 행진에 참가할 작정으로 공원에 모여든 조커들의 수는 당국의 예상을 훌쩍 뛰어넘었다. 그랜드가에 또다시 경찰의 바리케이드가 설치되었고, 시장은 확성기를 통해 해산을 명하고 있었지만, 그의 장황한 연설은 공원 정문에 와 있는 조커들의 격렬한 야유와 함성에 묻혀 제대로 들리지 않았다.

손드라는 대충 만든 탓에 금방이라도 쓰러질 듯한 연단에 올라선 김리가 굵고 사나운 목소리로 조커들을 선동하는 목소리에 귀를 기울였다. "너희들은 짓밟혔고, 공공연한 경멸의 대상이 되어왔어. 인류 역사상 유례를 볼 수 없을 정도의 지독한 박해를 받았던 거야!" 그가 절규하자, 청중은 동의한다는 듯이 고함을 질렀다. 땀으로 번들거리는 김리의 얼굴은 무아경에 빠져 있었고, 거친 턱수염은 열기로 인해 검게 그을려 있었다. "조커들이야말로 이 시대의 깜둥이고, 새로운 노예계급이야. 너희들이 빠져나오고 싶어 하는 이 질곡은 흑인 노예와 다를 바가 없어. 이 도시에서 너희들은 깜둥이, 유대인, 공산주의자를 합친 것과도 같은 존재인 거야. 이 나라에서도!" 김리는 팔을 들어 올려 성곽처럼 우뚝 서 있는 뉴욕의 마천루를 가리켰다. "놈들은 그런 너희들을 게토에 가둬두고 싶어 해. 놈들은 너희들을 굶길 거야. 너희들을 동정할 수 있도록 한군데 모아두려고 할 거야. 캐딜락이나 리무진을 타고 조커타운을 관광하면서 창문 밖을 내다보고, '세상에, 쟤네들은 어떻게 죽지도 않고 이런 데서 살아갈 수 있는 걸까?'라고 말할 수 있도록 말이야!" 마지막 말은 숫제 포효에 가까웠고, 이 말이 공원 전체에 울려 퍼지자 모든 조커가 벌떡 일어서서 김리와 함께 포효하기 시작했다. 손드라는 쨍쨍 내리쬐는 햇살 아래의 잔디밭에 운집한 사람들을 바라보았다.

모든 조커가 와 있었다. 모든 주민이 조커타운의 거리 밖으로 쏟아져 나왔던 것이다. 거대한 몸에 붕대를 감은 가르강튀아가 보인다. 마리골드, 폴리커, 카르멘의 모습도 보였고, 그들 뒤에는 5천 명 이상의 조커들이 들끓고 있었다. 손드라는 김리가 설파하는 쓰디쓴 울분이 독약처럼 공기를 물들이고, 군중의 흥분이 맥박 치듯이 고조되는 것을 느낄 수 있었다. **안 돼.** 그녀는 이렇게 말하고 싶었다. **김리의 말에 귀를 기울이면 안 돼. 제발. 김리의 말이 당신들에게 활력을 주고, 눈부신 고양감을 불러일으킨다는 건 나도 알아. 다들 하늘을 향해 불끈 쥔 주먹을 쳐들고, 김리와 함께 행진하고 싶어 한다는 것도 알아. 하지만 이런 방법으로는 안 된다는 걸 모르겠어? 이건 혁명이 아냐. 이건 한 사내의 광기에서 비롯된 집단행동에 불과해.** 이런 말들이 그녀의 마음속에서 메아리쳤지만, 그녀는 그것들을 입 밖에 내지는 못했다. 그녀 역시 다른 사람들과 마찬가지로 김리의 마법에 매료된 상태였기 때문이다. 그녀는 자신의 갈라진 입술이 활처럼 휘어지며 미소가 떠오르는 것을 자각했다. 그녀 주위의 다른 간부들은 함성을 지르고 있었다. 연단 앞에서 양팔을 벌리고 우뚝 서 있는 김리를 향한 함성은 점점 더 커졌고, 급기야는 공원에 모인 모든 사람이 목청이 터져라 구호를 외치기 시작했다.

"조커들에게 인권을! 조커들에게 인권을!"

리드미컬한 구호가 대기 중인 경찰의 대열과 이런 장소에서는 빠지지 않는 구경꾼들과 기자들을 강타했다.

"조커들에게 인권을! 조커들에게 인권을!"

손드라는 자신이 어느새 다른 사람들과 함께 이 구호를 외치고 있다는 사실을 깨달았다.

김리가 연단 아래로 뛰어내렸다. 굴강한 체격의 난쟁이는 선두에서 군중을 이끌고 공원 정문을 향해 가기 시작했다. 그를 따르는 군중은 질서 따위는 눈을 씻고 찾아봐도 없는 오합지졸처럼 보였다. 그들은 루스벨트 공원 정문을 지나 측면 도로로 한꺼번에 쏟아져 나왔고, 대기하고 있는 경찰 대열을 향해 노골적인 조롱과 야유를 퍼부었다. 손드라는 순찰차 지붕에서 경광등이 번쩍거리는 것을 보았고, 물대포를 탑재한 트럭들의 단조로운 엔진 소리를 들었다. 어제 그녀가 들었던, 기묘하고 형언하기 힘든 소음이 또다시 높아졌다. 군중의 구호 소리보다 더 클 정도였다. 손드라는 무엇을 해야 할지 몰라서 주저했다. 결국 아픈 다리를 끌고 김리에게 달려갔다. "김리." 그녀는 입을 열었지만, 지금은 무슨 항의를 하더라도 아예 가망이 없다는 사실을 잘 알고 있었다. 공원에서 거리로 쏟아져 나가는 시위대를 바라보는 김리의 얼굴에는 악의적인 만족감이라고밖에는 할 수 없는 표정이 떠올라 있었기 때문이다. 손드라는 경찰이 대열을 짓고 기다리고 있는 바리케이드 쪽을 바라보았다.

그레그가 그곳에 와 있었다.

그는 경찰관 몇 명과 경호원들과 함께 바리케이드 앞에 서 있었다. 소매를 걷어 올리고 옷깃을 푼 셔츠에, 넥타이를 느슨하게 맨 모습으로.

그는 피곤해 보였다. 한순간 손드라는 밀러가 상원의원을 그냥 지나칠 것이라고 생각했지만, 난쟁이는 몇 미터 떨어진 곳에 멈춰 섰고―행진 중인 시위대도 밀러 뒤에서 들쑥날쑥하게나마 발을 멈추고 불안한 정지 상태를 유지했다. "당장 길을 비켜, 의원 나리." 김리가 고집스럽게 말했다. "당장 비키지 않는다면 빌어먹을 경호원이고 기자고 할 것 없이 한꺼번에 밟아 뭉개고 전진할 거야."

"밀러, 이런 방법으로는 안 돼."

"다른 방법 따위는 없어. 그 얘기를 하는 것도 이젠 넌더리가 나."

"부탁이네. 몇 분이라도 좋으니 나하고 더 얘기를 나눌 수 없을까." 그레그는 대답을 기다리며 김리와 손드라를 교대로 쳐다보았고, 군중 속에 있는 JJS 간부들에게도 시선을 보냈다. "조커 인권에 관한 강령이 무산되어서 자네들의 상심이 크다는 건 아네. 과거에 조커들이 받은 처우가 얼마나 부당한 건지도 잘 알고. 하지만 빌어먹을, 이젠 조금씩 바뀌고 있잖나. 나도 자네에게 조금만 더 인내심을 발휘해달라고 부탁하는 건 내키지 않지만, 지금 우리가 가장 절실하게 필요로 하는 건 바로 그거야."

"얘기 시간이 다 끝났어, 상원의원 나리." 밀러는 구멍투성이의 검은 치아머리를 드러내며 히죽 웃었다.

"만약 이대로 전진한다면 폭동이 일어나는 걸 피할 수 없네. 자네들이 지금 공원으로 돌아간다면, 경찰도 더 이상 자네들을 건드리지 않는다고 보장하지."

"설령 그런다고 해서 그게 우리한테 도대체 무슨 도움이 된다는 거지? 우린 제트보이의 영묘까지 행진하고 싶을 뿐이야. 우리에겐 그런 권리가 있다고. 영묘 층계를 올라가서, 지난 30년 동안 우리가 감수해야 했던 고통과 고뇌에 관해 밝히고 싶어. 죽은 동료들을 위해 기도하고, 모든 사람들이 우리를 똑똑히 보게 함으로써 이미 죽은 자들은 얼마나 운이 좋았는지를 명명백백하게 보여줄 거야. 그게 전부야—우린 정상인이라면 누구든 향유할 수 있는 권리를 요구하고 있을 뿐이라고."

"루스벨트 공원에서도 얼마든지 그럴 수 있잖나. 국내의 모든 신문과 TV 네트워크에서도 자네들의 항의를 보도할 걸세—그것 역시 보장할 수 있어."

"상원의원 나리, 기껏 그런 조건을 가지고 협상을 하자는 거야? 그게 뭐 별거야?"

그레그는 고개를 끄덕였다. "나도 그걸 알고, 자네들에게 사죄하고 싶네. 지금 내가 줄 수 있는 거라고는 자네 동료들을 데리고 공원으로 돌아간다면, 자네들을 위해 최선을 다하겠다는 약속뿐일세. 자네들 모두를 위해 말이야." 그레그는 양손을 활짝 펼쳐 보였다. "내가 제공할 수 있는 건 그게 다야. 부탁이니 지금은 그걸로 만족해줘."

손드라는 밀러의 얼굴을 응시했다. 그들 뒤에서는 고함 소리와 구호를 외치는 소리가 계속 들려오고 있었다. 그녀는 난쟁이가 웃음을 터뜨리며 그레그를 야유하고, 그를 거칠게 밀쳐내고 바리케이드로 돌진할 것이라고 생각하고 있었다. 난쟁이는 콘크리트 위에서 맨발을 뒤척이듯이 움직였고, 떡 벌어진 가슴에 난 털을 긁적였다. 분노하는 빛이 역력한 움푹한 눈으로 그레그를 응시하며 오만상을 찌푸린다.

그런 다음, 어떤 이유에서 그랬는지도 모르지만, 그는 뒤로 한 걸음 물러났다. 밀러는 시선을 떨궜고, 손드라는 그들 사이에 팽배했던 긴장감이 스르르 녹는 듯한 느낌을 받았다.

"알았어." 그가 이렇게 말하자 손드라는 거의 웃음을 터뜨릴 뻔했다. 경악한 시위자들 몇몇이 항의하려고 했지만 김리는 골이 난 곰처럼 사납게 그들을 홱 돌아보았다. "빌어먹을. 방금 내가 한 얘기를 못 들었어? 이 친구에게 기회를 주자고—딱 하루만. 그 이상은 물론 안 돼. 하루 더 기다린다고 해서 우리에게 해가 될 것도 없잖아."

김리는 짧은 욕설을 내뱉었고, 군중을 헤치고 공원 정문으로 되돌아가기 시작했다. 다른 시위자들도 천천히 몸을 돌려 그를 따르기 시작했다. 그러면서 다시 구호를 외치는 사람들도 있었지만 아까처럼 열성적이지는 않았고, 이내 다들 조용해졌다.

손드라는 한참 동안 그레그를 응시했다. 그레그는 그녀를 보며 미소 지었다. "고맙습니다." 그는 피로한 기색이 역력한 낮은 목소리로 말했다. "내게 기회를 줘서 정말 고마워요."

손드라는 고개를 끄덕였다. 그에게 말을 걸 수는 없었다. 그러면 자기도 모르게 그를 껴안고 입을 맞출지도 몰랐기 때문이다. **정신 차려, 손드라. 지금 그이의 눈에 비친 넌 노파이고, 저 사람들과 똑같은 조커일 뿐이야.**

어떻게 그럴 수 있었어요? 그녀는 그레그에게 이렇게 묻고 싶었다. **어떻게 내 말에는 아예 귀를 기울이지 않는 그를 설득할 수 있었던 거죠?**

물론 실제로 그렇게 묻지는 못했다—노파의 입을 움직여 노파의 목소리로 물을 수는 없었기 때문이다.

그녀는 한숨을 쉬고 부어오른 무릎 탓에 다리를 절뚝거리며, 왔던 길로 되돌아가기 시작했다.

하트먼, 폭동을 미연에 방지
JJS 지도자와의 대화로 행진 유예를 약속받음

〈뉴욕타임스〉 호외, 1976년 7월 18일

혼돈에 빠진 조커타운

〈뉴욕 데일리 뉴스〉, 1976년 7월 19일

　　JJS의 시위대는 루스벨트 공원으로 귀환했다. 찌는 듯한 날이 저물 때까지 김리와 손드라와 그 밖의 사람들의 연설이 이어졌다. 오후에는 타키온 본인이 와서 군중을 향해 연설하기까지 했다. 집회 전체에 축제를 연상시키는 묘한 분위기가 감돌았다. 조커들은 잔디밭에 앉아 노래하거나 잡담을 나눴다. 가장 가까운 곳에 앉아 있는 동료들과 도시락을 나눠 먹는 사람들도 있었다. 마리화나를 돌려 피우는 광경도 여기저기서 볼 수 있었다. 어떤 의미에서 이 시위는 조커라는 존재에 대한 자발적인 축제로 승화되었다고 할 수 있었다. 가장 기형적인 조커들조차도 거리낌 없이 주위를 돌아다녔다. 조커타운의 명물인 가면—조커타운의 주민들 다수가 자기 얼굴을 감추기 위해 쓰는 익명성의 도구—을 일시적으로나마 벗어 던졌던 것이다.

　　대다수 사람들에게는 즐거운 오후였을 것이다. 집회는 푹푹 찌는 무더위를 잠시나마 잊고, 빈한한 조커의 삶을 망각할 수 있는 기회를 그들에게 제공했다. 이런 식으로 함께 모여 부대끼면, 설령 현실이 아무리 암울해 보이더라도 버팀목이 되어주거나 그렇게까지 암울한 상황은 아니라며 위로해주는 동료가 한 명은 있기 마련이기에.

　　오늘 아침에는 폭력과 파괴의 예감에 시달렸지만, 지금은 모두 낙관적이고 느긋한 기분을 느끼고 있었다. 어둠을 뒤로하고 어떤 고비를 넘긴 데서 오는 안도감이라고나 할까. 뜨거운 태양도 이제는 그리 강압적으로 느껴지지 않았다. 손드라도 마음이 가벼워진 것을 느꼈다. 그녀는 미소 짓고 김리와 농담을 나눴고, 다른 사람들과 포옹하고, 함께 노래를 부르고, 함께 웃었다.

저녁이 되자 현실이 돌아왔다.

맨해튼의 마천루들이 떨어뜨리는 긴 그림자가 공원을 향해 뻗어오다가 공원 안에 떨어진 그림자들과 합류했다. 하늘은 군청색으로 어두워졌다가 도시의 환한 불빛이 밤의 어둠을 완전히 저지하자 그 상태로 고정되었고, 공원 전체를 거무칙칙한 희미한 빛으로 뒤덮었다. 도시는 황혼을 향해 낮 동안 축적한 열기를 발산했다. 이 열기에서 빠져나갈 방법은 없었고, 대기조차도 죽은 듯이 정체되어 있었다. 해가 떨어진 밤이 오히려 낮보다 더 후텁지근할 정도였다.

훗날 경찰국장은 시장을 비난했다. 시장은 주지사를 비난했고, 주 정부는 뉴욕 시에 대해 아무런 명령도 내린 적이 없다고 주장했다. 도대체 누가 그런 명령을 내렸는지 확실히 아는 사람은 아무도 없었다. 그러나 사태는 명령 따위와는 무관한 곳에서 걷잡을 수 없이 급작스럽게 전개됐고―그 결과 7월 18일의 밤은 폭력의 와중에 휘말렸다.

광기는 고함 소리와 확성기들이 아우성치는 소리와 함께 시작되었다.

일렬횡대로 도열한 기마경찰대와 곤봉으로 무장하고 그 뒤를 따르는 경찰관들의 대열이 남쪽에서 북쪽으로 공원을 가로지르기 시작했다. 이것은 조커들을 플랜시가까지 밀어붙인 다음 조커타운으로 다시 밀어 넣기 위한 행동이었다. 느닷없는 공격을 받고 혼란에 빠져 우왕좌왕하던 조커들은 김리의 황급한 지시에 따라 저항했다. 어두웠던 탓에 곤봉을 무작정 휘두르는 식의 진압이 이어졌다. 경찰 입장에서 제복을 입지 않은 사람은 무조건 소탕 대상이었다. 그들은 공원 안을 돌아다니며 닥치는 대로 시위자들을 두들겨 팼다. 절규와 비명이 밤의 공원 속에서 잇달아 울려 퍼졌다. 조직적으로 저항하려고 했던 김리의 시도는 빠르게 와해되었고, 여러 개의 소규모 집단으로 분단된 조커들은 경찰의 토끼몰이식 진압 작전에 몰려 공원 밖으로 쫓겨났다. 몸을 돌려 저항하려고 한 사람은 가차 없이 두들겨 맞거나 분사된 최루가스를 뒤집어썼다. 쓰러진 사람들은 짓밟혔다. 손드라는 이런 집단 중 하나와 함께 도망치고 있었다. 헐떡이고, 넘어지지 않으려고 악전고투하며, 곤봉에 직격당하는 것을 피하기 위해 양손으로 머리를 감싼 채로 도망치다가, 가까스로 스탠튼가 근처의 골목으로 빠져나와 일시적이나마 안전해졌다. 그곳에서 그녀는 폭력 사태가 공원 밖의 거리로 퍼져나가는 광경을 바라보았다.

그녀 주위에서 크고 작은 충돌이 잇따르고 있었다.

CBS 방송국의 TV 카메라맨 한 명은 모터사이클에 올라탄 10여 명의 경찰관들이 조커 소집단을 손드라가 있는 도로 너머의 지하 주차장 진입로를 에워싼 금속 난간 쪽으로 마구 밀어붙이는 광경을 촬영하고 있었다. 조커들은 난간 앞에서 뿔뿔이 흩어졌다. 난간을 뛰어넘어 도망치는 조커들 중에는 램번트도 포함되어 있었는데, 뿌연 인광을 발하는 피부 탓에 추격 중인 경찰 입장에서는 손쉬운 먹잇감에 불과했다. 램번트는 필사적으로 난간을 뛰어넘어 2미터 아래 지하로 떨어졌다. 경찰이 이 광경을 찍던 카메라맨을 본 것은 바로 이때였다. 경찰 하나가 "저 카메라 든 새끼 잡아!"라고 외쳤다. 경찰의 모터사이클들이 낮게 포효하며 일제히 방향을 틀자 전조등 불빛들이 호를 그리듯이 주위 건물들을 훑었다. 카메라맨은 반대 방향으로 황급히 도망치면서도 촬영을 계속했지만, 모터사이클을 몰고 그의 좌우를 지나간 경찰들 중 한 명이 휘두른 곤봉을 맞고 맥없이 도로에 나뒹굴었다. 보도 위로 굴러떨어진 TV 카메라의 렌즈가 박살 났다.

조커 한 명이 비틀거리며 골목 어귀에 나타났다. 멍한 표정으로 피에 젖은 손수건을 관자놀이에 대고 있었지만, 귀까지 이어지는 긴 찢어진 상처에서 흘러나오는 피가 셔츠 깃을 시뻘겋게 적시고 있었다. 그가 미처 피하지 못하고 경찰의 곤봉 세례를 받은 이유는 누가 보아도 명백했다─다리와 팔이 마치 만취한 조각가가 적당히 갖다 붙인 것처럼 엉뚱한 각도로 붙어 있었던 것이다. 사내는 뒤나 옆으로 꺾이는 관절 탓에 절뚝거리고 비틀거리는 식으로밖에 걸을 수 없었다. 세 명의 경찰관이 잰걸음으로 그의 옆을 지나갔다. "의사를 불러줘." 조커는 그중 한 명에게 말했지만 무시당했다. 그가 경찰의 제복 소매를 잡아당기며 "이봐"라고 말하자, 경찰관은 벨트의 홀스터에서 휴대용 최루가스 분사기를 꺼내서 조커의 얼굴을 향해 직통으로 분사했다.

손드라는 아연실색했고, 골목 안쪽으로 몸을 숨겼다. 경찰이 계속 걸어오는 것을 본 그녀는 반대 방향으로 도망쳤다.

폭동은 밤새도록 조커타운의 거리로 퍼져나갔다. 진압 경찰들과 조커들 사이에서 끊임없는 난투극이 벌어졌다. 그것은 파괴의 잔치였고, 증오의 축제였다. 그날 밤 잠을 이룬 사람은 아무도 없었다. 가면을 쓴 조커들은 몰래 접근하는 순찰차들을 습격해서 그 일부를 뒤집어엎었다. 불타는 차들이 교차로를 밝혔다. 부두 근처에 있는 타키온의 병원은 포위된 성(城)을 방불케 했다. 원진을 짜고 병원을 에워싼 무장 경비원들 사이로, 한눈에 알아볼 수 있는 복장을 한 타키온이 돌아다니며 조금이라도 질서가 유지될 수 있도록 분투하고 있었다. 이윽고 그는 몇몇 신뢰할 수 있는 심복들을 거느리고 거리로 진입해서 조커와 경찰 양쪽의 부상자들을 구출하는 작업에 착수했다.

조커타운은 산산조각 난 채로 불과 피 속에서 죽어가고 있었다. 매캐한 최루가스 연기가 사방에서 흘러 들어왔다. 자정이 되자 주 방위군이 소집되었고, 실탄이 지급되었다. SCARE 위원장인 그레그 하트먼 상원의원은 정부와 협력해서 활동하는 에이스들에게 사태 수습을 도와줄 것을 요청했다.

강대한 터틀은 조지 팰 감독의 〈우주전쟁〉에 등장하는 외계인의 비행접시처럼 조커타운 상공을 둥둥 떠다니며, 싸우고 있는 사람들을 서로에게서 떼어놓고 있었다. 대다수의 에이스들과 마찬가지로 그는 특정 진영의 편을 들지는 않았고, 단지 자기 능력을 써서 난투극을 해산하고 조커들과 경찰 병력을 분리하는 일에만 진력하고 있었다. 터틀이 타키온의 병원 앞에서 (새벽 1시가 될 무렵 병동은 이미 부상자로 넘쳐나고 있었고, 타키온은 새로 들어온 부상자들을 병원 복도에 수용하기 시작하고 있었다) 박살 난 채로 불타고 있던 머스탱 한 대를 염력으로 들어 올려 내던지자, 자동차는 불타는 운석처럼 불꽃과 연기를 길게 끌며 이스트강에 처박혔다. 터틀은 사우스가 상공을 낮게 날면서 그의 앞을 가로막는 폭도들과 주 방위군 병사들을 마치 눈에 보이지 않는 거대한 쟁기로 밀어붙이듯이 밀어냈다.

3번가로 진입한 주 방위군 병사들이 모는 지프차들은 투척물을 튕겨내기 위한 철망으로 뒤덮었고 차체 앞쪽에 커다란 철조망 프레임을 부착하고 있었다. 방위군은 이것들을 이용해서 대로를 점거한 조커들을 옆길로 밀어냈다. 그러던 중 어딘가에 잠복해 있던 조커가 자연 발화 능력을 발휘해서 지프들의 연료 탱크 안에 있는 휘발유를 폭발시켰다. 군복에 불이 붙은 주 방위군 병사들이 절규하며 도망쳤다. 콩 볶는 듯한 자동소총의 발사음이 들리기 시작했다.

채텀 광장 근처에서 폭동의 소음이 귀청이 찢어질 정도로 엄청난 굉음으로 변한 것은 하울러의 소행이었다. 노란색 일색의 복장을 한 이 에이스는 거리를 활보하며, 크게 벌린 입에서 그가 지금까지 들은 모든 소리가 두 배 이상으로 증폭된 포효를 뱉어내고 있었다. 하울러가 근처를 지나가면 조커들은 양손으로 귀를 틀어막고 끊임없이 터져 나오는 소음으로부터 도망쳤다. 하울러가 진동수를 올리면 주위의 모든 유리창이 박살 났고, 그가 베이스 음역에서 흐느껴 울면 건물 벽이 마구 흔들렸다. "다들 멈춰!" 그는 격앙된 어조로 외쳤다. "다들 실내로 들어가라고!"

불과 몇 달 전에 에이스임을 밝힌 블랙섀도는 그가 어느 진영에 공감하고 있는지를 밝히는 데도 주저함이 없었다. 그는 조커타운에서 벌어지고 있는 폭력 사태를 한동안 말없이 바라보았다. 피트가에서 완전 포위당한 조커의 일단은 물대포와 총검을 장착한 소총으로 무장한 주방위군 1개 분대를 상대로 욕을 퍼붓고 유리병과 쓰레기를 닥치는 대로 던지며 저항하고 있었다. 블랙섀도가 난투극 속으로 뛰어들었다. 그러자마자 군청색의 제복 차림에 주홍색 도미노 마스크를 쓴 이 에이스를 중심으로 한 약 6미터 주위의 공간이 칠흑 같은 어둠에 휩싸였다. 빛을 아예 통과시키지 않는 이 밤은 10분 이상 지속되었다. 깊은 어둠 속에서 잇달아 비명 소리가 들려왔다. 조커들이 일제히 도망쳤다. 어둠이 사라지고 도시의 불빛을 반사하며 번들거리는 보도가 다시 드러났을 때, 주 방위군 병사들은 모두 의식을 잃은 채로 길바닥에 쓰러져 있었고, 조작할 사람이 없어진 물대포는 배수로를 향해 세찬 물길을 쏟아붓고 있었다.

손드라는 자기 아파트의 창문을 통해 이 마지막 싸움을 보고 있었다. 그녀는 오늘 밤의 폭력 사태를 목격하고 공포에 사로잡혔다. 그 공포에서 벗어나기 위해 경대 위에 올려놓은 잭다니엘의 병뚜껑을 돌려 내용물을 유리잔에 가득 따랐고, 거칠고 길게 들이켰다. 헐떡이며 입가를 손으로 훔친다. 그런 움직임에 전신의 근육이 항의했다. 관절염에 걸린 두 다리와 손은 조금만 움직여도 격통을 몰고 왔다. 침대로 가서 누웠다. 잠은 오지 않았다. 열린 창문에서 폭동의 소음이 흘러들어온다. 손드라는 가까운 곳에서 발생한 화재의 연기 냄새를 맡았고, 침실 벽에 반사된 불길이 춤추듯이 어른거리는 것을 보았다. 이러다가는 아파트 건물에서 대피해야 할지도 모른다. 그런 최악의 사태가 벌어질 경우에는 뭘 가지고 나가야 할까.

아파트의 문을 나직하게 노크하는 소리가 들렸다. 처음에는 잘못 들은 것일지도 모른다고 생각했다. 그러나 노크 소리는 작지만 끈질기게 계속되었고, 결국 그녀는 신음을 흘리며 억지로 침대에서 일어섰다.

문으로 다가갔을 때는 이미 누군지 알고 있었다. 몸이 그를 느끼고 있었다. 서큐버스가 그를 느끼고 있었다. "안 돼." 손드라는 속삭였다. **안 돼. 지금은 안 돼.** 그는 또다시 문을 똑똑 두드렸다.

"그냥 가줘. 그레그. 제발." 그녀는 문에 몸을 기댄 채로 노파의 목소리처럼 들리지 않기 위해서 일부러 나직하게 말했다.

"서큐버스?" 그는 고집스럽게 말했다. 그의 흥분된 감정이 그녀 자신을 끌어당기는 것을 느끼자 의아함이 몰려왔다. **하필 왜 지금? 왜 여기로? 맙소사, 이런 상태로 있는 나를 보일 수는 없어. 가줄 생각도 없어 보이고.** "잠깐만요." 그녀는 이렇게 말하고 서큐버스를 가두고 있는 우리의 문을 열었다. 몸이 변화하기 시작하면서, 소용돌이치는 그의 욕정이 그녀 자신의 욕정을 불러일으키는 것을 느꼈다. 손드라의 옷을 벗어 방구석에 던져놓고 문을 열었다.

그레그는 가면을 쓰고 있었다. 얼굴 전체를 가리는, 기괴한 미소를 떠올린 어릿광대의 가면이었다. 그녀는 문을 밀고 들어온 어릿광대의 얼굴에 떠오른 음흉한 미소를 보았다. 그레그는 아무 말도 하지 않았다. 손으로는 이미 바지 지퍼를 내리고 딱딱해진 페니스를 꺼내고 있었지만 말이다. 아예 옷을 벗을 생각이 없는 듯했고, 전희 따위에도 전혀 관심이 없었다. 그는 견목으로 된 나무 마루에 그녀를 눕히더니 대뜸 삽입했고, 헐떡이며 격렬한 피스톤 운동에 들어갔다. 밑에 깔린 서큐버스도 그 못지않게 격렬하게 움직이면서 이 애정을 결여한 강간 행위에 협력했다. 그는 난폭했다. 그녀의 작고 단단한 젖가슴을 으스러져라 움켜잡으며 손톱을 박아 넣은 탓에, 피부 여기저기에 생긴 작은 초승달 모양의 상처에서 피가 흘러내렸다. 그는 엄지와 검지로 그녀의 젖꼭지를 세게 꼬집었고, 그녀는 고통에 못 이겨 비명을 질렀다―오늘 밤 그는 그녀에게서 고통을 원하고 있었다. 그녀가 두려움으로 움츠러들고 비명을 지르면서도, 자진해서 희생자가 되어줄 것을 원했던 것이다. 그는 그녀의 뺨을 후려갈겼다. 다시 후려갈기려는 것을 본 그녀는 코피를 뚝뚝 흘리며 손으로 얼굴을 가리려고 했지만, 그는 그런 그녀의 손목을 세게 뒤틀었다.

행위가 끝나자 그는 우뚝 서서 그녀를 내려다보았다. 어릿광대의 얼굴은 그녀를 여전히 비웃고 있었지만, 가면을 쓴 탓에 진짜 얼굴에 어떤 표정이 떠올라 있는지는 알 수 없었다. 단지 그녀를 응시하며 번들거리는 두 눈이 보일 뿐이었다.

"이러는 수밖에 없었어." 미안해하는 기색은 전혀 없었다. 서큐버스는 고개를 끄덕였다. 이미 알고 있었고, 받아들인 사실이었다. 손드라는 마음속에서 울부짖었다.

하트먼은 바지 지퍼를 올렸다. 셔츠 앞쪽은 그녀의 피와 두 사람의 체액으로 흥건하게 젖어 있었다. "정말로 이해하기는 하는 거야?" 그는 물었다. 상냥하고 침착한 목소리였고, 마치 들어달라고, 듣고 공감해달라고 간원하는 듯한 느낌이었다. "넌 내가 아무 일도 하지 않더라도 나를 받아주는 유일한 사람이야. 넌 내가 상원의원이라는 사실에도 전혀 개의치 않지. 그래서 나도—" 그는 말을 멈추고 입고 있던 양복의 먼지를 털었다. "넌 나를 사랑해. 나도 그걸 느낄 수 있어. 넌 처음부터 나를 좋아했고, 그래서 나도 네가 나를 **억지로** 좋아하도록 할 필요가 없었어. 그래서 난……." 그는 어깨를 으쓱했다. "난 네가 필요해."

그의 얼굴을 볼 수 없어서였는지도 모른다. 혹은 예전에는 언제나 상냥했던 그가 갑자기 거칠게 행동했기 때문인지도 모른다. 이유가 무엇이든 간에, 서큐버스의 공감 능력은 예전보다 한층 더 깊게 그의 마음속을 훑었고, 바닥에 큰대자로 누워 있는 그녀를 내버려두고 문으로 가는 그의 상념을 한순간이나마 포착했다. 지독하게 더운 날씨였음에도 불구하고, 그의 상념을 감지한 순간 그녀는 전율했다. 그레그는 밖에서 벌어지고 있는 폭동에 관해 생각하고 있었지만, 그의 마음에서는 아무런 혐오감이나 불쾌감도 느껴지지 않았다. 혐오하기는커녕 환희의 감정, 마침내 모든 것을 손에 넣었다는 기쁨밖에는 없었던 것이다. 그녀는 경악한 얼굴로 그를 쳐다보았다.

이 사람이었어. 줄곧. 우리가 이 사람을 이용하고 있었던 게 아니라, 이 사람이 우리를 이용하고 있었던 거야.

그레그는 문간에서 몸을 돌리더니 그녀를 보며 말했다. "서큐버스, 내가 너를 사랑한다는 건 진심이야. 네가 그걸 이해할 수 있을 것 같진 않지만, 정말로 너를 사랑해. 그러니까 제발 믿어줘. 내가 그 무엇보다도 너를 절실하게 필요로 하고 있다는 걸."

가면 뒤에서 그의 눈이 반짝이는 것을 보았다. 그가 울고 있다는 사실을 깨닫고 그녀는 깜짝 놀랐다.

그러나 오늘 밤에는 기이한 일들을 너무나도 많이 목격했던 탓인지, 이런 일조차도 그리 기이하게는 느껴지지 않았다.

♠

퍼펫맨은 익명을 유지하는 것이, 순진무구한 가면을 유지하는 것이 안전으로의 지름길이라는 사실을 발견했다. 사실 그가 조종했던 꼭두각시들은 모두 그가 개입했다는 사실을 전혀 모르고 있었기 때문에, 자기 마음속에서 무슨 일이 일어났는지를 다른 사람에게 알릴 엄두도 내지 못했다. 그들은 단지…… **폭발했을** 뿐이었다. 퍼펫맨은 희생자들이 원래 마음에 품고 있던 감정들을 실제로 폭발시킬 때까지 옆에서 도왔을 뿐이다. 꼭두각시들이 실제로 무슨 범죄를 저지르든 간에, 그것을 유발한 동기 자체는 예전부터 차고도 넘쳤다는 뜻이다. 설령 그들이 범죄를 저지른 후 꼬리를 밟히더라도 그가 알 바 아니었다.

1961년에 하버드 로스쿨을 졸업한 그는 뉴욕의 유명한 법률사무소에 취직했다. 5년 동안 형사 전문 변호사로 일하며 성공적인 커리어를 쌓은 후 정계로 진출했고, 1965년에 뉴욕 시의 시의원으로 선출되었다. 1968년부터 4년 동안은 시장으로 일했고, 1972년에는 뉴욕주 상원의원으로 당선되었다.

그리고 1976년이 되자 그는 대통령이 될 수 있는 기회를 포착했다. 원래는 1980년이나 1984년에나 도전해볼 작정이었지만, 건국 200주

년이 되는 1976년에 뉴욕에서 민주당 전당대회가 열리자 퍼펫맨은 절호의 기회가 왔음을 확신했다.

이미 대선 도전을 위한 포석은 모두 깔아놓은 상태였다.

톰 밀러의 마음 깊숙한 곳에 있는 쓰디쓴 잔에 담긴 감정은 이미 여러 번 맛본 상태였다.

이제는 그것을 통째로 들이켤 때가 왔다.

불타는 조커타운에서 15명 사망

〈뉴욕타임스〉, 1976년 7월 19일

아침 햇살을 검은 연기가 뿌옇게 물들이고 있었다. 뉴욕 시는 되살아난 무더위로 인해 푹푹 찌고 있었다. 며칠 전보다 더 견디기 힘들었다. 동이 튼 뒤에도 폭력 사태는 멈추지 않았다. 조커타운의 거리에는 파괴의 물결이 넘쳐흘렀고, 밤사이에 발생한 소요의 파편이 널려 있었다. 폭도화한 시위대는 경찰과 주 방위군을 상대로 게릴라전을 벌이며 그들이 거리를 이동하는 것을 방해했고, 뒤집어엎은 자동차들로 교차점을 막았으며, 닥치는 대로 불을 질렀고, 건물 발코니와 창문 너머로 당국을 조롱했다. 조커타운 전체가 즐비하게 늘어선 경찰 순찰차와 주 방위군의 지프와 소방차로 포위되다시피 한 상태였다. 완전무장한 주 방위군 병사들은 몇 미터씩 간격을 두고 세컨드애비뉴에 도열하고 있었다. 주 방위군의 대병력이 크리스티가를 지나 조커들이 또다시 집결하기 시작한 루스벨트 공원 주위를 포위했다. 운집한 군중 깊숙한 곳에서 김리는 오늘은 무슨 일이 있든 간에 무조건 행진을 개시하겠다며 사자후를 토하고 있었다. 민주당 대선후보 경선에 참가한 정치인들 전원이 폭동이 발생한 지구 근처로 와서 카메라 앞에 선 다음, 우려하는 기색이 역력한 준엄한 표정으로 불타올라 뼈대만 남은 건물을 응시하거나, 아주 심하게 기형화하지는 않은 조커와 말을 나눴다. 케네디, 카터, 유달, 잭슨 등 대선후보들은 확실하게 얼굴 도장을 찍은 다음, 리무진을 타고 경선장인 매디슨 스퀘어 가든으로 되돌아갔다. 경선 투표는 이미 두 번이나 시행되었지만 아직도 후보를 확정하지 못한 상태였다. 조커타운 근처까지 와서 계속 머물며 보도 관계자들과 얘기를 나누거나, 군중 깊숙한 곳에서 농성하면서 모습을 드러내지 않는 밀러를 협상의 장으로 끌어내려고 한 정치인은 하트먼이 유일했다.

공원 밖으로 조커들이 일제히 몰려나온 것은 정오가 되어 기온이 화씨로 세 자리 수에 달하고, 이스트강에서 불어온 바람이 시내로 매캐한 타는 냄새를 실어 왔을 때의 일이었다.

그레그는 일찍이 이토록 많은 꼭두각시들을 한꺼번에 조종한 적이 없었다. 열쇠가 되어주는 존재는 여전히 김리였다. 그레그는 그랜드가를 메운 조커들 뒤로 100미터쯤 간 곳에서 격렬한 감정을 발산하고 있는 난쟁이의 존재를 느낄 수 있었다. 이런 혼란의 와중에 밀러 혼자의 힘으로 적절한 타이밍에 조커들을 회군시키는 것은 불가능했다. 그레그가 지난 2주 동안 JJS의 다른 지도자들과 악수를 나누고 다녔던 것은 바로 그런 이유에서였다. 그는 악수 시의 신체 접촉을 이용해서 상대의 마음속으로 침입했고, 멀리 떨어진 곳에서도 다시 접촉할 수 있는 통로를 열어두었던 것이다. 흥분한 군중은 짐승 무리나 마찬가지여서, 충분한 수의 지도자들을 지배하기만 하면 나머지는 알아서 따라오게 되어 있다. 그리고 그레그는 가르강튀아, 피넛, 틴혼, 파일을 포함한 스무 명 넘는 JJS 간부들을 이미 함락한 상태였다. 손드라 팰린을 위시한 몇몇 간부들은 무시했다—늙어빠진 할멈으로밖에는 보이지 않는 그 노파가 군중의 마음을 돌릴 수 있을 것 같지는 않았기 때문이다. 대다수의 꼭두 각시들의 마음에는 이미 공포가 자리 잡고 있었고, 그 공포를 극도로 증대시킴으로써 시위 현장에 등을 돌리고 도망치게 하는 것은 어렵지 않다. 그들 대다수는 분별력 있는 일반인이었고, 여느 평범한 사람과 마찬가지로 대립 자체를 즐기거나 하지는 않았기 때문이다. 그런 그들이 이번 사태에 참가한 것은 하트먼이 그러도록 유도했기 때문이었다. 그리고 그는 이제 꼭두각시들을 놓아주고, 그 과정에서 대선후보로 선출될 것이다. 이미 케네디와 카터는 후보 경쟁에서 뒤처진 상태였다. 대의원들은 첫 번째 경선 투표에서는 정식으로 지지를 표명했던 후보에 의무적으로 투표해야 하지만, 이어지는 무기명 투표에서는 자기가 원하는 후보에게 투표할 수 있다. 그리고 지난번 무기명 투표에서 하트먼은 3위로까지 약진했다. 그레그는 카메라들이 자신을 향하고 있음에도 불구하고 언뜻 미소를 떠올렸다. 어젯밤의 폭동은 상상도 하지 못했을 정도의 엄청난 쾌감을 그에게 안겨주었던 것이다. 온갖 열정이 융합된 그 격렬한 감정은 너무나도 압도적이어서, 그를 거의 휩쓸어버리기 직전까지 갔다.

조커들이 다가오자 주 방위군의 대열도 움직였다. 조커들은 크리스티가 주변에서 구호를 외치고, 플래카드를 흔들며 한꺼번에 몰려나왔다. 확성기들이 명령과 욕설을 교환하며 웅웅거린다. 조커들이 야유를 퍼붓는 소리가 들려올 무렵, 주 방위군 병사들은 일렬횡대로 서서 총검의 벽을 쌓았다. 그레그는 크리스티가와 들랜시가의 교차점에 있는 주 방위군 대열 위에 터틀의 셸이 둥둥 떠 있는 것을 보았다. 적어도 그곳에서는 시위대도 안전거리를 유지하며 더 이상 다가오지 못할 것이다.

그러나 그보다 훨씬 남쪽, 경호원들에게 에워싸인 하트먼이 공원 정면을 마주 보고 있는 바로 이곳으로 진입하려는 시위대를 막는 것은 그렇게 간단하지 않을 것이다.

조커들은 밀치락달치락하며 전진하고 있었다. 배후에 있는 군중이 한꺼번에 압력을 가해오는 탓에 이제는 앞줄에 있는 사람들은 공원으로 되돌아가고 싶어도 돌아갈 수 없는 상태였다. 주 방위군은 총검을 쓴다든가, 아니면 스크럼을 짜듯이 서로 팔짱을 끼고 몸으로 막는다는 선택 사이에서 양자택일을 강요받았다. 결국 그들은 후자를 선택했다. 아주 잠깐 동안은 시위대와 진압 병력 사이에서 일종의 균형이 성립된 것처럼 보였다. 그러나 잠시 후 주 방위군의 대열이 천천히 뒤를 향해 활처럼 휘기 시작했다. 다음 순간 한 무리의 조커가 고함을 지르며 주 방위군 대열을 돌파해서 거리로 나오는 데 성공했다. 그것을 본 나머지 시위대도 일제히 함성을 올리며 대열을 뚫고 거리로 쏟아져 나왔다. 또다시 난투극이 벌어지면서 거리는 아수라장으로 변했다. 아직은 현장에서 충분히 떨어진 곳에 있는 하트먼은 한숨을 쉬었다. 눈을 감자 꼭두각시들이 느끼고 있는 감정이 머리로 흘러 들어오기 시작했다. 그가 원한다면 여기서 몰아 상태에 빠질 수도 있었다. 그런다면 거칠게 물결치는 감정의 바다에 몸을 던지고, 만족할 때까지 마음껏 포식할 수 있다.

그러나 그럴 만한 시간 여유가 없었다. 싸움이 아직도 다소간의 형태를 유지하고 있는 사이에 행동에 나설 필요가 있었다. 그는 경호원들에게 손짓하고 공원 정문을 향해 가기 시작했다. 김리의 감정이 소용돌이치고 있는 곳을 향해.

손드라는 JJS의 다른 간부들과 함께 있었다. 공원 정문으로 행진하면서, 그녀는 김리에게 어젯밤 하트먼의 마음속에서 감지한 기묘한 느낌에 대해 설명하려고 했다. "그레그는 자기가 이 모든 걸 통제하고 있다고 믿고 있었어. 난 그게 사실이라고 맹세할 수 있어, 김리."

"좆같은 정치가 놈들이 원래 다 그렇다는 걸 몰라? 근데 당신, 그 자식을 좋아하는 거 아니었어?"

"맞아. 하지만―"

"어이, 도대체 당신은 여기 왜 와 있는 거야?"

"내가 조커라서야. 당신이 지금 하는 일에 찬성하든 안 하든 간에, JSS는 내가 속한 조직이기도 하고."

"염병할, 그럼 그놈의 입을 처닫고 있으라고. 난 할 일이 많아."

난쟁이는 그녀를 쏘아보다가 자리를 떴다. 일행은 대기 중인 주 방위군 병사들의 대열을 향해 장례 행렬을 떠올리게 하는 느릿느릿한 발걸음으로 다가가고 있었다. 손드라는 앞 열에 있는 사람들 사이로 병사들을 볼 수 있었지만, 곧 힘겹게 절뚝거리고 흐느적거리면서 좁은 정문으로 몰려온 조커 시위대가 그녀의 시야를 가로막았다. 이들 중 다수의 몸에는 어제 있었던 난투극의 흔적이 남아 있었다. 머리에 친친 감은 붕대, 팔을 건 붕대―그들은 주 방위군 병사들을 향해 이것들을 마치 자랑스러운 훈장이라도 되는 것처럼 내밀었다. 손드라 앞을 가던 조커들이 주 방위군 대열과 부딪치면서 갑자기 멈췄다. 누군가가 뒤에서 확 밀치는 통에 넘어질 뻔한 손드라는 엉겁결에 앞에 있던 사람을 껴안았다. 가죽처럼 질긴 살갗의 감촉을 손에 느끼고 고개를 들자 도마뱀 비슷한 비늘로 뒤덮인 우람한 등짝이 눈에 들어왔다. 앞뒤로 낀 채로 짓눌린 손드라는 비명을 올렸고, 힘없는 손을 들어 올려 앞에 있는 사람을 밀치려고 했다. 축 늘어진 팔의 피부 안에서 근육이 덜렁거린다. 넘어질 거라고 생각한 순간 갑자기 압력이 사라졌다. 그녀는 비틀거리다가 태양을 직통으로 응시했고, 한순간 눈이 멀었다. 혼란의 와중에 앞에 있는 사람들이 주먹을 휘두르는 광경이 보였고, 그와 동시에 고함 소리와 비명 소리가 들려왔다. 손드라는 뒤로 물러서며 난투극의 현장에서 벗어날 퇴로를 찾아보려고 했다. 또 누군가가 등을 홱 밀치는 것을 느끼고 아까처럼 손을 내민 순간, 곤봉이 그녀의 옆머리를 강타했다.

손드라는 절규했다. 서큐버스도 절규했다.

눈앞에서 온갖 색채가 소용돌이치며 시력을 앗아 갔다. 아무 생각도 할 수 없었다. 찢어진 피부에 손을 갖다 대자 묘한 감촉이 느껴졌다. 관자놀이의 상처에서 눈으로 흘러 들어온 피를 제거하려고 눈을 깜박이며, 두 손을 보려고 했다. 젊은이의 손이었다. 혼란에 빠져 아연실색한 얼굴로 그것을 바라보고 있는 동안에도, 다른 정열들이 갑자기 마음속으로 침입하는 것을 느꼈다.

안 돼! 빌어먹을, 안으로 되돌아가! 여기서, 거리에서, 주위에 이렇게 사람들이 있을 때 이러면 안 돼! 손드라는 필사적으로 서큐버스를 다시 제어하려고 했다. 그러나 뇌진탕으로 어질어질한 머리로는 제대로 생각하는 것 자체가 불가능했다. 그녀의 육체는 지독한 고통에 시달리면서도 주위의 모든 사람들의 감정에 반응하며 물 흐르듯이 변화했다. 서큐버스는 각자의 마음에 접촉해서 그 마음에 깃든 성적 욕구를 잇달아 형상화하고 있었다. 처음에는 여자였다가 남자로 변했고, 어려졌다가 늙었고, 말랐다가 뚱뚱해졌다. 서큐버스는 혼란에 빠져 울부짖었다. 갑자기 설명할 수 없는 욕정에 사로잡혀 그녀를 향해 뻗어오는 주위 사람들의 손들을 뿌리치고, 손드라는 도망쳤다. 그녀의 모습은 한 걸음씩 발을 디딜 때마다 변화했다. 서큐버스는 어쩔 수 없이 주위 환경에 반응했고, 욕망의 실을 끌어내서 정열의 천을 짜는 일을 계속했다. 그 범위는 파문처럼 넓게 퍼져나갔다. 조커들과 주 방위군 병사들이 그들의 마음에 강렬하고 급작스러운 욕구를 불러일으킨 대상을 너도 나도 할 것 없이 쫓기 시작하면서 난투극도 종언을 맞았다. 서큐버스는 **그의** 존재도 느꼈고, 그쪽으로 가려고 했다. 달리 무슨 일을 해야 할지 몰랐기 때문이다. 어젯밤에 깨달았듯이, 이 모든 것을 통제하고 있는 사람은 다름 아닌 그였다. 따라서 그는 그녀를 구해줄 것이다. 그는 그녀를 사랑하므로─자기 입으로 그녀를 사랑한다고 했으므로.

♥

카메라들은 방금 약간의 소요가 발생한 공원 입구를 향해 가는 하트먼 상원의원의 모습을 쫓았다. 경호원들이 막으려고 하자 그는 그들의 손을 뿌리쳤다. "빌어먹을. 이건 누군가는 해야 하는 일이야." 그가 이렇게 말하는 소리가 들렸다.

"아하, 기삿감으로 **안성맞춤**이로군." 기자 한 명이 중얼거렸다.

하트먼은 앞으로 나아갔다. 경호원들은 서로의 얼굴을 쳐다보다가 할 수 없다는 듯이 어깨를 으쓱하고 상원의원 뒤를 따랐다.

그레그는 공원 정문 근처에 와 있는 꼭두각시들 대다수의 존재를 느낄 수 있었다. 터틀이 공원 반대편에서 나오려는 조커들을 막아주고 있으므로, 그는 최상의 기회가 바로 지금임을 깨달았다. 지금 김리와 다른 간부들을 물러나게 한다면 모든 조커들도 공원으로 되돌아갈 것이다. 설령 해가 진 뒤에 폭동이 계속된다고 해도 별문제가 되지 않는다—그레그가 위기 상황에서 냉정하고 침착하게 행동할 수 있다는 사실이 이미 만천하에 알려진 뒤의 일이기 때문이다. 내일 아침 조간에는 그에 관한 대문짝만 한 기사가 실릴 것이고, TV의 뉴스 화면에서도 그의 얼굴과 이름이 크게 나올 것이 틀림없었다. 그 결과 민주당 대선후보 경선 투표에서의 승리는 따 놓은 당상일 테고, 여세를 몰아 대선 본선에서도 확실하게 승리를 거머쥘 수 있을 것이다. 공화당 대선후보가 포드가 되든 레이건이 되든 상관없었다.

그레그는 엄숙한 표정을 유지한 채로 난투의 중심으로 걸어 들어갔다. "밀러!" 그는 외쳤다. 난쟁이가 목소리가 들릴 정도로 가까운 곳에 있다는 사실을 알고 있었기 때문이다. "밀러, 나 하트먼이야!" 이렇게 외치면서 밀러의 마음을 살짝 잡아당기며 용암처럼 끓어오르는 밀러의 분노를 차단하고, 짙푸른 색채로 씻어 내렸다. 갑자기 긴장에서 해방되는 감각이 찾아왔고, 난쟁이가 주위의 광경에 대해 혐오감을 느끼기 시작한 것을 알 수 있었다. 하트먼은 난쟁이의 마음을 또다시 비틀었고, 상대의 마음속에 있는 두려움의 핵을 건드리고, 차갑고 흰 빛을 발하라고 명령했다.

사태는 통제 불능이야. 그레그는 밀러에게 속삭였다. **넌 통제력을 잃었고, 그걸 되찾으려면 상원의원에게 가는 수밖에 없어. 잘 들어봐. 그도 저기서 너를 부르고 있잖아. 분별 있게 행동하자고.**

"밀러!" 그레그는 다시 외쳤고, 난쟁이가 이쪽으로 몸을 돌리려고 하는 것을 느꼈다. 그레그는 앞에 있던 주 방위군 병사들을 옆으로 밀쳐 내서 시야를 확보했다.

김 리는 그의 좌측에 있었다. 그러나 하트먼이 큰 소리로 부르기 전에, 밀러의 시선이 공원의 정문 게이트 쪽으로 향하는 것이 보였다. 그곳에서 그레그는 조커들과 병사들의 무리에 쫓기고 있는 인물을 보았다.

서큐버스.

그녀의 형태는 불규칙했고, 수백 개의 얼굴과 육체가 달리는 그녀 위에서 번득이고 있었다. 바로 그 순간, 그녀도 그레그를 보았다. 그녀는 그를 향해 양손을 뻗으며 울부짖었다. "서큐버스!" 그도 외쳤고, 어깨로 무작정 앞을 밀치고 그녀를 향해 가기 시작했다.

누군가가 뒤에서 그녀를 잡았다. 서큐버스는 몸을 비틀어 빠져나왔지만, 다음 순간에는 다른 손들에 사로잡히고 말았다. 그녀는 날카로운 비명을 올리며 쓰러졌다. 그레그는 더 이상 그녀를 볼 수 없었다. 그녀 주위에 새까맣게 몰려든 사람들이 조금이라도 그녀와 가까워지기 위해 사납게 서로를 밀치고 때리고 있었기 때문이다. 그레그는 뼈가 마른 장작처럼 뚝뚝 부러지는 소름 끼치는 소리를 들었다. "안 돼!" 그레그는 달리기 시작했다. 김 리나 폭동 따위는 완전히 잊었다. 그녀에게 다가가자 그녀의 존재를, 그녀의 유인하고 매료하는 힘을 느낄 수 있었다.

사람들은 그녀의 몸 위에 겹겹이 쌓여 있었다. 떼거지로 몰려와서 포효하며, 자기 욕구에서 해방되기 위해 서큐버스를 난타하고 쥐어뜯고 있었다. 고깃덩어리 위에서 꿈틀거리는 구더기 떼처럼, 일그러진 얼굴에 사나운 표정을 떠올리고, 갈퀴처럼 구부린 손으로 서큐버스를 쥐어뜯고 찔렀다. 꿈틀거리는 인체들 아래 어딘가에서 피가 솟구쳤다. 서큐버스가 절규했다. 형언할 수 없는 날카로운 고통의 절규가 갑자기 뚝 끊기며 섬뜩한 정적이 흘렀다.

그는 그녀가 죽는 것을 느꼈다.

그녀 주위에 몰려 있던 사람들은 공포에 질린 표정으로 뒤로 물러나기 시작했다. 그레그는 지면에 웅크리고 있는 시체를 보았다. 그 주위에는 짙은 피 웅덩이가 생겨 있었다. 팔 하나가 통째로 뜯겨 나갔고, 두 다리는 기괴한 각도로 뒤틀려 있었다. 그러나 그레그의 눈에 그런 것들은 들어오지 않았다. 그는 단지 시체의 얼굴만을 바라보고 있었다. 앤드리아 휘트먼의 모습을 간직한 얼굴을.

그의 내부에서 분노가 솟구치기 시작했다. 너무나도 강렬한 이 분노는 모든 것을 구축했다. 주위에 있는 것들은 전혀 눈에 들어오지 않았다―카메라들도, 경호원들도, 기자들도. 그레그의 눈은 오직 **그녀**만을 보고 있었다.

그녀는 그의 것이었다. 꼭두각시로 만들지 않아도 그의 것이었는데, 이들은 그런 그녀를 그에게서 **빼앗아** 갔다. 그들은 그를 조롱했다. 몇십 년 전 앤드리아가 그를 조롱했던 것처럼. 앤드리아처럼 죽어간 다른 자들이 그를 조롱했던 것처럼. 그는 전심전력으로 그녀를 사랑했다. 그레그는 지퍼를 내린 바지에서 페니스를 덜렁거리며 망연자실하게 시체를 내려다보고 있는 병사의 어깨를 움켜잡았다. 그레그는 그의 몸을 자기 쪽으로 홱 돌렸다. "**이 쌍놈의 새끼!**" 그는 이렇게 외치며 사내의 얼굴을 거듭해서 후려갈겼다. "**이 죽일 놈의 새끼!**"

그레그의 분노는 그의 마음속에서 아무런 제지도 받지 않고 흘러나왔고, 그대로 그의 꼭두각시들을 향해 흘러갔다. 그러자 김리가 고함을 질렀다. 도저히 거부할 수 없는 설득력이 담긴 목소리로. "너희들도 봤지! 저 백정 놈들이 우리를 어떻게 죽였는지!" 조커들은 이 말에 호응하듯이 거친 함성을 울리며 공격을 개시했다. 폭력 사태가 갑자기 재연되는 것을 보고 화들짝 놀란 하트먼의 경호원들은 그를 억지로 현장 밖으

로 끌어냈다. 하트먼은 욕설을 내뱉으며 저항했고, 혼신의 힘을 다해 그
들을 뿌리치려고 했지만, 경호원들도 이번에는 요지부동으로 자기 임
무를 수행했다. 그들은 하트먼을 억지로 차에 태운 다음 호텔방까지 데
려갔다.

사망 사고에 격분한 하트먼, 시위자들을 공격
최종 경선 투표에서는 카터의 승리가 유력시됨

〈뉴욕타임스〉, 1976년 7월 20일

하트먼, '이성 상실'
때로는 반격도 필요하다고 해명

〈뉴욕 데일리 뉴스〉, 1976년 7월 20일

그는 이번 사태로 인한 실점을 가능한 한 수습해보려고 했다. 대기
하고 있던 기자들에게는 단지 가련한 서큐버스에게 불필요한 폭력이
가해지는 광경을 직접 목격하고 엄청난 충격을 받은 탓이라고 둘러댔
다. 그는 어깨를 으쓱하며 슬픈 미소를 지었고, 기자들도 그런 상황이
닥치면 동요하지 않겠느냐고 되물었다.

기자들이 마침내 그를 놓아주자 퍼핏맨은 자기 방으로 돌아갔다.
혼자가 되자, 전당대회에서 다음 대선후보로 지미 카터가 선출되는 광
경을 TV로 지켜보았다. 상관없어, 라고 그는 되뇌었다. 다음번에는 그
가 선출될 것이 틀림없으니까 말이다. 게다가 퍼핏맨은 여전히 안전했
고, 여전히 숨겨져 있었다. 그의 비밀을 아는 사람은 아무도 없었다.

그의 마음속에서, 퍼핏맨은 손을 들어 올리고 손가락을 펼쳐 보였

다. 끈을 당기자 그의 꼭두각시들이 일제히 고개를 쳐들었다. 퍼핏맨은 그들의 감정을 느꼈고, 그들의 삶이 제공하는 자극적인 향신료를 맛보았다.

그러나 그날 밤은, 적어도 그날 밤만은, 진수성찬에서도 떫고 쓰디쓴 맛이 났다.

막간 5

「와일드카드와의 35년: 회고」에서 발췌

〈에이스! 매거진〉, 1981년 9월 15일 호

난 아직 못 죽어, 난 아직 〈졸슨 스토리〉도 못 봤다고.

— 로버트 톰린

그자들은 하느님을 모독하는 부정한 존재라. 그자들의 얼굴 위에는 짐승의 표가 있으매 그 땅에서 그들의 수는 육백육십육이니라.

— 작자 미상의 반(反)조커 전단지, 1946년

그자들은 그것은 격리이지 차별이 아니라고 한다. 당신들은 인종이 아니라고 말한다. 우리는 종교도 아니며, 단지 병에 걸린 것이기 때문에, 우리를 격리하는 것이 옳다고 주장한다. 와일드카드가 전염되지 않는다는 사실을 잘 알고 있으면서도 말이다. 우리의 병은 육체의 질병이지만, 그들의 병은 영혼의 오염이다.

— 제이비어 데즈먼드

놈들이 맘대로 지껄이게 내버려둬. 그래도 난 날 수 있으니까.

—얼 샌더슨 주니어

모든 사람이 나를 좋아하고, 아무도 당신을 좋아하지 않는 게 내 잘못입니까?

—데이비드 하스틴(리처드 닉슨에게 한 말)

난 조커 피 맛이 좋아.

—뉴욕 시 지하철의 낙서

녀석들 겉모습이 어떻든 난 상관 안 해. 다른 인간들처럼 흘리는 피는 빨갛거든…… 적어도 대부분은.

—존 개릭 중령, 조커 여단 지휘관

나 같은 사람이 에이스라면, 듀스는 어떨지 생각만 해도 끔찍하군요.

—티모시 위긴스

내가 에이스인지 조커인지 알고 싶다고? 대답은 '예스'야.

—터틀

난 조커야, 난 미쳤어
그리고 넌 내 이름을 몰라
거리에서 똬리를 틀고

오직 밤이 오기를 기다리는

나는 세계의 뿌리를 갉아 먹는

거대한 뱀

— '뱀의 시간', 토머스 매리언 더글러스

'베이비'를 돌려받을 수 있어서 기쁘지만, 지구를 떠날 생각은
없네. 이제 나의 고향은 이 행성이고, 와일드카드에 감염된 사람
들은 나의 자식들이니까 말이야.

— 우주선이 반환되었을 때 닥터 타키온이 한 말

그자들은 대(大)사탄 아메리카가 낳은 악마의 자식이다.

— 아야톨라 호메이니

돌이켜 생각해보니, 인질들을 안전하게 귀환시키기 위해 에이
스들을 동원한다는 결정은 잘못되었던 것 같습니다. 그리고 작
전 실패의 모든 책임은 나에게 있습니다.

— 지미 카터 대통령

에이스처럼 생각하면, 에이스처럼 이길 수 있다. 조커처럼 생각
한다면, 그 조크는 당신에게 돌아온다.

— 《에이스처럼 생각하라!》(밸런타인, 1981)

미국의 부모들은 에이스들과 그들의 활약에 관한 언론 매체의
과도한 보도에 관해 깊이 우려하고 있습니다. 그들은 자라나는

아이들에게는 나쁜 역할 모델이고, 그들의 기괴한 힘을 흉내 내려다가 다치거나 죽는 아이의 수는 매년 몇천 명에 달합니다.

—네이오미 웨더스, 미국 부모 연맹

그 작자들의 아이들조차도 우리처럼 되고 싶어 해. 지금은 1980년대, 새로운 시대이고, 우린 새로운 인류야. 우린 하늘을 날 수 있고, 제트보이 같은 내트 녀석처럼 괴상한 제트기 따위를 몰 필요도 없으니까 말이야. 내트들은 아직 깨닫지 못했지만, 놈들은 이미 구식이 됐어. 지금부터는 우리 에이스의 시대야.

—1981년 1월 1일 자 〈조커타운 크라이〉에 실린 익명 편지

고스트걸, 맨해튼을 습격하다

캐리 본

제니퍼는 전동차에서 친구인 트리샤에게 잡아끌려 세컨드애비뉴의 로어이스트사이드* 쪽 승강장으로 나올 때까지도 행선지가 어딘지 모르고 있었다. 마지막 네 역을 지나오면서 그녀의 우려는 점점 깊어지기만 했다—미드타운을 지나, 워싱턴스퀘어 공원을 지나, 그들이 발을 들여놓을 이유가 전혀 없는 곳을 지나면서 트리샤는 계속 이렇게 말했다. "아냐, 그건 만날 가던 곳이잖아. 난 뭔가 새로운 걸 원해. 재미있잖아!"

"트리시**, 너 **미쳤어**? 도대체 왜 우리가 이런 데로 와야 하는 건데?" 제니퍼는 양손으로 친구의 팔에 매달리다시피 하며 타일이 깔린 지하철역 통로와 계단을 지나 성급하게 휴스턴가(街)로 올라가려는 친구의 발걸음을 늦춰보려고 했다. 제니퍼는 불안한 표정으로 주위를 둘러보았고, 아까보다 한층 더 바싹 친구 곁에 붙었다. 한 장소에 이토록 많은 조커들이 모인 것을 보는 것은 난생처음이었다. 승강장에 서 있는 승객

---

* 맨해튼의 남동쪽 지역.

** 트리샤의 약칭.

들의 반은 조커였다. 물론 조커를 본 적은 있었다. 뉴욕 시에 살면서 (설령 그녀가 업타운에 있는 컬럼비아대학의 캠퍼스 밖으로 멀리 나가는 일이 거의 없다고 하더라도) 조커들을 안 보려야 안 볼 수는 없었기 때문이다. 그러나 대부분의 경우 그녀가 목격한 조커는 기껏 한두 명에 불과했고, 조커 특유의 육체적 기형도 그리 극단적이지 않아서, 기껏해야 머리카락 대신 깃털이 자라 있다거나 토끼 귀가 달린 정도였다. 그러나 이곳에 있는 조커들은 몸 전체가 기형화하고, 변화하고, 괴물처럼 변형되어 있었다. 방금 제니퍼 곁을 지나간 사내는 콘크리트 바닥에 끈적끈적한 액체를 남기고 가기까지 했다. 제니퍼는 지하철 바닥에서 애써 시선을 돌렸다.

트리샤는 계단 위로 제니퍼를 끌다시피 하며 거리까지 올라왔다. 거리는 혼돈의 도가니였다. "빨리 와. 오늘 밤 CBGB*에선 '더 패즈 (The Fads)'가 출연한다고. 난 무슨 일이 있더라도 올 생각이었지만, 미리 얘기했다면 넌 절대로 나를 따라오려고 하지 않았을 거야. 안 그래? 보나 마나 지금처럼 발끈하면서 스노브처럼 굴었을 게 뻔해."

"난 스노브가 아냐." 제니퍼는 이렇게 대꾸하며 뿌루퉁한 표정을 짓지 않으려고 노력했다. '더 패즈'라니, 들어본 적도 없다.

"그러니까 삶을 좀 즐기자고. 위험 따윈 없으니까 걱정은 붙들어 매도 돼."

제니퍼는 체념한 듯이 순순히 친구와 함께 걷기 시작했지만, 여전히 팔이 맞닿을 정도로 곁에 딱 붙어 있었다. "내가 조커타운에 이렇게 가까운 곳까지 왔다는 걸 우리 엄마 아빠가 아시면 난리가 날걸."

---

*　　맨해튼 이스트빌리지에 위치한 유명한 로큰롤 클럽.

트리샤는 말했다. "그럼 알리지 않으면 되잖아. 설마 엄마 아빠한테 모든 걸 시시콜콜하게 보고하는 건 아니지?"

"설마." 사실이었다. 제니퍼는 절대로, 아무에게도 말하지 않은 엄청난 비밀 하나를 가지고 있었기 때문이다. 절친인 트리샤에게도 말하지 않은 비밀을. 내가 이런 식의 외출을 즐기지 않는 가장 큰 이유는 언젠가는 자신을 본 누군가에게 그 비밀이 들통 날 것을 확신하고 있기 때문이라고 털어놓을 수는 없는 일이지 않은가. 외출한다면 누군가는 그녀에게 주목하고, **눈치챌** 것이 뻔하다.

특히 조커타운의 주민이라면 말이다. 모든 조커는 와일드카드 바이러스가 남기는 육체적인 흉터라고 할 수 있는 기형적인 육체를 가지고 있지만, 일부는 그것 말고도 특수한 능력을 가지고 있는 것으로 알려져 있었다. 그런 조커들 중 누군가가 그녀의 마음을 읽고 **눈치챌** 가능성이 있었던 것이다. 실제로 그런 일이 일어난다면, 그들이 어떤 행동에 나설지는 미지수였다. 제니퍼는 솔직히 그런 부분까지 깊이 생각해본 적이 없었다. 그냥 아무 문제도 없는 것처럼 행동하는 편이 낫다.

친구인 트리샤가 없었다면 제니퍼는 아예 시내를 돌아다니려고 하지도 않았을 것이다. 트리샤를 따라가면 대체로 재미난 시간을 보낼 수 있었으니까 딱히 이의는 없었지만 말이다.

어느 정도는 트리샤의 상식을 믿었기에, 제니퍼는 밤 외출에 걸맞은 옷을 입으라는 친구의 제안을 받아들여 검은 미니드레스에 하이힐 샌들을 신고 있었다. 페더컷을 한 금발은 헤어스프레이로 다듬었다. 트리샤는 표범 무늬 핫팬츠에 금빛 벨트로 조인 오버사이즈 셔츠 차림이었고, 제니퍼보다 한층 더 굽이 높은 하이힐을 신고 있었다.

"저기야, 저기!" 트리샤는 제니퍼의 팔을 끌며 재촉했다.

트리샤의 흥분된 태도를 보고 스튜디오 54 같은 고급 클럽을 상상하고 있었던 것인지도 모르겠다. 그러나 친구가 가리키지 않았더라면 제니퍼는 그곳이 클럽인지 모르고 그냥 지나쳤을 것이다. 정말로 별 볼일 없었다. 식당 설비 업체의 창고 옆에 자리 잡은, 흰 차양이 달리고 앞면 벽이 낙서로 뒤덮인 조그만 가게였다. 마키[*]조차도 눈에 띄지 않았다. 그러나 그 앞은 입장을 기다리며 서 있는 사람들로 붐비고 있었다. 보도의 벽돌 벽에 기대앉아 있는 조커 부랑자 둘을 포함해서 말이다.

트리샤는 앞장서서 인파를 헤치며 클럽 현관까지 갔다. 클럽 고객층은 내트와 조커 양쪽으로 이루어져 있었다. 나 같은 에이스도 한두 명와 있을지도 모른다. 그렇지 않은가? 하지만 제니퍼는 누구에게도 그 사실을 알릴 생각이 없었다.

현관문 앞에 선 사내가 입장료를 받고 있었다. 제니퍼가 입장료 5달러를 꺼내기 위해 핸드백을 뒤지고 있을 때 트리샤가 그녀 팔을 잡아끌며 말했다. "혹시 5달러 더 있어? 내 건 어디 갔는지 모르겠네." 조르는 듯한 표정이었다.

제니퍼는 한숨을 쉬고 친구에게 5달러 지폐를 건넸다. 이걸로 집으로 돌아갈 택시비가 날아갔다. 그러나 어떻게든 될 것이다. 지금까지도 줄곧 그래왔으므로.

클럽 안에 들어가니 강렬한 조명이 망막을 강타했다. 벽은 검었고, 스티커와 분무식 페인트로 그린 낙서로 가득 차 있었다. 한쪽 벽가는 술병이 즐비하게 늘어선 카운터식 바였고, 안쪽으로 통하는 문이 하나, 그

---

[*]   극장이나 클럽의 상연물 제목과 출연자 이름 따위를 붙인, 불이 들어오는 흰 플라스틱 간판.

리고 한쪽 구석에 설치된 무대가 있었다. 이것으로 전부였다. 무대에서는 이름 모를 밴드가 연주 중이었는데, 무대 위쪽 벽에 붙은, 손으로 쓴 포스터에는 '소닉 유스(SONIC YOUTH)'*라고 쓰여 있었다. 멤버들은 정말로 어려 보였고, 기타리스트 중 한 명은 금발 여성이었다. 그들 모두 가면을 쓰고 있었기 때문에, 펑크로커일 수도 있었고, 조커일 수도 있었으며, 혹은 그 양쪽이었을 수도 있었다. 가까이 가서 보지 않는 이상은 제니퍼도 확인할 방도가 없었다.

그들의 요란한 음악은 춤추기에는 걸맞지 않았고, 춤을 추고 있는 사람도 없었다. 그러나 움직이고는 있었다. 무대 가까이에 몰려 있는 한 무리는 껑충껑충 뛰고 서로 부딪치면서 무대를 향해 손을 뻗치고 있었다. 여성 기타리스트는 가사를 고래고래 외치고 있기는 했지만 포효하는 기타와 귀청을 찢는 드럼 소리에 묻혀 뭐라고 하는지 거의 들리지 않았다. 여성 기타리스트의 머리카락에서 사방으로 땀방울이 튀었다. 강렬한 조명 때문에 클럽 내부는 오븐처럼 뜨거웠다.

트리샤가 새된 함성을 올리며 제자리에서 방방 뛰었다. "이거 정말—" 그다음에 뭐라 했는지는 들리지 않았다.

"어이!" '더 라몬스(THE RAMONES)'**라는 빛바랜 글자가 찍힌 검은 티셔츠를 입은, 키가 크고 비쩍 마른 검은 머리 사내가 그들 앞으로 오더니 말했다. "마실 것 갖다줄까?"

트리샤는 또다시 새된 함성을 올리며 사내를 껴안았다. 제니퍼는 넌더리가 난다는 듯이 천장을 올려다보았다.

---

*　　1981년 뉴욕 시에서 결성된 유명 록밴드.

**　　1974년에 뉴욕 시 퀸스에서 결성된 유명 록밴드.

앞쪽에 모호크 헤어컷을 한 사내 두 명이 있는 것을 본 제니퍼는 청중 대부분이 삐죽삐죽한 헤어스타일에 전투복 상의를 걸치고 전투화와 스프레이 낙서가 된 티셔츠로 무장한 살벌한 펑크족 따위일 거라고 지레짐작했고, 금방이라도 자전거 체인을 꺼내 든 사내들 사이에서 싸움이 벌어지는 광경을 상상했다. 그러나 잘 보니 달랐다. 청중들 사이에 실제로 펑크족들이 끼어 있긴 했지만, 대다수는 펑크족과 일반인 사이의 어딘가에 위치해 있는 듯한 느낌이었다. 검은 티셔츠에 여기저기가 찢어진 데님 바지를 입고, 장소에 걸맞게 뚱하고 우울한 표정을 떠올리고 있긴 하지만, 펑크족 특유의 괴상한 헤어스타일이라든지 쩔그럭거리는 요란한 금속 장신구 따위는 눈에 띄지 않았다. 여자들도 대부분 남자들과 별 차이가 안 나는 복장을 하고 있었지만, 제니퍼와 트리샤처럼 치장한 여자들도 눈에 띄었다. 형형색색으로 물들이고 스프레이로 모양을 낸 탓에 후광처럼 부풀어 오른 헤어스타일에, 핑크색 립글로스와 번쩍거리는 아이섀도 따위로 말이다. 한눈에 유명인처럼 보이는 커플이 무대 근처의 구석진 곳에 서 있었다. 두 사람 모두 잡지 모델에서나 볼 수 있는 완벽하게 다듬어지고 스타일링된 헤어스타일을 하고 있었다. 남자는 매우 비싸 보이는 흰 수트 차림이었다. 여자는 몸에 딱 달라붙는 검정색 칵테일 드레스를 은제 장신구로 치장하고, 물부리에 끼운 담배를 피우고 있었다. 너무 대놓고 꾸민 티가 나긴 했지만, 시선을 잡아끈다는 점에는 변함이 없었다. 그 밖에도 흔히 볼 수 있는 파티 중독자들의 무리도 있었다―이들 대부분은 멀쩡한 젊은 대학생들이지만, 지금은 약에 취해 조금 퀭한 눈을 하고 있었고, 또 다른 고양감이 빨리 와주기를 기대하고 있는 것처럼 보였다. 제니퍼는 그녀가 혹시 튀어 보이지는 않을지, 그녀가 이런 곳에는 어울리지 않는다는 사실을 알아차린 사람들에게 해코지를 당하지는 않을지 내심 걱정하고 있었다. 그러나 이렇게 직접 와보니 튀어 보이지도 않았고, 해코지하는 사람도 없었다.

청중의 3할 정도는 조커였지만, 제니퍼는 처음에는 그 사실을 눈치 채지도 못했다. 그들 역시 튀어 보이지 않았기 때문이다. 그들 일부는 가면을 쓰고 있었는데, 조커가 아닌 내트가 그냥 가면을 쓰고 있는 것일 수도 있었다. 제니퍼는 분간할 수 없었다. 여기서 그런 구분은 중요하지 않은 듯하지만 말이다.

제니퍼는 바 끄트머리에 있는 또 다른 커플을 보았다. 두 명 모두 청 바지에 티셔츠라는 꾸미지 않은 복장을 하고 있어서 전혀 튀어 보이지 않았지만, 청중들 대다수보다 열 살은 더 나이를 먹은 것처럼 보인다는 점이 달랐다.

다음 순간 제니퍼는 놀라 숨을 들이켰다. 트리샤의 어깨를 움켜잡 고 마구 흔든다. "야, 저기 믹 재거하고 제리 홀* 아냐?"

진토닉인 듯한 술잔을 기울이던 트리샤는 일부를 턱에 흘렸지만, 개의치 않고 제니퍼가 가리킨 쪽을 보았다. 그녀의 눈이 커졌다. "하느 님 맙소사. 지금 믹하고 말하고 있는 저 남자, **데이비드 번****이잖아!"

데이비드 번이 누구일까?

♣

더 패즈가 등장하기 전에 또 다른 밴드의 연주가 시작되었다. 그 무

---

*   미국의 모델, 배우. 1977년부터 20여 년간 믹 재거의 연인이었다.

**   스코틀랜드 출신의 미국 뮤지션. 뉴웨이브 그룹 토킹헤즈의 리더였다.

렴 트리샤는 만취한 상태였고, 휘청거리며 자꾸 다른 사람들에게 부딪치는 통에 제니퍼의 부축을 받고 서 있어야만 했다. 그러나 트리샤에게 신경질을 내거나 하는 사람은 없었고, 제니퍼도 당혹한 내색을 하지 않으려고 노력했다. 그녀는 트리샤의 베이비시터 노릇을 하려고 여기 온 것은 아니었지만 말이다.

아니, 돌이켜 생각해보니 그러려고 온 것인지도 몰랐다. 트리샤가 놀러 가자고 한 유일한 이유는 책임감이 강한 제니퍼라면 아무리 맛이 가더라도 자신을 집으로 안전하게 데려다줄 수 있다고 확신했기 때문이 아닐까. 제니퍼는 한 시간 전부터 같은 럼코크 잔을 홀짝이고 있었기 때문에 취해 있지도 않았다. 트리샤는 마약성 알약을 계속 삼키고 있었던 것이 틀림없다. 이곳의 모든 사람들 역시 계속 알약을 삼키고 있는 것처럼 보인다.

클럽 안은 온실 안처럼 무더웠고, 땀과 담배 연기와 술 냄새로 가득 차 있었다.

영원처럼 느껴지는 시간이 흐른 후, 마침내 원래 있던 밴드가 떠나고 다른 밴드가 무대로 올라왔다. 트리샤는 드디어 더 패즈가 등장했다는 사실을 알고 꺅꺅거리며 다른 청중들을 밀치고 무대 앞으로 달려갔고, 그들이 그녀를 밀치자 웃음을 터뜨렸다. 제니퍼는 고함을 치며 친구를 불렀지만, 워낙 시끄러워서 자기 목소리도 들리지 않을 지경이었다.

더 패즈는 세 명으로 이루어진 밴드였다. 그중 두 명은 조커였는데—이들은 사람 눈을 확 끄는 부류의 조커였다. 리드싱어는 흰 실처럼 가느다란 머리카락을 목 높이까지 기르고 있었는데, 그 머리카락의 한 올 한 올 끄트머리가 마치 키치한 가구점에서 흔히 볼 수 있는 광섬유 램프처럼 빛을 발하고 있었다. 기타리스트의 양손에는 손가락이 너무 많이 달려 있는 것처럼 보였다. 이것들을 기타줄 위에서 번개처럼 움직이며 기괴한 음정 패턴을 자아내는 통에 정확히 몇 개인지 세어보는 것은 불가능했다. 웃통을 벗은 드러머는 정상인처럼 보였는데, 탈색한 머리를 뾰족한 헤어스타일로 다듬고, 왼쪽 귀에 뚫은 구멍에는 안전핀을 끼워 넣은 펑크스타일의 사내였다.

더 패즈가 연주하는 이른바 음악은 광적인 드럼의 난타와 있는지 없는지도 모를 음정의 혼합이었다. 리드싱어는 고래고래 고함을 질렀는데, 제니퍼가 알아들을 수 있었던 가사는 일부에 불과했다. 부모를 증오한다, 홧김에 불을 질렀다, 빌어먹을 핵폭탄은 언제 떨어지나.

마침내 밴드의 연주가 끝났다. 여기저기서 비명에 가까운 환호성이 울려 퍼졌다.

"오줌 누러 갈래." 트리샤는 이렇게 선언하고 제니퍼의 손을 움켜쥔 채로 클럽 안쪽으로 향했다. 제니퍼는 자꾸 발을 헛디뎌 넘어지려는 친구를 곁에서 부축했다.

"여기 화장실이 있기는 해?" 제니퍼는 미심쩍은 어조로 물었다. 이 클럽 내부의 상태로 미루어 볼 때, 설령 있다고 해도 별로 가고 싶지는 않다는 것이 본심이었다. 이 말을 들은 트리샤는 한심하다는 듯이 눈을 굴리며, '넌 어떻게 그렇게 쿨하지 못한 말만 골라서 하니?' 하는 식의 표정을 떠올렸을 뿐이었다.

검게 칠한 벽들로 에워싸인 클럽은 동굴이나 마찬가지였고, 사방이 낙서로 뒤덮인 탓에 제니퍼의 오감은 과부하 상태에 빠질 지경이었다. 옆쪽 벽에 나 있는 계단은 화장실로 내려가는 계단이 맞았다. 제니퍼는 그곳에 미처 도달하기도 전에 냄새만으로도 그 사실을 확인할 수 있었다. 지하로 내려가니 퀴퀴한 땀 냄새로 가득한 클럽의 공기에 하수구의 냄새까지 섞이기 시작했다. 제니퍼는 코를 찡그렸다.

트리샤는 여자 화장실의 문을 홱 열고 들어갔을 때도 넘어지지 않으려고 제니퍼의 부축을 받고 있었다. 화장실 안으로 들어오니 아예 대놓고 하수구 냄새가 훅 끼쳤다. 바닥도 끈적거렸다. 제니퍼는 칸막이를 열고 변기에서 보나 마나 넘쳐흐르고 있을 것이 뻔한 것을 직시할 용기가 도저히 나지 않았다.

그러나 건강에 심각한 악영향을 끼칠 정도로 더러운 화장실의 위생 상태에도 불구하고, 여자들은 낙서로 에워싸인 벽거울 앞에 빽빽이 모여들어 머리에 스프레이를 뿌리거나 아이라이너로 덧칠을 하느라고 여념이 없었다.

트리샤는 화장실에 자기가 왜 왔는지를 잊은 듯했다. 그녀는 스티커와 포스터로 뒤덮인 화장실 벽을 쓰러지듯이 짚었고, 황홀한 표정으로 활짝 웃었다. "정말 멋졌어. 정말 **미치게** 멋졌어!"

그들 곁에 서 있던, 망사스타킹에 타탄 무늬 스커트와 가죽 뷔스티에* 차림의 여자는 손거울을 수평으로 들고 있었다. 거울 위에는 흰 가루 몇 라인**이 가지런히 배열되어 있었다. 비슷한 옷차림을 한 그녀의 친구로 보이는 여자가 거울 위에서 고개를 수그리더니 코카인을 코로 빨아들였다.

첫 번째 여자가 제니퍼의 시선을 알아차리고 말했다. "너도 좀 줄까? 얼마든지 있어."

제니퍼는 재빨리 고개를 가로저었고, 자신이 얼마나 쿨하지 못한

---

*   어깨끈이 없는 여성용 상의.
**   코카인 한 줄. 1회 흡입량에 해당한다.

존재인지에 관해 생각했다.

"물론이지. 고마워!" 트리샤는 이렇게 말하고 여자가 들고 있는 손거울 위로 고개를 수그렸다.

"트리샤—" 제니퍼는 입을 열었지만 코카인의 두 번째 라인은 이미 트리샤의 콧속으로 빨려 들어간 뒤였다. 맙소사. 오늘 밤 이보다 더 안 좋은 일이 벌어질 수 있을까?

트리샤는 허리를 폈고, 붉게 상기된 얼굴로 코를 문지르며 킥킥거렸다. "오, 하느님. 방금 아주 멋진 아이디어가 떠올랐어."

"아니, 또 그러면 안 돼." 제니퍼는 중얼거렸다. 코를 찌르는 악취는 점점 심해졌기 때문에 이제는 입으로만 숨을 쉬고 있었다. 어느 칸막이 안에서 물이 내려가는 소리가 들리더니 어떤 여자가 외치는 소리가 들렸다. "맙소사, 설마 너 그걸 그냥 내려보낸 거 아니지? 하느님!"

트리샤는 다시 제니퍼의 손을 움켜잡고 화장실 문을 향해 갔다. "나도 따라갈 거야."

"누구를 따라간다는 거야?"

"더 패즈! 토니를! 나도 가서 얘길 나누고 싶어!"

"토니?"

"리드싱어 이름이야! 정말 쿨하지 않아?"

"트리시, 지금 얼마나 늦은 시간인지 알아? 이제 집에 가야지!"

"잠깐만 기다려주면 돼. 1분이면 충분하다니깐."

어느새 트리샤는 친구를 끌고 다시 계단을 올라 복도로 나갔고, 아무도 지키는 사람이 없는 출입문을 향해 갔다. 복도의 벽은 오래된 포스터와 이곳에 출연한 밴드들의 광고 팸플릿 따위로 뒤덮여 있었고, 개중에는 몇 년이나 지난 것들도 있었다. 와우. 제니퍼는 생각했다. '폴리스'

도 여기서 연주했다고? '블론디'도? 정말? 하지만 일단 목표를 정한 트리샤는 그런 것에 신경 쓰지 않고 직진했다. 친구가 어느새 먼저 가버린 것을 깨달은 제니퍼도 서둘러 그 뒤를 쫓았다.

통로 끝에 모여 있던 사람들 사이에서 문제의 밴드의 모습이 언뜻 보이는가 하더니 금세 다시 인파에 묻혀 사라져버렸다. 통로는 안쪽의 방들과 분장실, 창고 따위로 이어지고 있었다. 제니퍼는 리드싱어를 보았다―그는 10여 명의 여자들에게 에워싸인 채로 팸플릿과 티켓 뒤쪽에 사인을 해주는 중이었다. 빛을 발하는 그의 머리카락이 후광처럼 반짝이며 그의 얼굴을 비춰주고 있었다. 다른 밴드 멤버 두 명은 구석에서 토니에게 미처 접근하지 못한 다른 팬들을 상대하고 있었다. 이 클럽에는 안전 요원이라든지 뭐 그런 것은 아예 없는 것일까?

"어이, 아가씨."

뒤를 돌아보자 씩 웃는 얼굴이 눈에 들어왔다. 이 클럽의 주요 고객인 이십대들보다는 좀 나이를 먹은, 삼십대쯤으로 보이는 사내였다. 깔끔하게 면도한, 볕에 그은 강인한 느낌을 주는 얼굴에 크루컷을 한 흑발. 팽팽한 흰색 티셔츠와 청바지는 빛이 바랬지만 왠지 비싸 보인다.

사내가 말을 건 사람이 자기라는 확신이 없었던 탓에 제니퍼는 의아한 표정으로 눈을 깜박였다.

"여긴 방금 온 건가?" 사내가 말했다.

"누구? 나?" 그녀는 이렇게 대꾸하자마자 멍청이가 된 듯한 기분을 맛보았다. "아니, 친구하고 왔어." 그녀는 어깨 너머를 가리키며 말했다. 트리샤는 셔츠 윗부분을 아래로 내려 가슴을 반쯤 드러낸 채로 서 있었고, 리드싱어는 바로 그곳에 마커 펜으로 사인을 해주고 있었다.

사내의 미소가 커졌다. "하나 줄까?" 그는 손에 쥐고 있던 동그란 금속 케이스를 보여주었다. 그 안에는 조그만 흰색 알약이 잔뜩 들어 있었다.

또냐. 제니퍼는 필요 없다는 시늉을 하며 최대한 우호적으로 웃어 보였다. "아니, 아니, 됐어. 괜찮아."

"난 이런 파티가 정말 좋아. 여기 출연하는 밴드들은 제일 좋은 약을 갖고 있거든."

"오." 제니퍼는 말했다.

"실은 그게 바로 나의 끔찍한 비밀이야. 난 여기 음악은 정말 별로거든. 하지만 다른 사람한테 이 얘길 하진 말아줘." 사내는 그녀를 향해 조금 몸을 숙이며 윙크했다.

혹시 이 작자는 무슨 수작을 걸고 있는 걸까? 나를 꼬시려고? 제니퍼는 도대체 어떻게 반응해야 할지조차 알 수 없었다. 질겁하면서도 왠지 기쁘다고나 할까. 제니퍼는 얼굴이 붉게 달아오르는 것을 느꼈다. 이러다가 혹시 머리에서 증기라도 뿜지 않을까 걱정이 될 지경이었다.

"오, 물론 그러진 않을 테니 걱정 안 해도 돼. 그건 그렇고, 이젠 친구한테 가봐야―" 그러나 복도 끝을 보니 밴드는 이미 어딘가로 사라져 있었다. 트리샤도 보이지 않았다. "트리샤?" 제니퍼는 큰 소리로 말했고, 뒷문으로 달려가서 클럽 뒤쪽의 골목으로 뛰쳐나갔다. 녹이 슬고 낡아빠진 캐딜락 한 대가 서 있었고, 밴드 멤버들은 거기 들어가려는 참이었다. 남들의 주의를 끌지 않고 재빨리 클럽을 떠날 작정인 듯했다.

반짝이는 머리카락을 가진 리드싱어는 트리샤의 허리에 양팔을 두르고, 그녀가 몸부림치며 밀쳐내려는 것에도 개의치 않고 그녀를 번쩍 들어 올렸다. 트리샤가 뭐라고 소리치는 것이 들렸다. 비명을 지른 것인지도 모르지만, 등 뒤의 클럽에서 여전히 들려오는 청중들의 함성과 귀를 찢는 소음 탓에 제대로 들리지 않았다.

"트리샤!" 제니퍼는 양손을 입에 갖다 대고 외쳤다.

몸부림쳤지만 트리샤는 이미 차 안으로 억지로 끌려 들어간 상태였다.

제니퍼는 또다시 "트리샤!"라고 외치고는 뒷문 계단을 뛰어 내려가다가 하이힐 탓에 거의 넘어질 뻔했다. 저 우중충한 캐딜락을 반드시 따라잡아야 한다. 그러나 뒷문 근처에 모인 사람들이 그녀의 앞길을 가로막았다. 제니퍼는 키가 컸기 때문에 대다수의 사람들 머리 위로 캐딜락을 볼 수 있었지만, 사람들을 헤치고 앞으로 나아가는 것은 그것과는 전혀 다른 문제였다.

우람한 체구의 사내―아래턱에서 날카로운 어금니가 튀어나왔고, 머리카락이 자라 있어야 할 자리에 검게 번들거리는 비늘이 돋아 있는 조커―가 그녀와 부딪치는가 싶더니 의도적으로 그녀 앞을 가로막았다. 제니퍼는 사내 주위를 돌아서 가려고 했지만 그는 옆으로 움직이며 또다시 그녀를 가로막았다.

"어이, 베이비, 뭐가 그렇게 급해?"

"내 친구가," 제니퍼는 필사적으로 설명했다. "내 친구가 잡혀갔어요. 혹시 걔를 봤나요? 안 가려고 했는데, 그냥 납치한 거라고요!"

조커는 미소 지었다. 튀어나온 어금니 탓에 얼굴이 불도그처럼 보였다. "그 깔치는 좋아서 죽으려고 하던데, 뭐."

제니퍼는 아연실색한 표정으로 상대를 응시했다. "걔를 봤어요?" 친구를 태우고 떠나가는 캐딜락을 가리킨다. "저항하고 있었다고요! 술을 너무 많이 먹어서 거의 기절하기 직전인데―"

조커는 웃음을 터뜨렸다. "너를 안 데려가서 질투하는 거야? 그럼 나하고 좀 즐기면 어때."

"친구가 잡혀갔다고요!"

조커는 손을 뻗어 제니퍼를 움켜잡으려고 했지만 그녀는 그의 손을 세게 때리며 그의 손아귀에서 빠져나왔다. 조커는 개의치 않고 웃음을 터뜨렸을 뿐이었다. 캐딜락이 길모퉁이를 돌았다.

트리샤는 납치당했다. 그녀의 눈앞에서. 여기 있는 **모든 사람의** 눈앞에서.

화장실 옆에 공중전화가 있다는 사실이 떠올랐다. 제니퍼는 클럽 안으로 뛰어 들어가서 지하로 통하는 계단을 내려갔다. 수화기를 잡은 뒤에야 고장이라는 사실을 깨달았다면 최악이었겠지만, 다행히도 전화는 멀쩡했다. 그러나 수신기에 묻어 있던 뭔가 끈적거리는 것에 손이 닿은 것은 어쩔 수 없었다. 제니퍼는 얼굴을 찡그리고 벽에 손을 문질러 최대한 닦아냈다. 몸을 수그려 최소한의 개인 공간을 확보한 다음, 외부 소음을 차단하기 위해 귀를 막고 교환수를 불러낸다.

"교환입니다."

"여보세요! 경찰을 대주세요!" 전화 회선이 딸깍하는가 싶더니 잡음이 들려왔다. 전화가 끊겼다고 확신한 제니퍼는 입술을 깨물었지만, 이윽고 남자 목소리가 대답했다.

"경찰 긴급 출동 팀입니다."

"여보세요? 들리시죠? 제 친구 때문에 걸었어요. 제 친구가 납치됐어요!"

"뭐라고요?"

제니퍼 쪽에서는 거의 들리지 않을 정도로 작은 목소리였다. 그녀는 외쳤다. "제 친구요! 납치당했어요!"

"무슨 일이 일어났는지 설명해주시겠습니까?"

"클럽에 있었는데, 어떤 남자들이, 밴드 멤버들이 자기들 차로 내 친구를 끌어들였어요. 그 애는 저항하고 있었지만, 잔뜩 취한 상태라서 남자들은 그걸 이용해서—"

"잠깐만 기다려주십쇼." 그녀의 전화를 받고 있는 담당자의 목소리가 어딘가 재미있어하는 듯한 어조로 바뀐 것을 알 수 있었다. "그래서 당신들은 파티를 하던 중이었는데, 당신 친구가 당신을 내버려두고 밴드하고 놀러 갔다—"

"아니라니까요. 억지로 끌고 갔다고요! 거의 의식이 없다시피 한 상태인 애를 그냥 데리고 갔어요!"

"전화 거신 분이 지금 있는 곳이?"

제니퍼는 주저했다. 상황은 좋지 않았고, 바야흐로 더 안 좋아지려고 하고 있었다. "여긴 바워리에 있는 클럽인데—"

담당자가 전화를 끊었다.

제니퍼는 낮게 으르렁거리며 수화기를 후크에 쾅 걸어놓았다. 왜 트리샤는 내가 올 때까지 기다려주지 않았던 것일까? 왜 제대로 저항조차 하지 못했을까? 앞으로 트리샤를 영영 못 보게 된다면 어떻게 하나? 만약 트리샤가 강간당하고 살해당한 후 배수로에 버려지기라도 한다면, 모두 내 탓이 되어버리지 않는가.

제니퍼는 다시 전화를 걸었다. 교환을 통하지 않고 신고 접수처에 직접 건다면 그나마 나을지도 모른다. 문제는 그녀의 조그만 핸드백 안에는 더는 동전이 없다는 점이었다. 술값을 내기 위한 지폐 몇 장이 고작이었다. 제니퍼는 한숨을 쉬었고, 주위를 둘러보며 아무도 그녀를 보고 있지 않다는 것을 확인했다.

그런 다음 금속제 공중전화 본체 앞부분에 재빨리 손을 갖다 대고 슬쩍 안으로 밀어 넣었다. 그녀의 손은 투명해지며 유체화(幽體化)했고, 금속판을 마치 공기라도 되는 것처럼 그대로 투과해서 안으로 들어갔다. 그녀는 잠시 전화기 속을 더듬다가 거스름돈이 들어 있는 통을 찾아냈고, 재빨리 동전 몇 개를 움켜쥔 후 다시 손을 뺐다. 동전들도 그녀의 손처럼 투명해진 상태로 밖으로 딸려 나왔다. 자, 이제 전화를 걸 동전이 생겼다.

그녀의 에이스 능력은 그녀가 언제든 공짜로 공중전화를 쓸 수 있게 해준다.

그 현상이 처음 일어났던 것은 5년 전, 제니퍼가 열네 살이었을 때의 일이었다. 그녀는 오렌지주스를 따른 유리잔을 집어 올리려다가―떨어뜨렸다. 유리잔이 손에서 미끄러졌다고 하면 그만이었겠지만, 그때 그녀의 시선은 유리잔을 향해 있었고, 그 결과 유리잔이 자기 손을 그대로 **통과**하는 광경을 목격했던 것이다. 제니퍼는 한참을 그 자리에 서 있었다. 발치에 널린 깨진 유리와 엎질러진 오렌지주스에는 눈길도 주지 않은 채로. 그녀가 보고 있던 것은 반투명해진 그녀 손의 윤곽과 더는 실체가 없는 그 손을 통해 보이는 주방 바닥이었다. 그러자 주방으로 들어온 어머니가 딸이 유리잔을 깼다고 생각하고 다치지 않았느냐고 물었던 것을 기억한다. 그때 재빨리 손을 등 뒤로 돌렸던 것을 기억한다. 나중에 다시 보니 손은 실체를 되찾고 있었다. 정상적인 손이었다.

향후 몇 달 동안 제니퍼는 두려움에 시달리면서도 실험을 계속했다. 처음 머리에 떠오른 것은 그녀의 육체가 그 손처럼 희미해지다가 결국은 완전히 사라질지도 모른다는 생각이었다. 혹시 자다가 완전히 사라질지도 모른다는 우려에 그녀는 불면증에 걸렸다. 그러나 시간이 흐른 뒤에는 그 힘을 의식적으로 통제할 수 있다는 사실을 알게 되었다. 제니퍼는 그 힘을 써서 실체를 가진 물체들 안으로 손을 집어넣을 수 있었고, 서랍이나 학교 로커나 아버지의 금고 따위에 손을 넣어보는 식으로 연습을 했다. 엄청난 에이스카드를 뽑았다고 할 수 있었다. 다른 사람에게 그 사실을 털어놓을 생각은 추호도 없었지만 말이다.

제니퍼는 동전 투입구에 10센트 백동화 두 개를 집어넣고 다이얼을 돌려 안내를 불러냈고, 가장 가까운 관할 경찰서의 신고 접수처 번호를 알려달라고 했다. 그런 다음 내근 중인 듯한 담당 경찰관을 불러내서 같은 얘기를 되풀이했다. 경찰관이 그녀의 말을 진지하게 받아들이도록 침착하면서도 필사적인 목소리를 내려고 노력하면서 말이다.

그러나 그 사내도 그녀가 얘기하는 도중에 전화를 끊었다.

제니퍼는 눈가의 눈물을 훔치며 쿵쿵거리며 층계를 올라갔다.

또 다른 밴드가 연주하는 소리가 들렸다. 클럽 1층으로 돌아온 그녀는 사람들로 붐비는 통로를 무작정 헤치고 나아갔다. 그녀는 무대에서 들려오는 거칠고 날카로운 음악의 벽을 뚫고 성큼성큼 걸어갔다. 누가 말을 걸어도 멈추지 않았고, 누가 더듬으려고 하면 뿌리쳤다. 그녀의 상상에 불과할지도 모르고, 세계 전체가 갑자기 어둡고 불길해진 탓일지도 모르지만, 클럽의 청중들은 왠지 처음보다 더 거칠고 소란스러워진 인상을 주었다. 무대 앞으로 몰려드는 모습도 어딘가 더 폭력적이었다. 제니퍼는 청중 가장자리를 우회하며 클럽 현관의 열린 문 쪽으로 가는 일에 전념했다. 주위에서 바글거리는 사람들과 과다 분비된 위산 탓에 쿵쿵 쑤시는 속은 무시했다.

아무짝에도 쓸모없는 이런 에이스 능력이 내게 무슨 소용이 있단 말인가? 현실에서는 아무도 돕지 못하면서? 왜 내겐 트리시가 어디로 갔는지를 단박에 알 수 있는 정신감응 능력 따위가 없는 걸까? 왜 사라진 캐딜락을 추적할 수 있는 비행 능력이 없는 걸까?

제니퍼는 현관문을 지나 (클럽 안에 비하면) 공기가 맑은 건물 밖으로 나왔다. 클럽 주위에는 여전히 많은 사람이 지나가거나 얼쩡거리고 있었다. 무슨 일을 해야 할지 몰랐기 때문에 제니퍼는 현관 옆의 벽돌벽에 몸을 기대고 잠시 쉬면서 얼굴과 머리카락의 땀을 닦아냈다. 경찰서로 직접 가서 신고하면 어떨까. 아니면 밴드와 안면이 있는 사람을 찾아내든가. 명색이 밴드인데, 매니저든 누구든 간에 그들이 어디로 갔는지 알고 있는 사람이 한 명은 있어야 정상 아닌가.

"어이, 아가씨, 무슨 문제라도 생겼어?"

흰 티셔츠 차림에 알약을 갖고 있던 그 사내였다. 줄곧 클럽 밖에 있었든지, 아니면 방금 현관에서 나온 듯했다. 그녀 뒤를 몰래 밟았을 수도 있지만 말이다.

사내는 그녀와는 좀 떨어진 곳에서 구부정하게 벽에 기대고 있었기 때문에 갑자기 그녀를 덮치거나 할 염려는 없어 보였다. 그래서 제니퍼의 의구심도 조금은 줄어들었다. "그래서 뭐?" 제니퍼는 사내를 쏘아보다가 고개를 홱 돌렸다. 추파를 보낸다는 오해를 받고 싶지는 않았기 때문이다. 깊게 숨을 들이쉬자, 자기도 모르게 뺨 위로 눈물방울이 굴러내렸다. "내 친구. 트리샤라고 하는데, 사라져버렸어. 그런데 아무도 신경을 쓰지 않고, 아무도 도와주려고 하지 않아."

"널 내버려두고 혼자 토꼈다, 이건가?" 사내는 쓴웃음을 지으며 말했다.

"아니, 그게 아냐. 납치당했다고! 그 밴드 놈들이 트리샤를 데려갔는데, 술에 취해 제대로 저항도 못 하는 애를 억지로 차로 끌어들였어.

그러는 걸 내 눈으로 똑똑히 봤다고!"

"밴드 친구들하고 그냥 파티를 즐기러 간 게 아니라는 확신이 있어?"

"나를 떼어놓고? 그럴 리가 없어." 제니퍼는 터무니없다는 듯이 고개를 저어 보였다. 그러나 솔직히 말해서 트리샤는 그때 **정말로** 취해 있었기 때문에, 무슨 짓을 했더라도 이상할 것이 없었지만 말이다. 제니퍼는 코를 훌쩍이며 눈물이 또 솟구치려는 것을 참았다.

"어이." 사내가 말했다. "난 그 친구들이 어디서 쫑파티를 하는지 알아. 원한다면 거기로 데려다줄 수도 있어."

"정말?" 제니퍼는 경계하는 듯한 어조로 말했고, **그녀 자신**이 낡아빠진 차로 끌려 들어가는 광경을 머리에 떠올렸다.

"응. 여기서 두어 블록밖에 떨어져 있지 않은 곳이야. 난 거길 경영하는 친구와 아는 사이인데, 너도 그 친구 앞에서 살짝 귀염을 떨어주기만 하면 다 잘 풀릴 거야."

제니퍼는 얼굴을 붉히며 고개를 돌렸다.

"내가 그랬잖아. 여기 친구들은 최고의 파티에 최고의 약을 제공한다고. 그러니까 직접 가서 알아보자고. 어때?"

"트리샤가 거기 있는 게 확실해?"

"응. 그 밴드를 따라갔다면 틀림없이 거기 있을 거야." 사내는 인도로 걸어 나와, 잡고 기대라는 듯이 구부린 팔을 그녀에게 내밀었다. 묘하게 친절한 느낌을 주는, 고풍스러운 제스처였다. 제니퍼는 사내 뒤를 따라갔지만 그와 팔짱을 끼지는 않았다. 사내는 그런 그녀의 반응에 대해 화를 내기보다는 재미있어하는 것처럼 보였다.

한 블록쯤 걸어가자 CBGB 클럽의 소음도 스러졌고, CBGB의 주종인 펑크록 분위기와는 취향도 청중도 조금 다른 느낌을 주는 다른 클럽들이 나타났다. 제니퍼는 문간에 모여 있거나 거리를 걷는 조커들의 모습을 보았다. 그들도 제니퍼를 빤히 쳐다보았지만, 그녀는 애써 눈을 맞추지 않았고, 등을 구부리고 눈에 안 띄려고 노력했다.

함께 걷고 있는 사내는 이런 것들에는 전혀 개의치 않는 것처럼 보였다. 마치 맑게 갠 날 센트럴파크를 산책하는 사람처럼 편한 기색으로 성큼성큼 걷고 있다.

"이름이 뭐야?" 잠시 침묵이 흐른 후 사내가 말했다.

"제니퍼." 그녀는 대답했고, 그러자마자 다른 이름을 댔어야 했을지도 모른다는 생각이 떠올랐다. 아니다, 제니퍼야 워낙 흔한 이름이니까 상관없을 것이다. 이 이름만으로 그녀를 찾아낼 수도 없는 일이겠고. 그러자마자 그녀는 자신이 아예 누군지도 모르는 인물과 함께 바워리의 거리를 걷고 있다는 사실을 뼈저리게 자각했다.

"제니퍼, 이렇게 만나게 되어서 기뻐. 난 크로이드라고 해."

"안녕." 그녀는 불안한 미소를 떠올리며 말했다.

"아무래도 넌 이 지역을 돌아다니는 일에 익숙하지 않은 모양이군."

"그건 그래. 난 컬럼비아에 다니거든." 이렇게 말하고 그녀는 움찔했다. 난 왜 이런 얘기를 한 걸까?

"그래? 근사하군. 학생이라는 거 말이야. 학교란 아주 좋은 곳이지. 자, 왔어. 이 계단 끝까지만 올라가면 돼."

사실이었다. 옥상의 파티오에서 진행 중인 파티의 소음이 여기까지 흘러 들어온다. 제니퍼는 희망을 느꼈다. 밴드는 여기 와 있을 것이다. 트리샤도 여기 와 있을 것이고, 제니퍼는 그녀를 보자마자 어떻게 그렇게 혼자 가버릴 수 있느냐고 소리칠 것이다. 그런 다음에는 마침내 집으로 돌아갈 수 있겠고, 그런다면 이 빌어먹을 귀의 울림도 멈출 것이다.

크로이드는 제니퍼가 먼저 계단을 오를 수 있도록 예의 바르게 옆으로 비켜섰다. 그녀는 잰걸음으로 계단을 올라갔고, 창고를 닮은 넓은 방으로 들어갔다. 임대료가 싼 로프트 형식의 공간에는 거의 장식이라고 할 만한 장식이 되어 있지 않았다. 바닥은 콘크리트가 그대로 노출되어 있었고, 바 카운터 앞에는 접이식 테이블들이 놓여 있었으며, 사방의 벽은 다시 페인트를 칠할 필요가 있어 보인다. 그러나 스테레오와 턴테이블 정도는 갖추고 있었고, 거대한 스피커들을 통해 클럽에서 들었던 것과 비슷비슷한, 거칠고 귀청을 찢을 듯한 음악이 쏟아져 나오고 있었다. 춤을 추는 사람은 아무도 없었다. 춤을 출 만한 공간이 없었기 때문이다. 손님들은 무리를 지어 대화를, 아니 고함을 지르고 있는 것처럼 보였지만 도대체 어떻게 상대의 말을 알아들을 수 있는지 상상도 되지 않았다. 한쪽 벽의 프랑스식 문들은 활짝 열려 있었고, 그 너머로 옥상 파티오가 보였다. 파티는 그곳에서도 이어지고 있었다.

이런 난장판의 와중에서 도대체 어떻게 트리샤를 찾아내란 말인가?

바텐더인 듯한 사내는 조커였다. 보통 키에 보통 체격이었지만, 온몸이 파랗고 두터운 털가죽으로 뒤덮여 있었다. 이목구비는 알아볼 수 없었다. 입과 눈이 있어야 할 부분에 그림자처럼 그냥 그늘이 져 있었기 때문이다. 그는 그녀를 흘끗 본 듯했다.

"뭐든 원하는 걸 마실 수 있어. 돈은 저 유리병에 적당히 넣어줄래?" 그는 카운터 끄트머리에 놓인, 현금으로 가득한 커다란 피클용 유리병을 가리켰다.

"친구를 찾으러 왔어요. 밴드 사람들과 함께 온 것 같아요. 더 패즈

말인데, 여기 와 있나요? 혹시 그 애를 봤어요?"

"더 패즈라고?" 그는 고함을 지르며 머리를 갖다 댔다. 입가의 털가 죽들이 물결치듯이 움직이는 것이 보였다.

"맞아요! 내 친구 말인데, 나보다 키가 작고 머리카락은 갈색이에 요. 혹시 못 봤나요?"

"못 봤어. 그 밴드는 여기 안 들렀거든."

그녀는 상대를 빤히 바라보았다. 이제 어떻게 해야 하지? "확실해 요? 저쪽에 있는 CBGB라는 클럽에서 방금 공연을 마쳤는데—"

"아가씨, 그 밴드는 나도 알아. 어디서 공연을 하는지도 알고. 하지 만 여긴 오지 않았어. 그 친구란 여자도 못 봤고. 자, 뭐든 주문하고 싶은 거 없어?"

제니퍼는 대답하지 않고 그냥 인파가 그녀를 밀치도록 내버려두는 식으로 자리를 떴다. 주위를 둘러보니 크로이드의 모습 또한 보이지 않 았다. 제니퍼는 그 사실에 불안해해야 할지, 아니면 안도해야 할지 알 수 없었다. 아니, 괜찮다. 이런다고 처음보다 상황이 더 나빠진 것은 아 니지 않는가. 그냥 그 밴드를 아는 사람을 찾아내서 그들이 어디로 갔는 지를 알아내면 그만이다. 완전히 가망이 없는 것도 아니지 않는가. 제니 퍼는 재차 다짐하고 몸을 돌려 인파를 헤치고 바 카운터로 되돌아가기 시작했다. 바텐더가 그 밴드를 알고 있다면, 아마 지금 어디 가 있는지 가르쳐줄지도 모른다.

그러던 중 어떤 여자가 달려와서 부딪치는 통에 하이힐을 신은 제 니퍼는 발을 헛디뎠지만, 다리를 벌리고 허리를 곧추세운 덕에 가까스 로 넘어지지 않을 수 있었다. 그러면서 제니퍼는 여자까지 부축해주었 고, 덕분에 한꺼번에 바닥에 쓰러지는 것을 피할 수 있었다.

여자는 이십대였고 아름답고 섬세한 이목구비를 하고 있었지만, 녹초가 되고 무엇에 홀린 듯한 표정을 하고 있었다. 입술을 잘근잘근 씹고 있었는지 립스틱도 다 벗겨져 있었다. 목이 깊게 파인 니트 드레스 차림이었다.

제니퍼는 여자와 눈을 맞추려고 했지만 그녀는 자꾸 어깨 너머로 뒤를 돌아보고 있었다. "괜찮아요?" 제니퍼가 물었다.

제니퍼가 입을 열자마자 여자는 제니퍼에게로 주의를 돌리더니, 뭔가 결심한 듯한 표정으로 입을 꽉 다물었다. "이걸 나 대신 들고 있을래요?" 그녀는 이렇게 말하고 플라스틱 꼬리표가 딸린 고리에 끼워진 열쇠 한 개를 제니퍼의 손에 쥐여주었다.

제니퍼는 본능적으로 열쇠를 잡아 쥐었다. 여자는 제니퍼를 팔로 밀치더니 그대로 사라졌다. "이봐요!" 제니퍼는 눈으로 그녀를 잠시 좇았다. 여자의 곧고 검은 흑발이 인파 사이에서 까닥이는가 싶더니 금세 사라졌고, 여자는 익명의 손님들 중 한 명이 되었다. 제니퍼는 그 뒤를 쫓으려고 했지만 워낙 사람들로 붐비는 통에 엄두조차 내지 못했다.

방 안에서 날카로운 총성이 울려 퍼졌을 때, 처음에는 바의 술병이 떨어져 깨진 것이라고 생각했다. 모든 사람이 비명을 지르며 몸을 홱 수그리기 시작하고 나서야 비로소 그것이 그녀가 생각했던 것처럼 무해한 소리가 아니라는 사실을 깨달았다. 그러나 패닉에 빠진 사람들이 제니퍼가 사태를 채 파악하기도 전에 이미 사방으로 뿔뿔이 흩어졌기 때문에, 혼자서 그 자리에 멍하게 서 있던 제니퍼가 일약 주목의 대상이 된 것은 어쩔 수 없는 일이었다.

계단을 통해 올라온 사내들이 흩어지는 것이 보였다. 같은 갱단 소속임이 명백해 보이는 네 명의 사내였고, 우람한 체격에 강인한 인상을 주었다. 그들 모두가 조커타운의 어느 잡화점에서도 구할 수 있는 핼러 윈풍의 싸구려 가면을 쓰고 있었고, 모두가 손에 권총을 쥐고 있었다. 그중 리더로 보이는 한 명이 아까 천장에 총을 쏘았고, 지금도 그 자세로 천장을 겨냥하고 있는 것이 보였다. 엄청나게 굵고 돌처럼 단단해 보이는 팔다리에, 강철 케이블을 연상시키는 근육과, 거의 없다시피 할 정도로 굵고 짧은 목을 가진 사내였는데, 터무니없이 덩치가 커서 조커일 수도 있겠다는 생각이 들었다. 그의 동료 세 명 중의 한 명은 틀림없는 조커였다. 손 대신에 갈퀴가 달리고 팔은 털가죽으로 뒤덮여 있었기 때문이다. 나머지 두 명은 정상인일 수도 있고, 조커일 수도 있었다―설령 얼굴이 기형이더라도 지금처럼 가면으로 가리면 그만이기 때문이다. 그러나 지금 그런 구분 따위는 별 의미가 없었다. 조커든 내트든 간에 그들은 우람했고, 살벌했고, 화가 잔뜩 나 있었기 때문이다.

제니퍼는 뉴욕 시의 이런 구획에서는 응당 이런 일이 일어나리라고 반쯤 예상하고 있었다. 이런 곳으로 그녀를 끌고 온 트리샤를 요절내고 싶은 마음이었다. 아직도 살아 있다면 말이다.

"거기 있는 거 다 알아!" 권총을 든 거구의 갱이 말했다. 그는 앞으로 성큼성큼 걸어 나와서 손님들의 얼굴을 훑었다. "물건을 내놓으면 아무도 다치지 않을 거야!"

패닉에 빠진 사람들 대다수는 옥상 파티오로 피신해 있었다. 제니퍼와 부딪쳤던 여자의 모습은 보이지 않았다. **물건을 내놓으면……**. 제니퍼는 무심코 손에 쥔 열쇠를 보았다. 이것은 실수였다.

거구의 갱 리더의 시선이 제니퍼를 포착했다. 그는 그녀가 손에 조그만 물체를 쥔 채로 서 있는 광경을 보았다. 보나 마나 멍청하고 혼란에 빠진 표정을 하고 있었을 것이다. 사내는 득의양양한 표정을 떠올리며 그녀를 향해 성큼성큼 다가왔다.

제니퍼의 가슴이 방망이질 쳤고, 식은땀으로 피부가 축축해졌다. 제니퍼는 한 걸음 뒤로 물러났고―그대로 아래로 떨어졌다.

계속 떨어졌다.

한순간 정신이 아득해지며 의식을 잃는 것이 아닌가 하는 생각이 뇌리를 스쳤다. 마음이 산산조각 나고, 눈앞이 어두워졌고, 몸은 헬륨처럼 무게가 사라지고 분산되며 어지러이 변화했다. 온몸의 구멍이란 구멍이 어지러이 변화했고, 뒤집히며 뒤죽박죽이 되었다. 숨을 쉴 수가 없었다.

그러자 세계가 다시 돌아왔다. 제니퍼가 숨을 헐떡이는 동안 벽들은 어지러이 그녀 주위를 지나갔다―그녀는 정말로 아래로 떨어지고 있었지만, 이것은 한순간에 불과했고, 다음 순간에는 바닥 위에 떨어졌다. 모든 것이 달라져 있었다―옥상의 바는 사라졌고, 그녀가 있는 방은 어두컴컴했으며, 아무도 없었다. 권총을 쥐고 그녀를 향해 성큼성큼 다가오던 사내도 사라졌다는 사실을 깨닫자 크나큰 안도감이 몰려왔다.

그러나 정말로 사라진 것은 아니었다. 도리와 통풍구 따위가 그대로 노출된 천장을 올려다보고, 제니퍼는 자신이 방금 천장을 투과해서 아래로 떨어졌음을 직감했다. 게다가 그녀는 벌거숭이였다.

팔과 등과 다리 전체에 소름이 돋았다. 양 무릎을 바싹 껴안고 몸을 둥글게 구부려서 몸을 감추려고 해보았다. 몸 전체가 건물 바닥을 유령처럼 통과했던 것이다. 그러면서 그녀는 자기가 입은 **옷**까지도 통과했다. 지금 나체로 앉아 있는 곳은 주류 판매점 안쪽에 있는 창고의 리놀륨 바닥인 것처럼 보였다. 사방의 벽에 겹겹이 쌓인 종이 박스들에는 쿠어스, 팹스트, 햄스 따위의 맥주 이름이 찍혀 있었다. 이렇게 가게의 뒷문에서 매장으로 이어지는 통로 위에 직통으로 떨어진 것은 행운이었다. 저렇게 잔뜩 쌓여 있는 맥주 박스들 위로 떨어졌다면 나는 어떻게 되었을까? 만약 거기서 그대로 몸이 실체화(實體化)했다면? 상상조차도 할 수 없었다. 제니퍼는 몸을 부르르 떨었다.

실제로 무슨 일이 일어났는지를 알 수 없었던 탓에 천장에서 눈을 뗄 수가 없었다. 사실은 알고 있었지만 말이다. 그녀의 몸이 **알고** 있었다. 오렌지주스 잔이 그녀의 손을 그대로 통과해버린 것처럼, 그녀의 몸 전체가 건물 바닥을 투과해버렸던 것이다.

난 벽을 그대로 통과할 수 있어. 그녀는 생각했다. 따라서 다시 그래야 한다. 지금 당장. 문제는 그녀가 벌거숭이라는 점이었다. 벌거숭이가 되어야 벽을 통과할 수 있다면, 그게 무슨 소용이 있단 말인가?

그러나 꽉 쥔 주먹 안에는 여전히 열쇠가 들어 있었다. 열쇠 날의 깔쭉깔쭉한 가장자리가 손바닥의 피부를 파고들었다. 이것을 쥐고 있으려고 온 정신을 집중한 덕에, 건물 바닥을 통과했을 때도 함께 가지고 온 듯했다.

뒷문이 쾅 열리자 제니퍼는 탑처럼 높이 쌓인 맥주 박스들 뒤로 황급하게 숨었다. 제니퍼는 육중한 부츠가 내는 발소리라든지 화난 듯이 으르렁대는 소리 따위가 날 것을 반쯤 예상하고 있었다. 방금 뒷문을 박차고 들어온 갱들은 그녀를 찾아내고, 이제 그녀를 상대로 도저히 입에 올릴 수도 없는 끔찍한 짓을 할 것이 뻔했다. 다시 한번 바닥을 투과해서 낙하하고 싶은 마음이 굴뚝같았지만, 처음에 어떻게 그랬는지를 모르니 속수무책이었다.

"어이, 제니퍼, 혹시 거기 있어? 설마 하수도까지 그대로 떨어진 건 아니지?"

크로이드였다.

"여기 있어. 난 지금…… 그러니까, 옷들이 여기까지 나를 따라오진 않았지만 말이야."

"알아. 여기 가지고 왔어. 그런데 왜 네가 에이스라는 얘길 하지 않았지?"

"난 아무한테도 그 얘길 한 적이 없어. 아무도 몰라. 적어도, 아까까지는."

"그러는 쪽이 현명한 행동이었는지도 모르겠군." 크로이드는 무감동한 어조로 말했다. 전혀 충격을 받은 기색이 없었다. "하지만 그런 능력이 얼마나 쓸모가 있을지 상상해봤어? 1953년에 정부에서 나를 계속 가둬두려고 했을 때, 운 좋게 그대로 벽을 통과했던 일이 생각나는군."

"그게 무슨 소리야?"

"신경 쓰지 않아도 돼. 자." 크로이드는 그녀가 숨어 있는 구석을 향해 드레스를 내밀었다. 기다시피 해서 그쪽으로 간 그녀가 손을 뻗자, 그는 예의 바르게 다른 쪽을 보고 있었다.

제니퍼는 서둘러 드레스를 입었다. 크로이드가 브래지어와 팬티까지 가져온 것을 알고 그녀는 감사했다. 신발까지 있었다. 그러나 몸에 달고 있던 장신구는 없었다. 어떻게 건물 바닥을 그대로 투과할 수 있었는지를 정말로 알아낼 필요가 있었다. 몸에 지닌 물건을 몽땅 잃는 일이 없이 말이다. 제니퍼는 드레스를 입으며 물었다. "도대체 무슨 일이 일어난 거야? 그 갱들은 정체가 뭐야?"

"나도 너한테 같은 질문을 하려고 했는데 ― 왜 그치들은 너한테 그렇게 관심을 보였던 거지? 도대체 무슨 짓을 한 거야?"

"아무 짓도 안 했어! 그냥 어떤 여자하고 부딪쳤을 뿐이야. 그때 이

걸 억지로 쥐여주더라고." 제니퍼는 크로이드에게 열쇠를 보여주었다. 열쇠에 달린 꼬리표에는 번호가 적혀 있었다. 51337.

"아무래도 넌 부적절한 시간에 부적절한 장소를 찾아가는 재능이 있는 모양이로군. 안 그래?"

"난 트리샤를 찾아내서 빨리 집에 가고 싶었을 뿐이야." 제니퍼는 하이힐 샌들의 끈을 발에 넣기 위해 발돋움을 했다.

"자, 가자." 크로이드가 말했다. "빨리 여기서 나가는 편이 나을 것 같아."

"뭐라고? 왜—"

제니퍼는 뒷골목으로 이어지는 뒷문 쪽을 바라보는 크로이드의 불안한 시선을 따라가다가 그 이유를 알았다—그녀를 쫓아온 갱들이 골목을 지키고 서 있었다. 거대한 덩치를 가진 두목은 앞길을 완전히 가로막고 있었고, 손에 쥔 권총으로 당장이라도 그녀와 크로이드를 쏠 듯한 기세였다.

제니퍼는 다시 한번 지금 서 있는 건물 바닥을 뚫고 도망칠 수 있을지 확신할 수 없었다. 설령 그런다고 해도, 어디로 떨어진단 말인가? 차라리 그냥 벽을 뚫고 도망치는 편이…….

"모두 얼어!" 크로이드가 그들을 향해 소리치자, 그들은 정말로 얼어붙었다. 갱 리더의 입은 말을 하려는 듯이 열려 있었지만, 아무 말도 나오지 않았다. 크로이드는 한숨을 쉬었다.

제니퍼는 크로이드를 빤히 쳐다보았다. 그녀는 외경심이 담긴 목소리로 말했다. "너도 에이스였구나."

크로이드는 움찔했다. "응. 아니, 사실을 말하자면 에이스는 아니고, 듀스에 가까워."

"뭐 뭐라고?"

"5분밖에는 효과가 지속되지 않아. 그러니까 당장 여길 떠나야 해."

크로이드는 얼어붙은 갱들 사이로 그녀를 떠밀었다. 두 사람은 도망쳤다.

추적을 따돌리기 위해 그들은 일부러 복잡한 길로 들어가서 빈번하게 방향을 바꿨다. 제니퍼는 그게 얼마나 도움이 될지 확신이 없었지만, 적어도 그녀가 완전히 길을 잃은 것은 사실이었다. 지금 경찰을 부른다면 도와줄지도 모르겠다.

지금은 그러고 싶어도 그럴 수 없었지만 말이다. 일면식도 없던 묘한 사내와 함께 어두운 거리를 홀로 나아가고 있는 이런 상황에서는. 어떻게 나는 그토록 멍청했을 수가 있었던 것일까……

크로이드는 다시 방향을 틀어 안전 부적격 팻말이 붙어 있는 브라운스톤* 건물을 낀 골목으로 들어갔다. 안쪽 깊숙이 들어가 있기 때문에 도로 쪽에서는 거의 보이지 않는 곳이었고, 제니퍼 혼자였다면 눈치채지 못하고 지나쳤을 것이다. 그 덕택에 그들도 잠시 멈춰 서서 숨을 돌릴 수 있었다.

"그 열쇠를 좀 보여줘." 크로이드는 제니퍼가 여전히 손에 꼭 쥐고 있는 열쇠를 가리키며 말했다.

그대로 건네는 것이 내키지 않았던 제니퍼는 그가 볼 수 있도록 열쇠를 공중에 들어 올려 보였다. 잠시 후 크로이드가 말했다. "아무래도 사서함 열쇠인 것 같군."

"그렇다면?" 제니퍼는 여전히 가쁜 숨을 가라앉히려고 하며 말했

---

*   건축재로 쓰이는 적갈색 사암.

다. 허리를 굽히고, 발에 물집이 생긴 곳을 문지른다.

"무인 사서함을 이용해서 거래를 하려다가 사고가 난 것 같아. 마약이나 장물이나 뭐 그런 걸 말이야. 그 여자는 누군가에게 열쇠를 건네줬어야 했고, 그 갱단 녀석들은 그걸 써서 물건이나 현금 따위를 받을 예정이었겠지. 우린 배달 사고에 휘말린 거야."

"그 설명을 들으니 기분이 좋아지기는커녕 더 안 좋아졌어." 제니퍼는 말했다.

"이게 어디 사서함 열쇠인지 아마 알려줄 수 있는 사람을 알아." 크로이드가 열쇠를 잡으려고 하자 제니퍼는 손을 뺐다.

"트리샤는 어떻게 하고?"

"누구?"

"내 친구. 납치당했다고 했잖아."

"별일 아닐 거야."

"난 트리샤를 찾아야 해!"

"그럼 이렇게 하자고. 우선 그 열쇠가 어디 열쇠인지를 확인하게 해주면, 나도 네가 네 친구를 찾는 걸 도와줄게."

"지금까지 계속 도와주시고 있던 거 아니었나요."

"어이, 너무 그러지 마." 크로이드는 조금 미안한 기색으로 팔을 벌려 보였다. "방금 말한 그 여자는 여기서 멀지 않은 곳에 있어. 그러니까 일단 열쇠 출처부터 확인하고, 그다음에 트리샤를 찾는 걸 도와줄게. 난 트리샤가 갔을 만한 장소 두어 군데를 알고 있어. 오케이?"

제니퍼는 입을 삐죽 내밀었지만, 달리 뭐라고 대꾸해야 할지 몰랐기 때문에 결국 "오케이"라고 대답하는 수밖에 없었다.

크로이드는 케이스에서 알약을 하나 꺼내 입에 털어 넣고 말했다.

"좋아. 그럼 가자고."

　그들은 걷기 시작했다. 동네 모습은 전혀 나아지지 않았다. 몇 블록을 지나왔는데도 제니퍼는 택시를 단 한 대도 보지 못했다. 제니퍼는 자기 몸을 껴안고 자신이 도대체 어떤 종류의 트러블에 휘말린 것인지 상상해보려고 했다. 능력을 사용하면 어떤 상황에서도 빠져나올 수 있다는 점은 그나마 위안이 되었다. 만약 누군가가 그녀를 꽁꽁 묶는다면, 유체화해서 밧줄을 투과해버리면 그만이다. 빌어먹을, 난 벽도 그대로 통과할 수 있다고.

　크로이드는 줄곧 그녀와 대화를 하려고 시도했지만, 제니퍼는 줄곧 그의 그런 시도를 계속 무시했다. 마침내 그가 말했다. "이봐, 난 너를 도와주고 싶을 뿐이야. 정말로 나쁜 맘을 품었다면 그냥 너를 얼려버리고 열쇠를 가지고 가면 그만이라고."

　"그럴 생각이 없다는 건 알아. 왜냐하면 넌 나를 설득해서 은행을 턴다든지 뭐 그런 일에 끌어들이고 싶어 하고 있거든." 크로이드가 대답하지 않자 제니퍼는 발끈했다. "정말로 그럴 작정이었구나. 안 그래?" 그녀는 더 잰 걸음으로 걷기 시작했다.

　"응. 알았어. 사실 그럴 작정이었는지도 모르겠군." 크로이드도 그녀의 보조에 맞추려고 더 빨리 걷기 시작했다. 하이힐만 아니었다면 그녀는 그를 떼어낼 기세로 더 빨리 걸었을 것이다. "하지만 일단 생각은 해보는 편이 낫지 않을까. 너의 그런 능력은 누구에게나 주어지는 게 아냐."

　"아직도 이해 못 하겠어? 난 이런 능력을 원하지 않아. 차라리 처음부터 없었으면 좋았을 텐데!"

　"어이, 모든 아이들은 에이스가 되고 싶어 하는 게 아니었어? 신문에 얼굴 사진이 실리고, 에이스 하이에서 고급스러운 만찬을 즐기고—"

"그리고 또 뭐? 자기가 괴물이라는 걸 과시라도 해? 난 롱아일랜드의 어엿한 가정에서 자란 어엿한 상식인이라고. 내가 원하는 건 그냥 정상적인 삶이야."

"고스트걸(Ghost Girl)'이란 이름을 쓰면 어떨까." 크로이드가 제안했다.

"고스트걸?"

"에이스들에 붙는 별명 말이야. 신문에 실리는. 제목도 쉽게 상상이 되는군. 「유명한 보석 도둑 '고스트걸', 또다시 출몰하다」, 뭐 이런 식으로 말이야." 크로이드는 손을 펼쳐 신문 헤드라인 모양을 지어 보였다.

"난 고스트걸 따위 별명은 **절대** 쓸 생각이 없어." 그보다는 훨씬 더 근사한 이름은 얼마든지 있지 않은가. 훨씬 더 신비하고, 훨씬 더 **매혹적인**……. "넌 에이스 이름이 있어?"

"슬리퍼(Sleeper)라고 해." 미소가 사라졌다. 마치 이 이름이 마음에 들지 않는다는 듯이.

"묘한 이름이네. '프리저(Freezer)', 뭐 이런 이름일 줄 알았는데."

크로이드는 어깨를 으쓱했다. "어쩌다 보니 그렇게 됐어."

제니퍼는 길모퉁이에서 어느 쪽으로 가야 할지 몰라 멈춰 섰다. 이 동네의 가로등은 모조리 깨져 있는 듯했다. 모든 가게의 정면은 육중한 강철 창살로 가로막혀 있었다. 그녀 입장에서는 전혀 마음이 편해지는 광경이 아니었다. 만약 문제가 발생한다면, 그러니까 지금보다 더 큰 문제가 발생한다면, 그냥 바닥을 투과해서 사라져버릴 수 있기를 희망하는 수밖에 없었다.

이제 그들은 조커타운 외곽이 아니라 조커타운 한복판에 와 있었다. 조커 주민들은 그녀를 빤히 쳐다보았다. 제니퍼는 옷을 입고 있었지만, 남의 시선을 받을 때마다 얼마나 몸이 떨리는지를 감안하면 벌거숭이라고 해도 이상할 것이 없었다.

"여긴 안전하다고 하긴 힘든 곳이지. 안 그래?" 제니퍼는 자기 몸을 껴안은 채로 물었다.

"정말로 궁금해서 묻는 거야? 괜찮아. 계속 움직이면 문제없어."

다음 길모퉁이에는 화재로 완전히 타버린 건물이 서 있었다. 남아 있는 것이라고는 잔해 더미에서 튀어나온 검게 그은 철골들밖에는 없었다. 조커타운 폭동의 피해를 입은 후 그대로 방치된 듯했다. 이곳은 제니퍼의 세계와는 완전히 다른 세계였고, 제대로 주의해서 본 적조차 없는 곳이었다. 그리고 그녀도 신의 은총이 없었더라면……. 제니퍼는 자신이 어떻게 해서 와일드카드 바이러스에 감염되었는지에 관해 전혀 모른다. 어떤 연유로 조커가 아닌 에이스가 되었는지도 모른다. 생각하고 싶지도 않았다.

그들은 바워리 쪽으로 가고 있긴 했지만, 이동 경로는 그보다 더 남쪽이었다. 이곳의 거리는 인파로 북적거리고 있다고 해도 좋을 정도였다. 설마 한밤중에도 이 정도라고는 예상하지 못했다. 밤새 영업하는 술집과 간이식당들은 모두 열려 있었고, 두어 곳의 길모퉁이를 배회하는 사람들도 눈에 들어왔다. 어떤 블록에서는 여자들이 모여 서 있기까지 했는데─제니퍼는 곧 그들이 누구이며 거기서 무엇을 하고 있는지를 깨달았다. 어떤 골목에서는 누군가의 붐박스*에서 요란한 음악이 흘러나오고 있었다. 물론 순찰 중인 경찰관의 모습은 어디에도 보이지 않았다.

전방에 반짝이는 네온사인이 보였다. 크로이드가 말했다. "저기야. 저기서 일하는 바텐더 한 명이 내 친구야."

한 블록 떨어진 곳에 도달하자, 제니퍼는 멈춰 서서 그쪽을 빤히 바라보았다.

건물 앞에 걸린 거대한 네온사인은 선정적인 빨간색과 금색으로 젖가슴이 여섯 개 달린 여자를 묘사하고 있었다. 네온 불빛이 순차적으로 반짝이는 탓에 젖가슴들은 마치 출렁거리는 것처럼 보였고, 여자 주위에서는 줄곧 요금 인하를 알리는 기호들이 불꽃놀이처럼 터져 나오고 있었다. 또 다른 길고 빨간 네온사인은 '변태 대환영'이라고 소리 높여 선언하고 있었다. 그보다는 얌전한 인쇄 간판에는 '조커 걸들! XXX 뜨거운 XXX!'라고 쓰여 있었다. 출입문은 네온사인으로 이루어진 스트리퍼의 벌린 다리 사이에 위치해 있었다.

"하느님 맙소사." 제니퍼가 말했다.

"여길 본 거의 모든 사람이 그렇게 반응하더군." 크로이드는 씩 웃으며 말했다.

"나 저기로 들어갈 수 있을 것 같지 않아."

"물론 들어갈 수 있어." 크로이드는 그녀의 팔꿈치를 잡고 길을 건너기 시작했다.

그들은 지나가던 차들을 피해 가야 했다—이런 야심한 시각에도 도로에는 실제로 차가 다니고 있었기 때문이다. 크로이드는 자신에 찬 발걸음으로 인도 위에 묘한 핑크색 빛을 떨어뜨리고 있는 네온 스트리퍼의 다리 사이 출입문으로 갔다. 이 빛 아래에서는 모두가 볕에 그은

---

*   휴대용의 대형 라디오 카세트 플레이어.

것처럼 보인다.

양쪽 관자놀이에서 텍사스 롱혼종 소 뿔이 길게 자라 있고, 손 대신에 검게 번들거리는 발굽을 가진 조커가 팔짱을 끼고 출입문 앞으로 나오더니 그들을 막아섰다. "여어, 브루스. 들어가게 해주겠어?" 크로이드가 말했다.

경비원의 눈이 가늘어졌다. "그렇게 말하는 너는……?"

"크로이드야."

"증명해봐."

"지난해에 블루 트윈들하고 테킬라 한 병 나눠 마셨을 때 생각나?"

경비원의 눈이 커지더니 그의 얼굴에 그때를 회상하는 듯한 부드러운 미소가 떠올랐다. "응, 그래. 이번에는 좋아 보이네." 그가 옆으로 비켜주자 크로이드는 제니퍼를 이끌고 출입문을 통과했다.

"그 사람하고 아는 사이야? 그런데 왜 못 알아본 거야?" 제니퍼가 물었다.

"설명하자면 길어. 빨리 이 열쇠 일부터 해결하자고."

건물 내부가 동굴처럼 어두컴컴한 탓에 제니퍼의 눈이 실내에 적응하기까지는 잠시 시간이 걸렸다. 이윽고 등장한 메인룸은 번쩍거리는 전등과 번들거리는 미러볼로 조명되고 있었다. 스테레오에서 흘러나오는 '홀 앤드 오츠'의 귀청을 찢는 음악은 거의 편안한 느낌을 줄 정도였다. 적어도 그 클럽에서 들었던 음악보다는 훨씬 귀에 익었기 때문이다. 노래에 맞춰 춤을 출 수도 있다. 지금 방 중앙에 있는 회전 무대에서 춤을 추고 있는 스트리퍼처럼 말이다. 스트리퍼는 비현실적일 정도로 아름다웠다―큰 키에 나긋나긋한 몸, 벽돌처럼 빨간 머리카락은 갈기처럼 촘촘했고, 얼굴을 간질이다가 등 뒤로 폭포수처럼 흘러내리고 있었다. 정말 미인이었다. 그러니까, 엉덩이에 달린 가느다란 도마뱀 꼬리를 볼 때까지는 말이다. 여자는 도마뱀 꼬리를 앞으로 흔들다가 무대의 놋쇠 기둥에 유혹하듯이 감았고, 몸을 수그리더니 브래지어 대신 젖가슴을 가리고 있던 조그만 검정색 천을 떼어냈다.

제니퍼는 무대를 제외한 모든 곳을 둘러보았고, 술잔을 쥔 다수의 남성 내트들이 무대 쪽으로 상체를 내밀고 가히 강박적이라고 할 수 있는 눈초리로 열심히 스트리퍼를 관찰하고 있다는 사실을 깨달았다. 크로이드는 어느새 바의 카운터로 가서 어떤—제니퍼는 크로이드의 대화 상대가 여자라는 사실을 조금 뒤에야 확인할 수 있었다. 그 여자에게는 머리가 없었기 때문이다. 아니, 더 정확하게 말하자면 그녀의 머리는 가슴 한복판에서 자라 있는 것처럼 보였다. 그래서 그녀의 턱은 그녀의 젖가슴 사이, 검은 푸시업브라가 만들어낸 오목한 공간에 닿아 있었다. 긴 흑발은 어깨 사이로 흘러내리고 있었다. 그녀는 행주로 카운터 위를 닦으며 크로이드를 향해 미소 짓고 있었다. 크로이드는 카운터 위에 한쪽 팔꿈치를 괸 자세로 그녀와 시시덕거리고 있는 것처럼 보였다. "요즘 어땠어, 실라?"

"아주 좋아, 허니. 오래간만에 왔네."

"내가 어땠는지는 잘 알잖아. 그래서 한동안 통 못 봤지."

"흠, 이번엔 제법 근사한 모습인 것 같으니 마음껏 즐기라고." 실라라는 이름의 바텐더는 엉덩이를 살짝 빼며 윙크를 했다. 유혹적이라고 해도 좋을 만한 동작이었다—그녀가 이토록 **기괴한** 모습만 아니었다면 말이다. 제니퍼는 팔짱을 끼고 초조한 기색을 보이지 않으려고 노력했다. 실라는 제니퍼를 위아래로 훑어보았다. "새로 데려온 이 친구는 누구야?"

"어쩌다가 그냥 돕고 있어." 크로이드가 말했다. "제니퍼, 그 열쇠를 실라에게 건네줄 수 있어? 그래도 괜찮아. 약속할게."

제니퍼는 내키지 않는 기색으로 열쇠를 내밀었다.

"잠깐 봐도 되지?" 실라는 제니퍼가 고개를 끄덕이자 손에서 열쇠를 건네받았다.

조커 여자는 눈을 감고 (그녀가 눈을 감는 모습을 보기 위해서는 젖가슴을 응시하는 수밖에 없었다) 열쇠를 자기 이마에 갖다 댔다. 홀 앤드 오츠의 음악이 끝나면서 도마뱀 꼬리가 달린 조커 스트리퍼가 뽐내듯이 무대 밖으로 걸어 나갔고, 비늘로 덮이고 발톱이 달린 새의 발을 가진 스트리퍼가 무대로 올라왔다. 다음 노래는 '슈퍼 프리크'*였다.

잠시 후 실라가 말했다. "도이어스가(街)에 있는 우체국 사서함 열쇠야. 그 이상은 모르겠지만 말이야." 그녀는 어깨를 으쓱하고 — 그러자 어깨가 머리카락보다 더 위로 올라갔다 — 크로이드에게 열쇠를 건네려고 했다. 제니퍼가 중간에서 그것을 낚아채자 조커 여자는 씩 웃었다.

"고마워, 베이브." 크로이드가 말했다. "도와준 거 잊지 않을게."

"도움이 필요하면 언제든지 와, 허니."

"그건 대체 뭐였어?" 크로이드와 함께 바를 떠나오며 제니퍼가 물었다.

"실라는 정신 측정 능력을 갖고 있어. 어떤 물체의 이력을 감지할 수 있지 — 그게 어디서 왔는지, 누구의 소유물인지, 그런 정보를 말이야."

"쓸모 있는 능력이네." 제니퍼가 말했다.

---

*   1981년에 릭 제임스가 발표한 히트 싱글이며, 성적으로 분방하며 특수한 성향을 가진 여성에 관한 노래이다.

"벽을 그대로 통과하는 능력만큼이나 쓸모가 있지. 네가 그걸 실제로 **쓸** 생각이 있다면 말이야."

제니퍼는 무대를 바라보지 않기 위해 노력하던 중에 개별 고객을 위한 옆쪽 특실의 문간을 흘끗 보았다. 그리고 그곳에서 더 패즈의 뾰족 머리 드러머를 똑똑히 보았다. 제니퍼는 크로이드를 내버려두고 그쪽으로 달려갔다.

개별 고객용 특실은 작은 라운지와 작은 개인용 무대로 이루어져 있었고, 검고 북슬북슬한 양탄자와 빨간 플러시 천을 댄 안락의자로 장식되어 있었다. 깜박이는 블랙라이트 조명 덕에, 빛을 발하는 장식 벽과, 무대 위에서 오직 드러머 한 사람을 위해 춤을 추고 있는 두 명의 젊은 여자가 걸친 반짝이는 흰 비키니가 한층 더 돋보인다. 두 여자 중에 트리샤가 없다는 사실을 알고 제니퍼는 내심 안도했다.

더 가까이 가자 안락의자에 앉은 사내가 여자 한 명이 입은 팬티의 고무 밴드에 지폐 한 장을 끼워 넣는 것이 보였다. 여자의 피부는 마치 무드링처럼 파란색과 빨간색과 주황색의 빛을 발하며 소용돌이치고 있었다. 그리고 사내는 더 패즈의 드러머가 맞았다.

제니퍼는 무대 앞에서 억지로 그를 끌어낸 다음 내려다보았다. 사내는 지폐를 떨어뜨렸다.

"트리샤한테 무슨 짓을 했지?"

"야!" 춤을 추던 여자가 화난 듯이 팔짱을 끼며 항의했다.

"뭐야, 너?" 드러머가 말했다.

"다른 멤버들은 어딨지? 트리샤는 어디 있고?"

"어……." 드러머가 말했다.

제니퍼의 힐문은 거기서 끝나지 않았다. "그리고 넌 **여기서** 도대체 뭘 하고 있는 거지? 분장실 밖에 있었을 때는 그루피*들한테 숫제 묻혀 있었으면서. 그런데 이런 데서 **돈을 내고** 여자를 구경하고 있어?"

"돈을 내면 뭔가 더 음란한 느낌을 받거든." 크로이드가 말했다. 그는 어느새 곁으로 와서, 마치 쇼를 구경하는 관객처럼 이 모든 광경을 바라보고 있었다. 드러머는 움찔하더니 맞는 말이라는 듯이 어깨를 으쓱했다.

제니퍼는 당장이라도 비명을 지르고 싶은 기분이었다. "트리샤는 어디 있어?"

"어이, 베이브, 도대체 뭔 얘기를 하고 있는 건지 영문을 모르겠어."

"네가 속한 밴드 얘기야." 크로이드가 말했다. "남은 멤버들은 지금 어디서 파티를 하고 있지? 여기 이 여자의 친구가 함께 있을 거야."

"아, 그거. 그 막나가던 깔치 얘기로군? 완전히 맛이 간?"

맞아. 그게 트리샤야. 제니퍼는 한숨을 쉬었다.

"아, 흠. 아마 토니네에 갔을 거야."

"어디?"

"너한텐 얘기 안 해. 무슨 미친 스토커인지 어떻게 알아."

"아니, 미친 건 내 친구 트리샤야. 난 단지 걔를 찾아내서 —"

"어, 제니퍼?" 크로이드가 그녀의 어깨에 손을 대더니 몸을 돌려 문간을 향하게 했다.

우람한 체격을 한 그 갱 리더가 문간을 가로막고 있었다. 제니퍼는 가면을 통해 그녀를 바라보는 리더의 눈에서 살의를 읽었다.

"뒷문이 있어." 크로이드가 속삭였다. "거기로 도망칠 수 —"

---

* 록그룹을 끈질기게 따라다니는 여성 추종자들의 속칭.

됐다. 제니퍼는 우람한 갱이 볼 수 있도록 열쇠를 들어 보였고, 손을 뻗어 드러머의 셔츠 안에 그것을 떨어뜨렸다.

"자, 이제 도망가자고." 제니퍼는 이렇게 말하고 크로이드보다 먼저 뒷문을 향해 달려갔다.

배후에서 아수라장—가구가 뒤집어지고, 여자들이 새된 비명을 지르고, 뭐 그런 당연한 일들—이 펼쳐지는 소리가 들려왔다. 무척이나 재미있는 광경일 것이 뻔했지만, 제니퍼에게는 뒤를 돌아볼 여유 따위는 없었다.

그들은 복도와 분장실을 지나 클럽 뒷문으로 빠져나갔고, 또 다른 눅눅하고 어두운 골목으로 나왔다.

"왜 그런 짓을 한 거야?" 크로이드가 물었다.

"어느 사서함인지를 확인한 지금, 열쇠는 중요하지 않아." 제니퍼는 대꾸했다. "하지만 그치들이 우체국에 가기 전에 우리가 먼저 가야 해."

"뭐라고? 아하. 알았어, 가자고."

그들은 말없이 달리기 시작했다. 제니퍼는 배후에서 고함 소리와 쿵쾅거리는 발소리가 들려오지는 않는지 바짝 긴장했고, 어깨 너머로 자꾸 뒤를 돌아보았다. 그러나 적어도 지금은 갱들을 따돌린 듯했다.

"그렇게 불안한 표정은 하지 마." 잠시 후 크로이드가 말했다. "도리어 수상해 보이잖아."

물론 그의 말만큼 쉬운 일은 아니었다. 제니퍼는 언제 그녀를 덮칠지 모르는 위협에 대해 가급적 생각하지 않으려고 노력했다.

딴 생각을 해보기로 하자. "은행을 털 땐 넌 어떻게 해?"

크로이드는 그녀를 곁눈질했다. "진심으로 묻는 거야?"

"응." 그럴 용기가 있으면 말해보라는 듯한 도전적인 말투.

"은행은 안 털어. 그러니까, 이젠 더는 안 턴다는 뜻이야. 요즘 은행은 온갖 보안 조치에 감시 장비를 갖추고 있는 탓에 위험을 무릅쓸 가치가 없어. 그래서 요즘 대세는 개인 금고야. 빈집털이. 아니면 현금수송 장갑차를 이동 중에 노리는 방법도 있지. 한 구역 전체를 샅샅이 훑어서 약점을 찾아내는 게 중요해. 또 너무 많이 훔쳐도 안 되고, 훔치더라도 골라서 훔쳐야 해. 훔칠 수 있는 물건이 잔뜩 있더라도 일정한 양만 가져오고, 몽땅 가져오지는 말라는 뜻이야. 장물을 더 비싸게 팔 수 있을 것 같다는 이유로 너무 오래 갖고 있어도 안 되고. 사실 가장 위험한 건 바로 그 부분이지 — 장물을 처분하거나 훔친 돈을 세탁하는 게 가장 힘들거든. 하지만 그걸 전문으로 하는 친구들한테 맡기면 돼. 발이 넓으면 가능한 일이지."

제니퍼는 사려 깊게 고개를 끄덕였다. 모두 사리에 맞는 말이었다.

"거기에 정말로 강력한 에이스의 도움을 받을 수 있다면 금상첨화겠지." 크로이드는 윙크를 하며 말했다. "초인적인 힘을 갖고 있다든지, 벽을 그대로 통과할 수 있다든지."

앞쪽의 좁은 길에서 고함 소리가 들려오자 제니퍼는 발걸음을 늦췄다. 무슨 이유로 고함을 치고 있든 간에 잔뜩 화가 난 느낌이었고, 고함 소리 자체도 빠르게 이쪽으로 접근하고 있었다. 갱단은 모종의 수단을 써서 제니퍼와 크로이드를 찾아냈고, 미리 앞질러 가서 그들의 퇴로를 차단하려고 —

크로이드는 그녀의 팔을 움켜잡고 벽 쪽으로 끌어당겼고, 몸을 밀착시키고 그녀에게 입을 맞췄다. 양팔로 꼼짝도 못 하게 껴안고 벽에 밀어붙인 후, 마치 연인 사이인 것처럼 농후한 딥키스를 나눈다. 다음 순간, 앞쪽 길에서 십대들 너댓 명이 달려 나오더니 제니퍼 앞을 그대로 지나 반대편으로 달려갔다. 고래고래 고함을 지르며 서로에게 장난을 치고, 길가에서 연애질을 하고 있는 커플에게도 야유를 보내는 것을 잊지 않고 말이다. 갱단이 아니라 그냥 아이들에 불과했다.

크로이드는 여전히 제니퍼에게 입을 맞추고 있었다. 겨우 정신을 차리고 그를 밀쳐낸다. "너 도대체 뭐 하는 거야?"

"이러면 그나마 덜 수상해 보일 거라고 생각했거든." 크로이드는 우쭐한 미소를 감추려고조차 하지 않았다.

그녀는 분에 못 이겨 씩씩거리며 다시 그를 밀쳐냈고, 덤으로 따귀까지 한 대 때린 다음 자리를 떴다. 크로이드는 껄껄 웃었을 뿐이었다.

알고 보니 문제의 우체국은 거기서 그리 멀지 않았고, 두 블록만 더 가면 됐다. 차이나타운 가장자리의 벽돌로 지은 연립주택들 사이에 자리 잡은 현대적인 콘크리트 건물이었다. 사서함들로 이어지는 조그만 로비도 반대편 벽에서 비치는 약한 노란 조명을 받으며 아직 열려 있었다. 만약 잔뜩 골이 난 갱단에게 습격당한다면, 여기야말로 안성맞춤인 장소가 아닐까, 제니퍼는 생각했다.

그들은 열쇠 꼬리표에 쓰인 숫자와 일치하는 사서함을 찾아냈다. 크로이드는 옆으로 비켜섰다. "그럼 당신의 능력을 보여주시겠습니까?"

제니퍼는 한순간 놋쇳빛을 한 사서함 뚜껑을 응시했다. 안에 뭐가 들어 있는지 알아내고 싶은지에 대해서도 확신이 없었고, 실물을 보기도 전에 만지는 것도 내키지 않았다. 혹시 독사라든지 쥐덫이라도 들어 있다면 큰일 아닌가. 보나 마나 누군가의 스팸메일 따위로 가득 차 있을 공산이 가장 커 보이지만 말이다.

심호흡을 하고 뚜껑 너머로 그대로 손을 들이밀었다. 뚜껑을 그대로 투과한 그녀의 손에 직사각형의 종이 같은 물체가 닿았다ㅡ속이 가득 찬 봉투 같았고, 그게 사실이라면 고무적이었다. 제니퍼는 봉투를 쥐고 손처럼 유체화시킨 다음 손과 함께 뚜껑 밖으로 꺼냈다.

그녀와 크로이드는 비즈니스 사이즈의 두툼한 서류 봉투 안에 현금이 잔뜩 들어 있는 것을 확인했다. 100달러 지폐로 몇백 장이나 들어 있었다. "하느님 맙소사, 3만 달러는 족히 되겠군." 크로이드가 말했다.

제니퍼는 이렇게 많은 현금 뭉치를 본 적이 없었다. 영화에서나 보던 광경이었다. 반면에 크로이드는 한 번 훑어보는 것만으로도 액수를 맞힐 수 있었다. 그러나저러나 도대체 이건 무슨 돈일까? 그녀에게 열쇠를 건넨 여자의 정체는 도대체 뭘까? 어떤 종류의 거래인 걸까? 마약? 밀수 대금? 몸값? 아니면 뭔가 전혀 다른 것일까? 아무리 머리를 굴려보아도 상상이 되지 않았다. 마치 계속 쥐고 있으면 확 타올라서 화상을 입을 듯한 느낌이었다.

제니퍼는 미간을 찌푸리고 봉투를 닫은 후 단단히 품고 우체국에서 나왔다. 크로이드도 옆에 딱 붙어 있었다. "범죄 인생의 첫 밤치고는 나쁘지 않은 결과로군."

"난 범죄자가 아냐. 난 경찰한테 가서 이걸 제출할 거야."

"뭐라고? 어, 설마. 그러면 안 돼."

"그럴 거야." 조커타운의 관할서는 근처 어딘가에 있을 것이다. 가는 길에 강도 따위의 습격을 받는다면 그냥 유체화해서 가까운 건물로 숨어 들어가면 그만이다.

크로이드는 말했다. "네가 친구가 납치되었다고 신고했을 때 그렇게 친절하게 귀를 기울여주던 경찰한테 가겠다, 이거야?"

"그게 옳은 행동이야."

"허니, 아무리 옳은 행동도 때와 장소를 가려서 해야 하는 법이야.

여기를 관할하는 경찰들은—옳지 않아. 그 돈을 가지고 가서 신고를 하면 도대체 네가 그걸 어디서 얻었는지 꼬치꼬치 캐물을 게 뻔하고, 네 대답 따위엔 아예 귀를 기울이려고도 하지 않을걸. 결국은 독방에 처박히겠지만, 네 경우 문제는 그게 아냐. 그 사실은 네 이력에 전과로 고스란히 남을 거고, 그런 기록은 절대로 좋게 끝나는 법이 없어. 놈들은 다시 너를 감방에 처넣기 위해서 컬럼비아까지 찾아갈지도 몰라. 그럼 거기서 너의 그 좋은 대학 생활은 끝장날걸. 하지만 우리가 아무한테도 알리지 않고 그냥 이 현금을 받아 챙긴다면, 우리를 쫓고 있는 그 인간 벽돌 벽이나 그 동료 갱들처럼 **진짜로** 나쁜 놈들이 이걸 손에 넣는 걸 막을 수 있잖아. 그러니까 그냥 이 돈은 그냥 우리가 받는 걸로 하고 근사한 샴페인 두어 병이라도 산 다음에 우리 집으로 가서 작지만 근사한 파티를 즐기자고."

제니퍼는 거의 예스, 라고 대답할 뻔했다. 트리샤라면 틀림없이 그랬을 것이다. 그녀 마음의 조그만 일부도 그런다면 정말로 멋진 모험이 아니겠느냐며 동의했다. 크로이드라는 인물에 대해 거의 아는 바가 없는 데다가 그나마 알고 있는 정보도 그리 마음에 든다고 단언할 수 없었음에도 불구하고, 묘하게 매력적인 제안이었다.

그러나 최종적인 승리는 분별이 있는 롱아일랜드 출신의 품행 방정한 여자에게 돌아갔다. 제니퍼는 잰걸음으로 앞서가면서 분개한 목소리로 "싫어"라고 대답했다.

"제니퍼, 난 네가 정말로 마음에 들어. 그래서 정말로 이렇게까지는 하고 싶지는 않았다는 걸 알아줘."

"뭘 알아줘?" 그녀가 어깨 너머를 흘끗 돌아본 순간 크로이드가 말했다. "얼어!"

♠

그리고 정신을 차리고 보니 크로이드는 이미 사라지고 없었다. 제니퍼는 고개를 세차게 흔들며 머릿속에 남아 있던 어지럼증을 몰아냈다. 방금 어깨 너머로 뒤를 돌아다보려던 참이었는데—크로이드, 이 치사하고 못돼 처먹은 자식. 물론 그는 이미 줄행랑을 친 뒤였다. 그가 그녀를 두고 떠난 것은 불과 5분 전의 일이지만, 길모퉁이를 돌아 밤의 거리 속으로 모습을 감추기에는 충분한 시간이었다. 그렇다고 해서 그 뒤를 쫓아갈 생각은 없었지만 말이다. 혹시 따라잡기라도 하면, 그때는 어떻게 하란 말인가?

크로이드는 그녀의 드레스 윗부분에 봉투를 꽂아놓고 가기까지 했다. 돈을 빼앗은 직후에, 그녀가 무슨 쓰레기통이라도 된다는 듯이 가슴에 꽂아놓았던 것이다. 그러면서 내친김에 그녀의 몸 여기저기를 더듬어봤을 게 뻔하다. 무슨 재밌는 농담이라도 하는 것처럼.

하지만 아니었다—봉투를 꺼내보니 여전히 돈이 들어 있었다. 크로이드는 현금의 절반만 가져간 듯했다. 제니퍼는 킥킥 웃었다. 시궁쥐 같은 악당 주제에 묘하게 신사적이다. 정말이지 기이한 사내였다.

"야! 거기 너!"

이제는 구면인 인간 벽돌 벽과 그 졸개들이 길모퉁이를 돌아 그녀를 향해 달려오고 있었다.

"너 잡히면 죽을 줄 알아!" 두목이 외쳤다.

제니퍼는 달렸다. 이제는 하이힐 샌들을 신고 달리는 일에도 익숙했다. 샌들을 계속 신고 있을 수는 없겠지만 말이다. 이런 식으로 달려서 추적자들을 떼어놓을 수는 없었다. 잡히면 살아남을 가망은 없다. 따라서 선택의 여지는 거의 없었다. 그녀는 오른쪽에 보이는 건물 벽으로 방향을 홱 틀며 되뇌었다. **따라와, 따라와, 따라와**…….

브래지어와 팬티와 돈. 그것들만 있어도 그럭저럭 도망칠 수 있다. 브라, 팬티, 돈. 브라, 팬티, 돈. 그녀는 벽으로 달려가서 그대로 뛰어들었다.

아드레날린이 솟구친 탓인지 능력은 거의 쉽게 발현했다. 그녀의 몸 전체가 반투명하게 변했다. 자신의 몸이 유체화하면서, 고체 상태의 벽들이 세찬 바람처럼 그녀 주위를 움직이는 것을 느낄 수 있었다. 손에 쥔 돈 봉투조차도 느낄 수 있었다. 마치 그림자를 쥐고 있는 듯한 느낌이었다. 그리고 다시 열린 공간으로 나오자―제니퍼는 자신이 사람들로 가득한 방 안에서 실체화했다는 사실을 깨달았다. 그녀는 붉은 플러시 융단 위에서 얼어붙었고, 그런 그녀를 정장을 차려입고 테이블 여기저기에 앉아 있던 20여 명의 남녀가 빤히 쳐다보고 있었다. 심야 영업하는 레스토랑을 빌려 파티를 즐기는 중인 듯하다. 근처에서 제니퍼를 응시하고 있는 웨이터는 쟁반에서 치즈케이크가 담긴 접시를 들어 올리던 중이었다. 몇몇 사람들은 열린 입에 포크를 갖다 대고 있었다. 테이블 위에서 찻잔이 쨍그랑하는 소리가 났다―누군가가 커피 잔을 떨어뜨린 듯하다.

드레스와 하이힐 샌들은 뒤에 남겨두고 왔지만, 브래지어와 팬티는 아직 입고 있는 상태였다. 이곳의 복장 규정에 미달한다는 점은 명백하지만 말이다. 혹시 이들은 무슨 파티 여흥을 기대하고 있었던 것일까. 하여튼 그런 일보다 더 중요한 것은 그녀가 돈 봉투를 아직도 가지고 있다는 점이었다. 그것을 꽉 쥐면서, 그것에만 정신을 집중했다. 피부가 벌겋게 달아오른 것을 무시하고, 제니퍼는 활짝 웃으며 파티 참가자들을 향해 살짝 손을 흔들어 보였다. "좋은 밤 보내세요!" 이렇게 말한 다음, 방 반대편으로 달려가서 벽 속으로 모습을 감췄다.

"흠, 맨해튼이 다 이렇지 뭐." 그녀가 사라졌을 때 누군가가 중얼거렸다.

제니퍼는 그녀의 힘이 단순히 앞을 가로막는 벽을 통과하는 것이 아니라 그 내부를 이동하는 능력임을 깨달았다. 그랜드센트럴 지하철역의 승강장에 가기 위해서, 바로 위의 보도를 투과해서 일직선으로 낙하할 필요가 없다는 뜻이다. 단지 보도 아래로 내려간 다음, 벽들을 차례로 투과해서 그녀가 원하는 곳에 출현하면 그만이다. 그러나 이런 선택도 큰 도움은 되지 못했다. 승강장으로 걸어 나가 다시 실체화하니, 가면을 뒤집어쓴 예의 갱 멤버 두 명이 기다리고 있었기 때문이다. 밤이라서 이미 닫힌 지하철 게이트를 부수고 들어온 듯했다. 그들이 달려오자 그녀는 뒷걸음질 치며 다시 유체화해서 벽 안으로 들어갔고, 고체 안에 몸을 숨겼다.

아마 계속 그 상태를 유지하며 추적자들이 단념하고 지하철역을 떠날 때까지 콘크리트 벽 내부에 머무를 수도 있었을 것이다. 아니, 계속 움직여야 한다. 한군데서 꼼짝도 하지 않을 경우 그녀는 자기 자신이 흩어지고 뿌리를 잃어가는 것을 자각할 수 있었다. 마치 온몸의 세포가 천천히 분해되는 것처럼 말이다. 이런 감각은 현기증과 구토감을 몰고 왔기 때문에, 제니퍼는 계속 움직였다. 그녀는 지하철역에서 나와 다시 거리로 돌아왔지만, 갱들이 수색하고 있을 것이 뻔한 인도를 피해 대각선으로 움직이며 건물과 골목들을 잇는 최단 거리를 주파했다. 뉴욕 시의 상태가 안 좋은 거리를 맨발로 달려온 탓에 그녀의 발은 찢긴 상처와 멍투성이였다. 노출된 전신을 엄습하는 밤의 냉기에 그녀는 몸을 부르르 떨었다.

얼마나 멀리까지 왔는지는 확실하지 않았다. 지금까지는 갱단 추적자들과 그녀 사이의 거리를 늘리는 일에만 전념했기 때문이다. 폐가 불타는 듯한 느낌으로 추정하건대, 반 시간은 족히 지난 듯했다. 본인은 밤을 반쯤 지새운 것처럼 느꼈지만 말이다.

안전 부적격 팻말이 붙은 공동주택 밖으로 나오자 이스트강의 흐름이 눈에 들어왔고, 그 덕에 대충 어디까지 왔는지 파악할 수 있었다. 이제는 안전해진 것인지도 모르겠다.

현기증이 몰려오며 시야가 요동쳤고, 속이 뒤집혔다. 그녀는 벽을 등진 채로 힘없이 쓰러졌다. 벽을 그대로 통과하는 대신 벽에 정통으로 부딪친 탓에 어깨가 까졌다. 너무 무리를 한 탓이다. 좀 쉴 필요가 있다는 사실은 명백했다. 이런 상태로 계속 움직이면 어떤 일이 벌어질까? 유체화를 거듭하면서 벽들을 잇달아 통과하다가 고체 상태로 되돌아오는 법을 아예 잊어버리고, 몸을 이루는 분자들이 어디선가 불어온 바람에 날려 흩어지는 상황이 온다면? 그녀는 그런 광경을 뚜렷하게 상상하며 전율했다. 그런 광경을 이토록 명확하게 머리에 떠올릴 수 있다는 사실 자체가 일종의 경고 메시지인 것처럼 느껴졌다. 그녀의 에이스 능력이 그녀에게 뭔가를 전하려고 하는 것이다.

제니퍼는 달리기 시작했다. 이번에는 벽을 투과하는 대신 길모퉁이를 우회했고, 강을 따라 북쪽을 향해 갔다.

거리를 뒤덮은 어둠과 그림자 너머로, 좌우에서 사자들의 호위를 받고 있는 문이 희미하게 떠올랐다. 석조 사자상들이다. 이 거창한 현관을 보유한 건물 모퉁이를 돌아가면 있는 또 하나의 널찍한 문에서는 희고 밝은 빛이 흘러나오고 있었다. 그 문 위에서는 '응급실'이라는 빨간

단어가 반짝이고 있었다. 석조 사자상들 위쪽에는 아래를 향한 조명등으로 밝혀진 또 다른 간판이 있었고, '블라이스 밴 렌셀러 기념병원'이라고 쓰여 있었다.

병원이 안전하지 않다면, 그녀에게 안전한 곳 따위는 어디에도 존재하지 않는다.

제니퍼는 응급실 입구로 다가갔지만, 녹색 피부를 가진 엄청나게 키가 큰 조커가 그 앞에 서 있는 것을 보고 주저했다. 조커는 제복 차림이었다―키가 무려 3미터나 되는데 보안 요원의 제복은 어디서 구했을까? 하여튼 야간 경비를 서고 있는 듯했다.

결국 응급실을 지나는 것을 포기하고 블록 전체를 우회해서 건물 뒤쪽의 벽을 유령 상태로 통과하는 쪽을 택했다. 그러자 현기증이 몰려왔다. 이런 상태에서 또 급하게 유체화하는 사태를 맞고 싶지는 않았다. 다행히도 천장 조명은 어두웠고 복도도 텅 비어 있었다. 자물쇠로 잠기지 않은 비품 캐비닛을 열어보니 기대했던 대로 수술복이 들어 있었다. 겉신까지 있었다―역시 수술실용이었지만, 없는 것보다 훨씬 낫다. 녹색 셔츠와 녹색 바지로 이루어진 수술복은 패셔너블한 것과는 거리가 멀었지만, 일단 몸을 가릴 수 있어서 좋았다. 그 위에 흰 의사 가운까지 걸치니 한결 마음이 놓였다.

제니퍼는 응급실 밖의 대기 구역으로 가서 가장 먼저 눈에 띈 의자로 가서 앉았다.

대기실은 조용하지는 않았다. 타일로 덮인 통로의 스피커에서는 잡음 섞인 목소리가 흘러나왔고, 접수 데스크 앞에서는 술에 취한 사내가 간호사에게 뭐라고 불평을 늘어놓고 있었으며, 방 건너편에 와 있는 여자―사포 같은 피부에 철사를 연상시키는 머리카락을 가진―는 우는 아기를 달래고 있었다. 아기는 담요 포대에 싸여 있었는데, 제니퍼는 아기가 조커인지 아닌지 알 수 없었다. 이런 환경에도 불구하고, 대기 공간에는 평온한 분위기가 흐르고 있었다. 쿵쾅거리며 귀청을 찢는 음악도 없었고, 그녀를 쫓아오는 사람도, 못살게 구는 사람도 없었다. 한숨을 내쉬자 불안감의 일부도 함께 흘러나가는 듯한 기분이었다. 제니퍼는 의자에 깊숙이 앉아 꾸벅꾸벅 졸기 시작했다.

밖에서 시끄럽게 울리는 사이렌 소리를 듣고 잠에서 깼다―응급실 입구까지 온 응급차가 내는 소리였다. 다음 순간 두 명의 응급구조사가 바퀴가 달린 들것을 밀며 안으로 뛰어 들어왔다. 환자의 몸은 들것에 겨우 실을 수 있을 정도로 커서, 거대한 팔다리가 들것 아래로 건들거리는 것이 보였다. 그가 자신을 도와주려는 사람들을 힘없이 할퀴려는 듯한 동작을 하자 팔의 밧줄 같은 근육이 팽팽해졌다. 제니퍼는 체격만으로도 그가 누구인지 알아볼 수 있었다―터무니없는 거구를 가진, 인간 벽돌 벽 본인이다. 칼에 찔린 듯한 가슴의 상체에서 흘러나오는 피가 셔츠를 붉게 적시고 있었다. 들것은 방금 합류한 의사 한 명과 간호사 한 명과 함께 커튼으로 가려진 구획 너머로 사라졌다.

제니퍼는 의자 위에서 몸을 움츠리며 자기 몸을 껴안았고, 필사적으로 눈에 띄지 않으려고 했다. 지금 저 문으로 또 누군가가 들어와서 그녀를 알아보면 어떻게 할까. 그러나 결국 아무도 들어오지 않았다. 또 유체화해서 벽을 통과할 필요는 없었다. 그러나 그녀는 긴장을 풀지 않았다. 들것이 사라진 커튼을 계속 응시하며, 갱단의 리더가 침대에서 빠져나와 그녀에게 달려오는 광경을 상상했다.

"거기 자네, 혹시 도움이 필요하나?"

등 뒤에서 목소리가 들려오자, 제니퍼는 화들짝 놀라며 몸을 뺐다.

작은 체구의 호리호리한 사내였고, 눈에 확 띄는 용모를 하고 있었다. 포니테일로 묶은 빨간 금속성 머리카락, 섬세한 이목구비. 흰 의사 가운 아래에는 18세기 시인풍의 주름 장식이 달린 샛노란 셔츠와 몸에 꼭 끼는 녹색 바지를 입고 있었다. 제니퍼는 당혹한 표정으로 눈을 깜박였다.

"놀랐다면 미안하네." 그는 마음 놓으라는 듯한 시늉을 하며 말했다. 묘한 울림을 가진 이국적인 악센트였고, 상당히 매혹적인 울림을 가지고 있었다.

"어, 아뇨 괜찮아요. 전 그냥…… 피곤해서."

"처음에는 간호사인가 했는데, 이 병원 직원이 아닌 거 맞지?"

"예." 그녀는 고개를 돌리며 겸연쩍게 웃었다.

"뭔가 괴로운 일이 있는 모양인데, 내가 도와줄 수 있는 일이 없을까?"

사내는 친절한 얼굴에 상냥한 미소를 떠올렸다. 처음부터 호감을 느꼈던 제니퍼는 그의 품에 와락 안겨 흐느끼면서 몽땅 털어놓고 싶다는 충동을 가까스로 억눌렀다. "아뇨. 괘, 괜찮아요. 그냥 좀 쉬면 괜찮아질 거예요." 그녀가 말했다.

사내는 찬찬히 그녀를 훑어보았다 ― 기이하기 짝이 없는 보라색 눈으로. 그러더니 한순간 뭐라고 말하려고 했다. 마치 그녀의 말을 반박하려는 듯이. 그러나 다음 순간 그는 마음을 바꿨고, 입을 다물었다. "알았네. 하지만 뭐든 필요하면 언제든 나를 부르게."

"감사합니다."

사내는 자리를 떴다. 그녀 못지않게 피곤해 보였지만, 흰 의사 가운을 걸쳤으면서도 그 동작은 지극히 우아했다.

술에 취한 사내가 열 좌석쯤 떨어진 곳에 와서 앉더니 말했다. "방금 네 마음을 읽은 것이 틀림없어."

"뭐라고요?" 제니퍼는 되물었다.

"그게 저 선생 능력이거든. 다른 사람의 마음을 읽는다고. 닥터 타키온은."

맞다, 닥터 타키온이다. 그럼 다 알아차렸다는 얘기다. 그녀를 바라보고, 그녀의 마음을 읽은 그는—이제 그녀가 에이스라는 사실을 알고 있었다. 그녀에 대해 모든 것을 알고 있었다. 그럼에도 그는 아무 말도 하지 않았다. 아무 일도 일어나지 않았던 것이다. 제니퍼는 거의 웃음을 터뜨릴 뻔했다.

응급실 밖의 하늘이 밝아오기 시작하자 제니퍼는 떠날 때가 되었다고 판단했다. 트리샤의 행방은 여전히 오리무중이었다.

그러나 드러머 말에 의하면 트리샤는 토니와 함께 있었다. 아마 전화번호부에도 이름이 실려 있을지도 모른다. 그렇게 번호를 알아내서 전화를 걸고, 트리샤를 바꿔달라고 하면 어떨까……. CBGB 관계자라면 틀림없이 그의 집 주소나 전화번호를 알고 있을 것이다. 그러니까 아직 트리샤를 찾아내는 것은 불가능하지 않다. 아직 절망하기는 이른 것이다.

그녀는 서쪽에 위치한 바워리로 되돌아가기 시작했다. 어느새 가로등 불빛이 희미해지더니 신문 트럭이 우르릉거리며 지나갔다. 이미 동이 튼 것이다. 제니퍼는 밤새도록 달린 것이나 마찬가지였다. 정말이지 이런 모험을 하게 될 줄이야. 쓴웃음이 치밀어 오른다.

새벽 교통량이 늘어나면서 행인들도 하나둘씩 보도를 오가기 시작했다. 상점 주인들도 밖으로 나와 진열장 앞의 쇠격자를 열고 있었다.

그들은 헝클어진 머리에 얄팍한 겉신을 신고, 수술복 위에 흰 의사 가운을 걸친 모습으로 터벅터벅 걸어오는 제니퍼를 흘끗흘끗 보았지만, 뚫어지게 쳐다보거나 하지는 않았다. 그녀는 정상적인 모습이 아니었지만, 시내의 이 구획에서 도대체 무엇을 정상적이라고 할 수 있단 말인가? 그런 일에 신경을 써봤자 무의미하다.

앞쪽에 이 동네에서는 인기가 있는 듯한 다이너의 간판이 보였다. 배 속이 꾸르륵거렸다. 엄청나게 배가 고팠고, 스크램블드에그와 팬케이크가 수북이 담긴 접시는 완벽한 해결책처럼 느껴졌다. 의사 가운의 호주머니에 쑤셔 넣은 봉투에는 1만 달러 이상의 현금이 들어 있으니 좋은 아침 식사를 하는 데는 아무 문제도 없다. 다이너에 있는 손님들에게 모두 아침을 사줄까.

제니퍼는 다이너의 창문 앞을 지나 문으로 갔다. 그러다가 흠칫 멈춰 섰고, 뒷걸음질 친 다음 창 안쪽을 들여다보았다. 창문에 붙어 있는 중앙 부스석에 트리샤가 앉아 있었다. 트리샤와 함께 앉아 있는 두 사내는 밴드의 리드싱어와 기타리스트였다. 다른 한 명의 그루피도 함께 앉아 있었다. 기타리스트는 스무 개의 손가락으로 탁자 위를 톡톡 치고 있었다. 리드싱어의 빛을 발하는 머리카락은 아침 햇살 아래에서는 우중충하고 축 늘어진 것처럼 보였다. 그들은 커피를 마시며 천하태평한 기색으로 웃고 떠드는 중이었다. 빈 접시와 커피포트가 테이블 위에 어수선하게 놓여 있었다. 밤새도록 그곳에 앉아 잡담을 하며 노닥거렸다고 해도 전혀 위화감이 없는 광경이었다.

제니퍼는 유리창을 똑똑 두들겼다. 주먹으로 유리창을 박살 내지 않으려면 이러는 수밖에 없었다.

트리샤는 고개를 들었고, 놀란 듯이 입을 열고 눈을 깜박였다. 제니퍼는 다이너의 정문을 통해 안으로 들어갔고, 트리샤가 앉아 있는 테이블로 갔다. 트리샤는 여전히 아연실색한 표정으로 그녀를 바라보고 있었다. 제니퍼는 팔짱을 꼈다. 부스석에 앉아 있던 다른 세 사람은 제니퍼의 얼굴 표정을 보고 두려운 듯이 몸을 움츠렸다.

마침내 트리샤가 입을 열고 말했다. "하느님 맙소사. 제니퍼, 너 도대체 어디 가 있었어? 그런 **최고의** 파티를 놓치다니!"

마치 파티를 놓치고 시내에서도 가장 더럽고 위험한 동네에 처박혀 있지 않았던 것 모두가 제니퍼의 잘못이라는 투였다. 제니퍼는 하고 싶은 말이 너무 많아서 어디서부터 시작해야 할지 갈피를 잡을 수 없었다.

제니퍼는 잠깐 생각한 뒤에 말했다. "실은 내가 갔던 파티 쪽이 네 파티보다 훨씬 나았던 것이 아닌가 하는 생각이 들어." 그녀는 흰 의사 가운 자락을 걷어 새로 입수한 의상을 자랑하듯이 보여주었다. "트리시, 왜 내가 올 때까지 기다려주지 않았어? 적어도 어디 가는지는 얘기해줄 수는 있었잖아? 난 너를 찾으려고 온갖 곳을 돌아다녔다고."

트리샤는 부스석 안에서 몸을 움츠리더니 한쪽 어깨를 으쓱해 보이며 아양을 떨듯이 속눈썹을 깜박여 보였다. "바로 뒤에서 따라오는 줄 알았어. 맹세코 정말이야."

이 질문에는 딱히 대답할 말이 없었다. 귀가 시간을 넘겨도 한참 넘긴 시각이다. 제니퍼는 몸을 돌려 다이너 밖으로 걸어 나왔다. 트리샤가 쫓아올 것이라고는 생각하지 않았고, 역시나 그녀는 제니퍼의 기대를 저버리지 않았다. 이렇게 말하기는 했지만 말이다. "제니퍼, 기다려! 맙소사, 어쩜 넌 그렇게 **고지식할** 수가 있니."

제니퍼는 다이너의 외벽에 어깨를 기댄 채로 잠시 서 있었다. 화를 내기에는 너무 피곤했고, 생각을 하려고 해도 마비된 듯한 머리는 말을 듣지 않았다. 이제 어떻게 해야 할까. 밤새도록 거리를 뛰어다녔는데, 그 결과로 얻은 게 뭔가? 잔뜩 물집이 잡힌 발. 자신의 에이스 능력에 대한 새로운 이해. 현금이 잔뜩 든 봉투.

경찰에게 돈 봉투를 넘길 수는 없었다. 그렇다고 자기 돈처럼 쓰는 것도 내키지 않았다. 그렇다면 어디 하수구에라도 던져놓을까? 운 좋게 그걸 찾아낸 부랑자가 술을 퍼마실 수 있도록?

아니, 그러느니…….

♦

제니퍼는 조커타운에 있는 병원으로 되돌아갔다. 병원 안의 벽가에 투입구가 있고 자물쇠로 잠긴 상자 하나가 거치되어 있었고, 그 옆의 벽에 '기부'라고 쓰인 팻말이 걸려 있던 것을 기억해냈기 때문이다. 팻말 아래쪽에는 더 작은 글자로 '적은 액수라도 도움이 됩니다!'라고 쓰여 있었다.

제니퍼는 문을 열고 슬쩍 들어가서 다른 사람의 눈에 띄지 않도록 벽가를 따라 움직였다. 병원 안은 조용했다. 어젯밤 본 기억이 있는 간호사는 접수 데스크에 팔을 괴고 엎드린 채로 앉아 있었다. 야근이 거의 끝난 것일까.

제니퍼는 기부금 상자의 투입구에 재빨리 돈 봉투를 집어넣었다. 쉽지는 않았다—투입구는 동전이나 지폐 몇 장을 넣기 위한 것이지, 연봉 수준의 거액을 한꺼번에 넣기 위한 것이 아니었기 때문이다. 그러나 어찌어찌 쑤셔 넣을 수 있었다. 돈 봉투는 쿵 하는 만족스러운 소리를 내며 상자 바닥에 떨어졌다.

제니퍼는 잠시 상자를 응시했다. 원한다면 되돌릴 수도 있었다. 그냥 꺼내기만 하면 그만이니까 말이다. 그러나 역시 그럴 수는 없었다. 크로이드가 말했듯이, 옳은 행동에는 때와 장소가 있는 법이고, 지금 그녀가 한 행동은 밤새 했던 그 어떤 행동보다도 옳게 느껴졌기 때문이다.

그런 반면, 집으로 가려면 지하철삯이 필요했다. 제니퍼는 유체화한 손을 기부 상자에 넣어 구겨진 지폐를 한 장 꺼냈다. 그런 다음 밤사이에 잃어버린 옷과 장신구 대금으로 한 장을 더 꺼냈다. 이건 받아도 상관없다. 그렇지 않은가? 그녀는 세 번째 지폐를 꺼내려다가 퍼뜩 손을 멈췄다. 두 장만으로도 이미 충분하다.

그녀는 거의 깡충깡충 뛰는 듯한 걸음걸이로 병원 밖으로 나왔다. 의사 가운 호주머니에 양손을 쑤셔 넣고, 고개를 높이 들고 기운차게 걸어간다. 미소 띤 얼굴로.

사냥꾼이 왔다

존 J. 밀러

도(道)가 앞에 나타나기를 바란다면 옳고 그름에 연연하지 말지 어다.

— 승찬 대사, 《신심명(信心銘)》

1

고요하고 시원한 산을 떠나 푹푹 찌고 끈적끈적한 여름 날씨에 시달리는 도시로 진입하는 고속버스 안에서, 브레넌은 주위 풍경으로부터 모든 색채가 스러져가는 광경을 바라보았다. 목초지와 풀밭은 끝없이 이어지는 아스팔트 주차장들로 대체되었고, 건물들도 점점 높아지며 도로로 바싹 다가오고 있었다. 납빛 가로등 기둥이 중앙분리대와 도로변의 가로수들을 대신했다. 하늘조차도 당장이라도 비가 쏟아질 듯한 찌뿌둥한 잿빛으로 변했다.

브레넌은 포트오소리티*에서 다른 승객들과 함께 버스에서 내렸다. 승객들은 무수히 많은 각자의 목적지를 향해 뿔뿔이 흩어졌다. 그들은 대도시 주민들이 으레 그렇듯이 서로 눈을 맞추는 것을 피했고, 브레 넌에게도 한 번 짧게 눈길을 주었을 뿐이었다. 어차피 브레넌에게는 남 의 눈을 끄는 요소 따위는 없었지만 말이다.

브레넌은 키가 컸지만 과도하게 크지는 않았다. 체격은 우람하기보 다는 날씬하고 유연한 편에 더 가까웠다. 손은 컸고, 볕에 그은 데다가 흉터투성이였다. 손등에는 정맥과 힘줄이 굵은 철사처럼 울룩불룩 돋 아나 있었다. 가무잡잡한 얼굴은 갸름했고, 별다른 특징이 없었다. 해지 고 빛바랜 데님재킷과 검은 면티에 신품 청바지 차림이었고, 발에는 검 은색 러닝슈즈를 신고 있었다. 왼손에 작고 부드러운 가방을, 오른손에 는 납작한 가죽 케이스를 들고 있다.

포트오소리티 버스 터미널에 인접한 42번가는 인파로 붐비고 있었 다. 브레넌은 행인들의 흐름에 합류해서, 조커타운의 조금 얌전한 구획 보다 아주 조금만 덜 지저분한 수준의 맨해튼의 어떤 구획에 도달했다. 거기서 몇 블록을 더 가다가 북적대는 인파에서 빠져나왔고, 딱 봐도 인 근 매춘부들의 일터임을 알 수 있는 입스위치 암스 호텔의 부슬부슬한 돌계단을 올라갔다. 요즘은 더 자극적인 것을 찾아 조커타운으로 몰리 는 사람이 많은 탓인지 경기는 안 좋아 보였다. 조커타운 쪽이 더 싸게 먹히는 데다가, 브레넌이 읽은 기사들이 조금이라도 사실이라면, 훨씬 더 자극적이었기 때문이다.

프런트 직원은 혼자인 데다가 짐까지 들고 있는 브레넌을 미심쩍은 표정으로 쳐다보았지만 그가 내민 돈을 받고 방 번호를 알려주었다. 딱 예상했던 것만큼 작고 지저분한 방이었다. 브레넌은 방문을 닫은 다음

---

*   맨해튼 미드타운에 위치한, 뉴욕 및 뉴저지 항만공사 산하의 시외버스 터미널.

방바닥에 가방을 내려놓았고, 가죽 케이스를 매트리스가 아래로 처진 침대 위에 조심스럽게 올려놓았다.

방 안은 푹푹 쪘지만 브레넌은 이보다 훨씬 더운 곳에서 살아본 적도 있었다. 삭막하고 지저분한 벽들이 사방에서 조여 들어오는 듯한 폐색감을 느꼈지만, 창문을 열어보았자 여기서는 별 도움이 안 될 것이다. 브레넌은 침대에 드러누웠고, 머리 위에서 경주를 벌이고 있는 바퀴벌레들에게는 아랑곳하지 않고 페인트가 벗겨진 천장을 똑바로 올려다보았다. 어제 받은 편지에 쓰인 글이 뇌리에서 떠나지 않는다.

"브레넌 대위님, 그자가 여기 있습니다. 제 눈으로 똑똑히 보았습니다만, 아무래도 그쪽에서도 저를 알아본 것 같습니다. 레스토랑으로 와주십시오. 신중하게, 하지만 당당하게."

보낸 이의 서명은 없었지만 민의 단정한 필체는 한눈에 알아볼 수 있었다. 보낸 이의 주소도 적혀 있지 않았지만 상관없었다. 3년 전 브레넌이 몰래 귀국했을 당시 민은 자기 레스토랑에 그를 며칠 숨겨준 적이 있었다. 그리고 옛 친구인 민이 언급한 인물이 누구인지에 대해서도 의문의 여지가 없었다. 키엔이다.

눈을 감자 얼굴이 하나 떠올랐다. 남성적이고, 군살이 없으며, 포식동물을 연상시키는 얼굴. 그는 그 얼굴을 향해 사라지라고 명령했다. 의식 깊숙한 곳에서 척수성(隻手聲), 한 손으로 박수치는 소리를 소환함으로써 마음을 완전히 비우려고 해보았다. 그렇게 되도록 노력했지만, 결국 실패했다. 얼굴이 미소 지으며 그를 조롱했다. 얼굴이 웃기 시작했다.

브레넌은 침대 위에 앉아 밤의 어둠과, 그것이 소환하는 것들이 오기를 기다렸다.

2

공기는 무미건조하고 정체되어 있었다. 700만 명에 달하는 인구가 밀집해서 살고 있는 도시의 악취가 브레넌의 콧속을 가득 채웠다. 3년 동안을 산속에서 살아왔기에 이런 환경은 낯설게밖에는 느껴지지 않았지만, 여전히 그것을 역이용하는 데는 문제가 없었다. 브레넌은 몇백 몇천 명의 군중 속으로 녹아들었다. 납작한 가죽 케이스를 들고 엘리자베스가(街)에 있는 민의 레스토랑으로 걸어가는 그를 본 사람은 있어도 주시한 사람은 없었고, 그의 목소리를 들은 사람은 있어도 그것을 기억하는 사람은 없었다.

길거리가 잠재적인 고객들로 붐비고 있는 이른 저녁임에도 불구하고, 레스토랑은 닫혀 있었다. 묘하다. 레스토랑에서 밖에서 들여다보이는 유일한 공간인 앞 현관 내부는 어두웠다. 바깥 유리문 안쪽에 걸려 있는 팻말에는 영어와 베트남어로 '닫힘. 다시 방문해주십시오'라고 쓰여 있었다. 건물 앞길에서는 양아치 같은 사내 세 명이 빈둥거리며 시시덕거리고 있었다.

브레넌은 길모퉁이를 향해 걸어가며 갑자기 솟구친 불안감을 침착함의 망토로 덮으려고 노력했다. '도'를 수행함으로써 삶의 목표를 얻으려고 결심한 그에게 스승인 이시다가 처음 전수해주었던 일련의 호흡법을 실시한다. 불안감, 두려움, 예민함, 증오―이런 감정은 그에게는 아무런 도움도 되지 않는다. 지금 브레넌이 필요로 하는 것은 산속 호수처럼 명징하고 물결 한 점 일지 않는 형언할 수 없는 고요함이었다.

키엔은 아직도 살아 있다. 그 부분은 단 한 번도 의심한 적이 없었다. 키엔처럼 교활하고 무자비한 생존의 달인에게 사이공 함락 따위는 단지 귀찮은 사고에 불과했을 것이다. 조금 시간이 걸리기는 했겠지만, 키엔이 베트남 국내에서 거느리고 있던 조직 못지않게 강력하고 무자비한 범죄 조직을 뉴욕 시에 구축했다는 사실을 브레넌은 의심하지 않았다. 그 편지가 쓰이고 배달된 후 브레넌이 행동에 나서기까지는 며칠이 걸렸고, 이것은 키엔의 부하들이 민의 거처를 알아내기에는 충분한 시간이었다.

브레넌은 길모퉁이를 돌아 다른 행인들의 주의를 끄는 일 없이 민의 레스토랑과 맞닿은 옆 골목 안으로 슬쩍 들어갔다. 어두운 골목 안에는 죽음 같은 고요함과 악취가 감돌고 있었다. 브레넌은 수거되지 않은 쓰레기 더미 곁에 웅크린 채로 귀를 기울이고, 골목 안을 훑어보았다. 골목의 어둠에 눈이 익은 뒤에도 쓰레기 더미를 뒤지는 고양이들을 제외하면 아무것도 보이지 않았고, 고양이들이 부스럭거리며 먹이를 찾는 소리를 제외하면 아무 소리도 들리지 않았다.

브레넌은 케이스를 내려놓고 걸쇠를 풀었다. 어둠 속에서 케이스는 거의 보이지 않았지만, 조명 따위가 없어도 그 안에 있는 물건을 조립하는 데는 아무런 지장도 없었다. 상하의 림*을 중앙 손잡이에 끼워놓고, 확실하고 숙련된 동작으로 아래쪽 림의 고자에 시위를 건 다음 그 사이로 한쪽 발을 디딘다. 아래쪽 림 끄트머리를 발로 지탱하면서 허벅지 뒤쪽에 댄 위쪽 림을 구부리고, 그 끄트머리의 고자에 시위를 걸면 끝이었다. 그는 팽팽해진 시위를 손가락으로 살짝 퉁겼고, 시위가 발하는 나직한 울림에 귀를 기울이며 희미한 미소를 떠올렸다.

브레넌의 손에 들려 있는 것은 주목의 심을 유리섬유의 층들로 감

---

*   활대.

싼 전장 42인치의 리커브드 보*였다. 브레넌은 이것이 좋은 활이라는 사실을 알고 있었다. 자기 손으로 직접 만들었기 때문이다. 그의 활은 장력이 30킬로그램에 달하는 덕에 사슴이나 곰 또는 인간을 죽이기에 충분한 위력을 가지고 있었다.

케이스에는 활과 함께 세 손가락 장갑 한 짝과 작은 화살통이 들어 있었다. 브레넌은 오른손에 장갑을 끼고, 벨크로탭으로 화살통을 허리띠에 부착했다. 화살 한 대를 꺼낸다. 폭이 넓은 수렵용 촉에 면도날처럼 날카로운 활깃 네 개가 달려 있었다. 그는 화살을 팽팽한 시위에 느슨하게 메긴 다음, 수거되지 않은 쓰레기 더미를 뒤지는 고양이들보다 훨씬 더 조용하게 레스토랑의 뒷문까지 갔다.

귀를 기울여보았지만 아무 소리도 들리지 않았다. 문을 당겨보니 잠겨 있지 않았기 때문에 1센티미터 정도 빼꼼히 열어보았다. 골목 안으로 등불이 새어 나오며 주방의 일부가 눈에 들어왔다. 역시 텅 비어 있었고, 조용했다.

브레넌은 슬쩍 안으로 들어갔고, 소리 없는 그림자가 되어 반짝이는 스테인리스강과 흰 법랑으로 이루어진 주방 내부를 이동했다. 자세를 낮추고, 식당으로 이어지는 쌍여닫이문 앞으로 재빨리 달려가서, 문에 난 타원형 창문을 조심스럽게 들여다본다. 식당 안에서는 그가 우려하고 있던 광경이 펼쳐지고 있었다.

웨이터들과 요리사들과 손님들은 식당 구석에 모여 서서 자동권총으로 무장한 사내의 감시를 받고 있었다. 다른 두 사내가 큰대자로 벽을 등지고 있는 민의 양팔을 좌우에서 꼼짝 못 하게 붙들고 있는 동안, 남

---

* 위력 강화를 위해 활의 상하 그트머리가 앞을 향해 구부러진 활.

은 한 사내가 민을 구타하고 있었다. 민의 얼굴은 불그죽죽한 멍으로 뒤덮인 데다가 피투성이였고, 눈은 퉁퉁 부어서 아예 보이지도 않았다. 마지막 사내는 가죽으로 감싼 짧은 철봉을 규칙적으로 휘두르면서 민에 대한 심문을 병행하고 있었다.

브레넌은 창문 아래에서 웅크리며 이를 악물었다. 분노로 목의 혈관이 울룩불룩 튀어나오고, 얼굴이 홍조를 띠었다.

이걸로 키엔이 민을 알아보고 부하들에게 수색 명령을 내렸다는 점은 명백해졌다. 민은 미국에서 키엔을 알아볼 수 있는 몇 안 되는 사람일 뿐만 아니라, 키엔이 ARVN*의 장군이라는 자신의 지위를 체계적으로 가차 없이 악용함으로써 조국을 배신하고, 부하들을 배신하고, 동맹군인 미군까지 배신했다는 사실을 알고 있었다. 브레넌 역시 키엔의 정체를 알고 있었다. 키엔이 미국에서 어떤 지위를 획득했든 간에, 시의 당국자들이 그를 존중하고, 그의 말에 귀를 기울이고, 그를 두려워할 가능성조차 있다는 사실도 알고 있었다. 그런 키엔에 비해, 사이공 함락 시의 추태에 넌더리를 내고 미 육군에서 탈영한 브레넌은 고국인 미국에서는 일개 범법자에 불과했다. 그가 고향인 미국으로 돌아왔다는 사실을 아는 당국자는 아무도 없었고, 브레넌도 그런 상태가 줄곧 유지되기를 희망하고 있었지만 말이다.

브레넌은 뒷주머니에 손을 넣어 복면을 꺼냈고, 그대로 머리에 뒤집어썼다. 윗입술에서 정수리까지의 얼굴 부분을 완전히 가려주는 복면이었다.

잠시 심호흡을 하며, 머릿속에서 소용돌이치는 감정들을 텅 빈 무

---

* 　　베트남 공화국 육군. 월남군.

(無)에 잠기게 함으로써 분노와 공포와 친구의 존재를 망각하고, 복수심을 망각하고, 급기야는 자기 자신까지 망각했다. 그는 무가 됨으로써 모든 것이 되었다. 이제 그는 분노와도, 침착함과도 무관한 존재였다. 그는 소리 없이 일어서서 문을 밀고 들어갔고, 테이블 뒤에서 한쪽 무릎을 꿇고 첫 번째 화살의 시위를 잡아당겼다.

스승 이시다의 조용하고 확신에 찬 목소리가 거대한 종이 울리는 나른한 소리처럼 그의 마음을 가득 채웠다.

"겨냥하는 자가 되는 동시에 겨냥당하는 자가 되고, 맞히는 동시에 맞는 자가 되라. 비워지기를 기다리는 가득 찬 그릇이 되라. 올바른 순간이 오면 어떤 생각도 방향도 없이 너의 짐을 해방하고, 그럼으로써 '도'를 찾으라."

그는 보지 않으면서도 겨냥했고, 그의 표적이 사람인지 건초 더미인지도 생각하지 않고 첫 번째 화살을 날렸고, 허리띠에 찬 화살통에서 다음 화살을 꺼내서 메겼고, 활을 들어 올려 시위를 당겼다. 첫 번째 화살은 아직도 공중을 가르는 중이었다.

그가 세 번째 표적을 맞히기 위해 방향을 바꿨을 때 첫 번째 화살이 표적에 명중했다. 사내들이 그의 습격을 알아차린 것은 두 대째의 화살이 명중하고 네 대째의 화살이 시위를 떠났을 때였다. 무엇을 하기에는 이미 너무 늦었다.

공의 경지로 들어가기 전에 그는 표적의 우선순위를 미리 정해놓고 있었다. 첫 번째 표적은 권총을 뽑아 들고 인질들을 감시하고 있는 사내였다. 화살은 사내의 왼쪽 등 높은 곳에 박혔고, 그대로 심장을 관통해서 한쪽 폐를 가른 다음 가슴 밖으로 15센티미터나 튀어나왔다. 깜짝 놀란 표정을 떠올린 사내는 화살의 충격으로 앞으로 고꾸라졌고, 거기 있던 웨이터의 품 안으로 쓰러졌다. 두 사람 모두 사내의 가슴에서 튀어나온 피에 물든 알루미늄 화살을 응시했다. 총을 쥐고 있던 사내는 욕설을 내뱉거나 아니면 기도문을 외우려는 듯이 입을 열었지만, 입에서 피가 솟구쳐 나온 탓에 결국 아무 말도 하지 못했다. 다리 힘이 풀린 사내가 맥없이 앞으로 쓰러지자 웨이터는 황급히 손을 놓았다.

민을 붙들고 있던 두 사내도 손을 놓았다. 민이 바닥에 풀썩 쓰러지는 것과 동시에 사내들은 허리에 찬 권총으로 손을 뻗치려고 했다. 한 명은 총을 뽑기도 전에 손과 배가 동시에 꿰뚫렸고, 다른 한 명은 벽에 못 박혔다. 벽에 못 박힌 사내는 권총을 떨어뜨리고 건조대에 핀으로 고정된 곤충 표본처럼 자기 몸을 꿰뚫은 화살대를 움켜잡았다. 민을 심문하고 있던 마지막 사내는 뒤로 몸을 홱 돌리려다가 옆구리에 화살을 맞았다. 화살촉은 위를 향하며 갈비뼈 사이를 지나 그의 심장을 관통했고, 그대로 뚫고 올라가서 오른쪽 어깨 위에서 튀어나왔다.

이 모든 일에 걸린 시간은 9초였다. 느닷없이 찾아온 정적을 깨는 것은 벽에 못 박힌 사내의 입에서 간간이 흘러나오는 흐느낌뿐이었다.

브레넌은 단 열두 걸음 만에 방을 가로질렀다. 인질들은 넋이 나간 탓에 아직 움직이지도 못했다. 악당 두 명은 즉사했다. 브레넌은 그런 사실에 딱히 희열을 느끼거나 하지는 않았다. 식량을 얻기 위해 사슴을 죽일 때 희열을 느끼지 않는 것과 마찬가지로 말이다. 그냥 할 필요가 있었기 때문에 하는 일에 불과했다. 이들에 대해 불필요한 연민을 느끼지도 않았지만 말이다.

화살에 배를 관통당한 사내는 쇼크 상태에 빠져 의식을 잃고 바닥에서 웅크리고 있었다. 가슴을 관통한 화살에 의해 벽에 못 박혀 있는 다른 사내는 아직도 의식이 있었다. 브레넌의 눈을 본 그의 얼굴이 공포로 일그러졌고, 흐느낌 소리는 큰 울음소리로 변했다.

브레넌은 아무런 가책도 느끼지 않고 사내를 응시했다. 그가 화살통에서 화살 한 대를 뽑는 것을 본 사내는 횡설수설하기 시작했다. 브레넌은 손에 쥔 화살을 재빨리 휘둘렀다. 폭이 넓은 화살촉은 마치 면도날처럼 쉽게 사내의 목을 갈랐다. 브레넌은 상대의 목에서 갑자기 솟구쳐 나온 피를 피해 무감동하게 옆으로 비켜섰고, 화살을 다시 화살통에 집어넣은 다음 민 곁에 한쪽 무릎을 꿇고 앉았다.

민의 부상 상태는 심각했다. 사지가 모두 부러져 있었다. 이런 상태에서 벽에 매달려 있다시피 했으니 엄청난 고통에 시달렸을 것이고, 내장도 심각하게 손상되었을 것이다. 민의 호흡은 갸냘팠고 불규칙했다. 퉁퉁 부어오른 눈은 설령 뜰 수 있다고 해도 초점을 맞출 수 있을지 의문이었다.

"**옹 라 아이(Ông là ai)?**" 브레넌의 손이 상처 부위를 부드럽게 만지는 것을 느낀 민이 말했다. 누구야?

"브레넌."

민은 귀기 서린 미소를 떠올렸다. 피가 입술 위에서 부글거리며 붉게 물든 이가 드러났다.

"오실 걸 알고 있었습니다, 대위님."

"말하지 마. 빨리 도움을 요청해서—"

민은 고개를 가로저었다. 이 동작이 부담이 됐는지 민은 쿨럭거렸고, 고통으로 얼굴을 찡그렸다.

"아뇨. 전 어차피 죽습니다. 하지만 이 얘긴 꼭 해야. 키엔이 맞습니다. 이걸로 확실해졌습니다. 놈들은 제가 또 누구한테 알렸는지 알고 싶어 했지만, 저는 말하지 않았습니다. 놈들은 대위님 일은 모릅니다."

"곧 알게 될 거야." 브레넌은 약속했다.

민은 또 쿨럭거렸다.

"대위님을 돕고 싶었습니다. 옛날 그랬듯이. 옛날 그랬듯이." 민은 잠시 의식을 잃은 듯했다. 브레넌은 고개를 들었다.

"구급차를 불러." 그는 명령했다. "경찰도. 경찰이 오면 가게 앞에 세 명이 더 있다고 얘기해. 빨리."

웨이터 한 명이 벌떡 일어나 황급히 그의 지시에 따랐다. 그러는 동안에도 다른 사람들은 얼이 빠진 표정으로 그를 바라보고만 있었다.

"돕고 싶었습니다." 민이 되풀이해 말했다. "돕고 싶었습니다." 그는 잠시 침묵했다가, 온몸의 힘을 쥐어짜서 뚜렷하고 사리에 맞는 말을 하려고 시도했다. "이걸 꼭 아셔야 합니다. 먼저 스카*가 마이를 납치했습니다. 저는 놈이 어디로 마이를 데려갔는지 알아내려고 그 뒤를 밟다가 놈과 키엔이 리무진 뒷좌석에 함께 앉아 있는 걸 목격했습니다. 크리스털팰리스로 가서 크리설리스를 만나십시오. 그녀라면 스카가 마이를 어디로 데려갔는지 알지도 모릅니다. 저는…… 알아내지…… 못했습니다." 민의 마지막 말은 피가 섞인 기침의 발작으로 띄엄띄엄 중단되었다.

"왜 놈들이 마이를 납치했지?" 브레넌은 부드럽게 물었다.

"그 아이의 손. 빌어먹을 손 때문입니다."

브레넌은 민의 이마에 송글송글 맺힌 땀을 닦아주었다.

"이제 편히 쉬게." 그는 말했다.

그러나 민은 그의 말을 무시하고 억지로 상체를 일으켜 브레넌의 팔을 움켜잡았다.

"마이를 찾아주십시오. 제 딸을. 도와주십시오."

---

*   '흉터'라는 뜻.

민은 몸을 젖히고 한숨을 내쉬었다. 입술 위에서 피거품이 부글거렸다.

"**또이 멧(Tôi met).**" 민은 말했다. 저는 지쳤습니다.

브레넌은 비통함을 억누르기 위해 이를 악물고, 베트남어로 나직하게 대답했다.

"그럼 쉬게."

민은 고개를 끄덕이고, 죽었다.

브레넌은 민을 천천히 눕혀주었고, 정좌한 채로 세차게 눈을 깜박이며 눈물이 나오려는 것을 억눌렀다. 또 한 명이 죽었어. 그는 되뇌었다. 또 죽어버렸어. 키엔은 반드시 이 죽음의 대가를 치를 것이다.

브레넌은 일어서서 주위를 둘러보았고, 그가 방금 구출한 사람들의 얼굴에 두려움밖에는 깃들어 있지 않다는 사실을 알았다. 여기서 더 시간을 허비해보았자 의미가 없었다. 경찰은 대답하기 곤란한 질문밖에는 하지 않을 것이다. 이를테면 그의 본명 같은. 대니얼 브레넌이 아직도 살아 있으며 미국으로 돌아왔다는 사실에 흥미를 가질 사람들은 많았다. 키엔은 그중 한 명에 불과했다.

경찰이 도착하기 전에 여길 떠나야 한다. 그리고 민이 남겨준 작은 단서를 확인해봐야 한다. 크리설리스. 크리스털팰리스.

그러나 브레넌은 문득 멈춰 섰고, 해방된 인질들 쪽으로 몸을 돌렸다.

"펜이 필요해." 그는 말했다.

웨이터 한 명이 가지고 있던 펠트펜을 말없이 브레넌에게 건넸다. 그는 잠시 선 채로 생각에 잠겼다. 키엔으로 하여금 한밤중에 식은땀을 흘리며 벌떡 깨어나서, 대답할 수 없는 의문을 곱씹고 고민하도록 하려면 어떻게 해야 할까. 이런다고 당장 효과가 나지는 않겠지만, 충분한 수의 메시지와 부하 시체들을 남긴다면, 결국에는 그렇게 될 것이다.

브레넌은 화살로 벽에 못 박혀 있는 사내의 시체 옆 벽에 **"다음은 네 차례야, 키엔"**이라는 메시지를 휘갈겨 썼다. 그런 다음 서명하려다가 퍼뜩 동작을 멈췄다. 여기서 이름을 밝히는 건 현명한 선택이 아니다. 그런 다면 그의 공격에서 미지의 공포라는 요소는 완전히 사라지고, 키엔과 그의 졸개들과 정부 내의 협력자들에게 너무나도 구체적인 단서를 남겨 주게 된다. 그러자 갑자기 영감이 떠올랐다. 브레넌은 미소 지었다.

베트남에서 브레넌이 참가했던 마지막 작전—키엔이 브레넌과 그의 부대를 배신하고, 월맹군의 손에 넘겨주었던 그 작전—의 암호명은 '요먼(Yeoman)'이었다. 그걸 보면 키엔은 깊은 생각에 잠길 것이 뻔했다. 키엔은 요먼이라는 이름 뒤에 숨어 있는 인물이 브레넌이라고 의심할지도 모르지만, 반드시 그렇다고 확신하지는 못할 것이다. 이렇게 하면 키엔은 밤마다 괴로워하고, 이미 오래전에 묻어버렸다고 생각한 악행의 기억이 그의 꿈을 잠식할 것이다. 게다가 불길하면서도 신랄한 이 이름은 브레넌에게도 잘 어울린다.

브레넌은 짧은 메시지 아래에 '요먼'이라고 서명했고, 막판에 또 떠오른 영감이 명한 대로 조그만 스페이드 에이스 무늬를 그려 넣었다. 그가 베트남에서는 죽음과 악운의 상징인 이 기호의 내부를 검게 칠하는 것을 본 베트남인 웨이터들과 주방 직원들이 숙덕거리는 소리가 들렸다. 브레넌이 빌린 펜을 원래 주인에게 돌려주려고 하자 웨이터는 마치 새처럼 빠르고 경련적으로 고개를 가로저으며 받는 것을 거부했다.

"맘대로 해." 브레넌은 말했다. "크리스털팰리스로는 어떻게 가야 하지?"

한 사람이 더듬거리며 가는 법을 가르쳐주자 브레넌은 주방 뒷문을 통해 다시 어두운 골목으로 나갔다. 활을 다시 분해한 다음 케이스에 집어넣고, 경찰이 오기 전에 자리를 떴다. 브레넌은 여전히 복면을 뒤집어쓴 채로 골목과 어두운 길을 따라 움직였고, 어둠 속에서 유령처럼 어렴풋하게 떠오르는 행인들을 잇달아 지나쳤다. 개중에는 그를 응시하는 사람도 있었고, 자기 일에 몰두하느라고 아예 신경을 쓰지 않는 사람도 있었다. 그를 가로막는 사람은 아무도 없었다.

헨리가(街)에 위치한 크리스털팰리스는 한 블록 전체를 점령한 3층짜리 공동주택의 일부였다. 공동주택의 반은 1976년에 일어난 '조커타운 대폭동'에 파괴되었고 다시는 재건되지 못했다. 잔해의 일부는 제거되었지만, 나머지는 당장이라도 쓰러질 듯한 벽들 바로 옆에 잔뜩 쌓여 있었다. 브레넌은 그 앞을 지나가면서 인간인지 동물인지 모를 눈들이 잔해 더미 사이의 균열이나 틈새 사이로 번들거리며 그를 응시하는 것을 보았다. 딱히 가까이 가서 정체를 확인하고 싶은 생각은 들지 않았다. 보도를 더 나아가자 공동주택이 아직도 멀쩡하게 남아 있는 구획에 도달했다. 차양이 달린 입구로 들어가서 짧은 돌계단을 오르자 작은 대기실이 나왔고, 그곳을 통과하니 크리스털팰리스의 바가 나왔다.

술집 안은 어둡고 손님으로 붐비는 데다가 담배 연기로 자욱했다. 문간에서 신문을 팔고 있는 키가 작고 뚱뚱하며 긴 엄니가 튀어나온 인물이라든지, 작은 무대 위에서 콜 포터의 노래를 멋진 하모니로 불러젖히는, 머리가 두 개 달린 가수 같은 조커들도 간간이 눈에 띄었다. 가까이서 보지 않으면 조커라는 사실을 눈치채지 못할 정도로 정상에 가까운 사람도 있었다. 이를테면 잘생긴 정상인처럼 보이는 사내가 하나 있었는데, 잘 보니 코나 입 대신 코끼리의 코처럼 길게 만곡한 기관이 달려 있었다. 브레넌은 그 사내가 손에 쥔 잔에 그것을 빨대처럼 넣고 술을 마시는 광경을 목격했다. 개중에는 마치 자신이 와일드카드에 감염 되었다는 사실을 일부러 광고하려는 듯이 기형화한 신체 일부를 의도적으로 강조하는 의상을 착용한 경우도 있었다. 손님들 일부는 기형을 감추기 위해 가면을 썼지만, 가면을 쓴 사람들 중에는 조커의 은어로 일반인을 의미하는 내트들도 섞여 있었다.

"뭔가를 팔러 온 거야?"

이 질문이 자신을 향한 것이라는 사실을 브레넌이 깨닫기까지는 조금 걸렸다. 그는 긴 나무 카운터 끝에 있는 높은 스툴에 앉아서 짧고 뭉뚝한 다리를 공중에서 건들거리고 있는 사내를 보았다. 키가 120센티, 몸의 폭도 120센티쯤 되어 보이는 난쟁이였다. 난쟁이의 목은 기껏해야 참치 통조림의 높이 정도에 불과할 정도로 짧았지만, 성인 남자의 허벅지만큼이나 굵었다. 대리석 판처럼 견고하고 무표정한 사내였다.

"거기 샘플이 들어 있는 거 아냐?" 난쟁이는 브레넌의 손보다 족히 두 배는 커 보이는 손을 들어 브레넌이 든 가죽 케이스를 가리켰다.

"이건 그냥 내 장사 도구야."

"사샤."

바텐더 한 사람—가느다란 콧수염을 기르고 기름진 머리 한 올을 이마 위로 축 늘어뜨린 키가 크고 호리호리한 사내—이 난쟁이에게 몸을 돌렸다. 조금 전부터 브레넌은 이 사내가 엄청나게 빠르고 정확한 동작으로 칵테일을 만들어 내놓고 있는 광경을 시야 가장자리에서 포착하고 있었다. 바텐더가 자기 이름을 부른 난쟁이에게 몸을 돌렸을 때, 브레넌은 이 사내에게 눈이 아예 없고, 눈구멍이 있어야 할 자리는 매끄러운 피부로 완전히 덮여 있다는 사실을 깨달았다. 바텐더는 브레넌 쪽을 보더니 빠르게 고개를 끄덕였다.

"이 친구는 괜찮아, 엘모. 괜찮아." 그가 이렇게 말하자 난쟁이는 고 개를 끄덕였고, 말을 건 이래 처음으로 브레넌에게서 눈을 뗐다. 브레넌 은 의아한 표정으로 미간을 찌푸리며 입을 열려고 했지만, 바텐더가 말 하는 것이 먼저였다. 사샤는 카운터의 반대편 끄트머리를 가리키고 말 했다. "저기로 가면 돼."

브레넌은 입을 꽉 다물었다. 눈이 없는 사내는 슬쩍 웃더니 몸을 돌 리고 다른 칵테일을 섞기 시작했다. 브레넌은 바텐더가 가리킨 쪽을 보 았고, 그러자마자 숨을 훅 들이켰다.

여자는 피부색이 밝은 호리호리한 흑인 남자와 함께 구석 테이블에 앉아 있었다. 남자는 노란 용들로 장식되어 있으며, 브레넌의 눈에는 신 비한 주문처럼 보이는 자수를 놓은 빨간 기모노 가운을 입고 있었다. 남 자는 잘생겼지만, 옆얼굴을 볼 때 이마가 툭 튀어나와 있는 것이 옥에 티였다. 남자가 앉아 있는 의자는 보통 의자였지만, 여자는 검은 호두나 무 프레임에 빨간 벨벳 쿠션을 댄, 왕좌 크기의 호화로운 안락의자에 앉 아 있었다. 여자는 그때까지 홀짝이고 있던 꿀 색깔을 한 리큐어가 든 아주 조그만 크리스털 잔을 내려놓고, 브레넌을 똑바로 쳐다보며 미소 지었다.

여자는 나긋나긋한 몸에 밀착된 바지를 입고 있었고, 상체를 감싼 싸개 같은 천을 오른쪽 어깨로 모아놓은 탓에 한쪽 가슴은 그대로 노출 되어 있었다. 피부는 완전히 투명해서 그 아래에서 움직이는 흐릿한 근 육과 장기들이 그대로 보였다. 브레넌은 그녀의 몸을 그물처럼 관통하 는 동맥과 정맥을 꾸르륵거리며 이동하는 피를 볼 수 있었고, 그녀가 조 금만 몸을 움직여도 미끄러지듯이 신축하는 유령처럼 반투명한 근육을 볼 수 있었으며, 흉곽 속에서 맥박 치는 심장과 파닥이는 폐의 규칙적이

고도 끊임없는 움직임조차도 희미하게나마 볼 수 있었다.

여자는 브레넌을 보며 미소 지었다. 브레넌은 자신이 상대의 몸을 뚫어지게 쳐다보고 있다는 사실을 알고 있었지만, 도저히 눈을 돌릴 수가 없었다. 아름답다고 하기에는 너무나도 기괴했지만, 고혹적이었다. 노출된 한쪽 젖가슴은 완전히 투명한 탓에 종횡으로 교차하는 혈관과 크고 검은 젖꼭지밖에는 보이지 않았다. 그녀의 얼굴은—흐음, 뭐라고 해야 할까? 눈은 파란색이었고, 턱 근육에 감싸인 광대뼈는 보기 좋게 높았고, 코는 두개골에 난 구멍이었다. 젖꼭지와 마찬가지로 색깔이 있는, 마치 유혹하는 듯이 풍성한 붉은 입술은 신랄한 미소를 떠올리고 있었다. 머리카락은 없었고, 흰 두개골이 그대로 드러나 보였다. 브레넌은 손님들 사이를 누비며 그녀의 테이블로 다가갔다. 그런 그를 바라보는 그녀의 얼굴에는 초연하면서도 재미있어하는 듯한 표정—브레넌이 그녀의 기괴한 표정을 제대로 읽었다면 말이지만—이 떠올라 있었다. 브레넌은 그녀가 술을 홀짝일 때의 목 안 움직임을 바라보았다.

"용서해줘." 그는 이렇게 말하고, 침묵했다.

그녀는 웃음을 터뜨렸다. 신랄함도 비난도 분노도 섞여 있지 않은 쾌활한 웃음소리였다. "용서해줄게, 복면 쓴 아저씨." 그녀는 말했다. "난 도저히 눈을 뗄 수 없는 모습을 하고 있으니까 말이야. 나를 처음으로 보는 사람은 누구도 무심한 척하지 못해. 이미 알고 있겠지만, 난 이 크리스털팰리스의 오너 경영자인 크리설리스야. 여기 이 사람은 포추나토이고."

흑인은 브레넌을 바라보았다. 그 눈매로 미루어 보건대 동양인의 피가 섞여 있는 듯했다. 그들은 말없이 서로를 향해 고개를 끄덕였다. 브레넌은 흑인이 힘의 아우라를 두르고 있다는 사실을 깨달았다. 이 사내는 에이스다. 브레넌은 갑자기 확신했다.

"이름이 뭐야?" 크리설리스가 물었다.

그녀는 세련된 영국 악센트로 말했다. 평소였다면 브레넌은 이런 사실에 놀랐겠지만, 오늘 저녁 그는 이미 허용량을 초과할 정도의 놀라움을 경험했다. 그녀의 목소리는 처음에 비해 사려 깊게 변했고, 표정도 뭔가를 곰곰이 생각하는 느낌이었다.

"요먼." 브레넌은 말했다. 어디까지 밝혀야 할까.

"흥미롭네. 물론 본명은 아니겠지만."

브레넌은 말없이 그녀를 바라보았다.

"알고 싶어?" 포추나토가 이렇게 말하며 나른한 미소를 지어 보이자, 크리설리스는 어깨를 으쓱하고 모호한 미소를 떠올렸다.

포추나토는 브레넌을 바라보았다. 포추나토의 눈이 점점 깊어지고, 어두워졌다. 브레넌은 상대의 눈 속에서 소용돌이치며 점점 강해지는 힘을 느꼈고, 돌연 그 힘이 자신을 향해 있다는 사실을 깨달았다. 브레넌의 마음속에서 분노가 번득였다. 브레넌은 주먹을 꽉 쥐었고, 그의 뇌의 핵심을 바이러스 포자에게 부여받은 포추나토의 능력이 뚫는 것을 막을 수 없다는 사실을 깨달았다. 여기서 그가 할 수 있는 일은 하나밖에 없었다.

브레넌은 깊게 숨을 들이쉰 다음 호흡을 멈췄고, 마음속에서 모든 생각을 몰아냈다. 다음 순간 그는 다시 일본으로 돌아가서 스승인 이시다를 마주 보고, 선사에 입문을 청한 그에게 이시다가 던진 첫 번째 화두에 응답하려고 하고 있었다.

"두 손을 맞부딪치면 박수 소리가 난다. 어떻게 하면 한 손으로 박수를 칠 수 있겠는가?"

브레넌은 말없이 주먹 쥔 한쪽 손을 내밀었다. 이시다는 고개를 끄덕였고, 이때부터 브레넌의 수행은 본격적으로 시작되었다. 그는 그 수행을 돌이켜보았고, 모든 사고와 감각과 감정과 표현을 비운 공(空)의 명상 상태인 깊은 좌선으로 들어갔다. 시간을 초월한 시간이 흐른 뒤에, "경이롭군"이라고 중얼거리는 포추나토의 목소리가 마치 먼 곳에서 들려오는 것처럼 들려왔다. 브레넌은 다시 자기 자신으로 돌아왔다.

포추나토는 약간의 존경심이 담긴 눈으로 브레넌을 보았다. 크리설리스는 두 남자를 주의 깊게 관찰하고 있었다.

"선 수행을 했나?" 포추나토가 말했다.

"일개 사문(沙門)에 불과해." 브레넌은 중얼거렸다. 자기 목소리인데도 아직도 먼 산봉우리에서 들려오는 듯한 느낌이었다.

"요먼하고 둘이서만 얘기를 나누는 편이 나을지도 모르겠어." 크리설리스가 말했다.

"원한다면." 포추나토는 일어섰다.

"잠깐." 브레넌은 마치 개가 털가죽에서 물을 털듯이 세차게 고개를 흔들었고, 완전히 지금 있는 곳으로 되돌아왔다. 그런 다음 포추나토를 보았다. "다시는 그러지 마."

포추나토는 굳게 입을 다물더니 고개를 끄덕였다. "언젠가 또 만나게 될 거야."

포추나토는 테이블을 떠나 붐비는 술집 안으로 사라졌다.

브레넌이 포추나토가 앉아 있던 의자에 앉자, 크리설리스는 마치 계산하는 듯한 표정으로 그를 응시했다.

"당신 얘기를 지금까지 한 번도 들어본 적이 없다니 묘하네." 그녀가 말했다.

"이 도시에는 오늘 도착했거든."

크리설리스의 응시가 점점 더 날카로워지고, 매혹적으로 변했다. 브레넌은 투명한 안와 안에 떠 있는 듯한 그녀의 눈에서 애써 시선을 떼어냈다.

"비즈니스로 온 거야?" 크리설리스가 물었다. 브레넌이 고개를 끄덕이자 그녀는 술을 홀짝이고 한숨을 쉬더니 잔을 내려놓았다. "잡담을 할 기분이 아닌가 보네. 나한테 뭘 원해?"

"당신의 바텐더 말인데." 브레넌은 운을 뗐다. "눈이 없는데 어떻게 저렇게 일을 잘하지?"

"쉬운 질문이네." 크리설리스는 미소 지으며 말했다. "공짜로 대답해줄게. 사샤는 우선 텔레파스야. 걱정 안 해도 돼. 당신이 그 복면 뒤에 무슨 비밀을 숨기고 있든 간에, 그게 알려질 염려는 없어. 사샤는 스키머*이거든. 그러니까 표면적인 사념밖에는 읽지 못해. 그 덕에 일하기도 쉬워지고, 크리스털팰리스도 더 안전해지지만 말이야. 사샤는 위험하거나 미쳤거나 비정상적인 마음을 감지하면 저기 있는 엘모한테 알리고, 엘모는 그런 자들을 내쫓는 식이지."

브레넌은 조금 안도하며 고개를 끄덕였다. 바텐더의 독심 능력이 한정적이라서 다행이다. 그의 머릿속을 누군가가 마음대로 들여다보는 것은 전혀 내키지 않았기 때문이다.

"또 질문이 있어?" 크리설리스가 물었다.

"두 사내에 관한 정보가 필요해. 스카라는 사내와 그 보스인 키엔."

크리설리스는 브레넌을 쳐다보며 얼굴을 찌푸렸다. 그러니까, 적어

---

*   여기서는 '표면을 걷어내는 자'라는 뜻이다.

도 얼굴 근육이 수축하는 것은 알 수 있었다는 뜻이다. 몸통 근육과 마찬가지로 그녀의 얼굴 근육은 가냘프고 실체가 없는 것처럼 보였다. 마치 그녀의 살과 살갗이 완전히 투명해졌을 때 근육까지 덩달아 반투명해진 느낌이랄까.

"그 둘이 두목과 부하 사이라는 걸 알아? 아주 가까운 부하들을 제외하고 그걸 아는 외부인은 단 세 명밖에 없는 거로 아는데. 혹시 당신, 그 두 사람하고 친구야?" 브레넌의 얼굴에 돌연히 떠오른 분노를 보고 그녀는 움찔했다. "아, 그건 아닌 듯하네."

크리설리스가 한 말은 브레넌의 마음에 배신과 폭력의 기억을 불러왔다. 사샤는 그들이 앉아 있는 구석 테이블을 향해 눈먼 응시를 보냈다. 엘모는 발돋움을 하며 그들 쪽으로 굵은 목을 한껏 뻗었다. 술집 안에서 반 다스에 달하는 손님들이 침묵했다. 그중 한 사람은 양쪽 관자놀이를 움켜잡더니 그대로 기절했다. 같은 테이블에 앉은 사람들이 그를 트랜스 상태에서 깨우려고 하는 동안 그는 매 맞는 개처럼 애처롭게 낑낑거리고 있었다. 크리설리스는 브레넌에게서 눈을 떼고 엘모에게 손을 흔들어 안 와도 괜찮다는 시늉을 했다. 긴장된 분위기가 천천히 풀리기 시작했다.

"두 사람 모두 위험인물이야." 크리설리스는 침착한 어조로 말했다. "키엔은 베트남인으로, 장군이었던 인물이지. 그자가 여기 나타난 건, 흐음, 8년쯤 전이었어. 그러자마자 마약 밀매로 빠르게 자리를 잡는가 싶더니, 이제는 업계의 큰손이 되었어. 사실, 지금 뉴욕 시에서 이루어지는 마약 이외의 불법 활동 대부분에 관여하고 있다고 해도 과언이 아닐 정도야. 그러면서도 겉으로는 존경받는 사업가의 얼굴을 유지하고 있어. 세탁소나 식당 체인을 소유하고 있고, 자선 행사나 정치인의 파티에도 꼬박꼬박 참석하는 식이지. 스카는 키엔 밑에서 일하는 부두목 중 한 명이지만, 키엔과 함께 다니거나 하지는 않아. 장군답게 충분히 거리를 두고 있는 거지."

"스카에 관해 더 얘기해줘."

"여기 출신이야. 본명이 뭔지는 몰라. '스카'라고 불리는 건 얼굴 전체를 묘한 문신으로 뒤덮어놓았기 때문이야. 마오리족의 부족 문신이라나."

브레넌은 자기도 모르게 미심쩍은 표정을 떠올린 듯했다. 크리설리스가 그를 보며 어깨를 으쓱했기 때문이다. 그러자 그녀의 근육이 움직이며 관절이 도는 광경이 보였다. 노출된 젖꼭지가 눈에 보이지 않는 살 위에서 위아래로 움직인다.

"그치가 속한 갱단을 연구하던 NYU의 인류학자에게서 아이디어를 얻었다고 들었어. 도시 부족제 어쩌고 하는 연구. 하여튼 간에, 스카는 진짜로 위험한 인물이야. 키엔의 행동대장이라고나 할까. 싸움에서는 무적이야." 크리설리스는 브레넌에게 예리한 시선을 보냈다. "그치와 싸울 작정이군."

이것은 질문이 아니라 사실을 표명한 것에 불과했다.

"왜 무적이라는 거지?"

"텔레포트, 순간이동 능력자거든. 이쪽이 움직이기도 전에 사라지고, 어디든 자기가 원하는 곳에 다시 출현할 수 있어. 보통은 적수의 바로 뒤에. 게다가 지독하게 악랄해. 혼자 힘으로도 충분히 거물이 될 수 있었지만, 사람 죽이는 걸 너무 즐기는 거야. 그래서 키엔의 간부 노릇만으로도 만족하고 있는 거지. 지금도 충분히 거물 대우를 받고 있긴 하지만." 그녀는 잠시 술잔을 만지작거리다가, 브레넌의 눈을 똑바로 쳐다보았다. "당신 에이스야?"

브레넌은 아무 말도 하지 않았다. 한순간 그들의 시선이 맞부딪쳤다. 이윽고 크리설리스는 한숨을 쉬었다.

"당신은 아무 능력도 갖고 있지 않아. 그냥 보통 남자야. 내트. 그런데 어떻게 스카와 싸워 이길 수 있다고 생각해?" 그녀는 또다시 물었다.

"당신이 말했듯이 난 그냥 보통 남자야. 하지만 스카는 내 친구 딸을 납치했고, 가서 그 아이를 구해줄 수 있는 사람은 나밖에 없어."

"경찰은?" 크리설리스는 반사적으로 이렇게 말했다가, 자기가 무슨 말을 했는지를 깨닫고 웃었다. "안 되겠지. 스카는 키엔을 통해서 경찰의 비호를 충분히 받고 있으니까 말이야. 스카가 그 아이를 납치했다는 확실한 증거가 있어? 없군. 그럼 다른 에이스들에게 부탁하면 어떨까? 블랙섀도나 포추나토라면 혹시……."

"그럴 시간이 없어. 그자가 그 아이한테 무슨 짓을 할지 몰라. 게다가—" 브레넌은 잠시 말을 멈추고, 10년 전에 있었던 일을 상기했다. "—이번 일은 나와도 관련이 있어."

"그런 것 같더군."

브레넌은 다시 상대에게 시선을 돌렸고, 크리설리스를 뚫어지게 응시했다.

"스카는 어디 있지?"

"내 비즈니스는 정보를 파는 건데, 당신에겐 이미 공짜로 많은 걸 알려줬어. 그 대답을 들으려면 대가가 필요해."

"돈은 없어."

"당신한테서 돈을 받을 생각은 없어. 그냥 신세를 졌다고 생각하고, 나중에 같은 방법으로 갚아주면 돼."

브레넌은 얼굴을 찌푸렸다. "난 누구에게든 빚지는 걸 좋아하지 않아."

"그럼 다른 데 가서 알아봐."

뭔가 행동에 나서야 한다는 불타는 듯한 욕구가 브레넌을 괴롭히고 있었다. "알았어."

크리설리스는 리큐어를 한 모금 마시고 크리스털 술잔을 응시했다. 그것을 쥔 손은 크리스털 잔만큼이나 투명했다.

"스태튼아일랜드의 캐슬턴애비뉴에 큰 저택을 갖고 있어. 넓은 부지는 울타리로 에워싸여 있어서, 다른 저택들과는 격리되어 있지. 거기서 사냥을 즐기거든. 사람 사냥."

"정말로?" 브레넌은 생각에 잠긴 표정으로 물었다.

"왜 스카는 그 아이를 납치했어? 무슨 특별한 점이라도 있는 거야?"

"나도 몰라." 브레넌은 고개를 가로저었다. "처음에는 스카와 키엔이 함께 있는 걸 목격한 그 아이 아버지의 입을 막으려고 그랬다고 생각했는데, 순서가 거꾸로였어. 민은 납치 사건의 단서를 찾으려고 스카의 뒤를 밟던 중에 그자들이 함께 있는 걸 목격했다는군. 딸이 납치당한 건 그 '빌어먹을 손' 탓이라고 했는데, 무슨 뜻인지 알겠어?"

크리설리스는 고개를 가로저었다.

"좀 알기 쉽게 설명해달라고 할 수는 없었어?"

"이미 죽었어."

크리설리스는 손을 뻗어 그의 손 위에 올려놓았다. 그들 사이에 어떤 교감이 이루어졌다. "당신은 아마 내 경고에는 귀를 기울이지 않겠지만, 그래도 일단 해둘게. 조심해." 브레넌은 고개를 끄덕였다. 그의 손을 덮은 그녀의 투명한 손은 따뜻하고 부드러웠다. 맥박 치듯이 손의 혈관을 흐르는 피를 바라본다. "그래서 말인데," 그녀는 말을 이었다. "당신이 진 빚의 일부를 갚을 생각은 없어?"

"어떻게?" 브레넌은 크리설리스의 목소리와 표정에 담긴 미묘한 도전에 반응했다.

"스카와 만난 뒤에도 살아남는다면, 오늘 밤 팰리스로 돌아와줘. 언제 오든 상관없어. 기다리고 있을게."

그게 무슨 뜻인지는 명명백백했다. 그녀는 브레넌이 의도적으로 피해왔던 관계 맺음을, 수년에 걸쳐 아예 관심을 끊고 있었던 남녀 사이의 관계를 제안하고 있었다.

"혹시 내가 혐오스러워?" 긴 침묵이 흐르자 크리설리스는 무감동한 어조로 물었다.

"아니." 의도했던 것보다 더 무뚝뚝한 대답이었다. "그 때문은 아냐. 전혀."

그의 귀에조차 거칠게 들리는 목소리였다. 너무나도 오랫동안 주위로부터 완전히 고립된 삶을 살아왔기 때문에, 다른 사람과 어떤 식으로든 친밀한 관계를 맺는다는 상상을 하는 것만으로도 두려움이 몰려왔다.

"당신의 비밀이 나한테서 새어 나가는 일은 결코 없을 거야, 요먼." 크리설리스가 말했다.

그는 심호흡을 하고, 고개를 끄덕였다.

"좋아." 그녀의 미소가 돌아왔다. "기다리고 있을게."

그가 말없이 등을 돌리자마자 그녀의 얼굴에서 미소가 사라졌다. "만에 하나." 너무 나직해서 본인에게밖에는 들리지 않는 목소리였다. "당신이 불가능한 일을 이룬다면. 스카와 싸워 이긴다면 말이야."

3

방법은 두 가지다. 브레넌은 생각했다. 하나는 은밀 행동이다. 어떤 보안 시스템이 있는지도 모르는 채로 스카의 저택에 몰래 잠입해서, 누가 어디 있는지도 모르는 상태로 방에서 방으로 이동하며 수색하는 방법이다. 마이가 저택에 있는지 없는지도 모르는 상태에서 말이다. 또는 스스로의 운과 용기와 순발력을 믿고 당당하게 정문으로 들어가는 방법도 있었다.

브레넌은 크리스털팰리스에서 나온 뒤에 복면을 벗고 택시를 잡았다. 택시 기사는 스태튼아일랜드까지 가는 것을 내켜 하지 않았지만 그가 20달러 지폐 두 장을 슬쩍 내보이자 함박웃음을 떠올렸다. 택시와 페리선까지 동원한 긴 드라이브 내내 브레넌은 쓰디쓴 추억을 곱씹으며 시간을 보냈다. 이시다는 브레넌의 이런 행동을 못마땅하게 여기겠지만, 어차피 브레넌은 노스승의 가장 뛰어난 제자라고는 할 수 없었다.

크리설리스가 알려준 캐슬턴애비뉴의 주소에서 한 블록쯤 떨어진 곳에서 하차해서 택시 기사에게 요금을 지불했고, 약속했던 팁까지 건넸다. 이것으로 그가 가지고 있던 현금 대부분이 사라졌다. 택시가 떠나가자 브레넌은 그늘진 곳을 골라 조용히 이동했고, 도로를 끼고 스카의 저택이 마주 보이는 곳에 섰다. 크리설리스가 설명한 대로였다.

저택 자체는 도로에서 200미터쯤 들어간 곳에 서 있는 거대한 3층 석조 건물이었다. 각 층마다 몇몇 창문에서 불빛이 새어 나오고 있었지만, 저택 외부의 조명은 없었다. 저택 부지를 에워싼 석조 담장의 높이는 2미터 정도였고, 담장 위에는 전기 철조망이 설치되어 있었다. 연철 게이트로 가로막힌 출입문 옆에는 유리벽을 두른 작은 경비 부스가 하나 설치되어 있었고, 그 안에는 경비원이 한 명 있었다. 이런 보안 상태를 감안하면 잠입하는 것 자체는 어렵지 않아 보였지만, 방 하나하나를 일일이 수색하기에는 저택 자체가 너무 크다는 점은 명백했다.

그렇다면 대담함과 용기와 운에 기대는 수밖에 없다. 특히 운, 그것도 아주 많은 운이 필요하겠군. 브레넌은 어둠 밖으로 성큼성큼 걸어 나가면서 생각했다.

경비 부스 안에 있던 경비원은 작은 텔레비전으로 날개가 달린 아름다운 여인이 사회자로 나오는 토크쇼를 보고 있었다. 브레넌은 미국에 돌아온 이래 단 한 번도 텔레비전을 보지 않았지만, 그녀가 가장 유명한 에이스 중 한 명인 페러그린이며, 〈페러그린의 횃대〉의 사회자라는 사실을 알고 있었다. 그녀는 수염을 기르고 셰프 모자를 쓴, 엄청난 거구의 사내가 뭔가를 요리하는 광경을 옆에서 지켜보고 있었다. 사내는 사근사근한 어조로 페러그린과 얘기를 나누며 놀랄 정도로 우아한 동작으로 커다란 손을 움직이고 있었다. 브레넌은 그 사내 역시 유명한 에이스이며, '팻맨'이라는 별명으로 알려진 하이럼 워체스터라는 사실을 깨달았다.

문지기는 페러그린을 홀린 듯이 보고 있었다. 그녀가 입은, 슬릿이 거의 배꼽까지 내려오는 의상은 누가 보아도 매력적인 것이 사실이었다. 브레넌은 숨으려는 노력을 하지 않고 경비 부스로 접근했지만, 텔레비전에 빠진 경비원의 주의를 끌기 위해서 유리문을 툭툭 두드려야 했다.

경비원이 부스의 문을 열었다.

"여긴 어떻게 왔어?"

"택시를 타고." 브레넌은 어깨 너머를 대충 가리켰다. "택시는 보냈어."

"아, 그렇군." 경비원이 말했다. "나도 엔진 소리를 들었어. 용건이 뭐야?"

브레넌은 키엔이 그 여자에 관한 용무로 자기를 보냈다고 말하려다가, 마지막 순간에 그 말을 삼켰다. 키엔과 스카의 관계를 아는 사람은 극소수라는 크리설리스의 말이 생각났기 때문이다. 그리고 이 똘마니는 거기 포함되지 않는다.

"보스가 보내서 왔어. 그 젊은 여자 건으로." 브레넌은 자신만만하고 다 안다는 듯한 인상을 주려고 노력하면서 최대한 모호하게 대답했다.

"보스?"

"스카에게 연락해. 알고 있을 테니까."

경비원은 몸을 돌려 전화 수화기를 집어 올렸다. 몇 초 동안 웅얼거리며 대화를 하는가 싶더니 앞에 있는 패널을 눌렀다. 연철 게이트가 소리 없이 활짝 열렸다.

"들어가봐." 그는 이렇게 말하고 텔레비전으로 다시 고개를 돌렸다. 하이럼과 페러그린은 즐거운 표정으로 설탕에 굴린 초콜릿 크레이프를 먹는 중이었다. 브레넌은 잠시 주저했다.

"용건이 하나 더 있어." 그가 말했다.

경비원은 한숨을 쉬고 천천히 브레넌 쪽으로 고개를 돌렸지만, 시선은 여전히 반 이상 텔레비전 화면에 쏠려 있었다.

브레넌은 장저(掌低)로 사내의 코를 세게 올려쳤고, 강타당한 사내의 코뼈가 부러지며 박살 나는 감촉을 느꼈다. 뼛조각들이 칼날처럼 뇌를 가른 순간 사내는 한 번 경련했고, 곧 축 늘어졌다. 브레넌은 팻맨과 페러그린이 크레이프를 먹어치우는 장면을 보여주고 있는 텔레비전을 껐고, 뜰로 시체를 끌고 가서 무성한 관목 숲 뒤에 던져 넣었다. 그런 다음 내키지 않는 표정으로 활이 든 케이스도 그곳에 숨겼지만, 완전한 비무장 상태가 되는 것을 피하기 위해 여분의 시위를 꺼내서 청바지의 허리띠 아래에 느슨하게 감았다.

그런 다음 저택으로 이어지는 차도를 성큼성큼 걸어갔다.

스카는 정원사를 고용할 필요가 있어 보였다. 정원은 완전히 야생으로 되돌아간 상태였다. 여름 내내 잔디를 깎은 흔적도 없었고, 관목들은 여기저기서 미친 듯이 자라 있었다. 방치된 관목들은 원래의 경계 너머로까지 진출했고, 역시 전혀 가지를 치지 않은 상태로 무성하게 자라 있는 나무들 그늘에서 상당히 빽빽한 덤불을 이루고 있었다. 앞뜰이라기보다는 1, 2에이커 넓이의 숲에 가까웠고, 브레넌은 한순간 캐츠킬산맥의 고요한 평온함에 대한 그리움을 느꼈다. 그러나 현관문 앞에 선 뒤에는 자신이 이곳에 온 이유를 자각했다. 그는 초인종을 울렸다.

현관으로 나온 사내는 오만불손한 동네 양아치 같은 사내였고, 그가 겨드랑이에 찬 권총집에 들어 있는 권총은 코끼리도 죽일 수 있어 보일 정도로 컸다.

"들어와. 스카한테 손님이 와 있어. 그 계집도 함께 있고."

브레넌은 그를 저택 안으로 이끈 사내의 등을 보며 얼굴을 찡그렸다. 무슨 일이 일어나고 있는 걸까? 매춘? 변태적인 섹스? 저택 뒤쪽으로 그를 데려가고 있는 사내에게 질문하고 싶었지만, 지금은 입을 다물고 있는 것이 상책이다. 곧 해답을 얻을 수 있을 테니까 말이다.

스카의 저택 내부의 상태는 뜰에 비하면 나았지만, 그리 큰 차이는 없었다. 쪽모이 세공이 된 대리석 바닥은 지저분했고, 공기 중에 떠도는, 쉰 듯한 악취는 구역질이 날 정도였다. 깊이 숨을 들이쉬고 싶지는 않았다. 그러다가 혹시 무슨 냄새인지 알아차리고 싶지는 않았기 때문이다. 저택의 위층들로 이어지는 층계가 보였지만, 그들은 계속 1층으로만 이동하며 저택 뒤쪽을 향해 갔다.

안내를 맡은 사내가 왼쪽으로 방향을 틀더니 금속 탐지기를 통과했다. 탐지기가 삑 하고 울리자 사내는 브레넌을 돌아보았고, 브레넌도 그 뒤를 따랐다. 탐지기는 울리지 않았다. 사내는 고개를 끄덕이고 브레넌을 밝게 조명된 방으로 데려갔다. 방 안에는 네 사람이 있었다. 그중 한 명은 브레넌을 현관에서 맞은 똘마니와 실질적으로 아무런 차이도 없었다. 한 명은 긴 금발을 늘어뜨린 여자였고, 얼굴 전체를 덮은 가면을 쓰고 있었다.

다른 여자는 마이였다. 마이는 브레넌이 방에 들어오는 기척을 느끼고 힘없이 고개를 들었지만, 브레넌을 알아보자마자 재빨리 놀란 표정을 감췄다. 마지막으로 마이를 본 것은 3년 전이었다. 그동안 마이는 아름다운 여성으로 성장했다. 아담한 몸집에 섬세한 이목구비, 윤기 나는 풍성한 머리카락. 그리고 칠흑의 눈동자. 지독하게 피곤한 기색이었지만 다친 것 같지는 않았다. 눈 밑에는 다크서클이 생겨 있었다. 서 있는 자세를 보는 것만으로도 전신 근육에 피로감이 쌓여 있다는 사실을 알 수 있었다.

마지막 인물은 스카였다. 큰 키에 호리호리한 체격이었고, 티셔츠와 검은 치노 바지 차림이었다. 얼굴은 악몽 그 자체였다. 검정색과 진홍색으로 문신한 무늬가 스카의 얼굴을 야수적이며 악의에 가득 찬 악마의 얼굴로 바꿔놓고 있었다. 두 눈은 검은 구멍에 파묻혀 있었고, 이는 진홍색 동굴 안에 박혀 있었다. 브레넌은 스카가 그를 보며 웃었을 때 드러난 이가 뾰족하게 갈려 있지 않았다는 사실을 알고 오히려 놀랐다.

"넌 이름이 뭐야?" 스카는 도심 빈민가 특유의 억양으로 물었다. "처음 보는 얼굴인데.”

“아처*.” 브레넌은 반사적으로 거짓 이름을 댔다. “이게 다 뭐지?”

스카는 다시 흘끗 미소 지었다. 유머 따위는 찾아볼 수 없는, 얼굴 근육의 기묘한 뒤틀림에 가까웠다.

“딱 좋을 때 왔군. 지금부터 여기 이 여자는 능력을 발휘할 거야. 안그래?”

방에 있는 모든 사람의 시선이 마이에게 집중되었다. 마이는 지치고 체념한 기색으로 말없이 고개를 숙였다.

“이 여자가 **정말로** 할 수 있어?” 가면을 쓴 여자가 물었다. 치찰음이 섞인, 묘하게 열성적인 목소리였다.

스카는 말없이 고개를 끄덕이고 마이에게 손짓을 해 보였다. 두 똘마니는 무관심한 얼굴로 바라보고 있었다. 스카는 브레넌과 마이와 여자를 교대로 둘러보고 있었다.

“보스에게 가서 전해.” 마이가 여자에게 다가갔을 때 스카는 브레넌을 뚫어지게 쳐다보면서 말했다. “난 이 여자에 관해 모두 보고할 작정이었고, 그러기 전에 그냥 확인하는 것일 뿐이라고 말이야.”

브레넌은 귀찮은 듯이 고개를 끄덕였다. 겉으로는 초연하고 냉혹한 표정을 유지하고 있었지만, 내심 마음을 정하지 못해 곤혹스러워하고 있었다. 마이는 브레넌에게는 눈길을 주지 않고 여자에게 다가갔다. 브레넌은 지금부터 무슨 일이 일어나든 간에 그리 심각한 일은 아니라고 판단했다. 마이는 충분히 침착해 보였기 때문이다. 일단 기다려보자.

“그 가면은 벗어야 해요.” 마이가 여자를 향해 조용히 말했다. 여자

---

*　　'궁수'라는 뜻.

는 조금 움찔하며 자신을 바라보는 사내들을 흘끗 보았지만, 결국 마이의 말에 따랐다. 브레넌은 가면을 벗는 여자를 무표정하게 바라보았다. 스카는 엷고 음흉한 미소를 띤 채로 그 광경을 바라보고 있었다. 여자가 자기 얼굴을 창피해한다는 점은 명백했다. 브레넌은 이보다 더한 것도 본 적이 있었지만, 여자의 민낯은 스카의 부하들로 하여금 음흉한 웃음을 떠올리고 쑥덕거리게 하기에는 충분했다. 여자는 턱이 아예 없었고, 납작한 아래턱이 그것을 대신하고 있었다. 코는 입술이 없는 입 위에 난 편평한 두 개의 콧구멍에 불과했다. 좁다란 이마에, 파충류처럼 얼굴 전체가 앞으로 튀어나왔고, 다색의 구슬이 송골송골 돋아 있는 듯한 피부의 질감이 이런 인상을 한층 더 강조하고 있었다. 한마디로 말해서 긴 금발을 늘어뜨린 힐라몬스터*를 방불케 하는 모습이었다.

"난 예전엔 아름다웠어." 여자는 방바닥을 내려다보며 말했다.

스카의 부하들은 대놓고 킥킥거렸지만, 마이는 두 손으로 여자의 거친 뺨을 감싸고 조용하게 말했다. "다시 그렇게 될 거예요."

여자는 오랜 고통이 담긴 눈빛으로 마이를 올려다보았다. 차분하게 여자를 응시하는 마이의 얼굴은 무표정했지만 성모처럼 평온했다. 한 동안은 아무 일도 일어나지 않는 것처럼 보였다. 브레넌은 마이에게서 눈을 떼고 주의 깊게 그를 바라보고 있는 스카에게 시선을 돌렸고, 다시 마이를 보았다. 그러자 여자의 가죽 같은 뺨과 마이의 손바닥이 맞닿아 있는 곳에서 피가 조금씩 흘러내리기 시작했다. 피는 여자의 뺨이나 마이의 손바닥 또는 그 양쪽에서 흘러나오고 있는 것처럼 보였다. 마이의

---

*　미국 남서부와 멕시코 북서부 사막 지대에 서식하는 얼룩무늬 독도마뱀의 별명. 아메리카독도마뱀.

손가락 사이에서 흘러나온 가느다란 핏줄기들은 그녀의 손등을 따라 손목까지 흘러내렸다. 마이는 신음했고, 브레넌은 그녀의 얼굴이 변화하는 광경을 뚫어지게 바라보았다. 그녀의 턱이 후퇴하고, 턱뼈가 줄어들었다. 이마가 좁아졌고, 피부는 두꺼워지면서 마치 온통 구슬을 박아놓은 것처럼 변했고, 주황색과 검은색과 진홍색의 줄무늬로 뒤덮였다. 이러기까지는 몇 분 걸렸다. 브레넌은 입을 꽉 다물고 지켜보았다. 스카는 그런 그를 지켜보았다. 스카는 악마적인 가면을 연상시키는 문신으로 뒤덮인 얼굴에 사악한 미소를 떠올렸다.

이제 두 명의 도마뱀 여인이 서로를 마주 보고 있었다. 한 명은 금발, 한 명은 흑발이었다. 여자가 크게 뜬 눈으로 마이를 응시하자, 마이는 안심하라는 듯한 표정으로 여자를 보았다. 마이는 긴 입맞춤을 끝낸 연인처럼 긴 한숨을 쉬었고, 다시 변화하기 시작했다. 그녀의 피부에서 거친 질감과 선명한 색채가 빠져나가기 시작했다. 피부 아래의 뼈가 다시 정상적인 형태로 되돌아가기 시작했다. 입술이 조금 뒤틀린 것은 변신의 고통 때문이었는지도 모르지만, 마이는 아무 말도 하지 않았다. 그보다는 조금 더 시간이 걸렸지만, 금발 여자도 변하기 시작했다. 피부가 부드러워지고, 탈색되면서 희게 변했다. 뼈가 부드러운 밀랍처럼 변하기 시작했다. 여자의 높고 갸름한 안골 위로 흘러내리는 눈물이 고통 탓인지 환희 때문인지는 알 수 없었다. 변신에는 몇 분이 걸렸다. 가느다란 핏줄기들의 흐름이 멈추자, 마이는 여자의 얼굴에서 손을 뗐다. 여자가 한 말은 사실이었다. 과거에 그녀는 아름다웠고, 이제 다시 그렇게 되었다. 여자는 소리 없는 흐느낌을 발하며 마이의 손을 잡았고, 그녀의 손바닥에 입을 맞췄다. 마이는 여자를 보며 미소 지었지만 피로에 못 이겨 휘청거렸다. 브레넌은 마이가 순전히 의지의 힘으로 서 있다는 사실을 깨달았다. 마이의 모든 힘줄과 근육은 피로로 인해 비명을 올리고 있었다.

여자는 근처에 있던 작은 탁자 위에 놓여 있던 핸드백을 집어 올리더니 두꺼운 봉투를 꺼냈다. 스카가 손짓을 해 보이자 똘마니 하나가 히죽거리며 봉투를 받아 들어 바지 뒷주머니에 찔러 넣었고, 여자를 데리고 방에서 나갔다.

"흠, 직접 보니까 어때?"

"멋지군." 브레넌은 여전히 마이에게서 시선을 떼지 않은 채로 대답했다. "무슨 방법을 쓴 거지? 유전자조작 같은 건가?"

"그런 골치 아픈 얘긴 몰라." 스카가 말했다. "그냥 이년이 같은 동네에 사는 조커들을 고쳐주고 있다는 얘길 들었을 뿐이야. 그래서 난 생각했지. 얼마든지 큰돈을 낼 조커 놈들이 있는 마당에, 왜 가난한 조커 놈들을 고쳐줘야 하는 거지? 이렇게 말이야. 그래서 잡아온 거야."

브레넌은 마이에게 등을 돌리고 스카의 눈을 똑바로 보았다.

"이 여자는 큰 가치가 있어. 너도 진즉에 키엔한테 그 얘기를 했어야 했어. 내가 데려가는 수밖에 없겠군."

스카는 짐짓 실망한 표정으로 문신으로 뒤덮인 입술을 오므렸다.

"데려가는 수밖에 없겠다고? 넌 아는 게 많아 보이는군. 하지만 너, 그 노랑이 새끼가 나하고 보스가 리무진에 타고 있는 걸 봤을 때, 내가 보스한테 이미 이년 얘기를 했다는 걸 몰라?" 스카는 몸을 돌려 마이를 보더니 사악한 어조로 덧붙였다. "그랬더니 보스는 그 영감탱이 입을 영원히 막으라고 명령하더라고."

"우리 아버지를?" 마이가 물었다.

스카는 고개를 끄덕이며 악마처럼 히죽 웃었다. 마이는 숨을 헐떡이고 휘청했다. 스카의 부하가 그녀의 팔을 거칠게 부여잡지 않았더라면 그대로 쓰러졌을 것이다. 브레넌은 움직였다.

단박에 방을 가로질러 스카의 부하가 찬 숄더홀스터에서 권총을 끄집어냈고, 그대로 가슴에 대고 방아쇠를 당겼다. 엄청난 굉음과 함께 사내는 위로 튕겨 올라가서 벽에 격돌했다. 사내는 벽에 붉은 핏자국을 남기고 바닥에 쓰러졌다. 믿을 수 없다는 표정으로 눈을 부릅뜨고 있었다.

브레넌은 몸을 홱 돌렸지만 스카의 모습은 없었다. 시야 가장자리에서 뭔가 번득인 순간 손목에 날카로운 아픔을 느끼고 권총을 떨어뜨렸다. 스카의 수도에 맞은 것이다. 스카는 브레넌이 반사적으로 휘두른 팔을 피해 몸을 홱 숙이고 방 너머로 권총을 걷어찬 다음 아무 소리도 없이, 완전히 사라졌다.

그런 다음 브레넌과 권총 사이에 나타나서 광인의 웃음을 떠올렸다. "권총을 가지고 스카한테 대항하려고 했어? 내트 놈이 미쳐도 단단히 미쳤군." 스카가 말했다. "묘비명에는 무슨 이름을 새겨줄까?" 그는 치노 바지의 호주머니에 손을 집어넣어 면도칼을 꺼내더니, 익숙한 동작으로 손목을 홱 흔들어 15센티미터 길이의 곧은 면도날을 노출시켰다.

그러자마자 사라졌고, 브레넌은 갑자기 옆구리에 날카로운 통증을 느꼈다. 마이의 비명 소리를 들은 그는 바닥으로 몸을 날려 한 번 구른 다음 일어섰다. 스카가 면도날로 그은 옆구리의 옅고 긴 상처에서 피가 뚝뚝 떨어졌다. 그러자마자 다시 출현한 스카는 순식간에 브레넌의 뺨을 벴고, 사라졌다. 크리설리스의 말이 옳았다. 스카는 전광석화처럼 원하는 곳으로 순간이동할 수 있었다. 그리고 그는 자기가 하는 일을 즐기고 있었다.

"천천히 썰고 다져줄게." 다시 나타난 스카가 살인 욕구로 번들거리는 눈으로 브레넌을 보며 말했다. "제발 죽여달라고 네 입으로 간청할 때까지 말이야." 그러면서 손목을 휙 흔들어 면도날 가장자리에 묻어 있던 브레넌의 피를 떨쳐냈다. 방 안은 밝았다. 밝은 데다가 밀폐되어 있었다. 브레넌은 밀폐된 공간에서 궁지에 몰려 있었고, 이대로 있다가 는 승산이 전무하다는 사실을 알고 있었다. 바닥의 저 총을 잡으려고 몸을 날려보았자 스카는 코웃음을 치며 브레넌을 갈가리 찢을 것이다. 브레넌은 심호흡을 하고 초조한 마음을 다스렸고, 스승인 이시다의 가르침대로 명경지수의 심경에 빠져들었다. 그러자 해야 할 일이 떠올랐다. 브레넌이 몸을 돌린 순간 스카가 나타나서 등을 그었지만, 그는 개의치 않고 그대로 방 안쪽의 프랑스식 창을 향해 돌진했다. 창유리가 박살 나며 그는 밝은 방에서 어두운 파티오로 뛰쳐나갔다.

스카는 진심으로 기쁜 듯이 웃음 지으며 브레넌 뒤를 따라 파티오로 걸어 나갔다. 음정이 안 맞는 휘파람을 불며, 뜰로 나간 브레넌이 무성한 나무들 사이로 무작정 뛰어 들어가는 광경을 바라본다.

"어이, 내트!" 스카는 큰 소리로 말했다. "어디로 간 거야? 내가 한 가지 약속해줄게. 좋은 사냥을 즐기게 해준다면, 몇 번만 벤 다음에 단박에 숨통을 끊어줄게. 하지만 나를 실망시킨다면, 불알을 잘라내겠어. 그 노랑이 계집조차도 네 불알을 새로 자라게 할 수는 없을걸."

스카는 자기 농담이 재미있었는지 껄껄 웃었고, 브레넌을 따라 어둠 속으로 발을 들여놓았다. 잠시 후 멈춰 서더니 귀를 기울인다. 나무 사이로 바람이 불어오는 소리와, 이따금 먼 곳을 차들이 지나가는 소리가 들릴 뿐이었다. 사냥감은 밤의 어둠 속으로 완전히 사라진 듯했다. 스카는 얼굴을 찌푸렸다. 뭔가 이상하다. 스카는 나무들 사이로 더 깊숙이 들어갔다.

그러자 어딘가 알 수 없는 곳에서, 마치 그림자 사이를 누비는 유령처럼 아무 소리도 내지 않고, 브레넌이 나타났다. 은신처에서 모습을 드러낸 그의 양 주먹에는 왁스를 칠한 나일론제 활시위가 감겨 있었다. 그는 배후에서 스카의 목에 활시위를 감았고, 세차게 잡아당긴 다음 비틀었다. 목의 살과 연골이 찌부러지는 소리와 함께 스카는 사라졌다. 스카는 몇 미터 떨어진 곳에서 기관이 으스러진 목을 부여잡고 다시 출현했다. 숨을 들이쉬려고 했지만, 악전고투 중인 그의 허파에 도달한 공기는 없었다. 스카는 브레넌에게 뭐라고 말하려는 듯이 입을 열었다. 욕을 하려는 것인지 간청하려는 것인지는 알 수 없었지만, 결국 아무 말도 하지 못했다. 스카는 또다시 사라졌지만, 1마이크로초(秒) 후에 같은 장소에 나타났다. 문신으로 뒤덮인 스카의 얼굴은 고통과 공포로 일그러져 있었다. 집중력을 잃은 탓에 능력에 대한 통제력을 잃은 상태로 보였다. 브레넌은 스카가 나무들 사이로 깜박이듯이 출현했다가 사라지며, 필사적인 표정으로 무의미한 순간이동을 미친 듯이 되풀이하는 광경을 바라보았다. 마침내 스카는 입에서 피를 토하면서 출현했고, 비틀거리며 나무에 몸을 기대더니 면도칼을 떨어뜨리고는 지면에 얼굴을 박고 쓰러졌다. 브레넌은 신중하게 접근했지만, 스카는 이미 죽어 있었다. 그는 시체 곁에 쭈그리고 앉아서 민의 레스토랑에서 웨이터에게서 받은 펠트펜을 꺼내 들었다. 스카의 오른쪽 손등에 스페이드 에이스를 그린 다음, 키엔이 못 보고 지나치는 일이 없도록 그 손을 문신으로 뒤덮인 스카의 얼굴 위에 올려놓았다.

브레넌은 마치 숲에 서식하는 동물의 유령처럼 소리 없이 나무들 사이를 누비고 저택을 향해 갔다. 마이가 파티오에서 그를 기다리고 있었다. 나무들 사이에서 나온 사람이 브레넌인 것을 알고도 그녀는 놀란 기색을 보이지 않았다. 마이는 브레넌을 알고 있었고, 그가 무엇을 할 수 있는지도 알고 있었기 때문이다.

"브레넌 대위님, 아버지는 정말로 돌아가신 건가요?"

그는 아무 말도 하지 못하고 그냥 고개를 끄덕였다. 마이는 쪼그라들며 한층 더 섬약해진 것처럼 보였고, 그런 일이 가능하다면 말이지만, 한층 더 피로해진 것처럼 보였다. 눈을 감은 그녀의 눈꺼풀 사이로 소리 없는 눈물이 솟구쳐 나왔다.

"집으로 돌아가자."

그는 안온한 어둠 속으로 그녀를 이끌었다.

4

브레넌은 마이의 치료를 받은 후 올 수 있을 때 다시 오겠다고 약속하고 떠났다. 마이를 향한 연민의 정이 민이 죽었을 때 느낀 비통함과 뒤섞인다. 또 한 명의 전우가, 또 한 명의 친구가 죽었다.

키엔을 타도해야 한다. 그것은 브레넌의 의무였다. 비록 그가 혼자이고, 두 손에 깃든 힘과 기민한 마음밖에는 갖고 있지 않은 한 명의 사내에 불과할지라도, 의무를 다해야 한다. 그러기 위해서는 오랜 시간이 걸릴 것이다. 행동에 나서기 위한 근거지와 장비도 필요하다. 특수한 활, 특수한 화살도. 돈이 필요했다.

그는 조커타운의 밤의 그림자 속으로 숨어들었고, 특정한 부류의 사내가 지나가기를 기다렸다. 식은땀을 흘리는 중독자들의 손에 쥐인 녹색 지폐의 대가로, 흰 가루가 든 작은 봉지를 건네주는 거리의 마약상을.

깊이 숨을 들이켠다. 도시의 밤은 700만 명의 주민이 발하는 취기(臭氣)와, 그들이 품은 무수한 희망과 두려움과 절망으로 가득 차 있었다. 이제 그도 그중 한 명이었다. 그는 산을 떠나 인간 세상으로 돌아왔고, 이 귀환이 그에게 실망과 슬픔과 낙담을 가져올 것이라는 사실을 알고 있었다. 안온함도. 그의 일부가 말했고, 눈에 보이지 않는 살의 따스한 감촉과, 점점 뜨거워지는 열정과 함께 점점 빠르게 맥박 치는, 눈에 보이는 심장을 떠올렸다.

뭔가 스치는 듯한 급작스러운 소리가 그의 주의를 끌었다. 한 사내가 그의 앞을 지나갔다. 빈민가에 어울리지 않는 비싼 옷차림에 뻐기는 듯한 거만한 발걸음. 그가 기다리던 부류였다.

브레넌은 조용히 그림자 속으로 들어가서 사내의 뒤를 밟기 시작했다. 사냥꾼은 마침내 도시로 왔다.

에필로그: 제3세대

루이스 샤이너

제트보이가 로켓처럼 미끈한 그의 제트기를 몰고 급강하하면서 후퇴익이 굉음을 발하며 속도선을 남겼다. 20밀리미터 구경 기관포가 포효하며 삐뚤빼뚤한 선묘화를 그리자 기관포탄에 직격당한 티라노사우르스가 비틀거렸다.

"어니? 어니, 불 끄고 자!"

"예, 엄마." 어니는 대답하고, 54쪽이나 되는 《공룡섬의 제트보이》 특별판을 원래 들어 있던 비닐 주머니에 집어넣었다. 독서등을 끄고, 침실의 익숙한 어둠 속을 가로질러 들고 있던 만화책을 벽장 안에 넣는다.

어니는 〈제트보이 코믹스〉 전권을 옛날 식료품점으로 닭을 운반할 때 쓰던 종이 박스에 보관해두고 있었다. 그 위의 선반에는 강대한 터틀과 하울러와 점핑 잭 플래시 등의 에이스들에 관한 기사로 가득한 스크랩북들이 쌓여 있었다. 그 옆에는 공룡에 관련된 책들이 꽂혀 있었는데, 이것들은 조잡한 삽화를 곁들인 아동서들뿐만 아니라 고생물학과 식물학과 동물학의 교과서까지 망라하고 있었다.

만화책들이 든 다른 박스 뒤에는 페러그린의 사진이 실린 〈플레이보이〉 한 권이 숨겨져 있었다. 최근 들어 어니는 거기 있는 사진들을 보면 불안과 흥분과 죄책감이 뒤섞인 묘한 기분을 느끼곤 했다.

부모님은 아들인 어니가 무엇에 열중하고 있는지 알고 있었다. 그러니까, 〈플레이보이〉를 제외하면 말이다. 부모님이 걱정하는 것은 오직 와일드카드에 관련된 부분뿐이었다. 어니의 외할아버지는 바이러스가 산포되었던 바로 그날에 거리에 나와 있었고, 제트보이의 제트기가 폭발하며 역사의 한 장이 되는 광경을 자기 눈으로 똑똑히 목격했다. 그로부터 1년 후 어니의 어머니가 약한 텔레키네시스 능력을 갖고 태어났다. 기껏해야 비닐 식탁보 위에 놓인 동전을 몇 센티미터 움직일 수 있는 정도였다. 이따금 어니는 어머니가 그냥 정상인이었으면 좋았을 거라고 생각하곤 했다. 아무 쓸모도 없는 능력을 갖고 있으니 차라리 처음부터 없는 게 낫지 않은가.

어니는 외할아버지를 졸라 그날 있었던 일에 관한 얘기를 수없이 들었다. "제트보이는 죽고 싶어 했어." 외할아버지는 이렇게 말하곤 했다. "그 아이는 미래를 보았지만, 거기엔 그 아이의 모습이 없었어. 더 이상 있을 자리가 없었던 거지."

"아빠, 제발." 그럴 때 어니의 어머니는 이렇게 말하곤 했다. "어니 앞에서 그런 식으로 말하진 말아줘요."

"내가 본 걸 얘기했을 뿐이야." 노인은 이렇게 말하고 고개를 설레설레 흔들었다. "난 거기 있었으니까 말이야."

어니는 조용히 침대로 돌아와서 배를 깔고 누웠다. 사타구니에 느끼는 압력이 왠지 기분이 좋았다. 그는 공룡섬에 관해 생각했다. 어니의 마음은 그것이 실제로 존재한다는 사실을 털끝만큼도 의심하지 않았다. 에이스들은 진짜로 존재한다. 외계인들도 존재한다. 와일드카드 바이러스를 지구로 가져온 것은 바로 외계인들이 아니던가.

그는 옆으로 누워 양 무릎을 가슴까지 끌어 올렸다. 어떤 느낌일까? 여덟 살 때 부모님과 함께 자동차로 유타주를 횡단했을 때, 어니는 부모님을 졸라서 버널 시에 들렀던 적이 있었다. 거기서 그들은 '선사시대 자연 트레일'을 구경했는데, 어니는 실물 크기의 공룡 모형들과 따로 있고 싶어서 먼저 앞으로 뛰어갔다. 공룡섬은 바로 그런 곳일 거야. 그는 생각했다. 잡목으로 뒤덮인 울퉁불퉁한 언덕을 배경으로, 배 아래로 사람이 지나갈 수 있을 정도로 거대한 디플로도쿠스, 비늘로 뒤덮인 거대한 타조를 닮은 스트루티오미무스, 활공하다가 방금 착지한 것처럼 몸을 수그린 프테라노돈.

눈을 감자 그것들이 움직이는 광경이 보였다. TV에 나오는 싼티 나는 공룡들뿐만 아니라, 특별한 공룡들이. 조그맣지만 흉포한, '끔찍한 발톱'을 의미하는 데이노니쿠스. 울퉁불퉁한 앵킬로사위. 전장 10미터에 달하는, 뿔이 달린 두꺼비를 연상시키는 이 공룡은 꼬리 끝에 달린 망치를 한 번 휘두르는 것만으로도 강철판을 찌그러뜨릴 수 있다.

그리고 어니의 뇌 깊숙한 곳에 잠복해 있던 와일드카드 바이러스가 뇌를 감싸고 있는 농후하고 풍성한 내분비액의 자극을 받고 어떤 세포 위에서 부유하다가 정지했고, 그것에 내재된 외계의 메시지를 쏟아낸 다음 죽었다. 그런 연유로 그 유산은 계속 전달되었고, 몇 년이라는 세월에 걸쳐 공포와 황홀감, 훼손과 경이로운 변화를 약속하는 이중나선을 따라 빙글빙글 돌며 내려갔다……

부록

와일드카드 바이러스의 과학

관련 문서에서 발췌

······상상을 초월할 정도로 무시무시했고, 우리가 벨젠*에서 목격했던 것보다 더 끔찍했어. 이 미지의 병원체에 감염된 사람 열 명 중 아홉 명은 끔찍한 죽음을 맞게 돼. 어떤 치료법도 효과가 없어. 생존자들도 그리 운이 좋다고는 할 수 없지. 생존자 열 명 중 **아홉 명**은 상상조차도 할 수 없는 과정에 의해 어떤 식으로든 변신해서, 뭔가 **다른 존재**가 되어버리거든. 때로는 인간이라고 하기도 힘든 존재로 변신하는 경우조차 있어. 나는 사람이 살아 움직이는 고무 인형처럼 변하는 것을 보았고, 어린아이들에게 여분의 머리들이 자라나는 것을 보았어······. 너무 끔찍해서 일일이 열거하기도 힘들 정도야. 가장 끔찍했던 건 이들이 여전히 살아 있다는 점이야. 맥, 아직도 살아 있다고.

그중에서도 가장 기묘한 경우라고 할 수 있는 건 생존자의 10퍼센트, 실제로 이 병에 걸린 백 명 중 한 명에게 일어나는 현상이야. 이들 대다수는 외관상으로는 변화의 징후를 보이지 않아. 하지만 그들은—뭐랄까, 능력을 가지고 있어. 정상적인 인간이 갖고 있지 않은 능력을. 난 어떤 사내가 V-2 로켓처럼 하늘로 날아 올라갔다가 공중제비를 돌

---

* 독일 동북부에 있었던 나치스의 강제수용소.

더니 다시 가뿐하게 지상에 착륙하는 걸 본 적이 있어. 광란 상태에 **빠**진 환자가 환자 이송용의 육중한 강철 카트를 마치 휴지 조각이라도 되는 것처럼 찢어발기는 것을 본 적도 있고. 조금 전에도, 10분도 채 지나지 않은 것 같은데, 내가 단 몇 분이라도 휴식을 취하려고 틀어박힌, 창고를 개조한 이 조그만 사무실 벽을 어떤 여자가 그대로 통과하는 걸 봤어. 잡지 핀업에서나 볼 수 있을 정도로 멋진 나체의 여자였는데, 몸 내부에서 발산되는 듯한 장밋빛 광채에 휩싸인 채로 얼굴에 쾡한 미소를 떠올리고 있더군.

맥, 난 미치지 않았어. 광기에 사로잡히지도 않았고, 모르핀 따위에도 빠져 있지 않아. 아직은. 밤에 운 좋게 한두 시간 눈을 붙일 수 있다고 해도—공포로 가득 찬 꿈밖에는 꾸지 않기 때문에, 잠을 깨고 간이침대에서 기어 나와서 여기서 일어난 일의 현실을 직시하는 편이 차라리 마음이 편할 정도야. 내가 말한 일들은 지금도 일어나고 있고, 부정할 길이 없는 현실이야. 군 상층부가 뚜껑을 덮고 이번 일을 무마하지 못한다면, 너도 언젠가는 이와 관련된 얘기를 읽을 수 있을지도 몰라. 도저히 무마할 수 있을 것 같지는 않지만 말이야—여긴 빌어먹을 **맨해튼**인 데다가, 희생자의 수는 무려 몇만 명에 달하는 판이니.

전염성이 없다는 걸 하느님에게 감사해야 해. 진심으로. 우리가 아는 한 이 병은 먼지인지 뭔지는 모르겠지만 하여튼 그 물질에 직접 노출된 사람들에게서만 발현하는 데다가—그들 모두가 100퍼센트 발병하는 것도 아냐. 그랬더라면 100만 명은 족히 이 병에 걸렸겠지. 하여튼 이런 상황에서 검역이나 격리 따위는 불가능하고, 적절한 위생 수준을 유지하는 것조차 힘들어. 우리가 맡은 병동에서는 독감이 발생했고, 발진티푸스가 발생하는 것도 시간문제야…….

이 모든 사태의 흑막은 모종의 외계인들이라는 소문이 있어. 우주에서 온 외계인들 말이야. 우리가 지금까지 목격한 것들을 감안하면, 완전히 허튼소리 같지도 않아. 최고위층들 사이에서는 그중 한 명을 사로잡았다는 소문까지 돌고 있어. 그게 사실이었으면 좋겠군. 그럼 그 짐승 같은 자식을 뉘른베르크에 갇혀 있는 나치 두목 놈들과 같은 재판에 회부해서 목을 매달 수 있을 테니까…….

—1946년 9월 21일,
미 육군 의무대 소속
케빈 매카시 대위가 보낸 편지

관련 보고들을 감안하면, 외계 바이러스인 타키스-A가 담긴 용기가 고도 9천 미터 상공의 이른바 제트기류 안에서 폭발했다는 점은 명백해 보인다. 휴면 상태의 타키스-A 바이러스는 단단한 단백질 껍질—대중 언론에서는 곧잘 '포자'라는 부정확한 명칭으로 불리는—로 에워싸여 있다. 실험 결과에 의하면 이것은 극단적인 온도 및 압력에도 견딜 수 있으며, 바이러스가 몇백 미터의 해저에서 성층권의 상층부에 이르는 온갖 자연환경에서도 생존할 수 있는 것은 바로 그 때문이다. 바이러스 입자는 제트기류를 타고 대서양을 건너 동쪽으로 운반되었고, 그 과정에서 불규칙한 간격을 두고 빗방울에 씻겨 내려가거나 지상으로 그대로 낙하했다. 상세한 메커니즘을 알기 위해서는 실험에 의한 증명이나 관찰 결과를 기다릴 필요가 있지만, 상술한 이동 경로는 1946년 9월 17일 대서양 한복판에서 일어난 '퀸 메리'호의 비극이라든지 그 후 일어난 잉글랜드와 다른 대륙에서의 집단 발병 사례들을 설명해줄 수 있다.[*]

기류와 해류는 단기적으로 미국 동부의 넓은 지역에 바이러스를 확산시켰다(지도 1). 그보다 한층 더 우려스러운 것은, 이 바이러스는 전염되지 않는 것처럼 보임에도 불구하고, 차후의 발병 급증 사태들이 시간적으로도 지리적으로도 넓은 거리에 걸쳐 분포해 있다는 점이다. 1946년만 해도 미국과 캐나다 남부에 걸친 지역(지도 2)에서 20회 이상의 집단 발병 사태가 보고되었으며, 개별적인 발생 사례는 거의 100개에 달한다.

국제적인 집단 발병 사태가 어디서 일어났는지를 보면 잠재적인 감염 경로에 대한 단서를 얻을 수 있다. 리우데자네이루(1947), 몸바사(1948), 포트사이드(1948), 홍콩(1949), 오클랜드(1950) 등 가장 악명 높은 장소들 일부를 거명하는 것만으로도, 이것들 모두가 주요 항구도시임을 알 수 있다. 문제가 되는 것은 (일반적으로 고립된 사례들로 국한되어 있기는 하지만) 페루의 안데스산맥이나 네팔의 고지대처럼 바다에서 멀리 떨어진 장소에서 어떻게 바이러스가 나타날 수 있었는지를 설명해야 하는 경우다.

우리의 연구 결과로 밝혀졌듯이 이에 대한 해답이 단백질 껍질의 내구성에 있다는 점은 명백하다. 와일드카드 바이러스는 인간, 기계, 동물 또는 자연현상 같은 온갖 수단을 통해 전파될 수 있으며, 불이나 부식성 화학물질 같은 파괴적인 환경에 노출되지 않는 한 무기한 살아남는다. 북미에서 일어난 집단 발병 사태 대부분과 전 세계 항구도시들의 비교적 규모가 큰 발병 사태의 원인에 대해서는 신빙성이 있는 조사 활

---

* 소비에트연방에서도 대규모 발병 사태가 일어났다는 소문이 꾸준하게 돌고 있지만, 흐루쇼프 수상의 정부는 이 문제에 대해서는 전임자들 못지않게 완전한 침묵을 유지하고 있다.

동(〈의무감(醫務監)에게 보내는 보고서〉, 매카시, 1951년)에 의해 바이러스에 노출된 맨해튼의 부두와 창고들에서 선적을 기다리고 있던 물자를 통해서 전파되었다는 사실이 판명되었다. 그 밖의 경우도 이동 중인 선박과 차량들에 대한 바이러스 입자의 침투에 기인한다는 결론이 내려졌다. 사람뿐만 아니라 새나 동물들조차도 (사람이 아니면 결코 감염되지 않지만) 무자각 상태로 바이러스 입자를 운반할 수 있다. 예를 들어 상술한 네팔에서의 집단 발병 사태의 첫 번째 전파자는 구룽족(族)의 어떤 나이크[*]로 판명되었는데, 그가 속한 왕립 구르카 소총 연대는 인도의 항구도시 캘커타에서 8월 10일과 13일 사이에 벌어진 끔찍한 주민 폭동의 진압 시도에 동원되었던 것으로 알려졌다. 힌두교와 무슬림 공동체들이 바이러스 집단 발병의 원인을 서로에게 돌리며 충돌한 이 폭동의 사망자는 2만 5천 명으로 추정된다. 전파자인 구르카 연대의 나이크 본인은 끝내 발병하지 않았다.

……지붕에 쌓이고, 강과 하수도에 침전되고, 토양에 퇴적되고, 여전히 제트기류를 타고 날아다니는 휴면 상태의 바이러스의 양이 얼마나 되는지는 확정할 수 없다. 그것이 현재의 공중위생에 대해 얼마나 심각한 위협이 되는지도 위와 마찬가지로 추정할 수 없다. 이런 맥락에서는 바이러스가 전체 인구의 절대 다수에게는 아무 영향도 끼치지 못한다는 사실에 유념할 필요가 있다…….

　　　　　　　　　　　—골드버그 · 호인, 〈와일드카드 바이러스: 지속과 확산〉
　　　　　　　　　　　스키너, 백, 오자와가 편찬한 《현대 생화학의 문제》에 수록

---

[*]　　인도나 네팔의 식민지군 부대의 현지인 하급 장교. 계급상으로는 영(英)연방군의 상병에 해당한다.

숙주의 유전 프로그래밍을 변화시키는 와일드카드 바이러스의 능력은 지구산 헤르페스바이러스와 닮았다. 그러나 헤르페스바이러스과(課)가 인체의 특정 부위, 이를테면 입술이나 생식기에만 발현하는 것에 비해, 와일드카드 바이러스는 인체에 훨씬 포괄적인 영향을 끼친다. 숙주의 몸 전체의 DNA를 변화시키는 방식으로.

현재 우리는 외계 바이러스인 타키스-A가 당초 추정되었던 것보다 더 높은 비율—최대 1퍼센트의 절반에 달하는 것으로 추정된다—로 그것에 노출된 인구를 감염시키는 것을 알고 있다. 많은 경우 이 바이러스는 자신의 유전정보를 숙주의 DNA에 추가할 뿐이다. 이것은 잠복 상태에 해당하며, 해당 바이러스는 발현하지 않고 단지 유전정보의 형태로 존재할 뿐이다—이 역시 헤르페스바이러스와 공통되는 특징이다. 이럴 경우 해당 바이러스는 탐지되지 않는 불활성 상태로 무기한 남아 있을 수도 있고, 혹은 숙주가 받은 어떤 트라우마나 스트레스로 인해 갑자기 발현할 수도 있다. 후자의 경우는 일반적으로 괴멸적인 결과를 야기한다. 숙주의 유전 암호의 '재프로그래밍'이 가능하기 때문에, 이 바이러스는 (활성 상태이든 불활성 상태이든 간에) 파란 눈이나 곱슬머리처럼 실제로 후손에게 유전된다.

이 바이러스를 만들어낸 행성 타키스의 과학자들은 그것이 숙주에게 끼치는 효과가 압도적으로 치명적이라는 점을 예상하고 있었던 것이 틀림없다. 왜냐하면 그들은 이 바이러스를 실질적으로 '와일드카드 유전자'로서 열성유전되도록 설계했기 때문이다. 열성으로 설계한 이유는 90퍼센트의 후손에서 치명적인 변이를 일으키고, 다른 9퍼센트는 생식이 불가능하거나 거의 불가능하도록 유도하는 우성 우전자는 기껏해야 몇 세대밖에는 살아남을 수 없기 때문이다. 설령 우리 추정대로 이 외계 바이러스에 의해 수정된 DNA를 가진 후손들의 30퍼센트가 불활성 상태의 바이러스를 가지고 있다고 해도, 이런 사실에는 변함이 없다.

따라서 와일드카드 바이러스는 열성형질이 유전될 때의 통상적인 법칙을 따른다. 바이러스를 지닌 자손이 태어날 가능성은 부모 양쪽이 그 유전정보를 가지고 있는 경우에만 존재한다. 그런 경우에도 그 자식이 실제로 바이러스 유전자를 가지고 태어날 확률은 4분의 1이다. 이에 비해 바이러스를 발현시킬 가능성이 없는 단순 보유자일 가능성은 50퍼센트이고, 아예 그 유전자를 가지고 있지 않을 확률도 4분의 1이다……

— 마커스 A. 메도스, 〈유전학〉, 1974년 1월 호, 231~244면

1940년대 후반에서 1950년대 전반에 걸친 편집증적인 빨갱이 타령과 하원 비미 활동 위원회의 이른바 '폭로'에도 불구하고, 철의 장막 안에 있던 에이스들이 미국의 에이스들보다 나은 대우를 받지는 않았다. 사실을 말하자면, 그들이 받은 대우 쪽이 훨씬 더 열악했다. 이에 관련된 당의 노선을 일찌감치 규정한 인물은 스탈린주의 과학의 사이비 전문가인 트로핌 D. 리센코*였는데, 그는 외계에서 왔다는 이른바 '와일드카드' 바이러스는 부르주아 자본주의자와 제국주의자들에 의해 자행된 사악한 실험을 은폐하기 위한 가면에 불과하다는 주장을 펼쳤다. 한국전쟁에서 포로가 된 미군들은 미군이 한반도에서 세균전을 벌였다

---

* 소비에트연방의 어용 생물학자. 후천적으로 획득한 형질이 유전된다는 설을 펼쳤고, 이에 반대하는 학자들을 탄압하거나 숙청한 것으로 악명이 높다.

는 자백서에 서명할 것을 강요받았는데, 이것이 1951년에 남북한 양쪽을 휩쓴 바이러스의 대량 발병 사태를 설명하기 위한 시도였다는 점은 명백하다. 한편 소비에트연방의 세력권 내부에서 초인간적인 능력의 징후를 보인 사람들은 그 즉시 자취를 감췄다. 일부는 강제노동수용소로 보내졌고, 다른 일부는 연구소로 보내졌지만—즉결 처형되어 암매장된 경우도 적지 않았다.

　1953년에 스탈린이 죽자 이런 압제도 조금은 느슨해졌다. 흐루쇼프는 에이스들의 존재를 인정했고, 소련의 에이스들은 당시의 미국 에이스들과 같은 지위를 '향유'하기 시작했다—바꿔 말해서, 군대나 KGB의 전신인 GPU에 강제로 복무한다는 특권을 누리거나, 또는 수용소군도 속으로 사라진다는 선택 사이에서 양자택일을 할 수 있었던 것이다. 1960년대에는 미국 수준은 아니었지만 이들에 대한 제약도 조금씩 풀리기 시작했고, 국가의 후원을 받는 에이스들은 우주비행사나 올림픽 스타와 마찬가지로 언론의 각광을 받는 유명인이 되는 것을 허락받았다.

　명명백백한 현실을 왜 처음부터 받아들이지 않았던 것일까? 1971년에 브레즈네프 · 코시긴 정권은 리센코가 조커였다는 사실을 인정했고, 그가 바이러스 탓에 끔찍하게 기형화한 상태였다는 사실을 밝혔다. 일개 농부였다가 인민 과학자로 각광을 받았던 리센코는 에이스들의 존재를 개인적인 모욕으로 받아들였던 것이다. 독재자 스탈린 본인이 이런 반(反)에이스 운동에 동조한 이유에 대해서는, 말년 들어 편집증이 한층 더 악화되었기 때문이라는 설명이 일반적이었다. 그러나 1960년대 말에서 1970년대 초에 서방으로 망명한 몇몇 고위층 인사들의 입에서 이런 소문이 전해진 적이 있다. 늦은 밤 친구들과 술판을 벌이며 거나하게 취한 니키타 동지*는 곧잘 루뱐카 감옥**의 독방에 가둔 전직 독재자를 자기 손으로 직접 죽였다고 자랑했다고 한다―**그 심장에 말뚝을 박아 넣었다고**…….

―J. 닐 윌슨, 「소련으로 돌아왔어」

〈리즌〉, 1977년 3월 호

　　외계 바이러스 타키스-A, 통칭 와일드카드는 행성 타키스의 초능력 귀족 계급의 필두 가문인 일카잠가(家)에 의해 개발된 실험적인 유기체였다. 그 DNA에 각인된 프로그램은 숙주 생명체의 유전정보를 읽은 다음 수정하고, 해당 숙주의 생득적인 성향이나 특성을 강화한다. 그런 식의 최적화는 개인의 (나아가서는 그 일족의) 가치를 최대한 함양한다는 타키스인 특유의 강렬한 충동을 일찍이 유례를 볼 수 없는 수준까지 충족해주는 것이었다. 타키스인들은 이미 강력한 정신감응 능력을 가지고 있었던 고로, 일카잠 가문은 와일드카드를 이용해서 그 구성원들에게 강력하고 다양한 여분의 능력을 부여함으로써, 향후 몇 세기 동안에도 군계일학으로서의 확고한 우위를 점하려고 획책했던 것이다.

　　일카잠 가문의 연구자들이 직면했던 난관은 숙주의 **바람직한** 특성을 찾아내서 강화하는 프로그램을 만드는 일이었다. 더 강화된 혈우병 환자가 되고 싶다고 생각하는 사람은 아무도 없기 때문이다. 그러나 타키스인들 사이의 생화학적 다양성은 지구상에서 가장 큰 생화학적 다양성을 가진 종 중 하나인 인류보다 한층 더 현저했다. 따라서 개체의

---

*　　니키타 흐루쇼프를 의미한다.

**　　모스크바 중심부에 있는 구치소 겸 구KGB 본부.

바람직한 특성을 식별해서 강화할 수 있고, 바이러스의 DNA에도 끼워 넣을 수 있는 소프트웨어—'인텔리전트' 프로그램—를 개발하기 위해서는 엄청나게 큰 규모의 실험을 행할 필요가 있었다. 강고한 계급사회인 타키스의 특성상 가장 극단적인 실험의 경우에도 다수의 피험자를 확보하는 것은 어렵지 않았고, 당사자들 역시 피험자에게 '자원'할 것을 강요하는 행위에 대해서 별다른 거부감을 가지고 있지 않았다. 그러나 행성 타키스조차도 그런 복잡한 도구의 개발을 완료하기 위해 필요한 광범위한 실험 기반을 제공해줄 범죄자나 실각한 정적—그들의 문화에서 이 두 개념은 따로 구분하지 않는 경우가 일반적이었지만—들을 충분히 공급해주지는 못했다. 타키스인들의 관점에서 행운이었던 것은 타키스인들과 놀랄 정도로 비슷한 유전적 구성을 가진 생물들이 대량으로 서식하는 장소가 발견되었다는 사실이었다—지구가.

……와일드카드에 의한 강화 대부분은 생존에 바람직하지 않거나, 생존에 바람직한 특질을 치명적일 정도로 강화하는 경향이 있었다. 이를테면 아드레날린에 의한 투쟁-도주 기제가 너무나도 고양된 탓에 사소한 스트레스 자극만으로도 폭주했고, 단 한 번의 종말적이며 광적인 반응을 보인 뒤에 완전히 타버린 희생자가 있었다. 와일드카드의 생존자 열 명 중 아홉 명은 바람직하지 못한 특성이 강화되거나, 바람직한 특성이 바람직하지 못한 방법으로 강화된 결과에 직면하게 된다. 이른바 '조커'들은 소름 끼치거나 고통스럽거나 비참한 것에서 단지 불편한 것까지 다양한 형태를 가지고 있다. 희생자는 조커타운의 유명한 주민 중 하나인 '스넛맨(Snotman)'처럼 무정형의 점액 덩어리가 되어버릴 수도 있고, 술집 주인인 도마뱀 어니처럼 부분적으로 동물의 모습을 획득하는 경우도 있다. 제한적이며 제어가 불가능하긴 하지만 공중 부양이

가능한 '플로터(Floater)'처럼 상황에 따라서는 에이스로 간주될 수도 있는 힘을 얻는 경우도 있다. 촉수들이 뭉쳐 오른손 모양을 이루고 있는 조커타운의 퇴폐적인 계관시인 도리언 와일드처럼 기형의 발현 자체가 상당히 사소한 축에 드는 경우도 있다.

특정 케이스에서는 분류에 의한 구분 자체가 모호해지는 경우도 있다. 상술한 어니의 경우처럼, 일반적인 인간보다 조금 센 힘과 비늘에 덮인 피부가 제공하는 보호력을 갖고 있는 정도로는 에이스라고는 할 수 없다. 좀 더 끔찍한 예로는 1970년대의 '불타는 여자' 사건이 있다. 어떤 젊은 여자의 몸이 갑자기 발현한 와일드카드 바이러스의 영향으로 절대로 꺼지지 않는 불에 휩싸인 채로 타오르기 시작했고, 그와 동시에 불에 탄 여자의 몸이 계속 재생되는 상황이 벌어졌다. 희생자는 행인들에게 제발 죽여달라고 호소했고, 결국은 조커타운의 블라이스 밴 렌셀러 기념병원으로 호송된 후에 사망했다. 그녀의 죽음이 안락사에 의한 것임은 명백했지만, 시술 당사자인 닥터 타키온에 대한 기소는 기각되었다. 그 여자가 뽑은 카드가 조커인지 아니면 블랙퀸*이었는지는 결국 확인할 수 없었다.

숙주 개인의 유전정보와 상호작용하도록 설계된 탓에, 와일드카드의 발현은 어느 하나도 서로 똑같은 것이 없다. 게다가 그것이 취하는 행동은 피험자마다 가지각색이다…….

……이 바이러스에 감염된 사람들의 최대 10퍼센트가 그 영향을 받고도 살아남았다는 사실은 그 유전 소프트웨어와 하드웨어를 설계한 타키스인 장인들의 뛰어난 능력을 입증하는 살아 있는 증거다. 애당초

---

* 작중에서 감염자를 죽음에 이르게 하는 바이러스의 발현을 의미한다.

실험 대상으로 간주했던 피험자들과는 상이한 인구 집단을 상대로 시행된 최초의 대규모 실험이었음을 감안하면, 지구에서의 바이러스 산포는 엄청난 성공을 거뒀다고 할 수 있었다. 그 창조자들도 실험 결과를 알았더라면 크게 기뻐했을 것이다.

반면, 지구는 그와는 다른 관점을 가지고 있었다.

— 세라 모건스턴, 「조커타운 블루스: 와일드카드의 40년」

〈롤링스톤〉, 1986년 9월 16일 호

미국메타생물학회가 주최한
메타인간능력학회 의사록에서 발췌

(뉴멕시코주 앨버커키, 클래리언 호텔, 1987년 3월 14~17일)

1987년 3월 16일, 하버드대학 메타생물물리학부의
샤론 파오 캉시 박사가 행한 강연.

♥

이 자리에 참석해주신 학회 구성원 여러분께 감사의 말씀을 드립니다. 단도직입적으로 요점을 말씀드리겠습니다. 저희 하버드 연구 팀이 행한 조사에 의하면, 타키스의 와일드카드 바이러스에 의해 야기된 메타인간적 능력, 이른바 '초능력'이라고 불리는 능력들은 전적으로 정신적(psychic)인 기원을 가지고 있으며, 극소수의 예외를 제외하면 모두 사이(psi) 매개체를 통해 발휘되는 것으로 보입니다.

(오자와 의장이 참석자들에게 정숙을 명함.)

제가 방금 한 발언을 제 선배 연구자들이 자행했던 종류의 수사적 과장으로 받아들이시는 분들이 있다는 것은 이해할 수 있습니다. 상당수의 진지한 과학자들이 갓 걸음마를 떼기 시작한 메타생물물리학 분야를 수비학(數秘學)이나 점성술과 같은 수준의 유사과학으로 간주한 것은 바로 그런 과장 탓이었으니까요. 하지만 학문적 성실함과 경험적 증거의 핍진성에 의해, 저는 이렇게 되풀이해 말하는 수밖에 없습니다. 메타인간적 능력은 정신 능력인 사이 능력의 특수한 형태라고 말입니다.

이제 우리는 와일드카드가 희생자들에게 어떤 영향을 끼쳤는지에 대해 좀 더 잘 알고 있습니다. 이른바 에이스카드를 뽑은 경우에는, 바이러스는 우선 당사자의 생득적인 정신 능력을 강화함으로써 유전정보를 고쳐 쓰는 과정에 전체적인 방향성을 부여한 것처럼 보입니다. 이미 알려진 에이스들의 성격 및 성향과, 그들이 발휘하는 메타인간적 능력 사이의 높은 연관성은 이걸로 설명할 수 있습니다. 이를테면 블랙이글 같은 헌신적인 조종사가 비행을 포함한 능력을 어떻게 획득했는지, 강박적인 '밤의 복수자'인 블랙섀도가 어둠에 대해 왜 그토록 큰 통제력을 발휘하는지, 은둔적인 어퀘리어스(Aquarius)가 왜 반은 인간, 반은 돌고래를 닮은 모습을 하고 있고, 왜 일종의 슈퍼돌고래로 완전히 변신할 수 있는지를 말입니다. 와일드카드가 그런 변화를 야기하는 기제 중 하나는 미세 규모의 텔레키네시스인 것으로 보입니다. 당사자는 그것을 통해 자신이 겪을 변화의 본질을 무의식적으로 선택하거나, 아니면 적어도 그것에 대해 영향을 끼칠 수 있습니다.

저는 와일드카드에 감염된 사람들이 조커나 블랙퀸을 뽑는 것을 어떤 의미에서는 '선택'했을지도 모른다는 주장이 시사하는 방향의 중대성에 대해서도 이해하고 있습니다. 그러나 그런 쪽의 고찰은 우리의 현재 연구 범위를 뛰어넘는 것입니다.

후(後)와일드카드 시대의 가장 큰 수수께끼 중 하나는 이 외계 바이러스가 아무리 고도로 발달한 과학기술의 산물이라고 해도, 도대체 어떤 방법으로 특정 개인들에게 기존의 확립된 자연법칙들, 이를테면 에너지질량보존법칙이나 입방-평방의 법칙, 심지어 광속의 불가침성까지도 어길 수 있는 능력을 부여했는지에 대한 의문이었습니다. 바이러스가 살포되었을 당시, 우리의 과학은 사이 능력이 존재한다는 사실 자체를 의문시하고 있었습니다―그럴 수밖에 없었던 것이, 그때는 그런 현상을 설명할 수 있는, 설득력이 있는 경험적 확증이 결여되어 있었기 때문입니다. 그러나 이제는 그 누구도 그것이 사실임을 부인할 수 없습니다. 불과 번개를 투사하거나, 스스로 동물로 변신하거나, 하늘을 날거나, 직접 고안한 기계 장치를 써서 역학이나 공학의 원칙을 노골적으로 무시하고 그와 비슷한 일을 할 수 있는 사람들이 실제로 존재하니까요.

물론 1946년에도 이미 양자역학의 이론적 범위 안에서 그 단서를 찾을 수 있었습니다. 사실 당시의 최신 과학기술의 많은 부분이 핵무기와, 개발 중이었던 핵융합 장치를 포함해서 양자역학에 기반하고 있었습니다. 응용 과정의 대부분은 "그게 제대로 작동하는 건 알지만, **왜** 작동하는지는 모르는" 식으로 진행되고 있었지만 말입니다. 와일드카드라는 현실의 자극을 받고, 사이 능력에 대해서도 신속하게 양자역학적 설명이 시도되었습니다. 예를 들어 일견 강한 핵력이나 전자기력이나 중력에 의지하지 않는 것처럼 보이는 사이 능력의 '원거리 작용'을, 상호작용하는 소립자들의 기묘한 상호연결성에 결부하는 식입니다. 양자 얽힘이라고 불리는 이 현상은 아인슈타인과 포돌스키와 로젠이 발표한 유명한 '역설'에서 처음 제기된 것이고, 1982년에 프랑스의 아스페가 행한 실험에 의해 상당 부분 증명된 상태입니다…….

……텔레키네시스(TK), 즉 염력에 기반한 능력의 가장 명백한 예 중 하나는 변신입니다. 변신 당사자는 자기 자신의 몸을 구성하는 원자들을 재배열해서 원래 육체와는 상당히 다른 거시 구조를 만들어내는데,

이 과정은 거의 예외 없이 무의식으로 이루어집니다. 예를 들어 '엘리펀트걸'의 하늘을 나는 엘레파스 막시무스*로의 놀라운 변신은 대놓고 에너지질량보존법칙을 무시하고 이루어지는 것처럼 보입니다. 적어도 엘리펀트걸의 경우 이것은 아원자 수준에서 행해지는 무의식적인 TK의 발동으로 설명될 수 있습니다. 변신 당사자인 오라일리 씨가 가상입자의 무리를 소환해서, 그런 것들이 통상적으로 존재할 수 있는 시간보다 비교가 안 될 정도로 긴 시간 동안 유지할 수 있다는 점은 명백합니다. (가상입자에 관한 논의 역시 이번 발표의 범위를 뛰어넘는 것입니다만, 흥미를 느끼신다면 강한 상호작용을 '운반'함으로써 극히 짧은 순간 보존 법칙을 위반하는 소립자들에 관한 논문을 읽어보실 것을 추천합니다.) 그리고 본래 모습으로 돌아올 때, 오라일리 씨는 그 코끼리의 '유령' 질량을 이루고 있던 가상입자들이 다시 비(非)존재로 되돌아가는 것을 허용하는 것입니다.

기존 항공학의 모든 원칙을 무시하고 하늘을 나는 엘리펀트걸의 능력은 제가 학회에 제출한 논문의 결론으로 이어진 분야의 연구를 촉발했습니다. 한마디로 설명하자면, 엘리펀트걸, 페러그린, 그리고 비행이나 공중 부양 능력을 가진 그 밖의 **모든** 기존 에이스들의 능력은 TK 능력의 변형입니다. 이런 맥락에서 텔레키네시스를 의도적으로 발휘해서 비행하는 강대한 터틀은 하늘을 나는 에이스의 가장 기초적인 원형이라고 할 수 있습니다. 그러나 물리학의 그 어떤 복잡한 논리를 동원하더라도, 엘리펀트걸의 귀나 페러그린의 장엄한 날개로 인간을 날게 할 수는 없습니다. 설령 그 인간이 아무리 작다고 해도 말입니다. 완전히 자

---

*   아시아코끼리속(屬).

란 아시아코끼리는 말할 나위도 없습니다. 그들은 터틀과 마찬가지로, 순전히 정신력만으로 하늘을 나는 것입니다…….

　……에너지 투사라는 또 하나의 골치 아픈 문제도 간단히 설명될 수 있습니다―역시 TK를 통해서 말입니다. '점핑 잭 플래시'는 양 손바닥에서 세찬 불길을 방사하는 것처럼 보이고, 게다가 자기가 방사한 불길을 놀라운 방법으로 조작할 수 있습니다. 그러나 그는 실제로 화염을 방사하는 것이 아닙니다. 그의 몸에서 직접 불이 발사되는 것은 아니기 때문입니다. 사실, 엄밀하게 말하자면 그건 불이 아닙니다. 플래시는 TK 능력을 이용해서 주위를 에워싼 공기의 브라운 운동을 제어함으로써 손바닥에서 약 1미크론* 떨어진 공간에 고도로 들뜬 입자들로 이루어진 '핫스폿(hot spot)'을 만들어낸 다음, 그 결과 생겨난 백열한 가스의 흐름을 TK 능력을 이용해서 움직이는 것입니다.

　……초광속 비행 능력은 특별한 케이스에 해당합니다. (와일드카드에 의한 모든 변신은 하나도 같은 것이 없다는 사실을 염두에 두고 있으면 이해에 도움이 됩니다.) 대다수의 경우 광속이나 초광속 이동 능력을 보유한 에이스는 한 개의 광자가, 후자의 경우에는 타키온 한 개가 각각 '마크로광자'나 '마크로타키온'이 되는 과정을 모방할 수 있습니다. 서식스대학의 테리 클라크 연구 팀이 보유한 '마크로원자' 장치가 한 개의 보손**의 행동을 모방할 수 있는 것처럼 말입니다. 이 행성으로 와일드카드 바이러스를 운반해 온 우주선들뿐만 아니라 닥터 타키온이라는 이름으로 알려진 인간형 외계인이 몰고 온 우주선의 초광속 구동

---

*　　　100만분의 1미터.

**　　스핀이 정수(整數)인 소립자.

장치 역시 동일한 원리를 이용하고 있었습니다. 이 행성에서 태어나지 않은 유일한 주민인 그가 타키온이라는 이름으로 불리는 이유이지요.

지금까지 초광속 이동은 인류의 현재 기술로는 극복할 수 없는 지속 시간의 한계와 장거리 항법의 문제 탓에 에이스들에게는 제한적인 이용 가치밖에는 없었습니다. 태양계의 범위(현재는 해왕성의 공전 궤도까지)를 넘었다가 돌아온 에이스는 아직 전무하다는 사실에서 그렇게 추측하고 있는 것인지도 모릅니다만……

……반중력 벨트, 차원 이동 포털, 장갑 강화복 따위의 이른바 '개깃(gadget)'이라고 불리는 특수한 기구들의 큰 특징 중 하나는 복제가 아예 불가능하다는 점입니다. 샅샅이 분해해서 조사해보아도 기계공학적으로 또는 전자공학적으로 아무 의미도 없는 경우가 태반입니다. 개깃 하나하나가 복제 불가능한 결과물입니다. 장사에 소질이 있는 개깃-마스터가 개인용 초광속 비행 벨트라든지, 반중력 지게차 따위를 시장에 내놓지 않은 것은 바로 그 때문입니다. **왜냐하면 제대로 작동하는 개깃을 만들 수 있는 것은 그것을 발명한 당사자뿐이기 때문입니다.** 심지어 어떤 개깃의 부품들은 말도 안 되는 쓰레기로 이루어져 있는 경우도 있는데, 이것들은 먹다 남은 사과의 심지라든지, 머리핀, 바비 인형의 몸통까지 망라하고 있습니다. 어떤 개깃들 안에는 진짜 회로가 아닌 회로의 **도면**만 달랑 들어 있는 경우도 있는데, 이것들은 마치 키메라적인 히에로니무스 머신*과 마찬가지로 그곳에 마치 실제 회로가 '있는 것처럼' 작동합니다.

---

* 미국의 전기 기술자 토머스 히에로니무스가 발명한, 광전기적 에너지를 이용하는 유사과학적 기계.

이것들 역시 사이 능력의 발현으로 설명될 수 있습니다. 창조자는 사실상 자기가 만든 장치 위에 (현재의 과학이 규정하는) 형이상학적인 의미에서 스스로를 각인하고 있는 것입니다. 이렇게 설명하면 곧 잘 관찰되는, 일부 '개짓-마스터'들의 창조성에 한계가 있어 보이는 현상―새로운 장치를 작동시키기 위해서는 옛 장치를 분해할 필요가 생기는 식의―도 이해할 수 있습니다. 같은 맥락에서 경이로운 '모듈러맨(Modular Man)' 안드로이드를 복제하려는 전 세계 정부의 시도는 결국 실패로 돌아갈 운명이라는 추측을 해볼 수 있습니다. 자국의 '와일드카드 능력자'들을 한두 명 고용하지 않는 이상은 말입니다…….

……모든 에이스들에 공통된 특징 중 하나는 '정상적'인 인간들보다 더 높은 에너지 대사량을 가지고 있다는 점입니다. 일부는 자기 내부에서 불러낸 에너지를 태우는 방식으로 능력을 발휘하는 것처럼 보이고, 더 이상 적절한 표현이 없는 고로, 코스모스[宇宙]에서 직접 에너지를 끌어내는 것처럼 보입니다. 독자적 능력을 발휘하기 위해서 외부의 에너지원을 필요로 하는 경우도 있고, 그런 에너지원이 처음부터 손이 닿는 곳에 있는 경우도 있습니다. 이를테면 '할렘 해머'라는 이름으로 알려진 흑인 장사(壯士)는 식사 시에 상당량의 중금속염을 섭취하지 않으면 높은 수준의 대사 반응을 유지할 수 없습니다. 그 밖에도 스트론튬-90과 바륨-140 같은 골친화성 방사성 동위원소들까지 섭취해야 하는데, 이것들은 그의 뼈 안에 있는 칼슘을 대체함으로써 통상 수준을 넘어서는 내구력과 힘을 부여하는 것처럼 보입니다. 점핑 잭 플래시는 불과 열에 자신을 노출함으로써 힘과 영양을 얻습니다. 다른 에이스들은 자신의 초인적인 에너지를 모종의 '배터리'로부터 얻는데, 이것들을 조사해보면 상술한 히에로니무스 머신류의 장치와 같은 부류인 경우가

대부분입니다. 그런 에너지의 원천이 무엇이든 간에, 비교적 단시간에 자신의 초인적인 능력을 최대한 발휘한 뒤에도 비축한 에너지가 고갈되지 않는 에이스는 아직 발견되지 않았습니다. 개중에는 잠시 휴식을 취하는 것만으로 필요 에너지를 '재충전'할 수 있는 에이스도 있지만, 실제로 외부의 에너지 공급원을 필요로 하는 에이스들도 있습니다. 에너지 공급 방식 역시 각인각색이며, 동일한 경우는 절대 없습니다.

이 '사이킥' 가설을 한층 더 확고하게 뒷받침해주는 증거는 이른바 '슬리퍼'라고 불리는 인물의 예에서 얻을 수 있습니다. 그는 잠에서 깰 때마다 예전과는 상이한 종류의 메타능력을 가지고 깨어납니다. 사이킥 가설을 제외하면, 에이스의 능력을 설명하기 위해 구축된 그 어떤 모델도 이런 현상을 제대로 설명할 수 없다는 점은 명백합니다……

요약하자면, 저와 제 동료 연구자들은 이렇게 단언할 준비가 되어 있습니다. 사이 능력 모델은 지금까지 관찰된 모든 에이스의 특수 능력을 해명할 수 있지만, 그 밖의 가설은 그럴 수 없다고 말입니다……

와일드카드 2

1판 1쇄 발행 2021년 8월 9일

지은이 · 조지 R. R. 마틴 외
옮긴이 · 김상훈
펴낸이 · 주연선

총괄이사 · 이진희
책임편집 · 심하은
저작권 · 이혜명
표지 및 본문 디자인 · 박민수
마케팅 · 장병수 김진겸 강원모 정혜윤 유정연
관리 · 김두만 유효정 박초희

(주)은행나무
04035 서울특별시 마포구 양화로11길 54
전화 · 02)3143-0651~3 | 팩스 · 02)3143-0654
신고번호 · 제 1997 — 000168호(1997. 12. 12)
www.ehbook.co.kr
ehbook@ehbook.co.kr

잘못된 책은 바꿔드립니다.

ISBN 979-11-6737-048-8 (04840)
ISBN 979-11-6737-046-4 (세트)

장 발장은 지쳐서 침대에 눕다가
문득 은으로 만든 촛대와 그릇을 보았어요.
장 발장은 욕심을 이기지 못하고 은그릇을 싸들고
달아났어요.
하지만 얼마 못 가 순찰을 도는 경관에게 붙들려
신부님의 집으로 끌려왔어요.
경관이 신부님에게 말했어요.
"이 도둑놈이 신부님의 물건을 훔쳤습니다."